재겸 장편소설

여왕
쎄시아의
반바지

I

Queen Cecia's Shorts

재겸 장편소설

여왕
쎄시아의
반바지

I

위즈덤하우스

Contents

프롤로그

여왕 쎄시아가 오랫동안 악랄한 통치로 이름이 높던 폭군 아빗사를 물리치고 왕국을 건설했던 건 불과 열아홉 살 때였다.

그 이후로도 쎄시아는 숱한 왕국들을 정복했다. 아흔아홉 개의 왕국과 공화국을 지배하는 데 단 10년이 걸렸다. 그것은 그녀가 정벌 도중 손에 넣은 통치의 잔 덕분이었다.

그러나 통치의 잔 외에도 쎄시아에게는 강력한 우방이 많았다.

그녀는 스물아홉의 나이에 대국 발렌시아를 건설했다.

북에서 남으로, 동에서 서로.

3억의 인구가 그녀의 통치 아래에 있었다.

대륙 전체가 여왕 쎄시아의 것이었다. 쎄시아는 현명하고 아름다웠다. 대륙의 모든 신민이 여왕의 등극을 환영했다.

아름다운 여왕의 이름이 대륙 전역으로 퍼져나갔다. 태양처럼 반짝반짝 빛나는 금발 여인의 초상이 왕국의 요소마다 나붙었다. 신민들은 아름다운 초상을 볼 때마다 그녀의 영원한 행복을 빌었다.

쎄시아는 강했고, 아름다웠고, 부유했으며 현명했다. 여왕을 방해하는 것은 아무것도 없어 보였다.

~※~

그러나 왕국력 1년 겨울, 발렌시아 성의 권좌를 차지한 여왕은 뜻밖의 난관과 싸우고 있었다.

난관은 두 가지였다. 첫째…….

"전하, 전하의 신랑감이 되고자 하는 이들을 줄 세운다면 수도 발렌시아를 한 바퀴 돌고도 남을 것입니다!"

"세워서 뭐하게. 어차피 안 할 건데."

"……하셔야 합니다!"

"왜?"

"그야, 왕국의 기틀을 다지려면 후계자를 낳아……."

또 그 소리다.

쎄시아는 귀를 후볐다.

눈앞에 있던 노 재상이 눈을 부라렸다.

오랫동안 전쟁으로 발렌시아를 비운 쎄시아를 대신해 빈 수도의 통치를 맡아온 재상이었다. 그러니 감히 그 쎄시아에게 결혼하라고 보챌 수도 있는 것이리라.

"단딜리온 재상. 한마디만 더 하면 쫓아낼 거야."

"전하!"

"한마디 했다. 끌어내."

"폐에하아아!"

"끌어내라고."

"폐에에에하아아!"

"아, 안 끌어내고 뭐하는 거야, 에넌?"

쎄시아의 권좌는 발렌시아 성에서도 두 번째로 큰 홀의 중심에 만들어져 있었다. 홀 바닥에는 늙은 단딜리온 재상이 꼿꼿이 서 있었고, 쎄시아는 열 계단쯤 위에 있는 권좌에 앉아 있었다.

그리고 에넌, 방금 쎄시아에게 이름이 불린 붉은 머리카락의 남자는 계단 바로 밑에 앉아 쎄시아를 느리게 올려다봤다. 그 동작이 어찌나 게으른지, 단딜리온 재상보다도 더 느려 보였다.

"노인 공경 좀 하십시오. 지금 제가 단딜리온 재상을 쫓아내면 패륜아로 보일 겁니다."

"너 패륜아 맞잖아."

쎄시아의 가차 없는 악담에 단딜리온 재상이 신음을 흘렸다. 정작 욕을 먹은 당사자는 푸른 눈으로 쎄시아를 올려다보며 웃었다.

"그러니까 저도 이미지 쇄신에 힘 좀 쓰자는 겁니다."

"아, 정말."

쎄시아가 손을 내저었다. 찬란한 금발이 쎄시아의 목 주변에 둘러진 칼라 사이에 흐드러져 있다가 쎄시아의 움직임에 따라 흔들렸다.

"재상, 나 바빠요. 그것도 재상쯤이나 되니까 그 소리 들어 드리는 거지. 이런 식으로 내 얼굴 볼 때마다 결혼 결혼 노래를 부르시면, 늘그막에 시골에서 손자들 얼굴이나 보며 행복한 귀농 생활을 하게 해 드리게 하는 수가 있어."

"듣던 중 반가운 소리입니다만!"

"그건 협박이 아닙니다, 누님……."

재상이 버럭 소리를 질렀고, 에넌이 힘없이 웃었다.

"저도 전하를 시집보내야 안심하고 손자들 얼굴을 보러 가지요! 제 손자 다니엘은 태어났을 때 겨우 한 번 보고 10년째 얼굴을 보지 못하고 있습니다! 다니엘에게 이 늙은이는 가상의 할애비란 말입니다!"

"아, 왜 나를 시집보내야 안심하느냐고요, 정말."

"그야! 왕국의 기틀을 다져야!"

"재상."

방만하게 앉아 있던 쎄시아는 결국 몸을 당겨 앉았다.

달라진 쎄시아의 자세에 재상도 몸을 곧추세워 여왕을 쳐다봤다.

신민들에게야 공포와 경외의 대상인 여왕이라지만, 단딜리온 재상에게는 그래봐야 어릴 때 그의 옷깃에 코 묻히던 조카딸이다.

"왕국은 내가 만들었습니다. 그 기틀이 왜 꼭 내가 애를 낳아야 다져진단 말입니까."

"그야 여왕님 1대에서 끝나면 안 되니까 그렇지요. 누님 형제도 없고 애도 없고 하다못해 그 흔한 먼 친척 하나 없잖습니까."

심드렁하게 대답한 것은 에넌이었다.

쎄시아는 잘생긴 제 의동생을 째려봤지만 에넌은 자신이 쎄시아보다 낮은 곳에 앉아 있다는 위치를 십분 활용해 시선을 빠르게 피했다.

"내가 죽으면 네가 왕 먹으면 되잖아?"

"아 무슨 그런 살 떨리는 말씀을. 지금도 분에 넘치는 일 때문에 말라 죽을 것 같은데요."

"내 말이! 그 말이야!"

에넌의 말에 쎄시아가 권좌 팔걸이를 탕, 하고 두드렸다.

갑작스런 반응에 에넌과 단딜리온 재상, 둘 다 화들짝 놀랐다.

"바빠 뒤지겠단 말이오!"

에넌은 자신이 만약 늘그막에 이 나라의 건국야사를 쓰게 되면 여왕의 결혼 거부 사유는 정확히는 과로였다……라는 문장을 꼭 넣으리라 다짐했다.

그러거나 말거나, 쎄시아는 분노마저 담긴 목소리로 버럭 소리질렀다.

"새벽에 일어나서 회의하고! 밥 먹고 앉아서 또 회의하고! 차 마시면서 법전 편찬하고! 점심 먹을 시간도 없어서 시녀들이 간식 날라오는 걸 제대로 먹어보지도 못하고 물리고! 전역에서 날아오는 상소 검토하고! 각국 대사들 접견하고! 심지어 대사들이 너무 많아서 한 타임에 다섯 명씩 봅니다! 무슨 압박 면접도 아니고! 저녁 먹기 전에는 정기점검 하고! 저녁은 왜 꼭 만찬이야? 내가 숟가락 들면 백 명이 숟가락을 들고, 내가 포크 들면 백 명이 포크를 드는데 체하겠어 아주!"

"폐, 전하."

"내가 접시 치우면 남들도 접시 치워야 된다는 말은 대체 누가 해준 거야? 덕분에 남들 다 먹을 때까지 기다려서 접시 내가라고 하는 나는 뭐 편한 줄 압니까? 그런 식으로 다섯 접시 먹고 나면 밥을 먹었는지 마는지! 저녁 먹고 나서 또 회의하고! 새벽까지 지들 밥그릇 챙겨 달라고 대신들은 치고 박고 싸우고! 빌어처먹을! 아주, 내가 저들 밥 처먹으려고 왕국 만든 줄 알지!"

……이 자리에 에넌 라이언하트 공작뿐이어서 정말 다행이라고, 단딜리온 재상은 생각했다. 아름다운 여왕 쎄시아의 험한 입버릇은 종종 그녀의 내각들도 새삼 놀라게 만들곤 했기 때문이다.

그러거나 말거나, 쎄시아는 미친 사람처럼 떠들었다.

"그러고 누우면 나는 잠을 자기가 싫어! 왜냐면 눈 감았다 뜨면 또 새벽이거든? 그럼 또 회의해야 되잖아! 눈 감는 게 너무 싫은데 젠장, 눈이 막 감겨 막! 방문 밖으로 나가면 바로 일터인 사람의 심정을 재상이 알아요? 재상은 출퇴근하잖아요! 난 아니야! 돌아버리겠네, 아주. 한 시간이라도 더 자고 싶은데 꼴에 여자라고 시녀들이 치장해야 된대! 나는 잘란다 느그들이 머리 말아라, 하는데 시뻘겋게 달군 인두를 들고 있는 꼴을 보면 잠이 확 깨, 어? 아주 확 깨! 옷은 또 왜 이렇게 불편한지!"

분노가 절정에 달한 듯, 쎄시아는 벌떡 일어났다.

덕분에 쎄시아의 화려한 드레스가 물결치듯 흔들렸다. 진주로 만들어진 섬세하고 아름다운 관이 쎄시아의 머리를 장식하고 있었다. 늘어뜨려진 금발 사이로 진주 줄 장식들이 총총총, 빛났다. 에넌이 기억하기로 그 진주는 해양왕국 정복 당시 그곳의 왕이 진상한 최상품이었다.

쎄시아의 목에는 엄청나게 부풀려진 칼라가 둘러져 있었다. 레이스로 만들어진 칼라는 결마다 금실로 자수가 놓여 있었다. 덕분에 쎄시아는 항상 목을 뻣뻣하게 세우고 있어야 했다. 가슴팍은 잔뜩 부풀어 보이기 위해 사슴뼈로 만든 코르셋으로 조여져 있었다.

그 코르셋을 덮은 분홍색 비단 또한 엄청난 상급품이었다. 그 위에 알알이 커다란 보석들이 일정한 간격을 두고 박혀 번쩍거렸다.

그 아래로는 같은 색의 비단이 흐르듯이 주름 잡혀 파팅게일 위로 흘러내리며 아름다운 빛을 만들었고, 화려한 색색의 꽃 자수들이 그 위를 수놓았다. 발렌시아에서도 내로라하는 장인들이 한 땀 한 땀 고심해 수놓은 것이 틀림없었다.

그리고 여왕 쎄시아는 비정하게도, 그 장인들의 노력을 깡그리 무시했다. 분노하며 자수를 잡아뜯은 것이다. 에넌은 시녀장인 일렉사 백작부인이 보면 기절한다에 금화 한 닢을 걸고 싶어졌다. 그렇지만 지금 그 내기 하자고 하면 욕먹겠지.

"미친 옷이야! 이 드레스를 입는 데만 한 시간이 걸린다고! 내가 대륙에서 제일 고귀한 레이디라며? 왜 아침마다 시녀장은 대륙에서 제일 고귀한 레이디의 허리를 밟아대는 거야?"

"허리를 밟다니……. 그것이 사실이옵니까!"

쎄시아의 부르짖음에 놀란 재상이 물었다. 에넌은 손을 내저었다.

"아닙니다, 재상. 그저 시녀장이 코르셋을 조이기 위해 누님의 허리에 발을 대고 끈을 당기는 걸 말하는 겁니다."

"아, 제기랄. 이런 게 왕의 인생인 줄 알았으면 이렇게 안 살았어!"

"정확히는 여왕 인생이죠."

에넌이 시큰둥하게 말했다. 쎄시아가 에넌의 말을 듣고 고개를 홱 돌렸다. 그 바람에 진주 줄장식 중 하나가 홱, 하고 같이 돌다가 쎄시아의 뺨을 쳤다.

악! 쎄시아가 소리를 질렀다. 그러거나 말거나 에넌이 말했다.

"남자들은 코르셋 안 입으니까."

진주 줄장식을 거친 손길로 걷어낸 쎄시아가 으르렁거렸다.

"……그래서 뭐. 지금 너 내 앞에서 자랑하나?"

"죄송합니다?"

에넌의 말투에 쎄시아가 이를 갈며 머리에 쓴 진주관을 벗었다. 정확히는 벗으려고 했으나, 장렬하게 실패했다. 시녀들이 진주관이 흐트러지는 것을 막기 위해 머리카락에 단단히 핀으로 고정해뒀기 때문이다.

결국 여왕은 산발이 됐다. 재상은 미묘한 표정을 지었고, 에넌만 조금 웃었다. 그리고 에넌은 곧 후회하게 됐다. 그 웃음을 본 쎄시아가, 제 의동생 또한 과로사시키기로 마음먹었던 것이다.

"좋아, 명령이다, 에넌 라이언하트."

"예? 무슨 명령이오?"

"난 이 빌어먹을 옷부터 고치겠어. 에넌 라이언하트 공작. 책임지고 내가 입을 만한 편한 옷을 찾아오시오."

"……대뜸?"

"야. 까라면 까."

여왕 쎄시아는 아름답고, 현명했지만 왕국 신민들은 가끔 그녀가 여자라는 사실 때문에 10년이 넘게 군인 생활을 했다는 것을 잊곤 했다.

그러나 에넌 라이언하트 공작은 잊을래야 잊을 수 없었다. 매번 이런 식으로 쎄시아에게 부려먹혔기 때문이었다.

쎄시아 발렌시아의 직속 부하, 에넌 라이언하트는 한숨을 쉬고 건성으로 경례했다.

"존명, 젠장."

장인 도시 벨름에서도 이름난 의상실의 소년 주인, 유리가 쎄시아의 두 번째 난관을 해결하기 위해 수도 발렌시아로 온 것은 그날로부터 8개월이 지나서였다.

1
개꿀을 빨고 싶다, 그것도 아주 많이

유리가 발렌시아의 권좌 앞에 서는 모습을 살피기에 앞서, 7년 전으로 돌아갈 필요가 있다.

한참 쎄시아 발렌시아가 왕국들을 복속시키기 위해 전진, 또 전진할 때였다.

유리가 살고 있던 도시국가 론다는 일찌감치 쎄시아에게 복속을 맹세해 전쟁의 업화에서는 벗어났다. 그러나 열 살 꼬맹이 유리는 론다로 개선해 들어오는 쎄시아의 군대가 궁금했다.

그래서 유리는 몰래 론다 중앙로로 나갔다. 유리가 보고 싶었던 것은 여왕 쎄시아였으나, 그녀는 이미 론다를 거쳐 다른 곳으로 향한 뒤였다.

유리가 중앙로에서 어른들의 다리 사이로 본 것은, 쎄시아의 의동생이라는 에넌 라이언하트의 인상적인 붉은 머리카락뿐이었다.

"저게 바로 그 '배신자' 에넌 라이언하트인가?"

"맞는 것 같은데?"

'배신자?'

유리는 궁금해서 고개를 디밀었다. 그러나 에넌 라이언하트는 이미 지나가 뒷모습만 보였다.

"제 아비 목을 잘라 여왕에게 바쳤다지?"

"아, 어릴 적 버린 부모라지 않아?"

"쯧쯧, 아무리 그래도 낳아준 부모를 그렇게 잔인하게 죽이는 건 아니지!"

부모를 죽였다고? 유리의 눈에 한층 더 호기심이 맴돌았다.

키가 큰 어른들 때문에 행렬이 잘 보이지 않자, 유리는 온 힘을 다해 옆에 있던 동상으로 기어 올라갔다. 동상은 어지간한 어른의 키만큼 컸지만 유리는 나무타기라면 자신 있었다.

그리고 동상에 거의 다 기어 올라갔을 무렵.

"유리! 너 이놈의 계집애!"

유리는 익숙한 목소리 때문에 화들짝 놀라버렸다. 몰래 놀러 나온 것을 엄마에게 들킨 것이다. 그리고 그쪽을 돌아보기도 전에, 유리는 그만 동상에서 미끄러져버렸다.

쿠당탕, 꺄악……. 작은 소란이 일었으나 에넌 라이언하트의 개선에는 아무 지장이 없었다.

그래서 에넌 라이언하트는 론다의 열 살짜리 소녀 하나가 머리를 다쳤다는 사실을 영영 알 수 없었다.

소녀가 그 바람에 전생을 자각했다는 것도.

다시 깨어났을 때, 열 살 유리는 더 이상 나무에 올라가는 것만이 지상 최대의 목표인 소녀로 살아갈 수 없다는 것을 깨달았다.

사흘 밤낮을 앓고 일어난 뒤, 30년의 기억이 더해졌기 때문이다.

그러니까, 유리는 만 서른 살 생일날 술 먹고 차에 치어 죽은 김유리였다.

깨어난 뒤 가장 놀라웠던 것은 전생과 현생의 이름이 같다는 사실이었다. 그리고 그다음 순간 찾아온 것은 자기가 생각해도 너무 어이없는 죽음에 대한 개탄이었다.

'이런 씨발!'

또한 다시 태어났음에도 평범하기 그지없는 외모에 대한 절망감이 찾아왔다. 푸석푸석한 갈색 머리카락, 초록색 눈은 론다 어느 곳에서나 볼 수 있는 평범한 조합이었다. 빌어먹을. 어차피 다시 태어날 거 좀 예쁘게 타고날 수도 있었잖아.

그러나 외모보다 더 큰 문제가 있었다.

유리는 깨어난 이후로 제 엄마의 손에 이끌려 근처의 산파에게 몇 번이나 얼굴을 보여야 했다. "애가 깨어난 이후로 자꾸 헛소리를 해요. 하염없이 울거나요. 이 애를 어떻게 하죠?"하는 엄마의 말에 산파는 "애들은 다치면 가끔 그래. 곧 괜찮아질 거야."라며 쓴 약초즙을 몇 번이나 삼키게 했다.

그리고 그 약초즙을 열 번쯤 마셨을 때, 유리는 더 이상 제 전생의 기억에 매달리지 않기로 했다. 어쨌든 전생의 기억은 전생의 기억이고, 두 번째 인생은 두 번째 인생이기 때문이다.

전생에 죽은 게 너무 슬프고 속상하다고 이번 인생에서 계속 약초즙을 마시고 매번 먹은 것을 게워내는 건 명청한 짓이다.

게다가 전생의 김유리는 대체의학을 경멸했다. 여자들이 의사 대신 찾아가는 산파는, 어떤 사람이 찾아오든 똑같은 약초즙을 먹었다. 더 이상 그 약초즙을 먹고 싶지는 않았다.

그러면 안 명청한 짓에는 뭐가 있을까.

서른 살 김유리는 전생에서 제 인생의 선택에 관해 항상 불평하곤 했다.

그녀는 의상 디자이너가 되겠다는 꿈을 가지고 대학에 갔지만, 결국 종착지는 중소기업 의류브랜드의 먼지 나는 패턴실이었기 때문이다. 대학에서 어떤 옷을 만들든 옷본 하나는 기깔나게 뽑아낸다는 소리를 들었고, 야심만만하게 패턴사로 입사했지만 결국 유리는 제 삶이 노가다라는 결론에 이르렀다.

사실 그래서 술도 더 늘었다.

그러나 론다의 유리는 전생의 자신에게 리스펙트를 바쳤다.

전생에는 비록 노가다였으나 현생에는 기술직이리라!

유리는 주변 사람들의 옷을 살폈다. 그리고 자신의 성공을 예감했다.

론다의 평민 여인들은 평퍼짐한 자루 같은 드레스 두세 벌을 입으며 삶을 영위하고 있었다. 옷은 전혀 아름답지 않았고, 천은 거칠었다.

남자들은 제대로 허리가 여며지지 않아 끈으로 조여매야 하는 바지를 입고 일을 했다. 좀 더 비싼 바지는 주름을 잡아 단추로 여밀수 있었지만, 그게 다였다.

귀족들은 말할 것도 없었다. 여자들은 조각조각 나뉜 드레스를 몸 위에 올리고 끈으로 꿰어 입었다. 입고 벗을 때마다 옷을 새로 만드는 수준이었다. 그게 아닌 옷들은 몸에 맞추기 위해 조각조각 잘게 나누어 다시 꿰맸다.

남자들은 펑퍼짐한 바지 아래 달라붙는 스타킹을 신었다. 잔뜩 부풀린 바지는 우스꽝스럽기 그지없었다. 물론 유리 눈에만 그랬다. 모든 옷은 몸의 치수를 잰 후, 그 위에 가봉하는 식으로 만들곤 했다. 기성복이 없는 세상.

그래서 옷은 종류를 막론하고 정말로 비쌌다. 유리의 표현에 따르면 더럽게 비쌌다.

열 살의 유리는 되뇌었다.

전생은 노가다였으나 이번 생은 개꿀이리라.

~※~

론다의 아이들은 열두 살이 되면 좋든 싫든 일을 해야 했다. 론다는 도시국가였지만 부유하지는 않았던 것이다.

유리는 열한 살이 됐을 때 엄마에게 일찌감치 의상실 일을 배우겠다고 졸랐다. 엄마는 깜짝 놀랐지만, 곧 의상실에서 자투리 천을 모아 작은 장식품을 만들어 내다 파는 이웃집의 메리를 떠올리고 승낙했다.

처음 들어간 어린애들은 몇 년간 손이 여물지 못해 허드렛일이나 하게 마련이었지만, 그래도 가끔 얻어올 수 있을 자투리 천들은 제법 기대되었다.

물론 유리가 의상실에 들어간 것은 자투리 천 따위를 얻기 위해서가 아니었다. 유리는 론다에서 세 번째로 큰 의상실에 들어갔다.

상업 거리에 자리한 그 의상실에 들어가기 위해 유리의 엄마는 유리의 신원 보증인을 둘이나 물색해야 했다. 여차저차해서 의상실에 들어간 유리는 자잘한 심부름을 하며 의상실을 엿봤다. 가장 솜씨 좋게 바느질하는 재봉사를 찾기 위해서였다.

김유리는 평면 패턴은 정말 잘 그렸지만, 현대인이었다. 기껏해야 미싱을 비뚤지 않게 잘 박는 법이나 연습했지, 손바느질은 젬병이었다. 바늘? 그런 건 단추를 달 때나 쓰는 것이었다.

유리가 이 세계에서 개꿀을 빨기 위해서는 솜씨 좋은 재봉사는 꼭 필요했다. 안타깝게도 유리의 엄마는 바느질을 잘하지 못했다.

'아, 가족 경영이 제일 개꿀인데.'

사업 시작도 전에 외부 인력 영입부터 고민해야 했던 유리는 비탄을 금할 수 없었다.

유리가 찾는 재봉사는 바느질을 잘하면서도 눈썰미가 좋아야 했다. 유리가 노하우를 공개했을 때, 유리가 가진 기술의 진가를 알아보면서도 쉽게 혹해야 했기 때문이다.

하지만 유리는 의상실에서 일한지 1년 반 정도가 됐을 때, 재봉사 꼬시기를 포기했다. 바느질을 잘하면서도 눈썰미가 좋은 사람들은 대부분 나이가 많아 가족이 있었다. 가족의 생계를 책임져야 하는 여자들은 자신이 오래 다닌 의상실을 포기하고 싶어 하지 않았다.

그녀들에게 열한 살의 유리는 그저 어린애였다. 사업 파트너가 될 수 없는 상대였던 것이다.

결국 유리는 열세 살이 됐을 때, 장인 도시 벨름으로 가기로 했다.

벨름 또한 도시국가였다. 론다에서는 삵마차를 몇 번씩 갈아타 돌아서 한 달 가까이 걸렸다. 그만큼 먼 곳이었다. 유리는 엄마를 설득하기 위해 몰래 소개장을 위조했다.

벨름에서 가장 잘나가는 의상실, 아타락시아에 추천해주겠다는 소개장이었다. 그 과정은 지난했지만 보람은 있었다. 엄마가 넘어간 것이다.

유리는 2년 동안 집에 생활비를 보태고 몰래 남겨놓은 돈으로 종이와 쇠로 된 가위, 광목천을 샀다. 눈이 튀어나오게 비쌌지만 어쩔 수 없었다. 벨름까지 가서 종이를 사려면 또 도시를 엄청나게 돌아다녀야 할 것이다.

유리는 벨름으로 떠나기 며칠 전부터 옷본을 그렸다. 엄마가 비싼 초를 낭비한다고 싫어해서, 낮에만 작업했다. 예리한 가위 또한 눈물 나게 비싸서, 가슴을 움켜쥐며 자신이 뜬 옷본을 잘랐다. 종이를 어긋나지 않게 자르려면 어쩔 수 없었다.

광목도 마찬가지였다. 종이와 천은 본래 다른 가위로 따로따로 잘라야 하지만, 가위가 너무 비싸서 유리는 가위의 날을 애써 갈아 가며 옷본을 붙인 광목을 잘랐다. 그러고는 바느질을 했다.

벨름에 빈손으로 갔다가는 거지꼴을 못 면한다. 유리의 생각이 었다.

이대로 벨름에 가서도 시간낭비를 할 생각은 없었다. 유리는 열세 살이었고, 사람들은 유리를 채용하지 않았다. 채용한다 해도 허드렛일만 시켰다. 실밥을 떼고, 자수를 풀어내고, 자투리 천을 주워 모으는 일은 이제 지긋지긋했다.

벨름으로 떠나는 유리의 짐 보따리에는 얼기설기 어설픈 손바느질이지만 나름대로 열심히 꿰매어 만든 원피스 한 벌과 남은 광목, 옷본이 들어 있었다.

장인 도시쯤 되면 눈썰미 있는 인간이 있을 것이다. 그는 반드시 유리가 가지고 간 물건의 진가를 알아볼 것이다.

그것조차 알아보지 못하는 인간들뿐일 가능성은 유리의 머릿속에 없었다. 인간은 진보하는 존재라고 유리는 믿었다.

유리가 벨름에서 가장 큰 의상실, 아타락시아의 문 앞에 선 건 그로부터 정확히 한 달 뒤였다.

―※―

벨름은 장인 도시라는 이름답게 화려했다.

론다에서는 꿈도 못 꿀 아름다운 신전과 대리석 건물들이 즐비했다. 가장 놀라운 것은, 5층 이상의 건물들이 있다는 것이었다.

그중에서도 아타락시아는 무려 7층이나 되는 위용을 자랑했다.

유리는 엄청나게 큰 아타락시아의 문 앞에서 입을 떡 벌렸다.

서울에서 살아온 유리라곤 하지만, 대충 이곳에서 몇 년을 살고 보니 눈에 보이는 벨름은 또 달랐다. 장인의 도시인 만큼 상업 거리의 건물들은 아름다웠다.

그중에서도 아타락시아는 어지간한 수준 이상이었다. 크고, 넓고, 높았다! 모든 창문틀에는 아름다운 부조가 새겨져 있었으며 창문은 유리로 돼 있었다.

대륙 전역의 귀족들이 벨름에 오면 반드시 아타락시아에 들른다더니 그 말은 과연 사실인 듯 했다.

유리는 심호흡을 하고 아타락시아의 정문으로 다가갔다. 그 정문의 높이만 3미터가 넘을 것 같았고, 문 전체에 아름다운 무늬가 가득했다.

그러나 곧 아타락시아의 문 앞에 서 있던 도어 보이가 유리를 막아섰다. 아타락시아 손님들이 드나들 때 문을 열어주는 그는, 아타락시아 앞에서 입을 벌리고 구경하는 이들에게 익숙해져 있었다.

그렇지만 그의 눈앞에 서 있는 소녀는 개중에서도 유난했다. 오랜 삯마차 생활로 지친 유리의 행색은 말도 못 할 수준이었던 것이다.

"무슨 일이니?"

"아."

유리가 입을 벌렸다.

"이곳의 사장님을 만나러 왔어요!"

"……사장?"

"아, 아니! 이곳의 주인이요!"

"……꼬마야. 상단주님을 말하는 거니?"

"상단주요?"

유리가 고개를 갸웃했다. 그러고 보니 아타락시아는 벨름에서도 가장 큰 상단의 대표 가게라는 이야기를 들었다.

"네! 맞아요! 맞아요!"

유리는 기쁘게 고개를 끄덕였지만 도어 보이는 픽 웃어버렸다.

"꼬마야. 상단주님은 바쁘단다. 너 같은 애를 일일이 만나실 일이 없어요."

"아, 그게……. 제가 기가 막힌 사업 아이템을 가지고 왔거든요!"

"뭐라는 거야……."

도어 보이가 심드렁하게 귀를 후볐다.

상단주의 개인 사무실이 아타락시아 꼭대기에 있는 바람에, 사업 아이템 운운하며 아타락시아를 찾는 사람은 평소에도 많았다.

도어 보이는 그때마다 그들을 잘 달래 돌려보내곤 했다. 별 변변 찮은 것들을 들고 오는 사기꾼들이 태반이었기 때문이다.

'그렇지만 내가 너무 유하게 나갔나. 이제는 이런 어린애까지 찾아오고. 말세다 말세.'

24

그렇게 생각하며 도어 보이는 여자애를 밀어냈다.

"야, 가. 너 같은 애들 하루에도 수십 명씩 본다. 가, 빨리, 너 이러고 있는 거 보면 내가 혼나."

"아! 상단주님 좀 보게 해주세요! 예?"

유리는 도어 보이의 바짓가랑이를 붙들었다. 도어 보이는 이크, 하며 바지춤을 추켜올렸다. 오랫동안 사용하던 벨트가 낡아 트렁크가 흘러내릴지도 몰랐다.

"아저씨! 제가 여기 아타락시아를 다 뒤집어놓을 물건을 가지고 왔다고요!"

"아, 뭔데 그게?"

"그건……."

유리는 말문이 막혔다. 이런 대로변에서 제 물건을 내보일 수는 없었다.

"아저씨 같은 사람에게 함부로 보여줄 수는 없어요! 제 장사 밑천이라고요!"

"……별."

도어 보이는 결론을 내렸다. 제 발에 매달린 여자애를 뿌리치기로. 그가 손을 들어올리기 전, 뜻밖의 목소리가 들려오지 않았더라면 도어 보이는 그대로 여자애를 밀어냈을 것이다.

"네 말이 맞아."

도어 보이가 자주 듣는 목소리는 아니었다. 그러나 꿈에도 잊으면 안 되는 목소리. 도어 보이의 눈이 커졌다.

"아, 안녕하십니까!"

"그게 물건을 거래하는 자세지."

목소리의 주인은 도어 보이의 인사는 대답해주지도 않고, 즐거운 듯 유리를 내려다봤다. 유리의 눈이 커졌다.

유리의 전생과 현생을 통틀어, 가장 화려한 남자가 유리의 눈앞에 있었다.

아타락시아의 상단주, 레스타였다.

도어 보이가 놀라 몸을 빳빳하게 붙이며 "안녕하십니까!" 하고 인사했다.

유리는 눈을 동그랗게 떴으나, 도어 보이의 인사를 보고 방금 나타난 남자가 제법 높은 사람이라는 것을 깨달았다.

물론 굳이 도어 보이의 자세가 아니라도 유리는 남자가 높은 사람이라는 것 정도는 알아챘을 것이다.

그도 그럴 것이, 남자는 좀 지나치게 화려했다.

공작새……?

그것이 유리가 레스타를 보고 처음 생각한 것이었다.

일단 머리카락이 엄청났다. 원래 색이 뭔지도 알 수 없을 정도로 알록달록한 머리카락이 곱슬곱슬하게 말려 있었다.

몸에 걸친 것은 새카맣고 결이 부드러운 모피. 계절이 춥지도 않은데 대체 모피를 왜 걸치고 있는 거야? 동물 보호 단체에서 기함하며 'No Fur!' 피켓을 들고 시위할 모습이었다.

남자의 눈매는 부드러웠다. 날렵한 코와 단단한 턱은 그 행색만 아니라면 꽤 준수해 보일 것이다.

그러나 코를 찌르는 향수 냄새, 모피 아래로도 엄청나게 번쩍이는 비단옷과 신발, 그 위로 걸친 보석 같은 것들은 남자의 사회적 평가를 상당히 절하시키는 데 모자람이 없었다.

그 모습을 보고 나서 유리는 깨달았다.

저것은 졸부다!

최소한 이 가게 큰손이다!

"나리!"

쿠당탕, 소리를 내며 유리는 남자 앞에 엎드렸다.

"저는 론다에서 온 유리예요! 제게 아타락시아의 상단주를 만날 기회를 주세요! 제가 진짜 좋은 아이템을 가지고 있거든요!"

그러나 세상은 호락호락하지 않았다. 유리가 엎드리기도 전에 누군가가 유리를 끌어냈기 때문이다. "뭐야!"하고 유리가 비명을 질렀다.

"얘가 미쳤나! 나리, 죄송합니다. 제가 혼자서 문을 지키는 데는 한계가 좀……."

도어 보이였다. 유리가 이거 놔요, 하고 발버둥을 쳤으나 성인 남자의 힘을 당해낼 수는 없었다.

"저런. 그렇잖아도 건물을 지키는 인원이 좀 부족하다고 생각하기는 했는데, 인원을 늘려야 하나?"

유리가 몸부림을 치거나 말거나 남자가 턱을 어루만지며 말했다. 도어 보이는 땀만 삘삘 흘렸다.

그때, 중년의 남자가 "들어가시죠, 레스타 님."하고 남자를 재촉했다. 레스타는 고개를 끄덕였다. 그리고 발걸음을 옮기기 전, 유리를 돌아보며 빙그레 웃었다.

"그렇지만, 물건도 보여주지 않고 대뜸 거래를 하려고 들면, 사기꾼으로 오인받기 쉬워 아가씨."

남자의 말에 중년의 남자와 도어 보이 모두 유리를 쳐다봤다.

정작 시선을 받은 유리는 눈을 동그랗게 떴다.

남자는 픽 웃고 문 안으로 사라졌다. 뒤늦게 유리가 "저기요! 저기요!"하고 소리 질렀으나 남자가 다시 문 밖으로 나오는 법은 없었다.

유리는 도어 보이에게 대롱대롱 들린 채로 한숨을 쉬었다.

"아까 그 사람이 상단주라고요?"

"그래, 인마."

도어 보이의 이름은 알리슨이었다. 알리슨은 한숨을 푹푹 쉬며 유리를 내려놨다.

그러나 유리는 다시금 갈 곳이 없다, 자신은 오늘 밤 남의 집 처마 밑에서 밤이슬을 맞으며 자야 한다, 그전에 제발 상단주를 만나게 해 달라고 애걸했다.

그리고 알리슨의 '방금 네가 만난 사람이 상단주잖아!'라는 말에 유리는 좌절하고 말았다.

내가 기회를 눈앞에 두고도 넋놓고 있는 멍청이라니! 아까 그 자리에서 그 남자 발을 붙잡고 사정해야 했어!

하다못해 그때, 가지고 온 물건이라도 펼쳐놨어야 하는데!

"자, 좀 비켜라, 이제. 나는 내 일을 해야 돼."

"하…… 어이없어……."

넋을 놓고 있던 유리는 알리슨이 미는 대로 주욱 밀렸다. 아타락시아의 문에서도 몇 걸음 떨어진 가게 벽면까지 유리를 밀어낸 알리슨은 땀을 닦고는 다시 가게 문 앞에 차려 자세로 섰다.

유리는 아타락시아의 벽에 기댄 채로 혼자 뭐라 뭐라 계속 중얼거렸다. 저 꼬맹이 정신병자인가. 알리슨은 호기심에 잠깐 유리를 쳐다봤지만, 중얼거림은 멈출 줄을 몰랐다. 그러다가…….

"저기요!"

"아이, 깜짝이야."

갑자기 자신을 부르는 말에 알리슨은 화들짝 놀랐다. 다시 그쪽을 보니 유리가 눈을 부릅뜨고 있었다.

"아까 그 사람 언제 다시 나와요?"

"……몰라."

"예?"

"모른다고."

"왜요, 상단주도 퇴근은 할 거 아니에요."

"너 진짜 아무것도 모르고 왔구나……."

알리슨은 한숨을 쉬었다.

"우리 상단주님 여기 꼭대기 사셔."

"……여기 가게 아니에요?!"

"그런데, 일이 너무 많아서 자기가 가진 건물마다 머무셔. 오늘은 아마 밤새 여기서 일하실 거야."

야근이냐…….

유리는 놀라움을 금치 못했다. 물론 야근을 한다는 것 때문은 아니다. 전생에도 회사 건물에다 간이침대를 갖다놓고 먹고 자며 일하는 인간들은 널리고 깔렸다. 물론 경영자가 직접 그러는 경우는 많지 않았지만.

유리가 놀란 부분은 '자기가 가진 건물마다'라는 대목이었다.

야, 집이 몇 개인 거냐 그 남자. 혹시 그 행색도 가진 보석이나 옷이 미친 듯이 많아서 다 걸쳐본 모습인 거냐.

그럼 그 이상한 센스 인정한다.

유리는 새삼 남자가 눈물나게 부러워졌다.

"아, 젠장……."

"왜."

"아뇨. 누군 처마 밑에서 밤이슬 맞아가면서 자야 되는데……. 집 많아서 좋겠네요."

"……그 말 진짜였어?"

"무슨 말이요?"

"밤이슬 맞아가며 자야 한다는 말."

"그럼 거짓말인 줄 알았어요?"

알리슨은 볼을 긁었다.

"하도 터무니없는 소리를 하기에. 그런데 정말이야? 갈 곳 없어?"

"아, 갈 곳 있으면 제가 지금 이러고 있겠느냐고요."

그러더니 유리는 급작스레 눈을 반짝였다.

"저기요, 여기가 벨름 의상실 중에 1등 먹은 곳이죠?"

"그렇지."

"그러면 2등 먹은 가게는 어디에 있어요?"

군이 1등이 아니라도, 이런 도시에서 두 번째나 세 번째 하는 가게 또한 안목 정도는 있을 것이다. 괜히 장인 도시가 아니다.

그러나 알리슨은 고개를 저었다.

"없어."

"예? 왜요?"

"그야, 이곳에서 이름난 명장들은 모두 우리 상단주님이 흡수했으니까 그렇지. 몇 년 전만 해도 2등을 다투던 곳이 있었는데…….
야?"

아……. 시발 망했어요…….

유리는 무릎에 얼굴을 묻었다.

'자본주의 다 나가 죽어라. 여기서도 독점영업하는 새끼가 있네. 소상공인을 지켜주세요.'

한참이나 좌절에 휩싸여 있는데, 알리슨이 조심스럽게 말을 걸었다.

"……너 정말 갈 곳 없어?"

"아, 없어요! 없다고요!"

유리가 버럭 소리를 질렀다. 알리슨이 입을 비죽였다.

"야, 왜 소리를 지르고 그래?"

"막막한데 자꾸 물어보니까 그렇죠!"

"됐다, 사정이 딱해서 잘 곳이라도 찾아봐주려고 했는데……."

"죄송합니다, 선생님. 제가 무례했습니다."

알리슨은 방금 전까지와는 십분 달라진 태도의 꾀죄죄한 소녀를 보며, 자신이 정말 쓸데없는 오지랖을 부린 것은 아닐까 잠시 고민했다.

⁓�֍⁓

알리슨은 생각보다 친절한 사람이었다.

그러나 그가 베푸는 친절만큼 형편이 따르지는 않았다.

그러니까, 뭐랄까. 당장 먹을 것도 없으면서 구세군 냄비에 천 원 넣는 사람 있잖아.

유리는 알리슨의 집안 풍경을 보고 알리슨을 그런 사람으로 정의하기로 했다. 오지랖 부리다 가랑이 찢어지는 사람. 그도 그럴 것이…….

"오빠! 쟤가 내 빵 뺏어먹었어! 오빠가 나눠먹으랬는데!"

"플럼은 어제 사과 먹었잖아!"

"그건 내가 일해서 덤으로 받아온 거잖아!"

"형! 말리가 오줌 쌌어!"

그리고 그 소란을 장식하듯 들려오는 으아아아앙-하는 아기 울음소리.

알리슨은 허둥대며 집 안으로 들어가 싸우는 아이들을 말리고, 우는 어린아이를 받아 안아 흔들었다. 유리는 눈을 가늘게 뜨고 그 난장판을 감상하듯 바라봤다.

최악은 아니라 다행이라고 해야 되나.

"내 동생 생각나서……"라고 말하며 제 집으로 가서 하룻밤 자기를 권했을 때, 유리가 상상한 최악은 성범죄자 소굴 정도였던 것이다. 그것도 소아성애자.

여차하면 도망가기 위해 제 허접한 배낭을 꼭 끌어안고 온 곳은 벨름의 변두리였다.

냄새나고 지저분한 거리. 배설물이 군데군데 쌓여 있는 골목에서도 가장 작은 집이 알리슨의 집이었다.

그리고 그 작은 집 안에서는 사남매가 티격태격하고 있었다. 20대 중반 정도는 돼 보이는 알리슨과 남매들은 나이가 한참은 차이나 보였다.

"넌 누구야?"

유리에게 말을 건 것은 그 소란 속에서 문을 닫으러 나온 남자애였다.

말리가 오줌을 쌌다며 아기를 가리킨 애는 눈에 힘을 주고 유리를 쳐다보다가 뒤로 소리를 빽 질렀다.

"형 또 동생 주워왔어?"

"……또?"

'또'라는 말의 뜻은 곧 알게 됐다. 알리슨은 벨름의 거리에 돌아다니는 고아 꼬마들을 못 본 척하지 못하는 성격의 소유자였던 것이다.

벨름은 부유한 도시였기 때문에 거지도 많았다.

쌍둥이인 플럼과 애플, 남자애인 루디, 그리고 갓난애인 말리.

모두 알리슨이 보기 딱해서 거리에서 주워온 아이들이었다.

이유를 알고 보니 그렇게 호화로운 가게의 도어 보이를 하면서도 코딱지만 한 집에서 사는 것이 바로 이해됐다. 유리는 한숨을 쉬었다. 겨우 말리를 재운 알리슨은 한숨 돌리기도 전에 유리의 애잔한 눈초리를 받아야 했다.

"뭐냐, 그 눈빛은."

"……아저씨 몇 살이에요?"

"야, 아까부터 정말 거슬렸는데, 나 아저씨 아니거든! 창창한 스물세 살이야!"

"우와."

"왜!"

"서른은 무조건 넘을 줄 알았거든요…….."

"너 진짜로 밤이슬 맞으면서 처마 밑에서 잘래?"

말은 그렇게 해도 알리슨은 유리를 쫓아낼 눈치는 아니었다.

유리는 한숨을 쉬었다. 집은 정말 작아서, 집 가운데의 화덕과 이층침대 네 개를 빼면 사람 다섯 명이 편안히 돌아다니기도 힘든 수준이었다.

"아저씨 말 아니어도 그래야 될 거 같은데요. 여기서 어떻게 자요."

"음……. 내가 말리를 안고 앉아서 잘 테니까 오늘은 네가 내 침대를 써."

머리를 긁으며 말하는 알리슨을 보고 유리는 "거참 눈물 나게 감사하네요……."라고 말했다. 루디가 발끈했다.

"야! 형이 네 생각해줘서 데려온 건데 고맙다고 말하지는 못할 망정."

"고맙다고 말은 했잖아. 갓난애를 안고 어떻게 자."

"그럼?"

유리는 루디의 물음에 답하지 않고 알리슨에게 말했다.

"저거 제가 좀 써도 돼요?"

유리가 가리킨 것은 커다란 나무 상자였다.

정확히는 알리슨이 상업 거리의 과일 가게가 폐업할 때 얻어온 상자.

알리슨과 동생들은 그 상자를 식탁처럼 쓰고 있었다. 알리슨이 눈썹을 찡그렸다.

"저기서 자겠다고? 네가 아무리 작아도 거기서 자기에는 좀……."

"자려고 그러는 거 아니에요."

유리가 손을 내저은 다음 알리슨에게 말했다.

"아저씨 오늘 땡 잡은 줄 알아요."

레스타는 기본적으로 언제나 피곤한 사람이었다.

장인 도시 벨름에서 유명한 사람을 꼽으려면 레스타는 항상 다섯 손가락 안에 들었다.

가장 유명한 사람은 아무래도 무서운 기세로 진군하고 있는 북쪽의 여왕 쎄시아였다. 벨름이 아니라 대륙 전역을 통틀어 쎄시아 발렌시아는 지금 가장 유명할 것이다.

두 번째도 쎄시아와 연관된 사람이다. 바로 쎄시아의 의동생 에넌 라이언하트였다. 에넌 라이언하트는 그 무용보다는 다른 별명으로 이름이 높았다.

그래서 레스타는 벨름에서 세 번째쯤 유명한 사람이었다. 앞의 두 사람은 외국인인 데다가 언제쯤 벨름으로 진군할까에 대한 소문들 때문에 유명해진 것이니, 실제로는 레스타가 벨름에서 제일 유명하다고 봐도 될지 모른다.

그 재산도 재산이지만 그는 장사 수완도 대단했다. 장인 도시 벨름에는 뛰어난 장인과 상인들이 많았으나, 그사이에서 순식간에 커다란 의상실을 확보하고 배를 일곱 척이나 소유한 레스타였다. 심지어 엄청난 미남이라니.

자연스레 벨름의 제일가는 신랑감이자 상인들의 거래 명단 첫 번째에 자리하고 있는 남자가 됐다.

그래서 아타락시아의 재봉사들은 레스타에게 자신들이 공들여 만든 옷 중 가장 비싼 옷을 입혔다.

레스타가 새로 투자한 공방에서는 레스타의 머리카락에 알록달록한 색을 물들였다. 염색제를 팔기 위해서다. 이 이상 가는 좋은 모델이 없었다.

레스타는 돈이 되는 것에는 기꺼웠다. 제 휘하의 장인들이 제게 건네는 대부분의 것들을 기꺼이 걸쳤다.

그러나 가끔은 그런 것들이 피곤하게 느껴지기도 했다.

알록달록한 머리 꼴은 지겨웠고, 자신이 걸친 옷들은 너무나 무거웠다. 홑옷 한 겹만 입고 자는 시간이 가장 행복했다.

자신을 처음 보는 사람들이 이상하다는 눈초리로 훑어보는 시선은 차라리 괜찮았다.

그렇지만 어깨가 무거운 것은 사절이었다.

아타락시아는 아름다운 디자인도 디자인이지만, 함께 경영하고 있는 자수 공방과 재봉사들의 실력이 일품이었다. 몸의 유연함을 살리기 위해 자잘한 조각들이 퀼팅된 푸르푸앵이나 더블릿은 레스타에게 가장 잘 어울렸다.

……그렇지만 좀 무겁단 말이지.

벨름은 해안에 접해 있어 무역이 원활하다. 거기 더해 1년 내내 날씨가 일정했다. 건강한 사람이라면 조금 쌀쌀하다고 느끼는 날씨가 연중 계속됐다.

그러니 도시가 발달할 수밖에 없었다.

레스타가 이것저것 걸치는 것도 이상해 보이지는 않았다. 솔직히 좀 과해 보이기는 했지만.

어쨌든 레스타는 오늘 피곤했다. 당장 눈앞에 닥쳤던 일들을 모조리 해결한 참이었고, 앞으로 일주일간은 제 침대에 틀어박혀 아무도 들이지 않고 잠만 잘 생각이었다.

그러나 레스타는 약 일주일 만에 다시 들른 아타락시아 정문에서 도어 보이가 입은 옷을 봤을 때, 그냥 지나치지 못했다.

아타락시아는 직원들에게 일괄적으로 아름다운 진홍색 제복을 지급했다. 여성 직원들은 드레스를 입었고, 남성 직원들은 진홍색 더블릿을 걸쳤다.

그 아래 걸치는 트렁크와 호즈도 함께 지급했지만, 활동량이 많은 데다 벨름의 거리는 상수 시설이 제대로 돼 있지 않은 곳이 많아 바지는 사복을 걸쳐도 어느 정도는 용인해주곤 했다.

그리고 레스타가 오랜만에 마주친 도어 보이는 본 적도 없는 트렁크 호즈를 걸치고 있었던 것이다.

정확히는 트렁크 호즈가 아니었다. 레스타는 고개를 갸웃했다.

사용된 천은 뭐라 말할 수 없을 정도로 조악했다.

바느질도 형편없었다.

선은 볼품없어 초라해 보일 정도다.

자신이 직원들에게 주는 월급이 그렇게 적었던가, 하고 되짚어볼 정도로.

도어 보이가 걸친 트렁크는 일자였다. 트렁크라고 하기도 어려울 정도로 부풀린 주름 하나 없었다.

호즈나 스타킹도 걸치지 않았다. 트렁크를 길게 늘인 형태라고 하는 것이 옳을 것이다.

평소였다면 레스타는 그냥 이상한 것을 걸쳤구나, 하고 지나쳤을 것이다. 가끔 가난한 이들은 비싼 옷을 살 돈이 없어 스스로 옷을 지어 입기도 했기 때문이다.

그러나 그 옷은 어설프기는 해도 마무리는 확실했다. 밑단 처리도 단정했고, 무엇보다 도어 보이는 벨트를 걸치고 있지 않았다.

레스타는 아타락시아의 도어 보이가 가끔 낡은 벨트 때문에 바지춤을 추켜올리던 것을 기억하고 있었다.

허리에 무슨 짓을 했지? 대번에 흥미가 일었다. 레스타는 다가가 도어 보이에게 물었다.

"미안하지만, 혹시 자네가 입은 바지를 좀 봐도 되겠나?"

상단주 앞에서 고개를 숙이고 있던 도어 보이가 어, 하고 놀랐다.

"어……. 예."

"더블릿을 좀 들추어줄 수 있겠나."

"예, 여부가 있겠습니까."

도어 보이는 허둥지둥 자신이 입은 옷을 들추었다. 아타락시아의 진홍색 더블릿 밑에, 얇은 허릿단이 보였다.

보통 트렁크들은 부풀린 주름 때문에 아무리 그 주름을 누르고 단도리해도 허리가 두꺼워 보이기 일쑤다.

대부분의 사람들은 그 무게를 견디기 어려워 윗단의 더블릿에 끈을 매어 고정하는 방식으로 입었다. 규격이 잘 맞지 않으면 그 위에 벨트를 찼다.

그러나 도어 보이가 입은 바지는, 도어 보이의 허리 위에서 깔끔하게 여며져 있었다.

레스타가 느낀 위화감도 그것이었다. 허접하고, 완성도 되지 않아 허름하고 심지어 초라해 보였지만…… 가벼워 보였다.

레스타가 이마를 찌푸렸다.

제 하늘같은 고용주가 이마를 찡그리는 모습에 도어 보이는 당황했다.

"죄, 죄송합니다. 역시 이런 걸……."

"아니, 그게 아니고. 이 바지……. 좀 벗어보게."

"……예?"

불쌍한 도어 보이 알리슨은 순식간에 자신의 순결을 위협당한 여인 같은 표정을 지었다.

레스타는 찡그린 얼굴 그대로 도어 보이를 올려다봤다가, 그제야 자신이 말실수를 했다는 것을 깨달았다.

"아니, 아니, 내가 말실수를 좀 했는데."

레스타는 흠, 하고 턱을 긁었다.

"잠깐 좀 들어와서 입은 바지를 자세히 보여주게. 어디서 샀나?"

그리고 잠깐 생각하다 다시 반문했다.

"'역시?'라고?"

~✳~

다음 순간, 유리는 약 일주일 만에 아타락시아의 꼭대기, 상단주 레스타의 개인실에 입성할 수 있었다.

화려하고 오만한 남자는 심각한 얼굴로 의자에 앉아 있다가, 제 방에 들어선 유리를 보고 한쪽 눈썹을 들어올렸다.

"너였구나."

"예, 안녕하세요?"

행색은 여전히 너저분했다. 레스타는 일주일 전 자신의 상점 앞에서 봤던 소녀가 정확히 일주일치만큼 지저분해졌다는 것을 깨달았다.

그가 나른하게 웃었다.

"내 점원이 입은 옷을 봤어. 네가 만들었다지."

"네!"

유리는 양손을 모으고 기운차게 대답했다.

그날, 알리슨의 집에서 유리는 밤을 새워가며 바지를 만들었다.

알리슨의 허리길이와 다리길이를, 천을 잘라 만든 리본으로 재는 동안 아이들은 유리가 장난을 치는 줄 알고 깔깔 웃었다.

밑위길이를 잴 때는 알리슨을 보고 장가는 다 갔다며 놀렸다. 그러나 유리는 그 집구석에서 밤새 옷본을 떴다.

머릿속에 떠도는 것은 아까 들은 단 한 마디였다.

'물건도 보여주지 않고 거래를 하려고 하면, 사기꾼으로 오인받

기 쉬워.'

말 그대로였다. 유리는 여태까지 뭔가 착각하고 있었던 것이다.

자신의 기술을 보여주기도 전에 제 기술이 팔릴 거라 자신하고 있었다. 그것은 유리가 현대인이라서이기도 했다.

맞춤복이 더 이상 팔리지 않는 시대에서 온 유리가 아무리 기성복을 기깔나게 만드는 기술이 있다 한들, 그 필요성을 사는 이가 체감할 수 없다면 소용이 없다.

그렇지만 제 물건을 대체 어떻게 상단주에게 보여준담?

그에 대한 답은 유리의 눈앞에 있었다.

알리슨이다. 아타락시아의 입구에 아침부터 저녁까지 서서 모두의 문을 열어주는 알리슨에게 제가 만든 옷을 입히면 된다.

알리슨이 입고 있는 재킷은 아타락시아의 직원 유니폼인 것 같았다. 그러나 바지는 달랐다. 그 우스꽝스러운 트렁크 호즈 때문에 알리슨은 뒤뚱뒤뚱 걸었다. 문지기 따위에게 그런 바지는 필요가 없다.

그리고 다음 날 아침 일어난 알리슨의 눈앞에 유리는 자신이 만든 바지를 들이댔다.

광목으로 만든, 얼기설기 바느질해 어설프기 짝이 없는 바지.

긴 잠옷을 입은 알리슨은 처음에는 난색을 표했다.

"이런 걸 대체 어떻게 입으라는 말이야? 발목을 조여 주는 것이 아무것도 없잖아?"

"아, 그냥 입어봐요!"

"볼품이 없는걸? 이런 초라한 바지를 입고 아타락시아의 앞에 서면 나는 당장 쫓겨날 거야!"

"일단 입어보라니까?"

유리와 알리슨의 공방에서 그때까지도 자고 있던 아이들이 하나둘씩 눈을 떴다가, 깔깔 웃으며 손뼉을 쳤다.

그중 유리를 가장 강력하게 밀어준 것은 플럼이었다. 잘 익은 빨간 자두색 머리카락의 플럼은 "뭐 어때! 오빠 그거 입어봐! 신기해!" 하고 알리슨을 떠밀었다.

결국 한쪽 구석에서 주섬주섬 바지를 입던 알리슨은 "이거 벨트 구멍이 없는데!"라는 등 각종 클레임을 걸었지만 유리는 익숙하게 다가가 허리 매듭을 채워줬다.

후크가 있다면 후크를 걸었겠지만 딱히 재료가 없는 이상 별수 없었다. 알리슨이 어정쩡한 포즈로 긴 잠옷을 들어 보였다.

"이렇게 입는 게 맞아?"

"맞아요!"

유리가 손뼉을 딱 쳤다.

알리슨이 어색하다고 투덜거렸지만 유리는 "어휴, 각만 잡으면 되겠네."하고 뿌듯해했다.

결국 그날 유리는 광목 바지를 벗겨, 알리슨의 더블릿을 펴는 인두까지 빌려다 각 잡아 다린 다음 알리슨에게 입혀 아타락시아로 출근시켰다.

처음에는 어색하다고 투덜대던 알리슨은 곧 바지에 적응해버렸다.

벨름의 거리를 걷던 이들이나 아타락시아를 드나드는 이들은 알리슨이 입은 바지를 이상한 눈으로 쳐다봤지만, 벨트를 추켜올리지 않아도 되는 데다가 뒤뚱거리며 걷지 않아도 되는 바지의 묘한 편안함에 알리슨은 이미 조금 적응해버린 상태였다.

물론 그런 그라고 해도 제 고용주가 바지를 벗기려고 들 때는 조금 겁을 먹었지만.

그리고 그 결과로 유리는 레스타의 앞에 서 있는 것이다.

~❈~

"그래, 네가 내 점원에게 그 초라한 거적을 입힌 건 성공적이었어."

"그런가요?"

"내 흥미를 끄는 데 성공했거든."

레스타가 고개를 기울이고 웃었다.

팔짱을 낀 채 얼굴 각도를 바꾸는 미남을 보고 유리는 감탄해버렸다.

자신의 전생을 살았던 곳에 저런 얼굴이 있다면 아마 영화배우를 했을 것이다. 아니, 이미 비슷한 것을 하고 있는 셈인가?

유리는 며칠간 알리슨의 집에서 묵으며 레스타가 제 물건들의 홍보 모델이나 다름없는 사람이라는 것을 알게 됐다.

레스타가 데리고 있는 상인들은 모두 레스타에게 제 물건을 입히고 걸치게 하기에 여념이 없었다. 자신의 바지도 곧 그렇게 될 것이고, 바지는 불티난 듯 팔려나갈 것이다.

'이야! 나는 개꿀을 빨 거야!'

그때 레스타는 그런 유리의 상상을 잘라내듯 말했다.

"좋아, 이제 그 기가 막힌 아이템을 알려줘 봐."

"네?"

"기가 막힌 사업 아이템이 있다면서. 보여줘."

"아."

유리는 냉큼 제 가방을 열었다.

레스타는 가만히 유리가 제 가방에서 주섬주섬 끄집어내 펼치는 물건들을 쳐다봤다.

종이, 광목으로 만든…… 드레스?

레스타는 턱을 괴고 넝마 같은 그 물건들을 빤히 쳐다봤다. 어린아이의 장난감 같기도 했고, 지저분한 쓰레기 같기도 했다. 그렇지만 여자애에게는 어쩐지 사람을 집중하게 하는 힘이 있었다.

레스타는 여자애가 가져온 아이템이 별것 아닐 수 있을지는 몰라도, 여자애만큼은 범상치 않은 인물이 될지도 모르겠다고 생각했다.

상인의 재능이라는 건 의외로 그런 데에도 숨어 있다. 구매가 목적이 아닌 사람도 어느새 집중하게 만드는 힘.

매력이라고 할까.

볼품없는 얼굴을 하고 있지만 매력만은 충분히 가지고 있다.

이윽고 레스타가 앉은 책상 위에 물건을 다 늘어놓은 유리가 허리에 손을 짚고 말했다.

"이게 제가 가져온 거예요."

레스타는 이마를 찡그렸다.

"이건…… 옷본인가?"

"예."

기본적으로 아타락시아의 모든 옷들은 맞춤으로 제작된다.

그렇기 때문에 옷본이라는 것이 없다.

그러나 어딜 가나 고정 고객이라는 것이 존재하기 마련이고, 고정 고객쯤 되면 몸에 맞춘 옷본 하나씩은 의상실에서 보관하기 마련이다.

그렇기 때문에 처음에 레스타는 그 옷본에 대해서 그리 큰 감흥을 느끼지는 않았다.

"이게 뭐지?"

유리는 책상 위에 올려뒀던 광목 드레스를 펼쳤다.

몸에 꼭 맞게 재단된 기본 원피스.

펄럭, 하며 광목이 먼지 냄새를 풍겼다. 화려한 사무실에 걸맞지 않는 냄새였지만 레스타는 딱히 신경 쓰지 않았다.

그보다는 그 초라한 드레스에 대해 소녀가 뭐라고 말할지 궁금했다.

"편한 옷을 만들 거예요."

"편한 옷……."

"많은 사람들이 입을 수 있는, 편한 옷이요. 제가 만든 이 원피스를 보세요. 그리고 제가 입은 원피스도 좀 봐주세요."

원피스. 이상한 말이었다. 보통은 드레스라고 하겠지만, 소녀가 입은 것은 좋게 봐줄래야 좋게 봐줄 수 없는 초라한 치마였다.

소녀는 자신이 걸쳐 입은 앞치마를 풀었다.

평민들이 흔히 옷 위에 두르는 그저 그런 앞치마였다. 레스타는 고개를 갸웃했다.

"그게 뭐?"

"아이 참. 리본 따위로 꽉 죄거나, 일일이 단추를 꿰지 않아도 된단 말이에요."

유리는 레스타 앞에 원피스를 올려뒀다.

레스타는 고개를 기울여 그 원피스를 들여다봤다.

임시 보호자 비슷한 자격으로 뒤늦게 자리에 함께한 알리슨도 조심스럽게 유리의 등 뒤 너머에서 레스타와 비슷한 시선으로 함께 원피스를 들여다봤다.

그리고 두 사람 다 생각했다.

평범한 옷인데, 이게 뭐가 어쨌다고?

결국 레스타는 유리의 옷본을 들어 드레스와 한참이나 비교해봐야 했다. 그리고 조금 후, 레스타는 "아……." 하고 고개를 끄덕였다.

"입을 때 손이 덜 가게 만든 거군."

"……예."

유리는 생각보다 미적지근한 레스타의 반응에 눈을 가늘게 뜨면서도 답했다.

레스타는 원피스를 들어 올려 뒤집었다.

제 생각대로였다. 본래대로라면 몸에 대고 꿰맨 후 잘라내야 할 여유분이 미리 잘려 있었다.

여유분들은 아주 합리적이고 몸의 움직임을 방해하는 곳마다 적확하게 잘려 나가 재봉되어 있었다.

솜씨는 어설펐지만 그 정도는 잘 보였다. 실제로 앞치마를 벗고 난 소녀의 옷 또한 몸에 잘 붙으면서도 아주 편해 보였다.

……그렇군. 레스타는 대강 유리가 가져온 물건이 어떤 것인지 이해했다.

광목 드레스는 언뜻 보기에 허리가 조여져 있었다. 통상적으로 평민들은 빠르게 옷을 차려입고 나가야 한다.

귀족 아가씨들이야 구멍 하나하나에 일일이 리본을 꿰매어 조여 입으며 몸매를 강조할 수 있다. 입는 것을 도와주는 하녀들이 있으니까. 그러나 평민들이나 상인들은 그럴 수 없다. 애초에 옷가지가 그리 많지도 않다.

그러니 펑퍼짐한 드레스를 꿰어 입고 허리를 끈으로 조여 매는 정도였다. 체형이 변해도 그런 옷들은 오래 입을 수 있으니까.

그렇지만 유리가 만든 드레스는 혼자서도 입을 수 있지만, 자연스럽게 허리를 강조할 수 있었다.

물론 거기까지만이라면 제법 흔한 옷이다. 실제로 벨름에 아직 남아 있는 작은 개인 의상실들은 그런 옷들도 만든다. 만드는 사람 입장에서야 손이 많이 가서 그렇지, 수요가 없지는 않았기 때문이다.

레스타의 본업은 무역이었으나, 무역으로 들여온 보석과 비단들을 의상실을 운영하는 것으로 이익을 한층 불리고 있었기에 옷에 대해서도 일가견이 있었다.

그리고 유리가 가져온 옷본은, 아마도 이런 옷을 아주 빨리 만들 수 있게 해줄 것이다. 그렇지만······.

레스타는 질문했다.

"······그래서?"

"네?"

"이게 뭐 어떻다는 거지?"

"······옷을 빨리 만들 수 있잖아요?"

"그게 뭐?"

유리가 이마를 찡그렸다. 레스타는 코로 한숨을 쉬었다.

순진한 어린 소녀는 단지 그것만으로 정말 장사를 할 수 있다고 생각한 모양이었다.

"빨리 만든다고 해서 뭐가 좋지?"

"······빨리 만들어서 옷을 미리 많이 만들면, 두 배로 팔 수 있잖아요? 개인 맞춤 옷 말고, 미리 만든 옷들을······."

"이런. 누구에게?"

유리가 눈알을 굴리다 답했다.

"사람들……에게?"

스스로 말하면서도 확신은 없는 모양이군. 레스타는 픽 웃었다.

"이 옷을 이렇게 만든다 치자. 누가 사지? 귀족? 상인? 목수? 농사꾼?"

"그……. 실크로 만들면 귀족이 입고, 광목으로 만들면 농사꾼이 입겠지요!"

"귀족이 이렇게 초라한 옷을 입는다고?"

아……. 유리가 입을 벌렸다.

"아가씨. 확실히 손은 덜 갈 거야. 재봉사들은 이런 아이디어를 좋아하지. 그렇지만 귀족이 이렇게 장식 하나 없는 옷을 입는다고?"

"장식이야 붙이면 되지요!"

"그래. 귀족들이 좋아할 만큼 아름다운 장식을 붙이고, 주름을 잡겠지. 그렇지만 그러면 빨리 만드는 게 무슨 소용이 있지?"

대번에 여자아이가 시무룩해졌다. 그러나 레스타의 말은 끝나지 않았다.

"목수나 농사꾼, 평민에게 팔 수도 있겠지. 그렇지만 사람들이 1년에 옷을 몇 벌이나 산다고 생각하지? 그런 사람들을 상대로 광목이나 모슬린 드레스를 파는 건 손해야. 저렴한 천으로, 비싼 우리 재봉사들을 써서 파는 옷이 얼마나 이익이 될 것 같아?"

유리가 멍하니 눈을 깜박거렸다. 레스타의 말이 맞았다.

유리가 간과한 것이 있었다. 장사라는 것은 타깃이 명확해야 했던 것이다.

기본적으로 천은 비쌌다. 사람의 손으로 일일이 짜야 하는 게 문제였다. 광목만 해도 베를 짠 다음 삶아야 한다. 그래도 비교적 저렴하고 오래 입어도 크게 천이 상하지 않기에 평민들은 많이 입었다.

다만 평민들은 대부분 옷을 직접 지어 입었다.

큰 기술 없이 몸에 맞춰 만든 다음, 1년에 두세 벌을 돌려 입었다.

밖에서 일하던 옷을 입은 채 그대로 자는 것은 흔한 일이었다. 옷 자체를 만드는 것이 번거롭고, 침모들에게 옷을 사 입는 것은 비쌌다. 아타락시아의 재봉 장인들은 틀림없이 거리의 작은 의상실 침모들보다도 인건비가 몇 배는 비쌀 것이다.

"차라리 작은 개인 의상실을 경영하는 게 빠르지 않을까, 아가씨는."

과정을 줄였으니 평민들을 상대로 조금 더 저렴하게 판매하는 것 정도는 가능할 것이다.

애초에 아타락시아는 귀족이나 부유한 상인들을 상대로 장사했다. 무역 도시인 만큼 돈이 많은 이들은 넘쳐났다.

"……돈이 없는걸요."

유리가 부루퉁하게 답했다.

"그렇잖아도 제가 살던 곳에서 솜씨 좋은 재봉사들을 고용해보려고 했어요. 어렵더라고요."

"……그 정도는 이미 생각했다는 건가."

"예."

유리가 입술을 쭉 내밀다가, 다시 반색했다.

"그러면, 알리슨이 입은 팬츠는 어떠세요?"

그래, 그렇잖아도 그 이야기를 하려고 했지. 레스타는 몸을 일으켜 세워 앉았다. 유리는 말을 이었다.

"남자들 바지통이 너무 크고 넓다고요. 귀족 나리들이야 그런 옷을 입는 게 우아하다고 해도, 평민들은 아니잖아요."

"아까 말했잖아."

또 그 얘기인가. 레스타는 팔짱을 끼었다.

"우리는 평민 상대로는 옷을 팔지 않아."

"상인 상대로는요?"

"……흠."

유리는 레스타를 보더니, 자신도 마주 팔짱을 끼었다.

조그만 몸집인데, 배짱 하나는 쓸 만하군. 그러니까 여기까지 온 거긴 하겠지만.

어차피 여자애를 불러온 것은 순전히 흥미 때문이었음을 떠올리며 레스타는 입가에 미소를 올렸다. 유리가 계속해서 말했다.

"귀족 나리들처럼 화려한 옷을 입을 수는 없죠. 여기는 무역 도시니까요. 돈이 많고 바쁜 상인일수록 많은 일을 해야 하는데, 화려하고 불편한 옷은 짐만 돼요. 그렇지만 평민처럼 입고 싶지는 않아. 그렇지요?"

"계속해 봐."

"그래서 아타락시아에 와요. 예쁘고 불편한 옷을 맞추러. 그렇지만 상단주님."

유리가 턱 끝으로 레스타 쪽을 가리켰다.

"그 옷 불편하지 않으세요?"

정답. 레스타의 미소가 더 짙어졌다.

레스타가 알리슨의 바지를 눈여겨본 것도 그 때문이었다.

무겁지 않고, 다리 사이를 쓸데없이 부풀려놓지 않았다. 물론 선원들이야 퀼로트 같은 것을 입는다지만, 맨발로 배 위를 누비는 선원들과 달리 레스타는 구두를 신고 다니는 사람이다. 결국 퀼로트를 입는다 해도, 다리를 조이는 스타킹을 그 위에 신는 것은 여전히 불편했다.

"편한 옷을 입으세요. 벨트를 두르지 않아도 되고, 제작도 빠르고, 거추장스러운 발목 조임대를 쓰지 않아도 되는 바지요."

"그렇지만, 아가씨. 본 적도 없는 데다 초라하다는 건 마찬가지잖아."

레스타의 말에 유리가 콧대를 들어올렸다.

"그건 꾸미기 나름이죠. 그리고, 상단주님이 입으시면 되잖아요."

"내가?"

유리가 한쪽 입꼬리를 올렸다.

"이 도시에서는 상단주님이 입고 걸친 거라면 뭐든 사고 싶어 하는 사람이 넘친다고 들었어요. 아닌가요?"

레스타는 그만 웃어버렸다. 어찌 됐든 기본적인 장사의 센스는 있는 꼬마애였다.

그렇다면 이걸 어떻게 해야 할까.

레스타는 이 꼬마가 생각보다 마음에 들었다.

그건 아마 레스타가 조금 전 느꼈던 매력과도 무관하지 않을 것이다. 레스타는 이 당돌한 꼬맹이의 자신감이 즐거웠다.

처음 벨름에 왔던 소년 시절의 자신이 생각나기도 했다. 얼굴 잘생긴 것 빼고는 돈 한 푼 없는 애송이였던 시절이 제게도 있었다.

한편, 꼬맹이가 가져온 물건도 아주 쓸모없지는 않았다. 솔직히 말하면 이런 기술을 어디서 배웠는지 궁금할 정도였다.

옷본은 기술자라고 해도 무관할 정도로 잘 그려져 있었다. 그리고 레스타가 봐온 방법으로 그려진 물건도 아니었다.

적어도 손이 덜 간다는 점에서는 아주 훌륭했다.

그저 아직은 장사 수완도, 머리도 좀 없을 뿐이다.

그러면 어떻게 할까. 레스타는 충동적으로 이 꼬마에게 기회를 주고 싶어졌다.

"그러면 내가 제안을 하나 하지."

"뭔데요?"

"아타락시아의 막내 디자이너로 들어오는 건 어때? 급료는 지금 있는 디자이너들의 8할을 주지. 1년이 지나면 정규 봉급이다."

실로 파격적인 제안이었다. 아타락시아에 근무하고 있는 직원들이 듣는다면 눈을 부릅뜰 만한 일이었다.

경력이 상당한 이들로 가득한 아타락시아에 어디서 왔는지도 모르는 꼬맹이를 넣는다고?

말도 안 되는 일이었다.

동시에 레스타는 이 꼬맹이가 제 제안을 거절하지 않으리라 확신했다.

그러나 레스타의 제의를 유리는 대번에 거절했다.

"싫어요."

레스타는 놀란 표정을 지었다.

"어째서? 우리 상점에 취업하고 싶어서 온 것이 아닌가?"

"아뇨."

유리는 고개를 저었다.

"저는 상단주님의 사업 파트너가 되고 싶어요."

레스타의 미소가 더 짙어질 수 없을 정도로 짙어졌다. 알리슨은 대경실색했다.

"무슨 소리야!"

"아저씨는 좀 가만히 있어요. 이 정도는 요구할 수 있다고요."

유리는 허리에 손을 짚고 말했다.

"6:4. 물론 제가 6, 상단주님이 4예요. 제가 디자인하고 옷을 만들 수 있는 패턴까지도 짜 드릴 거예요. 충분히 합리적인 거래라고 생각해요."

"내가 아가씨를 고용하지 않고 아가씨 노하우만 쭉 가져갈 수 있다는 생각은 안 하는 건가?"

레스타는 그렇게 말하며, 어쩐지 어린애를 협박하는 나쁜 놈이 된 것 같은 기분이 들었다. 그리고 동시에 묘한 느낌을 받았다. 그러고 보니, 눈앞의 꼬마는 열세 살이라고 했다. 그런데 어째 말하는 섯은 노련한 성인 같았다.

그렇기에 레스타도 호기심에 불렸던 유리와 여기까지 이야기를 진행시킨 것이리라. 그렇지만 어린애는 어린애다. 제 말에 겁먹을지도 모른다.

자, 어떻게 할래? 레스타가 속으로 생각했다.

그러나 뜻밖에도, 유리는 레스타의 말에 고개를 약간 기울이며 웃었다.

"그럴 수도 있겠죠. 그렇지만 후회하실걸요."

"내가 왜?"

"아까 상단주님은 딱 한 가지만은 반박 안 하셨어요. 옷을 빨리 만든다는 거. 상인이 타깃이라면 장점이 극명해지죠. 그 사람들은 배를 하루하루 정박해둘수록 손해를 보니까, 조금이라도 이 도시를 빨리 떠나고 싶어 하거든요. 좀 독특한 옷이지만 아마 벨름에서 유행한 옷이라며 입고 으스대기는 딱 좋겠죠."

"……똑똑한 아가씨로군?"

"그리고."

"그리고?"

레스타가 반문했다. 유리의 미소도 따라서 짙어졌다.

"저 같은 사람 아마 다시 보기 힘드실 테니까."

확실히 그 말에는 레스타도 동감이었다.

이런 열세 살은 아마 어디서도 보지 못할 것이다. 상단주 앞에 납작 엎드리고, 아이템을 보여주고, 능숙하게 흥정하고, 자신처럼 화려한 사람이 찍어누르려는데도 조금도 쫄지 않는 소녀.

생긴 건 그냥 평범한 시골 여자아이 같은데.

레스타는 입을 열었다.

"좋아. 계약하지. 단 내가 6, 네가 4야. 판매 루트만 책정하는 게 아니라, 나는 내가 가진 자원을 투자해야 해. 솔직히 말하면 안 팔리면 손해라고. 사람들은 생각보다 급진적인 것을 좋아하지 않아."

유리가 눈을 부라렸다.

5:5요. 생산 비용 제외하고 순 수익금만."

"……좋아. 대신 조건이 있어."

"뭔데요?"

레스타가 턱을 괴었다.

"남자가 되는 거다."

2
스무 살의 소년 점주

7년 후.

상인 콜티손은 벨름에 배가 정박하자마자 누구보다도 날아가는 걸음으로 아타락시아를 향했다.

아내가 이번에는 무슨 일이 있어도 아타락시아의 가볍고 부드러운 드로워즈를 스무 벌은 사다 달라고 부탁했기 때문이다.

그렇잖아도 콜티손은 이번에 아내가 못 구해 안달인 그 속옷을 아내 것 말고도 백 벌은 주문할 생각이었다.

마침 콜티손이 살고 있는 도시의 모든 귀부인이 한창 아타락시아의 가운과 드로워즈를 못 구해서 안달이었다.

"잠들 때 그 가운을 입으면 마치 구름에라도 잠긴 듯 폭신하다니까요!"

자신의 부인이 호들갑을 떨며 한 말을 머릿속에 새기며 콜티손은 빠르게 발을 움직였다. 자고로 상인이라면 대목을 놓치지 않는 법이다.

여섯 달 만에 보는 아타락시아는 여전히 컸다. 3년 전 증축한 새 건물은 예전 건물보다 한층 더 높고 아름다웠다.

콜티손은 새 건물로 들어섰다.

두 명의 도어 보이가 거대한 문을 열자, 온통 하얀색 돌로 꾸며진 내부가 드러났다. 콜티손은 들어서자마자 "콜티손 바르샤일세! 점주를 불러주게!"하고 호탕하게 외쳤다.

아타락시아와 몇 년간 큰 거래를 지속해왔던지라, 콜티손은 언제나 점주를 금방 만날 수 있었다.

그러나 이번에는 조금 달랐다.

점주가 신관 1층에 있었던 것이다.

콜티손이 그렇게 외치자마자, 상점 내부에 서 있던 갈색 머리의 앳된 소년이 놀란 눈으로 돌아본 후 이쪽을 향해 미소 지었다.

"안녕하세요, 바르샤 씨! 오랜만에 뵙습니다!"

"오오, 유리! 오랜만일세!"

이제 갓 스무 살이 된 어린 나이에 이미 아타락시아의 점주라는 위치에 오른 소년 점주 유리였다.

마흔이 넘은 콜티손은 자신의 반도 살지 않은 소년을 깔보기는커녕 반갑게 악수했다.

그도 그럴 것이, 콜티손에게도 상당한 부를 안겨준 소년이다.

"오랜만이시네요. 부인은 안녕하시지요?"

마지막으로 콜티손이 아타락시아에 들렀을 때, 아내는 전란을 피한다는 명목으로 콜티손을 따라 벨름에 왔다. 그때 인사한 것을 기억하는 모양이었다.

콜티손은 수염을 쓰다듬으며 "잘 있고말고! 너무 잘 있어서 이번에도 아타락시아 속옷을 사오지 않으면 내 수염을 몽땅 뽑아버릴 기세라네!"하고 호탕하게 웃었다.

유리도 빙그레 마주 웃었다.

"이번에도 대량 주문을 하러 오셨나요?"

"암, 그놈의 속바지가 엄청나게 인기인 모양이야!"

"저번에 소개시켜 드린 드로워즈가 마음에 드셨나 봅니다. 다행이네요."

유리가 말하는 드로워즈는 부드러운 면실크로 된 바지였다.

비단으로 만들어 온갖 장식을 한 속바지는 아름답지만 비싸서 부인들은 몇 개씩 구입할 엄두를 내지 못했다. 그러나 아타락시아는 실크와 면을 적당한 배합으로 번갈아 씨실과 날실로 섞어, 실크보다는 저렴하고 면보다 몇 배는 아름다운 직물을 만들었다.

그 드로워즈에 아름다운 리본을 만들어 늘어뜨리기만 했다면 그렇게 불티나게 팔리지는 않았을 것이다.

유리는 귀부인들의 잠을 위해 드로워즈와 함께 걸치는 가운을 만들었다. 그 안에 아무것도 입지 않은 채, 위에 가볍게 걸치는 것이다.

처음에는 그 선정적인 디자인에 많은 귀부인들이 대경실색했다.

그러나 몇몇 신사들이 제 애인을 위해 그 가운을 남몰래 구입해

간 다음에는 이야기가 달라졌다. 그 가운을 한번 입고 잠들어본 이들은 다시는 슬립 드레스를 걸치지 않았다.

몸에 쓸데없이 휘감기지도 않고, 부드럽고 따뜻했다.

콜티손은 제 딸이 시집갈 때도 꼭 그 가운을 같이 보내야 한다며 야단이던 부인을 생각하며 턱을 쓰다듬었다.

"우리 집안 여자들뿐만 아니라, 도시 전체가 아타락시아 옷이라면 아주 눈을 뒤집고 달려든다네. 덕분에 내가 아주 호황을 누리고 있지."

"다행입니다. 어르신이 계신 곳까지 저희 배를 띄우기는 어렵거든요."

유리가 답하며 웃었다. 그러나 정확히는 안 그래도 되기 때문에 아타락시아는 콜티손의 도시까지 옷을 직접 팔지 않았다.

아타락시아의 대상단주 레스타는 무역업으로 유명한 이다.

그의 주 품목은 다른 것들이었고, 콜티손이 아타락시아 옷을 사다 팔아 얻는 이익과는 비교가 되지 않는 어마어마한 금액을 벌어들이고 있었다.

콜티손은 몇 년째 봐도 영 뺀질해서 마음에 들지 않는 레스타의 화려한 얼굴을 떠올리며 눈앞의 유리를 봤다. 그 레스타에 비하면 이 소년은 아주 싹싹한 데다 장사 수완도 있다.

거참, 레스타라는 인간이 인복 하나는 있는 모양이었다. 이런 소년을 대체 어디서 구해서.

—✳—

　7년 전 어느 날 레스타는 갑자기 유리라는 소년을 데려와 아타락시아의 디자이너로 삼았다.

　상단 내의 모든 이들이 당황했으나 곧 그 당황은 가라앉았다.

　아타락시아는 유일하게 레스타의 상단에서 레스타만이 온전히 지분을 소유한 가게였기 때문이었다.

　웬 남첩을 데려다놨다는 소문이 짜하게 퍼졌다. 그리고 4년 만에, 아타락시아는 새 건물을 지었다.

　유리 덕분이었다.

　유리는 어디서 듣도 보도 못한 옷들을 만들어 레스타에게 입혔다. 모든 이들이 레스타가 남첩을 향한 사랑에 눈이 멀어 이상한 넝마를 입고 다닌다고 비웃었다. 그러나 점점 레스타가 입고 있는 얇고 초라한 푸르푸앵이 멋져 보이기 시작했다.

　어느 순간 그 푸르푸앵은 편안하고 단정한 옷이라는 명목하에, 벨름 장인들의 반 이상이 입고 다니는 품목이 되어버렸다.

　그다음은 긴 퀼로트였다.

　기존의 퀼로트는 선원들이나 입는 반바지였지만 유리는 그 퀼로트를 조임대 없이 길게 만들어 레스타에게 입혔다.

　벨름의 상인들은 어쩐지 자신들이 신고 있는 스타킹이 퍽 갑갑해 보인다고 생각했다.

　레스타는 지나치게 멋진 모델이었고, 여자들은 남자들에게 "레스타처럼 입어보면 안 되나요?"하고 묻기 시작했다.

남자들은 서서히 여자들에게 떠밀려 너도 나도 그 긴 퀼로트를 입기 시작했다.

어느새 벨룸의 상인들은 대부분 아타락시아의 옷을 대여섯 벌씩은 장만하게 됐다. 상인뿐만 아니었다. 이웃 나라의 귀족들까지 아타락시아의 옷을 탐내기 시작한 것이다.

장사 수완 있다는 이들은 맨 처음에는 아타락시아의 옷을 따라 만들었다. 그러나 아타락시아가 그렇게 빠르게 옷을 만들어내는 비결을 알게 된 다음에는 태도가 달라졌다. 아타락시아의 모든 옷들이 그 남첩인 줄만 알았던 소년에게서 나왔다는 것을 알게 됐기 때문이다.

"글쎄, 그 남자애가 만든 옷본이 그렇게 신통방통하더라니까! 몸에 대고 주름 잡을 필요 없이 그냥 다 잘라두고 시작하니까 그렇게 빠르지!"

아타락시아 출신의 침모 하나가 제 남편에게 한 말은 순식간에 근방 도시의 의상실들에 퍼졌다. 아타락시아 때문에 기를 못 펴던 모든 의상실들이 남자애가 만들었다는 옷본 한번 구경하기 위해 용을 썼다. 그러나 그 침모는 빠르게 아타락시아에서 해고됐고, 아타락시아의 모든 침모들은 그 이후 입을 닫았다.

남자애가 만드는 것은 옷본뿐만 아니었다.

어디서 그렇게 요사스러운 디자인을 만들어내는지, 돈깨나 있다는 부인들이 모두 아타락시아 옷을 사지 못해 안달이었다.

그중에서도 면실크가 걸작이었다. 씨실과 날실을 그렇게 절묘하게 엮는 법을 대체 어디서 알아냈는지 모를 일이었다. 면실크는 이제 아타락시아뿐만 아니라 레스타가 운영하는 상단의 주요 거래 품목이 됐다. 그러니 장사꾼들이 모두 그 유리라는 남자애를 끌어들이려고 용을 쓰는 건 당연한 일이었다.

하지만 그 남자애를 아타락시아 밖에서 만나기란 너무나 힘든 일이었다. 이웃 나라의 큰 무역상이 우연히 길에서 유리를 만나자마자 '무조건 아타락시아보다 두 배 더 주겠다'고 제의했으나 바로 거절당한 것은 유명한 일이었다.

환락의 도시 포르투의 영주가 포르투에서 가장 아름답다는 기녀 밀레나를 데려와 옷을 맞춘다는 핑계로 대놓고 유리를 꼬여냈으나 유리는 꿈쩍도 하지 않았으며, 되려 밀레나에게 드레스만 열댓 벌 팔아치웠다는 이야기는 근방 의상실에 전설처럼 전해졌다.

결국 밀레나가 포르투에서 지겹도록 아타락시아의 옷만 입고 다녀 한동안 아타락시아가 포르투에서 온 손님들로 북적였다나.

"백 세트를 주문하겠네."

"그렇게나 많이요?"

"그럼. 얼마나 걸리겠나?"

"음……. 보름만 주십시오."

"보름? 그렇게 빨리 되나?"

"그럼요."

눈앞의 청년을 보며 콜티손은 턱을 만지작거렸다.

이제 갓 스무 살이 됐다는 청년이지만, 아직도 앳된 얼굴은 10대 중후반이라고 해도 믿을 정도였다. 솜털이 보송보송한 것이, 수염도 안 날 것만 같았다.

"보름 후에 오시면 준비해 놓겠습니다. 선금은…… 아시지요?"

"그럼. 나가면서 은행에 지불 처리를 요청해놓겠네."

"고맙습니다!"

유리가 웃으며 주문서를 내놓았다. 유리의 이름으로 아타락시아 쪽에 사인이 되어 있었다. 콜티손은 주문자 쪽에 사인했다.

문서 두 개를 양쪽이 나눠 가지는 것으로 계약이 체결됐다.

콜티손은 주문서를 돌돌 말아 품에 챙겨 넣으면서 입을 열었다.

"그런데……"

"예! 말씀하세요!"

"자네는 장가 안 가나?"

"아이쿠."

유리가 서글서글한 미소를 지었다.

"보시다시피 일만 하기에도 바쁘답니다. 나중에 좋은 아가씨 있으면 소개 좀 시켜주십시오."

"거야, 자네가 만든 옷들만 생각하면 당장 내 딸들만 해도 자네 얼굴을 몰라도 시집가고 싶다는 이야기를 늘어놓는다네!"

"하하하. 감사한 말씀을. 하지만 어르신과 저의 복된 관계를 생각하면 역시 따님들은 안 되겠습니다."

유리가 그렇게 말하며 눈을 찡긋했다.

"이래 봬도 제법 인기가 많아서 따님들을 울릴지도 모르거든요."

"이 사람. 남자라면 자고로 여자 하나로 만족하지 못하는 법이지."

"그렇지만 그게 따님의 이야기라면 곤란하지 않겠습니까."

그건 그렇지. 콜티손은 턱을 어루만졌다.

"그런데, 자네는 발렌시아로는 안 가나?"

"발렌시아요?"

"거, 이제 슬슬 그 여왕의 정복 전쟁도 끝이 났다고 하니 말일세. 다들 발렌시아로 진출할 기회만 엿보고 있다고."

여왕 쎄시아가 정복 전쟁을 벌인 지 10년, 대륙의 모든 국가가 쎄시아의 손에 들어갔다고 해도 과언이 아니었다. 벨름 등의 도시국가들은 진작 쎄시아에게 백기를 들고 들어갔다.

유리의 고향인 론다도 마찬가지였다.

그러고 보니 그 쎄시아에게 론다가 백기를 들던 해에, 유리 또한 전생의 기억을 되찾았다. 에넌 라이언하트의 개선 때 나무에 떨어져서였다.

그렇게 생각하니 은인이군. 유리의 눈이 가늘어졌다.

"글쎄요. 발렌시아는 여기서 너무 멀죠."

벨름의 장점은 1년 내내 기후가 고르고 따뜻하다는 것이다.

쎄시아가 건설한 발렌시아 왕국의 전신은 벨름보다 한참은 북쪽에 있었고, 그곳은 뼈가 시릴 정도로 춥다고 했다. 뭣보다 너무 멀다. 배로는 갈 수도 없는 대륙 한가운데인 것이다.

"그럼 평생 벨름에만 있을 셈인가?"

"에이."

유리가 손을 내저었다.

"그거야 모르죠. 단지 지금 당장은 발렌시아로 갈 일이 없다는 거예요. 무엇보다……."

유리가 살갑게 웃었다.

"당장 어르신이 주문하신 드로워즈 백 벌을 만들어야 하지 않겠습니까."

콜티손이 껄껄 웃으며 돌아섰다.

유리는 그가 나갈 때까지 공손히 허리를 숙였다. 그가 나간 후, 유리는 주문서를 바로 근처에 있던 남자에게 내밀었다.

"형, 이거 주문 좀 넣어줘."

"알겠어. 백 벌? 문제없지."

기꺼이 유리의 손에서 주문서를 받아든 것은 다름아닌 알리슨이었다. 아타락시아의 도어 보이 노릇을 하던 그는 어느새 유리의 옆에서 어엿한 비서 노릇을 하고 있었다.

그러나 유리는 손을 내저었다.

"아니, 이백 벌."

"뭐? 백 벌이라며?"

"콜티슨 바르샤, 저 사람이 왔다 가면 한 달 후에 주문이 밀어닥친단 말야. 저 사람, 앙헬레스에서 왔지?"

"응."

"앙헬레스는 배로 삼일은 걸려야 갈 수 있는 곳이지만 유행이 빠른 데다가 위치가 좋아서 전파력도 좋아. 저 사람이 물건을 가지고 가면 분명 좀 더 싸게 사고 싶어 하는 상인들이 와서 더 주문할 거야."

"그렇구나!"

알리슨이 손뼉을 쳤다. 7년을 본 자신의 동생이지만 이런 수완은 도저히 자신이 따라 할 수 없는 것이었다.

알리슨은 콧노래를 부르며 주문서를 들고 침모들이 있는 꼭대기 층으로 향했다. 계단을 올라가기 전, 알리슨이 "아!"하고 생각났다는 듯 말했다.

"참, 상단주님이 제발 오늘은 저녁 좀 같이 먹자시더라."

"레스타가?"

"응. 곧 발렌시아에 가셔야 할 거 같은데, 오래 자리를 비울 것 같으니 얼굴 좀 보여 달라셔."

"알겠어."

유리가 귀를 후비며 성의 없이 답했다. 알리슨이 빙그레 웃고는 위층으로 걸어 올라갔다.

―※―

발렌시아.

콜티슨에게는 그렇게 말했지만, 지금이야말로 상인들에게는 적기다. 여왕 쩨시아가 발렌시아 왕국을 건설한 지금, 레스타처럼 수

십 개의 도시를 오가며 무역을 하는 이는 적어도 수도로 한 번은 올라가봐야 했다. 아무리 아타락시아가 유행을 선도한다 해도, 수도의 유행이라는 것이 있게 마련.

……뭐, 아무리 왕국이 어쩌고 수도가 어쩌고 해도 자신이 만드는 유행을 따라올 수 있는 없겠지만.

유리는 혼자 빙그레 웃었다.

적어도 그때까지는, 유리는 자신이 발렌시아에 가게 될 거라고는 추호도 생각지 못했다.

~※~

해가 지기 전에야 유리는 겨우 아타락시아에서 빠져나올 수 있었다.

정시 출근, 정시 퇴근. 야근에 시달리던 노동자였던 유리는 아타락시아에서 자신이 경영자로 이름을 내세울 수 있게 되자마자 아타락시아의 모든 침모들을 정시 퇴근시켰다.

그전까지 아타락시아의 직원들은 아침부터 밤중까지 일했으나, 유리가 들어온 이후로는 아침을 먹고 출근했고 해가 지기 전에 퇴근했다. 물론 그건 유리 본인이 정시 퇴근하기 위해서다. 유리는 상사가 놀고 싶으면 부하 직원들도 놀 수 있어야 한다는 사고의 신봉자였다.

맨 처음 디자이너로 아타락시아에 출근했을 때, 심하면 새벽까지 일해야 한다는 걸 알고 얼마나 놀랐던가.

다만 안타까운 건 유리가 아타락시아의 경영자가 된 지금도 유리 본인만은 야근을 하기 일쑤라는 것이었다.

그건 레스타가 제가 살던 아타락시아 꼭대기 개인실을 유리에게 줘버렸기 때문이었다. 어쨌든 일을 끝내도 아타락시아를 나가기 요원한 환경은, 유리를 자연히 야근하게 만들었다. 전생이야 퇴근하면 누워서 치킨 박스 끌어안고 예능 프로그램 보면서 깔깔대면 됐지만, 여기서는 영 할 일이 없어 결국 야근을 자진해서 하는 꼴이 된 것이다.

가게 직원들이 다 퇴근하고, 친해진 침모들이 "어머나, 유리는 언제 쉬니?"하며 건물을 나가는 뒷모습을 보는 건 이제 그만!

유리는 오늘이야말로 제대로 놀기로 결심한 참이었다.

가장 먼저 갈 곳은 젤로 가게였다. 플럼은 최근 벨름에서 가장 큰 빵집에서 일하고 있었다. 그곳에 젤로가 들어왔다는 이야기를 들은 후부터 유리의 머릿속은 온통 젤로가 독차지해왔다.

전생의 유리는 디저트를 별로 즐기지 않았지만, 이곳은 아예 디저트를 즐기기 어려운 환경이었던 것이다. 많은데 안 먹는 것과 없어서 못 먹는 것은 다르다.

설탕 너무 비싸!

물론 지금 유리의 환경이라면 설탕이 가득 든 디저트 같은 건 얼마든 사 먹을 수 있었다. 유리는 아타락시아의 문을 나서며 불끈 하고 주먹을 쥐었다. 자수성가 짱이다!

유리의 바지 주머니에 체인으로 연결된 돈주머니가 짤랑짤랑 소리를 냈다. 허리띠에 아름답게 세공된 체인을 연결하는 방식의 주머니는 유리가 요즘 밀고 있는 아이템이었다.

벨름의 시장까지는 얼마 걸리지 않았다. 상업 거리 입구에 있는 큰 시장은 모든 벨름 사람들이 와서 장을 보는 곳이었다. 시장의 중앙에 있는 큰 빵집까지는 또 한참을 가야 한다. 듣기로 그 가게에서는 젤로를 다양한 재료로 만들어 판다고 했다. 과일이 든 젤로는 가장 인기가 많아 빨리 떨어졌다. 항상 마지막까지 남는, 소 내장이 든 젤로를 먹을 수는 없었다.

얼른 가서 과일 젤로를 살 거야! 백 개 살 거야!

유리는 저도 모르게 발걸음을 빨리했다. 짤랑짤랑, 소리가 커졌다. 2층 건물을 온통 쓰고 있는 큰 빵집은 잡화점도 겸하고 있었다. 유리는 많은 사람들이 지나다니는 빵집의 문을 열고 들어갔다.

빨간 줄이 길게 동글동글 무늬처럼 들어간 사탕 통이 진열된 유리 케이스와 들고 가기 좋게 포장된 밀가루 포대들을 지나자 수십 가지 종류의 빵들이 진열돼 있는 커다란 홀이 나왔다. 빵을 진열하고 있는 직원들 사이를 빠르게 지나치다가 며칠 전 플럼의 소개로 아타락시아에서 앞치마를 산 빵집 직원 베르가가 "안녕, 유리!"하고 인사해 "안녕하세요!"하고 맞받아쳤다.

그리고 드디어, 젤로 진열대 앞.

보기만 해도 황홀한 젤로들이 대여섯 개 진열돼 있었다. 절인 빨간무가 들어간 젤로, 소 내장이 들어간 젤로, 고기들이 잔뜩 쌓인 위로 자잘한 젤로가 흘러내리는 요리, 그리고…….

"이 포도…….'

"지금 나와 있는 과일이 든 젤로 다 주시오."

반으로 자른 머스캣 포도가 둥글게 열을 지어 장식된 젤로를 막 주문하려는 때, 유리의 말을 가로막은 이가 있었다.

유리 바로 옆에 서 있는 남자였다. 유리는 눈을 크게 뜨고 그 남자를 올려다봤다.

무시무시한 빨간 머리, 큰 키. 얼굴은 잘 보이지 않았다. 남자 앞에 서 있던 빵집 직원은 넉살 좋게 "네! 과일 젤로 전부 포장!"하고 외쳤다.

유리는 황급히 외쳤다.

"자, 잠깐만!"

"어머나, 유리."

"과일 젤로 품절이야?"

젤로 포장을 외친 직원 대신 플럼이 나와 유리에게 인사를 건넸다. 플럼은 동그랗게 눈을 떴다가, 유리 옆의 남자를 쳐다본 후 미안한 듯 눈썹을 늘어뜨렸다.

"어……. 그런 것 같지……?"

"헐……. 더 안 나와?"

"으음……. 오늘은 젤로를 만드는 사람이 퇴근했어. 내일 오는 건 어때, 언, 오빠……?"

플럼이 무심코 유리를 언니라고 부르려다 남자의 눈치를 보고

급히 호칭을 고쳤다. 그러거나 말거나 플럼의 말에 유리가 아연해졌다.

"야, 나 바쁜 거 알잖아……. 배달은 안 돼?"

"이런……. 젤로는 배달하면 모양이 망가지기 일쑤라 주인 나리가 배달은 금지시켰는데."

어쩌지? 플럼이 퍽 미안해하는 표정으로 유리를 쳐다보고는 주문한 남자 쪽도 한 번 쳐다봤다. 유리도 옆에 있는 남자를 올려다봤다.

침묵이 흘렀다.

"저어, 나리……."

유리가 조심스럽게 입을 열었다. 그제야 옆에 있던 남자가 유리를 내려다봤다. 붉은 머리가 파스스 흩어져내렸다. 헐. 유리가 입을 벌렸다.

대박 잘생겼어.

레스타같이 화려한 미남을 자주 보고 있으면 타인의 생김새에 어느 정도는 무감각해지기 마련이다. 그러나 그런 유리도 놀랄 만큼, 남자는 잘생겼다.

큰 키와 넓은 어깨가 가장 큰 몫을 했다. 불꽃이 타오르는 것처럼 선명한 붉은 머리카락은 남자의 강렬한 인상을 더욱 강조했다. 반질한 이마부터 선명한 눈썹 산, 투명한 푸른 눈동자와 날카로운 콧날.

유리의 벌린 입이 다물어질 줄 몰랐다.

이런 사람이 벨름에 있었던가?

그러나 유리는 남자의 옷차림을 보고 그가 벨름 사람이 아니라는 걸 바로 알아차렸다. 벨름은 상인 도시이니 만큼 장검을 차고 있는 이들이 별로 없었는데, 남자는 허리춤에 엄청나게 긴 장검을 차고 있었던 것이다. 애초에 벨름에서는 장검 소지 허가를 잘 내주지 않는다는 사실을 생각하면 남자는 이방인이 틀림없었다.

어쨌거나 그 장검조차 지나치게 잘 어울렸다. 그밖에도 남자는 밑을 부풀린 바지에 두꺼운 군용 부츠를 신고 있었다.

누가 봐도 군인이다. 혹은 기사.

남자와 눈을 마주친 것은 찰나였으나 유리는 그 순간이 영원처럼 길게 느껴졌다. 그만큼 남자의 얼굴은 인상적이었다. 남자가 입을 열었다.

"말씀하시죠."

"……그."

"예."

"……그 젤로……."

"예."

"……다 드세요……."

"예……. 예?"

남자가 당황한 듯 되물었다. 유리도 당황했다.

"아니, 아니, 이게 아니고, 그러니까!"

유리는 손을 내저으며 변명했다.

"그게, 젤로 혹시 안 드시면, 그, 뭐 제가 좀, 그, 이거 제가 오래 기다렸는데! 예! 근데 그쪽 보고, 제가 좀, 그, 예!"

그야말로 횡설수설이었다. 한참 동안 그 장면을 지켜보던 플럼이 킥, 하고 웃지 않았으면 아마 유리는 그 뒤로도 한참 동안이나 계속 장황하게 떠들었을 것이다.

그제야 어안이 벙벙한 얼굴로 유리를 내려다보던 남자도 큽, 하고 웃고 말았다. 이마를 조금 찡그리며 웃는 남자를 보고 유리는 다시 한번 생각했다.

개잘생겼어.

남자는 한참이나 웃다가 말을 이었다.

"미안합니다. 어쩐지 제가 양보해야 할 것 같아서 기꺼이 양보해드리려던 참이었어요. 그런데 다 드시라는 말씀을 하셔서 좀 놀랐습니다."

그렇게 말하는 남자의 얼굴에는 여전히 웃음이 머물러 있었다.

유리는 얼굴이 벌게지는 것도 모르고 손을 내저었다.

"그, 아니에요! 제가 너무 놀라서…… 그러니까, 그쪽이……."

"잘생겨서요?"

남자가 답했다. 이번에는 플럼까지 크게 웃음을 터트리고 말았다. 유리는 어쩐지 풀이 죽고 말았다.

"예……."

유리의 답에 오히려 놀란 듯한 것은 남자였다.

"……농담이었는데."

진짜 잘생긴 사람이 저런 말을 농담이랍시고 하면 뭐 어쩌라는 거야. 유리는 입술을 조금 내밀고 남자를 올려다봤다. 남자가 말을 이었다.

"미안합니다. 농담이랍시고 해봤는데 역시 제 농담은 재미가 없나 봅니다."

"그야 진짜 잘생긴 분이 그런 소리를 하시면……."

"하하, 고맙습니다."

남자가 이를 드러내고 웃더니 플럼에게 말을 건넸다.

"미안하지만 과일 젤로 중 포도가 든 것은 따로 주시겠습니까?"

"네, 그럴게요. 잠시만 기다리세요."

플럼이 미소를 짓고 진열대 뒤쪽으로 사라졌다.

이제 카운터 앞에는 남자와 유리만 남았다. 유리는 조심스럽게 꾸벅 고개를 숙였다.

"고맙습니다."

"별말씀을요."

남자가 웃으며 손을 내저었다.

"맛있는 건 나눠 먹으면 더 맛있는 법이죠."

"그래도 그러기 어려운데."

"신경 안 쓰셔도 됩니다. 저도 집에서는 자주 먹었는데, 오랜만에 보니 반가워서 먹고 싶었던 것뿐이니까요."

"자주 드셨어요? 어디서 오셨는데요?"

젤로는 추운 지방에서 먼저 만들어진 음식이다. 유리는 남자가 퍽 먼 곳에서 왔다는 것을 직감했다. 남자가 답했다.

"발렌시아에서 왔습니다."

"와!"

유리가 짐짓 놀란 시늉을 했다.

"요즘 발렌시아는 엄청나게 커지고 있다죠? 여기엔 젤로가 들어온 지 얼마 안 됐지만, 발렌시아에서 오셨다면 무리도 아니네요!"

"그런가요."

"실례지만 벨름엔 무슨 일로 오셨는지 여쭤봐도 될까요?"

"아."

남자는 턱을 어루만졌다.

"그렇군요. 제가……. 옷을 사러 왔는데."

"옷이요?"

유리는 직감했다. 이건 건수다! 벨름에 옷을 사러 왔다면 아타락시아 말고는 다른 선택지가 없었다. 유리는 한층 사근사근한 태도가 됐다.

"무슨 옷을 사러 오셨나요?"

"아. 제 옷은 아니고……. 그게."

남자는 잠시 망설이다 말을 이었다.

"제가 모시는 분이 편한 옷을 입고 싶어 하셔서, 이리저리 수소문하다 보니 여기까지 오게 됐습니다. 벨름에 좋은 옷을 만드는 상점이 있다는 이야기를 들어서요."

빙고.

아타락시아가 여기까지 올 수 있었던 것은 옷이 아름다울 뿐만 아니라 빨리 만들어지고 입은 사람을 편하게 해주기 때문이다. 유리는 저도 모르게 싱글벙글 웃었다.

남자가 말을 이었다.

"벨름에 와보니 그 말이 거짓은 아닌 것 같군요."

"그런가요?"

"그쪽 분이 입으신 옷만 봐도, 제 옷보다 배는 편해 보이고요. 혹시 괜찮으시다면 좋은 상점을 추천받을 수 있을까요?"

이제 유리는 기분이 정말로 좋아졌다. 유리가 막 남자에게 답하려던 때, 플럼이 진열대 뒤에서 나왔다.

"주문하신 젤로입니다!"

유리에게는 작은 바구니를, 남자에게는 큰 바구니를 건넸다.

바구니 위에 덮인 작은 천을 들어보니 탱탱한 젤로가 깨끗한 천 위에 올라앉아 영롱한 자태를 빛내고 있었다. 유리의 입이 귀 밑까지 찢어졌다.

"저분 것까지 같이 지불하겠습니다."

"어, 괜찮아요!"

막 플럼에게 돈을 내밀던 남자가 유리가 급히 돈 주머니를 꺼내려는 것을 막으며 미소 지었다.

"아닙니다. 대신이라긴 뭣하지만, 제게 좋은 상점을 추천해주실 수 있겠지요?"

와. 개잘생겼는데 매너도 개좋아. 내가 치마만 입었어도.

유리는 속으로만 눈물을 흘렸다. 이럴 때는 정말로 레스타가 원망스러웠다.

―❈―

레스타는 골머리를 앓고 있었다.

쎄시아 발렌시아가 대국을 건설한 지 1년. 왕국력 1년의 선포에 맞춰 해야 할 일이 너무 많았다.

일단 당장 내년 대륙력부터 고쳐야 했다. 그것 외에도 왕국령이 공고해지며 도로 사용료가 재편됐다. 항구 정박료도 통일된다. 레스타는 왕국력이 선포된 올해에만 내년의 예산 계획을 스무 번쯤 다시 짜야 했다.

'빌어먹을. 대륙에 처음 생긴 여왕이라며? 왜 이렇게 열심히 일하는 거야? 왕쯤 되면 처음에는 놀고먹는 거 아니냐고. 그것도 여왕이라며. 그럼 돈지랄부터 하면 안 될까? 드레스 좀 사고 보석 좀 사고, 하는 식으로.'

레스타는 아무도 듣지 않을 불평을 했다. 물론 정말 놀고먹으면 큰일이 날 것이다.

'그렇지만 항구 정박료에 도로 사용료 같은 건 좀 나중에 통일해도 되잖아.'

쓸데없이 유능한 통치자가 이럴 때는 원망스러웠다.

"레스타!"

문이 벌컥 열렸다.

최근 몇 배는 더 커진 상단 때문에라도 레스타의 개인실에 이렇게 무례하게 들어올 수 있는 이는 몇 없었다. 때문에 레스타는 고개를 들기 전부터 손님을 즐겁게 맞을 준비를 했다. 문을 열고 들어온 손님이 누구인지 확인할 필요도 없다. 레스타의 잘생긴 얼굴이 환하게 빛났다.

유리였다.

"유리, 내 천사."

"아, 징그러워. 그런 소리나 하니까 아직도 내가 당신 남첩이란 소리를 듣잖아."

머리를 짧게 자른 앳된 소년이 이마를 찡그렸다.

"내 상단의 천사에게 그런 저열한 소리 하는 인간들은 다 아랫도리가 썩어 죽어버리라지."

짧은 갈색 머리가 가볍게 흔들렸다. 레스타는 일어나서 걸어 들어오던 남자애의 앞에 다가가 부드럽게 팔을 내밀었다. 남자에게 하기에는 더없이 이상한 귀족식 에스코트 요청이었다. 유리가 이마를 찡그렸다.

"누가 보면 어쩌려고."

"여긴 내 개인실이야. 누가 본다는 거야?"

"언제 어디서나 만반의 대비를 하라고 한 건 당신이잖아요."

유리는 가볍게 레스타의 팔을 밀어버리고, 대신 그 팔에 바구니 하나를 걸어주었다. 레스타는 그 안을 들여다봤다. 과일로 장식된 젤로였다.

그사이 유리는 붉은 빌로드로 덮인 의자에 늘어져 앉았다.

벨름에서 레스타 앞에 이렇듯 방만한 자세로 앉을 수 있는 이는 몇 없었다. 오로지 유리라 가능했다. 레스타가 미소 지었다.

"뭐야, 이 젤로는?"

"있다 저녁 먹고 나눠 먹어요. 내가 요 며칠 그거 먹을 날만 고대하다가 사람들 다 퇴근 시키고 뛰어가서 사온 거라고요. 안 깨지게 조심해서 책상에 올려요."

"이런. 미리 말했으면 내가 주문해뒀을 텐데."

"그거 배달 안 된대. 그런데 저녁 먹자더니, 식당이 아니라 왜 당신 개인실이에요?"

"이래저래 할 이야기가 많아서."

"흐음."

"몇 분 있다가 식사를 가져오라고 해뒀어. 조금 쉬어."

"괜찮아요."

거기까지 대화하고 유리는 힐끗 레스타의 책상을 쳐다봤다. 비싼 원목 탁자 위에는 산더미 같은 양피지가 쌓여 있었다.

"당신이야말로 쉬어야 할 거 같은데?"

"나야 항상 비슷하지. 거기다 네 덕분에……."

레스타가 책상에 엉덩이를 기대어 앉아 양피지 몇 장을 들어올렸다.

"그놈의 소금이 몇 만 통은 팔렸다고 공방이 일주일 내내 한숨도 쉬지 않고 돌아갔다니까."

"그거 다행이네요."

유리가 여상한 얼굴로 어깨를 으쓱했다. 그러나 그 눈빛에 뿌듯함이 담겨 있는 것을 레스타는 놓치지 않았다. 유리 특유의 자랑스러워하는 표정이었다. 레스타가 자신을 쳐다보건 말건 유리는 의자에 기대어 눈을 감았다.

"피곤해……."

방금 전까지 낮았던 목소리 톤이 조금 높아졌다. 정확히는 원래대로 돌아온 것이다. 레스타의 눈앞에서 눈을 감고 쉬는 스무 살 청년 유리는 본디 남자가 아닌 여자였기에.

─·✶·─

벨름은 장인과 상인의 도시다.

그러나 오래전부터 거래를 하고 계약을 하는 사람들은 남자로 정해져 있었다. 장인들의 공방도 남자가 아니라면 제자로 들어갈 수 없었다. 문서를 주고받으며 주문을 하고 납품하는 이들은 모두 남자였다.

여자가 상인이라니.

다른 곳은 몰라도 이곳 벨름에서는 꿈도 꿀 수 없었다.

그렇기에 레스타는 눈앞의 여자애에게 남장을 시켰다. 아타락시아의 이익금을 요구하던 소녀가 아무리 매력적이라도, 매력만 가지고는 장사를 할 수 없다.

레스타는 심심풀이인 셈치고 그 꾀죄죄한 소녀를 제 상단에 들였고, 그 결과는 어마어마한 부로 돌아왔다.

정말로 이 갓 스무 살 된 처녀를 7년 전 놓쳤다면 어땠을까. 레스타는 그때 자신의 선택에 언제나 매 순간 깊이 감사하고 있었다.

지금만 해도 그랬다. 유리가 어느 날 영 씻는 것이 불만족스럽다며 소금을 오일에 재워놓은 것을 팔면 어떻겠느냐고 제안했던 것이다. 유리는 물이 흔한 벨름에서도 유독 씻는 것을 좋아해 자주 씻는 편이었다.

이런 게 정말 팔릴까, 했지만 입소문을 타기 시작하자 솔트오일은 순식간에 동이 났다. 어쨌든 최근의 벨름에서는 유리가 만들었다고 하면 일단 덮어놓고 사고 보는 이들이 많았기 때문이다.

레스타의 책상에 쌓여 있는 것들은 솔트오일의 주문서들이었다. 아타락시아에서만 오늘도 드로워즈를 백 벌은 팔았다지.

레스타는 자신이 입고 있던 외투를 벗어 유리에게 덮어줬다. 유리가 "아, 괜찮아요……"하고 손을 내저었으나 영 눈은 뜨지 못하는 것이, 정말로 피곤한 모양이었다.

그럴 만도 했다.

유리는 하루 종일 남장을 하고 있는 것이다.

유리는 항상 낮은 목소리를 내기 위해 노력했고, 머리를 짧게 잘라놓고도 어딘가에서 여자 티가 나지는 않을까 노심초사해야 했다. 언제나 바지를 입었고, 일부러 소리를 지르고 거칠게 행동했다.

그렇게 7년이다.

유리는 7년째 남자로 살고 있었다.

한 명이 고생했고, 결과적으로 레스타의 상단 칼레는 엄청나게 성장했다.

그러나……. 레스타는 의자에 늘어져 눈을 감고 있는 유리의 갈색 머리카락을 정리했다. 보기 좋은 하얀 이마가 드러났다. 여전히 유리는 눈을 뜨지 못하고 있었다.

……이렇게까지 피곤해하는 모습을 보면, 어쩌면 꼭 그래야 할 필요는 없지 않았을까, 하고 생각하게 되는 것이다.

옷에 관한 한 유리는 천재적이었다. 솔트오일 같은 것은 부수적인 것에 불과하다. 불편한 옷들을 치워버리고 새로운 유행을 만들어냈다. 레스타를 이용해 남자들에게 퀼로트를 입힌 것만 봐도 유리의 수완이 대단하다는 것은 알 수 있다.

꼭 남자여야만 인정받을 수 있었을까?

어쩌면 그때의 그 여자애 그대로 아타락시아의 디자이너로 영입했어도, 큰 성공을 거둘 수 있지 않았을까?

레스타는 가끔 생각했다.

그때의 자신은 돈도 명예도 어느 정도의 지위도 있었는데, 여자애를 상단의 전면에 내세운다고 해서 거리낄 것이 있었을까?

……그건 미지수다.

레스타는 고개를 흔들었다.

때마침 똑똑, 하고 누군가 문을 두들겼다.

먹기로 했던 저녁 식사를 하인들이 날라온 것이다.

"일어나, 유리."

레스타가 엄격하게 유리를 흔들었다.

유리는 "아이씨, 피곤해 죽겠네……."하면서도 일어나 기지개를 켰다. 곧 요리 접시들이 레스타 개인실 가운데의 커다란 탁자 위에 놓였다.

"맛있겠다!"

유리는 피곤해하던 기색도 잊고 곧 탁자 위로 달려들었다.

"아, 맞다. 나 오늘 대형 손님 물었어."

"대형 손님?"

레스타가 눈을 동그랗게 떴다. 유리의 식사 태도는 자못 전투적이었다. 생선 구이와 야채를 한꺼번에 입에 넣고 씹어 삼킨 다음에야 유리는 말을 이었다.

"귀족 같은데, 여자 드레스 주문할 거래요. 얼마가 돼도 상관없으니까 편하고 아름답고 멋지게!"

"……그런 손님들은 보통 직접 와서 맞추잖아?"

'얼마가 돼도 상관없으니까.'

상인들이 듣기 가장 황홀한 말이지만, 실제로 그런 말을 할 수 있는 이들은 몇 없다. 그리고 그렇게 말하는 이들은 보통 직접 와서 옷을 맞춘다. 비싼 대가를 치르는 만큼 상품이 본인에게 한 치의 오차도 없이 들어맞기를 바라기 때문이다. 유리는 근처에 있던 과실주를 한 모금 삼키고는 의기양양하게 팔짱을 끼었다.

"어디서 우리가 신체 사이즈만 받으면 옷을 맞춰줄 수 있다는 이야기를 들었나 봐. 일단은 세 벌을 맞춰 달래."

사실이다.

유리는 최근 아타락시아에서 단골 고객들을 상대로 새로운 서비스를 만들었다. 고객들에게 아타락시아에서 만든 줄자를 공짜로 나누어 주고, 신체 사이즈만 받은 다음 매달 새로운 드레스와 양장을 만들어 배달해주는 것이다. 드레스는 항상 새것을 갖고 싶어 하면서도, 의상실에 가서 하루 종일 서 있는 것이 지겨웠던 부인들, 그리고 바쁜 상인들이 가장 좋아하게 된 서비스였다.

보통 귀부인들이나 상인의 부인들이 한가하다고 생각하기 쉽지만, 실은 남자들보다 부인들이 더 바쁘다. 귀부인들은 온 집안의 살림을 책임지느라 바빴고, 상인의 부인들은 매일매일 주판알을 튕겨야 했다. 아타락시아의 드레스를 매일 바꿔 입고 싶다던 어느 거부의 안주인 말에서 착안한 사업은 어느새 궤도에 올라, 먼 도시의 귀부인들도 아타락시아에 신체 사이즈를 보내기에 이르렀다.

"돈도 상관없고 디자인도 상관없고?"

"응."

"그렇지만 어떤 상황에 입을지 같은 건 필요하잖아?"

"그런 것도 여쭤봤는데, 상관없대요. 그래서 귀족 계급의 부인이 입을 수 있는 연회용 한 벌과 평상복 두 벌을 만들어 주기로 했어."

"……얼마 받을 건데?"

"1000만 싱."

레스타는 눈을 부릅떴다. 유리는 그럴 줄 알았다는 듯 레스타를 향해 씩 웃고 있었다.

1000만 싱이면 아타락시아 같은 건물 한 채는 우습게 살 수 있는 돈이다.

"얼마든 상관없다잖아."

"……그래서, 내겠대?"

"응. 일주일 후에 선금 500만 싱 결제하기로 했어. 그 사람은 벨름에 온 지 얼마 되지 않았대. 일주일은 그가 아타락시아의 평판을 알아볼 시간이고."

레스타는 기가 막혀 그만 미소 짓고 말았다.

"내 천사의 배짱은 대체 얼마만 한지 상상도 할 수 없군."

"뭐, 그것만은 아니지만."

유리가 어깨를 으쓱했다.

"얼마든 상관없다고 해도 드레스 세 벌에 1000만 싱을 낼 수 있는 사람은 흔하지 않죠. 발렌시아에서 왔고, 검증되지 않은 의상실에 기꺼이 1000만 싱을 쓸 수 있는 귀부인."

"설마."

제 앞의 접시에서 작게 자른 채소 쪼가리를 집어 든 유리의 눈이 빛났다.

"레스타, 운이 좋으면 내가 요 몇 개월 동안 고민했던 걸 한꺼번에 해결할 수 있을 것 같아."

유리는 확실히 잘 나갔다.

야근 때문에라도 당초 열 살 때 자신이 생각했던 대로 개꿀빠는 인생은 아니었지만 어쨌든 어마어마하게 돈을 벌고 있는 것은 맞았다.

론다에 있던 유리의 가족은 유리가 매달 보내주는 돈으로 아주 잘살고 있었다. 유리의 엄마는 가끔 보내는 편지에 어김없이 자신이 낳았지만 엄청나게 야무진 딸 칭찬을 하곤 했다.

알리슨은 말할 것도 없었다. 알리슨을 위시한 엄청난 동생들은 이제 이층침대 네 개에서 옹기종기 잠드는 생활이 아니라 각자의 방에서 푹신한 침구를 덮고 잤다. 플럼은 입버릇처럼 "언니 아니었으면 어떻게 살아!"하고 말하곤 했다. 유리와 동갑인 루디는 벨름의 경비대에서 근무했다. 그 또한 레스타의 소개장 덕분이었다. 알리슨의 집에 들어서면 가장 어린 말리가 예쁜 드레스를 입고 맨발로 뛰쳐나오는 것은 유리의 기쁨이었다.

그러나 자고로 돈 쓰는 재미보다 돈 버는 재미가 더 크다고 했다.

유리는 최근 다른 문제로 고뇌하기 시작했다.

돈을 벌고 싶다.

한층 더 많이.

완전 많이.

돈으로 코 풀 정도로 많이.

유리는 아타락시아에 고용된 이래 몇 년간 레스타를 모델 삼아 남자 옷들을 엄청나게 팔아치웠다. 어느새 벨름에서 푸르푸앵은 구시대의 유행이었다. 유리는 퀼로트라고 부르는 일자바지들과, 고리 단추로 여미는 코트들을 유행시켰다. 남자들은 스타킹 대신 긴 바지를 입고 부츠를 신었다.

그러나 자고로 역시 돈 되는 건 여성복이다. 유리의 본래 전공도 여성복이었다. 여기까지만 보면 문제될 것은 없어 보였다. 하지만 가장 큰 구멍이 하나 있었다. 유리의 머릿속에 든 여성복이 이곳에서는 너무나 급진적이라는 사실이다.

여자들은 여전히 더러운 길바닥에 긴 치맛자락을 끌고 다녔다. 길은 확실히 더러웠다. 상수 시설이 그렇게 좋지 않기 때문이었다. 평민들은 발목이나 종아리를 드러내고 다녔지만 길을 걸을 일 없는 귀부인들은 그렇지 않았다. 가슴은 한껏 끌어올리고, 허리는 밥 한 술 뜨면 숨이 막힐 정도로 조여 댔다. 그게 예쁘기 때문이란다.

미친 거 아냐? 저게 뭐야! 편한 옷을 입으세요, 하고 유리는 수많은 드레스 샘플을 만들어냈지만 그 드레스들은 팔리지 않았다. 유리의 물건이라면 덮어놓고 팔리는 것도 남자 옷과 소품 한정이다. 부인들은 소극적이었고, 남들과 다른 디자인을 입고 싶어 하지 않았다.

부인들은 손가락질 받는 것을 두려워했다. 남편의 얼굴에 먹칠할 수도 있기 때문이다. 결혼하지 않은 아가씨들도 손가락질 받는 것을 두려워했다. 소문이 잘못 나면 시집을 가지 못할 수도 있었다.

그나마 드로워즈와 가운 세트가 부인들에게 히트 쳤지만 그건 실내복이었다. 여전히 아가씨들과 부인들은 아타락시아에서 불편하고 무거운 드레스를 맞춰 입었다.

그렇지만 돈이 있고 명성이 있는 귀부인이 유리의 디자인을 입어
준다면 어떨까?

그것도 발렌시아 궁정 한가운데에서.

유리는 자신이 빵집에서 데리고 온 남자가 1000만 싱이라는 금
액에 눈도 까딱하지 않는 것을 보고 제 인생의 돌파구가 생길 일말
의 가능성을 셈했다.

유리는 남자와 주고받았던 대화를 떠올렸다.

'그렇지만 저희도 받은 돈 없이 선주문만으로 비싼 옷을 만들 수
는 없습니다. 더욱이 돈은 상관없다고 하셨지만, 그렇다고 저희가
수십억 싱짜리 옷을 만들어놓고 지불을 요구할 수는 없지 않겠습
니까?'

'선금은 지불하겠소. 얼마를 지불하면 됩니까.'

'500만 싱. 총액의 반을 받겠습니다.'

'……좋습니다. 대신 일주일 후에 지불하겠습니다.'

500만 싱이다. 어지간한 상인도 좀처럼 융통하기 힘든 금액…….
은행에서 빌린다쳐도 신용도며 담보를 한참은 따져보고 내줄 금액.

적어도 열흘에서 한 달은 걸릴 줄만 알았던 유리는 남자의 말에
당황하고 말았다.

정작 상대방은 눈썹 하나 꿈쩍하지 않고 말을 이었다.

'나는 이곳에 온 지 얼마 안 됐습니다. 확실히 이 상점의 규모는
대단하지만 그것만으로 500만 싱이라는 거금을 선뜻 지불할 수
는 없죠. 일주일 동안 이곳의 평판을 알아보고 지불을 결정하겠습

니다.'

……확실히 거물이었다.

어떤 거부라도 드레스 세 벌에 500만 싱이라는 선금을 턱턱 일주일 만에 내놓기는 어렵다. 주문자는 적어도 은행에서 즉각 돈을 내줄 만한 신분의 인물일 것이다.

유리는 아타락시아 꼭대기, 본래는 레스타의 개인실이었던 제 개인실의 침대에 누워 허공에 발차기를 했다.

기쁨의 발차기였다.

"으아아아아아! 신난다!!"

말이 500만 싱이고 1000만 싱이다. 유리는 상대에 따라서 500만 싱만 받고 옷을 내줄 생각도 있었다.

그러기 위해서는 친분을 쌓아야 한다. 남자는 렌 헬리오날트라는 이름을 댔다.

렌 헬리오날트.

유리는 남자의 이름을 몇 번이고 곱씹었다.

단순히 돈만 많은 사람이라고 해도 일주일 내내 따라다니면서 굽신댈 텐데, 거기에 더해 남자는 미남이었다.

아, 완전 신난다. 개신난다.

오랜만에 잘생긴 얼굴 봤다.

유리는 너무 신난 나머지 당장이라도 아타락시아 꼭대기의 유리창을 깨고 밖으로 뛰어내리고 싶은 심정이었다.

그런 돈을 선뜻 쓸 만한 사람의 심복이라니. 아마 남자 또한 평민은 아닐 것이다. 돈 완전 많고 잘생겼다. 부인이 있는지는 모르겠다. 그렇지만 총각이라고 믿고 싶다.

아, 내가 남장만 안 했어도 한번 집적대볼 텐데. 유리는 침대를 마구 두들겼다.

아깝다. 완전 아깝다. ……뭐, 아까우면 어때. 돈 버는데.

유리는 침대에서 벌떡 일어나 방 한쪽에 놔둔 바구니를 들어올렸다. 바구니 안에는 레스타와 나눠 먹고 남은 과일 젤로가 남아 있었다.

함께 가져온 티스푼을 들어 젤로를 푹 뜬 다음 입에 넣었다. 달고 향긋했다.

아, 돈 많이 벌어서 이런 거 많이 사먹어야지. 돈 짱이다.

유리는 행복감에 젖어 몸을 흔들었다. 짧게 자른 갈색 머리카락이 물기를 머금은 채 함께 흔들렸다.

앞으로도 돈 많이 많이 벌어서 맨날 이런 거 먹고 좋은 침대에서 살 것이다. 미남과 결혼하기는 당장에는 어려울 수 있지만, 대충 벌어서 남쪽나라로 갈 것이다. 거기서 남국의 미남을 만나 돈 뿌려가며 행복하게 잘 먹고 잘살아야지.

오늘은 좋은 꿈을 꿀 거야. 유리는 침대 위에서 한 바퀴 구르며 생각했다.

─❈─

런 헬리오날트 — 에넌 라이언하트 또한 그 시각에 침대에 누워 있었다. 벨름에서 제일가는 호텔이었다.

쎄시아 발렌시아는 한번 생각한 것은 이뤄야 만족하는 사람이었다. 그렇기에 발렌시아 대국을 만들어낼 수 있었겠지만.

"몇 년을 부려먹었으면 좀 만족을 해라……."

마음에도 없는 소리를 내뱉어놓고 에넌은 기지개를 켰다. 밖에 나간 제 부관 밴딧은 뭘 하는지 에넌보다 한참이나 늦고 있었다.

수도 발렌시아에서 쫓겨나듯 떠난 지 벌써 네 달이었다.

"내가 왕국도 만들었는데 옷이라고 못 뜯어고칠 것 같아?"라며 쎄시아 발렌시아는 에넌을 발로 걷어차 내보냈다. 어디에서든 제일가는 옷 장인을 데려오라는 것이다.

옷 같은 거야 그냥 발렌시아에서 가장 큰 의상실 주인을 데려다 만들라고 시키면 되잖아! 그렇게 생각했지만 그게 또 그리 쉽지만은 않은 것이라.

쎄시아가 데리고 있는 왕실 침모들이야말로 발렌시아에서 제일가는 장인들이었다. 그러나 쎄시아는 "얘들은 머리가 굳어서 안 돼. 다른 곳에서 데려와."하고 명령했다. 처음에는 투덜댔으나 에넌 또한 쎄시아의 말이 옳다는 것쯤은 알고 있었다.

어쨌든 대륙을 북에서 남으로 가로지르고, 아흔아홉 개의 왕국을 굴복시키며 에넌은 그 모든 국가들이 저마다 다 다른 문화를 가지고 있다는 것을 알게 되었던 것이다.

벨름만 해도 그렇다. 에넌의 당초 목적지는 환락의 도시 포르투였다. 사치와 향락이라면 그 어떤 곳도 따를 곳이 없었으며, 대륙의 온갖 최신 문화가 오가는 곳이었다. 그런 곳이니 여성복의 대가들도 아마 포르투에 집결해 있으리라, 하고 생각했으나 포르투에 두 달이 걸려 당도한 에넌은 정작 포르투의 여성들은 다른 도시의 옷에 열광한다는 사실을 알고 당황했다.

그게 바로 벨름의 아타락시아였다. 포르투에서 가장 아름답다는 기녀 밀레나는 아타락시아의 의상을 수십 벌도 넘게 가지고 있다고 했다.

에넌은 오후에 만난 남자애를 떠올렸다. 빵집에서 젤로를 양보한 남자애.

단순히 저와 같이 고생하는 중인 밴덧에게 맛있는 음식이라도 사주고 싶은 마음으로 들어간 가게였다. 그곳에서 만난 남자애는 좋은 의상실을 안다며 에넌에게 배짱 좋게 팔짱을 끼었다. 발렌시아에서 숱한 귀부인들이 제 팔짱을 끼었으나 남자애가 그러는 것은 또 신선한 경험이라. 그리고 남자애에게 이끌려 간 곳은 아니나 다를까 아타락시아였다.

에넌은 이미 벨름의 아타락시아라는 이름은 알고 있었던 터라 크게 놀라지는 않았다. 그러나 저를 데리고 온 남자애가 아타락시아 1층의 커다란 별실로 자신을 안내하더니, 다음에 자기 앞에 앉은 것은 확실히 놀라웠다.

"설마하니."

"제가 이곳의 경영자이자 디자이너 유리입니다. 혹시 불쾌하신 건 아니겠죠?"

에넌은 그만 웃고 말았다. 배짱 한번 좋은 남자애였다. 혹시나 싶어서 물어본 나이는 스무 살.

"아타락시아의 경영자는 서른이 넘었다고 들었는데……."

"그건 우리 상단주님입니다. 저는 아타락시아의 경영권만 일부 가지고 있죠."

아하. 에넌은 턱을 쓰다듬었다.

"렌 헬리오날트입니다. 실례지만 성이……."

"성은 없습니다. 편하게 유리라고 부르시면 됩니다."

남자애의 외모는 평범하기 그지없었다. 나이보다 좀 앳돼 보이는 것을 빼면 그리 특별할 것도 없었다.

그러나 자신만만한 태도만은 좋았다.

에넌은 남자애가 빵집과는 달리 시종일관 자신감 넘치는 모습으로 제게 주문받던 모습을 되새기며 입가에 미소를 띠었다.

'그 정도쯤 되니 그렇게 큰 의상실의 경영권도 가질 수 있는 것이겠지.'

1000만 싱을 부를 때는 솔직히 에넌도 놀랐다. 어릴 적부터 전쟁터에서 지냈지만 발렌시아에 귀성하며 어렴풋이 귀부인들이 입고 있는 드레스의 가격이 어느 정도 되는지는 알고 있었기 때문이다.

한마디로 터무니없는 가격이었다.

'그 돈을 옷 한 벌 보지도 않고 투자할 가치가 있는가?'

에넌은 쎄시아 발렌시아를 떠올렸다. 날카로운 빨간 눈동자를 가진 제 의누이는 1000만 싱쯤 되는 돈은 제가 편할 수만 있다면 눈 하나 깜짝하지 않고 투자할 것이다. 그럴 수 있는 사람이니까.

물론 에넌 라이언하트는 쎄시아 발렌시아가 아니기 때문에 일주일의 유예기간을 뒀다.

쎄시아 발렌시아의 인장을 보는 순간 은행들은 1000만 싱이 아니라 일억 싱도 당장 내놓을 것이었다.

남은 건 아타락시아라는 가게가 그 정도로 괜찮은 곳인지 알아보는 일 정도였다. 그때 똑똑, 하고 문을 두들기는 소리가 들렸다. 에넌은 침대에서 몸을 일으켰다.

부관 밴딧이었다. 밴딧은 잔뜩 지친 채로 에넌이 내주는 바구니에서 젤로를 퍼먹으며 "이곳에서는 아타락시아가 유일무이한 의상실이랍니다." 같은 별 도움도 안 되는 정보를 늘어놨다.

에넌은 웃었다.

"밴딧, 자네는 여기가 발렌시아였으면 한 달 감봉감이야."

영문도 모르고 밴딧이 억울한 표정을 지었다.

~※~

포르투는 압도적인 향락을 자랑하는 도시다. 그 포르투에서도 아타락시아의 명성은 널리 알려져 있을 정도니 벨름에서는 말할 것도 없었다. 유리는 그래서 렌 헬리오날트라는 남자가 다시 아타락시아에 찾아올 것은 의심하지 않았다.

다만 유리가 고민하는 것은 다른 것이었다.

어떤 디자인을 만들어 보낼 것인가.

남자는 수도인 발렌시아에서 왔다고 했다. 유리는 발렌시아의 유행이 어떤지 잘 알지 못했다.

기본적으로 유리가 살고 있는 대륙은 어마어마하게 컸다.

물론 유리가 전생에 살던 지구보다야 크겠느냐만……. 여왕 쎄시아 발렌시아가 만든 발렌시아 대국은 끝에서 끝까지 말을 달리자면 1년은 족히 걸릴 만큼 컸다. 그러다 보니 벨름의 유행과 발렌시아의 유행은 압도적으로 달랐다.

뭣보다 날씨도 고려해야 했다.

실내복 두 벌과 연회복 한 벌. 발렌시아의 여름은 엄청나게 덥고, 겨울은 엄청나게 춥다고 했다. 발렌시아의 겨울은 서서 오줌을 누면 그 오줌 줄기가 순식간에 얼어버릴 정도라던가. 사시사철 날씨가 일정한 벨름과는 완전히 다른 날씨다.

유리는 자신이 옷을 만드는 기간과, 남자가 옷을 들고 갈 기간을 생각했다. 벨름에서 발렌시아까지는 쉴 틈 없이 말을 달린다면 한 달 정도가 걸릴 것이다. 엄청난 거리였다.

유리가 론다에서 벨름으로 올 때도 한 달이 걸렸지만, 그것은 여러 도시를 도는 삯마차를 몇 번이고 갈아타서였다.

드레스 세 벌에 1000만 싱을 들일 정도의 귀부인이라면 드레스를 바로 입고 싶어 할 것이다. 아무리 돈이 많은 여인이라도 은행에서 500만 싱이라는 계약금이 나간 후에는 인내심이 점점 짧아지게 마련이다.

편하고, 발렌시아의 기준을 만족시킬 만큼 아름다운 드레스를 짧은 시간 안에 만들어야 했다. 그러나 드레스가 도착하는 데만 한 달이다.

유행은 시시각각 바뀐다. 그래서 유리는 렌 헬리오날트를 찾아가기로 했다. 유리가 아는 한, 가장 최신의 발렌시아 유행을 조금이라도 알 만한 이는 렌 헬리오날트였던 것이다.

3일 후 유리는 렌 헬리오날트의 숙소까지 직원을 보내 벨름 상업 거리에서도 가장 조용하고 가장 비싼 레스토랑으로 그를 초대했다.

아타락시아의 별실로 부르는 방법도 있었지만, 유리는 아타락시아가 지겨웠다.

게다가 어쩌면 아타락시아에서 그에게 발렌시아의 유행을 물어보는 것은 자칫하면 게을러 보일 수 있을 터였다. '이 정도 옷가게 주인이 유행을 몰라서 나에게 물어보나?'라는 생각은 클라이언트가 돈을 지불하는 데 좋을 것이 없다.

그렇지만 맛있는 음식이 차려진 곳에서 나누는 대화는 사람의 경계심을 누그러뜨리는 법. 물론 잘생긴 얼굴을 구경하고 싶다는 속마음 또한 있었다. 어쨌든 그렇게 잘생긴 얼굴은 유동인구 많은 벨름에서도 좀처럼 찾아보기 어려웠으니까.

그러니까 요약하자면…….

'내가 미남이랑 밥 먹고 데이트하고 싶다는데 누가 막을 거야?'

……남들이 보면 남자 둘이겠지만.

그렇게 생각하며 유리는 레스토랑의 호화로운 룸에 앉아 다리를 달랑달랑 흔들었다. 전생에서도 키가 작더니 지금도 키가 작은 것은 마찬가지였다. 이러니 더 앳되어 보이는 것이다.

불행인지 다행인지, 유리는 마른 데다 가슴도 작아서 남성 정장을 입고 그 위에 간편하게 장식된 코트를 걸친 채로도 충분했다.

렌 헬리오날트는 약속시간에 딱 맞춰 별실에 들어왔다. 유리는 빙글 웃으며 일어나 인사했다.

"안녕하세요!"

"예. 초대 감사드립니다."

큰 금액을 지불하는 고객들에게 상인들이 식사를 대접하는 일은 흔했다. 렌 또한 익숙해 보였다.

유리는 남자의 얼굴을 보기만 해도 비죽비죽 웃음이 비어져 나오는 것을 체감하며 저 남자가 제 클라이언트라 정말 다행이라고 생각했다.

'보통 여자가 남자 얼굴 보면서 웃으면 오해받기 십상이지만, 상인이 클라이언트 얼굴 보고 웃는 건 당연한 일이지.'

이틀 만에 보는 얼굴이지만 정말 충격적으로 잘생겼다.

코스가 진행되는 내내 유리는 자신이 말을 입으로 하는지 코로 하는지 모를 정도로 렌의 얼굴을 뜯어봤다.

뭐랄까. 전생에 야근에 죽다 살아나 겨우 2박으로 제주도 여행을 갔을 때 들에서 바람 맞으며 느끼던 힐링감과 비슷했다.

'미남 최고!'

레스타도 대단한 미남이지만 유리는 사실 레스타를 볼 때는 잘생긴 남자가 아닌, 보기 좋은 모델이라는 생각을 했다.

뭘 걸쳐야 잘 어울릴까, 어떻게 연출해야 잘 팔아먹을 수 있을까를 매일 생각해야 하는 얼굴을 보는 것과 제게 돈만 주면 끝인 얼굴을 보는 감상은 기본적으로 다를 수밖에.

처음 젤로 때문에 말을 섞을 때도 냅다 다 드세요, 하고 얘기해버린 것도 비슷한 맥락일 것이다. 그냥 너 다 하세요.

물론 감상은 감상이고 일은 일이다.

유리는 디저트로 나온 차가운 과일 타르트를 자르며 무심한 듯 물었다.

"어쨌든 입으실 분이 언제 그 옷을 입으실지, 계절 정도는 고려해야 하겠죠. 발렌시아는 곧 봄인가요?"

"그렇습니다."

"봄에 맞추어서 멋진 드레스를 만들어 드려야 하겠군요. 실례지만 발렌시아의 봄에는 어떤 연회가 열리는지요?"

렌이 볼을 긁었다.

"잘은 모르지만⋯⋯. 이번 봄에는 아마 아주 큰 연회가 열릴 겁니다. 겨울의 궁정 파티는 빈한하기 그지없지요."

"추워서인가요?"

"예. 발렌시아는 오래된 데다 전란을 겪지 않은 도시인만큼 지어진 건물들도 100년 전, 200년 전의 것들이 많습니다. 덕분에 겨울에는 많이 춥죠. 많은 사람들이 모이는 홀은 더더욱 춥게 마련이라, 겨울에는 발렌시아 성도 문을 굳게 닫습니다."

"그렇지만 그 여왕님이 계신 곳인데요?"

막 대륙을 통일한 참이다. 혼기가 꽉 찬 여왕이 있는 성이 문을 걸어 잠그다니 있을 수 있는 일인가, 하는 의구심을 담은 유리의 시선에 렌이 잠시 망설이다가 애매하게 웃었다.

"솔직히 말하면 여왕께서 발렌시아에 복귀한 지는 고작 1년이 되지 않았습니다. 눈코 뜰 새 없이 바쁘시기 때문에 연회를 열 시간도 없죠. 간혹 아무리 바빠도 연회만은 즐기는 분들도 계시지만 우리의 새 군주님은 그런 분은 아니신 듯합니다."

렌의 말에 유리가 잠자코 고개를 끄덕였다.

쎄시아 발렌시아는 통치의 잔 덕분에 10년이라는 기간 동안 대륙을 통일한다는 말도 안 되는 기록을 세웠다.

어떤 사람이든 그 잔을 가진 이에게 대항할 수 없다는 잔. 본래는 폭군 아빗사의 것이었으나 그 아들에 의해 쎄시아 발렌시아에게 넘어갔다.

아들에게 직접 아빗사의 목을 치게 한 뒤, 그 목을 창끝에 꽂아들고 진군한 덕에 잔혹하다는 인상이 진하게 남았지만 사실 쎄시아 발렌시아는 상당히 합리적인 군주였다.

수많은 도시국가들의 자치권을 허락한 것만 해도 그랬다.

대륙은 너무나 컸고, 그 많은 나라들을 발렌시아 한 곳에서 컨트롤할 수 없는 것은 당연하다.

그런 성격이라면 연회를 즐기지 않는 것도 어떤 면에서는 이해할 수 있었다.

"이번 봄은 여왕께서 발렌시아로 복귀한 지 1년이 되는 시점입니다. 전하의 탄신일 또한 겹쳐 있어 아마 큰 연회가 되겠죠."

"그러면 다양한 사람들이 많이 모이겠군요?"

"예."

"실례지만 모시는 부인께서도 그 연회에 참석하실 만한 분이시고요."

"그렇지요."

렌 헬리오날트는 자신이 모시는 부인의 이름을 밝히지 않으려 했다. 왜인지는 알만 했다.

발렌시아 대국이 건설된 지 1년. 전무후무한 여왕의 탄신일까지 겹치는 연회다. 그런 연회장에는 각국의 왕족들도 겨우 말석을 차지할까 말까 할 것이다. 유리는 눈앞의 미남이 모시는 부인이 발렌시아에서도 상당히 훌륭한 위치임을 재확인하고 즐거워졌다.

그런 연회라면 온갖 나라의 유행이 다 모일 것이다. 다소 과감한 디자인이라도 용납될 것은 분명했다. 그렇지만 발렌시아의 유행을 따르기는 해야 할 터였다. 어쨌든 그 여왕 또한 발렌시아의 유행을 따른 드레스를 입을 것이므로.

아랫사람이 윗사람보다 훨씬 튀는 것은 통상적으로 용납되지 않는다. 발렌시아의 유행에 대해 묻는 말에 렌 헬리오날트는 잠깐 고민하더니 "일단……. 제가 떠나기 전까지는 금발이 유행했습니다."라고 답했다.

"금발요?"

"예."

이유는 쉽게 짐작할 수 있었다. 여왕 때문이다.

온통 반짝반짝 빛나는 금발을 가졌다는 여왕은 아름답기로도 유명했다.

"금발로 머리카락을 물들이기 위해 혼합제를 바르고 햇빛을 쬐는 부인들이 상당히 많답니다. 제가 떠나올 때만 해도 슬슬 날이 추워져서 다들 하루 종일 바깥에 계시다가 감기에 걸리더군요."

"혹시 모시는 부인께서도……."

"미안합니다만, 유리."

렌은 옅은 미소를 띠고 말했다.

"제가 모시는 부인의 신상에 대해서는 답변해 드리기 어렵습니다."

아, 거 되게 철벽 치시네. 머리카락 색 정도는 알려줄 수도 있잖아요. 유리는 속으로만 투덜댔다. 그러나 자신이 모시는 이의 신상 외라면, 렌은 상당히 협조적이었다.

"옷깃을 넓게 트고 가슴을 풍만하게 드러내는 것이 유행입니다. 대신 추위 때문에 목에는 둥글고 큰 칼라를 받치지요. 허리를 잘록하게 조이는 것을 좋아합니다. 제가 있을 때만 해도 코르셋 때문에 현기증으로 쓰러지는 부인이 꼭 계셨습니다. 코르셋 위에 또 속옷을 겹쳐 조이니 그랬다고 하지요."

잘록한 허리를 미의 기준으로 삼는 것은 이곳 또한 비슷한 모양이었다. 유리는 고개를 연신 끄덕였다. 렌은 말을 이었다.

"제가 마지막으로 본 부인께서는 부드럽게 부풀린 소매를 입고 계셨습니다만, 무거워서 불편해하셨습니다. 실내복은 편안하기는 하지만 몸에 지나치게 휘감겨 잘 때마다 정리해야 하고, 발이 시리다고 하셨죠."

"그렇군요."

"또 필요하신 것이 있습니까?"

유리는 남자의 반문에 자신의 속셈이 간파당했다는 것을 깨달았다. 아, 쉽게 가보려다가 걸렸네요. 조금 벌게진 유리의 볼을 모른 척해주면서, 남자는 여전히 미소를 잃지 않고 말했다.

"본래는 부인을 뵙고 하셨어야 할 질문이겠지요. 만나보지도 못한, 더욱이 누군지도 모르는 이의 옷을 만드는 것이 퍽 어렵다는 것은 저도 압니다. 솔직히 말씀드리면 말도 안 되는 요청이지만 그게 가능한 곳이 아타락시아 아니겠습니까."

아. 뽕찼다.

유리는 주먹을 불끈 쥐었다. 은근슬쩍 물어보다 속셈을 들킨 유리를 미남은 도리어 칭찬해주고 있었다.

엄마, 미남은 얼굴만 착한 게 아닌가 봐.

그런 유리의 속도 모르고 렌은 말했다.

"제가 모시는 분은 어떤 시도든 일단 해보는 분입니다. 남들의 손가락질이나 눈길 때문에 자신이 하고 싶으신 것을 참는 분은 아니니, 부디 편안하게 생각하시기를 바랍니다."

렌은 말을 이었다.

"벨름에 유행 중인 부인들의 실내 가운도 보았습니다. 드로워즈라는 것을 저는 처음 보았는데, 제가 모시는 부인께서 원하던 것일 것 같더군요."

"드로워즈를요?"

유리가 이상하다는 표정을 지었다.

"예."

렌이 답했다. 유리는 의아한 듯 고개를 갸웃했다.

"실례지만 저희 가게에 제가 없는 동안 방문하셨나요?"

"아."

렌이 눈을 동그랗게 떴다가, 이내 웃었다.

"어떤 숙녀분께 초대를 받았습니다. 제가 옷을 사러 왔다는 것을 알고 그런 것이 있다고 소개해주시더군요."

"아, 그렇군요."

유리가 웃었다. 하하하. 전 그것도 모르고. 미남도 마주 웃었다. 유리는 생각했다.

역시 얼굴만 구경하고 말아야지.

외간 남자가 아무리 옷을 사러 도시에 왔대도 부인들이 입는 속옷을 구경시켜주는 것이 말이 되나. 렌을 초대해서 옷을 보여줬다는 것이 남자일 가능성은 거의 없었다. 속옷을 구경시켜 준 여인이 있었던 것이리라.

잘생긴 게 얼굴값 하네. 유리는 방글방글 웃으며 과일을 마저 먹어치웠다.

엮이지 말아야겠다.

유리는 그 부인이 높은 지위의 노부인일 거라고 결론지었다. 1000만 싱이라는 돈을 내는 사람. 대규모의 연회에 초대되는 사람. 남들의 손가락질이나 눈길에 아랑곳하지 않을 수 있는 사람.

~×~

"그런 사람이 있을까?"

유리의 질문에 레스타는 턱을 몇 번 매만지더니 "수도의 일렉사 백작부인이 아닐까?"하고 답했다.

"일렉사 백작부인?"

"음. 지금 여왕의 시녀장을 맡고 있는 사람이지."

"시녀장……이 그렇게 대단해요?"

"나도 잘 몰랐어. 아무래도 발렌시아는 이쪽과 비슷하지만 훨씬 더 고리타분한 나라인 것 같긴 하더라고."

레스타가 웃음을 흘리며 설명했다.

"귀부인들 중에서도 지위가 높은 이들은 궁정에서 일을 할 수 있다. 궁의 살림을 하는 사람이 한두 명일 수는 없으니 말이지. 그중에서도 가장 능력이 출중하기로 이름 높은 사람이 일렉사 백작부인이야. 젊을 때는 그 미모로 이름을 날렸다지. 지금 여왕의 시중부터 일정까지 온갖 일을 다 봐주고 있다고 해."

106

"그런데 그게 왜 고리타분해?"

"일렉사 백작이 엄청난 빚을 지고 사망했을 때, 그야말로 문 닫게 생긴 백작가를 되살려낸 게 그녀라지. 그래도 궁정 살림에는 손도 못 댄다는 모양이야."

"그게 뭐야."

"네가 남장하고 있는 것과 같은 이유지."

유리는 아하……. 하고 신음을 흘렸다.

"그런 나라에서 여왕이 나왔다는 게 놀라운 일이야."

"그러게. 그게 어떻게 가능했던 거예요?"

레스타가 발렌시아로 가야 할 날이 얼마 남지 않았다. 레스타는 아타락시아에 유독 자주 머물렀는데, 명목은 레스타가 없는 동안 아타락시아의 살림을 맡기기 불안해서라는 이유였다.

물론 그 이유뿐만은 아니라는 걸 아는 것은 레스타뿐이었다. 레스타는 본래는 자신이 쓰던 커다란 원목 책상에 걸터앉아, 머리를 책상에 박고 끙끙대는 유리의 동그란 정수리를 내려다봤다.

최근 레스타는 이 동그란 정수리가 영 신경 쓰인다는 것을 인정한 참이었다. 머리는 막 잘라놓고, 퉁명스레 머리를 흔드는 소년 같은 여자아이. 갓 스무 살이 된 이 애를 어쩌다 좋아하게 된 걸까.

물론 그런 것을 유리에게 굳이 말할 필요는 없었다. 말해 봐야 둘의 관계에 별 도움이 되지 않을 것이라는 걸 레스타는 알고 있었다.

엄청난 고객을 유치했다고 자랑하던 제 천사는 이틀째 끙끙거리고 있었다. 그 고객에게 뭘 만들어줘야 할지 잘 모르겠다는 이유에서다. 레스타는 자신이 좋아하는 애의 정수리를 마음껏 귀여워하는 대신 너스레를 떨기로 마음먹었다.

"세상에, 유리. 네가 장사와 옷 말고 다른 것에 별 관심이 없는 건 알았지만, 통치의 잔도 모르는 거야?"

"아니, 그건 대강 아는데."

유리는 양피지에 뭔가 끄적이다가 이마를 찡그렸다.

"다들 되게 쉽게 통치하더라고요. '어제 쎄시아가 폭군 아빗사에게서 통치의 잔을 빼앗았다.' 근데 그 통치의 잔인가 뭔가 하는 거 되게 사기꾼 같은 아이템이라며. 무조건 무릎을 꿇게 하는 잔이라니. 그런 걸 어떻게 뺏은 거야? 그 사람도 무릎을 꿇어야 하는 거잖아."

"아, 그건 에넌 라이언하트 덕분이지."

"에넌 라이언하트?"

유리가 귀를 쫑긋했다. 기억에 있는 이름이었다.

"그 패륜아인지 뭔지 하는 사람 말야?"

"정확해. 폭군 아빗사의 사생아지."

"설마."

'사생아'와 '패륜아' 사이의 간극을 이해한 유리가 이쪽을 보고 입을 딱 벌렸다. 레스타는 그 모습마저 귀엽다고 느꼈다.

"아빗사는 발렌시아 이전의 왕국을 통치하던 자야. 향락에 빠져서 통치의 잔을 제대로 활용할 생각도 없었지. 뭐, 발렌시아 가문에 화평의 증거로 갓 한 살 된 제 사생아를 들이미는 무례도 통치의 잔 덕분에 가능했던 거지만."

"그 사생아가……."

"쎄시아 발렌시아의 충견으로 자라 제 아비의 목을 베었다지? 통치의 잔이 통하지 않는 것은 그 혈족뿐이라지만 설마하니 아빗사도 제 사생아가 그토록 충실한 쎄시아 발렌시아의 개로 자랄 줄은 몰랐겠지."

"오올……."

유리가 야유인지 감탄인지 모를 소리를 내뱉으며 다시 책상으로 고개를 박았다.

"그리고 우리 고객님은 그런 사람의 시녀장인 거고……."

"뭐, 그 여왕은 형식에 그리 연연하지 않는 사람이라니까 시녀장도 마찬가지 아니겠어?"

"좋아. 결정했다."

레스타의 말이 끝나자마자 유리가 짝, 하고 손뼉을 쳤다. 레스타가 고개를 갸웃했다.

"뭘?"

"뭘 만들지 말야. 하나는 정했어요. 근데 이거 기술이 좀 문제인데……."

"뭔데?"

유리가 종이에 끄적거리던 것을 레스타에게 내보였다. 레스타가 생전 처음 보는 모양이었다.

잔뜩 주름이 진 가운……인가? 레스타가 이해를 못하겠다는 듯이 쳐다보자, 유리는 조곤조곤 설명했다.

"이 주름을 어떻게 고정하느냐가 관건인데, 쇠로 다려 고정시키는 걸 고민해 봤어. 근데 처음에는 내가 고정시킨다 해도 이건 결국 풀려버릴 거라고요. 결국 부인의 하녀들이 잘 관리해줘야 하는데 이 소재는 잘 타서 관리가 쉽지도 않아. 실내복으로 계속 입어야 하는데…… 자주 입을 옷이라, 한 번 입는 연회복에 쓸 수 있는 기술도 아니고."

아하. 레스타는 그제야 유리가 하는 말을 알아차렸다.

그리고 동시에 레스타는 자신이 유리에게 도움 될 만한 것을 하나 알고 있다는 것도 알아차렸다. 레스타는 입술을 한껏 올리고 웃었다. 갑작스런 레스타의 표정 변화에 유리가 이마를 찌푸렸다.

"그 얼굴은 뭐예요?"

"음. 이번에 좋은 게 들어왔는데."

"되게 수상하게 웃는다……."

"이런, 언제는 웃으래놓고."

레스타가 빙글빙글 웃으며 책상에 앉아 있던 몸을 굽혀 유리의 얼굴을 쓰다듬었다.

유리는 노골적으로 귀찮은 듯 레스타의 손을 떼놓았다.

"그거야 댁이 웃으며 다녀야 옷이 팔리죠. 뭐 미남은 이마를 찌푸려도 미남이긴 하지만. 사람들은 웃는 미남을 더 좋아한다고요."

"너도 미남을 좋아하고?"

레스타의 말투는 다분히 여러 가지 뜻을 품고 있었다. 유리가 의아한 듯 눈을 둥그렇게 떴다.

"네 대형 고객, 대리인이 그렇게 미남이라면서."

"어떻게 알았어요?"

"벨름에 소문이 쫙 퍼졌지. 뭇 여인들이 그가 지나갈 때마다 설렌다고 하던걸."

"하이고……. 다들 예쁜 거 좋아하는 건 어쩔 수 없다."

"예쁜 거 좋아하는 사람들이 모인 도시니 그렇겠지. 그래서, 내 천사의 감상은 어때?"

"아, 난 별로."

'나도 좋아!' 같은 대답을 기대했다면 거짓말이겠지만, 유리의 답은 퍽 의외였다. 레스타는 눈을 깜박였다. 유리가 말을 이었다.

"엄청 바람둥이인 거 같아. 오자마자 여자를 만나고 다니는 거 같던걸. 처음에는 미남이라고 생각했는데, 영 정떨어지더라."

"여자……?"

"우리 가게를 제대로 구경시켜준 적이 없거든. 그런데 우리 가게 가운과 드로워즈를 누가 불러서 보여줬대."

"아하?"

"뭐겠어. 그 가운 침실에서나 입는 건데. 자기 아내 걸 미쳤다고 보여주는 남자가 있을 것 같지도 않고."

음, 그건 네 오해일 텐데.

레스타는 자신이 아는 사실과 유리가 아는 사실이 다르다는 걸 알아차렸으나, 굳이 말하지 않았다. 큰 고객 중 하나인 포르투의 밀레나에게 전달받은 바가 있었기 때문이다. 귀한 손님이 오셔서 아타락시아를 귀띔해주었다고. 어쨌든 제가 마음을 둔 사람이 다른 이성에게 흥미나 관심을 보이는 것이 유쾌한 이는 그리 많지 않기 때문이다.

레스타는 유리의 짐작을 정정하는 대신, 끊어졌던 이야기를 이었다. 이쪽이 유리에게는 백배 더 흥미 있는 일일 것이다.

"내가 이번에 들인 게 뭐냐면……."

—※—

근 6개월 만에 보는 제 누이는 마지막으로 본 것보다 핼쑥해져 있었다. 에넌 라이언하트는 한숨을 내쉬었다.

"일어나십쇼."

"싫어……."

"제가 지금 누구 때문에 6개월을 밖에서 떠돌았는데."

"난 그럼 누구 때문에 하루에 두 시간 자고 있는 거냐."

"그야 영명하신 누이께서 정복한 대륙의 백성들을 위해?"

"백성들 다 알아서 살겠지……."

"누가 백성 탓이랍니까. 결국은 누이 본인이 자초한 일 아닙니까."

에넌은 대륙의 유일무이한 여왕을 상당히 불손한 몸짓으로 건드렸다. 정확히는 지저분한 태피스트리 위에 살인사건의 시체처럼 누워 있는 여왕의 드레스를 발끝으로 밀었다.

덕분에 쎄시아 발렌시아는 드레스 안의 고래뼈로 만든 파팅게일

채로 벌렁 옆으로 넘어가고 말았다.

쎄시아가 소리를 질렀다.

"야!"

"일어나십쇼."

쎄시아는 투덜거리며 일어나 앉으려다가 파팅게일 때문에 한 번 실패하고 이를 갈며 겨우 일어났다. 그러고는 뒤뚱거리며 등받이가 없는 의자를 찾아 드레스를 들어 올린 다음, 그 위에 주저앉았다.

일련의 과정은 안타까울 정도로 번거로워서, 에넌 라이언하트는 제게 없어졌다고 생각했던 일말의 동정심이 살아나는 것을 느꼈다.

"나 너무 자고 싶다. 너 밖에 나가서 시종장한테 나랑 얘기하는 거 한 세 시간 걸린다고 해주라."

"그리고 저는 두 시간 동안 누님이 자는 거 구경하고, 마지막 한 시간 동안은 누님 돈 가지고 뭐 했는지 보고하고요?"

"무슨 개소리야."

쎄시아가 코를 훔쳤다.

"세 시간 구경하고 나가서 시종장한테 앞으로 세 시간 더 걸릴 거 같다고 말해줘야지."

에넌은 한숨을 쉬었다. 그러거나 말거나 쎄시아는 길게 하품하며 엉망이 된 머리를 헤집었다.

봄이 다가오자 쎄시아는 더 바빠졌다. 에넌 또한 그녀의 옆에서 하루 종일 서류를 뒤집어봤던 생각을 하면 제가 없는 동안 얼마나 그녀가 바빴을지 충분히 짐작할 수 있었다.

"원하고 갈구하시던 걸 가지고 왔습니다."

"오, 그래."

쩍 입을 벌리고 몇 번 더 하품을 하고 있던 쎄시아가 반색했다.

"너 좋은 거 가지고 왔다며."

"아마도 그렇습니다……?"

"아마도는 뭐야? 지난달에 시종장이 네가 썼다며 500만 싱 어음 내놨을 때 기절할 뻔했는데. 500만 싱짜리면 아마도가 아니라 당연히 좋은 거여야지. 못쓰겠네, 이거."

"제가 입어본 거 아니니까 그렇죠."

"볼 때는 좋아 보여?"

"예, 뭐."

에넌의 말은 심드렁했지만 쎄시아는 픽 웃었다. 말은 그렇게 해도 제 의동생은 자신이 한 일에 대해서는 과히 치장하지 않는 이였다.

언제나 에넌은 저렇게 말하면서 가장 좋은 걸 가지고 왔지. 쎄시아는 드레스 안에서 발가락을 꼼지락거리며 말했다.

"가져와 봐."

에넌이 딱 하고 손가락을 튕겼고, 눈치만 보던 시종들이 토르소 두 개를 먼저 날라왔다. 이윽고 눈앞에 늘어놓아진 옷 두 벌을 보고 쎄시아가 눈을 깜박였다.

"이거…… 다 드레스지?"

"예. 연회용 드레스 한 벌, 속옷 한 벌, 실내복 두 벌은 곧 날라 올 겁니다 참, 속옷은 서비스랍니다."

쎄시아는 곧 눈을 가늘게 뜨고 그 옷들을 관찰했다. 이미 두어 달 전 제 치수를 인편으로 에넌에게 넘긴 뒤였기에 제게 잘 맞는 옷일 거라는 건 알고 있었다.

에넌은 그런 쎄시아를 보며 설명했다.

"제가 왜 대관절 이런 것까지 챙겨야 하는지 모르겠지만, 어쨌든 고귀하신 여왕님이라는 건 말하지 않았기에 그 상인은 주문자가 퍽 늙은 노부인이라고 생각했나 봅니다. 나이 많은 부인이 숨이 막혀 죽는 것, 추워서 얼어 죽는 것이 가장 신경 쓰인다더군요. 전자는 이해했는데 후자는 왜 그런가 했더니 발렌시아에 와본 적이 없어 여기가 무슨 얼음의 나라라도 된 양 생각한 모양입니다."

"그러게. 가슴을 다 가렸네."

가장 화려한 것은 아무래도 연회복이었다. 허리를 잘록하게 하고, 소매를 부풀린 것은 쎄시아가 그간 봐왔던 것과 다를 바가 없다.

그러나 쎄시아는 토르소 위에 걸쳐진 연회복을 손으로 만져보고 감탄했다.

"이거 통이네?"

"예. 그 상인 말로는 파팅게일을 군이 받칠 필요가 없을 거라더 군요."

쎄시아는 팔짱을 끼었다.

"그렇지만 연회복은 이것만 봐서는 별로 다를 것이 없는데. 내가 이미 봤던 것들이잖아. 좀 보수적인 것만 빼면 크게 대단할 것이 없다고."

"그게."

에넌이 머리를 긁적였다.

"일단 그 상인의 야심작은 연회복이 아니랍니다."

"그럼?"

"이것부터 좀 읽어보시죠."

에넌이 넘겨준 것은 편지였다. 그리고 동시에, 시종들이 마저 토르소 두 개를 날라왔다.

고급스러운 종이 위에 상단의 직인이 찍혀 있었다. 쎄시아는 그 편지를 열어보려고 했지만, 그보다 토르소 위에 걸쳐진 옷이 쎄시아의 눈을 잡아끌었다.

쎄시아가 먼저 봤던 연회복은 짙은 초록색의 쟈가드 원단 위에 꽃이 수 놓여 있었다. 그 꽃무늬 또한 옅은 초록색이어서 전체적으로 진중한 분위기를 띠었다. 가슴 부분은 실크로 가렸지만, 커다란 레이스 칼라가 그 위에 아름답게 장식돼 있었다.

토르소 안에도 파팅게일을 전혀 받치지 않았다. 발렌시아의 유행은 종 모양이었지만, 이 드레스는 세모꼴로 부드럽게 떨어졌다. 안쪽에는 얇고 부드러운 파니에를 몇 겹이나 꿰매 넣었다.

쎄시아가 '통이네.'라며 감탄한 부분은 허리 쪽이었다.

통상적으로 파팅게일과 파니에, 코르셋 때문에 드레스들은 윗옷과 대부분 분리되어 있다. 귀부인들이 모두 걸치면 하녀들이 곁에서 꿰매 입게 되어 있는 식인 것이다. 하지만 이 연회복은 통째로 그녀가 몸에 꿰어 입을 수 있게 돼 있었다.

그러나 디자인만 본다면 시중에 이미 있는 디자인이었고, 발렌시아의 궁정에서도 드물지 않게 볼 수 있는 옷이었다. 그저 조금 더 편해진 것만 빼면 500만 싱이나 줄 만한 디자인은 아니었다.

그렇지만 두 번째 날라 온 디자인은 달랐다.

두 벌의 옷은 쎄시아가 전혀 본 적이 없는 형태였다. 토르소를 날라온 시종장이 쩔쩔매며 말했다.

"죄송합니다. 처음 보는 형태라 어떻게 토르소에 입힐지 몰라 시간이 걸렸습니다."

"아냐. 그런데 이게 맞아?"

쎄시아는 턱을 괴고 에넌에게 질문했다. 에넌이 쓴웃음으로 답했다.

"맞을 겁니다. 저도 잘 몰라서 결국 이 옷을 제대로 설명해 드릴 사람 하나를 그 상점에서 같이 달려 보냈습니다."

"그래? 편지만 보낸 게 아니라?"

"물론 아무나 누이를 대면시킬 수도 없고, 누이가 주문자라는 것도 비밀이기 때문에 그는 발렌시아 시내에 있습니다만, 흥미가 있으시면……."

"아냐."

쎄시아가 손을 내저었다.

에넌은 제 누이가 이미 꽤 즐거워하고 있다는 것을 깨달았다. 그도 그럴 것이, 시종장을 애먹게 한 옷은 정말로 이상한 형태였기 때문이다.

그러니까, 모두 주름으로 된 옷이었다.

"실크……지?"

"예."

가장 먼저 눈을 끄는 것은 과감하게 가슴을 파낸 디자인이었다.

칼라 따위는 찾아볼 수도 없다. 추운 발렌시아 궁정이지만 봄이 될 것을 고려해 가볍게 만들겠다는 이야기를 에넌은 그 소년 점주에게 언뜻 들었던 기억이 났다.

그러나 그 실내복을 보고 있으면 칼라나 계절 따위는 생각도 나지 않았다.

어깨, 소매, 가슴, 허리, 치맛자락. 주름이 들어가지 않은 곳이 없었다. 윤기가 나는 실크 중에서도 가장 가벼운 최상품의 실크를 썼다. 잠자리 날개같이 뒤가 다 비치는 원단은 남쪽에서 나는 것이었다. 그 실크를 어깨부터 엄청나게 자잘한 주름을 잡아, 양쪽으로 교차시켜 가슴을 가렸다. 소매 또한 자잘한 주름으로 부드럽게 부풀렸다. 다만 어깨에는 별다른 장식 없이 주름 잡힌 그대로 사용해 아래로 종 모양이 되도록 만들었다.

허리에도 별달리 매듭이 없었다. 치맛자락에 이르러서는, 종 모양도 세모꼴도 아닌 일자였다. 수백 개, 수천 개의 주름만이 토르소 위로 흘러내리고 있었다. 해괴하기 그지없었다. 쎄시아는 눈썹을 찡그렸지만, 입가는 웃고 있었다.

두 벌 모두 같은 디자인이었으나, 한 벌은 통이었고 한 벌은 가슴과 허리, 치맛자락까지 자잘한 리본 매듭이 있었다.

쎄시아는 천천히 일어섰다.

의자 위로 늘어뜨렸던 파팅게일을 들어 올린 다음 그 옷 두 벌 앞으로 다가선 쎄시아는 손가락으로 천천히 토르소를 쓸어내렸다.

"……얇아."

"남쪽에서 나는 비단이라더군요."

"그리고 이상해. 와서 좀 만져 봐. 아니, 넌 이미 봤나?"

에넌이 웃었다. 모르는 것이 없다던 대륙의 여왕님은 정말 궁금한 표정으로 실크를 잡아당겼다가 놓았다 하고 있었던 것이다.

무리도 아니다.

수천 개의 실크 주름은 쎄시아가 잡아당기는 대로 늘어났다가, 쎄시아가 놓으면 본래대로 돌아가기를 계속하고 있었다.

쎄시아의 눈이 반짝반짝 빛났다.

"게다가 이거 봐, 이거 엄청 가벼워."

"예. 저도 솔직히 놀랐습니다. 실크로 만들었다고 해서, 취급이 어려울 줄 알았는데 운반하는 이는 굉장히 수더분하게 다루더군요."

에넌이 말을 이으려는데 쎄시아는 손짓 하나로 에넌의 말을 멈추었다.

"이거 어떻게 입는 거야?"

"그건 제가 일렉사 백작부인께 부탁드렸습니다."

"부인에게?"

쎄시아의 반문에 대답이라도 하듯 일렉사 백작부인과 시녀 두어 명이 한쪽 문을 열고 들어왔다.

시종장이 들어왔던 문과는 다른, 쎄시아의 개인실로 이어지는 문이었다.

머리가 반쯤 세어 회색을 띠고 있는 노부인은 언뜻 봐도 깐깐한 인상이었다. 이마를 찌푸리고 있으니 더했다.

"저하. 그렇게 저를 보자마자 윽, 하는 표정을 지으시니 이 늙은이가 참으로 송구스럽습니다."

정말로 그녀를 보자마자 윽, 하는 표정이던 쎄시아가 움찔했다. 부인은 말을 이었다.

"그 레스타인가 하는 청년은 아마도 저를 주문자로 알고 있었던 모양이더군요. 그렇지요, 공작?"

"예, 뭐. 저는 한마디도 안 했는데. 덕분에 신세를 좀 졌습니다."

"아닙니다. 덕분에 오랜만에 미남 구경 잘했습니다."

"……부인이 그런 말씀도 할 줄 아는 분인지는 몰랐습니다."

에넌이 웃었다. 노부인은 얼굴 표정 하나 안 바꾸고 "늙으면 낙이 별로 없지요."하고 답했다. 쎄시아가 흥미를 드러냈다.

"누가 잘생겼는데?"

"이 해괴한 물건들을 만들어낸 상단의 상단주라고 하더군요. 얼굴로 대성했대도 믿을 만큼 잘 생겼습니다."

"정말?"

쎄시아의 반문에 노부인은 엄격한 눈으로 쎄시아를 쳐다봤다.

"미남이라면 이리 흥미로워하시면서 대관절 궁 밖으로 줄을 선 남자들은 어찌 거들떠도 안 보시는지."

일렉사 백작부인의 말에 쎄시아가 볼을 부풀렸다.

"……됐소. 옷이나 입어보게 해주시오."

"예."

일렉사 백작부인이 에넌에게 턱짓했다. 축객령이었다. 에넌은 어깨를 으쓱하고 방에서 물러났다. 본래대로라면 옷을 입는 데 한 시간은 기다려야 할 테지만, 에넌은 제가 기다려야 하는 시간이 그리 길지 않다는 것을 알고 있었다.

예상대로였다. 쎄시아는 에넌이 차를 한 잔 다 마시기도 전에 도로 에넌을 불러들였다. 쎄시아의 접견실로 다시 들어간 에넌이 눈을 크게 떴다.

"호오."

토르소 위에 걸쳐 있던 주름진 옷은 쎄시아의 몸 위에 맞추기라도 한 듯 꼭 맞아떨어졌다.

그러나 가까이서 쎄시아를 본다면, 맞아떨어지는 것이 아니라 그 옷이 물 흐르듯 쎄시아의 몸을 따라 흘러내리고 있다는 것을 알아차릴 수 있을 것이다.

쎄시아는 그 미모로도 발렌시아 전역에 익히 이름을 떨치고 있었다. 그리고 그 드레스는 쎄시아의 미모를 여실히 살려주는 옷이었다. 나올 데는 나오고 들어갈 데는 들어간 아름다운 몸매 위로 일정한 간격으로 세밀하게 잡힌 주름이 제 존재감을 여실히 드러냈다.

탄력 있는 가슴 위로 실크가 잔뜩 부풀려졌다가, 잘록한 허리에서는 사그라들며 물결 같은 질감을 만들어냈다.

무엇보다…….

"가벼워!"

쎄시아가 팔짝 뛰었다.

주변에는 쎄시아가 벗어던진 파팅게일과 드레스들이 흐트러져 있었다. 입을 때마다 끈으로 레이스업해야 하는 드레스의 잔해를 시녀들이 하나둘씩 주워 올렸다. 파팅게일은 숫제 시녀 하나가 온 팔을 벌려 끌어안아야만 치울 수 있었다.

그 잔해 가운데서 무시무시한 여왕 쎄시아 발렌시아는 다섯 살 어린아이같이 팔짝팔짝, 뛰어보고 있었다.

"에넌!"

"예."

"옷 안 입은 거 같아!"

"예. 좋으시겠습니다."

뛰어 보이는 쎄시아 앞에 시녀들이 서둘러 거울을 들고 왔다.

쎄시아는 거울을 보며 두어 번 또 팔짝팔짝 뛰었다. 쎄시아가 움직일 때마다 주름이 벌어졌다가 좁혀지며 아름답게 물결쳤다.

좀처럼 즐거운 표정을 지을 일 없던 쎄시아의 뺨이 복숭아처럼 발그레해졌다. 좋아서다.

에넌은 이미 드레스가 물결치는 모습을 익히 알고 있었다. 그 소년 점주는 에넌 앞에서 직접 드레스를 토르소 위에 입혀 선보인 적이 있었기 때문이다. 소년의 자신만만한 미소가, 뛰어보이는 쎄시아의 모습 위에 겹쳐졌다.

에넌은 벨름 이전에도 몇몇 도시에서 그럴싸한 드레스 몇 벌을 건진 적이 있었다. 그때에는 모두 제 부하들 편에 발렌시아로 옷을 보냈을 뿐이다.

그러나 소년 — 유리가 가져온 주름 드레스를 본 순간 에넌은 발렌시아로 돌아가야겠다고 느꼈다.

제 6개월간의 여행이 끝날 것을 미리 예감했기 때문이다. 소년은 에넌이 본 적도 없는 구름 같은 드레스를 펼쳐놓고 말했다.

"솔직히 말씀드리겠습니다, 헬리오날트 씨."

"예."

"저도 목숨은 아깝습니다."

"……예?"

소년이 미소 지었다.

"아무리 돈은 상관없다고 하셨어도, 500만 싱이나 받게 되면 상인은 이익 말고도 여러 가지를 생각하게 되는 법입니다."

"……."

"저는 제 고객이 500만 싱짜리 새 드레스를 입고 연회에 나가서, 뭇 사람들의 손가락질을 받기를 원하지 않습니다. 획기적이고 새로운 디자인을 원한다 해도 결국 옷에는 여러 가지 가치가 담기기 마련입니다. 그중에는 분명 다른 사람들의 인정 혹은 감탄도 존재하죠."

에넌은 그쯤에서 소년의 이름을 다시 되새겼다. 유리. 성은 없다.

유리가 말을 이었다.

"사람들은 익숙한 것을 좋아합니다. 새로운 것에 익숙해지기까지는 시간이 걸려요. 그전까지는 새로운 것은 단지 이상한 것입니다. 드레스 몇 벌에 500만 싱을 선뜻 내놓을 수 있을 만큼 부자이고, 당신 같은 사람을 수하로 부릴 정도의 부인은 아마 돈을 받고 이상한 것이라고 사람들이 손가락질할 만한 물건을 보낸 상인의 목숨을 좌지우지할 수 있을 정도의 위치에 올라서 계시겠죠."

갓 스무 살이 된 소년은 그 나이라고는 생각할 수 없을 만큼 신중했다. 신은 보통 한 가지를 주면 다른 것은 주지 않는 법인데, 소년은 재능도 실력도 갖추고 있는 데다 통찰력까지 갖고 있었다. 놀라운 일이었다.

에넌이 회상하는 사이, 쎄시아가 손에 든 편지를 소리 내 읽었다.

"……해서, 획기적이고 아름다운 드레스를 구상했으나 부인의 체면을 생각해 적당히 사람들이 용납 가능한 연회용 드레스를 보냅니다. 다만 빈말이 아니라는 것을 보여 드리기 위해 저의 야심작인 실내용 드레스도 함께 보내 드려요. 저는 '여신이라면 이런 드레스를 입었을 것'이라고 생각합니다. 구름같이 둥실둥실 뜨고, 꿈결같이 부드러운 드레스입니다. 마음에 드신다면 나머지 500만 싱의 대금을 치러주세요. 그때야말로 세상에서 가장 아름답고 편안한 드레스를 보내 드리겠습니다……."

에넌은 방금 전에 했던 생각에 다른 의견을 덧붙였다.

으레 상인들이 그렇다지만, 소년은 말씀씨까지도 유려했다. 저 쎄시아의 마음을 빼앗아갈 정도로. 쎄시아는 몇 번이나 편지를 다시 반복해서 읽더니 주먹을 꾹 쥐었다.

"에넌!"

"……예."

"나 얘 마음에 들어!"

"좋으시겠습니다. 누이가 마음에 들어 하는 남자도 별로 없는데, 결혼하시죠?"

"그럴까?"

"라이언하트 공작!"

쎄시아의 말에 일렉사 백작부인이 눈을 부라렸다. 에넌이 이크, 하고 어깨를 움츠렸다. 쎄시아가 말을 이었다.

"농담 아냐, 정말 마음에 들어."

"……일렉사 백작부인, 국혼을 준비하시죠?"

쎄시아가 호탕하게 하하 웃으며 "이 자식, 농담 재미없어!"하고 에넌의 등을 후려쳤다. 손이 제법 매웠다. 에넌이 투덜거렸다.

"제 농담 재미없는 건 말로 하셔도 압니다."

"됐고, 이 상인이 누구라고?"

"……부르시게요?"

"그래."

쎄시아가 기세등등하게 눈을 빛냈다.

"1000만 싱, 와서 받아가라고 해. 미남 얼굴 좀 구경하자."

그러나 곧 에넌이 "아, 죄송하지만 그 미남은 그 옷 만든 사람 아닙니다."라고 답했고, 쎄시아는 그 말에 노골적으로 입을 쭉 내밀었다가 일렉사 백작부인에게 "품위 없습니다!"라는 호통을 듣고 축 늘어져버렸다.

─✻─

레스타는 눈코 뜰 새 없이 바빴다.

발렌시아 왕국의 거의 모든 거대 상단이 지금 발렌시아에 모여 있다고 해도 과언이 아니었기 때문이다.

왕국령이 선포된 이후 여제가 가장 먼저 한 것은 통화를 하나로 통일하는 것이었다. 그 과정에서 화폐가치가 높은 벨름을 본거지로 삼던 레스타는 손해를 많이 보지는 않았다.

쎄시아 발렌시아는 지금은 왕국의 영지가 된 국가들에게 자체 화폐를 유통할 수 있는 기간을 단 3년으로 제한했다.

즉, 3년 후에는 무조건 왕국 화폐를 써야 한다는 뜻이다.

왕국 전체가 같은 화폐만 쓴다는 사실은 엄청나게 까다로운 통합 과정이 존재한다는 것을 의미한다. 레스타는 상단에 존재하는 모든 현금을 왕립 은행에 갖다 박을 생각이 없었다. 화폐통합 때문에 은행은 그 어느 때보다 현금 보유량이 높았고, 이율은 마이너스를 달렸다. 멀쩡한 돈을 갖다 박아도 손해를 볼 일만 가득했다.

대신 레스타는 자금 세탁을 시도하고 있었다. 물론 자금세탁을 시도하는 것은 레스타뿐만은 아니었기에 수완 좋은 레스타조차 한

참을 애먹고 있었다. 환금성이 높은 보석들은 진작에 발렌시아에서 자취를 감췄고, 요동치는 화폐가치 때문에 뭔가에 새로 투자하기도 여의치 않은 상황. 그렇기에 레스타는 자신을 다시 부른 일렉사 백작부인이 매우 반가웠다.

유리가 자신만만하게 들려 보낸 옷을 설명할 때만 해도 레스타는 일렉사 백작부인의 표정을 읽기 어려웠다. 일렉사 백작부인은 철의 여인이라는 별명에 걸맞은 무표정을 고수했기 때문이다.

주름은 반영구적이니 부담 없이 입으라는 말에도, 몸의 선을 아름답게 드러내는 옷이라는 말에도 일렉사 백작부인은 아무 반응을 하지 않았다.

레스타는 이 기회에 일렉사 백작부인에게 연줄이라도 대볼까 했으나 일렉사 백작부인의 무표정에 빠르게 그 마음을 접었다.

유리의 옷을 한 번도 입어보지 못한 사람은 있어도, 한 번만 입는 사람은 없다. 그게 유리에 대한 레스타의 확신이었다.

레스타는 일렉사 백작부인이 나머지 잔금 500만 싱을 치르기 위해 자신을 부를 것을 의심하지 않았고, 그렇기에 두 번째 부름은 호의가 가득한 만남이 되리라 생각했다.

친분은 그때 쌓으면 된다.

레스타 같은 상인들에게 대귀족과의 친분은 아주 중요하다. 은행에서의 신용도부터 다양한 거래에의 보증금까지 널리 쓰이는 자산이나 다름없기 때문이다. 탈세 또한 조금은 편해질 것이었다.

"500만 싱이 아니라 1000만 싱을 더 내겠네."

그러나 레스타도 일렉사 백작부인의 제의는 전혀 생각하지도 못한 것이었다. 노부인은 바위 같은 얼굴을 바꾸지도 않고 이렇게 말한 것이다.

"그 디자이너를 내 전속 디자이너로 보내 주게."

"그……."

"문제 있나?"

"……죄송하지만 아주 많습니다."

"그래?"

"예."

"말해두지만 단발성 제안이 아닐세. 6개월에 1000만 싱."

"……."

등 뒤에 식은땀이 흘렀다. 1000만 싱.

그것도 기간제 고용이다.

실로 파격적인 제안이었다. 그럼에도 불구하고 레스타는 쉽게 답할 수 없었다. 그 이유는 단순하지만 여러 가지였다.

"안 되겠나?"

노부인이 눈썹을 찡그렸다. 레스타는 부드럽게 미소 지었다. 어려운 협상을 할 때마다 자신이 짓곤 하는 미소였다.

"실례합니다만 부인, 그는 단순한 디자이너가 아닙니다."

"……아타락시아의 점주 역을 대신하고 있다는 이야기는 들었네."

"미욱한 점포의 이름까지 기억해주시다니 영광 무지합니다."

레스타는 우아하게 반쯤 허리를 굽혀 인사했다.

쉴 새 없이 바쁜 자신을 부를 때부터 일렉사 백작부인이 보통 제안을 하지는 않을 거라고 생각은 했다. 그러나 단순한 주문이 아니라 유리 자체를 고용하겠다는 것은 예상보다 훨씬 뜻밖의 제안이었다.

보통 여인들은 프리미엄 로열티를 원하기 때문이다.

자신에게만 옷을 지어주는 디자이너란, 아주 매력적으로 들리지만, 거기에는 큰 약점이 있다. 유리는 아직 수도 발렌시아까지는 이름을 떨치지 못하고 있었다.

그런 상황에서 유리를 자신만의 전속 디자이너로 묶어버리면 문제가 크다. 정확히는 허영의 충족면에서 문제가 컸다.

유리의 디자인이 채 발렌시아에 유행하기도 전에 그를 묶어버리면, 유리의 이름값이 높아지기란 어려운 일이 되기 때문이다.

사람들은 보편적으로 유명한 사람의 옷을 귀히 여기며 입고 싶어 한다. 아이러니하지만 사실이다.

유리의 옷이 마음에 들었다면, 한동안은 유리의 옷을 주문할 뿐 묶어두고 싶어 할 이유가 없다. 유리가 더 유명해질 때까지 기다려 많은 이들에게 자신의 부와 안목을 과시하는 것이 보통 귀부인이다.

그러나 일렉사 백작부인은 그런 보통 여인들의 범위에 자신을 묶어둘 맘은 없는 모양이었다.

"그래서 나는 그에게 기간제 고용을 제의하는 것이네. 그 기간 동안 고용주의 옷을 짓되, 아타락시아의 일을 보는 것에는 크게 간섭하지 않겠네."

"죄송합니다만 부인……."

"안 된다는 뜻인가."

"……참으로 송구스럽게도."

레스타는 한껏 고개를 숙이고 사죄했다. 그 동작은 유려하고 우아하기 그지없었다.

거절의 의미를 담고 있다는 것이 이상하게 생각될 정도로.

"세금 혜택을 주겠네."

"예?"

레스타는 귀를 의심하며 고개를 들었다. 일렉사 백작부인은 여전히 바위 같은 얼굴로 말을 이었다.

"자네의 상단은 왕국령 중부에 걸쳐 큰 이익을 내고 있다지. 새 왕국 화폐로 환금 시 세금 혜택을 주도록 힘써보겠네."

"실례지만 부인……."

레스타가 간신히 목소리를 짜냈다. 그러나 일렉사 백작부인이 훨씬 빨랐다.

"내가 보장할 수 있는 혜택은 1푼."

1푼!

레스타의 머리가 빠르게 돌아갔다.

기껏해야 1푼으로 대체 무엇을 하겠냐 하는 이들도 있을 것이다. 그러나 레스타의 상단의 하루 거래량은 약 800만 싱. 성수기에는

1000만 싱도 우습게 뛰어넘었다.

하루 거래량만 왕국 공식 통화로 환금할 경우 8만 싱 가량의 세금 혜택을 볼 수 있는 셈이다. 실로 엄청나고 달콤한 혜택이었다.

레스타는 좀처럼 쉽게 대답하지 못했다. 일렉사 백작부인의 눈매가 희미하게 휘었다. 레스타가 갈등하고 있는 것을 알아챈 것이리라.

"모자란가?"

"그럴 리가요."

레스타는 필사적으로 머리를 굴렸다.

그러나 어쨌든 그는 이 모든 제안을 거절해야 했다. 유리가 이름을 알려야 해서? 혹은 상단의 프리미엄을 높이기 위해서? 모두 아니었다.

일렉사 백작부인이 다그쳤다.

"뭐가 문제지?"

"실례지만 부인. 제가 한 말씀 드려도 되겠습니까."

"두 말씀을 해도 되니 말해보라."

"제가 그 옷이 열에 약하다는 것에 대해서는 말씀드렸지요?"

"그렇지."

레스타는 굽혔던 허리를 폈다. 보통 사람들보다도 훨씬 키가 커 장대하다고도 말할 수 있는 몸집이 돋보였다.

"그 옷을 어떻게 만들었는지 모르시겠지요."

"나는 재봉에는 재주가 없소."

일렉사 백작부인이 짧고 빠르게 대꾸했다. 얇고 세밀한 주름이 가득 져 있고, 천을 늘렸다 놓으면 도로 돌아가는 주름. 그런 것을 어떻게 만들었는지 일렉사 백작부인도 궁금하던 차였다.

레스타는 말을 이었다.

"그 주름은 열에 약하니 뜨거운 열을 옷에 가하지 말라 말씀드렸습니다. 그 옷은 다름이 아니라 열기로 만든 옷입니다."

"그렇군."

"열기를 가하게 되면 옷의 모양이 변합니다. 그리고 그것은 저희 상단만의 노하우입니다. 정확히는, 그 옷을 만든 디자이너와 저만이 공유하는 노하우지요."

"파트너를 밖에 내돌리고 싶지 않다는 것인가."

"그렇습니다."

레스타는 침을 삼켰다.

"물론 제가 부인께 이런 것을 말씀드리는 이유는, 단순히 열기를 가하는 것만으로 만들 수 있는 옷은 아니기 때문입니다. 그는 방법을 제시하고, 저는 수단을 고민합니다. 적어도 아타락시아는 그의 머리로 굴러가는 곳이기에 저는 부인께 그를 내어 드리겠다 감히 단언할 수 없습니다."

"흠."

"더불어……."

레스타는 조심스레 일렉사 백작부인의 눈치를 살폈다.

"부인께서 위대하고 영명한 쎄시아 발렌시아 여왕 전하의 최측근

이심은 두 번 말할 필요가 없사오나……."

"내가 제시하는 조건을 믿을 수 없다는 거로군."

"그보다 정확히 말씀드리자면, 단순히 피복을 디자인하는 이에게 나라의 근간을 흔들 수 있는 조건을 제시하는 것은 도리에 어긋나지 않나 싶사오니……."

단순히 디자이너 하나를 고용하겠다고 새로 만들어진 왕국령의 세법을 초장부터 어기는 이가 정상일 리 없다.

레스타는 그렇게 확신했다.

일렉사 백작부인은 그 엄격함과 공명정대함으로 이름이 높았으나, 왕국의 살림에 손을 대기에는 아직도 요원한 처지라고 들었다.

그런 이가 옷 한 벌 입겠다고 세금 혜택을 호언장담한다? 유리의 옷이 아무리 매력적이라도 그것은 불가능하다. 그게 가능한 일이라면 이 왕국은 곧 무너질 것이다.

일렉사 백작부인은 한참 동안이나 변함없는 무표정으로 레스타를 쳐다봤다.

망했나.

레스타는 입가에는 여전히 미소를 띠고 그렇게 생각했다. 어쨌든 그 무시무시한 여왕의 최측근이다. 이런 말을 하지 말았어야 했다.

그때 높은 웃음소리가 들렸다. 일렉사 백작부인은 아니었다. 레스타는 당황한 채로 옆을 쳐다봤다. 아까부터 옆에서 대기하고 있던, 아름다운 금발을 땋아 내린 붉은 눈의 하녀였다.

레스타는 잠시 당황했다. 미치기라도 한 것인가. 주인을 앞에 눈

채 하녀가 제 소리를 내는 것은 금기였다.

하녀가 입을 열었다.

"나는 어려운 남자가 좋더라."

"전하."

일렉사 백작부인이 그녀를 향해 책망하는 어투로 말했다. 그 순간, 레스타는 머리를 망치에라도 얻어맞은 것 같은 충격을 느꼈다.

이 나라에서 일렉사 백작부인에게 그런 호칭으로 불릴 만한 사람은 단 한 명밖에 없다.

금발의 하녀, 쎄시아 발렌시아가 다시 한 번 호쾌하게 웃었다.

"하하하, 재미있잖아, 이거. 나는 상인들이라면 눈앞의 이익에 혼이라도 파는 이들뿐인 줄 알았는데. 제법이야."

"……전하이십니까?"

"그래."

쎄시아 발렌시아가 가슴에 손을 얹고 미소 지었다. 레스타는 그 자리에서 무릎을 꿇은 후 바닥에 이마를 찧었다. 퍽, 소리가 났다.

"죽을죄를 지었습니다!"

"죽을죄는 무슨. 내가 못 알아보도록 한 건데."

누가 봐도 명백하게 하녀 복장을 하고 있는 여왕이 손을 내저으며 말했다.

"제 밥그릇 챙기는 노인네들만 보다가 멀쩡한 미남을 보니 놀라울 지경인데, 그 감동을 오롯이 느끼기에는 내가 시간이 없어서."

"그러게 제가 알아서 할 테니 회의 가시라 하지 않았습니까."

"가끔은 이런 재미도 느끼고 싶으니까."

보아하니 바쁜 와중에 일렉사 백작부인의 하녀 놀이를 하고 싶었던 모양이다. 쎄시아가 말했다.

"그래서, 내가 보증하는 세금 혜택이라면 어때?"

무시무시한 쎄시아 발렌시아 여왕. 아빗사의 목을 창끝에 꿰어 진군하며 아흔아홉 개의 왕국을 통일했다는 사람이다. 그런 이가, 세금 혜택 운운하며 유리를 내어 달라 한다. 이마를 찡고 있던 레스타는 눈을 질끈 감았다.

1푼의 세금 혜택과 왕실 모독죄 사이에서 줄타기를 하는 것은 레스타의 취향은 아니었다.

그래서 레스타는 입을 열었다.

"······그건 제가 아니라 그의 의사에 따라야 할 듯합니다."

민주주의 국가도 아니고 왕정 사회에서, 목숨이 아깝다면 절대로 하지 말아야 할 말이었다.

쎄시아가 붉은 눈을 찌푸렸다.

"네가 상단주라 들었다."

"예."

"그런데?"

쎄시아는 레스타에게 많은 설명을 요구하지 않았다.

야, 까라면 까는 거지 무슨 의사를 물어봐, 라는 태도. 그것은 모든 이의 위에 있는 자의 오만함, 혹은 당연함이었다. 누구도 그녀에게 불복할 수 없었다.

그래서 레스타는 정말 큰 용기를 내야 했다.

"말씀드렸듯 저의 상단에서 굳이 따지자면 그는 제 고용인이오나, 단순 고용인으로 그를 취급한다면 저의 상단은 이렇게까지 성장할 수 없었을 것입니다."

"그래서?"

쎄시아의 말은 짧았다. 그러나 그 안에 숨겨진 뜻은 명확했다.

네 상단이 대체 무슨 상관이야? 내가 왕인데.

한마디로 레스타가 아무리 길게 말해도 소용없다는 뜻이다.

"전하."

그때 일렉사 백작부인이 가볍게 만류했다.

일렉사 백작부인의 하녀들이 바쁘게 쎄시아에게 털 망토를 둘러주고 있었다.

레스타는 차마 쎄시아와 눈도 못 마주치고 있는 와중에도 그 털 망토가 발렌시아 북쪽에서만 산다는 설표의 것임을 알아챘다. 굉장히 좋은 물건이었다. 추운 발렌시아에서는 저런 것이 필요하겠지만 어지간히 부유하지 않으면 두르기 힘든 것이기도 하다. 레스타는 그 설표 망토 하나로 여왕의 부유함을 가늠했다.

그때 쎄시아가 입을 열었다.

"내가 단순히 디자이너 하나를 데리고 오자고 세금 혜택까지 운운하는 것은 아니다."

"……"

쎄시아 발렌시아는 방금 전까지 일렉사 백작부인이 앉아 있던 벨벳 의자에 앉아 턱을 괴었다.

설표의 털을 두르고 호화스러운 팔걸이에 제 팔을 걸친 채 다리를 꼬고 앉은 모습을 보니, 저런 카리스마를 가진 여인을 대체 왜 알아보지도 못했던 것인지 당황스러울 지경이었다.

마치 맹수와 같은 모습. 레스타는 수많은 이들이 통치의 잔 앞에 무릎 꿇었다는 말을 상기할 수밖에 없었다. 통치의 잔? 그런 것이 없어도 남들 위에 군림하는 것이 자연스러운 이였다.

레스타가 그러거나 말거나 쎄시아는 말을 이었다.

"네가 가지고 온 옷은, 짐작했겠지만 나의 옷이다."

레스타는 충격에 휩싸였으나 간신히 대답했다.

"……몰랐습니다."

쎄시아가 눈썹을 들어올렸다.

정말이다. 이곳에서 쎄시아 발렌시아를 만날 줄도 몰랐지만, 그 옷들이 일렉사 백작부인의 것이 아니라 이 여왕의 것인 줄은 정녕 몰랐다.

"몇 년도 채 되지 않아 제 상단을 키웠다던 이 치고는 눈치가 없는 편이군."

"송구합니다."

쎄시아의 말을 듣자 레스타는 그 잘생겼다던 대리인이 누구인지도 대강 짐작이 갔다. 렌 헬리오날트. 에넌 라이언하트.

이름을 가지고 장난을 쳤군. 그 패륜아가 분명했다.

"나는 바빠. 빠르게 말하겠다."

"예."

"그전에 고개를 들라. 나는 이제 남의 정수리를 보며 말하는 것이 지겨워."

레스타는 그 말에 즉시 고개를 들었다. 쎄시아 발렌시아의 붉은 눈이 투명하게 빛나고 있었다. 그 눈에서 떨어지는 압도적인 자신 감에 레스타는 질식할 것 같았다.

그러나 동시에 레스타는 그 눈빛이 익숙하다고 느꼈다.

"좋아, 미남이군."

"전하."

일렉사 백작부인이 책망의 뜻을 담아 그녀를 불렀다. 그러거나 말거나 쎄시아는 빙그레 웃었다.

"이왕이면 미남이 좋지. 부인, 당신도 미남 구경 잘했다고 하지 않 았소."

그 말에 붉어진 것은 일렉사 백작부인이 아니라 레스타의 귀와 뺨이었다. 잘생겼다는 말은 익히 들어왔으나, 이렇듯 노골적으로 품평당하는 것은 처음이었다.

두 여인은 레스타의 기분 따위는 아랑곳하지 않고 말을 이었다.

"저는 전하가 아니었고, 그것은 당사자가 없을 때의 일이니까요."

"이런, 품위 넘치는 시녀장께서 남의 뒷담을 하셨나?"

"전하. 칭찬입니다."

"희롱이 아닐까?"

쎄시아가 작게 웃었다.

레스타는 감히 두 여인의 대화에 낄 생각도 하지 못했다. 수치스러운지, 혹은 창피한지 잘 알 수 없었다. 그러나 쎄시아는 레스타의 기분을 눈치챈 모양이었다.

"미안하다. 나도 모르게 꼰대 노친네들만 보다 보니 안 좋은 버릇이 물든 모양이군. 그대를 희롱하는 것으로 느껴졌다면 미안하다."

"아닙……니다."

"쓸모없는 대화는 그만하도록 하지. 결과적으로 네가 가지고 온 물건은 아주 마음에 들었다."

"감사합니다."

"다만 내가 마음에 든 것은 다른 것이다."

레스타는 눈을 껌벅였다. 쎄시아 발렌시아는 턱을 괸 채 말했다.

"그대가 가지고 온 가운."

아타락시아의 주요 인기 품목인 면실크 가운과 드로워즈를 말하는 것이었다. 유리가 특별히 신경 쓴 서비스 품목이었다.

"그 가운에 쓰인 섬유가 너희 상단의 독점 생산품이라고 들었다."

"예. 맞습니다."

"노하우는 너희만이 가지고 있는 것이고?"

"예."

"짐은 그대가 가지고 온 실내복도 아주 마음에 들었지만, 그 편물쪽이 훨씬 마음에 들었다. 아니, 편물이라기에는 너무 섬세하지."

"……."

레스타는 쎄시아가 무슨 말을 하려는지 도무지 이해할 수 없었다. 레스타에게는 다행히도, 쎄시아는 청자를 배려하는 좋은 발화자였다.

"그대도 알다시피 발렌시아는 춥다."

"예."

"수도 발렌시아를 위시한 이 근방의 도시들은 겨울에는 아무것도 못 하지. 겨울에 기간사업을 한 번 하려고 백성들을 동원하면 얼어 죽어 나가기 일쑤이니, 모두 문을 걸어 닫고 봄을 기다릴 수밖에 없다."

"……예."

"짐은 그래서 왕국을 만들었다."

추워서 따뜻한 나라로 영토를 넓혔다. 어이없지만 생각해보면 이런 일은 흔했다. 식량이 나지 않아 비옥한 땅을 침략했다. 추워서 따뜻한 나라를 침략했다. 같은 맥락이다.

레스타는 이어지는 말을 기다렸다.

"상인이니 알 것이다. 솜은 비싸고, 털가죽은 더욱 비싸다. 나야 이런 것에 의지하여 봄까지 날 수 있지만 백성들이 어디 그럴 수 있겠는가."

쎄시아가 설표 가죽을 꼬집듯 들었다 놨다. 레스타는 그녀가 할 말을 짐작할 수 있을 것 같았다.

"내 백성들은 이제 거친 광목과 모슬린보다 더 따뜻한 것으로 몸을 감싸야 한다. 겨울에 뭐라도 해야 봄에 굶어죽지 않겠지. 그렇지 않느냐."

"……."

"나는 면실크 생산을 왕국 남부의 첫 기간사업으로 삼으려고 한다. 내가 독점 기술을 가진 너희 상단에게 세금 혜택을 주는 것은 최소한의 아량이다."

레스타는 식은땀이 절로 나는 것을 느꼈다. 쎄시아의 말이 맞다. 왕국의 지배자가 하는 말이다.

당장이라도 유리를 끌고 가지 않고, 조금의 아량이라도 베푸는 것을 고마워해야 마땅했다.

그러나…….

레스타는 머리가 아파오는 것을 느꼈다. 문제가 많았다.

무엇보다 유리가 남자 행세를 하고 있다는 것이 가장 걸렸다.

여왕이 통치하는 왕국에서 유리가 여자라는 것은 별 흠이 안 될 수 있다. 그러나 상단의 이름에는 흠이 갈 것이다. 유리가 그간 남자 행세를 해왔던 것이 만천하에 드러난다면, 그간 거래해왔던 모든 상단들 사이에서 평판이 곤두박질칠 것이다.

물론 상단의 평판이야 쎄시아의 세금 혜택이 유지된다면 금세 회복될 일이다. 그러나…….

레스타는 유리의 별명을 떠올리지 않을 수 없었다.

레스타의 남첩.

그녀가 여자인 것이 들킨다면 유리는 어떤 별명을 얻게 될까.

레스타는 이제 갓 스무 살이 된 유리를 잘 알았다. 전부 알고 있다고 할 수는 없으나 그래도 그녀가 구설수에 올랐을 때 받을 상처 정도는 짐작이 갔다. 여왕의 전속 디자이너라는 타이틀 이상으로 어마어마한 추문이 될 것이다.

역시 제가 결정할 사안은 아니다.

이번에도 레스타가 그러거나 말거나 쎄시아는 말을 이었다.

"말하자면 너희의 기술을 내가 사겠다는 것이다. 진작 뒷조사는 했지. 너는 그저 상단주일 뿐이고, 핵심 기술은 그가 가지고 있다는 것도 알고 있다. 물론 그가 내게 보낸 옷이 매우 마음에 들었다는 것도 한몫했다. 유리라고 했던가."

"예."

"그는 최소 6개월, 최장 3년을 내 옆에 있을 것이다. 물론 자네의 의상실에는 화려한 간판을 붙이도록 해주지."

"무슨……."

"최근 발렌시아 상점들이 붙이지 못해 안달인 간판이다."

쎄시아가 코웃음 치며 말했다.

"여왕 전하 공식 납품처."

대륙에 처음으로 탄생한 여왕이었다.

그녀의 일거수일투족이 주목받았다. 비싼 종이로 만드는 주간 신문들은 나오자마자 품절됐다. 거기 실린 쎄시아의 모든 것이 궁금해서였다. 쎄시아가 신년 연회에서 걸친 유색 보석 목걸이를 납품한 보석상은 열흘 동안 보유한 유색 보석을 다 팔았다.

아타락시아에 그런 간판이 붙는다면.

심지어 세금 혜택까지 준다면.

실로 파격적인 제안이기는 했다. 레스타는 지금 세탁을 하느라 고생할 이유가 없었고, 유리는 모델을 찾으려 애쓸 필요가 없었다. 일렉사 백작부인이 고객인 줄 알고 있을 때만 해도, 좋은 광고가 될 거라며 기뻐했던 유리다.

레스타는 조심스럽게 입을 열었다.

"……명을 받들겠습니다."

"말귀를 잘 알아들어 좋군."

쎄시아가 미소 지었다.

"다만 그는 벨름에 있습니다. 그가 오기까지는 적어도 한 달은 걸립니다. 시간을 좀 주실 수 있을지……."

레스타가 망설이며 말했다. 적어도 유리에게 선택할 시간을 주어야 한다고 생각했기 때문이다. 레스타는 유리에게 상황을 알리고, 유리가 충분한 시간을 가지고 자신의 거취를 선택하기를 바랐다.

그래서 레스타는 쎄시아의 다음 말에 당황하고 말았다.

"내가 뒷조사를 했다는 말은 그냥 들은 건가?"

"……예?"

쎄시아 발렌시아가 눈썹을 찡그렸다.

"내가 왕국령을 선포하는 데에 오로지 통치의 잔과 행운만이 따랐다고 생각하는 이들이 있기는 하지. 그렇지만 꽤 영민해 보이는 그대마저 그렇게 생각한다니 유감이군."

"송구하오나 무슨 말씀이신지……."

쎄시아는 눈을 가늘게 떴다.

"네 디자이너가 발렌시아에 있는 것을 알고 있다."

레스타의 등에 식은땀이 흘렀다. 그제야 레스타는 자신이 익숙하다고 느낀 것이 어째서인지 깨닫게 됐다. 자신만만한 눈빛. 제 머리를 뛰어넘는 수완. 그 모든 것이 유리와 같았다.

레스타는 전율했다. 쎄시아는 말을 이었다.

"다시 한 번 거짓을 고한다면 세금 혜택 같은 말은 입 밖에 나오지도 않게 해 주겠다."

"……죽을죄를 지었습니다."

"알면 됐다."

그리하여 유리는 발렌시아의 여왕 앞에 서게 됐다.

유리의 나이 갓 스무 살.

청년으로서였다.

3

발렌시아에서 맞은 위기

레스타를 대신해 벨름에서 상단을 관리해야 할 유리가 발렌시아에 오게 된 이유는 단순하다.

발렌시아의 유행을 알아보기 위해서였다.

쎄시아, 그러니까 이때까지는 일렉사 백작부인으로 알고 있었던 귀부인의 주문을 소화해내고 나서 유리는 생각이 많아졌다.

자신이 싸서 보낸 델포스 드레스는 자신작이었다. 누가 입어도 편하고 아름다우며, 새롭다는 것을 알 수 있는 디자인이다.

그러나 유리는 언제까지나 자신이 가지고 있던 현대의 지식에 의존할 수는 없다는 것을 알고 있었다. 이곳에는 화학섬유가 없기 때문이다. 델포스 드레스를 만들어 낸 것만 해도 대단한 일이었다. 얇은 비단은 열에 약했다. 유리가 살았던 현대 세계에서라면 기계 주름을 만드는 것 따위는 단숨에 해낼 수 있는 일이지만, 이 곳에서는 쇠로 댄 인두를 얇은 비단에 대면 비단은 단숨에 타버렸다. 비단 자체를 다루는 것만 해도 엄청난 노력과 노하우가 필요했다.

그래서 유리는 델포스 드레스를 만드는 데 3일 밤낮의 노력을 기울였다. 그것마저도 레스타가 없었다면 불가능했을 것이다.

레스타가 머리를 꽁꽁 싸맨 유리에게 보여준 것은 바로 도자기였다. 남쪽의 한 따뜻하고 작은 나라에서 흙을 구워 만들어냈다던 도자기.

도자기로 만든 그릇은 이제 벨름에도 상당히 많은 유행을 가져왔으나 레스타가 들여온 것은 전혀 다른 것이었다. 도자기 안에 달군 쇠구슬을 넣어 따뜻하게 덥힌 다음, 옷을 다리는 다리미다.

따뜻한 열이 잘 전달되어 섬세한 섬유에는 제격이었다. 비싼 비단을 입는 귀부인들이 아주 가끔 주문하곤 하는 물건. 레스타는 비단의 수요가 늘어나자 도자기로 된 다리미도 유행하리라 짐작하고 들여왔던 것이다.

그러나 유리에게 이런 도움을 주리라고는 생각지 못했다. 뜻밖이었다. 물론 그것만으로 델포스 드레스를 만들 수 있었던 것은 아니다.

도자기 다리미의 뜨뜻미지근한 열로 그 수많은 주름을 반영구적으로 잡는 건 불가능했다. 유리는 레스타가 보여준 도자기 다리미에는 고개를 저었지만, 다른 방법을 생각해냈다. 도자기 사이사이에 실크를 집어넣고 찌는 것이다. 실크를 빈틈없이 주름잡은 다음, 실로 꿰매 고정시킨다. 그리고 물로 조심스럽게 적신 다음, 은근한 열에 섬유를 한 시간가량 쪄낸다. 그리고 부드러운 수건으로 닦아 내듯이 물기를 제거하고 빠르게 말렸다. 그렇게 하면 실크는 놀라울 정도로 정교한 주름 원단으로 바뀌는 것이다.

그렇다고 해서 마냥 쉬운 일은 아니었다.

가장 먼저 드레스를 만들 수 있을 정도로 충분한 양의 원단을 주름잡고, 그 원단들이 모두 들어갈 수 있을 정도의 커다란 도자기관을 만들어야 했다. 도자기 그릇 자체만 해도 비싼데, 원단이 그렇게 들어갈 만한 도자기관을 주문해 가져오는 데 또 열흘이 걸렸다. 원단이 나온 다음에는 일사천리였다.

'세상에! 레스타! 성공했어!'

유리는 도자기관에서 나와 완성된 주름 실크 원단을 보고 그만 레스타의 목을 끌어안고 말았다. 그 정도로 기뻤다.

그러나 모든 옷을 그런 식으로 만들 수는 없는 법이다. 이번이야 특별 주문이었으니 이런 개발이 가능했다지만 시간은 무한정한 것이 아니었다.

뭣보다 아타락시아의 미덕은 빠른 생산과 아름다운 디자인, 편안함이었다. 특이한 섬유에 집착하는 것은 이번이면 충분했다. 대신 유리는 자신이 발렌시아의 유행을 몰랐다는 사실에 주목했다.

생각해보면 아마 지금부터 왕국령 전체의 모든 유행은 발렌시아가 주도할 것이다. 수도가 추워 전역에서 유행하기는 어렵겠지만, 벨름은 1년 내내 서늘한 날씨를 유지했다. 벨름에서 발렌시아의 유행을 파는 데엔 아무 문제가 없을 것이다.

그래서 유리는 레스타의 팔에 매달려 10분 정도 칭얼거린 끝에 발렌시아에 따라오는 데 성공했다.

아닌 게 아니라 요즘 레스타는 어쩐지 점점 유리에게 물러지고 있었다.처음 유리가 아타락시아에 취직했을 때는 목소리가 높다, 옷차림이 그게 뭐냐 같은 트집을 잡곤 했는데 요즘은 유리가 조금만 조르거나 타당한 이유를 대면 군말 없이 유리가 원하는 것을 해주었던 것이다.

이런 게 정이라는 건가.

유리는 발렌시아의 거리를 걸으며 생각했다. 손에는 차가운 빙과 하나가 들려 있었다. 과일즙을 얼려 만든 빙과는 추운 발렌시아에서 겨울부터 봄까지 맛볼 수 있는 특산품이었다.

'아우, 맛있어.'

새카만 흑곰 모피를 걸친 유리는 빙과를 한입에 깨물어 먹으며 입안을 메우는 찬 감촉에 어쩔 줄 몰라 했다. 이러니 저러니 해도 이 세계에서 차가운 음식을 먹기는 아주 요원했기 때문이다.

얼음이라는 건 겨울에나 구할 수 있었다. 애초에 차가운 것을 보관할 수 있는 곳이 별로 없었다. 벨름에서도 얼음은 귀한 물건이었다. 때문에 유리는 발렌시아에 온 지 일주일째 매일 빙과를 세 개씩 먹고 있었다. 밤이면 밤마다 배탈이 나서 화장실에 들락날락거리는데도 그랬다.

'이때가 지나면 아이스크림을 언제 먹을 수 있을지 모르는데 잔뜩 먹어둬야지!'

레스타가 들으면 미련하다며 혀를 찰만한 생각이었다.

물론 아이스크림을 먹는 데만 정신을 쏟고 있지는 않았다.

유리는 빙과를 하나씩 들고 발렌시아에서 가장 화려하다는 의상실 거리를 걸어 다녔다. 마차에서 내리는 귀족들과 달리 유리가 걸어서 상점으로 들어가면, 상점의 도어맨들은 의아한 표정으로 유리를 훑어보면서도 기꺼이 문을 열었다. 차림새가 범상치 않았기 때문이다.

레스타가 입혀준 흑곰 모피는 이럴 때 도움이 됐다.

평소의 유리는 그저 좀 특이한 옷을 입은 소년이었으나, 레스타가 준 옷들은 유리를 제법 있는 집 아들로 보이게 했다.

유리는 길거리의 중간쯤에 있는 핑크빛 의상실의 문 앞에 섰다.

의상실의 이름은 싸봉. 발렌시아의 어린 귀족 아가씨들이 좋아하는 의상실이라고 했다. 디테일이 사랑스러운 옷들이 많다던가.

당연히 앳된 소년으로 보이는 유리가 올 만한 곳은 아니었다.

그러나 유리는 싸봉의 문 앞에서 크흠, 하고 헛기침을 했다. 싸봉의 도어맨이 의심스러운 눈으로 유리를 쳐다봤다.

"들어……가시겠습니까?"

"네."

거기까지였다. 도어맨은 별말 없이 문을 열었다. 손잡이에 금칠을 한 핑크빛 문이 빠르게 열렸다. 유리가 들어가자마자 싸봉의 점원이 빠르게 유리를 맞았다.

발렌시아의 의상실이라고 해도 아타락시아와 크게 다르지는 않왔다. 오히려 아타락시아가 더 훌륭해 보이기도 했다.

추운 발렌시아의 날씨 때문에 창에 유리를 박은 곳은 거의 없었다. 있다고 해도 보통 1층의 쇼윈도 정도다.

1층은 드레스 샘플들과 간단한 소품을 전시한 곳이었다. 넓은 매장 안을 유리 말고도 몇몇 부인들과 소녀들이 돌아다녔다. 예쁘게 치장한 소녀들은 분홍색 양가죽 장갑 앞에서 탄성을 지르고 있었다. 유리도 덜컥 그 장갑 앞에서 멈춰 섰다. 장갑이 예뻐서라는 이유는 아니었다.

'가죽을 저렇게 생생한 컬러로 염색하려면 어떤 기법을 써야 하지?'

다분히 기술적인 이유다.

발렌시아는 추운 만큼 가죽 세공이 발달했다. 모피도 마찬가지였다. 유리가 입은 흑곰의 모피도 고급품이었으나, 발렌시아의 것은 차원이 달랐다. 발렌시아의 북쪽을 차지하고 있는 큰 산맥에 사는 맹수들의 털은 엄청났다. 자연스레 발렌시아에서는 사냥이 성행했다. 발렌시아가 작은 영지였을 때부터 철광산이 많았던 것도 한몫했다.

정교하고 단단한 무기를 좋은 옷보다 훨씬 싼 값에 살 수 있었고, 그 덕에 사냥이 원활한 영지였던 것이다. 자연스레 싸봉도 어린이용 고급 모피를 전시해놓고 있었다.

모피 쪽은 이제 봄이기 때문에 가격 할인 표시가 달려 있었다. 유리는 모피 진열대를 기웃거렸으나, 부인 두셋이 그 앞에서 수다를 떠는 통에 통 그쪽에 접근할 수가 없었다.

그때, 유리의 눈에 동그란 황동 거울로 만든 문진이 들어왔다. 어린 아가씨들의 책상을 장식할 만한 소품이 될 것이다.

'이런 걸 함께 팔아보는 것도 괜찮겠는걸?'

예쁜 깃펜, 연필을 놓는 은제 쟁반 같은 것들이 눈에 들어왔다. 유리가 아기자기한 소품들을 들여다보고 있을 때였다.

"그러고 보니, 라이언하트 공작도 아직 혼약자를 결정하지 않았다지요?"

"왜 아니겠어요. 그 여왕님 때문이죠."

'여왕님?'

유리는 흥미가 생겼다. 유리에게서 두세 발자국 떨어져 쇼 케이스에 기대 서 있던 부인들은 쎄시아 발렌시아의 이야기를 하고 있는 게 분명했다. 부인들은 결혼하지 않는 여왕에 대해 궁금한 것들을 마구 쏟아냈다.

"청혼하는 사람이 발렌시아 성을 열 바퀴는 돌 정도로 줄을 섰다는데, 왜 결혼하지 않는 걸까요?"

"그야 우리의 여왕님은 친인척 하나 없어서가 아니겠어요? 지금 누구와 결혼하든 발렌시아 왕국은 그 남편 것이 될 텐데, 10년 동안 신나게 정벌을 해놓고 이 먹음직스러운 대륙을 홀랑 넘겨줄 수 없겠죠."

"라이언하트 공작과 결혼할 줄 알았는데."

"뭐, 그 라이언하트 공작이라면 왕국에도 굳이 욕심을 부리지 않을 것 같긴 하죠?"

"정말, 남자라면 야망이 있어야 하는 거 아닌가요? 우리 딸은 시집 못 보낼 것 같아요, 그런 남자에게는."

"그렇지만 라이언하트 공작은 더 이상 야망을 가질 필요가 없는 것 아닐까요?"

"그럴 수도 있겠네요. 그는 올랭피아 평원을 가졌으니."

유리는 그녀들에게서 등을 돌리고 있었으나, 그 말에는 슬그머니 궁금해져 부인들 쪽을 돌아봤다. 부인들은 아예 수다의 장을 편 듯, 모피 앞에 진을 치고 있었는데 그중 한 부인의 치맛자락 옆에 열두어 살 정도로 보이는 금발 아가씨가 얌전히 앉아 있었다. 유리는 다시 싸봉의 1층을 둘러봤다. 그 안에 있는 모든 여자아이들이 잘해봐야 열서너 살이 채 되지 않아 보였다.

'……그 공작이 대체 몇 살인데 이런 어린애들을 시집보내니 마니 하는 거야?'

부인들은 마치 유리의 속을 들여다보기라도 한 것처럼 답을 쏟아 냈다.

"어휴, 라이언하트 공작도 그러고 보니 벌써 스물여섯이네요. 진작 결혼하고도 남았는데."

"뭐, 그놈의 왕국 정벌에 10년을 허비했으니 어쩔 수 없는 거 아니겠어요. 아스완의 아르시노에 왕녀와도 그렇게 염문을 뿌렸지만 결혼은 하지 못했죠. 그렇지만 이제 슬슬 좋은 가문의 아가씨를 만나려고 할 때 아닐까요."

"어머나, 마아치 같은?"

"호호, 우리 마아치가 좀 사랑스럽긴 하죠?"

부인 한 명이 웃으며 옆에서 뛰어다니던 여자아이 중 하나를 쳐다봤다. 유리도 그쪽을 쳐다봤다. 손이 오동통하고 뺨이 동그란 게, 그래봐야 쟤도 열셋은 안 넘겠다 싶었다. 유리는 저도 모르게 혀를 내밀었다.

'미친.'

스물여섯 살짜리한테 저런 어린애를 보낸다고? 이 사람들 다 돌았나. 자기 딸인데.

그러나 부인들은 유리의 생각은 아랑곳없이 떠들었다.

"그러고 보니 라이언하트 공작이 얼마 전에 다시 입성했다죠. 그렇게 오래 자리를 비우더니."

"영지가 멀어서 그런 것 아니겠어요? 올랭피아 평원은 비옥하고 부유하지만 워낙 머니까요."

"어쨌든, 이번 봄의 대연회에는 라이언하트 공작도 나오겠군요."

"어머, 아시고 여기 오신 것 아니었어요?"

"호호. 팔머스 부인도 마찬가지 아닌가요?"

"좋아요, 저희 도로티아와 마아치 중 누가 라이언하트 공작의 마음을 사로잡을지 이번 봄의 대연회는 흥미진진하겠군요."

도로티아는 아무래도 부인의 치맛자락을 잡고 있는 금발의 어린애인 것 같았다. 마아치라는 애하고 별 나이 차이도 안 나 보였다.

우와, 아줌마들 미친 거 아닙니까?

유리는 정말 진지하게 그녀들을 붙잡고 묻고 싶었지만 관뒀다. 어쨌든 제가 끼어들 만한 이야기도 아니다. 그래도 좀 토하고 싶은 내용이긴 했다. 유리는 만지작거리던 분홍색 장갑을 빠르게 구입하고 가게를 나왔다.

방금 산 꾸러미를 레스타와 머물고 있던 호텔로 배달해 달라고 부탁하고 가게를 나서면서 유리는 생각했다.

'그러니까……. 막 벨름에 왔을 때의 나와 레스타 정도의 나이 차이인가.'

그때 레스타가 스물다섯이었다.

물론 유리는 전생의 나이까지 합하면 지금 근 쉰 정도의 정신연령을 가지고 있다고 봐도 무리는 아니다. 그러나 현실에서 열세 살과 결혼하는 스물여섯이라니.

우웩. 유리는 견디지 못하고 헛구역질을 했다.

소아성애자야 뭐야.

물론 이곳에서 유리는 열 살, 열두 살, 심지어 스무 살 차이 나는 결혼도 여러 번 들었다. 론다에서는 부유한 상인이 가난한 농가의 어린 딸들을 데려가 첩으로 삼는 경우도 여러 번 있었다.

머리로는 알고 있었다. 그럴 수도 있다는 것.

그러나 아무래도 눈앞에서 제 딸을 스물여섯짜리 공작에게 보내니 마니 하는 소리를 들으면 좀 속이 메슥거린다.

그렇게 못 살지도 않아 보이는 귀부인들이 아직 젖살은커녕 머리에 피도 안 마른 딸들을 곧 서른이 되는 남자에게 시집을 보낸다고?

미친 거 아닐까?

유리는 못마땅한 표정으로 쿵쿵 발에 힘을 주어 걸었다. 발렌시아에 온 첫날 레스타가 사준 멋진 소가죽 부츠가 눈에 띄었다.

유리는 이마를 찌푸렸다.

만약……

생각은 거기서 멈췄다. 누군가 유리를 불러 세웠기 때문이다. "거기, 거기!" 누가 이 따위로 사람을 부르는 거야? 유리는 팩 고개를 돌렸다.

"역시!"

근 한 달 만에 보는 얼굴이었다. 한눈에 시야를 점령하는 붉은 머리카락, 투명한 푸른 눈, 날렵한 콧날, 누군가가 정성 들여 빚어놓은 듯한 얼굴.

엄청난 미남이 한쪽 허리에 칼을 찬 채 의상실 거리 저편에서 이쪽을 향해 손을 흔들며 걸어오고 있었다. 분명 제법 먼 거리에서 이쪽을 향해 걸어오고 있음에도 불구하고 유리는 그 순간 그 얼굴만이 제 시야에 가득 차는 기분을 느꼈다.

렌 헬리오날트. 제 고객의 대리인이었다.

"유리, 당신이군요."

당신이군요, 당신이군요, 당신이군요.

아, 제기랄. 유리는 이를 악물었다. 진중한 목소리가 제 귀를 뒤흔들었다.

미남은 목소리 보정도 들어가나. 미남은 미남인가. 여자 낳은 미

남한테 혹하지 말자고 다짐했는데 이렇게 여기서 혹해버리나. 유리
는 저도 모르게 굳었던 얼굴 근육이 사르르 풀리는 것을 느꼈다.

"어…….안녕하세요?"

"이런, 벨름에서 보고 한동안은 못 만날 줄로만 알았는데. 우연치
곤 대단하군요."

"아……."

유리는 굳이 렌에게 자신이 발렌시아에 올 것이라고 말하지 않았
다. 레스타가 발렌시아로 오는 것만 해도 충분했기 때문이다.

레스타는 렌과는 다른 루트로, 그러나 렌과 비슷한 날짜에 발렌
시아에 도착해 드레스를 납품했다. 귀부인을 만나 옷을 설명하는
것도 레스타에게 모두 맡겼다. 자신보다는 레스타 쪽이 훨씬 높은
분들을 만나는 데에 익숙하니까.

그러나 덕분에 이 미남을 볼 기회가 더 없다는 것에 약간은 섭섭
하던 차였다. 유리는 반갑게 답했다.

"저도 이 기회에 발렌시아의 유행을 알아보고 싶어서 오게 됐어
요. 렌 씨에게는 따로 말씀드릴 기회가 없어서……."

"아하. 그런데……."

"예?"

"감기에 걸리셨나 봅니다. 목소리가."

"어, 앗."

렌이 눈썹을 팔자로 누그러뜨리며 자신을 걱정했다. 그제야 유리
는 자신이 평소 내던 낮은 목소리가 아니라, 원래 제 목소리로 말하

156

고 있다는 것을 깨달았다.

유리는 얼굴이 벌게진 채 황급하게 콜록, 콜록, 하고 기침을 했다.

"어, 예에, 콜록, 발렌시아는 아무래도 봄이라지만 벨름보다 훨씬 추워서…… 이곳까지 오다가 그만……."

"이런, 발렌시아에 처음 오는 분들은 서늘한 북풍의 무서움을 잘 모르시죠."

렌의 시선이 유리가 입은 흑곰 모피에 닿았다. 미남이 싱긋 웃었다.

"그래도 제법 단단하게 입고 계신 것 같아 다행입니다."

심장이, 심장이 부서질 것 같아. 헉헉.

유리는 눈앞에 렌이 없었다면 손으로 왼쪽 가슴을 움켜쥐고도 남았을 것이다. 절세 미남이 호의를 가득 담아 자신을 걱정하는 미소를 짓는 경험을 하게 될 줄이야. 환생하기를 잘했어요. 유리는 저도 모르게 숨을 몰아쉬었다.

"그러면 오늘은 이곳에서 유행을 알아보시기 위해?"

"예."

"이런. 바쁘시겠군요."

"아뇨, 하나도 안 바빠요!"

"……예?"

"……그."

생각도 않고 두서없이 말을 뱉었다. 유리는 귀까지 얼굴을 시뻘겋게 붉혔다. 렌이 눈을 동그랗게 뜨고 이쪽을 바라보고 있었다.

"어……. 그러니까 방금 전까지 제가 저기 저쪽, 핑크색 샵에 들렀다 온 참이거든요. 슬슬 돌아갈까 생각하고 있었……."

"그렇습니까."

"예……."

"다행입니다."

그리고 짧은 침묵이 흘렀다. 어색한 침묵.

그제야 유리는 자신이 렌 헬리오날트에게는 퍽 이상하게 보일지도 모른다는 걸 깨달았다. 젊은 소년 상인이 제 고객을 만나서, 하나도 안 바쁘다고 말하며 얼굴을 붉히는 상황.

아니, 잠깐만 이거 완전 그거잖아요.

불쌍한 유리는 그래서 더 당황하고 말았다.

뭐, 뭐라도 말을 해야 해. 그러나 먼저 입을 연 것은 렌 쪽이었다.

"그러면, 이것도 인연인데 잠깐 차라도 한잔하시겠습니까?"

"……차요?"

"예."

그리고 붉은 머리의 미남은 빙그레 웃었다.

"발렌시아의 젤로도 맛보셔야 하지 않겠습니까."

─※─

"제 옷은 마음에 들어 하셨나요?"

"아."

158

렌―그러니까 에넌이 미소 지었다.

"아주 흡족해하셨습니다."

"어느 쪽을 마음에 들어 하시던가요?"

"그야, 그 상단주분께는 이미 이야기를 들으셨을 것으로 압니다만……"

에넌은 눈앞의 앳된 청년을 바라봤다.

젤로를 먹던 은스푼을 입에 물고 흥미진진한 눈으로 턱을 괴고 있는 청년. 스무 살이라는 나이가 믿기지 않을 정도로 보들보들한 뺨이 조금 붉어져 있다.

유리라는 이름의 청년은 에넌 앞에서 해맑게 웃었다.

"들었죠."

"그러면……"

"저 칭찬하는 이야기는 매번 들어도 신나니까요."

그리고는 앞의 젤로를 떠서 입안에 넣는다. 그 동작이 흡사 소녀 같아서 에넌은 저도 모르게 미소 지었다.

"그렇군요."

"예. 헬리오날트 씨는 남들이 칭찬하는 거 안 좋아하세요?"

"남들이요?"

"예를 들면 가족이라든가……"

에넌은 가족이라는 말에 저도 모르게 입꼬리를 길게 끌어올리고 웃었다.

자신에게 가장 멀고도 가까운 단어다. 가족.

피로 이어진 혈족만이 가족이라면, 자신은 살면서 단 한 번도 혈족의 칭찬을 받아본 적이 없다.

아니, 그러고 보면 한 번 있었다. 에넌은 자신을 올려다보던 탁한 눈동자를 아주 잠깐 떠올렸다. 그 푸른빛은 이미 향락에 젖어 아름다움을 잃은 뒤였으나, 불이 붙은 것처럼 새빨간 머리카락은 자신이 그의 혈족이라는 것을 생생하게 증명했다.

다 죽어가는 남자는 에넌의 손에 심장을 꿰뚫린 채 히죽거렸다.

'이리 훌륭하게 장성할 줄 누가 알았더냐.'

에넌은 눈을 가늘게 뜬 채로 입을 열었다.

"칭찬, 좋아합니다. 아주 많이."

"그렇죠? 저도 그래요. 칭찬은 아무리 많이 들어도 모자라다고요."

"그렇군요."

유리는 에넌이 마지막으로 봤을 때보다 앞머리가 한참 길어 있었다. 거추장스러운 듯 머리카락을 쓸어 올리며 나머지 한 손으로는 젤로를 뜨고 있는 모습은 여느 순진한 귀족 청년과 다르지 않았다.

입고 있는 흑곰 모피와 어우러져서, 누가 봐도 곱게 자란 청년이다. 특별할 것도 없었다. 얼굴도 조금 어려 보이는 것만 빼면 평범하기 그지없다. 키도 사실은 작은 편이다.

에넌은 그 상단의 레스타라는 남자를 떠올렸다. 그렇게 생긴 남자가 재능으로 가득 차 있다면 누구라도 납득할 것이다. 그냥 봐도 특별해 보이지 않는가. 그러나 그 남자보다 훨씬 빛나는 재능이 이 평범함 안에 깃들어 있다. 놀라운 일이다.

에넌은 입을 열었다.

"야심작이라는 실내복도, 선물이라던 가운도 아주 마음에 들어 하셨습니다. 바로 입어보고 그 자리에서 두어 번 발을 굴러보시더니 가볍다고 크게 칭찬하셨죠."

"그래요?"

"나머지 대금도 곧 지불될 겁니다."

"대금이야 뭐 제 소관은 아니니까요."

유리가 차를 한 모금 마셨다.

"연회복은 아직 안 입으셨나요?"

"예."

에넌이 고개를 끄덕였다.

"봄의 대연회까지는 아무래도 한 달 열흘 정도 남아 있으니까요. 물론 미리 입어는 보셨습니다. 몸에 아주 잘 맞는다며, 멀리서 치수만 가지고 만들었는데도 이렇게 훌륭하게 맞춘 것처럼 만들어내는 기술이 대단하다고 하셨죠."

에넌과는 조금 다른 푸른 눈이 이쪽을 향해 반짝였다. 아무래도 정말로 칭찬이 좋은 것 같았다.

뭐랄까, 어린애 같달까. 에넌은 아까 전까지와는 사뭇 달라진 미소로 유리를 대했다.

"조만간 유리 씨를 한번 초대하고 싶으시다 하셨습니다."

이 아이 같은 얼굴은 그때 놀랄까? 눈이 휘둥그레해질까? 혹은 무서워 몸을 벌벌 떨며 바닥에 엎드릴까? 모를 일이었다.

"아……. 옷이 필요하겠군요."

"옷이요?"

"부인은 아주 훌륭한 분이실 테니까요."

"꼭 엄청나게 차려입고 가지 않아도 괜찮습니다. 제가 모시는 분은 허례허식에는 크게 관심이 없으시답니다."

"……그런 것 같기는 하군요."

에넌의 말에 유리가 조심스럽게 말했다.

에넌은 고개를 갸웃하다가, 곧 유리가 자신의 차림새를 일컫고 있다는 것을 깨달았다.

에넌은 저도 모르게 스스로의 옷차림을 내려다봤다. 별다른 재킷 없이, 평민들이 입는 모슬린 셔츠에 긴 바지. 바지는 고급품이기는 하지만 하도 자주 입어 닳아빠졌다. 부츠도 마찬가지다. 허름한 군인의 차림, 그 이상도 이하도 아니었다.

에넌은 희미하게 웃으며 말했다.

"예, 제 차림에도 별 관심이 없으시죠."

"아까워요."

유리가 주먹을 꾹 쥐고 말했다.

"제가 당신 같은 얼굴이면 세상의 아름다운 옷은 모조리 다 걸쳐 볼 텐데."

"……아무래도 그런 곳에는 취미가 없어서요."

"크, 아깝다. 지금이라도 취미를 붙여보실 생각은 없나요?"

에넌은 쓴웃음을 지었다.

"정확히는 그 정도의 여유가 없습니다."

이게 다 죽도록 의동생을 부려먹는 쎄시아 발렌시아 때문이다.

명색이 공작인데 밀정부터 심부름꾼까지 다양하게 부려먹는다. 물론 에넌 역시 화려한 옷을 입고 연회에서 거드름을 피우고, 개인실에서 도장만 찍는 것보다는 압도적으로 이쪽을 선호하기는 하지만 이 여왕님은 자신을 24시간 부려먹어도 되는 하인으로 생각하는 것 같았다. 자연스레 좋은 옷을 챙겨 입고 다닐 시간 따위 없었다.

그러나 에넌 건너편의 청년은 에넌의 말을 다른 뜻으로 해석한 것 같았다. 어쩐지 조금 안타까운 표정이 됐던 것이다.

"아, 아무래도 역시 좋은 옷은 비싸지요……."

"……예, 뭐 그런 것도 있고."

에넌은 간신히 웃음을 참았다.

어쨌든 이 청년이 자신을 렌 헬리오날트로 알고 있는 이상 굳이 오해를 정정해줄 필요는 없었다.

"제가 힘낼게요!"

"……예?"

"아, 제 가장 큰 꿈이 기성복을 만드는 것이거든요."

유리는 젤로를 먹던 수저로 아직 많이 남은 젤로 위에 그림을 그렸다.

"지금 우리 상점에서 팔고 있는 옷들만 해도 너무 정교하고 비싸잖아요? 그래서 평민들은 좋은 옷을 사려면 큰 결심을 해야 하고요."

"그렇지요."

"싼 값에 좋은 옷을 사람들이 입을 수 있게 하고 싶어요."

젤로 위에 수저로 유리가 그리는 그림은 평범한 티셔츠였다.

유리가 전생에 가장 많이 입었던 것. 그런 걸 알 리 없는 에넌은 그림을 보며 고개를 갸웃했다.

그저 돈을 많이 버는 것이 목표가 아니었나?

적어도 여태까지의 소년은 그랬다.

1000만 싱이라는 돈을 대뜸 부르던 대범함부터 제 목숨을 아끼기 위해 보수적인 연회복을 내놓던 모습까지, 소년의 모습은 모범적인 경영자로 부를 수 있을 듯 했다.

그러나 소년이 말하는 것은 조금 달랐다. 좋은 옷과 싼 가격은 양립되기 쉽지 않다. 자선사업을 하는 것이 아니라면. 소년이 말을 이었다.

"그러려면 돈을 엄청나게 벌어야겠죠?"

"음……."

어차피 에넌의 맞장구는 그리 필요하지 않은 것 같았다. 유리는 스푼으로 젤로 위를 가볍게 두들기며 계속해서 떠들었다.

"떼돈을 번 다음에 사람들을 엄청나게 고용해서 공장처럼 돌려야 하는데……. 섬유를 엄청나게 많이 만들어야 하고, 그러려면 원산지에 가서 밭을 엄청나게 사야 되고……. 공정을 줄이는 건 내가 할 수 있는데, 참. 기계화가 문제네. 그 와중에 고용 시간도 보장해야 되고."

뒤로 갈수록 에넌이 알아들을 수조차 없는 이야기였다.

그러나 동시에 에넌은 눈앞의 소년이 누군가와 비슷하다고 느꼈다. 말간 얼굴로 말도 안 되는 소리를 하는 것.

붉은 눈의 어린 소녀는 통통한 손으로 지도를 펼치며 그보다 더 어린 제게 속삭였었다. 에넌, 아흔아홉 개의 왕국 모두가 나의 것이 될 거야.

어린 에넌은 그 말을 눈을 깜빡이며 듣고 있었더랬다.

물론 '멍청한 놈들을 모조리 지옥에 던져버리고, 똑똑한 놈들만 남겨서 죽도록 일을 시킬 거야. 그래야 덜 멍청한 놈들도 똑똑해지지.' 같은 소리에는 조금 의문을 느끼긴 했었지만.

에넌은 유리를 보고 어렸던 쎄시아를 떠올렸다.

깊은 회상에 잠기는 바람에, 유리가 "궁극적으로는 대륙 제일가는 부자가 되고야 말 거예요. 그래서 노년을 화려하게 보내겠어요. 남부를 모두 사버릴 거야. 모두가 제게 감사하다고 절하며 저를 칭송하는 삶을 살 거예요."라고 말하는 것은 듣지 못했다.

유리가 묵고 있다는 호텔 근처까지 둘은 함께 걸었다. 마차를 타야 할 거리였으나 기본적으로 유리는 괜찮은 대화 상대였고, 센스도 있었다. 에넌은 속도감 넘치는 유리와의 대화에 시간가는 줄 모르고 웃었다. 장사를 하려면 화술도 필수라고 했다.

에넌은 청년이 아마 큰 상인이 될 거라고 생각했다. 물론 이미 큰 상인이라고 해도 과언이 아니다. 그렇지만 이 청년은 그 레스타라는 사람의 밑에서 일하고 있다고 했다.

이 정도의 포부를 가진 사람이 누군가의 밑에 있는 것에 만족할까? 아니다. 에넌은 그렇지 않은 사람을 이미 알고 있었다. 사사건건 유리와 비교하는 것이 어쩐지 미안할 정도로, 그 쪽이 압도적으로 포악하긴 하지만.

에넌은 몰래 발렌시아 쪽을 보며 '제가 많이 충성하기는 합니다만 나의 누이, 아무리 생각해도 누이의 성격은 폭군으로 불리기에 딱 좋습니다.'하고 생각했다. 발렌시아 성에 있는 누군가 듣는다면 당장 에넌의 목을 꺾어버릴 일이다.

그러거나 말거나. 성에 있는 여제가 지금 발렌시아 거리에 서 있는 제 목을 꺾을 수는 없다. 에넌은 웃으며 입을 열었다.

"오늘 즐거웠습니다, 유리."

"저도요. 아, 그러면 저희 또 뵙게 되나요?"

"음?"

"대금 결제……. 아. 헬리오날트 씨가 그런 일까지 하시지는 않으시려나요?"

에넌이 빙그레 웃었다.

"예. 그건 아마 은행에서 처리를 할 겁니다. 벨름의 지점에서 직접 아타락시아로 어음을 보내겠지요."

이러니저러니 해도 그 쎄시아 발렌시아 이름의 어음이다. 은행들은 혼비백산해서 어음을 전달할 것이다. 그런 속내도 모르고 유리가 밝게 마주 웃었다.

"그렇겠죠?"

"뭐, 그렇지만 곧 또 뵙게 될 겁니다."

"어……."

유리는 초록색 눈알을 굴렸다. 에넌은 시원시원한 미소로 덧붙였다.

"정말입니다."

쎄시아 발렌시아는 유리가 보낸 옷들을 매우 마음에 들어 했다.

처음에는 주름이 잔뜩 잡힌 실내복을 가장 좋아해서 사흘 내내 그 옷을 아침부터 저녁까지 입고 다녔다. 회의 시간에도 그 옷을 입고 있어 생소한 드레스에 어전 대신들의 눈이 튀어나올 뻔했다던가. 단딜리온 재상의 경우 "그 해괴한 옷은 대체 무엇입니까?"하고 물었다고 들었다. 거기 쎄시아가 한 말이 가관이다.

'여신이 입는 옷.'

왕국령 선포 이후 세가 줄어 지금은 아무도 찾는 이가 없는 대신 전의 대신관이 들으면 얼굴이 시뻘게지도록 화를 낼 말이었다. 그러나 발렌시아 성의 모든 이들은 납득해버렸다. 쎄시아가 그 옷을 입고 살랑살랑 걷는 모습은 정말 여신 같았기 때문이다.

물론 입만 열면 악마 같다는 사실은 차치하고라도.

어쨌든, 쎄시아가 본격적으로 유리를 찾기 시작한 것은 며칠 후부터였다. 쎄시아는 유리가 서비스로 보냈다는 가운을 입고 잤다고 했다. 이틀 정도 자고 난 뒤, 쎄시아는 일렉사 백작부인을 불러 그

가운에 쓰인 원단이 무엇인지 물었다.

가운을 열기가 너무나 쉬운, 허술하기 그지없는 옷이다. 오죽하면 신사들이 자신의 정부에게 선물하려는 용도로 샀던 옷일까.

워낙 선정적인 디자인이라 '이런 건 내게는 별 해당사항 없는데?'라면서도 그 촉감에 반해 입고 잠들었던 다음 날 아침, 쎄시아 발렌시아는 침대에서 어린아이처럼 이불을 다 차내고 자고 있는 자신을 발견했다. 온갖 태피스트리로 바람을 막아도, 따뜻한 불을 때도 영 가시지 않던 선득함이 사라진 것이다.

그 원단은 아타락시아만의 독점 상품인 면실크였다. 이미 발렌시아에서도 몇몇 부인이 사 입은 바로 그 옷감. 그들의 독점 상품을 어떻게든 써먹을 생각에 아마 제 누이는 지금도 머리를 굴리고 있을 것이다.

면실크의 원재료가 그리 희귀한 것이 아니나, 비법은 씨실과 날실의 조합이라는 것을 쎄시아 발렌시아는 온갖 장인을 다 불러다 물어본 끝에 알아냈다.

'됐어, 척박한 남부에 보낼 사업 아이템으로 하자!'

발렌시아 왕국 선포 이후로 쎄시아가 가장 골머리를 앓은 것은 북부와 남부의 생활수준 차이가 현격하다는 것이었다.

그럴 수밖에 없었다. 북부는 산악 지대지만 귀한 보석 광산과 금광산 등이 집중돼 있었다. 남부는 달랐다. 덥고 습한 날씨에 기껏해야 나무와 풀잎 등만 무성했다. 사람들은 게을렀고, 가난했다. 게을러서 가난한 것은 아니었다. 부를 쌓을 수단이 없었던 것이다.

예전이라면 남의 영지 일이라 외면했을 것이다. 그러나 쎄시아는 대륙의 여왕이었다. 남부민들도 똑같은 쎄시아의 백성이었다. 그들이 먹고 살 길을 보장해줘야 했다.

쎄시아를 악녀라고 부르는 사람들이 쎄시아의 머릿속을 안다면 대체 뭐라고 할까?

조만간 그 상인을 부를 거라는 말을 들은 뒤였다. 에넌은 진작 그 상인이 유리와 함께 발렌시아에 도착한 것을 알고 있었고, 이미 쎄시아에게 보고했다.

그럼에도 어쩐지 마음이 쓰였다. 아마 제 누이가 유리를 붙잡은 순간 좋은 먹잇감을 잡은 사마귀처럼 붙들고 쪽쪽 빨아먹을 것이 자명하기 때문일 것이다. 아무튼 그리하여, 오늘 유리의 뒤를 밟다가 친한 척까지 해버렸던 것이다.

에넌은 눈앞의 평범한 청년을 다시 한 번 쳐다봤다. 눈이 조금 동그랗고 앳된 것만 빼면 정말로 평범하기 그지없는 남자애.

소년이라고 해도 크게 위화감이 없는 이 청년이 자신은 대체 왜 신경이 쓰이는 걸까? 그저 제 누이에게 시달릴까 봐?

그런 것은 아닐 것이다. 제 누이에게 불려 가면 대부분의 사람들이 뼈도 못 추리곤 했다. 정확히는 숫제 얻어맞았다.

그 어떤 수완 좋은 영주라도 쎄시아에게 영지의 독점 이권을 빼앗겼고, 세금을 내지 않으려고 슬금슬금 편법을 쓰는 이들은 뜨거운 맛을 봤다.

그렇다면 이 청년은 어떨까.

에넌은 생각했다. 아마 이 청년은 제 기대를 배반하지는 않을 것이다.

"꼭, 또 볼 수 있기를 빕니다."

청년의 녹색 눈이 약간 흐려졌다. 깊은 바다 같은 자신의 눈 색과는 달리 봄 새싹을 담은 눈. 에넌은 처음으로 이 청년이 평범하지 않다는 생각을 했다. 청년의 동그란 눈 속에는 봄이 있었다.

부디 제 누이가 이 눈동자에게는 조금 상냥하기를 바랄 뿐이었다.

─※─

남자와 짧게 인사를 나누고 돌아서 호텔 로비로 들어선 유리는 한숨을 쉬었다. 유리는 누군지는 모르지만 이 미남에게 속옷을 보여준 여인의 마음을 십분 이해할 수 있게 됐기 때문이다. 헤어지면서 또 뵙게 될 거라고 말하는 남자의 환한 미소.

진짜 눈 돌아가게 잘생겼다.

심지어 유리를 분명 자신과 같은 또래 청년이라 생각할 것이 분명한데도, 남자는 시종일관 정중했다. 누가 보면 상대가 귀족 댁의 아가씨라도 되는 줄 알 것이다. 얼굴만 잘생겼다고 귀부인이 부리는 인물은 아닌 것이다.

아, 진짜 대박이다 오늘. 눈 정화 잘했네. 유리는 중얼거리며 걸었다.

호텔 로비는 따뜻했다. 새로 지은 건물이라 단열이 잘 된다고 했다.

추운 발렌시아에서 단열은 미덕이지.

유리는 속으로, 온돌 같은 걸 지어보면 어떨까, 하고 생각했다. 연중 날이 좋은 벨름에서도 가끔 유리는 뜨끈뜨끈한 구들장에 몸을 지지고 싶어지곤 했기 때문이다. 특히 월경 중에는 더더욱.

그렇지만 온돌이 어떤 구조인지 모르니까, 힘들 것이다. 실제로 유리는 온돌이라는 것을 만들어보려다가 장렬하게 실패한 역사가 있었다. 유리는 고개를 저었다.

유리는 흑곰 모피를 벗어 제치며 호텔 로비를 가로질렀다. 한쪽 손에는 에넌이 사준 젤로 바구니가 들려 있었다. 유리가 한사코 사양하는데도 에넌은 젤로를 들려 보냈다.

여유가 없다, 라고 하던 에넌의 말을 떠올리며 유리는 '나중에 옷이라도 한 벌 지어 주는 게 좋지 않을까?'하고 생각했다. 여유가 없어 옷도 잘 사 입지 않는 이에게 이 비싼 젤로를 얻어먹다니.

아니면, 솜씨 좋은 초상화가를 하나 고용해서 그를 모델로 쓰는 건 어떨까? 유리의 머릿속에 퍼뜩 그런 생각이 스쳐지나갔다.

그리고 유리는 그 자리에서 버럭 소리지르고 말았다.

"아 미친, 왜 그런 생각을 못했지?"

몇몇 사람이 지나가다가 유리를 이상한 눈으로 쳐다봤다. 그러나 유리는 개의치 않았다.

벨름이야 그리 큰 도시가 아니고, 시가지와 항구도 걸어서 한나절 만에 모두 주파할 수 있을 만큼 아기자기한 곳이다. 그래서 레스타가 가끔 걸어 다니는 정도만으로도 충분히 광고가 됐다. 모든 사람들이 레스타를 알아보고, 그의 차림새를 남들에게 떠들었던 것이다.

발렌시아 또한 크기가 비슷했다. 유서 깊고 오래된 도시, 지금의 발렌시아는 벨름의 두 배 정도 크기였다. 본래는 벨름만큼 작은 도시였지만, 지난 10여 년 동안 정벌을 거치며 점점 더 커져왔다.

어쩌면 발렌시아는 앞으로 몇 십 배는 더 커질 것이다. 이 큰 왕국의 수도가 된 곳이다.

서울만 봐도 6000만 명의 인구가 있는 반도에서 서울만 1000만 명이 넘어갔다. 본래 수도라는 곳들이 다 그런 법이지. 유리는 생각했다.

'발렌시아에 아타락시아 분점을 내자!'

이미 발렌시아의 땅값은 천정부지로 치솟았다. 아마 아타락시아 분점을 내는 것은 엄청나게 돈이 들 것이다. 그러나 그 몇 십 배는 되는 돈을 벌 수 있을 거라고도 유리는 확신했다.

굳이 말을 달려도 한 달이나 걸리는 벨름에서 발렌시아의 유행을 따라가려고 왕복하거나 할 필요는 없다. 발렌시아로 의상실을 하나 더 내면 되잖아?

그리고 발렌시아의 아타락시아 분점 앞에는, 간판 대신 미남 모델의 초상화를 크게 걸자!

유리는 저도 모르게 제자리에 서서 만세를 불렀다. 아까보다 더 많은 사람들이 유리를 쳐다보며 손가락질을 했다. 그러나 유리는 전혀 신경 쓰지 않았다.

미녀를 섭외하자. 엄청난 미녀를.

미남은……까지 생각이 번지던 유리는 '거기는 그냥 레스타를 쓰자'고 체념했다.

'에휴, 인물이 없어요. 여기나 전생이나.'

유리는 한숨을 쉬었다.

생각 같아서는 렌을 끌어다 쓰고 싶지만, 그를 제 수하로 부리고 있는 귀부인이 그런 것을 원할지는 의문이다.

아, 미남은 오갈 데 없이 가련해야 제 맛인데. 뒷배가 있어버리네.

유리는 진심으로 안타까워했다.

그러나 곧 그런 생각들은 뒷전으로 밀려버렸다.

불과 사흘 후 유리는 자신의 1000만 싱짜리 고객이 쎄시아 발렌시아라는 것을 알게 됐기 때문이다.

~·※·~

발렌시아의 궁은 기본적으로 그리 크지 않았다. 발렌시아라는 영지 자체가 본디 작았다. 몇 십 개의 철광산이 있는 것을 빼고는 대단한 것이 없는 곳이었다.

지금의 여왕 쎄시아 발렌시아가 불과 열아홉 살에 아흔아홉 개의 왕국을 정복하겠다고 나섰을 때, 모두 쎄시아 발렌시아의 원정을 비웃었다. 근처의 몇몇 영지와 싸움을 벌일 때만 해도 무기가 많은 발렌시아가 처음에 선전하는 것 정도야, 하고 비웃었다.

그러나 쎄시아 발렌시아가 아빗사의 목을 쳤을 때부터는 상황이 달라졌다. 본디 비옥하기로 유명한 올랭피아 평원은 발렌시아의 것이었으나, 몇 대에 걸쳐 수탈당한 후에는 아빗사의 것이 되어 있었다.

아빗사는 통치의 잔을 이용해 부유한 영지들을 점령하고는 향락을 즐기는 자였다.

그는 매일 밤 어리고 순결한 처녀들을 안은 후 버렸다. 올랭피아의 곡식들을 환각초와 바꿨다. 아빗사는 발렌시아의 거듭된 올랭피아 반환 요구에 한 번 비웃음을 흘리고는 갓 한 살 된 제 사생아를 내어주었다. 어린 하녀가 아빗사에게 겁탈당한 후 낳은 아이였다.

그 하녀는 아이를 낳고 시름시름 앓다 보름 후 죽었다. 아이도 오래 살 수 없을 거라고 모두들 말했다. 그 사생아가 그리 건강하게 자라 발렌시아 원정군의 맨 앞에 서서 아빗사의 목을 칠 거라고는 아무도 예상하지 못했다.

아빗사가 죽고, 통치의 잔이 쎄시아 발렌시아의 손에 넘어간 후부터는 모든 것이 발렌시아를 위해 움직였다. 강물은 갈라져 길을 열었고 쎄시아 발렌시아가 걸음을 옮길 때마다 황무지에 새싹이 피어났다. 모든 백성이 무릎을 꿇었다.

아흔아홉 개의 왕국을 모두 점령할 때까지 10년 동안, 쎄시아 발렌시아의 창끝에는 까마귀들에게 살점을 뜯긴 아빗사의 말라붙은 해골이 걸려 있었다.

자연스레 발렌시아 영지도 10년 동안 점점 커졌다. 특히 조그맣던 발렌시아 성은 증축을 거듭했다. 원정을 떠난 쎄시아 발렌시아 대신 발렌시아 영지의 섭정이 된 단딜리온 재상은, 쎄시아 발렌시아가 곧 돌아올 줄만 알고 성을 조금만 증축했다.

세 개의 영지를 점령했을 때에는 성에 첨탑 두어 개만 추가했고, 두 개의 왕국이 쎄시아에게 항복했을 때는 외성벽을 넓히는 정도였다.

그러나 아빗사가 죽은 이후로 종종 단딜리온 재상은 최초 증축 당시 소규모 증축을 결정했던 자신의 수염을 뽑아버리고 싶어 했다. 발렌시아 왕국은 그 누구도 상상할 수 없을 만큼 어마어마한 크기로 커졌기 때문이다. 마치 살아 있는 생물처럼 발렌시아는 하루가 다르게 그 부피를 늘렸다.

그리하여 쎄시아 발렌시아가 돌아왔을 때, 발렌시아 성은 거의 미로가 되어 있었다.

대륙의 유일무이한 여왕은 제가 어릴 적 잠들던 침실을 찾기 위해 두어 시간을 헤맨 후 말갛게 웃으며 단딜리온 재상을 불러 명령했다.

'다 부숴버려.'

여왕이 원한 것은 발렌시아 성의 재건축이었으나, 이미 커져버린 성을 처음부터 다시 재건축하는 데는 어마어마한 시간이 걸렸다. 막 왕국령이 선포된 직후에 그러면 국정이 마비된다고 재상이 간신히 버텨 성의 동쪽 구역만 부서진 것은 유명한 일화였다.

1년 후 지어진 발렌시아 성은 그래서 해괴한 구조로 지어지고 말았다. 동쪽에는 아름답고 커다란 검은 성이 새로 지어졌다. 왕국 서부에서 나는 검은 대리석이 성의 외벽을 모두 장식했다. 구조가 간단하고 시원시원해 손님맞이하기에는 안성맞춤이었다. 쎄시아는 환호성을 부르며 동쪽 성을 통째로 사용했다.

그러나 서쪽 성은 영 꼴이 우습게 됐다. 반쪽의 성만 남은 자리에, 본디 동쪽 성과 이어지던 자리를 그저 일자로 막아버린 것이다.

쎄시아 발렌시아를 만나기 위해 성을 방문하는 이들은 자연스레 반만 남아버린 서쪽 성에 머무르게 됐다. 물론 외성벽을 두 개나 통과해서다.

여왕은 신분에 관계없이 자신을 만나겠다는 자의 용건이 확실한 경우 방문자를 가리지 않았다. 아흔아홉 개의 왕국을 통합한 대국에서 신분 고하를 따지지 않겠다는 것이다. 물론 정말 중요한 이들만 직접 만났으며 나머지는 자신이 거느린 문관들을 통해 매일매일 보고를 받아봤다. 덕분에 발렌시아 성의 방문자는 항상 수백 명에 달했다.

그리고 고매하신 여제님의 분부 덕분에라도 발렌시아 성의 문관들은 매일 외성벽에서 죽어나는 중이었다. 자고로 상사가 똑똑한데 부지런하기까지 하면 부하들은 몇 십 배로 일해야 하는 법이다.

물론 쎄시아 발렌시아는 합리적인 상사였으나, 문제는 그녀가 너무나 엄청난 규모로 일하고 있는 반면 인재는 부족하다는 것이었다. 그래서 발렌시아의 기록관 아이비는 지금 이 순간 엄청나게 고통받고 있었다.

아이비는 벌써 일주일째 쉬지 못하고 직속 상사인 문관 프라그가 만나고 있는 사람들의 발언록을 기록하는 중이었다. 종이는 귀한 물건이기 때문에 아이비는 석판에 문관과 방문자의 말 중 중요한 것만 기록했다. 프라그의 일은 애초에 그리 크지도 않았다.

방문자들의 용건을 듣고, 그 용건에 맞는 대신 혹은 실무자들과 방문자가 만날 일정을 조정해주는 것이다. 정말 중요한 손님일 경우에는 왕성에 머물 방을 배정했다. 이런 일들을 고작 열 명 정도의 문관이 발렌시아 서쪽 성에서 도맡고 있었다.

문제는 프라그가 엄청난 입담을 가지고 있다는 것이다. 프라그는 재담가로 유명했고, 덕분에 방문자와 떠들며 온갖 명언과 비유를 들어 말했다. 똑똑한 방문자들에게는 프라그의 말이 제법 유쾌하고 재미있을 것이다.

그러나 7일째 쉬지도 못하고 일하는 중인 아이비에게는 그 수많은 말들이 모두 쓰레기로 느껴졌다.

게다가 아이비는 하필 어제 월경을 시작한 참이었다.

평소 조금이라도 불편을 가라앉히려 먹던 약은 이럴 때 또 딱 떨어졌다. 별수 없이 감내 중인 월경통 때문에 식은땀까지 배어나는데, 프라그는 눈치도 없이 콧수염을 손질하며 방금 전 자신을 방문했던 방문객이 나가자마자 쉬지도 않고 다음 방문객을 맞았다.

물론 그것이 아이비를 괴롭히기 위해서는 아니었다. 하루에 수십 명의 방문객이 프라그의 방문 앞에서 기다리고 있었으니까.

아이비는 '제발 이번 방문객과의 대화는 짧았으면 좋겠다…….' 라고 생각하며 분필을 잡았다.

손에 잡힌 굳은살이 시큰하도록 아파서 눈물이 났다.

여왕님, 공사다망하신 건 알겠는데 인원 확충 좀 해주시면 안 될까요. 아이비는 혼자 속으로 빌었다.

프라그가 다음 방문자의 이름패를 하인에게 건네받았다.

"다음은……. 유리? 성은 없군."

성이 없는 경우는 대부분 중부 지방의 평민들이다. 중부 지방은 도시국가가 많았고, 대부분 전쟁 유민들이 모인 만큼 성이 없는 이들이 모여 살았다.

프라그는 평민과는 크게 말을 섞지 않는 전형적인 혈통주의자였기에, 아이비는 속으로 안도의 한숨을 내쉬었다. 이번 방문은 좀 짧을 것이다.

프라그의 사무실 문이 열리고, 고개를 쏙 내민 것은 평범하기 그지없는 갈색 머리의 청년이었다. 머릿결이 아주 좋고, 걸친 옷들이 멋져 보이기는 했지만 그뿐이었다.

왕성에 방문하기 위해 일생일대의 멋 부리기를 시도하는 이들은 아주 많았고, 청년도 그 중 하나일 뿐이다.

"안녕하세요. 프라그 씨를 만나면 된다고 해서 왔습니다만……."

"좋아요. 내가 프라그입니다. 혹시 어떤 용건으로 오셨는지?"

프라그는 콧수염을 쓰다듬으며 턱을 쳐들었다. 그가 그렇게만 해도 대부분의 평민들은 지레 기가 죽어 말을 더듬곤 했다. 그런 이들을 자신의 입담으로 편안하게 만들고, 이내 웃는 모습을 보는 것이 프라그의 즐거움이었다.

그러나 이번의 청년은 조금 달랐다. 겁을 먹은 것처럼 보이기는 했으나, 이내 어깨를 펴고 빠르게 입을 열었던 것이다.

"여왕님을 뵈러 왔습니다."

"그래요. 여기 오는 모든 사람들이 여왕님을 뵈러 오셨다고는 하죠. 그렇지만 우리의 여왕님은 바쁘십니다."

프라그는 가볍게 자신이 들고 있던 지시봉으로 제 책상을 두들겼다. 위엄 있는 몸짓이었으나 청년은 이번에도 기가 죽지 않았다.

아이비의 상태가 좋았다면 아마 아이비는 청년에게 가산점을 줬을 것이다. 그렇지만 아이비는 이제 몸을 가누기도 힘든 상태였고, 다 죽어가는 얼굴로 청년을 바라보기만 했다.

청년은 제 품 속에서 뭔가를 부스럭거리며 꺼냈다. 고상하고 기품 넘치는 종이 편지였다. 그 쪽을 보던 아이비의 눈이 커졌다. 막 품에서 편지를 꺼내던 청년과 눈이 마주쳤으나, 아이비는 시선을 피하기 어려웠다. 청년의 품 안에서 나온 것은 여왕의 직인이었던 것이다.

"이것을 문관께 보여 드리면 안내를 바로 받을 수 있다던데……."

"어, 어디 보자."

당황한 것은 프라그도 마찬가지였다. 청년이 편지를 꺼내들자마자 프라그는 명백히 당황한 것이 보였으나, 놀란 티를 내려 애쓰지 않으며 청년의 손에서 편지를 받아들었다.

아이비는 분필을 내려놓은 후 손을 털었다.

젠장. 속으로 욕을 하는 것도 잊지 않았다. 청년이 들고 온 것은 서쪽 궁에서도 가장 좋은 귀빈실을 쓸 수 있고, 여왕과 가장 빠른 순서로 만날 수 있다는 직인이 찍힌 초대장이었던 것이다.

프라그가 급히 시계를 한 번 쳐다보고 청년에게 빠르게 말했다.

"아니, 혹시 이 앞에서 기다렸습니까?"

"……예?"

청년이 얼떨떨한 표정으로 되물었다.

"이 초대장을 들고 온 사람은 무조건 가장 앞서서 여왕님을 뵐 수 있도록 되어 있습니다. 혹시 문지기가 이 초대장을 보고서도 아무 말 않던가요?"

프라그의 말에 청년이 그제야 아하, 하고 웃었다.

"아, 잘 몰랐어요. 여왕님을 뵈러 왔다고 하니 저쪽 가서 줄 서라고 하기에……."

프라그가 혀를 차고는 아이비를 불렀다.

"이런, 귀한 손님인데. 아이비."

"예."

"미안하지만 이분을 동쪽 성까지 안내해주게."

"……네."

젠장. 아이비는 속으로만 한숨을 쉬었다. 짧게 끝날 줄 알았는데 도리어 혹만 하나 붙인 셈이었다. 서쪽 성에서 동쪽 성으로 가려면 픽 오래 걸어야 한다. 차 한 잔 마실 정도의 시간이 걸린다. 그러나 아이비는 오늘 프라그의 방에서 한 걸음 밖으로 나가기도 어려운 몸 상태였다.

그렇다고 해도 저 직인을 무시할 수 있는 사람은 서쪽 성의 문관들 중에는 아무도 없을 것이다. 그 직인은 여왕님이 빠르게 만나고 싶은 사람들에게 보내는 일종의 호출 편지였다. 그만큼 늦으면 그를 기다리게 한 서쪽 성의 문관들도 무슨 경을 칠지 모른다는 이야기다. 그래서 아이비는 소매로 가볍게 식은땀을 닦고 옷매무새를 정돈했다.

"저를 따라오시겠어요?"

"아⋯⋯. 예. 고맙습니다."

청년은 가볍게 인사하며 아이비를 따라 나섰다. 아이비는 복도로 나서자마자 두어 번 휘청거렸지만, 다행히도 청년은 눈치채지 못한 것 같았다.

'화장실도 못 갔는데.'

월경 때문에 차고 있던 불룩한 속바지와 피를 빨아들여 무거운 천 때문에 움직이기가 어려웠다. 더 환장할 노릇은, 아침에 화장실에 다녀온 이후로 점심시간인 지금까지 화장실에 다녀오지 못했다는 것이다.

서쪽 성은 오래된 만큼 화장실도 너무 멀리 있는 데다가 추웠다. 청년을 데려다주고서라도 화장실에 다녀올 생각을 할 것을.

아이비는 속으로 후회했다.

서쪽 성을 나서 외성벽을 따라 걸을 때였다. 두 겹의 외성벽은 순찰을 도는 기사들을 제외하면 인적이 드물었다. 말없이 아이비를 따라오던 청년이 입을 열었다.

"저어⋯⋯."

"네, 말씀하세요."

"혹시 괜찮으세요?"

"예?"

아이비가 청년 쪽을 돌아봤다. 청년은 조심스럽게 말을 고르는 듯 보였다.

아이비의 시야가 까맣게 변한 것은 그때였다.

아이비는 그대로 뒤로 쓰러졌다.

–❊–

눈앞에서 쓰러진 여자를 받쳐 든 것은 저도 모르게 반사적으로 한 행동이었다.

"어, 어어!"

유리는 비명을 질렀다. 남자 목소리를 내는 것도 잊을 만큼 급박해서 저절로 새된 소리가 새어나갔다. 정신을 잃은 사람을 부축하는 것은 엄청난 힘을 요하는 행위였고, 결국 유리는 여자와 함께 쓰러져버렸다. 풀썩, 하는 소리가 났다.

그나마 유리가 붙잡은 덕에 여자가 다치지는 않았다는 것이 다행이었다. 유리는 스스로를 추스를 새도 없이 바닥에 쓰러져 있는 여자의 어깨를 가볍게 흔들었다.

"저기요, 선생님! 정신 차리세요!"

하얗게 질린 여자는 깨어날 기미가 없었다. 유리는 당황한 채로 주변을 둘러봤다. 동쪽 성으로 가는 길, 외성벽에는 사람이 없었다.

왕국 수도의 성이잖아? 이렇게 아무도 없어도 되는 거야?

그렇게 생각했지만 일단은 여유가 없었다.

유리는 빠르게 여인을 눕히려고 했으나 그도 여의치 않았다. 여인이 드레스 안에 받쳐 입고 있던 엄청난 크기의 파팅게일이 방해를 하고 있기 때문이었다. 유리는 혀를 찼다. 비싼 파팅게일은 앉거나 눕는 것을 고려해 뒤쪽에는 빗살을 덜 대놓지만, 여인이 입은 것은 그리 좋은 물건은 아닌 모양이었다. 결국 유리는 여인의 겨드랑이 쪽에 팔을 넣은 다음, 여인에게 사죄했다.

"죄송합니다……."

유리는 여인의 드레스 안에 손을 넣어 무릎을 받쳐 들었다. 모르는 여자의 드레스 안에 손을 넣다니. 여인이 제정신이라면 유리는 살아남지 못할 것이다.

그마저도 코르셋에 파팅게일까지 받쳐 입은 여인의 몸무게는 엄청나서, 유리는 낑낑거리며 여인을 겨우 두어 걸음 떨어진 나무에 기대어놓는 것이 고작이었다.

아무리 그래도 그녀를 질질 끌고 갈 수는 없지 않은가.

유리는 여인의 겨드랑이 밑에서 팔을 빼다가 딱딱한 감족을 느끼고 이마를 찡그렸다. 코르셋이 분명했다. 너무 많이 조여서 그런 건가.

유리는 오늘 아침 레스타가 함께 온다는 것을 물리고 홀로 온 참이었다.

벨름에서 함께 온 플럼도 같이 따라온다고 난리를 쳤지만, 유리가 만날 사람이 바로 그 여왕님이라는 이야기를 듣고 플럼은 제가 언제 그랬냐는 듯이 "잘 다녀와!"하고 웃으며 손을 흔들었다. 유리는 입술을 삐죽이며 "나쁜 계집애."하고 타박했다. 플럼은 지지 않고 웃으며 "오빠? 나는 오빠 믿어요?"하고 말끝을 끌어올렸다.

레스타는 끝까지 함께 가겠다고 했지만, 유리는 오늘 본래 레스타에게 아주 중요한 만남이 있다는 것을 알고 있었다. 발렌시아 북쪽으로 가는, 산맥의 길을 상단이 쓸 수 있도록 하는 통과 심사다. 여왕님을 만나는 것도 중요하지만, 뭐 별일 있겠어, 하는 것이 유리의 생각이었다. 사실 레스타의 걱정과는 다르게, 다른 생각이 만만하기도 했지만 말이다.

그러나 쉬운 일은 없다고 하더니 초장부터 이런 일이 생길 줄이야.

그렇잖아도 유리는 문관 프라그의 방에 들어갈 때부터 여인이 아슬아슬해 보인다고 생각하던 참이었다.

한참을 기다린 후에 프라그의 방에서 유리가 본 것은 콧수염을 기른 채 책상에 반듯하게 앉아 있는 중년 남자와, 엄청난 드레스를 입고 사다리에 올라가 있는 여인이었다.

누가 봐도 움직이기에는 남자가 훨씬 편안해 보였으나, 아무래도 여인이 훨씬 더 낮은 직급인 모양이었다. 방 한쪽을 가득 채울 만큼 커다란 석판에, 그날 만난 이들의 이름과 용건 등을 분필로 채워 넣는 일을 하느라 여인은 석판 옆에 달린 사다리를 오르내리고 있는 것 같았다.

문제는 여인이 입은 드레스다. 아찔할 정도로 부풀린 파팅게일과 그 위를 장식한 겹겹의 드레스 자락. 발렌시아의 유행은 유리가 아는 18세기의 유행과 익히 다르지 않았다. 잔뜩 가슴을 쥐어 매고 앞 가슴을 부풀어 올라 보이게 하고, 칼라를 목에 두르는 것이다.

여인 또한 소박하게나마 그 유행을 따르고 있었다.

그러나, 저게 일하는 여인의 복장으로 옳은 것인가?

여자의 이마에는 유리도 알아볼 정도로 식은땀이 송송 맺혀 있었고, 얼굴엔 핏기가 없었다.

수도에서는 여왕의 금발을 따라 하는 것이 유행이라더니 거짓말은 아닌 듯, 여인의 머리카락도 탈색한 밀짚 색이었다. 그 색은 가뜩이나 혈색이 없는 여인의 얼굴을 더 시체처럼 보이게 했다. 이 손님을 안내해주라는 말에 여인이 드레스를 입은 채 사다리에서 내려왔을 때도, 유리는 한사코 사양하고 싶었다.

그렇지만 내성의 지리를 잘 모르는 것이 문제였다.

유리는 여인을 나무에 기대게 한 채 코 밑에 손을 대 봤다. 다행히도 여인은 숨은 잘 쉬고 있었다. 그 얼굴에 생기라는 게 하나도 없어서 그렇지.

거기에 더해 틀어올린 머리카락 사이로 식은땀이 아직도 배어나고 있다.

유리는 잠자코 생각했다.

본래 급작스레 기절한 사람이 있는 경우, 브래지어를 풀어주고 숨을 편히 쉬게 유도하는 게 철칙이다. 지금 유리가 보기에는 여인의 코르셋을 풀어주는 것이 가장 급해 보였다.

그러나, 지금 남장을 하고 있는 자신이 여인의 드레스에 손을 댄다면, 성 안에서 이 여인의 입지는 어떻게 될 것인가.

여기까지 약 1초. 유리는 결론을 내렸다.

사람이 먼저다.

유리는 빠르게 여인에게 다가섰다.

다행히도 여인의 드레스 역시 앞판과 뒤판을 끈으로 꿰어 연결하는 식으로 만들어져 있었다. 유리는 가장 먼저 옆에 묶인 리본을 풀어냈다. 그러면서도 여인에게 중얼거리며 사과했다.

"죄송합니다, 죄송합니다."

사람이 없으니 망정이지 누가 보기라도 하면 대형 추문감이다.

그렇지만 여인도 이대로 질식해 성 한복판에서 죽는 것보다는 생판 모르는 남자가 코르셋 푼 게 좀 낫지 않을까?

레이스업 매듭을 반쯤 푸니 안쪽에 조금은 틈이 생겼다. 유리는 그 안으로 손을 집어넣은 다음, 재빠르게 코르셋 매듭을 찾아냈다. 여인들의 코르셋 매듭이 어디에 있는지 유리보다 잘 아는 사람을 찾기는 힘들 것이다.

유리는 코르셋 매듭 끝을 바로 쭉 잡아당겼다. 탁, 하고 끈이 풀리는 느낌이 났다. 유리는 손가락 끝을 이용해 코르셋 위쪽을 살살 여유 있게 만들었다. 코르셋을 반쯤 풀자, 여자의 부풀어 올랐던 가슴이 밑으로 조금씩 꺼졌다.

사실 원래대로라면 빠르게 이 옷을 벗겨내야 하겠지만, 유리 혼자서는 어림도 없었다.

기분 탓일까. 여자의 얼굴에 혈색이 조금 돌아오는 듯도 싶었다. 유리는 여자가 아까보다는 좀 더 편안하게 숨을 쉬고 있는 것을 깨닫고 뒤로 물러났다. 그새 이마에 식은땀이 흥건했다.

유리는 한숨을 푹 쉬었다.

코르셋 때문에 질식해 쓰러지는 이들이 있다는 것은 익히 들었지만 유리가 실제로 보는 것은 처음이었기 때문이다. 물론 여자, 아이비가 쓰러진 이유는 그것보다는 조금 더 대자연에 근접한 이유였지만 지금의 유리는 아이비가 틀림없이 코르셋 때문에 쓰러진 것이라고 생각했다.

미개해.

그게 유리가 코르셋에 느끼는 감정의 전부였다.

그러나 그 감정을 이 세계에 살고 있는 이들에게 강요할 수는 없다. 아무리 유리가 보기에 미개해보여도, 이곳의 사람들에게는 절대적인 미의 기준이나 다름없기 때문이다.

실제로 벰름에서도 유리는 코르셋을 입지 않아도 되는 드레스를 몇 벌이나 만들었다. 여왕에게 보낸 드레스와 같이, 통으로 재단한 다음 안에 파니에를 잔뜩 꿰매 넣어 파팅게일과 얼추 비슷한 라인을 만들어냈다.

코르셋이 없어도 드레스 상의의 앞판과 뒤판을 단단하게 여미며, 레이스업 한 번 만으로 몸의 선을 강조할 수 있게 했다.

그렇지만 익숙함이라는 건 무서운 것이다.

그 드레스를 사가는 여인들은 분명 유리가 코르셋과 파팅게일이 없다고 강조해도 그 안에 코르셋을 입고, 파팅게일을 받쳤다. 심지어 파팅게일 위에 올리면 무겁다고 파니에를 떼 달라는 요청도 들어왔다. 이러니저러니 해도, 사람들은 남들과 다른 것을 무서워하는 것이다.

남자들과 여자들은 조금 달랐다. 남자들은 레스타가 입는 간단한 퀼로트를 입고 다녀도 오히려 유행을 선도한다느니 마음이 열려 있다느니 하는 칭찬을 받았다. 남들과 다른 것을 시도하고, 편안함을 추구하는 남자들은 주변 사람들에게 좋은 평가를 받았다.

반면 부인들은 남들과 다른 것을 추구한 순간 남편에게 잔소리를 들었다. 아직 결혼하지 않은 미혼의 아가씨들은 그래서 좋은 곳에 시집가겠느냐는 참견을 들어야 했다.

자연스레 유리의 옷들은 주로 정부들이나 고급 창관의 여인들이 입곤 했다. 그게 나쁘다는 건 아니다.

누가 입든, 자신의 옷을 다른 사람이 기꺼이 입어주는 것은 기뻤다.

그렇지만 남자들은 여인들에게 이중 잣대를 들이댔다. 집안의 여인은 정숙하고 현명하며, 남들의 눈에 거슬리는 짓을 하지 않아야 하지만 집 밖의 여인들은 상관없었다. 그건 오로지 남자들의 체면 때문이었다.

유리는 화가 났다. 남자의 체면 때문에 질식한 여자가 이렇게 존 재하는데도, 사람들은 여전히 코르셋을 입었다.

오늘 레스타를 떼놓고 온 것은 사실 다른 것 때문이 아니었다.

유리는 이미 레스타에게서 제 고객이 여왕이라는 것을 들었을 때, 레스타가 들으면 고개를 내저을 계획을 세우고 있었던 것이다.

여왕은 유리의 옷을 마음에 들어 한다고 했다.

아직 봄이 채 오지 않아 추운 발렌시아 성 안에서도 유리가 만든 델포스 드레스를 입고 깡충깡충 뛰어 보였다고 했다.

적어도 유리는 여왕에게서 코르셋을 잠시나마 벗기는 데에는 성 공한 것이라는 결론에 도달했다.

여왕 쎄시아는 소녀 시절부터 발렌시아 제일가는 미모로 유명했 다고 했다. 발렌시아 왕국 전역에 내걸린 초상화만 봐도 빨간 눈동 자와 흰 피부, 반짝반짝 빛나는 금발과 붉은 입술이 자아내는 아름 다움은 다른 것에 비할 바 없이 대단했다.

그런 여인을 두고 할 만한 생각은 단 하나다.

여왕을 자신이 만든 의상의 모델로 삼을 것이다.

유리는 그렇게 생각하고 주먹을 불끈 쥐었다.

발렌시아 여왕의 초상화는 지금 왕국 전역의 공관과 영주들의 성, 그리고 은행 등에 내걸려 있었다. 약 10년에 한 번씩 제작되어 내걸릴 초상화에, 쎄시아 발렌시아가 코르셋 없는 옷을 입고 있다면 어떨까. 적어도 이렇게 쓰러지는 여인은 10년 후에는 없어지지 않을까. 유리는 안타까운 눈길로 나무에 기대어 있는 여인을 다시한 번 내려다봤다.

그리고 창피함과 분노, 당황스러움으로 새하얗게 변한 여인의 얼굴과 마주했다. 유리는 순식간에 사태를 파악했고, 엉겁결에 한 걸음 물러서며 입을 열었다.

"저, 그러니까…….이게."

여인이 벌떡 일어섰다.

……그다음은 설명할 필요도 없다.

짝!

외성벽에서 울려 퍼진 엄청난 소리에 새들이 파르륵 날아올랐다.

───※───

쎄시아는 오늘도 짜증스럽게 만찬 중이었다.

남들이야 60명은 앉을 수 있는 긴 식탁에 엄청난 음식들이 차례차례 날라져 오는 것을 부러워할지 모르나, 쎄시아는 이런 날은 특히 다 때려치우고 침대로 몸을 던지고 싶었다.

오늘은 한 달에 한 번, 유력 영주들과 만찬을 하는 날이었다.

아흔아홉 개나 되는 왕국을 통일한 만큼—물론 아흔 아홉 개라는말은 미사여구 동원차 그냥 하는 말이고 실제로는 팔십 몇 개쯤 된다―그 많은 왕들을 영주로 내려앉힌 쎄시아는 군주의 의무에 얽매여야 했다.

뭐냐면, 그중에 대충 몇 놈들을 지역별로 묶어서 불러다 함께 밥 먹어주는 행사다.

'하여간 이놈이나 저놈이나. 저들이랑 밥 안 먹어주면 큰일 나는 줄 알지.'

쎄시아는 그렇게 생각하며 수저를 놀렸다. 콜리플라워 소스를 잔뜩 묻힌 돼지 창자 같은 걸 백날 먹어봐야 즐겁지도 않은데, 쎄시아 눈앞에 주르륵 앉아 있는 늙은이들은 너무 즐거운 모양이다.

쎄시아 바로 옆에 앉아 있던 단딜리온 재상만 쎄시아의 죽상을 알아보고 못마땅한 표정으로 속삭였다.

"얌전히 드십시오."

"……먹기 싫은데."

"지금 전하가 스푼을 놓으시면 새벽부터 지금까지 한 끼도 못 먹은 이 늙은이도 스푼을 놔야 합니다."

발렌시아의 궁정 예절이라는 건 고리타분하기 그지없었다.

군주와의 만찬 시, 항상 가장 먼저 음식을 드는 것은 군주여야 했다. 군주가 들고 나서야 영주들도 음식을 든다. 단, 군주가 식기를 놓으면 영주들도 놓아야 했다.

한마디로 쎄시아가 밥숟가락 놓으면 오늘 새벽부터 한 끼도 못 먹은 일흔 노인네 단딜리온 재상은 저녁 만찬까지 굶어야 한단 얘기다.

단딜리온 재상은 도저히 여왕에게 보내는 것이라고는 생각할 수도 없는 불경한 눈초리를 한 번 보내고는, 눈앞의 돼지 창자를 포크로 찍어 입으로 가져갔다. 쎄시아가 단딜리온 재상에게만 들리도록 중얼거렸다.

"……궁정 예절 같은 것도 다 엎어버릴 거야."

"그럴 만한 여유가 있으면 어디 한번 그래보시지요, 폐에하아아."

단딜리온 재상은 창자를 씹어 삼킨 후 대꾸했다.

칠십의 노구를 이끌고 궁정에 매일 출근하는 단딜리온 재상을 보고 사람들이 학대당하는 노인이라고 수군거리지 않는 이유는, 쎄시아가 그보다 더한 과로에 시달리고 있기 때문이었다.

화폐 통합에 도량 통일, 은행 통합 같이 보기만 해도 머리 터지는 일들을 동시에 하고 있으니 그럴 만도 했다. 한마디로 궁정 예절 따위를 재편할 시간은 요만큼도 없다는 얘기다.

단딜리온 재상의 비아냥대는 소리에 쎄시아가 이이익, 하고 짜증을 내더니 수저를 놔버렸다. 단딜리온 재상이 한쪽 눈을 꿈틀했다.

그러나 때는 늦어, 각 영주들 뒤에 서 있던 시종들은 단정한 태도로 그들 앞의 돼지 창자 접시를 들어내 버렸다. 재상이 신음했다.

"이런 복수를……."

"앞으로 다섯 접시쯤 남았지?"

다섯 접시 전부 눈앞에서 보내버리고 싶지 않으면 알아서 잘해, 하는 뜻이다. 단딜리온 재상은 내가 이런 대접을 받으려고 10년 동안 발렌시아를 지켰나, 하는 생각을 했다. 재상이 비교적 젊었을 시절, 맡아 기른 붉은 눈의 조카딸이 윗대가리만 아니었다면 지금쯤 한 대 쥐어박았을 것이다.

그러나 단딜리온 재상은 스스로에게 굉장히 엄격한 사람이었다. 그래서 대륙의 여왕을 쥐어박는 대신 코를 잔뜩 찡그렸다.

단딜리온 재상의 얼굴을 보고 조금 의기양양해진 쎄시아의 앞에 대구 스테이크가 놓였다. 영주들과 단딜리온 재상 앞에도 마찬가지였다.

쎄시아가 빙글빙글 웃으며 포크를 드는데, 단딜리온 재상 건너편, 만찬장 문 근처에 서 있던 일렉사 백작부인에게 시녀 하나가 급히 다가와 뭐라고 속삭였다. 일렉사 백작부인은 이마를 찌푸렸지만, 시녀에게 길게 답하지 않고 그녀를 내보냈다.

쎄시아가 입 모양만으로 물었다. '뭐야?' 일렉사 백작부인은 답하지 않았다. 만찬장에서 속닥거리는 것은 일렉사 백작부인이 가장 싫어하는 일 중 하나였다.

결국 쎄시아는 조린 콩을 얹은 라비올리와 어린잎채소를 곁들인 소고기 찜, 향이 좋은 버섯을 갈아 올린 파스타 버킷에 두 가지 디저트까지 다 먹고 난 다음 영주들을 그럴 듯한 인사말로 치하한 후에야 외성벽에서 오늘 정오에 일어난 성추문을 알게 됐다.

내용은 간단했다.

쎄시아의 직인이 가진 초대장을 가진 남자가 여자 기록관의 드레스를 풀어헤치고 속옷까지 풀어 맨몸에 손을 댄 것이다.

그러나 내용이 간단하다고 해서 결과까지 간단하지는 않았다. 여자 기록관은 즉시 상관에게 이 일을 고했다. 쎄시아가 몇 년 전 문관 직위에 여성 인력을 기용하면서 가장 주의를 기울이라 명한 것이 바로 성추문이었다.

쎄시아는 군대를 이끌고 10년 동안 대륙을 전전하면서 군인들 사이에서 성추문이 일어나는 것을 간혹 목격했다. 대부분 권력 상하 관계에 의한 성추행이었고, 쎄시아는 자신이 알게 된 한 성추문에 대해서는 결코 가볍게 넘어가지 않았다.

거기에 더해 해당 방문인은 쎄시아 발렌시아가 손꼽아 기다리던 그 의상 디자이너라고 했다. 물론 쎄시아는 그가 자신이 마음에 들어 하는 이라고 해서 잘못을 봐줄 생각은 없었다.

다만 문제는 그 남자가 구명을 위해 여인의 속옷을 풀었다고 주장한다는 점이다. 심지어 기록관 본인도 자신이 기절한 점은 인정했다.

"이런 경우 제가 양쪽 이야기를 들어보고 정리합니다만……. 전하의 의견은 조금 다를 것 같아 여쭙습니다. 어찌할까요"

일렉사 백작부인이 쎄시아의 투왈렛에 들어서자마자 말했다.

쎄시아는 시녀 둘에게 손짓했다. 일렉사 백작부인 뒤에 있던 시녀 둘이 빠르게 다가와 쎄시아의 상의 안쪽에 손가락을 집어넣고 코르셋을 끌렀다. 쎄시아는 휴우, 하고 한숨을 내쉬었다.

"하여간 밥은 드럽게 많이 먹을 거 알면서 코르셋은 조금도 느슨하게 해주질 않으니."

"느슨하게 하는 순간 몸매가 망가집니다."

"아, 알았어 알았어. 내 허리가 지금의 열 배쯤 돼도 내가 여왕이라는 사실은 변함없을 텐데, 대체 왜…… 알았으니까 그런 표정 하지 마. 그러니까, 그 아이비라는 기록관이 코르셋 때문에 질식한 줄 알았다고?"

"예. 실제로 아이비 양 또한 몸 상태가 안 좋았고, 기절했던 것도 그 때문이라고 합니다. 다만…… 코르셋 때문은 아닙니다."

일렉사 백작부인이 복잡한 표정으로 말을 이었다.

"실제로 코르셋을 지나치게 조인 여인들이 숨을 못 쉬어 아까운 목숨을 잃은 경우도 있는지라…… 그 디자이너의 조치는 적절했다고 할 수도 있습니다. 다만 원인이 그게 아니기 때문에, 아이비 양으로서는 실로 불필요한 조치였던 것에 더해, 성적 수치심까지 느꼈다는 것이 문제이지요."

"그래도 의도는 나쁘지 않았잖아. 이런 경우 보통 어떻게 처리하지?"

"미혼의 여인인 경우에는 상대와 결혼……."

"뭐?"

"……을 시키기도 했던 게 옛 발렌시아의 관습입니다만, 요즘에 이르러서는 그런 일은 거의 없지요."

쎄시아는 뜻하지 않은 말에 소리를 높였지만 일렉사 백작부인은 꿈쩍도 하지 않고 말을 끝냈다.

"발렌시아가 그랬어?"

"예. 실제로 성추문이 일어난 상대와 혼인하는 경우가 제 윗대만 해도 드물지 않았습니다. 그렇지만 요즘에는 통상적으로 죄를 묻고, 죄가 확실해지면 상대방에게 금전적으로 배상을 하는 것이 관례입니다."

"그럼 그 디자이너한테 돈 내라고 하면 되겠네. 뭐가 문제야?"

일렉사 백작부인이 얼굴을 찡그렸다.

"전하 또한 미혼의 처녀시란 말입니다."

시녀들은 쎄시아의 코르셋을 막 끄른 후 흘러내리는 드레스 윗자락을 받치고 있었다. 그래서 쎄시아는 퍽 자유롭게 몸을 돌릴 수 있었다. 고개를 돌리고 "그게 뭐?"하고 묻는 쎄시아 발렌시아를 보고 일렉사 백작부인은 한숨을 내쉬었다.

"비록 사람의 목숨을 구하기 위해서였다고는 하나, 여인의 속옷, 나아가 맨몸에 함부로 손을 대는 남자를 무엇을 믿고 전하의 주변에 들인단 말입니까? 더욱이 가봉을 하고, 치수를 재는 동안에 전하의 옥체에 손이라도 대게 된다면 무슨 음심을 품고, 무슨 일이 생길지……."

"……남자들이 내게 제발 음심을 품어 무슨 일이라도 나길 바라는 게 일렉사 백작부인과 단딜리온 재상의 숙원 아니오?"

"전하!"

쎄시아가 깔깔 웃다가 일렉사 백작부인의 짜증 섞인 잔소리에 귀를 막았다. 그사이 시녀들은 능숙하게 쎄시아의 몸에 파팅게일만 남겨둔 채 드레스와 속옷을 벗겨냈다. 만찬이 끝났으니 이제는 알현을 받을 차례였기 때문이다. 쎄시아는 하루에도 서너 벌의 드레스를 갈아입으며 제후들을 만났다. 그게 여왕의 역할이라나 뭐라나.

그러나 쎄시아는 다른 시녀들이 가져온 암갈색 드레스를 물리고 말했다.

"그 여신 드레스 가져와."

'여신 드레스.'

쎄시아는 유리가 보낸 주름 드레스를 그렇게 불렀다. 여신이라면 이런 옷을 입을 것만 같다고 생각합니다, 라는 말에 매료된 후부터다. 일렉사 백작부인이 난감한 표정을 지었다.

"그건 실내복입니다. 알현을 그 옷을 입은 채 하시려고요?"

"아. 오늘 알현 일정은 좀 미뤄요, 부인."

"얼마나요?"

"너무 바쁘니까 두어 시간만 미루자고 하시오. 저녁 만찬은 못 먹겠군."

일렉사 백작부인이 한숨을 쉬었다. 이 여왕은 이런 식으로 식사를 숨 쉬듯 걸렀다. 시녀들이 그녀가 책상에 앉아 있는 동안에는 뭐라도 갖다 바친다고 하지만, 알현을 한번 시작하면 서너 시간은 꼼짝없이 귀좌에 앉아 있어야 한다. 음식을 먹기가 요원해지는 것은 물론이다.

"미루고 무엇 하시게요?"

"그 디자이너를 데려오시오."

"하오나 전하. 그 또한 알현 때 만나시면 되는 것을……."

시녀가 쎄시아에게서 파팅게일을 벗겨내어 그 머리 위로 올렸다.

허리를 조금 숙여 새장같이 보이는 파팅게일에서 벗어난 쎄시아는 반쯤 벌거벗은 채로 기지개를 켰다.

"그 기록관도 데려오라고 해."

"아이비 양 말입니까. 하오나 그녀는 피해자인데……."

쎄시아의 붉은 눈이 일렉사 백작부인을 향했다.

"성추문도 궁금하지만, 내 직인을 받은 자가 내게로 바로 알현 온 것이 아니라, 굳이 문관을 거쳐 올 이유가 뭐였으며 내 기록관이 외성벽에서 쓰러져버린 이유는 뭔지 궁금하군."

"……."

"나는 내 기록관들을 비롯한 성의 문관들에게 충분한 봉급을 지급하고 있다. 아마 궁핍해서 쓰러진 것은 아니겠지. 코르셋이 죄여 쓰러진 것도 아니라니 다른 이유가 있을 것이 분명하다. 일 때문인지, 아니면 다른 개인적 문제인지 들어야겠다. 다른 곳도 아니고, 바로 내 발밑에 있는 인물들이 제대로 움직여주지 않으면 곤란해."

아…….

일렉사 백작부인은 제 눈앞에 선 처녀가 영 만만찮은 인물임을 이럴 때마다 깨닫곤 했다.

높은 구두에서 내려와 맨발을 꼼지락거리는 데다가, 드레스를 갈아입느라 젖가슴을 다 내놓은 채로 방만하게 몸을 움직이는 미녀는 언뜻 보기에는 철없기 그지없었다. 그러나 일렉사 백작부인이 보고한 짧은 사실들만 가지고도 석연찮은 점들을 짚어내고, 과로사 직전으로 바쁜 와중 사안을 직접 확인하려는 것은 쎄시아 발렌시아만이 하려 할 일일 것이다.

"예. 바로 알현하실 수 있도록 준비하겠습니다."

"그……. 꺼억."

대답하려던 쎄시아가 가볍게 트림을 하고는 얼굴이 붉어져 입을 가렸다.

"아, 밥 먹고 바로 코르셋 풀면 소화가 너무 잘돼서……."

일렉사 백작부인이 부드럽게 웃었다.

─❈─

아이비는 지옥 순회공연을 하고 있는 기분이었다. 지옥 한곳을 겨우 벗어났나 했더니, 또다시 다른 지옥에 끌려들어가는 느낌이랄까.

월경통 때문에 기절할 때까지만 해도 그저 큰일 났다, 라는 느낌이었다. 그리고 눈을 떠 보니 옷이 온통 흐트러진 채 외간 남자 앞에서 쓰러져 있었다. 드레스에 손발이 달리고 인격이 있지 않은 다음에야 눈앞에 서 있는 남자가 제 드레스를 풀어헤친 것은 자명한 사실이었다.

아이비는 짧은 순간 머릿속에서 무간지옥을 맛봤고, 그다음에는 모르는 남자에게 흉한 일을 당한 선량한 처녀가 마땅히 해야 할 일을 했다.

남자의 뺨을 때린 것이다.

남자는 억 소리도 내지 않았다. 정확히는 내지 못했을 것이다.

그러나 아이비가 내지른 "당신 이게 무슨 짓이에요!"라는 소리를 듣고 외성벽을 순찰하던 병사 두어 명이 곧장 달려왔다. 병사들은 여왕님이 계신 발렌시아 성 안에서, 그것도 백주대낮에 벌어진 일을 보고 경악했고, 그다음은 이 꼴이었다.

시녀장인 일렉사 백작부인이 자신을 직접 만나러 왔을 때도 아이비는 크게 놀라지 않았다. 기본적으로 일렉사 백작부인은 발렌시아의 모든 여성 관리들의 고문관 역할이었다. 다만 아이비 정도의 낮은 직급에서는 일렉사 백작부인을 직접 대면할 일이 없었을 뿐이다.

사태를 파악한 프라그는 즉각적으로 자신의 불찰을 사과하며 아이비를 시녀들에게 맡겼다.

왕궁 시녀들이 아이비를 서쪽 성의 손님방 중 한곳에 데려갔고, 그녀에게 사정을 들은 후 일렉사 백작부인에게 바로 보고했다. 그 사이 다행히도 아이비는 정말 불편하던 것을 다른 시녀의 배려로 해결할 수 있었다.

그래서 일렉사 백작부인을 맞닥뜨렸을 때만 해도 아이비는 이 모든 일을 일렉사 백작부인이 해결할 거라 믿어 의심치 않았다.

그러나 일렉사 백작부인은 아이비에게 간단한 것만을 물었다.

"지금 몸 상태가 어떻습니까."

"저는 괜찮습니다, 각하."

아이비는 깍듯이 대답했다.

"그 남자에게 큰일을 당하지는 않았습니다."

"불행 중 다행이군요. 두어 시간쯤 다른 사람과 이야기를 나눌 만한 상태가 될 것 같습니까?"

일렉사 백작부인은 아이비가 답하기도 전에 친절하게 덧붙였다.

"내가 당신의 상관이라고 해서 무리해서 괜찮다고 대답하지는 마세요. 당신이 지금 어떤 심적 고통을 겪고 있을지는 나도 모르기 때문에 묻고 있는 것입니다. 지금 가장 중요한 건 당신의 상태입니다. 솔직하게 답해주세요."

아이비는 까마득한 상관의 배려 넘치는 말에 감동했고, 그래서 "아닙니다, 괜찮습니다 각하. 정말로 이야기를 나누는 것 정도야 상관없어요. 오늘 하루 종일이라도 말할 수 있습니다."하고 답해버렸다.

……해서, 아이비는 세 번째 지옥에 다다른 것이다.

말로만 듣던 붉은 눈의 여왕님을 직접 맞닥뜨리는 지옥.

심지어 보고를 직접 올려야 하는 지옥이다.

시녀들에게 이끌려 동쪽성에 갈 때만 해도 반신반의했다. 동쪽성에 가는 길에 동행한 일렉사 백작부인이, "이제부터 여왕 전하를 만나게 될 겁니다."라고 말했을 때는 기절할 뻔했다.

여왕을 만난 후 주의할 것을 일러주는 일렉사 백작부인의 말에 고개를 주억거리면서도 상황을 끊임없이 부인하고 싶었다.

그러나 사자의 홀, 여왕이 적은 인원을 만날 때 사용하는 홀의 거대한 문 앞에 섰을 때는 어쩔 수 없이 현실을 인정하고 정신을 차리려 노력할 수밖에 없었다.

일렉사 백작부인만 해도 제게는 너무나 높아서 쳐다보기도 어려운 상관인데, 상관의 상관, 즉 왕국의 만인지상을 만나는 것이다.

정신 똑바로 차리지 않으면 제 목이 날아갈지도 몰랐다.

사자 부조가 새겨진 문이 끼익, 하고 열렸다.

"서쪽 성의 하급 기록관 아이비입니다."

일렉사 백작부인이 또렷하고도 침착한 목소리로 아이비의 출입을 고했다. 아이비는 저도 모르게 주먹을 꼭 쥐었다.

조심스레 들어선 홀은 그렇게 크지 않았다.

사람 100여 명이 들어온다면 꽉 차버릴 만한 크기였다. 온통 검은 대리석으로 지어졌으나 군데군데 금색으로 칠해진 돋을새김이 웅장함을 자아냈다. 홀의 한쪽에는 발렌시아의 모든 홀이 그렇듯 커다란 벽난로가 있었고, 그 벽난로 안에서는 불꽃이 활활 타고 있었다.

그리고 그 불꽃보다 압도적인 눈동자를 가진 여인이 홀의 한쪽에 앉아 있었다.

긴 의자에 몸을 비스듬히 기댄 여인은 아이비가 여태껏 본 적 없는 옷을 입고 있었으나, 그게 더욱 신비로운 분위기를 자아냈다. 반짝반짝 빛나는 백금발. 머리에 얹힌 작은 관. 아이비는 그것이 평소에도 무거운 정식 황관을 쓸 수 없어 만들어진 약식 관임을 알아봤다.

그 옆에 선 위엄 넘치는 노인이 짚은 홀로 보아 노인은 단딜리온 재상이 분명했다.

아이비는 저도 모르게 감격에 넘쳐 무릎을 꿇었다. 현 왕국의 예법상 고개는 숙일 필요 없었다.

"영원한 광영이 발렌시아와 함께. 앨리콘의 아이비입니다. 지고하신 전하를 뵙습니다."

"그대의 충성이 나의 별에 깃들리. 쎄시아 발렌시아다."

전하께서 나에게 대답을 하셨어!

왈칵 눈물이 쏟아져 나올 뻔했다. 기록관에 임명됐을 때부터 몇백 번을 주문 외우듯 외운 인사지만 실제로 하게 될 일이 있을 줄은 몰랐다. 아마 여왕의 안전이 아니었으면 아이비는 입을 틀어막았을 것이다.

그러나 여왕의 눈동자는 아이비에게 고정되어 있었고, 아이비는 최대한 발작 같은 기쁨을 드러내지 않으려 애써야 했다.

"아이비 스투리싱."

전하께서 내 이름을 아셔! 그것도 성까지!

야광봉이라는 게 발렌시아에 있었으면 아이비는 망설임 없이 이 자리에서 야광봉 여덟 개를 손가락 사이에 끼우고 흔들었을 것이다.

그렇지만 쎄시아 발렌시아는 아이비의 내면을 들여다보는 능력은 없었고, 그래서 아이비가 대답할 틈을 주지 않고 말을 이었다.

"그대를 덮친 무도한 일에 대해서는 들었다. 반나절도 지나지 않아 그대를 이리 불러놓고 할 말은 아니지만 괜찮은가."

전하가 내 몸을 걱정하셨어!

아이비는 기쁨으로 몸을 떨지 않기 위해 최대한의 인내심을 발휘했다. 그럼에도 불구하고 떨리는 목소리는 어쩔 수 없었다.

"괜찮습니다."

"아, 저런."

여왕이 혀를 차며 일렉사 백작부인을 쳐다봤다.

"안 괜찮은 것 같은데?"

"……스투리싱 양, 지금이라도 힘들다면 망설이지 말고 이야기하……."

"괜, 괜찮습니다! 정말로 괜찮습니다!"

일렉사 백작부인의 말이 채 끝나기도 전에 아이비는 비명처럼 답했다. 여왕이 한쪽 눈을 치켜 올렸다. 아이비는 숨을 몰아쉬지 않으려 노력하며 겨우 말을 이었다.

"미천한 하급 관리직이라, 설마 전하를 뵙게 될 일이 있을 줄은 몰라 당황했을 뿐입니다."

"그렇군. 그럼 본론부터 묻겠네."

"예, 무엇이든지."

여왕은 아이비의 어깨 너머를 가리키며 물었다.

"저자가 정신과 신체를 막론하고 그대의 안위에 중대한 위협이 될 만한 해를 가했는가?"

아이비는 엉겁결에 뒤를 돌아봤다.

그제야 아이비는 이 홀에 자신과 일렉사 백작부인, 여왕과 재상, 몇몇 시녀와 호위 기사들 말고도 다른 사람이 있다는 것을 깨달았다.

자신이 안내했던 청년이었다. 이제 겨우 스무 살이 될까 말까 한 청년은 잔뜩 울상이 되어 병사 둘 사이에 연행되듯이 끼어 이쪽을 바라보고 있었다. 아이비는 빠르게 사태를 파악했다.

자신과 청년 사이에 일어난 일은 통상적으로는 높아봐야 일렉사 백작부인 선에서 처리돼야 할 일이다.

그러나 청년은 오늘 여왕과 접견이 예정돼 있었고, 그 정도의 손님이 황궁에서 성추문을 일으켰다는 것은 여왕으로서는 가볍게 넘어가기 힘든 일일 것이다.

뭣보다 여왕이 몇 년 전 여성 관리 채용을 시작했던 때, 가장 엄벌하리라 맹세했던 것이 바로 성범죄였다. 그러나……. 이 손님은 여왕에게 어느 정도의 중요도를 차지할까.

아이비는 짧은 셈 후에, 저도 모르게 작게 답했다.

"아닙……니다."

여왕은 미동도 않고 물었다.

"그대가 자칫 내 손님이라는 점 때문에 위축되어 스스로의 피해를 축소하지 않기 바란다. 저자는 내게 중요한 손님이지만, 그전에 그대 또한 나의 중요한 손발이다."

아니, 미친. 아이비는 여왕이 말한 직후 그만 진짜 두 손으로 입을 가리고 말았다.

손발이래! 손! 발!

아이비는 그 순간 과장을 좀 보태 평생 자신이 이 여왕의 발닦개로 봉사한다 해도 군말 없이 그 임무에 응할 것임을 확신했다.

"……아이비 스투리싱?"

"죄송합니다, 전하. 비루한 자가 잠시 전하의 자애로움에 감격해 말을 잃었습니다."

그렇기 때문에라도 아이비는 정신을 차려야 했다.

아이비는 눈을 부릅뜨고 여왕의 말에 답했다. 여왕은 고개를 가볍게 끄덕여 아이비의 대답을 재촉했다. 아이비는 입을 열었다.

"저, 아이비 스투리싱, 자신의 신체적 문제 때문에 근무 중에 불미스러운 일을 일으켰습니다."

"자네가 일으킨 것은 아니지."

"정확히는 제가 쓰러졌고, 저 청년은 저를 구명하고자 했습니다."

아이비는 시녀들에 의해 서쪽 성의 손님방에서 쉬며 자신이 당한 일을 몇 번은 돌이켜봤다. 그것은 자신이 처음 보는 남자에게 속옷을 보이고, 나아가 그가 자신의 맨살을 만져 온 충격에서 기인했다.

그러나 병사에게 끌려가며 남자가 소리치던 말을 아이비는 기억하고 있었다.

'죄송해요! 제가 선생님을 욕보이려고 그런 건 아니었어요! 선생

님께서 코르셋 때문에 질식하신 줄 알았어요! 정말이에요!'

자신이 얼마나 기절해 있었는지 아이비는 잘 모른다.

그러나 아이비가 기억하기로 자신이 정신을 차렸을 때, 청년은 제게서 한 걸음쯤 떨어져 있었다. 정말 무도한 자라면 자신의 속옷을 끄르는 데 그치지 않고 더한 짓도 했을 것이다.

물론 그런 것들과 별개로 아이비는 여전히 청년의 얼굴을 보기만 해도 몸서리가 쳐졌다. 저 남자가 내 드레스 안에 손을 넣어 속옷을 헤집었을 것을 생각하니, 그리고 그 사실을 이 자리의 모두가 알고 있다고 생각하니 차라리 뛰어나가 성의 해자에 몸을 던지고 싶은 생각마저 조금은 들었다.

그러나 정말 청년이 선의로 그런 일을 했다면 청년에게 죄를 묻는 것은 부당한 일이다.

아이비는 침착하게 제가 한 생각들을 설명했다. 여왕은 고개를 끄덕이며 아이비의 말을 끝까지 집중해 들은 후 말했다.

"그대 또한 청년이 선의로 그대에게 손을 댔다는 것에는 이의가 없는가."

"……예."

"그대의 발언이 저자가 나의 손님임을 의식한 것이 아님을 맹세하는가?"

"예."

아이비는 단 한 번도 여왕의 눈을 피하지 않았다. 여왕은 여전히 무표정한 얼굴을 돌려 청년을 바라보았다.

"내 기록관이 그렇게 이야기하니 네 말은 들을 필요도 없게 되었군."

병사들 사이에서 잔뜩 풀이 죽어 있던 청년이 눈동자만 도록도록 굴렸다. 쎄시아 발렌시아는 턱을 괴고 심드렁하게 말했다.

"피해자가 가해자의 선의를 의심하지 않으니 가해자의 죄를 없게 해야 할 것이다. 그러나 여전히 피해자의 당혹감과 수치심은 남아 있음이 자명하다. 그렇지 않소, 백작부인."

"추측하건대 그렇습니다."

아이비가 황급히 두 사람의 대화에 답했다.

"저는……. 괜찮습니다."

그러나 여왕은 손을 내저었다. 여왕의 손짓에 부풀린 소매의 주름들이 가볍게 벌어졌다 다시 좁혀졌다.

"나도 발렌시아의 처녀로서 그대가 느꼈을 사회적 압박을 안다. 가해자는 없으나 피해자만 남았으니 그 피해 보상을 누가 해야 할지를 가려야겠군."

"……."

"그전에 묻겠다, 아이비 스투리싱. 혹여 그대 자신의 신체적 문제가 무엇인지 물어도 되겠는가."

아이비는 귀를 의심했다.

"……예?"

여왕은 여전히 무심한 어조로 말했다.

"그대 자신의 지병 때문이라면 지병을 치료하고 돌아올 만한 휴가를 주겠다. 단딜리온 재상은 이 성의 모든 관료가 과로하고 있다고 오늘도 내게 말했지. 그대가 혹시 과로했기 때문에 그리 되었다면 역시 휴가와 보상금을 주겠다. 내 손발이 제 기능을 못하는 것은 큰 문제다."

"……."

"무엇 때문인지 답할 수 있겠는가. 개인적으로 답하고 싶지 않다면 답하지 않아도 좋다. 그럴 경우 어떤 것도 더 이상 묻지 않고, 그대가 일하던 중 일어난 일이니 보상금은 내 금고에서 나올 것이다."

아이비의 머리가 어지러워졌다.

─❊─

유리 역시 만만찮게 머리가 어지러웠다.

일이 꼬이려면 풀다가도 꼬인다더니, 여자에게 뺨을 맞은 후에 뭐라 변명할 틈도 없이 병사들이 달려온 것이다.

병사들은 현장을 보았고, 유리가 변명할 틈도 없이 유리에게 창을 들이댄 채 물었다.

"무슨 일이십니까!"

"저 남자가 저를……!"

방금 전까지 기절해 있던 여자는 당황한 기색이 역력한 채 그렇게 주어만 말하고 서술어를 줄여버렸다.

선생님! 거기서 말을 줄이시면 어떻게 해요! 사정은 이해하지만!

말은 끝까지 하셔야죠!

유리가 비명을 올릴 틈도 없이 병사들은 천인공노할 짓을 한 놈을 보는 눈으로 유리를 쳐다봤다. 유리는 병사들에게 즉각 연행당했다.

"죄송해요! 제가 선생님을 욕보이려고 그런 건 아니었어요! 선생님께서 코르셋 때문에 질식하신 줄 알았어요! 정말이에요!"

힘주어 외쳤으나 그녀는 유리를 외면했다.

병사들은 "변명은 경비대에 가서 하십시오."라며 유리를 사정없이 끌고 갔다. 그나마 여왕의 직인이 없었다면 유리는 정말 개 끌어가듯 질질 끌려갔을지도 모른다. 어디로 끌려가는지도 모르면서도 유리는 정말 최대한 자신을 변호했다.

가장 먼저 제가 받은 초대장을 내보였으며, 자신은 여왕을 만나러 가던 길인데 안내하던 여성이 갑자기 쓰러졌다고 말했다.

그러나 유리는 자신이 너무 순진했다는 것을 깨달아야 했다.

유리의 말을 듣지도 않고 "그런 건 내게 말하지 말고 그녀의 상관에게 말하시오. 두 번 말하지 않겠소."라던 외성벽의 분대장은 유리가 계속 말을 늘어놓자 자신이 한 입으로 두 말 하지 않는다는 것을 몸소 체험시켜줬다. 즉, 자신이 들고 있던 검집으로 앉아 있던 유리의 허벅지를 내려쳤던 것이다.

빽. 무시무시한 소리가 났다. "악!" 유리는 새된 비명을 질렀다. 눈물이 절로 핑 돌았다. 분대장은 다시 말했다.

"두 번 말하지 않겠다고 했소."

이 새끼들은 인권이라는 걸 모르나!

유리는 분개했다. 그리고 곧 깨달았다.

모르지 참.

너무 아파 눈물이 철철 나려는데 그 생각에 머리가 차가워지니 눈물이 쏙 들어갔다. 외성벽의 분대 초소에 그렇게 병사들 사이에 둘러싸여 연행을 기다리며 유리는 자신이 얼마나 순진한 생각으로 입성했는지 깨닫고 있었다.

유리는 주변을 돌아봤다.

온통 모르는 얼굴의 콧수염 기른 남자들뿐이다. 발렌시아의 외성벽은 낡은 동쪽 성을 허물 때 그 돌들을 가져다 써서 돌의 아귀는 맞았으나 색이 일정하지 않았다.

얼룩덜룩한 성벽 아래, 지저분한 옷을 입은 남자들이 창을 들고 자신을 무섭게 쳐다보는 상황.

이날 아침 레스타는 몇 번이나 유리에게 괜찮겠느냐고 물었다.

'성문에 가서 여왕님을 만나러 왔다고 말해. 직인이 든 편지를 꼭 보여줘야 해. 혹시 무서우면 호위를 붙여줄까?'

그 제의들을 왜 전부 거절했을까. 유리는 후회했다.

기실 이런 세계에 환생해서도 제대로 된 군인들 본 적도, 세상 무서운 것을 알게 된 적도 없다는 것이 유리의 맹점이었다. 론다는 상대적으로 평온하고 작은 도시국가였다. 도시국가들은 대부분 물이 풍부하고 곡창지대를 끼고 있거나 무역로 옆에 있어 사람들이 굶을 일이 별로 없다. 론다에서 보낸 유년시절은 전생을 각성한 유리에게는 너무 먼 기억이 돼버렸다.

벨름도 마찬가지였다.

벨름은 1년 연중 기온이 일정하다. 춥거나 더워 죽는 사람이 없었다. 장인 도시이니 거지는 많아도 굶는 사람이 거의 없었다. 싸움이 일어나거나 칼에 찔려 죽는 사람이 간혹 있었지만 유리는 처음 벨름에 온 때부터 죽 아타락시아에서 살았다 해도 과언이 아니었다.

레스타라는 벨름 최고의 유력자 품 안에서 안온하게 지내느라 알리슨의 집에 들어섰던 시절의 기억도 이미 까마득하다.

스무 살의 유리는, 그래서 제게 직접적인 위해가 가해졌을 때에야 자신이 까딱하면 죽을 수도 있다는 것을 깨달았다.

부인의 코르셋을 풀 때만 해도 사실은 저 여자예요, 라고 말하면 되지 않을까 생각했다.

그러나 현실은 유리에게 변명할 기회라고는 주지 않았다.

그럴 의도가 아니었다, 흉한 짓을 하지 않았다 정도도 제대로 말하지 못하고 유리는 질질 끌려와 외성벽에서 모르는 남자들에게 창으로 겨누어지고 있는 것이다.

눈앞이 캄캄해졌다.

곧 여인의 상관이라는 프라그라는 사람이 온 다음에는 상황은 더욱 심각해졌다. 프라그는 콧수염을 비틀며 "이것은 여왕 전하를 모독하는 것입니다! 전하를 만나러 와서 전하의 기록관을 추행하다니!"라며 펄펄 날뛰었다.

프라그가 대동하고 온 다른 문관들이 빠르게 유리에게서 직인이 찍힌 편지를 빼앗아 직인이 위조된 것은 아닌지 조사했다.

"그건 진짜예요! 제가 뭐하러 위조를 합니까!"

"어허! 여왕 전하를 욕보인 놈이 거짓말은 안 할까!"

"거짓말 안 해요!"

"전하의 성에서 거짓말을 하면 혀가 뽑히는 중벌을 받는데, 그럼 당연히 하지 말아야지!"

유리의 항의에도 프라그는 들은 척도 하지 않았다.

그러나 유리는 다른 부분에서 심각해지고 말았다. 거짓말을 하면 혀가 뽑힌다고?

'남자인 척했는데 사실 여자입니다, 하고 말해도 그거 해당되나요?'

레스타에게서 1000만 싱짜리 고객이 쎄시아 발렌시아라는 말을 들을 때만 해도 들떴었다.

레스타가 아련한 눈으로, "지켜주지 못해서 미안하다."라고 말했을 때는 이 아저씨가 어디서 2000년대 인터넷 유행어 같은걸 배워왔지, 하고 대수롭지 않게 넘어갔다.

유리는 왕성에서 자신을 불렀고, 여왕이 자신을 마음에 들어 한다는 말에 이런 미친 인터넷 소설 같은 전개가 있나, 하고 덥석 받겼지만 인생은 그리 잘 풀리기만 하는 소설이 아니었던 것이다.

유리는 지금 여왕의 성에서 성범죄를 저지른 죄인이었다. 유리는 만약의 경우, 자신이 사실은 여자라며 억울함을 호소할 생각이었다.

그러나 그 결과로 인해, 그다음에는 거짓말을 한 대가로 혀가 뽑힌다면?

유리의 안색이 창백해졌다. 진퇴양난이었다. 유리는 계속해서 남자 행세를 해야 하고, 그렇다면 여전히 성추행범일 뿐이었다.

물론 사람이 그냥 그렇게 막 죽으라는 법은 없는 법이다.

여왕의 직인이 틀림없다는 사실을 확인한 문관들은 몇 번 수군거리다가 유리에게 초대장을 돌려줬다. 어쨌든 여왕의 직인인 이상 함부로 문관들이 압수할 수도 없는 노릇이다. 유리는 이제 풀려나는 건가 생각했지만 물론 그럴 리는 없었다.

길고 긴 시간이 지난 후 몹시 당황한 안색의 시종 하나가 뛰어왔고, 프라그에게 말을 전달했다. 그 말을 듣더니 프라그는 몹시 망했다는 안색이 되어 유리에게 말했다.

"자초지종을 전하께서 직접 듣겠다고 하셨소. 그대는 나와 함께 사자의 홀로 가서 전하를 만나고 그대가 행한 죄를 고백해야 하오."

야, 아까까지는 반말하더니 존댓말로 바뀌었네?

유리는 약간 빡이 쳤지만 그렇다고 아까 죽은 풀이 돌아오지는 않았다.

그래서 시무룩한 채로 일어났다. 아까 맞은 허벅지가 아파도 너무 아팠다. 유리는 찌르르 통증이 오는 다리를 움직여 천천히 프라그를 따라 걸었다. 외성벽에서 동쪽 성까지 가는 길은 멀지 않았다. 외성벽이 끝나자 동쪽 성의 작은 문이 보였다. 귀족들이 아닌, 성의 관리들이 동쪽 성으로 다니기 위해 만든 문이었다.

그 문 주변을 둘러싼 길이 아름다웠지만 유리는 길에는 관심도 줄 수 없었다. 제 목숨이 경각에 달렸는데 편안하게 길이나 감상할 수 있다면 그거야말로 싸패일 것이다.

다만 유리는 그 길에서 아는 얼굴을 발견했다. 유리의 눈이 번쩍 뜨였다.

"렌!"

유리가 익히 아는, 유리와 차도 마시고 젤로도 나눠먹은, 뭣보다 백 보 밖에서도 눈이 번쩍 뜨이는 붉은 머리의 미남. 그리고 여왕의! 부하!

방점은 항상 마지막에 찍히는 법이다.

남자는 길 끝에서 한 무리의 남자들과 서서 환담을 나누고 있었다. 유리는 있는 힘껏 소리를 질렀다. 나중에 생각해보면 또 얻어맞을지도 모르는데 어떻게 그런 용기를 냈는지 모를 일이었다. 물론 그 상황에서는 지푸라기라도 잡고 싶은 것이 사람이긴 하다.

"렌! 렌! 렌 헬리오날트 씨!"

~✦~

에넌 라이언하트는 역시 공작위 같은 건 받지 않는 것이 좋았을 거라고 생각하던 참이었다.

전쟁에서 함께 싸운 제 부하들이 가신이라는 이름으로 준남작위부터 자작위, 백작위까지 고루 받은 건 좋았지만 문제는 의무들까지 같이 지게 됐다는 것이다. 오늘도 입성하자마자 제 가신들이 득달같이 몰려들어 온갖 질문을 퍼부었다.

다들 길바닥에서 구르고 싸우는 데는 이골이 나 있었지만 주민세를 1리 올리는 것이 맞는지 그른지, 올랭피아 평원 전체에 새 규격을 적용해 도량 환산을 하는 작업을 어떻게 시작해야 하는지 같은 것은 몰랐다. 오전에 입성하자마자 내내 제 누이에게 부려먹힌 뒤 겨우 점심이라도 먹을까 하고 한숨을 돌리려던 참에 서류를 들고 온 가신들이 에넌 라이언하트는 미워 죽을 지경이었다.

"달링 경. 새 도량 규격 정도는 좀 외우도록 해. 어렵지도 않잖나."

"존경하는 공작 각하. 저는 정글을 뛰어다니던 야만인입니다요. 달링 경이라는 말도 근지러워서 죽을 지경인데 제가 올랭피아 평원이 몇 핌프나 되는지 알게 뭡니까."

"정글을 뛰어다니던 근육을 뇌로 돌려보게."

"젠장."

달링 경이 막 머리를 긁으며 지도를 들여다보기 시작한 순간, 에넌에게 외마디 외침이 들렸다.

"렌! 헬리오날트 씨!"

공교롭게도 그 자리의 모든 가신들이 에넌의 그 우습지도 않은 가명을 알고 있었다. 어릴 적 발렌시아의 뒷골목에서 에넌이 즐겨 쓰곤 했던 이름이었기 때문이었다. 그래서 모두 동시에 그쪽을 돌아보았다. 에넌 또한 그 가운데에서 자신이 아는 얼굴을 발견했다.

눈동자 속에 새싹이 담긴 청년.

유리였다.

"뭐야?"

"어디서 또 누굴 꼬여냈습니까?"

가신들이 모두 한마디씩 보태는 가운데 에넌은 손을 들어 그들의 입을 막았다. 웃으며 인사하기엔 청년의 모습이 심상치 않았기 때문이다. 성의 병사 다섯 명이 그를 둘러싸고 삼엄하게 경비하고 있었고, 한쪽에는 서쪽 성의 문관 하나가 붙어 콧수염을 쓰다듬으며 유리 쪽을 노려보며 뭐라 뭐라 떠들고 있었다.

에넌이 아는 대로라면 청년은 아마 곧 쎄시아를 만날 것이긴 했다. 청년의 입성을 예상하지 못한 바 아니었다.

그러나 저런 모습은 좀 이상했다. 마치 연행되는 것처럼 보였던 것이다. 언제부터 여왕의 손님을 저런 식으로 경호하게 된 거지?

에넌은 빠르게 걸어 나갔다.

이 성에서 일하는 병사들이야 에넌을 잘 모르는 일도 많았지만, 문관이라면 에넌을 모를 수 없었기 때문이다. 붉게 타오르는 머리카락. 예상대로 유리 쪽을 보며 뭔가 말하고 있던 문관이 곧 그쪽으로 다가가는 에넌을 보고 화들짝 놀랐다.

"가, 각하?"

직급을 말하지 않아 정말로 다행이군. 그렇게 생각하며 에넌은 손을 들어 인사하려던 문관의 동작을 멈추었다. 그사이 청년이 반갑게 에넌을 불렀다.

"렌, 역시 렌이었군요!"

"예, 유리. 평안하셨습니까. ……안 그런 것 같지만."

"……히잉."

렌―에넌이 다정히 묻자 눈앞의 어린 청년은 금세 울상이 됐다.

성에 들어와 반가운 얼굴을 봐서 그럴 것이다. 갓 스무 살이 되었으니 무리도 아니다. 그렇지만 이 사람의 이런 얼굴은 처음이군……까지 생각한 에넌이 입을 열었다.

"무슨 일입니까?"

"그게!"

"……여왕 전하의 기록관을 추행한 사람입니다. 아시는 분입니까?"

에넌의 얼굴의 급속도로 차가워졌다. 유리는 아찔한 기분이 됐다.

"사실입니까?"

"아니오! 그게 아니라!"

유리는 당황한 나머지 엄청난 속도로 말했다. 안내를 받아 가던 도중 여인이 쓰러졌고, 질식한 것 같아 결국 코르셋을 풀었다고. 그렇지만 여인이 오해를 했고, 지금은 여왕에게 가는 길이라고.

그러나 전부 설명한 뒤에도 에넌의 표정은 좀처럼 바뀌지 않았다.

"왜 주변에 도움을 청하지 않았습니까?"

"……주변에 사람이 없었어요. 그녀가 정말로 질식했다면 한시라도 빨리……"

"유리."

에넌의 얼굴은 여전히 굳어 있었다.

"그녀의 명예에 대해서는 생각했습니까?"

"……예?"

"당신은 그녀의 명예와, 나아가 전하의 명예를 생각했느냐는 말입니다."

"전하의……명예요?"

유리가 더듬거렸다. 에넌은 한숨을 쉬고 싶은 기분이 됐다.

명석한 재능에 비해 순진하게 구는 청년이라는 생각은 익히 했다. 이런 상황이 아니었다면 자신이 뭐라도 도와주기 위해 애썼을 것이다.

"유리. 세상에는 죽음보다 더 중요한 명예라는 것도 있습니다. 여기는 눈이 많은 왕성입니다. 어디서 어떻게 추문이 퍼질지 모릅니다."

"그렇지만……."

"여왕께서 초대한 손님이 그분의 기록관을 추행했다. 그것도 여왕의 옷을……."

옷을……까지 말하고 나서 에넌은 입을 다물고 주변을 쳐다봤다. 옆에서 흥미롭게 엿듣던 문관이 찔끔하고 딴청을 피웠다. 이런 일은 아는 사람이 적을수록 좋았다. 에넌은 한숨을 쉬었다.

"미안하지만 유리, 당신이 선의로 그랬다는 것은 알겠으나 나는 그전에 당신이 행할 행동의 결과를 몰랐다는 것이 믿기지 않습니다. 당신을 비판하는 것은 주제넘은 일인 데다 아직 시시비비가 가려지지 않은 듯하니 말을 아끼겠습니다만, 유리."

"그……."

"솔직히 무슨 일이 있는 듯해서 서둘러 왔고, 당신을 도울 수 있을까 싶었는데 어렵겠군요."

유리는 에넌의 강경한 말투에 말문이 막혔다.

남자는 평소에는 다정했으나, 오늘은 그 깊고 푸른 눈이 매정하기 그지없었다.

"당신의 말마따나 선의가 당신의 모든 동기였다면 좋은 결과가 있기를 바랍니다."

그렇게 말하고 에넌은 프라그에게 "자네는 잠시 나와 이야기 좀하지."하고 말했다. 프라그가 긴장해 몸을 세우고 에넌을 따라갔다.

조금 떨어진 곳에서 에넌은, 프라그에게 "내 직급을 저자에게 알리지 말게."하고 간략히 명령하고 몸을 돌렸다. 프라그는 높으신 분들은 참 알 수가 없다 생각하면서도 고개를 숙였다.

그렇다 해도 유리에게 한층 사근사근해진 것은 별수 없었다.

청년이 렌이라고 불렀을 때, 그 주변의 모든 가신들이 이쪽을 쳐다봤다. 렌이 무슨 이름인지는 모르지만 그 공작 각하의 별명이거나 아명 같은 것이 아니겠는가.

그리고 동시에 약간 부아가 났다. 젠장. 그 공작을 알 정도의 놈팽이가 왜 그런 짓을 해서 나만 곤란해지게 된 거야? 프라그는 유리를 몰래 쏘아보다가, 이내 유리와 눈이 마주치자 하하 웃었다.

에넌은 이마를 찌푸리고 가신들을 지나쳐 걸어갔다.

어리둥절하던 가신들이 곧 에넌을 따라왔다.

"어디 가십니까?"

"누이를 보러 간다."

"예? 방금 전에 지긋지긋하니 오늘은 더 이상 입성 안 하신다면서요?"

"……그럴 일이 좀 있어."

"그럼 이거까지만 좀 봐주고 가시면 안 됩니까?"

에넌을 붙든 것은 잇츠비 경이었다. 에넌의 가신들 중에서도 유난히 허물없이 구는 이였다. 에넌과 함께한 세월이 기니 그럴 만했다. 그런 만큼, 잇츠비 경은 에넌을 붙들자마자 곧장 제가 실수했음을 깨달았다.

"앗, 아닙니다. 알아서 하겠습니다."

"……그래."

에넌은 제 가신들에게 꽤 헌신적인 사람이었기에, 잇츠비 경이 매달리면 어쨌든 도와주고 가기는 했을 것이다. 그러나 잇츠비 경은 기분이 나쁜 에넌이 제게 헌신적으로 구는 것이 어떤 재앙이 되는지 얼추 알고 있는 사람이었다. 에넌은 자신을 헌신적으로 괴롭힐 것이다. 어쨌든 그 여왕님의 의동생 노릇도 아무나 할 수 있는 건 아닌 것이다.

이거 누구한테 물어봐? 글쎄……. 단딜리온 재상께 물어볼까? 재상이 그렇게 한가한가? 공작님만큼은 한가하지 않을까? 그보다, 둘

다 안 한가하지 않아?

수군거리는 가신들을 뒤로 하고 에넌 라이언하트는 자신이 불과 몇 시간 전 진저리 치며 나왔던 문으로 다시 들어갔다. 긴 다리로 쭉쭉 걸어 나가니 동쪽 성 1층, 제 누이의 투왈렛 룸까지는 금방이었다.

쎄시아는 귀찮은 것을 가장 싫어했고, 동쪽 성에서 가장 중요한 방들은 대부분 1층과 2층에 있었다. 통치의 잔 덕분에 암살자 걱정을 하지 않아도 되니 가능한 일이었다. 에넌이 걸어갈 때마다 복도에 있는 모든 이들이 고개를 숙였다.

투왈렛 룸에 들어가려면 그 일렉사 백작부인과 또 싸워야 하는데, 하는 걱정은 필요 없었다. 막 투왈렛 룸에서 걸어 나오던 제 누이를 마주쳤기 때문이다. 예의 주름이 가득한 드레스를 입은 채였다.

붉은 눈의 여인은 에넌을 보자마자 눈을 동그랗게 떴다.

"에넌."

'오늘은 안 돌아온다더니?'하는 물음이 담긴 두 글자였다. 그러나 쎄시아는 더 묻지 않고, 시녀에게 손짓했다.

"잔 하나 더."

"예."

시녀가 곧장 뽀얗게 거품이 피어오르는 술이 담긴 크리스털 잔을 내밀었다. 쎄시아가 가장 좋아하는 술이었다.

"또 드십니까."

"한마디만 더 잔소리하면 도로 쫓아내겠어."

"전 항상 누님이 부르시는 걸 별로 안 좋아했는데요. 쫓아내시는 걸 환영했지."

"으으응, 아니지."

쎄시아는 그대로 복도를 걸으며 에넌에게 검지를 세워 좌우로 흔들었다. 크리스털 잔을 들고 술을 한 모금 마신 쎄시아는 비웃음을 입가에 띤 채였다.

"그렇게 진저리 치며 나가 놓고 몇 시간 만에 도로 기어 들어온 이유가 뭐겠어?"

"기어 들어오……. 뭡니까. 들어나보겠습니다."

"인사청탁. 뇌물. 사건은닉. 기타 등등."

"절 뭘로 보시는 겁니까."

"이제 막 공작위에 적응해 배에 기름을 두르려는 애송이?"

"저 갑니다?"

"농담이야. 아무튼 왜? 짐작은 간다만. 그 재단사 이야기지?"

에넌이 한숨을 내쉬었다. 쎄시아가 웃었다.

"성 안의 잡놈들에게 벌을 주어야겠군. 나에게 보고된 지 한 시간도 안 지났는데. 어느 놈이 벌써 뛰어가서 입을 턴 거야?"

"아닙니다. 오다 만났습니다."

"……그래?"

"죄송합니다."

쎄시아가 걸음을 멈췄다. 에넌이 고개를 숙였기 때문이다. 에넌은 참담한 심정으로 말을 이었다.

"성에서 그런 일을 저지를 만한 자로는 안 보였습니다만……. 그런 자를 추천한 제 잘못이 큽니다."

쎄시아는 별 대답이 없었다.

이러니저러니 해도 청년의 실수는 꽤 큰 죄였다. 아마 그 청년은 그 일이 자그마한 실수 정도로 마무리될 거라고 생각했으리라.

에넌은 청년의 흔들리던 눈동자를 떠올렸다. 여느 국가와 마찬가지로 발렌시아에서도 폭행과 강도, 절도와 살인은 전통적으로 엄하게 다스려졌다.

그러나 쎄시아는 최근 거기에 새로운 죄목을 추가했다. 강간. 청년이 강간을 저지른 것은 아닐지라도, 남들이 보기에는 엄연히 성범죄다.

그것도 여왕의 성에서 일어난.

물론 에넌은 유리가 오로지 선의로 그랬다는 말을 믿었다. 솔직히 말하자면 그 청년은, 그런 일을 저지를 만한 깜냥이 안 된다는 것이 에넌의 의견이었다. 그런 일을 실수가 아니라 의도해서 저지를 만한 사람이라면 에넌이 진작 알았을 것이다. 에넌이 벨름에서 했던 평판 조사에는 상단주들의 소문도 당연히 포함돼 있었다. 그들이 주색잡기를 좋아하거나 창관에 다녔다면 에넌도 알았을 것이다.

그러나 에넌이 접한 것은, 놀랍게도 두 청년 모두 여색에는 전혀 관심이 없다는 것이었다. 유리야 그렇다 쳐도 레스타까지 마찬가지였다. 특히 레스타의 경우는 몇 년 전까지는 제법 몇몇 여인들과 염문도 피웠으나 최근 상단을 넓히기 시작하며 그런 소문이 싹 끊겼다든가.

그렇지만 결과적으로 이런 일이 일어났으니, 그런 소문 따위는 상관이 없었다.

에넌이 들었던 소문이 잘못된 것일 수도 있다. 그 청년이 여태까지는 어려서 별 관심이 없었지만 갑작스레 발렌시아에 와 들떠서 그런 일을 저질렀을 수도 있지 않은가.

복잡한 에넌의 머릿속을 알고 있다는 듯한 미소를 지은 쎄시아가 에넌의 어깨를 툭툭 털었다. 그제야 에넌은 자신이 쎄시아 앞에서 계속 딴생각에 잠겨 있었다는 것을 깨달았다.

"하나만 묻자. 네가 봤을 때 씹새끼야, 아니야?"

뒤에 있던 시녀가 지레 놀라 혀를 깨물고 조그맣게 신음했다. 에넌은 기가 막혀 웃고는 답했다.

"그런 사람으로는 안 보였습니다. 그렇지만……."

"응. 상황적 씹새끼지. 그렇지만 너는 사람을 잘 보니까."

쎄시아가 조금 남은 술을 한 모금에 다 넘겨버리고 잔을 시녀에게 주었다. 시녀가 빠르게 잔을 받아 갈무리했다.

에넌은 갈등했다. 여기서 한마디 더 변호해야 하나, 말아야 하나.

사건에 배경한 경솔함의 정도만 따지자면 에넌은 유리에게 자신의 변호를 할애하고 싶지 않았다.

그러나 에넌은 이상하도록 청년이 신경 쓰였다.

자신만만하게 웃던 모습이며 눈을 반짝반짝 빛내며 자신이 만드는 옷을 설명하던 모습을 떠올리면, 역시 아깝다고 느껴지는 것이다.

자신은 아무래도 이런 사람들에게 끌리는 것이 아닐까. 에넌은 다시 걷기 시작한 쎄시아를 에스코트하며 생각했다. 확신이 넘치는 사람.

결국 사자의 홀 앞에서, 에넌은 입을 열고 말했다.

"제 소문 같은 것도 생각해보시면, 꼭 보이는 상황이 전부는 아니라는 걸 아실 테니까요, 저의 자랑스러운 누이는."

쎄시아는 팔짱을 끼고 잠시 에넌을 쳐다보다가 미소 짓고, 에넌의 손에서 아직 한 모금도 마시지 않은 술잔을 빼앗았다.

"하긴. 소문만 들으면 라이언하트 공작도 호색한에 주색잡기의 일인자라지?"

"……그 정도입니까?"

"소문이라는 건 부풀려지기 마련이니까. 게다가 어린 여자 좋아한다는 소문도 있어."

"제가요!"

"그러게 불쌍한 아르시노에에게 손을 내밀지 말았어야지. 야. 너나 빨리 장가가라. 네가 애 낳으면 왕 시켜줄게."

깔깔 웃으며 술잔을 한 번에 호쾌하게 들이켜는 쎄시아 앞에서, 에넌은 부르르 떨었다.

"무서운 소리 하지 마십쇼. 저보다 단명하는 어린애를 낳고 싶은 마음은 없습니다."

그리고 에넌은 뒤늦게 깨달았다. 왕성의 의사는 쎄시아에게 하루에 술 한 잔만을 허락했지만, 제 누이는 은근슬쩍 방금 두 잔을 마셔 버렸다는 것을.

그러나 잔소리를 하기에는 이미 늦어 쎄시아는 등을 돌려 이미 사자의 홀 안으로 들어선 뒤였다.

그 안까지 따라갈 마음은 없었다. 에년은 팔을 올려 고개를 숙이고 뒤돌았다. 이다음은 어쨌든 제 누이가 판단할 일이었다.

~✻~

……해서, 쎄시아 발렌시아는 그 오후에 아이비 스투리싱과 벨름에서 온 유리, 두 사람을 모두 대면하게 되었던 것이다.

유리라는 청년에 대해서는 사자의 홀에 들어올 때부터 대강 머릿속으로 처분을 결정하고 있었다. 게다가 피해자인 아이비 스투리싱조차 약간 떨고 있기는 하나 청년의 선의를 의심할 수 없다 증언했다.

그렇다면 해결책이야 나와 있다.

이런 일이 일어난 원인을 묻고, 그 원인을 제거하는 것이다. 쎄시아 발렌시아는 권좌에 기대어 앉은 채 아이비 스투리싱에게 재차물었다.

"답이 어렵겠는가."

"어떤 것은 어렵고, 어떤 것은 어렵지 않습니다……."

아이비 스투리싱이 기어들어가는 목소리로 말했다. 쎄시아는 사신의 위명을 알고 있었고, 수많은 알현인이 자신의 앞에서 긴장하는 일들을 익히 봐왔다. 그래서 쎄시아는 인내심 있게 기다렸다. 자신을 쳐다보는 아이비에게 괜찮다는 듯, 고개를 끄덕여 보이면서.

겨우 용기를 낸 아이비가 답했다.

"어렵지 않은 것부터 말씀드리자면……. 서쪽 성의 알현 업무를 처리하는 문관의 수가 너무나 부족합니다……."

"과로했다는 이야기군."

"그렇습니다."

"어떤 식인가."

아이비가 주먹을 꾹 쥐었다.

"전하의 문관들은 열흘 일한 후 하루 반나절을 온전히 쉬게 되어 있습니다. 다른 부서의 문관들은 잘 모르겠지만, 알현 업무를 처리하는 문관들 사이에서는 이 휴일 제도가 제대로 지켜지지 않고 있습니다."

"왜지?"

"전하를 만나고 싶어 하는 신민들은 너무나 많은데, 그들을 분류하는 문관이 몇 되지 않기 때문입니다."

쎄시아가 고개를 들어 단딜리온 재상을 바라봤다. 소리 내어 묻지 않아도 명백한 요구를 담은 눈빛에, 재상이 답했다.

"……서쪽 성의 알현 분류 업무를 맡은 문관들은 총 열한 명입니다. 열한 명 모두가 서쪽 성에서 제대로 된 시간에 퇴근하지 못하는 일이 빈번해 그렇잖아도 인원을 보충해야 하겠다고 요청이 올라온 참입니다."

"이달 안에 세 배로 보충하시오."

"세 배요?"

"돈이 없는 것은 아닐 텐데."

"전하. 가장 중요한 이유는 전하가 한 분이라는 것입니다. 실질적으로 지금도 서쪽 성의 알현 분류 속도를 전하의 결재가 따라가지 못하고 있습니다. 세 배로 문관을 늘린다 해도, 실질적인 속도는……."

"그래서?"

쎄시아는 노인을 올려다봤다. 그건 내가 알아서 할게. 재상은 충원이나 해-라는 뜻이다.

재상은 이 조카딸을 정말 쥐어박고 싶다고 생각했다. 그러나 알현인이 있는 홀에서는 무리다. 그래서 재상은 "……받들겠습니다." 하고 고개를 숙였다.

그리고 쎄시아가 다른 이유를 물었을 때, 아이비는 잠시 침묵하다가 "제가 나중에 서류로 올려도 될지……."하고 말했다.

"그리하라."

쎄시아는 시원스럽게 답했다. 세상에는 말로 하기 어려운 일도 있는 법이다.

"한번 쓰러졌던 이를 불러 피곤하게 만들었군. 고맙구나."

"황공합니다."

아이비가 고개를 숙였다. 쎄시아는 아이비의 1개월 유급 휴가와 충분한 보상금 지급을 명했다. 덧붙여 방문자의 초대장을 확인하지 않은 문지기에게는 1개월 감봉을 지시했다.

서기관이 쎄시아의 명령을 받아 적은 후 물러났다. 아이비 스투리싱 또한 시녀들의 부축을 받으며 사자의 홀에서 퇴장했다.

"그리고."

드디어 쎄시아 발렌시아의 붉은 눈이 유리를 향했다.

"이제 너만 남았군."

병사들 사이에서 여전히 옴짝달싹못하던 유리의 푸른 눈이 갈 곳을 찾지 못하고 방황했다. 쎄시아는 소년이라고 해도 믿을 만큼 앳된 청년을 아래위로 쭉 훑어봤다.

"가해자는 없어졌으나, 그렇다고 너의 미숙함과 섣부름이 사라진 것은 아니다."

잔뜩 겁에 질린 눈은 마치 어린 송아지와 같았다. 쎄시아는 그것이 조금 귀엽다고 생각했다. 돌이켜보면 제 동생은 어릴 적부터 저런 것들에 약했다. 그래서 그렇게 제게 뛰어왔던 걸까.

"벨름의 유리."

청년은 좀처럼 대답하지 못해, 재상이 "어서 답하지 못할까!"하고 재촉했을 때에야 겨우 "예에……"하고 기어 들어가는 소리로 말했다.

"나는 본디 목적이 있어서 너를 불렀다. 그 목적은 너로 하여금 나를 돕게 하고 영예를 안겨주려던 것이나, 네가 저지른 실수 때문에 영예는 먼 이야기가 되어버렸구나. 해서, 네게 기회를 주겠다."

"······예?"

쎄시아는 여전히 엄격한 얼굴을 한 채 한 음절 한 음절 강조해가며 말했다.

"네가 스스로의 미욱함을 뉘우칠 기회를 주겠다."

"······."

"본디 짐은 그대의 상단에 세금 혜택을 약속했으나, 이후 어떠한 대가 없이 짐에게 1년 동안 봉사해, 눈에 띄는 성과를 내어보아라."

이른바 막연한 열정페이 중노동 삽질의 시작이었다.

~·≍·~

아침에 그렇게나 '혼자서도 문제없어!'라고 몇 번이나 다짐하고 갔다지만, 레스타는 어쩐지 오늘따라 유리가 지나치게 걱정됐다.

나이 열셋에 뻴름까지 혼자 씩씩하게 온 여자애니 무슨 일이 있겠느냐만······. 그래도 그 피의 여왕이다.

의외로 발렌시아에서는 공명정대하고 일처리도 괜찮다고들 호감도가 엄청나게 높은데, 그래 봤자 타국인에게는 영 먼 존재인 것이다.

그래서 레스타는 결국 제 미팅을 일찍 끝내버리고 유리에게 마중 보낸 하인들을 몸소 데리고 발렌시아 성 앞까지 갔다. 플럼 또한 심심하다고 레스타를 따라나선 참이었다.

통상적으로 알현이 끝난 손님들은 동쪽 성의 외성벽에 달려 있는 흰 문으로 나와 해자를 건너야 했다. 그러나 언제 나올지는 모른다.

레스타는 해자에서 조금 떨어진 마차 대기소에 마차를 대놓고 유리를 기다렸다. 건너편에 앉은 플럼이 레스타의 허벅지를 찰싹, 때릴 때까지도 레스타는 자신이 다리를 떨고 있다는 걸 눈치채지 못했다.

"거, 정신 사나워 죽겠어요. 하지 마요."

"이런."

"무슨 물가에 애 내놓은 것처럼 굴어요?"

유리보다 두 살 어린 플럼은 가끔 유리보다도 훨씬 언니처럼 굴곤 했다.

아마 일찍 철든 탓일 것이다. 레스타는 피식 웃었다.

"그럴 수밖에 없지. 이러니저러니 해도 그 유명한 여왕이잖아."

"뭐 언니야 알아서 잘하지 않겠어요? 그렇게 자신만만하게 성에 들어갔는데. 게다가 여왕이 마음에 들어 한다면서요. 선물 보따리나 한 아름 안고 오는 거 아닌지 몰라."

"글쎄다."

"참, 상단주님은 걱정이 너무 많아서 탈이에요."

"걱정은 아무리 많아도 부족하지."

이만한 상단을 운영하려면 아무리 많은 걱정을 해도 끝이 없다.

당장 비워놓고 온 벨름의 가게들만 해도 발렌시아에 한 달가량 방문하기 위해서 얼마나 많은 대비를 해놨던가, 라고 레스타가 생각에 잠기고 있을 타이밍이었다.

갑자기 플럼이 벌떡 일어났다.

"언니다! ……어?"

플럼의 말에 레스타도 그 쪽을 쳐다봤다.

저 멀리 해자 건너편에서 유리가 걸어 나오고 있었다. 왕성의 시종인 듯한 이들 네 명의 배웅을 받는 채로였다. 해자 앞에서 시종들에게 꾸벅 인사한 유리가 성 아래로 내려오는 것을 기다리지 못하고, 플럼은 치마를 들고 유리 쪽으로 가볍게 뛰어갔다.

"언……. 오빠!"

플럼은 집에서는 유리를 언니라고 부르다 보니 아직도 가끔 호칭을 헷갈리고는 했다.

저놈의 '언……. 오빠!' 좀 그만하게 해야 하는데, 하며 레스타도 플럼의 뒤를 따랐다. 그런데, 이상했다. 유리의 걸음걸이에 영 힘이 없는 것이다. 항상 뽐내듯 으쓱으쓱 씩씩하게 걷던 유리가……. 덩달아 레스타의 걸음도 빨라졌다.

"오빠!"

플럼의 외침에 어느새 가까워진 유리가 이쪽을 쳐다봤다. 그리고 레스타의 가슴이 덜컹, 내려앉았다. 둘을 알아본 유리는 눈을 두어 번 깜빡했다가, 히잉, 하고 울상이 됐던 것이다.

"유리!"

자신보다 훨씬 앞에서 뛰고 있던 플럼을 순식간에 제친 레스타가 유리의 앞에 도달했지만 이미 늦었다.

유리가 초록색 눈에서 눈물을 방울방울 떨어트리고 있었기 때문이다.

"레스타."

"유리, 왜 그래. 무슨 일이야?"

"히잉."

그게 시작이었다.

유리는 "으앙, 레스타 미안해애!" 하고 그만 크게 울어버렸다.

당황한 플럼이 뛰어와 유리를 끌어안을 때까지 레스타는 절절매
느라 아무것도 하지 못했다.

플럼이 레스타를 흘겨보며 "멍청이. 가서 마차나 불러와요." 라고
구박하고 나서야 레스타는 허겁지겁 마차를 부르러 도로 뛰었다.

"……해서. 세금 혜택을 뺏겼다고?"

레스타의 말에 유리가 고개를 주억거렸다.

하도 울어 눈가가 온통 퉁퉁 부어 있었다.

유리의 말로는 성 바깥으로 나올 때까지만 해도, 어떻게 하지, 정
도의 마음이었는데, 막상 마중 나온 레스타와 플럼을 보니 갑자기
서러움이 북받쳐왔다나 뭐라나.

플럼이 근방 식당에서 먹을 것들을 사다 유리 앞에 잔뜩 늘어놨
지만, 유리는 잔뜩 부은 얼굴로 수저를 뜨다 말았다.

"……레스타, 미안해요."

"나한테 미안할 게 뭐 있어. 얼른 수프나 마저 먹어."

"응."

유리는 고개를 두어 번 또 끄덕이고 수저를 입에 넣었다.

유리에게서 그간 있었던 말들을 들은 레스타는 차라리 그 성에서 그런 일을 저지르고도 이 정도로 끝난 게 다행이라는 마음뿐이었다.

유리가 먹는 양을 지켜보던 플럼이 잔소리를 했다.

"많이 좀 먹어. 거기서 뭘 먹었을 것 같지도 않구만."

"응."

유리가 콧물을 소매로 닦았다.

레스타는 한숨을 쉬고 제 재킷 앞섶에서 손수건을 뽑아 유리의 코에 가져다댔다. 닦으라는 뜻이었는데, 천만뜻밖에도 유리는 눈을 동그랗게 뜨다가, 팽, 하고 그대로 레스타의 손에 코를 풀었다.

레스타는 헛웃음을 짓고는 손수건으로 유리의 코를 닦아줬다.

4
환생한 곳에서도 열정페이?

쎄시아가 본디 레스타의 상단에 요구한 것은 두 가지였다.

면실크의 제조 기법과 원료를 넘기는 대신 세금 혜택을 받아들일 것. 두 번째로 유리를 쎄시아의 전속 의상 디자이너로 6개월간 근무시킬 것.

그러나 쎄시아는 유리의 실수로 말미암아 그 두 가지를 모두 물렸다. 대신 쎄시아가 명령한 것은 다른 것이었다.

"본디 상인들에게 가장 영예로운 것은 사실 3년 정도 가는 세금 혜택보다는 여왕 전속 납품점의 간판이겠지. 솔직히 말하자면 나는 네놈의 옷이 아주 마음에 들었다. 내가 지금 만나러 오면서도 입고 올 만큼. 허나, 나는 네놈에게 내 옷을 맡긴다는 영예를 주어도 좋을지 의문만 생겼다."

"죄송, 아니 송구합니다……."

잔뜩 기가 죽은 유리를 쎄시아는 턱을 괴고 내려다봤다.

유리가 저도 모르게 주눅 들어 고개를 숙이자, 쎄시아는 "나는 내 앞에 있는 자들이 내 눈을 쳐다보지 않는 것을 아주 싫어한다. 고개를 들어라."하고 말했다.

유리는 쭈뼛쭈뼛 다시 고개를 들었다. 붉은 눈동자는 유리를 샅샅이 파헤치듯이 관찰했다.

"그럼에도 불구하고."

"……."

"사람을 구명하기 위해 추문과 불명예를 감수했다 주장할 정도의 상인이라면 분명 긍휼히 봉사하고 널리 사람들을 이롭게 할 마음을 가지고 있을 테지."

"예……?"

쎄시아는 단딜리온 재상을 불렀다.

"재상."

"예."

"성의 시녀들과 하녀들, 시종과 허드렛일을 하는 자들까지 모두 몇 명쯤 되지?"

"……대략 500여 명입니다."

"그것밖에 안 돼?"

"그야 성에 사시는 분이 전하 한 분밖에 안 계시니까요."

쎄시아는 다시 눈을 유리에게로 돌렸다.

"네가 만드는 옷은 편하다. 그러나 이런 실크로 된 옷은 나 같은 자밖에 입지 못하겠지. 옷감도 아주 비싸고 주름은……. 어떻게 잡았는지는 모르겠지만 분명 엄청난 공이 들어갔을 테니."

"……."

"가장 먼저 그 500여 명이 마음에 들어 할 만한 옷을 만들어 와라. 단, 한 벌에 1500싱을 넘는 원가가 들어가서는 안 된다."

"1500싱이요?"

"그래. 500명에게 지급돼야 하는 옷이니까. 왕실 재정도 생각해야 하지 않겠나."

1500싱이면 대략 4인 가족의 열이틀치 식비 정도다. 옷 한 벌에 부족한 돈은 아니지만, 통상적으로 최고급에 속하는 옷을 만들기는 어려웠다.

유리는 당황했다. 그러나 쎄시아는 유리의 당황을 돌봐주지 않았다.

"기한은 한 달. 그 안에 네가 쓰는 침모들을 데리고 성에 드나들어도 좋다. 내 침방의 문도 열어주겠다. 개발 비용이 발생한다면 나의 금고에서 꺼내 쓰되 그 비용 쓰임새를 명확히 시녀장에게 보고하도록."

유리가 거의 울 것 같은 표정으로 간신히 쎄시아를 쳐다보는데, 쎄시아는 마지막 말로 못을 박았다.

"나의 시녀들부터 하녀, 하인, 마구간의 말지기까지 모두 마음에 들어 하는 옷이 나오면, 면실크 기술의 대가로 세금 혜택은 다시 돌려주도록 하지. 단, 그러지 못하면."

"……."

"다시는 발렌시아에 얼씬도 못 하도록 해주겠다."

~❈~

……라는 것이다. 유리의 이야기가 모두 끝난 뒤 레스타가 복잡한 심정으로 팔짱을 끼고 있는 가운데, 플럼이 다그쳐 물었다.

"그래서, 한다고 했어?"

"그럼 안 한다고 하겠냐……."

"……그건 그래."

유리가 레스타의 눈치를 보다가, 다시 말했다.

"미안……."

"……유리."

계속되는 사과에 레스타는 아까부터 하고 싶던 말을 목구멍 너머 삼키던 것을 더는 참을 수 없어졌다. 결국 레스타는 입을 열었다.

"그만 미안하다고 해."

"그렇지만……. 기껏 좋은 기회를 날린걸요."

유리는 옷을 만드는 사람이기에 너무나 잘 알고 있었다. 모든 사람이 마음에 들어 하는 옷이라는 건 없다는 것을. 어떤 디자인의 옷이든 싫어하는 사람은 꼭 있기 마련이다.

차라리 500명 모두에게 제각각 잘 어울리는 옷을 디자인하라면 유리는 자신 있게 해보겠다고 나섰을 것이다. 그러나 500명에게 똑

같은 옷을 지급해야 하는 것이다. 한 가지 옷이 어떻게 500명 모두를 만족시키겠는가. 성별에 따라 두 가지 종류라고 해도 어차피 마찬가지였다. 스커트 길이만 해도 미니, 미디, 롱 취향 차이가 명백했다. 소매가 짧으면 짧다고 투덜거릴 것이고, 길면 길다고 싫어하는 사람이 나올 것이다.

사실상 제 실수를 핑계 삼아 여왕은 세금 혜택도 모두 물리고, 상단의 면실크 기술만 빼앗아가려는 것이 분명했다. 거기까지 생각한 유리는 부아가 났다. 그러나 화를 풀 곳이 없었다. 적어도 레스타 앞에서 제가 화를 내는 건 적반하장이었다.

"유리."

"⋯⋯네."

레스타는 한숨을 길게 쉬었다. 얼마 전 레스타의 염색약 공방에서 새로 나온 최신 염색약으로 물들인 검은 머리카락이 레스타의 한숨을 따라 물결쳤다.

"네가 정말로 미안해할 거라면, 다른 걸 미안해해줬으면 좋겠어."

"⋯⋯뭐요?"

"앞으로는 나서지 마."

"⋯⋯."

레스타는 유리의 앞으로 의자를 당겨 앉았다. 눈치가 좋은 플럼이 한 발짝 뒤로 물러섰다. 레스타는 부드럽게 유리의 손을 잡았다. 얼마나 놀랐는지 아직도 얼음처럼 차가운 손이 레스타의 손안에 가득 찼다. 유리가 레스타를 바라봤다.

"나는 너를 알아, 유리. 너는 아마 정말로 그 여자가 쓰러져서 당황했고, 사람을 구해야 한다는 생각으로 머리가 가득 찼겠지. 그렇지만 네가 그녀에게 손을 댈 수 있었던 것은, 네가 여자이기 때문이야. 네가 소년이라면 그런 수단은 상상도 하지 못했을 거야. 다른 사람을 불러왔겠지."

"……."

"널 비난하려는 게 아냐. 너를 비난하려면, 맨 처음 네게 남장을 시킨 나부터 비난해야 할 테니."

"레스타."

"나는 네 순진함을 좋아해. 그렇지만 여기는 벨름이 아니다. 벨름에서는 네가 어떤 일을 저질렀다 해도, 설사 살인을 저질렀다고 해도 내가 어떻게든 해줄 수 있어. 하지만 이곳은 발렌시아야."

"……."

레스타의 말투는 간곡했다.

유리는 조금 얼떨떨해졌지만, 레스타의 기분을 이해하지 못할 것도 없었다. 레스타에게도 유리는 분명 소중한 재원일 것이기 때문이었다. 레스타는 불과 오늘 아침에도 유리에게 하인이라도 데려가라고 말했다. 그걸 거절하고, 실수를 저지른 것은 자신이었다.

"어떤 일이 있어도, 네가 조금 비겁해지더라도 나서지 마. 그럴 거지?"

"……응. 그럴게요."

그래서 유리는 고개를 끄덕였다. 레스타가 다시 깊게 한숨을 내쉬었다.

"그냥 도망쳐버릴까."

"그럴 수 있어요?"

플럼이 물었다. 레스타는 자조하듯 웃으며 어깨를 으쓱했다.

"글쎄. 여왕은 아마 이제 더 이상 유리에게 해를 가하진 않을 거라고 봐."

"발렌시아에 다시는 못 오게 한다면서요!"

"그야 상단 폐쇄 조치라도 하는 정도 아니겠어?"

생각도 못한 말에 유리와 플럼이 눈을 부릅떴다. 그러나 정작 상단주인 레스타는 미소를 지우지 않은 채 말을 이었다.

"내쫓겠다는 말 자체가 목숨은 살려주겠다는 이야기야. 그 정도는 감사히 여겨야지."

"레스타, 당신이 일군 상단이잖아요, 어떻게 그렇게 쉽게."

"글쎄요, 아가씨."

레스타는 여전히 꼭 잡고 있던 유리의 손을 들여다보다가 웃고 그 손등을 들어올렸다.

"네 손에 비하면 그런 건 과히 귀하게 여겨지지도 않아."

그리고 레스타는 유리의 손등에 입을 맞췄다. 플럼이 어머, 하고 입을 가렸다. 레스타는 입술을 떼고 유리 쪽을 흘끗 올려다보려고 했으나 실패했다. 유리는 갑자기 "조오오왔어!"하고 벌떡 일어났기 때문이다.

주먹을 불끈 쥔 유리가 입을 열었다.

"레스타, 나 할 거예요."

"……어?"

"500명이 마음에 들어 할 옷을 만들어서, 그 여왕님 코를 납작하게 해줄 거야!"

"언니…….."

"야, 플럼. 두고 봐라. 내가 세금 혜택 그까짓 거 찾아온다 이거야. 인권도 모르는 미개한 새끼들, 내가 아주 눈알이 튀어나와 바닥에 떼굴떼굴 구르도록 해주겠어. 레스타가 이렇게까지 말하고 나를 믿어준다는데, 내가! 찡찡 울고 앉아 있을 수 있나!"

유리의 목소리는 아주 힘찼다. 플럼은 영 못미덥다는 얼굴로 레스타에게 "……레스타, 빨리 상단 처분하고 재산 이관해서 남부로 튈 준비를 하는 게 낫지 않겠어요?"하고 종알거렸지만 레스타는 이내 웃고 말았다.

⚜

유리에게는 따로 부리는 침모가 없다. 그러나 레스타는 또다시 유리를 그 발렌시아 성에 홀로 들여보낼 수 없다고 고집을 부렸다. 그래서…….. 결국 플럼이 유리의 옆에 붙게 됐다.

유리 또한 그 발렌시아 성에 다시 혼자 들어가기는 싫던 참이었다.

결과적으로, 유리와 플럼은 이틀 후에 일렉사 백작부인의 앞에 함께 서게 됐다.

얼굴만 봐도 뾰족하고 깐깐하게 생긴 일렉사 백작부인은, 유리와 플럼이 매우 일찍 입성했음에도 불구하고 한 치의 틈도 없는 모습으로 시녀장의 사무실에서 둘을 맞았다.

"어서 와요. 나는 엘메티아 일렉사입니다. 일렉사 백작부인이라고 부르면 됩니다. 시녀장님이라고 불러도 됩니다."

"예."

"침모는……. 한 명뿐인가요?"

"예."

유리가 힘차게 고개를 끄덕였다.

일렉사 백작부인은 별말 없이 제 서랍에서 금속 문장을 두 개 꺼낸 후 유리에게 건네줬다. 백작부인의 책상 앞까지 다가간 유리가 문장을 받아들었다. 검과 창이 교차하고, 그 뒤에는 방패가 있는, 발렌시아의 문장이었다.

"철로 된 발렌시아의 문장입니다. 이 문장을 가진 사람은 발렌시아 서쪽 성과 남쪽 일부 구역을 편안하게 돌아다닐 수 있습니다."

"남쪽 일부 구역이라면……."

"침방과 세탁방 등이 그 쪽에 모두 몰려 있지요. 성에서 일하는 하녀들의 숙식 구역도 그 곳에 있지만 거기에는 여자만 출입이 가능합니다. 동쪽 성에 들어올 때는 용무를 관리에게 고하고 허락을 득하면 됩니다. 개발 비용의 지급은 어떻게 할까요?"

"아직은 괜찮습니다."

유리가 답했다. 백작부인은 고개를 끄덕였다.

"모쪼록 또다시 사고를 일으키지 않도록 조심해주기를 바랍니다."

"예."

"그럼, 또 궁금한 것이 있나요?"

"예."

유리가 답했다. 백작부인이 가볍게 턱짓해 질문을 재촉했다.

"음……. 일단 발렌시아 성의 구조를 좀 알려주실 수 있을까요?"

"구조라면……."

백작부인이 눈을 찌푸렸다. 유리가 설명했다.

"정확히는 성 안의 내부 구조를 알고 싶어요. 그리고 하녀와 시녀, 시종, 하인과 허드렛일을 하는 일꾼들이 각자 몇 명이나 되는 인원으로 어디어디 구성되어 있는지도요."

"벨름에서 온 유리라고 했지요. 지금 본인이 어떤 것을 알려 달라고 하고 있는지 압니까?"

"……안 되나요?"

백작부인은 책상에 앉아 있던 그대로 손을 깍지 껴 턱을 괴었다. 그 몸짓은 가뜩이나 까탈스러워 보이는 백작부인의 인상을 더욱 강조했다.

"지금 당신은 발렌시아의 적들이 가장 구미 당겨 할 정보를 요구하고 있는 겁니다."

"엥."

"하인들이 얼마나 되는지, 전하의 근처에 시녀가 몇이나 되는지, 성의 구조는 어떤지, 다들 어떤 일을 하고 몇 시간이나 근무하는지. 암살을 위한 가장 기초적인 정보죠."

신경질적으로 생긴 중년의 여인이 눈을 치뜨며 그렇게 말하자 유리는 절로 어깨가 움츠러드는 것 같았다. 가뜩이나 여왕 앞에서 한번 쪼그라 붙었던 심장이었다.

유리는 속으로 주문을 외웠다. 인권도 모르는 미개한 새끼들이다, 인권도 모르는 미개한 새끼들……. 그렇게 주문을 외우자 조금 기분이 나아지는 것 같기도 했다.

"물론 우리 전하께서는 통치의 잔을 가지고 계시기 때문에, 암살을 걱정하지는 않아도 되기는 합니다."

뭐야! 그럼 왜 겁 줘! 유리는 조금 부아가 나려고 했다. 백작부인이 말을 이었다.

"다만 그렇다 해도 성의 배치나 구체적인 인원은 중요한 정보이기 때문에 아무에게나 함부로 가르쳐 드리긴 어렵습니다. 성에서 숙식하며 지내는 시녀들도 모든 것을 알고 있지는 않지요. 그래서, 그게 왜 궁금한 것인지부터 묻도록 하지요."

"그야……. 저는 당연히 여왕 전하에게 해를 끼치기 위한 건 아니고요……."

유리가 우물쭈물 말을 이었다.

"누군가의 마음에 드는 옷을 지으려면 그 사람이 하는 일을 봐야 합니다. 시녀들과 하녀들의 제복이 각각 같은지 다른지, 시종과 하인은 어떻게 일이 다른지, 어떤 동선으로 움직이는 정도는 알아야 해요."

"흐음."

"시녀들의 연령대가 어떤지, 하인들의 옷에서 가장 먼저 닳아빠지는 부분이 어디인지, 하녀들이 요즘 가장 선망하는 디자인은 어떤 옷인지, 하다못해 단추는 어떤 소재로 되어 있는지 같은 것들요."

과연. 일렉사 백작부인은 납득했다. 기본이 되어 있기는 한 상인이군.

백작부인은 처음부터 청년이 마음대로 성을 휘젓고 다니게 둘 생각은 없었다. 아무리 여왕에게 허락받았다 해도, 한 번 실수한 청년이다. 아이비 스투리싱이 청년의 선의를 증명했다지만 일렉사 백작부인은 청년이 영 석연찮았다.

뭣보다 너무 어렸다. 아직 통통한 뺨이라거나 보드라운 피부, 작은 키 같은 것들은 청년에 대한 신뢰는커녕 마뜩찮은 마음만 들게 했다.

이 평범하기 그지없는 청년이 여왕전하께서 즐겨 입는 드레스를 만들었다고?

차라리 그 레스타라는 남자가 만들었다면 믿을 수 있을지도 몰랐다. 백작부인은 그 약관의 여왕을 모시고 있음에도 불구하고, 관록이 모든 것을 증명한다는 말을 조금 더 좋아했다. 게다가 옆에 온 침모 또한 10대로 보였다. 이런 어린애 둘이 쎄시아 발렌시아의 마음에 드는 것을 만들어낼 수 있을까.

한 달 동안 쓸데없는 것에 신경을 할애해야 하겠다고 생각하던 참이었다.

그러나 청년은 지극히 맞는 말을 했고, 백작 부인은 이 청년이 영 쓸모없는 이는 아닌가 보군, 하고 스스로 유리에게 내렸던 평가를 수정했다.

"좋아요. 두 사람에게 준 철 문장은 회수하겠어요. 대신 3일간 내 비서 마틸다를 붙여주지요."

"······아."

"마틸다는 나만큼 이 성의 구조와 돌아가는 개념을 잘 알고 있는 사람입니다. 궁금한 것은 모두 마틸다를 통해 물어보도록 해요."

"예."

"3일이 지나면 마틸다에게서 문장을 받아 자유롭게 돌아다녀도 좋아요."

"예!"

이제 축객령만 떨어지면 된다. 그런데, 이상하게 백작부인은 두 사람에게 나가라는 말을 하지 않았다.

눈빛에 의문을 담은 채 유리가 백작부인을 바라봤다. 백작부인은 잠시 망설이다가, 입을 열었다.

"유리라고 했지요."

"네, 일렉사 백작부인."

일렉사 백작부인은 말을 할듯 말듯 입술을 달싹였다가, 방금 전까지 문가에 서 있던 갈색 머리카락의 시녀를 불렀다.

"……아닙니다. 마틸다."

"예."

"두 사람이 가고 싶어 하는 곳은 어디든 데려다주세요. 궁금해하
는 것도 모두 알려주고."

"예."

마틸다라고 불린 시녀가 유리와 플럼에게 나가자는 듯 문을 열어
보였다.

유리는 뒷걸음질 쳐 백작부인의 개인실을 나왔다. 플럼이 아휴,
하고 나오자마자 밭은 숨을 내쉬며 유리에게 속삭였다.

"무서워 죽는 줄 알았네."

"나도, 나도."

"시녀장님이 시녀들 대빵이라고 해서 나는 우리 빵집 제빵사들
대빵인 그라치아 아주머니 같은 사람을 생각했지 뭐야? 그런데 엄
청 뾰족한 할머니시네!"

야, 들릴 수도 있어. 유리는 저도 모르게 플럼의 어깨를 밀었다.
그제야 플럼이 아차, 하고 입을 가리며 마틸다의 눈치를 봤다.

다행히도 마틸다는 두 사람의 소근거림에 큰 관심은 없어 보였
다. 마틸다는 허리를 가볍게 숙이며 말했다.

"어디로 모실까요."

"일단, 마틸다 아가씨……라고 부르면 될까요?"

유리가 우물쭈물했다. 시녀라고 해도 모두들 귀족 작위가 있는,
유리에게는 엄연한 윗사람이었다. 그러나 마틸다는 표정 변화 없이

답했다.

"그냥 마틸다라고 부르시면 됩니다. 전하의 손님이시자 명을 받든 분이시니까요."

"예에……."

유리는 머리를 한 번 긁고 다시 입을 열었다.

"그러면 마틸다."

"예."

"가장 먼저 당신의 이야기를 들려주실 수 있겠어요?"

마틸다의 녹색 눈동자가 이채를 띠었다.

"저의 이야기를요?"

"예. 지금 입으신 옷은 왕성의 지급품이지요?"

마틸다가 그 말에 자신의 몸을 한 번 내려다봤다.

마틸다가 입은 드레스는 두꺼운 녹색 비로드로 몸판을 대고, 소매는 주름을 넣어 봉긋하게 만들었으나 손목에서 좁아지게 만들었다. 가슴 부분에서부터 목까지는 고급 모슬린으로 주름을 잡아 마치 꽃받침처럼 얼굴을 받치도록 만들었다. 시녀들은 큰 칼라를 달수 없으니 대신 장식을 한 것이다. 허리 부분은 두꺼운 심을 넣어 라인을 강조했고, 그 아래는 쎄시아의 것처럼 크지는 않으나 파팅게일이 들어가 봉긋한 스커트로 이뤄져 있었다.

천에는 전체적으로 퀼트처럼 규칙적인 재봉으로 장식이 되어 있었고, 그 장식마다 비단실로 자그마하게 꽃잎이 새겨져 있었다.

한 마디로 꽤 큰 공이 들어간 옷이라는 것이다. 유리는 짧은 시간에도 그 옷을 살피며 짜증을 냈다.

그 여왕 역시 완전 나쁜 사람이네 이거.

1500싱이라며! 1500싱으로 모든 옷을 만들라며?

저기 쓰인 비로드 옷감만 다 합쳐도 4000싱은 나가겠다!

그야 여왕 바로 옆에 붙어 있는 시녀장의 비서쯤 되니, 옷도 초라하게 입을 수 없는 것이겠지만. 유리는 이마를 찌푸릴 뻔했으나 간신히 참았다. 그런 유리의 속내를 아는지 모르는지, 마틸다가 답했다.

"예."

"혹시 그 옷이 편한지, 불편한지, 아니면 유독 불편한 구석이 있는지, 더운지, 추운지, 몸에 제대로 맞는지, 아닌지, 마음에 안 드는 부분은 무엇인지 알려주실 수 있나요?"

"어려운 일은 아닙니다만."

마틸다가 머뭇거렸다. 시녀장이 분명 마틸다에게 궁금한 것은 다 알려주라고 했을 텐데? 유리는 고개를 갸웃했다가 아, 하고 깨달았다.

남자인 자신이 불편한 것이다.

눈앞의 마틸다는 당장 누군가와 결혼해도 이상하지 않은 적령기의 아가씨였다. 평소 자신의 옷을 지어주던 디자이너도 아니고, 처음 보는 사람에게 낱낱이 드레스 이야기를 하기에는 조금 부끄러울지도 모른다. 더욱이 유리는 이틀 전에 실수라고는 하지만 성추문을 일으킨 남자다.

시녀장의 비서라고 하니 아마 그 일을 알고 있을 것이다. 그렇다면 더욱 더 불편할 것이다. 유리는 재빠르게 웃었다.

"혹시 불편하시면, 여기 있는 제 침모에게만 말씀해주셔도 됩니다."

"그런……가요?"

어차피 내가 알게 되는 건 똑같지만. 아마 마틸다도 그런 사실은 알고 있겠지만, 이건 기분의 문제다. 유리는 "아이구, 그럼요! 저는 어디에라도 가 있겠습니다!"하고 손을 맞잡았다.

마틸다는 잠시 고민하는 듯하더니 "그럼 잠깐 바로 옆의 회랑으로 가시겠어요? 그곳에 앉을 자리가 있답니다."하고 말했다.

"그럼요, 플럼. 잘 기억해야 한다."

"그러믄요, 선생님."

평소에는 언니 소리가 입에 배서 맨날 언빠, 같은 이상한 호칭으로 부르더니 선생님이라니. 낯간지러운 소리를 잘도 한다. 유리가 픽 웃었다. 마틸다가 앞장섰다.

이왕 일이 꼬인 거, 어쨌든 열심히 한번 해볼 것이다.

어딜 가도 꼬리를 말고 도망친 상인의 물건을 사주는 곳은 없다.

이렇게 된 이상 진짜 멋지게 그 금발머리 나쁜 여왕을 입 닥치게 할 것이다. 이왕 이세계에 환생한 거 개꿀을 빨며 살아야지, 무보수로 노동력 착취를 당할쏘냐. 그런 건 전생에서 이미 충분히 겪었다고. 그리고 레스타에게 보란 듯이 콧대를 높이며 세금 혜택을 찾아다줘야지, 라고 생각하며 유리는 마틸다의 뒤를 따르려다가 발걸음을 멈췄다.

……레스타.

그 이름을 생각하고 유리는 한숨을 쉬었다. 그쪽도 영 걸리는 것
이 없지는 않았다. 자신이 성에서 돌아온 저녁, 제 손등에 입을 맞추
던 청년의 모습.

그냥 도망쳐버릴까, 하고 말하던 눈빛.

유리는 저도 모르게 으아아아, 하며 제자리에서 발을 구르고 말
았다. 앞에 먼저 걸어가던 마틸다와 플럼이 의아한 얼굴로 뒤를 돌
아봤다.

"아니, 아니에요!"

유리는 허공에 손을 내저으며 서둘러 둘을 따라갔다.

그런 건 나중에 생각하자, 나중에.

⁓✳︎⁓

왕성에서 마틸다와 3일, 그리고 두 사람이 성을 쏘다니며 3일. 오
늘까지 일주일간 지내며 알게 된 것들은 꽤 많았다.

시녀와 하녀, 시종들과 하인들은 당연하지만 같은 옷을 입지 않
았다. 시녀와 하녀들은 기본적으로 스커트 길이부터가 달랐다. 윗
분들을 모시는 시녀들은 스커트 길이가 바닥에 닿았으나 성의 허드
렛일을 맡는 하녀들은 종아리와 발목 사이에서 스커트가 잘렸다.

움직이기 편하게 하기 위해서다. 시녀들은 스커트 안에 파팅게일

을 겹쳐 입었지만 하녀들은 풍성한 파니에 정도를 받쳐 입는 데서 만족했다. 파니에를 받쳐 입지 않는 이들도 많았다.

시종들은 짧은 퀼로트에 실크 스타킹을 받쳐 입거나 긴 바지에 스타킹과 구두를 신었다. 하인들 쪽은 대부분 부츠였고 푸르푸앵 같은 재킷류는 아예 입지도 않는 경우가 대부분이었다.

한마디로, 공통점이 하나도 없었다.

유리는 이마를 감싸 쥐었다.

"플럼 우리 그냥 도망칠까……."

"오빠. 나도 그게 차라리 가능성 높다고 봐."

여왕의 침방은 방이 열 개가 넘을 만큼 아주 컸고, 두 사람이 있는 응접실은 햇볕이 잘 들었다. 침모들 중 가장 직렬이 높은 두 침모장 중 원단을 담당하는 침모장은 콧대를 들고는 두 사람에게 "오늘은 바쁘니 내일 와요."라고 말했다. 플럼이 발끈하지 않았더라면 유리는 '그런가?' 하고 내일 다시 왔을 것이다.

"어제도 내일 오라면서요!"

"아니, 오늘도 바쁜데 어떻게 하란 말이에요?"

"내일도 바쁘니 모레 오라고 할 거잖아요!"

짧고 복잡한 공방 끝에 여인은 코웃음 치며 "그럼 염색 작업이 끝날 때까지 기다리시지요."라고 말하며 염색실 안으로 사라졌다.

그동안 두 사람은 침방의 응접실 한쪽에서 앉아 여태까지 알아낸 것들을 정리하고 있었다.

"어떻게 된 게, 다들 원하는 게 이렇게 달라?"

"다 다른 사람들이라 그렇지 뭐……."

플럼도 한숨을 내쉬었다.

하녀만 봐도, 침방의 침모들부터 주방의 하녀들까지 모두 같은 옷을 지급받지만 입는 방식은 조금씩 달랐다. 주방 하녀들은 소매가 거추장스러워 걷어 입었고, 복도를 청소하는 하녀는 스커트 길이를 종아리까지 올리고 대신 긴 부츠를 신는 식이었다.

하루 종일 앉아서 전하의 정원을 다듬는 정원사는 엉덩이에 푹신한 쿠션을 대길 원했고, 마구간지기는 쉽게 더러워지지 않는 재질을 원했다. 전하의 식사 시중을 드는 시종들은 좀 더 멋진 디자인을 원했다. 멋지고 쉽게 더러워지지 않고 엉덩이에 쿠션도 대주고 스커트 길이도 줄이고 소매도 짧고…….

그런 옷이 있을 리 없다.

유리는 지끈거리는 관자놀이를 한 번 누르고는 일어섰다. 스트레칭이라도 안 하면 속이 답답할 것 같아서였다. 온몸을 으쌰으쌰 움직이는 것을 보고 플럼이 고개를 갸웃했지만 개의치 않았다.

그런데 이놈의 침모들은 왜 이렇게 사람을 기다리게 하는 거야.

그야 뻔하다. 유리가 저질렀던 실수가 이미 왕성 내에 알음알음 퍼졌기 때문이다.

유리는 며칠간 왕성을 다니며 꽤 많은 냉대를 겪었다. 시녀들은 유리가 뭔가를 물으면 예의 바르게 대답은 했으나 딱히 나서서 추가로 무언가를 얘기하지 않으려 들었다. "꼭 한 가지 원하는 게 있다면요?"라는 물음에도 "글쎄요……. 예쁘면 좋겠지요."라는 무성의한 대답이나, "편한 거요."라는 더욱 무성의한 대답이 돌아오는 게 전부였다. 그마저도 아마 일렉사 백작부인이 내어준 문장이 아니라면 답을 받기 어려웠을 것이다.

하녀들은 그나마 플럼 또래의 여자아이들이 많아 다행이었다. 궁에서 일하는 하녀들의 경우 워낙 접근하는 놈팡이들이 많아 그렇잖아도 남자들은 경계의 대상인데, 유리는 하필 그런 소문까지 겹쳤으니 더 날을 세울 수밖에 없는 모양이다.

남자들의 경우에는 한심하기 그지없었다.

시종들은 체면치레 때문에라도 입을 조심했으나, 허드렛일 하는 하인들은 한결같이 유리가 소문의 주인공이라는 것을 알게 되면 비실비실 웃으며 농담 같지도 않은 소리를 하는 것이다.

"문관 정도 되는 여자면 그래도 준남작쯤은 된다는 이야기인데…… 그런 여인의 속살은 어떻던가?"

"그 여인이 혹시 덥썩 안겨들진 않던가?"

"에이, 이 사람! 그렇게 좋은 기회를 놓치다니!"

'……아주 염병이 창궐을 하는구나.'

유리는 자신이 며칠간 들은 이야기를 되새기며 속으로 중얼거렸다.

—※—

그 모든 탐색전을 거쳐 마지막으로 찾은 곳이 침방이었다. 정확히는 며칠 동안 계속해서 들락거렸으나 들어올 수 없던 곳이었지만.

사실 어느 정도 예상은 했다. 애초에 유리가 발렌시아에 온 이유는 여왕이 침방에서 나온 옷이 아닌 유리의 옷을 마음에 들어 했기 때문이다.

침모들로서는 유리가 달가울 리 없다. 게다가 요상한 소문까지 겹쳤으니, 유리를 경원시하는 것도 어찌 보면 당연했다.

그렇지만 이곳은 왕성에서 가장 옷에 밀접한 곳이다.

여기 여자들하고는 친해지는 게 좋을 텐데. 그래야 실낱같은 희망이라도 잡을 텐데. 유리는 한숨을 내쉬었다.

그때 한 침모가 염색실에서 둘둘 만 공단을 한 꾸러미 들고 나와 응접실 한쪽에 널어놓았다. 응접실이라고 해도 침방에 손님이 들 일이 별로 없으니 딱히 누가 오지 않으면 이런 식으로 쓰는 모양이었다.

유리는 침모가 공단을 펼치는 것을 멍하니 바라봤다.

염색한 푸른 공단 위에 시험 삼아 분홍색 색실로 자수를 올려본 듯, 한쪽 귀퉁이에 분홍빛 자수가 올라가 사랑스러웠다.

그런데, 공단 재질이 왜 저래?

유리는 이마를 찌푸렸다. 분명 아름다운 빛이지만 푸른색은 조금 얼룩덜룩해 보였다. 자세히 보니 연속성이 있는 것이, 무늬를 넣은 것 같았다. 커다란 무늬를 공단에 넣으려고 하다 보니 섬유의 매끈한 재질 때문에 무늬 끝이 둔탁해진 모양이었다.

아.

그제야 유리는 염색이 좀처럼 쉽지 않은 작업이라는 걸 깨달았다. 무늬 원단이라는 게 있을 수 없는 곳이다 보니 대부분은 직접 직조하거나 자수를 넣었다.

그리고 동시에- 침모들의 호감을 살 만한 생각도 순간적으로 떠올랐다. 유리는 제 생각이 채 사라지기도 전에 급하게 들어가려던 침모를 불렀다.

"저기, 잠시, 잠시만요!"

"……예?"

"혹시, 이 공단 염색 중입니까?"

"그런데요."

"이건 무슨 옷을 만들려고 하시는 겁니까?"

침모는 이마를 찌푸리며 유리를 경계하는 듯 보였다. 분명 침모장이 유리와 따로 말을 섞지 말라고 분부했으리라.

"이것은 여왕 전하의 봄 침구에 들어갈 공단입니다."

"아하."

침구라면 저렇게 둔탁한 무늬를 넣어도 괜찮을 것이다.

넓은 면적이 펼쳐지는 종류이니 무늬가 얼룩으로 보이지 않겠지.

유리는 잠시 고민했다. 하도 오래전에 공부했던 것이라 유리 자신도 완전히 잊고 있었던 기술이지만, 아마 이곳에서 써먹는 데 무리는 없을 것이다.

그렇지만, 이건 아마 장기적으로는 엄청난 돈벌이가 될 것이다.

여기서 작은 호의를 얻기 위해서 이런 걸 알려줘도 괜찮을까? 그냥 레스타에게 들고 가는 것이 낫지 않을까?

"……더 여쭤실 말씀 없으면 들어가겠습니다."

유리의 상념을 깨고 침모가 말했다. 유리는 다급히 손짓했다.

"저기요."

"예."

"혹시, 염색은 혼자 하시나요?"

"아뇨. 침방의 침모 중 세 명이 같이 합니다."

이곳에서도 염색은 고도의 기술이었다. 레스타의 염색 공방이 괜히 잘되는 것이 아니다. 안료를 잘 다루고, 온도를 조심조심 맞춰야 한다. 안료보다는 그 배합 기술이 중요한 만큼 배합 기술 외의 것은 아직 채 많이 연구되지 않은 채였다.

그렇지만 기술이라는 건 언젠가는 모두의 것이 된다. 그렇다면 지금 아주 약간의 호감이라도 얻어둘 수 있다면 차라리 그쪽이 장차 내게 도움이 되지 않을까. 게다가 이 기술은 여기에서는 쉽게, 널리 쓰기 힘든 치명적인 약점이 있다.

유리는 빠르게 계산을 끝냈다.

"저어, 괜찮으시다면 제가 도움을 약간 드려도 될까요?"

"도움요?"

"그, 염색 기술 같은 건데."

뭐하는 거야? 플럼이 조그맣게 물었지만 유리는 어색하게 웃어 보였다.

침모가 뭐라 답하기 전, 유리가 다시 말했다.

"지금 염색할 때는 풀을 먹여 쓰시죠? 그런데 그것보다 무늬를 좀 더, 수월하고 정교하게 넣을 수 있는 건데요."

"……."

"아니 뭐, 필요 없으시면 말구."

와, 나 되게 비굴하다. 유리는 눈물이 찔끔 나려고 했다.

분명 자신이 꿈꾸던 왕성에서의 제 모습은 빛나는 레드카펫 위를 걸어가는 디자이너 유리였는데, 어쩌다 침방 한구석에서 이렇게 눈치 보며 이건 호의입니다, 헤헤, 받아주십쇼, 하는 신세가 됐지.

침모는 머뭇거리다가 "잠시 안쪽에 여쭤보겠습니다." 하고 뒷걸음질 쳤다.

제발요, 제발! 유리는 두 손을 깍지 끼고 염색방 안으로 들어가는 침모의 등에 대고 기원했다.

—※—

"무늬를 수월하고 정교하게 넣는 기술이라고요."

"예, 그런데 뭐 싫으시면……."

유리가 눈알을 도록도록 굴렸다. 어찌어찌해서 유리는 결국 플럼과 함께 염색실 안으로 들어오는 데 성공했다.

염색실 안의 침모장과 침모 다섯 명이 유리 앞에 있었다.

침방의 침모장은 총 두 명이었는데, 유리의 앞에 있는 침모장은 부리부리한 눈의 중년 여성이었다. 그녀는 한참 후에야 두 사람을 안으로 불렀고, 이윽고 입을 열었다.

"말씀드리지만, 저희는 정말 바쁩니다."

"예에……."

"제가 두 분을 만나기 싫어서가 아니라 지금 왕성의 봄맞이 새 단장 때문에 눈코 뜰 새가 없는 겁니다."

그렇지만 새 기술은 궁금하고? 유리는 대강 대답하며 플럼에게 손짓했다. 플럼이 다가와 모슬린 천을 내려놨다. 손바닥 두 개를 합친 만한 면적의 모슬린을 급한 대로 자수틀에 고정시킨 것이었다.

"제가 알려 드릴 건 여섯 분의 시간을 그리 많이 빼앗진 않을 겁니다. 그러니까, 플럼."

"네, 선생님."

플럼은 입으로는 잘만 대답하면서도 영 유리가 무얼 하려는지 모르겠다는 표정으로 손에 든 다른 물건도 유리의 옆에 내려놨다. 그건 초였다. 고래 기름으로 만든, 귀하고 비싸서 왕성에서나 볼 수 있는 초.

유리는 고운 명주실로 된 심지에 빠르게 부싯깃으로 불을 붙였다. 치이이……. 하는 소리를 내며 초가 타들어갔다.

"천에 열을 가하는 거라면……."

"아, 그런 건 아닙니다."

침모장이 나섰으나 유리가 손을 내저었다. 유리는 대신 옆에 있던 붓을 집어 들었다.

"어떤 모양이 좋으세요?"

"모양?"

"음, 저는 꽃 좋아하니까 꽃을 그릴게요."

침모장의 표정이 괴상하게 변하는 것도 아랑곳하지 않고 유리는 붓을 들고 잠시 기다렸다. 초가 녹아 똑, 하고 촛대를 타고 바닥으로 흘러내릴 때까지.

좀이 쑤신 한 침모가 "지금 대체……" 하고 입을 열었으나 그때 유리가 손을 움직였다.

유리는 붓 끝을 촛농에 적셨다.

침모장이 이마를 찌푸렸다. 설마. 그리고 설마는 진짜가 됐다.

유리는 망설임 없이 촛농을 천 위에 올려 꽃잎이 다섯 개 달린 꽃을 그렸다.

"……아."

촛농으로 된 꽃이 모슬린 천에 배었다.

유리는 미리 염색약을 묻혀놨던 다른 붓을 들어 그 위에 붓질했다. 감쪽같이 꽃 모양만 남겨두고 흰 모슬린이 푸르게 물들었다.

누군가 탄성을 질렀다. 왜 저 생각을 못했지. 촛농이 옷 위에 떨어지면 천에 배어버린다는 것을 모두가 알고 있었다.

그러나, 배어난 촛농은? 뜨거운 물에 빨아야 빠지지만 그러면 염색약도 같이 빠지잖아?

염색한 천은 한 번 열에 찌기 전에 물이 닿으면 염색이 빠지기 일쑤인데. 그 의문에 대답이라도 하듯 유리는 또다시 플럼에게 손짓했다.

플럼은 재빠르게 투왈렛 룸에서 빌려다 달궈놨던 인두와 종이를 내밀었다. 침모들은 눈을 의심했다. 유리는 모슬린 위에 종이를 올리고 너무 뜨겁지 않게 달군 인두를 그 위에 올렸다. 순식간에 촛농이 종이에 배어들며 모슬린에서 빠져나갔다.

이윽고 유리는 자그마한 흰 꽃이 배어난 모슬린을 침모장에게 내밀었다.

"이제 이걸 열에 찌시면 됩니다."

침모장은 그 천을 받아들고, 맥이 풀리고 말았다. 엄청나게 간단한 일인데, 여태까지 아무도 생각해본 적이 없었다. 유리가 덧붙였다.

"이건 아마 유일하게 전하의 침방에서, 여러분만 쓰실 수 있는 기술일 거예요. 어쨌든 모슬린보다 종이가 훨씬 더 비싸니까요. 편법에 가까운 데다가 예산 때문에 좀처럼 쓰기 어렵죠."

"……그렇군요."

"저는 전하의 옷을 만드시는 여러분이 존경스러워요. 그렇기 때문에 여러분과 만날 날을 기다리고 있었답니다. 저도 옷을 만드는 사람이기 때문에, 발렌시아 왕국의 유행을 만든다 해도 과언이 아닌 여러분들에게 제 미욱한 기술이 조금이라도 도움이 됐다면 좋겠습니다."

'이것 봐, 이 미개한 놈들아, 어떠냐!' ……같은 것은 이 사람들에게는 통하지 않는다.

유리는 론다와 벨름에서 수많은 침모들을 봤다. 아타락시아의 침모들은 엄청난 자부심을 가지고 일했다. 하물며 그 여왕의 침방이다. 자부심이 없을 리 없다.

그렇다면 어쨌든 낮은 자세로 친해져보는 수밖에.

침모장 또한 유리의 속을 모르지 않았다. 며칠 전부터 대뜸 들어오게 해주세요, 라고 졸라대는 두 뜨내기들을 보고 침모장은 여왕을 약간 원망까지 하던 중이었다.

쎄시아 발렌시아의 옷을 만든다는 자부심 하나로 일하던 침모들이었으나, 그 침모들을 놔두고 여왕이 더 좋은 옷을 구해오라는 명목으로 에넌 라이언하트를 외지에 내보냈다는 말을 들었을 때 침방의 모두가 약간은 자존심에 타격을 입은 터였다.

그렇게 데려온 뜨내기, 그것도 성내에서 실수까지 한 남자를 대뜸 여자들뿐인 침방에 들어오게 한 여왕을 지금까지 침모장은 이해할 수 없었으나, 이제는 조금 이해가 되려 했다.

뭣보다 한 사람의 장인으로서 침모장은 유리가 침방을 기웃거리기 전부터 약간은 인정하고 있었던 터였다.

여왕이 즐겨 입는 주름진 드레스를 보고 분명 이 드레스를 만든 이는 원단을 다루는 데 있어 엄청난 기술을 가지고 있다는 것을 깨달았기 때문이다. 그런 그가 낮은 자세로, 자신이 가진 기술까지 꺼내어 보이며 자신들과 친해져 보이려 하고 있다는 것이 침모장에게는 작은 안도감을 줬다. 침모장은 입을 열었다.

"천만에요. 짧은 순간이었지만 많은 공부가 되었습니다."

"그렇다면 다행입니다."

"……제가 뭐라도 도와 드리는 것이 인간의 도리겠군요."

유리로서는 겨우 한 발을 내디딘 셈이었다.

~❋~

유리는 꼬박 이틀을 침방에 드나들며 밀랍 사용법을 가르쳤다. 당장 눈앞에 있는 것이 초라서 초를 사용했을 뿐, 사실은 밀랍만 사용해도 된다. 다만 밀랍 자체가 비싸기도 하거니와, 밀랍을 천에서 빼낼 때 써야 하는 얇은 종이는 더더욱 비싸기 때문에 일반적인 염색 공방이나 의상실에서는 사용하기 힘든 방법일 뿐이다.

그렇지만 그게 왕성의 침방이라면 종이 따위는 코를 풀 때 사용해도 될 만큼 널려 있다. 유리는 한 번 염색한 천 위에 밀랍을 사용해 몇 중으로 염색하는 방법, 밀랍의 온도 조절, 중탕법 같은 것들을 빠르게 가르쳤다. 왕성의 침모쯤 되면 손으로 하는 것은 다들 익숙한 치들이라 배우는 것도 빨랐다.

그렇게 유리는 침방 침모들과 조금이나마 친해졌다.

그중에서도 유리와 가장 빨리 친해진 것은 베로니카라는 이름의 막내 침모였다. 침방의 침모들은 대부분 옷을 만들고 치수를 재고 디자인을 하고 자수를 결정했으며, 여왕의 눈과 손이 닿는 모든 것을 책임졌다.

다림질을 하거나 옷을 손질하고, 레이스를 만드는 것은 그보다 아래에 있는 하녀들이었다. 베로니카는 레이스를 만들다가 손재주가 좋아 발렌시아 성에서 10여 년을 일하고 침모로 승격된 이였다.

그런 만큼 넉살도 좋았다. 베로니카는 3일째 침방으로 와서 녹말풀을 풀어 안료와 섞은 다음 염색하는 방법을 가르쳐주던 유리에게 바구니를 들려 밖으로 내보냈다.

3일째 여기서 썩을 생각이에요? 일이 많다면서요! 식사라도 제대로 하고 힘을 내야지 언제까지 우리만 도와줄 거예요?"

베로니카가 플럼의 팔에 걸어준 바구니 안을 보고 유리는 그만 감격해버렸다. 커다란 흰 빵과 술, 고기도 조금 있었다. 베로니카는 허리에 손을 짚고 씩 웃었다.

"침방에는 언제든 와도 돼요. 사실 유리는 지금 엄청나게 바쁘잖아요. 우리도 다 들었어요."

"베로니카."

"사실 이건 내 생각이 아니라 우리 침모장님 생각. 나가서 햇빛이라도 쬐고, 밥이라도 제대로 먹어요. 여기서 눈치 보면서 먹지 말고요."

베로니카가 턱으로 자수방 쪽을 가리켰다.

염색방의 침모들이 유리에게 새 기술을 배우는 동안 침모장은 가끔만 염색방을 들여다보면서도 유리에게 지나가듯이 조언을 건네곤 했다. 지금 왕성의 모든 이들이 입은 옷을 디자인한 것도 침방의 침모장이라고 했다. 그런 만큼 많은 말을 하지는 않았지만, 가끔 흘리듯 유리에게 해주는 말들은 큰 도움이 됐다.

266

'그 모든 사람들의 취향을 모두 반영할 순 없어요. 옷이라는 건 그런 겁니다.'

'지금 왕성에서 일하는 사람들이 입은 옷은 20년 가까이 바뀐 적이 없죠. 본래 제복이라는 게 그런 식이지만, 발렌시아 성이 작았을 때는 일일이 새로 들어오는 고용인들의 치수를 고려해 맞춰 입힐 만한 여유가 있었습니다. 그렇지만 최근 몇 년 사이 전하가 정복 전쟁에 몰두하시면서 급작스레 성이 커졌고, 옷들은 지급품이 됐죠. 잘 맞지 않는 옷을 입고 있는 사람들도 많습니다.'

'가장 중요한 건……. 역시 편안함이겠죠.'

'멋지고 화려한 옷이라면 500여 명이 모두 처음에는 만족할 수 있겠지만, 결국 허드렛일을 하는 이들에게 화려한 옷은 족쇄가 되기 마련입니다. 게다가 한 벌에 1500싱이라는 예산으로는 좀처럼 멋진 옷을 만들기 어렵죠.'

'하녀들의 경우 새벽부터 일어나 일을 합니다. 전하의 점심 만찬을 위해 주방 하녀들은 동 틀 때부터 일어나 재료 손질을 해요. 저녁 만찬에 올릴 쇠고기 조림을 위해 이틀간 꼬박 불 앞에서 밤을 새는 주방장도 있습니다. 옷도 채 벗지 못하고 쓰러져 자다가 다시 일어나 옷을 입은 채로 일하는 경우도 다반사예요.'

'제복의 지급 주기는 몸이 다 큰 성인은 3년입니다. 어린 하녀나 하인들은 몸이 쑥쑥 크는 경우가 많아 1년에 한 번 다시 재어 입혀요.'

침모장은 이 성에서 20년 넘게 일한 베테랑이었다. 침모장의 말을 들고 보니 발렌시아 성의 제복이 바뀔 때가 되기는 되었다고 유리도 생각했다.

⸺✳︎⸺

유리와 플럼이 바구니를 들고 와 앉은 곳은, 첫날 마틸다가 가르쳐준 회랑 정원이었다. 정원이라고 하기에는 좀 많이 작지만, 시녀들이 자주 따로 이야기를 할 때 찾는 곳이라고 했다.

일렉사 백작부인의 개인실에서 가까워 중요하거나 비밀인 이야기를 하기는 어렵다. 그래도 작은 간식이라도 까먹기에는 이만한 곳이 없다고 베로니카도 귀띔했다.

유리와 플럼은 그 회랑 정원의 구석에 주저앉았다. 나무와 관목으로 가려져 그냥 지나가는 사람은 두 사람이 그곳에 있는지도 잘 모를 곳이었다.

바구니 안에는 배려 넘치게도 침방에서 쓰다 남은 자투리 천까지 곱게 개켜져 들어 있어, 유리는 피크닉이라도 온 기분이 들었다.

딱 두 사람이 앉을 만한 천을 펼치고 바구니를 가운데 두니 기분이 좋았다. 이제 슬슬 조금씩 날이 풀리고 있는 데다가, 발렌시아 성의 정원에는 햇빛이 잘 들어 온도도 그리 나쁘지 않았다. 봄도 지나고 곧 여름이 되면 아찔할 정도의 햇살이 내리쬐겠지. 고기와 빵, 술외에도 꿀이 조금 들어 있어 유리와 플럼은 양껏 식사를 했다. 유리가 부른 배를 쓰다듬으며 한숨을 내쉬었다.

"그래도 침모들이 친절해서 다행이야, 그치."

"친절하긴 뭐가 친절해. 오빠가 기술 가르쳐줬으니까 그러는 거지."

"원래 인생이 그런 거란다. 주는 게 있어야 받는 것도 있는 거지. 받는 것만 생각하면 안 돼요."

"무슨 할배처럼 얘기하네."

"내가 벨름에 가서 레스타한테 처음 배운 게 그거란다."

"나 참."

플럼이 볼을 부풀린 채 투덜댔다. 플럼 또한 침모들과 꽤 친해졌으나, 여전히 유리가 여왕에게 받은 대우에는 불만이 많았다.

"그냥 확! 여자라고 말해버리면 안 됐던 거야?"

"야. 혀가 뽑힌다잖아."

"그야 남들이 하는 말이지. 그리고 애초부터 남자라는 거 때문에 오빠가 여기 들어온 거 아니잖아. 재주가 좋아서 들어온 거지."

"너는 그때 그 분위기를 몰라서 그래……."

유리는 부르르 몸을 떨었다.

막 병사들에게 이끌려 사자의 홀에 들어갔을 때, 유리는 그 압도적인 분위기 때문에 뭐라 입을 떼기도 어려웠다. 모든 사람이 한 사람을 우러러보고 있는데, 그 사람이 바로 자신을 질타하는 상황.

심지어 자신은 잘못을 저질러 한 대 얻어맞은 얼떨떨한 상태이다. 비록 그 아이비라는 여인이 유리의 진심을 알아주기는 했으나, 그렇다고 해서 여왕은 유리를 용서하지는 않았다.

거기서 '사실은 제가 여자예요! 그러니 저는 잘못하지 않았어요!' 하고 외쳐서 결과가 좋아졌다면 그야 물론 다행이다.

그렇지만 삐끗해서 잘못됐다면, 혀를 뽑는 것도 모자라 목이 잘렸을 수도 있다. 게다가 유리가 쎄시아에게 받은 인상은 그리 좋지 않았다. 과연 듣던 대로 엄청난 미모인 데다 유리 자신도 시선을 빼앗겼으나, 그 여왕의 아름다움은 온화하고 따뜻한 종류는 아니었다.

여왕으로 치면, 그거 있잖아. 하트의 여왕. '마음에 안 드니 목을 잘라라!' 하는.

유리는 이상한 나라의 앨리스를 떠올렸다. 멀쩡해 보이는데 갑자기 돌변해 저놈의 목을 자르라고 외치던 하트의 여왕. 빨간 눈동자까지 더해 더더욱 그럴듯해 보였다.

"거기서 내가 사실은 다른 사정이……. 하고 말해봐야 그 여왕님이 '저놈이 거짓말까지 했다! 목을 잘라라!' 하면 내 인생 땡 게임 끝이라고."

"그런가."

플럼이 한숨을 내쉬었다. 유리는 쩝, 하고 입맛을 다셨다.

"괜히 긁어 부스럼 만드느니 무보수 노동이라도 하겠다고 하는게 거기선 최선이었다, 동생아. 이 오빠가 이렇게 힘들게 일해요."

"뭐야 갑자기."

"아니 그냥……. 알리슨 형 보고 싶고……. 론다에 있는 우리 엄마도 보고 싶고 그렇네."

플럼도 알리슨이라는 이름에 갑자기 아련한 눈빛이 됐다.

벨름에서 오늘도 열심히 일하고 있을 알리슨은 이런 상황을 알고 있을까. 하나도 모르겠지. 좋겠다.

유리는 무릎을 모은 다음 바구니에서 아직 따지 않았던 술병을 꺼내들었다.

"야, 술이라도 마시자. 오늘따라 마음이 힘들다."

"그거만 마시게?"

"그럼 뭐 있나. 밥 먹었으니 괜찮겠지."

애잔하게 유리를 쳐다보던 플럼이 벌떡 일어났다.

"기다려 봐, 그럼."

"어디 가?"

"내가 어제 베로니카 언니한테 받은 볶은 콩이 있거든. 그때 오빠가 고생하고 있어서 혼자 먹기 뭐하더라고. 따로 안 먹고 침방 언니들 짐 사이에 놔뒀어. 그거 가져올게."

플럼 또한 행동력 하면 내로라하는 축이었다. 플럼은 유리가 "괜찮……"이라는 말을 채 끝내기도 전에 빠르게 정원 한쪽으로 뛰어 사라졌다.

이윽고 유리 혼자만 조용한 정원에 남았다. 유리는 잠시 눈알을 굴리다가, 나도 모르겠다. 하고 다리를 다시 쭉 펴고 앉았다. 손안에 있는 술은 성 안에서 몇 번 본 것이었다.

주방 한 쪽에 잔뜩 쌓여 있거나, 침방에 몇 병 있던 것을 본 적이 있다. 아랫사람들이 자주 마시는 술인가? 유리는 꾹 막혀 있는 코르크 마개에 손을 갖다 댔다. 그러나 마개를 뽑지는 않았다.

유리는 레스타의 생각을 하고 있었다.

솔직히 말해 유리는 그간 일부러 플럼과 유독 붙어 있으려, 아니면 성에서 바쁘게 뛰어다니려고 애썼다. 좀처럼 그날의 일이 머리에서 떠나지 않았기 때문이다.

상단보다 자신의 손이 귀중하다고 했던 레스타. 제게 헐레벌떡 뛰어오던 레스타.

당초 성에서 나올 때는 그저 레스타에 대한 미안함뿐이었으나, 제 손등에 입술을 누르던 레스타 때문에 그 미안함보다는 다른 마음이 더 커졌다. 그 마음이라는 게…….

'당신 서른두 살이잖아!'

……라서 문제다.

유리는 저도 모르게 술병을 내려놓고 거세게 마른세수를 했다. 얼굴 피부가 다 밀려버릴 정도로 거칠게. 으아아아아. 속으로 절규도 했다.

유리는 눈치가 없는 축은 아니었다.

전생에 비록 야근 뺑뺑이를 도는 삶이었지만 그래도 없는 살림에 아득바득 시간을 내서 남자 친구도 몇 번 만나봤기에 레스타의 눈빛이 뭘 말하는지 정도는 짐작할 수 있었다.

유리에게 호감이 있는 것이다. 그것도 아주 많이.

문제는 유리의 나이가 갓 스무 살이라는 것이다. 물론 내면이야 이래저래 잘 쳐주면 서른 이상이다. 어찌 보면 레스타보다 많다고 해도 무방하다. 그렇다고 해도…….

나 열세 살 때 당신 스물다섯 살이었어. 알고 있냐고…….

이게 유리의 솔직한 심정이었다. 물론 레스타가 자신에게 호감이 있다는 것을 전혀 몰랐던 탓도 크다. 정말로, 감쪽같이 몰랐다.

그날 이전에는.

유리도 안다. 레스타는 정말 좋은 사람이다. 론다 정도의 시골에서 올라온 불과 열세 살짜리 여자아이가 대뜸 길을 막고 헛소리를 하는데도 거기 조언을 해줄 정도의 성격이었다.

보통 이곳의 어른들이라면 절대로 레스타같이 굴지 않을 것이다. 발로 걷어차거나, 쫓아내지 않으면 다행이었겠지. 유리는 레스타에게 정말로 감사하고, 정말로 그를 존경했다. 그렇기 때문에 레스타를 더더욱 어떻게 대해야 할지 알 수 없었다.

좋은 사람인데, 그게 처음부터 유리를 좋아해서였는지, 아니면 좋은 사람이었고 어쩌다 보니 유리가 좋아졌는지. 하다못해 유리가 최근에 빌빌거리는 것을 보고 동정심 때문에 갑자기 그런 마음이 들었는지는 모를 일이었다. 물론 맨 처음의 경우가 가장 최악이다.

생각 같아서는 따져 묻기라도 하고 싶었지만 레스타 본인이 정작 입을 닫고 있는 이상 갑자기 "레스타, 나 좋아해요?"하고 말하기도 그랬다.

그래서 유리는 머리를 헤집었다. 미치겠다, 정말. 왜 그랬지.

레스타 덕분에 오히려 다른 것은 대강 머릿속으로 정리가 된 상황이었다. 억울하기는 했으나 이 상황이 완전히 이해되지 않는 것은 아니다.

성 사람들의 입장에서야 갑자기 불쑥 튀어나온 평민 남자가 아무리 구명을 위해서라고는 해도 엄연히 성인 여성의 드레스를 헤집었으니 색안경을 끼고 볼 만은 했다.

그러니까 정말, 레스타에 비해서라면 유리는 이 상황 자체는 차분하게 받아들일 수 있다는 얘기다. 벌써 며칠째, 유리는 호텔에 일부러 늦게 들어가며 레스타를 피하고 있었다.

그렇게 생각하며 계속 술병 코르크를 잡아 빼려고 했는데 잘 되지 않았다.

유리는 코르크 끝을 이로 물어뜯었으나 그마저도 코르크 끝이 오히려 떨어져나가며 역효과만 났다. 결국 유리는 애꿎은 술병에 화풀이를 했다.

"이씨, 이거 왜 이렇게 안 되는 거야."

"……줘보십시오."

저도 모르게 씨근거리는데, 생각지도 않았던 대답이 돌아와 유리는 화들짝 놀라 위를 올려다봤다.

어느새 웬 기다란 그림자 하나가 제 위를 덮고 있었다. 밑에서 봐도 눈 돌아가게 잘생긴 얼굴. 저런 얼굴은 잊어버릴 수도 없다.

그날 이후로 본 적이 없었던, 렌 헬리오날트였다.

"렌……?"

"그 마개는 그냥 뽑아서는 안 뽑힙니다."

렌 헬리오날트는 처음부터 이곳에 있었던 사람처럼 익숙하게 유리 앞에 몸을 숙였다.

유리는 머뭇거리다가 "……괜찮은데."하고 미약하게 거절해보았지만 렌은 유리의 손에서 가볍게 병을 빼앗았다.

유리가 용을 썼던 것이 무색하게, 렌이 두어 번 마개를 돌리자 코르크가 스스로 밀려나와 퐁, 하고 뽑혔다. 렌은 김이 새어나오는 병을 다시 유리에게 내밀었다.

"질 좋은 사과주로군요."

"아, 사과주."

유리는 별 의미 없이 렌의 말을 반복해 되뇌었다. 그날 그렇게 헤어진 이후로 처음 보는 얼굴이었다.

어떻게 대해야 하지.

유리는 잠시 허둥대다가, 렌이 재차 병을 내밀자 그제야 다시 병을 받아들었다. 이게 사과주인줄도 몰랐는데, 병 안에서 피어오르는 냄새는 확실히 사과향인 것 같았다. 유리가 눈을 껌벅이는 사이 렌이 입을 열었다.

"바쁩니까."

"아니……. 예."

순간 아니오, 하고 말할 뻔했다. 그러나 바로 치솟는 부아가 유리의 입을 막았다.

왜 안 바빠! 완전 바쁘거든? 네 상관 때문에?

유리는 노골적으로 짜증 난 말투와 함께 눈알을 부라려 보였다.

뭐 그래, 네 상관이야 그럴 수 있다 치자.

그렇지만 유리는 아직 그날의 서러움을 잊지 못했다.

남자가 그날 제게 한 말은, 앞으로 생각해도 맞는 말이고 뒤로 생각해도 맞는 말이다. 하다못해 뒤로 재주를 넘으며 생각해봐도 맞는 말이다. 그렇지만 원래 아무리 맞는 말이라도 자기가 조금이라도 호감을 가진 사람이 맞는 말 하면서 제 편 안 들어주면 더 서러운 법이다.

때리는 시어머니보다 말리는 시누이가 더 밉고, 그 시누이 옆에서 맞는 말 하는 남편이 제일 미운 거거든.

물론 이 미남이 제 남편이 아니라는 사실은 차치하고서라도.

유리의 냉대에도 렌의 얼굴은 변하지 않았다.

여전히 그 긴 그림자가 자신을 내려다보고 있어서, 유리는 슬슬 불편한 기분을 느꼈다. 가뜩이나 키도 큰 사람이 제 앞에 우뚝 서 있는데도 편하게 느낄 만한 사람이 얼마나 있을까. 유리는 이 불청객을 좀 밀어내야겠다고 생각했다.

"언제까지 그렇게 서 계실 거예요?"

가던 길 가세요, 하고 말하려고 했는데.

남자는 유리의 말에 잠시 생각에 잠기더니 플럼의 빈자리에 앉았다. 젠장. 유리의 표정이 노골적으로 일그러졌다.

"헬리오날트 씨 보고 앉으라고 권한 건 아닌데요."

"압니다."

뭐 어쩌라고. 그러든가 말든가 나는 앉겠다. 뭐 이런 말인가.

유리는 이마를 찡그렸다가 홧김에 손에 든 사과주를 벌컥 넘겼다. 달큼한 향이 입안을 가득 채웠다가, 곧 독한 술 냄새가 목구멍에서 거꾸로 넘어왔다. 헉. 이거 엄청 독하네. 사과주라고 해서 멋대로 연한 과실주 같은 걸 생각했는데. 실책이었다. 확 올라오는 알코올이 아찔하게까지 느껴졌다. 대신 감칠맛은 일품이었다.

유리는 쩝쩝 입맛을 다셨다. 이거 캐러멜 맛 나네.

"왕성 안에서 금주인 거 혹시 아십니까?"

"······예?"

"모르실 것 같아서 말씀드렸습니다. 여왕님 명령입니다."

유리는 눈을 부릅뜨고 렌 쪽을 쳐다봤다. 그 바람에 슬쩍 유리를 곁눈질하던 렌과 눈이 마주쳐버렸다.

"이거 침모님들이 챙겨주신 건데요?"

"농담입니다."

죽여버릴까? 얼마 만에 와서 저딴 걸 농담이랍시고 해? 유리는 짜증이 나서 사과주를 한 모금 더 마셨다.

설마 분위기 풀어보겠다고 이러시는 거면 번지수 완전 잘못 찾으셨는데.

그러고 보니, 남자가 언젠가 했던 말이 생각났다. 자기 농담이 완전 재미없다고 남들이 그런다고 했던가.

주변 사람들이 어떤 분들인진 모르지만 정말 냉철한 판단력의 소유자들이시네요. 투 썸즈 업. 유리는 누군지 모를 남자의 지인들에게 속으로만 엄지손가락 두 개를 치켜세웠다.

"여왕 전하는 10년 동안 정벌 전쟁을 하며 술을 너무 많이 드셨습니다. 그래서 여왕 전하의 의사는 전하에게 금주령을 내렸죠. 그렇지만 전하는 습관적으로 술을 드십니다. 그래서 우스갯소리로 자신이 술을 못 마시면 다른 사람들도 모두 마시지 말라는 말씀을 하시죠."

"예에."

어쩌라고. 조금도 관심 없는 정보 감사합니다……

유리는 입을 벌려 대놓고 비아냥거리고 싶은 마음을 간신히 참았다.

유리는 불과 며칠 전 그렇게 혼나고 나서 느낀 것이 아주 많았다. 빌어먹을 신분제 사회에서는 튀지 않는 게 최고였다. 유감스럽게도 아마 이 남자도 귀족일 것이다.

렌 헬리오날트라는 남자는 자신이 어떤 신분인지 밝힌 바 없지만, 그 여왕 전하가 직접 일을 시킬 정도의 군인이라면 적어도 기사쯤은 되지 않겠는가.

그래서 유리는 얌전히 사과주를 들고 렌 헬리오날트의 이야기를 듣고 있었지만, 자신이 가만히 있는 건 순전히 더러운 계급 때문임을 이 남자가 제발 눈치 채고 알아서 꺼져주길 바랐다.

"그래서 왕성 사람들에게 금주령은 일종의 농담입니다. 다른 사람들이 과하게 술을 마시면 여왕 전하께 일러바칠 거라고 말하곤 하죠. 그런 농담이 성 안에서 유행할 수 있는 이유는, 전하께서 그만큼 사람들에게 허물없이 대하시기 때문입니다."

불행하게도 남자는 눈치가 없었다.

아니, 그래서 뭐 어쩌라고. 잘나신 전하가 참으로 허물도 없이 대하셔서 제가 그렇게 눈물 쏙 빠지게 혼이 났나요? 그날 맞아 허벅지에 시퍼렇게 든 멍이 이제 노래졌거든, 나는!

불행하게도 유리는 성이 없는 평민이었고, 그래서 이 남자에게 마구 화를 내지는 못했다. 그렇지만 마냥 입을 다물고 가만히 있기도 싫었다.

"저한테는 허물 있으신 것 같던데요……."

그래서 결국 유리는 입을 삐죽거리며 기어 들어가는 목소리로 조금이나마 항의하는 데 그쳤다. 렌 헬리오날트는 유리를 가만히 내려다봤다. 사과주 술병을 끌어안고 미약하게 항의하는 남자아이.

"사과를 드리진 않겠습니다. 당신은 경솔했고, 그 경솔함에 비해서는 운이 좋은 편입니다."

"……."

"그렇지만 그 모든 걸 순전히 당신의 탓이라고 하기도 어렵겠죠. 그날의 이야기를 전해 들었습니다. 성의 초입부터 문제가 있었다 하더군요."

"예, 뭐."

렌은 코만으로 한숨을 쉬었다. 유리는 그 얼굴을 쳐다보고 싶지 않아서 눈을 술병 입구에 맞췄다.

"대신 제가 성 안에서 도와 드릴 것이 있다면 말해주십시오."

"왜요?"

유리는 눈에 힘을 주고 제 옆에 앉은 남자를 쳐다봤다. 다분히 반

항적인 눈빛이 담겨 있었다. 그때는 안 도와주고, 지금은 미안하다고 말도 안 할 거다. 근데 도와는 주겠다. 이게 뭐냔 말이야? 물에 빠지는 거 차분히 구경 다 하고 나서 죽기 직전에 건져주는 것도 아니고.

렌이 입을 열었다.

"어쨌든 당신을 이곳에 데리고 온 것은 저니까요."

"……."

"여러 모로 곤경을 겪고 있다는 이야기를 들었습니다. 저는, 미욱하지만 전하의 일을 보고 있어 성 안에서는 그래도 괜찮은 평가를 받고 있습니다. 곤란한 일이 있으시면 혼자 남들의 눈에 띄지 않는 관목 사이에서 술병을 기울이는 것보다는 제가 좀 괜찮은 술상대가 될 수는 있겠지요."

남자는 이상할 정도로 미안한 눈으로 이쪽을 보고 있었다. 유리는 대강 이 상황이 그제야 납득이 갔다.

아마 남자는 처음에는 제 상황과 관리들의 이야기만 듣고 저를 외면했을 것이다. 그렇지만 이후에 여왕이 내린 처분에 대한 이야기 같은 것들을 들었겠지. 게다가 유리가 성 안을 돌아다니며 냉대를 받고 있다는 것도 아마 들었을 것이다. 그러니 곤경 어쩌고 하는 이야기를 꺼내는 것이 아니겠는가.

그리고……. 유리는 제 손의 술병을 봤다. 누가 봐도 이건 성 구석에서 혼자 힘들어서 술 먹고 취하는 주정뱅이의 그린 듯한 사례다.

근데 아니거든! 나 침모 언니들이 이제 밥이랑 술도 챙겨주거든!

이 술도 언니들이 챙겨준 거거든!

유리는 혀를 내밀고 싶은 마음을 참고 입을 열었다. 이럴 때일수록 도움 되는 것이 하나 있었다.

"괜찮아요."

"예."

바로 전생에서 배운 압박 면접 스킬이다.

대한민국 직장인 다 만만세다. 약 100여 장의 이력서를 썼고, '뭘 위해서 이 회사에 취직하려고 하나?'라는 질문에 '말해 뭐하냐, 멍청아, 월급 받으려고 다니는 거지!'라고 답하기보다는 '저의 미력한 재주가 귀사에 보탬이 되고, 그것이 이 사회의 원동력으로 작용한다면 그게 제 기쁨이 아닐까요.'라고 답하던 전생의 기억은 아직 사라지지 않았다.

다시 한 번 강조하지만 눈앞의 남자는 여왕 직속 무관일 것이다.

아마 그럼 제가 한 말이 여왕에게 다시 들어가는 것도 시간문제겠지. 유리는 정말이지, 다시는 그 하트의 여왕에게 미움받고 싶지 않았다.

지금 여기서 남자가 자신에게 잘생긴 얼굴로 애잔하고 미안한 눈빛을 보낸다고 속아서, 남자에게 미주알고주알 여왕 전하 나쁜 계집애, 제가 그날 얼마나 힘들었는지 아세요? 성 안 사람들은 또 얼마나 단호박 먹었는지 아시느냐구요, 같은 이야기나 하면 여왕에게 흠씬 걷어차일 것이다.

"전하께서 제게 내리신 분부도 어쩌면 저는 크나큰 자비 덕분에 받을 수 있었던 은혜라고 생각해요. 전하의 진노를 충분히 이해합니다. 전하에게는 제가 소중한 전하의 관리를 경솔하게 추행한 무도하고 미천한 것이겠지요. 그렇지만 저는 여왕 전하에게 봉사하고 싶은 마음만으로 여기 왔습니다. 비록 전하께서 가장 낮은 자리에서 임하길 명령하신다 해도 미력하나마 제가 발렌시아에 도움이 된다면 그것이 저의 가장 큰 기쁨일 것입니다."

지금 500명짜리 미션을 제대로 해낼지 아닐지도 모르는데 이런 점수라도 따놔야 목숨이라도 건질 거 아니냐고.

솔직히 말해 유리는 아직도 자신이 없었다. 대관절 뭘 만들어야 할지 머릿속에 아무것도 떠오르지 않았던 것이다. 이런 상황에서는 말이라도 번드르르하게 잘 해놔야 한다.

"어쩌면 이것도 인생이 저에게 준 시련이 아닌가 싶습니다. 저는 여태까지 제 재능에 취해 쉽게만 살아왔죠. 그렇지만 지금이야말로 제가 진정 전하께 충심을 내보일 수 있는 때가 아닐까요. 이 시련을 이겨낸다 해도 전하의 크나큰 은혜는 기대도 하지 않습니다. 다만 저로 인한 전하의 근심이 부디 끝나기를 바랄 뿐입니다."

크, 혀에 기름 발랐다.

야, 나 진짜 짱 아니냐? 뽕이 차오른다. 말 진짜 잘해. 와씨, 나 변호사 했어야 되나 봐. 아니면 사기꾼?

유리는 내친 김에 그 자리에서 일어나 멋들어지게 렌 앞에서 술병을 들고 인사까지 해 보였다. 여왕 앞에서 하려고 연습했던 귀족들의 인사였다. 렌이 눈을 껌벅거리고 이쪽을 보는데, 유리는 헤헤,

하고 웃었다.

"전하 앞에서 하려고 준비했던 인사인데, 선보일 기회가 없었네요."

렌이 이마를 미약하게 찌푸렸다. 유리는 고개를 갸웃했다. 뭐 잘못했나? 그리고 유리는 자신이 기우뚱, 하고 좀 기울어 있다는 것을 깨달았다.

맞다, 나 술 먹었지. 어, 어어어…….

몸이 옆으로 넘어갔다.

쿵, 하는 소리가 났다.

젠장. 나 전생에도 술 먹고 차에 치어 죽었는데. 이놈의 술. 유리는 이를 갈며 눈을 떴다. 그런데 이상하게, 아무 곳도 아픈 곳이 없었다. 대신 눈앞을 가득 채운 것은 불에 타오를 것 같은 새빨간 색과…….

"이런."

짙은 바다 빛의 눈동자.

"갑자기 넘어져서……. 괜찮습니까."

남자의 손이 유리의 뒤통수를 온통 감싸고 있었다. 그렇기 때문에 땅에 부딪치지 않을 수 있었던 것이리라. 유리의 허리는 나머지 손에, 다리는 남자의 허벅지와 붙어 있었다.

잘생긴 얼굴이 유리의 놀라 동그래진 눈을 내려다보더니 처음으로 웃었다.

"인사는 제 앞에서 먼저 선보이시길 잘하셨군요. 전하 앞에서 그렇게 인사했으면 참 보기 싫을 뻔했습니다."

유리의 얼굴이 온통 시뻘게졌다.

에넌 라이언하트는 이상하게 계속 마음이 불편했다.

수도로 돌아온 뒤 에넌 앞을 가로막은 일들은 수십 가지였다.

공작이라는 직책이 그냥 있는 건 아니다. 제 앞으로 떨어진 엄청난 규모의 영지 관리와 가신들의 일. 그리고 누이 대신 처리해야 하는 수많은 일들.

제 누이에게 불평한들 다른 수가 없었다. 여왕은 자신보다 몇 배는 되는 일을 하고 있었다. 그러다 보니 보통은 일에 파묻혀 아무 생각도 할 수 없기 마련이다.

그러나 에넌의 머리 한구석을 계속 괴롭히는 건 그 상인 청년이었다.

이상하지. 그 속상하게 찡그려진 초록색 눈이 제 머릿속에 들러붙어 떨쳐내기 어려웠다. 평민 남자애 하나가 대체 뭐라고.

게다가 성 안에서 그런 실수까지 저지른 참이다. 다시 생각해봐도 자신이 내렸던 판단에는 그리 큰 잘못이 없었다.

이야기를 들은 부관 밴딧은 심드렁하게 말했다.

'뭐 각하의 오지랖이 또 넓어진 거 아니겠습니까.'

'오지랖……'

'발렌시아 골목을 누비며 온갖 쓰레기 수집을 하던 시절의 버릇이 아직도 없어지지 않은 거겠죠.'

'그 쓰레기 중 하나가 할 말 같지는 않은데.'

밴딧은 두말하지 않고 성의 군 집무실에서 에넌을 내보냈다.

'군 재편이야 서류 업무만 남았으니 나가서 바람이라도 좀 쐬고 오라.'라는 이유였다. 이제 계절은 봄이었고, 에넌은 그렇게 재킷 하나 걸치지 않은 채 터덜터덜 외성벽으로 나섰다. 그리고 정원 쪽으로 들어선 에넌의 귀에 들린 건 익숙한 목소리였다.

'거기서 내가 사실은 다른 사정이…… 하고 말해봐야 그 여왕님이 '저놈이 거짓말까지 했다! 목을 잘라라!'하면 내 인생 땡 게임 끝이라고.'

'괜히 긁어 부스럼 만드느니 무보수 노동이라도 하겠다고 하는 게 거기선 최선이었다, 동생아.'

'술이라도 마시자. 오늘따라 마음이 힘들다.'

관목 건너편을 넘겨다보니 익숙한 갈색 머리카락이 보였다. 예전에 봤을 때보다 조금 길어 눈을 가리기에, 그 초록색 눈은 제대로 보지 못했다. 에넌은 관목 뒤에서 자신이 방금 들은 말을 돌이켜봤다. 사정이 있었던 걸까.

무슨 사정?

생전 처음 보는 여인의 치마 속에 손을 집어넣을 만한 사정?

에넌의 머리로는 도지히 이해가 가지 않았다.

그러나 에넌은 선의였다고 강변하던 청년의 얼굴을 떠올렸다. 보들보들한 뺨을 붉게 물들이고 항변했으나 전하의 명예라는 말에 아연해지던 청년.

마음이 힘들다는 말을 곱씹으며 에넌은 찜찜한 기분이 되어 귀 뒤를 긁었다. 과거에도 이런 적은 몇 번 있었다. 제 곁에 있는 밴딧, 잇츠비 등은 모두 에넌의 찜찜한 기분 덕분에 지금까지 에넌의 곁에서 좋은 친구이자 가신으로 남아 있다.

세상에는 상식을 위반하는 일이 분명 있다. 예를 들면 자식이 제 부모의 목을 베어버리는 일. 남들이 보기에는 패륜아일 뿐이지만, 에넌은 그 패륜이라는 단어 뒤에 얼마나 많은 사정이 있는지 가장 잘 알고 있는 사람이다.

에넌은 아주 잠깐 갈등했다. 그러나 그 갈등이 길지는 않았다. 에넌은 적어도 혼자 관목 숲에서 술병을 기울이려는 남자애를 외면하지 않을 정도의 양심은 가지고 있었다.

……그리고 지금에 이르른 것이다. 에넌은 서투르게 인사해 보이다 휘청한 청년을 붙잡아 제대로 앉혔다. 술기운이 오른 것인지 얼굴이 발그스름했다.

유리는 다시 풀숲에 앉은 뒤에도 자신을 한참이나 멀거니 쳐다보다가, 이내 거세게 마른세수를 했다.

말은 번드르르하게 해도, 아마 고충이 클 것이다. 에넌은 청년의 어깨를 두들겼다.

"괜찮습니까."

"……예."

"전하를 자꾸 두둔하는 꼴이 되었습니다만, 전하도 당신이 정말 이 성에서 일하는 모두를 만족시키리라고는 생각하지 않으실 겁니다. 되도록 많은 이들에게 좋은 옷을 만들어 주었으면 하는 바람이겠죠."

제 말에 유리는 얼굴을 문지르다 말고 에넌 쪽을 쳐다봤다.

그 시선이 약간은 비뚜름해서, 에넌은 제가 생각해도 제 말이 퍽 믿기지 않으리라는 것을 이해했다. 유리는 힘없이 말했다.

"그렇다고 해도 제가 전하의 온정을 그리 쉽게 기대할 수 있는 처지는 아니라는 건 아시지 않나요……."

"제가 실수했군요."

"네."

"……."

"저를 도와주시겠다고 하셨죠."

"예."

"혹시 그 이후에 전하를 뵌 적이 있으신가요?"

"예."

"그러면 혹시 전하가 제 일에 대해 조금이라도 이런 옷이 좋겠다던가, 혹은 어떤 것이 좋겠다던가 하는 말씀을 하신 적은 있나요? 아니면 요즘 신경 쓰시는 건요?"

에넌은 뒷목을 긁었다. 유감스럽게도 없었다. 제 누이를 돕고는 있지만 에넌조차도, 쎄시아를 만나는 것은 이틀에 한 번 정도였다. 하물며 유리의 이야기는 그날 이후 한 번도 한 적이 없었다. 쎄시아가 관심을 가져야 하는 일은 이 발렌시아 왕국에 너무나 많았고, 에 넌조차 군 재편 때문에 머리가 터져나갈 지경이었다.

"없습니다."

"감사합니다."

유리는 그대로 벌렁 드러누웠다. 감사하다는 대답의 어감은, 말 그대로의 뜻보다는 '망했다' 정도로 들렸다. 에넌도 절로 한숨이 나오는 것을 느꼈다. 도와주겠다고 말은 했지만 이래서야 말만 번지르르하게 한 셈이다.

"시녀들과 하녀들의 드레스, 시종들과 하인들의 제복. 당장 만들어야 하는 것만 해도 네 벌이에요. 그 네 벌을 500명이 나눠 입는데, 호불호가 다 갈려요. 하인들만 해도 요리부의 하인들은 소매가 길지만 단추로 빈틈없이 잘 여밀 수 있으면 좋겠대요. 그렇지만 마구간의 하인들은 소매를 걷어붙여야 하니 단추가 많지 않았으면 좋겠다네요."

"……."

"하녀들은 아침에 코르셋을 여미기가 너무 힘들대요. 그렇지만 시녀들은 코르셋을 남이 여며주니 상관이 없죠. 둘 다 일찍 일어나는 게 귀찮다는 건 동의했지만, 코르셋을 없애버리면 어떠냐고 물으니 두 집단 모두 펄쩍 뛰었어요. 남자들과 비슷해요. 하녀들은 소매를 걷어붙이고 일해야 하고, 시녀들은 긴 소매가 불편하긴 하지만 소매를 걷어붙여 맨살을 보이는 것이 품위 없다고들 하죠."

"모두 다르군요."

"너무 어려워요."

"예."

에넌은 드러누운 유리를 내려다봤다.

다소 길어서 눈을 가리던 머리카락이 누우니 옆으로 치우쳐, 이마가 다 드러나 보였다. 반듯한 이마와 커다란 눈은 가뜩이나 앳되어 보이는 인상을 더 어려 보이게 했다. 그것만 빼면 더없이 평범한 사람인데, 어째서 이렇게나 마음이 자꾸 쓰이는 걸까.

에넌은 자신이 벨름에서 봤던 유리의 자신만만한 눈동자를 떠올렸다. 저도 목숨은 아깝습니다, 하고 말하던 어린 상인은 어디로 가고 축 처진 남자애 하나가 제 옆에 있었다.

그 기운 없음이 안타까워 에넌은 입을 열었다. 딱히 도움이 될 만한 말은 아니었지만, 뭐라도 말해야 할 것 같았다. 정확히는 그 침묵이 견디기 어려웠다.

"당신은 그…… 주름이 가득한 옷을 만들 때는 어떤 생각을 했습니까?"

"예?"

"그 드레스. 전하는 당신의 표현을 마음에 들어 하셨던 것 같더군요. 그 주름이 가득한 드레스 두 벌을 전하께서는 여신 드레스라고 부르곤 하십니다."

"그런가요."

기분 탓인가, 발음이 어째 그런걔애, 로 들렸지만 에넌은 청년이 영 기운이 없어 그렇다고 결론을 내렸다. 아마 에넌이 유리와 조금만 더 친했더라면 대번에 유리가 비아냥거리고 있다는 것을 알아챘을 것이다.

"저는 전하를 모신 지 아주 오래됐지만, 맹세코 전하가 그렇게 즐거워하시는 얼굴은 발렌시아 왕국 건립을 선포했을 때도 보지 못했습니다. 전하께서는 쉽게 만족하는 분이 아니지요. 그때 그 드레스를 어떤 마음으로 만들었는지를 생각해보는 것부터 출발하는 건 어떨까요."

"……솔직히 말씀드릴까요, 아니면 렌처럼 이야기할까요?"

"저, 처럼요?"

에넌은 얼떨떨한 표정을 지었다. 유리는 에넌 쪽은 쳐다보지도 않고 말을 이었다.

"원론적인 건 뭐 비슷하죠. 입는 사람이 편할 옷을 만들고 싶다, 만족스러운 걸 만들고 싶다. 그때 전하, 그러니까 전하인지도 몰랐을 때 제가 요구받은 건 어쨌든 '편한 옷' 하나였어요. 답은 간단하죠. 전하께서 코르셋을 안 입으시면 되는 거예요. 제가 좋은 옷을 만드는 것에 앞서서요."

"……."

"전하뿐만 아니라 대부분의 부인들이 평소에 입는 옷들은 너무 무겁고, 처져버리죠. 예쁘기가 쉽지 않으니까 코르셋을 입어 몸매를 돋보이게 하고 파팅게일로 드레스를 받치는 거예요. 그냥 저는 가벼운 옷을 만들었어요. 전하께서 그게 맘에 드셨던 건 전하 본인께서 그 옷을 받아들일 마음이 만만해서였지, 제 마음가짐이 대단히 비장해서가 아니에요. 그 옷 만들 때 저는 그냥 1000만 싱 받아서 맛있는 거 사먹고 어음으로 코 풀어보고 싶었어요."

"예······. 예?"

마지막 문장이 하도 태연해서 에넌은 뒤늦게 신음했다. 유리는 목덜미를 문지르며 말했다.

"그러니까 사실 지금 제 마음가짐 같은 건 의외로 별 쓸모가 없다고 말씀드리고 싶었어요. 마음가짐으로 따지면 그 옷 만들 때보다 지금이 몇 백 배는 더 비장하거든요."

"······예."

"사실 500명보다 더 중요한 건 전하의 마음이기도 하고요."

"그렇습니까?"

"500명 마음에 들어봐야 전하가 보기에 영 쓸모없어 보이거나, 제가 마음에 안 드시면 그도 소용없지 않겠어요?"

"······그렇진 않을 겁니다."

"그럴걸요."

아까 전까지만 해도 멋들어지게 이야기하더니, 유리는 퍽 솔직하게도 말하고 있었다. 에넌이 말하는 것들이 너무나 원론적이라는 이유일 것이다.

에넌도 이제는 유리의 입이 댓발 나온 이유를 짐작할 수 있었다. 어쨌든 도와주겠다고 해 놓고, 또 쎄시아의 편을 들고 있는 것이다.

에넌은 새삼 제 부족한 언변에 비탄을 느꼈다. 제기랄. 에넌은 화제를 돌리려고 애쓰다가, 유리가 물었던 다른 것을 기억해냈다. 요즘 신경 쓰시는 것.

"전하가 요즘 신경 쓰시는 건, 기간 사업입니다."

"면실크요?"

"그것도 그거지만."

에넌은 입이 바싹 말랐다. 면실크 또한 쎄시아가 유리에게서 가져가기로 한 사업이었다. 어째 점점 마이너스적인 이야기만 하고 있는 것 같은데. 유리는 이제 노골적으로 무성의하게 귀를 후비고 있었다. 에넌이 유리를 약 올린다고 생각해도 무방한 화제였다.

"왕국은 지금 전반적으로 가난에 시달리고 있습니다. 풍요로운 것은 중부의 도시국가였던 곳들과, 올랭피아 평원을 위시한 평야지대, 그리고 금광이 있는 극히 일부 지역 정도죠. 수도인 발렌시아만 해도 철광산 외에는 큰 재원이 없습니다."

"수도야 사람들이 몰릴 테니까 자연스레 재원이 없어도 장차 발렌시아 자체가 재원이 되겠죠. 뭐가 문제겠어요."

"정확합니다."

상인이라 그런가. 유리가 무심하게 내뱉은 말에 에넌은 조금 감탄했다.

금전의 흐름은 본디 사람이 몰리는 곳으로 기울기 마련이다. 그러나 일반인이 그런 것들을 단번에 간파하기는 어렵다. 애초에 이만한 크기의 왕국 자체가 대륙에 출현한 것이 처음이기 때문이다.

"실제로 발렌시아는 점점 커지고 있습니다. 다만 발렌시아의 원주민들이 극심한 빈곤으로 빠져들고 있는 것이 문제죠. 본디 철광업과 무기 가공업에 매진했던 이들이 대부분이지만, 이제 대장간들이 즐비했던 거리에 다른 것들이 들어서고 있는 것이죠. 원주민들이 업종을 변경한다면야 말릴 수 없지만, 그게 아니니까요."

"발렌시아 치안에 문제가 생기겠네요."

……천잰가?

에넌은 감탄하며 눈을 조금 찡그렸다. 유리의 말은 핵심을 짚어내면서도 징검다리처럼 한 걸음씩 앞을 짐작하고 있었다.

발렌시아의 원주민들은 자연스럽게 발렌시아 외곽으로 점점 밀려났다. 땅값은 점점 오르고, 대장간은 쇠락하니 살 곳이 없어서다. 자그맣던 도시가 순식간에 커지니, 정비되지 않은 구역들이 곪아갔다. 치안이 나빠지고, 범죄도 점점 늘어간다.

수도가 커지면서 당연한 일이 됐지만, 정작 쎄시아의 기반이 됐던 영지민들이 발렌시아에서 밀려나는 것은 쎄시아의 심정적 골치 중 하나였다.

사실상 통치의 잔 덕분에 쎄시아는 앞으로도 전쟁을 걱정할 필요가 없다. 쎄시아와 피로 이어진 직계 혈족이 없다는 것도 이 경우는 장점이었다. 그러나 발렌시아의 대장간들은 사양길을 걷게 됐다. 무기 또한 크게 필요가 없어진 것이다.

이런 이야기들을 에넌이 두서없이 줄줄이 늘어놓는 동안, 유리는 에넌의 말을 조용히 듣고 있었다.

코를 후비던 아까와는 사뭇 다른 태도였다. 정확히는 제 생각에 잠겼다고 할까. 이윽고 유리는 에넌 쪽을 돌아보며 물었다.

"제조업에 활력을 불어넣는 게 전하께서 하시고 싶은 일이시겠
군요?"

"예."

"실례지만, 발렌시아의 대장장이들은 어느 정도의 수준인가요?"

"대장장이요?"

"예."

"글쎄요. 수준이라고 하면, 어떻게 설명해야 할까요. 아주 질기고
단단한 검을 만듭니다."

유리는 설레설레 손을 내저었다. 에넌은 머쓱해졌다. 내 설명이
좀 이상한가.

"그런 것보다는, 음, 예를 들면 벨름에서 제일가는 대장간에서는
아주 조그마한 바늘도 튼튼하게 만들거든요. 그런 거. 아주 가느다
랗고 짧은 바늘을 무난하게 만들어낼 수준인가요?"

"아, 그런 이야기였군요."

에넌이 웃었다.

"발렌시아의 대장장이들은 아주 가느다란 사슬로 갑옷을 만들
지요. 그 사슬이 얼마나 가느다란가 하면, 여인의 목걸이로 써도 될
만큼……."

"진짜요?"

에넌이 채 말을 끝내기도 전에 유리가 바싹 다가들었다. 에넌은
어깨를 으쓱한 후, 제 벨트를 풀었다. 유리가 당황했다.

"뭐, 뭐하시는……."

"이런 겁니다."

에넌의 벨트 연결부는 아주 가느다란 사슬들로 엮인 체인으로 되어 있었다. 체인 메일을 극단적으로 섬세하게 만들면 이런 모양이 될까. 유리의 눈이 휘둥그레졌다.

"이게 보편적인 수준인가요?"

"뭐, 꼭 그렇지는 않지만 아주 우수한 곳들은 이런 것으로 갑옷을 만들 수도 있죠."

"렌!"

유리가 갑자기 큰 소리를 냈다. 에넌은 눈을 크게 떴다. 유리가 예고도 없이 에넌의 손을 덥석 잡은 것이다.

"저 지금 뭐 하나 떠오른 거 같아요!"

"예, 예?"

"이거 어디서 샀어요? 아니, 누가 만들었는지 혹시 아세요?"

"그건 아마……."

에넌은 눈알을 굴렸다. 바쁜 공작 각하께서 제 잡화의 출처까지 외우고 있진 않았다.

그러나 유리는 급작스레 에넌을 닦달했고, 에넌은 결국 일어나 유리를 뒤꽁무니에 달고 밴딧을 찾아가 제 허리띠 같은 물건을 어디서 살 수 있는지 물어야 했다.

뒤늦게 볶은 콩을 싼 손수건을 들고 온 플럼만 황망해져 정원을 헤맨 것은 후일담이다.

유리는 예년과는 180도 다른 생각을 하고 있었다.

바로 자신이 멍청하다는 생각이다.

애초에 500명을 만족시킬 디자인이라는 게 어디 있어? 긴 치마를 입을지, 짧은 치마를 입을지 같은 것 따위는 애초부터 문제가 아니었다. 그 많은 사람들을 만족시키려면 생각 자체를 바꿔야 했다.

쎄시아부터 시작해 그 모든 사람들이 유리에게 꾸준히 요구한 건 단 하나였다. 편한 옷. 빨리 입을 수 있는 옷. 그럼 답은 뻔하잖아.

신이시여, 당신이 진짜로 계신지는 모르겠지만 계시다면 제가 하는 짓을 눈감아주세요. 저도 이게 치사한 건 알아요. 그렇지만 저도 제 목숨은 아깝거든요. 그러니까……. 이게 순수하게 제 아이디어가 아닐지라도 저는 이것을 제 것으로 둔갑시킬 거예요.

지퍼 말입니다!

유리는 그 황홀한 물건을 진작 생각해내지 않은 제 머리가 상한 것은 아닌지 의심할 지경이었다.

사실 벨름에서 옷을 만들 때, 지퍼는 유리가 몇 번이고 원했던 것이었다. 단숨에 옷을 벗거나 입어버릴 수 있는 그 대단한 부자재가 얼마나 그립던지.

그러나 벨름에서 그 톱니 모양의 금속을 만들기에는 유리는 너무 바빴다. 게다가 후크 정도로도 유리가 만드는 디자인들은 충분히 구현 가능했다. 덧붙여 부인들의 미덕은 자신의 치장에 몇 명이나 되는 시녀들이 들러붙는 것이었다. 번거로우면 번거로울수록, 오래 걸릴수록, 그리고 많은 사람들이 도와야 할수록 그 부인은 귀한 인물로 취급됐다.

그렇지만 과연 왕성의 하인들에게 그런 것이 필요할까?

유리는 거기까지 생각이 닿은 순간 렌의 손을 붙잡고 환호성을 질렀다. 그 순간만은 그 미남이 제 허리를 받쳤든, 제가 그것 때문에 당황했든, 혹은 그 미남이 주절거리는 통에 자신이 빠졌든 상관없이 눈물 나게 이 미남이 고마웠다. 소 뒷발에 쥐 잡은 듯한 상황일지라도 제 목숨줄을 지켜줄 거리를 던져준 것이다.

유리는 대번에 렌의 멱살을 잡다시피 해서 렌의 부관이라는 남자에게까지 찾아갔다. 밴딧이라고 밝힌 남자는 렌의 부관이라고는 믿을 수 없을 정도로 화려한 옷을 입고, 조금 당황한 표정으로 유리에게 가장 유명한 대장간을 소개해줬다.

그냥 가면 아마 문전박대당할 거라는 말도 덧붙이며 밴딧은 소개장을 적어주었다. 소개장의 끝에는 유리도 몇 번 들어본 이름이 적혀 있었다.

에넌 라이언하트.

─❋─

유리는 바로 다음 날 소개받은 대장간으로 찾아갔다.

마음 같아서는 당장이라도 뛰어가고 싶었지만, 지퍼를 설명만 들고 만들어내는 것은 어떤 장인이라도 어려울 것이다.

유리는 그날 밤에 지퍼를 제법 설득력 있게 그려내기 위해 늦도록 끙끙댔다. 이럴 줄 알았으면 드로잉 연습 좀 많이 할걸.

유명한 공작의 소개장을 들고 있는 데다가 웬 군인 하나까지 달고 온 유리를 보고, 대장간에서 가장 오래 일했다는 노인은 눈썹을 몇 번 들썩거렸다.

유리는 내심 긴장했다. 제가 가지고 온 것이 어떻게 받아들여질지 모를 일이었기 때문이다. 이런 것은 만들 수 없다고 하면 어떻게 하지? 벨름까지 다녀와야 하나? 벨름의 금속공예 장인들도 이런 건 만들어본 적도 없는 데다가 왕복에만 두 달이 걸리는데…….

그러나 노인은 유리가 가지고 온 지퍼 해부도를 보고 나서 짧게 물었다.

"시간이 얼마나 필요하지?"

"……얼마나 걸려요?"

"일주일."

"그렇게 오래 걸려요?"

"이렇게 자잘한 금속을 천에 물리려면 징처럼 박아내야 하는데, 늙어서 눈이 잘 안 보여."

"좋아요."

"몇 개나 필요해?"

"500개."

노인이 신음했다.

"죽음의 신이 내 목숨을 거둘 때는 좀 더 간단하게 데려갈 거라고 생각했는데."

"나 참, 어르신이 지금 돌아가시면 저도 어르신이랑 황천길 동무 해야 해요!"

이번에는 뒤에 서 있던 렌이 신음했다. 궁금해서 결국 쫓아와본 청년은 농담도 참 무시무시하게 했다. 유리는 웃으며 말했다.

"일단은 10개면 충분합니다. 시제품이니까요. 얼마가 필요하세요?"

"……필요 없네."

"예?"

유리의 되물음에 노인은 물음으로 답했다.

"소개장도 그렇고, 뒤에 온 군인을 보니 자네는 성에서 온 사람일 테지?"

틀린 말은 아니었다. 유리는 뒤를 넘겨봤다. 렌이 눈썹을 들썩이고 있다가, 유리와 눈을 마주쳤다.

"예."

"그럼 됐네. 어차피 다 우리가 먹고 살 길을 마련해주려는 것 아닌가. 내가 기술 배우는 데 돈을 받을 수야 있나."

오랜 기간 한 가지 일에 매진해와서일까. 노인은 대수롭잖게 말했지만 유리와 렌 모두 그 말에서 배어나는 고마움을 읽을 수 있었다. 그것은 유리기 가져온 물건이 어떤 것인지 알아봤다는 뜻도 된다. 유리는 빙그레 웃었다.

"예, 선생님. 고맙습니다."

노인이 손을 내저었다. 축객령이었다.

~⋇~

대장간을 나서며 유리는 고개를 내저었다.

"렌 씨 말이 맞네요."

"무슨 말이요?"

"발렌시아에서 가장 유명한 대장간이 이 정도 환경에 있다는 건 말이 안 돼요."

렌은 유리의 말에 주변을 둘러봤다. 대장간은 물을 많이 쓴다.

자연스럽게 발렌시아 한쪽을 지나는 강변에 모여 있었다. 강변 거리에는 자신들이 들른 대장간 말고도 꽤 많은 대장간이 있었으나, 대부분의 대장간은 허름했다.

그나마 노인이 있던 곳 정도가 제대로 된 건물의 구색을 갖추고 있다. 렌이 쓰게 웃었다.

"이 거리가 여전히 옛날의 풍경에서 벗어나지 않았다는 말이 맞 겠죠. 지금은 다른 거리가 워낙 번화해졌고, 발렌시아가 커지며 상 대적으로 초라해 보이는 탓입니다."

"흐음. 그래도 여왕님이 계신 도시잖아요. 광산은 아직도 유지되 고 있나요?"

"광산은……. 무기 말고도 철을 쓸 곳은 많죠. 예전보다 못하긴 하지만 아직도 크긴 합니다."

"그럼 광업에는 큰 문제가 없는 거네요."

"예."

유리는 혼자 고개를 끄덕였다. 지퍼는 사실 철로 만들기는 하지만 그리 철을 많이 쓰는 부자재는 아니다.

대장간의 기술자들은 아마 새 기술을 배우기 위해 노력해야 하겠지만, 그래도 앞으로 지퍼가 가져올 파급 효과를 생각하면 적어도 초라한 거리에서 넋 놓고 쇠퇴하는 것은 피할 수 있을 것이다.

유리는 느긋하게 걸었다.

아직 쎄시아가 준 기간은 2주가 좀 안되게 남았다. 그 안에 자신은 최대한 예쁜 옷을 네 벌이나 구상해야 한다. 어쨌든 필요한 부분에는 지퍼를 사용하되, 옷이 흉물스럽다면 영 소용이 없다. 지퍼를 만드는데 드는 비용을 당장 얼마라고 구체적으로 셈하기는 어렵지만, 300싱 정도로 생각한다면 나머지 비용으로 뭘 해야 할지 고민해봐야 했다.

"렌은 발렌시아에서 태어났어요?"

유리의 말에 렌- 에넌은 잠시 망설였다. 태어난 곳은 발렌시아가 아니기 때문이다.

"발렌시아에서 태어나지는 않았지만, 오래 살았습니다."

"아하. 어릴 때 이주했나 봐요."

"예, 뭐. 그런데 그건 왜 물어보시는 겁니까."

에넌은 말해놓고 스스로 당황했다. 저도 모르게 가시를 함께 품어 뱉었기 때문이다. 자신이 봐도 방금 한 말은 좀 날카로웠다.

그러나 유리는 개의치 않았다. 기분은 좋았고, 애초에 유리는 에 넌의 말투 따위를 신경 쓸 만큼 예민하지도 않았다.

"발렌시아의 옛 모습을 알고 있는 것 같아서요."

"……그렇군요."

"이 근처에서 살았나요?"

"음, 아뇨. 성에서 가깝습니다."

"아하."

유리는 두 손에 깍지를 끼고 뒷머리에 대고 걸었다. 슬슬 날이 풀 리고 있는 발렌시아의 바람이 더 이상 차갑지 않은 것은 기분 탓만 은 아닐 것이다. 유리가 빙글 돌아 렌을 쳐다봤다.

"어디 사세요?"

올랭피아 영지요……라고 대답하면 안 되겠지. 그렇다고 해서 발 렌시아 성이라고 말해도 안 될 것이다.

"왕실 근위대가 머무는 숙소가 발렌시아 서쪽 성 옆에 있습니다. 그쪽에 있습니다."

에넌은 속으로 신음하며 가까스로 제가 사는 곳을 둘러대는 데 성공했다. 근위대 숙소는 외부인 출입금지다. 혹시라도 이 청년이 놀러오겠다고 말한다면 그렇게 둘러대면 될 것이다. 그리고 동시에 에넌은 당황했다.

'놀러온다고?'

제 부관이나 가신들이야 에넌이 머무는 곳을 제 집인양 드나들었다. 에넌이 군대에서 막사를 쳤을 때, 그리고 작위를 받고 발렌시아 성 내에 방을 받았을 때까지 언제나. 하지만 그들은 항상 일을 하러 온 것이었으므로, 에넌은 단 한 번도 제 방에 누군가를 놀러오게 한다는 생각을 해본 적이 없다.

그런데…… 놀러온다는 가능성은 어디서 나온 거지?

그러나 유리는 에넌의 당황은 전혀 모르는 채로 눈을 깜박거리며 말했다.

"그러면 거기는 배달을 받을 수 있나요?"

"배달이요?"

"예."

유리는 허리에 손을 짚고 말했다.

"발렌시아 군인들의 미덕이 딱히 절약 같진 않은데…… 렌 씨는 너무 근검절약하시는 것 같아서요."

그 말에 에넌은 비로소 유리가 하는 말을 이해했다. 단벌신사처럼 보이는 제 모습을 가리켜 한 말이었던 것이다. 유리가 말을 이었다.

"어제 소개장 써주신 분도 부관이라면서요."

"예."

"공작의 이름이 박힌 소개장을 바로 주실 수 있는 분이라면 꽤 높은 사람이라는 건데, 부관의 차림새가 아무리 봐도 렌보다 훨씬 더 멋졌거든요."

에넌은 공작의 이름 운운할 때는 움찔했으나, 최대한 티를 내시

않으려 애썼다. 다행히도 유리는 에넌의 동요는 눈치채지 못한 듯 했다.

"……제가 너무 무례한 지적을 했나요?"

"아뇨."

에넌이 빙그레 웃었다.

"저는 거추장스러운 것을 싫어합니다. 게다가 몸에 열이 많아서 봄쯤 되면 셔츠 한 장만 입는 것이 편하거든요."

"그래도, 가끔은 불편한 옷을 입으셔야 할 때도 있지 않나요?"

유리의 말뜻은 명백했다.

에넌은 유리가 언젠가 제 옷을 만들어주겠다고 했던 것을 떠올렸 다. 이 착하디착한 청년은 아직도 그 약속을 잊지 않은 것이다. 에넌 은 유리의 말을 받아들여야 할지 말아야 할지 고민했다. 지금 제가 유리의 옷을 받으면 너무 염치없는 사람이 될 것이다.

그러나 에넌의 고민은 딱히 생각하지 않은 채 유리가 계속해서 말을 덧붙였다.

"곧 봄의 대연회라고 말씀하셨잖아요. 전하를 직접 모실 정도의 사람이라면 렌 씨도 멋진 옷을 입으시지 않나요?"

"……근위대 정복도 있습니다만."

에넌은 쓴웃음을 지었다.

물론 에넌이 근위대 정복을 입을 일은 없다. 에넌은 왕실 근위대 뿐만 아니라 발렌시아 전체의 군 통솔권을 가지고 있었다. 그런 에 넌이 근위대 정복을 입고 나타나는 게 더 우스운 일이다. 제가 근위대 정복을 입는 순간 왕성 내의 모든 인원들이 눈을 부릅뜨겠지. 그러나 에넌의 속마음은 짐작하지 못한 채 유리는 조금 시무룩해졌다.

"그게, 이걸 전하 앞에 가져가게 되면 제 생각에는 좀 좋은 결과를 볼 수 있을 거 같거든요."

"그렇습니까. 다행입니다."

"물론 저는 제가 잘하는 덕분이라고 생각하지만! 자만은 아니고요, 그런데 진짜로 저는 잘하니까!"

유리가 주먹을 꼭 쥐고 말했다. 그 내용에 에넌은 그만 크게 웃을 뻔했다.

자기 자랑을 해도 이렇게 밉지 않게 하는 사람이 또 있을까. 심지어 맞는 말이다. 유리가 그려온 그림을 보고 에넌은 처음에 지퍼라는 것이 대관절 뭐하는 물건인지 짐작할 수도 없었지만, 설명을 들은 후에는 크게 감탄했기 때문이다.

"……그렇지만 전 이건 렌 덕분도 있다고 생각하거든요."

"그럴 리가요."

"렌은 아니라고 생각해도, 저는 그렇다고 생각해요."

유리는 유리대로 완강했다. 생각은 언제나 할 수 있다.

유리는 지금이 아니라도 언젠가 지퍼를 만들긴 했을 것이다. 그렇지만 적절한 때에 자신에게 힌트가 될 만한 조언을 주는 것도 다 타이밍이 맞아야 할 수 있는 것이다.

게다가 이 남자는 정말로 자신을 위로하기 위해 다가오지 않았던

가. 신세를 조금이라도 지면 갚아야 한다. 그게 유리가 레스타의 밑에서 배운 것이었다. 물론 다른 이유도 있었다.

유리는 배꼽 위에 손깍지를 끼고 올려놓은 후, 정중하게 허리를 숙여 인사했다.

"고맙습니다, 라이언하트 공작님."

"아니, 뭘……. 예?"

렌, 아니 에넌 라이언하트가 눈을 부릅떴다. 유리는 초록색 눈을 접으며 웃었다. 그 수더분한 미소에 에넌은 뒤늦게 신음했다. 그러나 유리는 에넌이 말할 틈을 주지 않았다.

"봄의 대연회 때, 허락해주신다면 가장 멋진 옷을 공작님께 선물해드리고 싶어요."

"이런……."

정말이지, 똑똑하기 그지없는 청년이었다. 에넌은 정말 멍청했던 건 자신이라는 걸 깨달았다. 이렇게 된 마당에 유리의 말을 거절할 수 있을 리 없다.

에넌은 그만 웃어버렸다.

"예, 좋은 결과가 있다면 부디."

"고맙습니다."

저 사람을 대관절 어떻게 평범하다고 표현할 수 있을까. 에넌은 몸을 돌려 제 앞에서 씩씩하게 걷는 청년의 뒷모습을 보고, 어쩐지 제 마음이 부풀어오르는 것을 느꼈다. 그것은 순수한 감탄이었다.

~❈~

그리하여, 마지막의 마지막까지 유리는 거의 한숨도 못 잤다.

첫 번째 이유는 지퍼에 들어갈 금속 때문이었다.

노인은 유리가 가지고 온 설계도는 얼추 이해했으나, 크기를 조절하는 데 애를 먹었다. 맞물리는 지퍼의 굵기가 맨 처음에는 너무 커서, 유리는 저도 모르게 "이 정도 크기면 가방에나 겨우 쓰겠어요!"하고 말했다.

노인은 눈썹을 꿈틀하더니 이틀 후 그것의 절반 정도로 작아진 톱니를 물린 지퍼를 내놨다. 그래도 너무 거칠었다. 결국 노인은 투덜거리며 아주 작은 지퍼를 만들어냈다. 그 과정에서 유리가 발렌시아 성과 대장간 골목을 오간 것은 스무 번도 넘었다. 그 와중에도 유리는 계속해서 옷본을 떴다. 마스터 패턴을 만들기 위해서였다.

성 안 사용인들은 옷을 1년에 한 번 맞춘다고 했다. 그러면 매년 치수를 재야 하는데, 그거야말로 못할 짓이었다. 이럴 때 가장 유용한 건 유리의 전생이었다.

어쨌든 패턴사란 직업이 생긴 이유 자체가 기성복 대량 생산을 위해서가 아닌가. 마스터 패턴만 있다면 그 패턴을 조금 줄이거나 늘리는 것 정도로 사이즈를 조절할 수 있다. 일일이 맞춤옷을 만들 이유가 없다.

유리는 시녀들을 위해 가장 기본적인 버슬 스커트와 상의를 결합했다. 그 위에 겹쳐 입을 수 있는 겉 드레스를 한 장 더 올렸다. 유리는 정말로 파팅게일을 포기하고 싶었으나, 500명 모두가 마음에 들어 하는 드레스를 만들 거라면 너무 급진적인 디자인은 금물이다.

결국 유리는 대신 번아웃 벨벳을 쓰는 데 만족했다.

벨벳을 태워 무늬를 내는 방식에 침모들이 당황했다. 그러나 침모들이 정말로 당황한 것은 그다음이었다. 그 드레스를 만드는 데 패턴 조각이 마흔아홉 개가 들어갔기 때문이었다.

하여간, 이 궁성에서 종이와 양피지를 마음껏 쓸 수 있는 것만은 정말 다행이었다.

유리는 마흔아홉 개의 마스터 패턴을 만든 뒤 거기에 송곳으로 구멍을 뚫어 리본으로 한데 묶어 보관하며 생각했다. 그 옆을 가장 열심히 기웃거린 것은 침모들이었다.

침모장은 처음 종이 위에 패턴을 그리는 유리를 보고 영 아리송해 보인다는 듯한 시선을 보냈다. 평면 패턴을 모르는 사람 눈에는 유리가 비싼 종이 위에 이해할 수 없는 낙서를 그리는 것으로 보였을 것이다.

그러나 침모장은 익히 유리가 가르쳐준 것들을 누리던 입장에서 그것을 그냥 지나치지는 못했다. 대신 유리 옆에 유리에게 필요한 침모들을 붙여줬다. 그리고 그 마스터 패턴 조각들을 열심히 오려 낸 유리는 그것을 천에 대고 그렸다. 그것들을 순서대로 시침질로 얼기설기 꿰맨 플럼이 베로니카에게 넘겼다.

베로니카는 "……이게 뭐예요?"하고 눈을 껌벅거리다가, 이윽고 플럼이 꿰맨 대로 그 위에 바느질을 하던 도중 당황했다.

그 허술한 조각들이 베로니카의 손 안에서 점점 옷 같은 모양이 되어가고 있었던 것이다. 그리고 베로니카가 그 모든 조각들을 이어 바느질했을 때, 정말로 그것은 옷이 되었다.

이게 뭐야? 베로니카는 당황했다. 발렌시아 왕성의 침방에서 오랜 시간 일했으나 베로니카는 이런 식으로 옷을 만드는 것은 정말로 처음 보았던 것이다.

여태껏 베로니카가 봐온 옷을 만드는 과정은 한 가지였다.

여왕의 침방은 쎄시아의 옷들을 만들었으나, 쎄시아가 직접 와서 옷을 맞추기에는 너무 바빴다. 결국 침방은 쎄시아의 몸을 본뜬 토르소를 여러 개 만들었다. 그리고 그 위에 천을 올리고, 붙이고, 시접을 꿰매어 드레스를 만들었다. 대륙에 있는 모든 의상실이 그렇게 옷을 만들었다. 그러나 유리의 방식은 전혀 달랐다.

이건……. 너무 이상하고 생소한 방식이지 않은가.

베로니카는 그 조각들이 옷이 되는 모습을 보고 당황했고, 그 직후에는 경악을 느꼈다. 유리는 "이거 어떻게 하신 거예요!"라는 베로니카에게 웃으며 설명했다.

"간단한 계산이에요."

어깨를 재고, 어깨부터 가슴까지의 위치를 재고, 허리를 재고. 어깨와 팔의 각도를 재어 그 사이의 간격을 계산한다.

그렇게 설명했으나 베로니카는 입만 벌렸다. 침모장 또한 마찬가지였다.

"그걸 대체 어떻게 계산하는 거예요?"

언뜻 들었을 때는 짐작도 가지 않는 것이지만 유리에게는 숨 쉬 듯 간단한 것이었다. 수학이라고 하기에는 너무나 쉬운 계산식이 다. 왜냐하면 유리가 알고 있는 것은 수만 명의 평균을 내어 만든 방 식이니까. 사람의 평균에 따라 조금 더 늘리고, 줄여가며 몸에 잘 맞 는 옷을 위한 패턴을 그린다.

그 계산식은 모든 이에게 맞춤옷 같은 드레스를 만들 수는 없겠 지만, 사람의 평균에 맞춘 드레스라 대부분의 사람들이 굳이 의상 실까지 가서 며칠씩 토르소처럼 서 있지 않아도 얼추 몸에 잘 맞는 옷을 가질 수 있는 것이다.

언젠가는 꼭 유리가 하려던 사업이, 어쩌면 생각보다 빠르게 발 렌시아 왕성에서 먼저 실현된 것이었다.

그러고 보니, 유리는 어렴풋이 예전에 배웠던 것들을 떠올렸다. 기성복의 시작이야말로 유니폼이었다. 많은 사람들이 똑같은 옷을 획일적으로 지어 입을 수 있게 하기 위해 만들어진 방식.

어쩌면 이게 더 좋은 기회일지도 모른다.

유리는 두 번째 패턴을 그리며 생각했다. 하녀들의 옷이었다.

하녀들은 더러운 바닥도 디뎌야 하니 스커트가 짧아야 했다. 소 매는 금세 걷을 수 있게 하기 위해 곁에 주름을 잡고 끈을 집어넣었 다. 끈을 당기면 소매가 바로 올라가는 것이다. 그 두 벌 모두 옆구 리에 지퍼를 넣었다. 침방의 모두가 지퍼를 들여다보고 원리가 무 엇인지 알기 위해 애를 썼다.

그러나 유리는 침모들이 놀게 두지 않았다. 너무 바빴기 때문이었다.

"자, 자. 마스터 패턴은 나중에 여왕님께서 승낙하시면 침방에 드릴 테니 집중해주세요, 여러분. 아시겠죠?"

"번아웃 벨벳도요!"

까르륵, 침모들이 웃으며 제자리로 돌아갔다.

유리는 빙그레 웃었다.

벨벳을 아름답게 태우는 방법 정도야 가르쳐주는 것이 어렵지도 않다. 벨벳의 털만 무늬대로 태운 후 그 밑에 다른 색의 천을 대면 아름다운 무늬가 보인다.

시종들의 옷은 간단했다. 레스타에게 입혔던 바지에 지퍼를 올렸다. 코드피스 같은 것도 넣는 이들이 이런 것을 편안하게 입어줄까, 하는 의문이 들었지만 후크를 몇 개씩 채우는 것보다 이쪽이 몇 배는 입기 편하다. 푸르푸앵도 뒷자락을 우아하게 물 흐르듯 만드는 대신 앞쪽의 주름을 줄였다.

하인들은 그보다 훨씬 투박하고 거친 천을 썼다. 하인들은 더러운 곳에 무릎을 꿇고 일하는 경우가 많았다. 같은 예산이지만 싼 천으로 바지를 두세 벌은 지급할 수 있어야 했다.

옷 네 벌 패턴을 그렇게 짜고, 바느질을 맡기는 데 유리는 거의 남은 2주를 다 썼다. 그 와중에 대장간 골목에 왔다 갔다 하고, 그 중간에는 베로니카와 마틸다의 이야기를 듣고 고친 다음 또 패턴을 수정했다.

그래서 정작, 가장 단정해야 할 날 아침에 유리는 눈 밑이 시커먼 채로 반쯤 죽어서 왕성에 입성했다.

여왕님의 접견을 앞둔 유리는 다시 한 번 사자의 홀에 들어섰다.

알현 한 시간 전이었다. 시종들이 빠르게 토르소를 날라 왔다.

이 행사를 위해 이날 발렌시아 성에 든 것은 유리뿐만은 아니었다. 옷 네 벌이 차근차근 토르소에 입혀지는 것을 감독하던 플럼은 거의 흐물흐물하다고 해도 과언이 아닐 만큼 이리저리 흔들리는 유리를 보고 "괜찮겠어?"하고 불안하게 물었다.

"안 괜찮을 건 또 뭐야……."

"오빠 이따가 옷도 설명해야 된다며."

"그래……."

솔직히 옷에는 자신이 있었다.

다만 잠을 이루지 못한 게 문제였다. 사실 옷은 어제 낮에 최종 완성까지 다 끝냈다. 옷에 사용된 부자재까지 비용 계산도 모두 마쳤다. 모든 옷이 쎄시아 발렌시아가 제시한 조건에 들어맞았다. 물론 지퍼와 번아웃 벨벳은 정해진 비용이 없었기에 다소 페어 맞춘 느낌이 컸으나, 그거야 유리가 설명하기에 달렸다.

문제는 유리가 여전히 쎄시아 발렌시아를 무서워하고 있다는 것이다. 유리는 아직도 그날 제가 당한 일들이 여전히 무섭고 힘들었다.

얻어맞은 것, 그리고 눈물 쏙 빠지게 혼이 난 것도 그랬지만 자신을 쳐다보던 그 빨간 눈이 가장 무서웠다.

붉은 눈의 여왕은 유리가 익히 봐왔던 초상화보다 열 배는 아름다웠고, 백 배는 공포스러웠다.

여왕이 정작 자신이 만든 옷에 관해 트집을 잡으면 어떻게 하지?

그 생각에 유리는 새벽까지 뒤척거렸던 것이다.

유리는 다시금 자신이 신분제 사회에 살고 있다는 것을 상기했다. 아무리 옷이 아름답고 만족스럽더라도 그저 그녀가 유리가 싫고 마음에 안 든다는 이유로 쫓아내버린다면 유리는 쪽박을 면치 못할 것이다.

차라리 거지꼴이 되는 건 낫다. 제 목을 베어버린다면? 그 빨간 머리의 공작은 절대로 그럴 리 없다고 고개를 저었지만.

유리는 깊게 한숨을 내쉬었다. 열 길 물속은 알아도 한 길 사람 속은 모른다고 했다. 그 공작이 아무리 여왕의 최측근이라고 하더라도, 그건 같은 귀족끼리 얘기다. 유리는 그날 그녀가 자신을 벌레만도 못하다는 듯 쳐다보는 시선을 이미 겪었던 것이다.

유리는 거칠게 마른세수를 했다. 얼굴을 걸레 짜듯 쥐어짜는 손길에 플럼이 혀를 차며 손을 떼어냈다.

"왜……."

"아무리 막 살아도 그렇지, 얼굴 그렇게 막 쥐어짜면 다 상한다."

나중에 시집은 가야 하지 않겠어? 플럼이 속삭이듯 말해 유리는 기분이 또 요상해졌다.

시집? 누구에게?

그러나 유리가 그렇게 되묻기도 전에 유리에게 다가오는 사람이 있었다.

"괜찮아, 유리?"

"레스타."

역시 근 2주 만에 얼굴을 제대로 보는 듯한 상단주 레스타였다.

알현을 위해서 일부러 차려입어서겠지만, 유독 번쩍거리는 것 같은 미남은 눈썹을 팔자로 하고 유리의 얼굴을 내려다봤다.

"눈 밑이 새카만데……."

"잠을 좀 못 자서."

"어제 낮에 모두 끝냈다더니."

"일이야 끝났지만 마음이 복잡해서."

레스타가 고개를 끄덕였다.

유리를 절대로 혼자 보내지는 않겠다던 남자는 오늘 기어코 고집을 부려 여기까지 왔다. 뭐, 그가 여기 오는 것이 어색하지는 않다.

오늘 유리가 여왕의 마음에 들지 못한다면 레스타 또한 폭삭 망할 테니까. 한 배를 탄 것이나 다름없는 것이다. 어깨까지 기른 머리카락은 뒤로 깔끔하게 묶어 넘긴 상태였다. 그렇게 염색을 해대는데 머리카락이 상하지도 않네.

유리는 복잡한 기분으로 레스타를 올려다봤다.

유리가 잠 못 이룬 데는 솔직히 이 남자도 한몫했다.

그녀가 숙소와 왕성, 대장간 거리만 오가던 2주 동안 레스타는 끈덕지게도 유리를 챙겼다. 왕성에 레스타가 뭔가를 함부로 반입할 수는 없으니, 유리가 왕성에서 지쳐 돌아오면 제 방에 따뜻한 식사가 준비돼 있는 식이었다.

예전이었다면 그저 레스타의 호의 정도로 생각했을 것이다.

레스타는 항상 자신을 천사라고 불렀다. 그야 레스타의 상단에 비할 데 없는 부를 가져다주고 있었으니까. 그러나 생각해보면 유리가 가져다주는 부는, 벨름을 비롯해 서쪽 해안 도시국가들을 주름잡고 있는 레스타의 상단에서 얼마나 유의미할까.

그런 생각들이 이어진 끝에, 레스타의 눈빛을 한 번 의식하고 나니 계속 의식됐다.

레스타는 그런 유리의 마음을 알까. 그러나 유리의 생각이 끝나기도 전에, 레스타는 빙그레 웃으며 유리의 어깨를 두드렸다.

"나의 천재님이 이럴 때도 있구나."

"레스타."

"괜찮아, 나는 네 옷을 마음에 들어 하지 않는 사람을 본 적이 없어. 불미스러운 일들이 겹쳤다지만, 네 재능이라는 건 어떤 악재도 이겨낼 수 있는 종류니까."

이쯤 되면 정말로, 그간 레스타의 마음을 눈치 채지 못한 쪽이 멍청이가 아닐까? 유리는 멍하니 레스타를 올려보다가, 이내 옅게 웃으며 "고마워."하고 말했다.

그때였다. 일렉사 백작부인이 홀 안으로 들어왔다.

시녀장은 혼자가 아니었다. 유리가 처음 보는 시녀 두 명, 그리고 지저분한 차림으로 무서운 듯 사방을 둘러보는 하녀 두 명이 들어왔다.

그다음도 마찬가지였다. 콧수염을 멋들어지게 기른 시종 둘과 막 일하다 말고 끌려온 듯한 하인 둘이 뒤를 따랐다. 유리는 이럴 줄 알았다는 심정이 됐다.

"당신 옷을 심사할 사람들입니다."

"전하께서는요?"

"곧 오실 겁니다. 지금 오찬이 거의 다 끝나고 바로 이동하실 예정이니 정리를 서둘러주세요."

"예."

정리는 금세 끝났다. 모든 이들이 여왕만을 기다리며 작은 홀 안에 도열했다. 삼삼오오 모두가 모여 있었지만 유리만이 홀의 가운데에 토르소와 함께 섰다. 유리는 가슴을 폈다.

어쨌든 자신은 열심히 했다. 그럼 좋은 결과가 있겠지.

"전하가 드십니다. 모두 자세를 낮추어 전하를 맞이하세요."

일렉사 백작부인의 엄한 목소리가 홀에 울려 퍼졌다. 문이 열렸다. 유리는 고개를 숙였다.

―❊―

쎄시아 발렌시아는 매 끼니 왕국에서 가장 맛있는 음식을 먹을 수 있는 사람이었다. 왕국의 모든 것이 쎄시아의 손 안에 있으니 당연하다. 그러나 정작 본인은 매번 아침도 거의 걸렀다. 제대로 먹는 끼니는 점심 정도다.

오늘 쎄시아는 오찬에서도 제대로 수저 한 번 뜨지 않았다. 제 눈앞에 앉아 있던 대신들이 자신이 맡긴 일 하나도 제대로 처리하지 않았다는 것을 알았기 때문이었다.

10년 동안 발렌시아 성을 비운지라 국정을 보는 대부분의 대신들은 단딜리온 재상 밑에 있었던 이들이었다. 발렌시아 영지 근처의 작은 영지를 다스리던 남자들. 그들은 놀라울 정도로 공통된 단점을 가지고 있었다.

젊은이들의 의견을 무시하고 폄하할 정도로 편협하게 늙었으며, 오만했고, 그 심보를 증명하듯 못생겼다.

그 세 가지만으로도 쎄시아가 그들을 싫어할 이유는 충분했다.

그러나 단딜리온 재상 휘하에서 이 왕국을 제법 그럴싸하게 유지해온 이들이다. 쎄시아도 그래서 최대한 존중은 하고 있었다.

그러나 이제는 슬슬 쎄시아가 참기 힘든 지경에 이르렀다.

툭하면 성 안의 시녀들에게 손을 댄다. 딸 같다며 오찬장에서 시중을 드는 시중인들의 손을 잡는다. 짜증이 난 쎄시아가 일 이야기라도 할라치면 "자, 어려운 이야기는 술이라도 한잔하며 하시는 게 어떨까요."하며 지겹도록 술을 마신다.

그래놓고 다음 날 술을 마셔서 잘 기억이 나지 않는다며 똑같은 이야기를 반복하게 하지.

열흘 전 쎄시아는 대신들과 발렌시아 성 주변의 빈민촌에 대해 이야기했다. 술이 있어야 온화한 분위기가 돌고, 이야기도 쉽지 않겠느냐며 몇몇 대신이 이죽대기에 제 창고에서 술도 아낌없이 내어줬다.

그럴 줄은 알았지만 정말로 새벽까지 퍼마신 후 술에 떡이 되어 성에서 실려 나갈 줄은 몰랐다. 그리고 쎄시아가 요청한 것들을 싸그리 잊어버렸다.

왜 그랬는지는 너무나 투명했다.

아마 쎄시아가 발렌시아에 오는 귀족들에 대한 이야기를 했다면 제 부관들을 불러서라도 기억하게 했을 것이다.

그러나 쎄시아는 발렌시아로 몰려와 무작정 성 밖에 자리 잡고 움막을 짓고 사는 빈민들에 대해 이야기했다.

천막에 한데 엉켜 사니 계속해서 애를 낳았다. 아이들은 맨발로 발렌시아 바깥을 뛰어다니다 구걸했다. 어른들은 구걸하는 어린아이들에게 의지해 게으르게 살았다. 죽으면 그만인 무지렁이들이라고 생각했겠지.

열흘을 기다렸다.

그리고 쎄시아는 오늘 오찬 자리에 앉자마자 두 명의 대신에게 연달아 제가 시킨 것들을 이행했는지 물었다.

한 명은 웃으며 잘 기억이 안 난다고 답했다. 그래도 나머지 하나는 눈치가 있는지, 머뭇거리며 바빠서 잊었다 했다.

쎄시아는 기억이 안 난다는 자에게는 "치매가 온 것 같으니 가서 손자들에게 보살핌이나 받으시오."라고 말했다.

치욕스러움과 당황에 얼굴을 일그러트리던 그자의 이름이 뭐였더라. 아직 50세도 되지 않은 그는 쎄시아에게서 지위를 몰수당했다.

잊었다는 자는 오찬에서 쫓겨났다. 생각났으면 지금 당장 가서 이행하시오, 하는 쎄시아의 말에 그는 "이제 막 오찬이 시작된 참인데……."하고 머뭇거렸다. 쎄시아는 수저를 내려놓고 싸늘하게 웃었다.

"내가 식사를 끝냈으니 그대들의 식사도 끝났소."

여왕이 수저를 내려놓으니 식사는 끝난 것이었다.

그리도 우습게 여기던 발렌시아의 궁정 예의가 이렇게 유용할 때도 있었다. 냉랭한 분위기에 긴 식탁 앞에 앉은 신하들이 모두 서로를 보며 눈알만 굴렸다. 쎄시아는 빠르게 일어났다. 눈치 빠른 에넌 라이언하트 공작과, 곁에서 시중을 들던 일렉사 백작부인이 뒤를 따랐다.

쎄시아는 회랑을 지나치며 차갑게 웃었다.

자신이 나가고 난 자리에서 또 대신들은 일어나며 제 욕들을 할 것이다. 오만한 여자가 어쩌고, 젊은 여자가 위에 앉으니 어쩌고, 예민하니 어쩌니 하는 소리를 하며 어울려서 돼지 같은 배를 내밀고 고픈 배를 채우러 가겠지.

쎄시아는 손에서 화려한 반지들을 빼어 일렉사 백작부인에게 건네며 물었다.

"다음 일정이 무엇이지."

"……벨름에서 온 상인에게 시키신 것을 오늘 심사하기로 하셨습니다."

쎄시아에게 답하는 일렉사 백작부인의 손에서 반지들이 마틸다의 손으로 넘어갔다. 쎄시아는 아주 잠깐 그게 뭐지, 하고 이마를 찌푸렸다가 아, 하고 깨달았다.

"그게 벌써 오늘이 됐나."

"예. 사자의 홀에서 먼저 준비를 하고 있을 것이온데, 오찬이 생각보다 일찍 끝나……."

"어차피 할 일은 많아. 준비가 다 되면 마틸다를 보내시오."

일렉사 백작부인과 그 뒤에 있던 마틸다가 동시에 허리를 숙이고 뒤로 물러갔다. 쎄시아는 말을 이었다.

"넌 왜 따라와?"

"그야."

쎄시아 뒤를 따르던 시종들의 맨 앞에서, 에넌이 어깨를 으쓱했다.

"저도 그 결과가 궁금해서지요."

쎄시아가 입술을 비틀었다.

"풍문에 그 상인과 어울려 다닌다는 말은 들었어. 무슨 짓이야? 일이 적어?"

"그럴 리가요. 누님도 아시지 않습니까."

"알지, 네가 착한 거."

오찬장에서 쎄시아의 집무실은 그리 멀지 않았다. 응접실 안에 누군가가 들어오는 것을 싫어하는 쎄시아의 성격을 아는 시종들은 응접실 바깥에서 도열했다. 에넌이 문을 닫았다. 그사이 쎄시아는 제 집무실 안까지 빠르게 걸어 들어가 구두를 벗고 의자 위에 올라가고 있었다. 에넌이 웃었다.

"이런. 제가 해 드리겠습니다."

"됐어."

쎄시아가 집무실 책장 위에서 내려놓은 것은 사탕 단지였다. 아름답고 중후한 집무실과는 어울리지 않는 귀여운 도자기 단지는 성 밖에서 판매되는 것이었다. 쎄시아는 어릴 적부터 에넌이 사 오곤 하는 사탕 단지에 혼이라도 내줄 것처럼 굴었다. 사탕 단지를 연 쎄시아는 사탕무로 빛깔을 낸 빨간 사탕을 입에 던져 넣고 으득으득 씹었다.

"안 말려?"

그 사탕을 먹으면 입술과 혀가 새빨갛게 변해, 에넌은 꼭 아무도 만나지 않는 밤에나 먹으라고 쎄시아를 타이르곤 했다.

그러나 오늘은 이상하게도 아무 말도 하지 않는 것이다. 집무실 책상 앞, 너른 의자에 앉은 에넌이 입을 열었다.

"그것을 드시면 기분이 좋아지시지 않습니까."

"그런데?"

"기분이 조금이라도 좋아야, 조금이라도 더 좋은 상을 내리시겠지요."

쎄시아의 눈이 가늘어졌다. 제 의동생이 그 상인의 일을 퍽 신경 쓰고 있는 것은 익히 알았다. 그러나, 이렇게까지 세심하게 신경을 쓸 일인가. 쎄시아는 사탕 하나를 하나 더 입에 물고 두어 번 굴렸다. 달콤한 맛이 혀를 자극했다.

"……네가 그 상인을 꽤 아끼는 것처럼 보이는군. 그때도 그랬지만."

제 동생은 제 앞에서 꽤 열심히 그 상인을 변호했다. 상황만 가지고 누군가를 매도할 수는 없다고.

그러나 쎄시아는 의심이 많았다.

의심은 쎄시아를 여왕의 자리에 올린 가장 주요한 공신이었다. 쎄시아가 믿는 것은 오로지 자신뿐이었다. 쎄시아는 제 의동생 또한 정말로 사랑하고 믿었지만, 제 의동생이 누군가에게 속는 일 또한 있을 수 있음을 알았다.

단딜리온 재상 또한 그렇게 많은 세월을 살아왔음에도 불구하고 그 게으른 돼지들이 어떤 부분에서는 정말로 유능하고, 혹은 좋은 이들이라고 믿고 있지 않은가.

물론 사람이라는 것은 아주 다양한 면을 가지고 있기 마련이라서, 그 돼지들에게도 분명 좋은 면이 있을 것이다. 그렇지 않으면 아무리 작은 영지라도 그것을 온전히 다스릴 만한 그릇은 되지 못한다.

혹은 단딜리온 재상의 눈에 띄지도 못하겠지. 다만 그 좋은 면보다는 그들의 악습이 훨씬 더 컸기에 쎄시아는 그들을 외면했다.

그렇다면 선의로 여인을 구하려고 애썼다는 그 평민 남자는 과연 선한 사람일 것인가.

쎄시아는 띄엄띄엄 일렉사 백작부인으로부터 그간 유리가 발렌시아에서 무엇을 하고 있는지 보고받았다. 침모들에게 염색술을 가르치고 있다는 것, 이리저리 쏘다니며 하인과 시녀들의 환심을 사고 있다는 것.

그 정도야 예상했던 바였다. 그러나 에넌과 대장간 골목을 돌아다니고 있다는 것에는 흥미가 돋지 않을 수 없었다.

에넌에게 뭘 하고 있는 것인지 넌지시 물어봐도 에넌은 고개를 저으며 "직접 보시죠."라고 말할 뿐, 자세한 건 얘기하지 않았다.

일렉사 백작부인에게 그의 평판을 물었더니, 놀랍게도 항상 차갑던 일렉사 백작부인의 입에서는 "나쁘지 않습니다. 아니, 오히려……."라는 소리가 나왔다.

이틀 전 쎄시아의 봄 연회복을 맞추기 위해 사이즈를 재러 온 침모장에게 슬쩍, 청년의 근황을 물었다.

물론 그것은 쎄시아가 맡긴 일에 대한 질문에 더 가까웠다.

침모장은 정말 이상한 얼굴로, 주저주저하며 그 청년이 선의로 자신들에게 가르쳐주고 있는 기술에 대해 느끼는 당황을 들려주었다.

그런 것을 그냥 가르쳐주는 이는 처음 보았다고.

목숨이 달려 있다고는 하지만……. 필부라면 그런 기술들을 알고 있기도 어려울 것이며, 거기에 더해 아낌없이 남들에게 베풀기도 어려울 것이라고. 단순히 마음만을 사기 위함이라면 염색으로 족했을 것이다.

그러나 베로니카를 위시해 옷을 만드는 그 청년은 정말로 즐거워 보였다고 침모는 말하다가 쎄시아의 눈치를 보고 입을 다물었다.

쎄시아는 조금 더 궁금했을 뿐인데.

그리고 이제는 나의 의동생이, 급기야 내 기분이 좋아서 그에게 더 좋은 상을 내리길 바란단 말이지.

'잠깐, 좋은 상?'

쎄시아는 에넌을 쳐다봤다. 에넌은 여느 때와 같은 미소를 짓고 있었다. 상이라니. 에넌은 자신이 이미 상을 내릴 것을 확신하고 있단 말인가.

'관대한 처분을 바라는 것도 아니고, 상이라고.'

쎄시아의 입가에 진한 미소가 깃들었다. 재미있었다. 어느새 오찬에서 느꼈던 저조한 기분은 사라진 지 오래였다. 때마침 응접실의 문을 누군가 두들겼다. 마틸다였다.

"전하, 사자의 홀의 준비가 모두 끝났다고 합니다. 시녀장이 회랑에서 기다리고 있습니다."

쎄시아는 집무실 책상 한쪽에 놓여 있던 종이에 사탕을 퉤, 하고 뱉은 후 일어섰다. 에넌이 재빠르게 근처 주전자에 담긴 물을 잔에 따라 건넸다.

쎄시아는 걸으며 입안을 헹군 후 잔을 응접실 앞에 도열한 시종 중 하나에게 건넸다. 에넌이 뒤를 따랐다. 쎄시아의 동선에는 막힘이 없었다. 회랑까지 나와 쎄시아를 기다리고 있던 일렉사 백작부인이 쎄시아가 오는 것을 보고 앞서 사자의 홀로 다시 걸어 들어가 주의를 환기시켰다.

그녀가 미리 지시했던 대로, 여덟 명의 사용인이 사자의 홀에 도열해 있었다. 그리고 그 앞에 있는 네 개의 토르소.

쎄시아는 서두르지도, 미적거리지도 않고 사자의 홀에 들어서 가장 높은 자리에 앉았다. 쎄시아를 맞은 것은 무릎을 굽힌 수많은 이들이었다. 여왕은 위엄 있고 우아하게 그들을 둘러보다가, 초록색 눈과 시선이 마주쳤다. 몸을 숙이고서도 동그랗게 눈을 뜨고 자신을 슬쩍 쳐다보던 눈이 화들짝 놀라 고개를 숙였다. 쎄시아는 입술을 열었다.

"고하라."

그 말에는 즐거움 같은 것이 깃들어 있었다. 어찌 보면 기대와도 비슷했다.

아니, 그건 확실히 기대였다.

청년이 조심스럽게 일어났다. 아무것도 만들지 않은 상태에서, 여왕의 주변인들을 먼저 녹인 청년이 만들어온 것은 무엇일까.

쎄시아는 토르소를 바라봤다. 토르소 위에 입혀진 옷들은 언뜻 보기에는 평범했다.

그러나 쎄시아는 이미 그것이 비범할 것임을 알았다. 그것은 청년의 유려한 말솜씨를 알고 있기 때문이었고, 침모장의 호의 어린 증언 때문이었다. 그의 선함을 피력한 에넌 라이언하트 때문이기도 했으며, 일렉사 백작부인의 침묵 때문이기도 했다.

"가장 먼저 위대한 여왕 전하께 감사를 드립니다."

청년이 입을 열었다. 긴장한 탓에 얼굴은 붉었으나 청년은 말 한 번 더듬지 않고 설명을 이어나갔다.

"그것은 전하가 발렌시아 대국을 창건하셔서도, 혹은 미력한 저를 불러 엄청난 기회를 주셔서도 아닙니다. 다만 전하께서 내어주신 기회로 말미암아, 저의 보잘것없는 능력이 전하를 모시는 모두가 원하는 것을 이루는 데 조력할 수 있게 된 것 같아서입니다."

되바라진 말이었으나 쎄시아는 구태여 말을 자르지 않았다. 쎄시아가 턱짓하자 청년은 자신감이 붙은 듯 말을 이었다.

"저는 모든 사람이 좋은 옷을 입기를 바랍니다. 좋은 옷은 비싼 옷이지요. 적어도 여태까지는 그랬습니다. 그렇지만 저는 정말로 좋은 옷은 비싼 옷보다는, 사람을 즐겁게 해줄 수 있어야 한다고 생각합니다. 편하고, 아름답고, 그렇지만 구입하는 데 망설이지 않아도 될 만한 금액. 그리고 그로서 많은 이들을 만족시킬 수 있는 옷. 그모든 것이 전하가 내어주신 숙제와 일맥상통했지요."

정말이지 말 하나는 청산유수였다.

쎄시아는 턱을 괴고 청년의 말을 감상했다. 왕성에서 본론 전에 이 정도의 수식을 붙이는 것은 흔한 일이었고, 쎄시아는 청년의 장광설이 딱히 불편하지 않았다. 청년은 가슴에 손을 대고 눈을 반짝였다. 자신과 서슴없이 눈을 맞추는 것 또한 마음에 들었다.

청년은 시녀의 드레스가 입혀진 토르소를 앞으로 내었다.

그리고 옆구리에 달린 리본 장식을 서슴없이 뜯어냈다.

아니……. 조금 달랐다. 청년이 뜯어 내린 자리에는 리본 장식이 그대로 위치만 바꾸어 달려 있을 뿐 아니라, 잘 드는 칼로 잘라낸 것처럼 보기 좋게 옷의 옆쪽이 갈라져 있었다.

쎄시아의 눈썹이 찌푸려졌다. 그때, 일렉사 백작부인이 쿠션 하나를 받쳐 들고 다가왔다. 쿠션 위에는 청년, 유리가 그렇게 고생해 만들어낸 것, 지퍼가 올려져 있었다.

"지금 보시는 것은 발렌시아의 철로 만든 부자재입니다. 그리고 시녀님들의 새벽잠을 아마 한참은 늘려줄 물건이죠."

쎄시아는 그것을 집어 들었다. 청년은 그것이 발렌시아의 대장간에서 나온 물건이라고 말했다.

쎄시아는 그것을 열었다. 마치 하나처럼 꼭 다물려 있던 것이 순식간에 벌어졌다. 쎄시아는 다시 그것 가운데에 있는 리본을 붙잡고 잡아 올렸다. 벌어진 것이 순식간에 다물렸다.

쎄시아는 눈을 찡그렸다. 그것은 불쾌감 때문이 아닌, 놀라움 때문이었다. 내내 머리를 짓누르고 있던 돌 하나가 사라진다면 누구나 그런 얼굴을 할 것이다.

청년은 쎄시아를 보고 미소 지었다. 청년은 시녀들의 옷에 달린 아름다운 번아웃 벨벳을 선보였고, 하녀들의 스커트 위에 아름다운 레이스를 저렴한 가격에 장식할 수 있었음을 자랑했다.

시종들의 옷은 더 이상 거추장스럽지 않았고, 하인들은 더러운 바지를 세탁실에 맡겨도 문제없이 일하러 나갈 수 있었다.

여덟 명의 사용인들 중 네 명이 토르소 위에 얹힌 옷을 입었다. 본래 시녀들은 옷을 입는 데에만 차 두어 잔을 마실 시간을 필요로 했으나, 다들 놀랍도록 빠른 시간 안에 옷을 갈아입고 나와 쎄시아 앞에서 한 바퀴 돌아보였다.

쎄시아 발렌시아가 거기서 어떤 트집을 잡겠는가.

애초에 트집을 잡을 생각도 없었다. 쎄시아는 턱을 괴고 미소를 지었다.

"벨름의 유리."

"예."

"훌륭하군."

더 이상의 공치사는 필요 없었다. 쎄시아의 만족스러운 표정에 청년, 유리의 얼굴에 걸렸던 마지막 구름이 걷혔다. 유리는 준비했던 멋들어진 귀족식 인사를 해 보였다.

"모두 전하의 성덕입니다."

"그럴 리가."

"……."

"네게서 거두어졌던 모든 영예를 돌려주겠다. 가장 먼저……."

쎄시아가 웃었다.

"단딜리온 재상부터 불러와야 하겠군."

유리가 눈을 깜박였다. 쎄시아는 턱을 괴고 푸른 눈의 청년을 쳐다봤다. 필부가 아님은 분명한데, 저 순진한 얼굴은 뭐람.

"나는 돈에 대해서는 잘 모른다. 그러나 지퍼라는 물건의 로열티를 얼마나 주어야 할지부터 의논해봐야 하지 않겠나."

청년이 크게 감격했음은 물론이다.

5
권력에는 귀찮음이 따라온다

겨울을 지나, 완연한 봄이었다.

발렌시아의 정원에도 연둣빛 새순이 푸릇하게 뒤덮였다. 분홍색과 노란색 들꽃들이 겨우내 바람에 실려와 돌 틈에 자리 잡은 씨앗들에서 피어올랐다.

발렌시아의 정원사들은 들꽃들을 솜씨 좋게 모아 심었다. 결과적으로, 일렉사 백작부인의 집무실 앞 소정원은 아주 사랑스럽고 소박한 모습으로 피어났다. 유리가 숨어 술을 마셨듯, 그곳은 종종 시녀들과 귀족 도련님들의 은밀한 만남 장소로 사용되곤 했다.

시녀들은 일렉사 백작부인의 사무실 근처이기에 무슨 일이 생겨도 금세 사람들이 달려올 수 있는 곳이라 선호했고, 귀족 남성들은 그곳이 사람 눈을 피하기에 딱 좋아 선호했다.

그러나 아마 그렇지 않은 이도 있을 것이다.

예를 들면, 유리 옆에 주저앉은 붉은 머리의 미남자 말이다.

남자는 유리의 심장에 그리 좋지 않은 거리까지 얼굴을 들이대고 말했다.

"이제 말씀해주실 때가 되지 않았습니까?"

"뭐를요."

유리는 제 얼굴을 슬쩍 피하며 심드렁하게 답하느라 진땀을 뺐다.

이 남자 얼굴은 어쨌든 영 건강에 안 좋았다. 오전에 성에 들어오자마자 잘 만났다며 자신을 낚아채 여기까지 온 미남은 이 정원이 궁성 안의 사랑 놀음의 주요 배경이라는 걸 알까?

완전 모르겠지만.

날씨가 좋았다. 바람도 살랑살랑 불었다. 발렌시아의 여름은 겨울과 사뭇 다르게 엄청나게 뜨겁다더니 벌써부터 햇빛이 제법 강해 두 사람은 나무그늘 아래에 앉은 차였다.

에넌은 여전히 홑겹 셔츠 한 장 차림이었지만, 예전처럼 추워 보이지는 않았다. 오히려 소매를 걷어 탄탄한 팔뚝이 드러나 보기 좋았다. 남자가 웃었다.

"제가 에넌 라이언하트인지 어떻게, 언제 아셨습니까?"

유리는 정말 사무치게 안타까워졌다.

아리땁게 단장하고 앉아 남자에게 사랑 고백이라도 받아야 할 것 같은 아름다운 정원에서, 대관절 너는 내 정체를 어떻게 안 것이냐, 하고 추궁당하는 삶이라니.

물론 남자의 질문은 다정했지만 내용은 별반 차이가 없었다. 유리는 코로 웃으며 입을 열었다.

"그야 머리가 정말 나쁘지 않은 다음에야 각하라는 걸 모를 수가 없죠."

"그렇지만 저는……."

유리는 한심한 얼굴이 되어 시선을 피했다. 에넌 라이언하트는 낭패한 표정이 됐다.

어쨌든 유리는 중간까지만 해도 정말로 이 남자가 그 '패륜아'라는 것을 몰랐다. 허름한 옷을 입고 아무 데나 돌아다니고, 누구에게나 다정한 남자는 유리가 본 그 여왕과는 상당한 간극이 있었다. 유리가 그날 본 '높은 사람들'은 너무 무서웠고, 우악스럽기까지 했다. 아무도 유리의 말을 들어주지 않는 것은 당연한 일이었다.

자연스레 이 남자는 다정하니까 나처럼 평범한 사람이구나, 하고 생각하게 된 것이다. 그러나 유리는 바보가 아니었다.

이 정도 레벨의 미남이 궁성을 마구 돌아다니는데, 아무도 그를 붙잡지 않는다고? 내가 귀족 아가씨면 무조건 붙들고 데릴사위라도 삼아 귀족으로 만들 것이다!

게다가 여왕 직속이라니.

어쩌면 여왕의 남자가 아닐까 생각해보지 않은 것은 아니다. 그 무시무시한 여왕의 옷을 구하기 위해서 먼 도시까지 파견된 남자.

이 세계에서 숙녀의 속옷, 그리고 신체 사이즈 같은 것은 남자들이 알면 큰일이라도 난다는 듯 쉬쉬되는 종류의 것이었다. 그렇지만 여왕의 정부라면 그런 것들을 알고 있어도 이상하지는 않을 것이다.

그런데 또, 바꿔 생각해보면 정말 사랑하는 정부를 칼 하나 채워서 멀리 보내는 것도 너무 이상하잖아.

그쯤에서 유리는 남자의 머리카락을 떠올렸다.

불꽃같은 머리카락. 엄청난 얼굴. 칼.

유리는 거기까지 생각했을 때, 제가 자던 침대에서 벌떡 일어났더랬다. 침모들이 소곤거리며 '에넌 라이언하트'에 대해서 떠드는 얘기들은 모두 그놈의 렌 헬리오날트와 일치했던 것이다.

머리카락이 그런 색인데 저를 감쪽같이 속였다고 생각했단 말이에요?

그렇게 묻고 싶은 것을 참으며, 유리는 빙그레 웃었다.

"각하의 수려한 얼굴만 봐도요."

남자의 볼이 약간 벌게졌다. 유리는 떨떠름한 얼굴로 눈가를 손가락으로 비볐다. 눈이 간지럽군. 못 볼 꼴을 본 것 같은 기분이야.

어쨌든 이 얼굴이 제게 꽤 큰 영향력을 주고 있다는 사실을 유리는 얼마 전에 막 인정한 참이었다.

———※———

그나저나 쎄시아는 정말로 유리가 가져온 것들을 마음에 들어했다.

지퍼는 물론이고, 옷을 입은 사용인들에게 몇 번이고 돌아보라 했다. 사용인들은 모두 유리의 옷이 너무나 마음에 든다고 입을 모아 말했다.

그야 개중에는 마음에 들지 않은 이도 있을지 모르나, 눈앞에서 여왕이 로열티 운운하는데 감히 마음에 안 든다고 할 자는 없을 것이다.

권력 좋은 거구나. 유리는 그 와중에도 그렇게 생각했다.

쎄시아 발렌시아는 다음 일정이 있어 나가봐야 한다고 하면서도, 뒤늦게 사자의 홀에 당도한 단딜리온 재상에게 확실히 일렀다.

"대장간 거리의 콜린을 부르시오. 늙어서 힘들다 하면 업어서 데려오시오. 이것은 콜린의 솜씨가 분명하니, 얼마 전 만든 것으로 부른다 하면 알아서 올 것이오. 그와 함께 이 기술의 가치가 얼마나 되는지 의논하고, 적합한 금액이 얼마가 되었던 반은 일시불로 지급하고, 나머지 반은 20년 동안 이자의 상단에 이자를 붙여 지급하시오."

"예."

여왕은 또 침모장을 불러서, 유리가 가르쳐준 것들이 얼마의 가치를 지니는지 물어보았다.

침모장은 허리를 굽히며, "전하의 침모들은 모두 왕국 최고의 기술자입니다. 그리고 그런 고도의 기술자에게 새로운 배움은 정말로 귀한 것입니다."하고 고했다.

"써먹을 수 있겠나?"

"발렌시아의 후가공 풍토가 완전히 달라질 겁니다."

"재상은 침모장과도 로열티를 의논해보시오. 단, 지급 방식은 재상이 결정하시오."

"예."

"그리고 벨름의 유리."

유리는 반사적으로 허리를 굽혔다. 여왕은 어깨에 두른 모피를 고쳐 두르며 웃었다.

"네게 성을 내리겠다."

"……!"

성을 내린다는 것은 유리의 신분이 달라짐을 의미하는 것이다. 유리는 저도 모르게 몸을 굳혔다. 쎄시아 발렌시아는 말을 이었다.

"나는 네가 만든 것들에서 단순히 옷에 대한 재능이 아닌, 상인의 재능을 느꼈다. 네가 어떤 옷을 만들어올지 기대한 것은 사실이나, 너는 옷뿐만 아니라 왕국의 신민들이 먹고 살 거리를 몇 가지나 가지고 왔구나. 이만한 상인에게 궁정의 지위를 준들 무슨 소용이 있겠나. 나의 옆에 평생 붙들어 매어놓고 내 옷을 만들었다는 영예나 주는 것으로 만족할 청년으로 보이지는 않는다. 내 말이 틀린가."

자고로 꿈보다 해몽이라고 했다.

기실 유리는 여왕의 마음에 들고 싶었던 일념으로 만든 것뿐인데, 그녀는 자신이 보다 대단한 그릇을 가진 이라고 칭찬하고 있었다.

유리는 당황해 어쩔 줄 몰랐으나, 어쨌거나 하트의 여왕이 자신을 좋게 보아준다는 것은 확실했다. 유리는 얼떨떨한 채로 답했다.

"전하께서 저를 퍽 다정하게 보아주고 계신 것 같……."

유리의 말에 주변이 일순간에 조용해졌다.

유리는 순간적으로 당황하고 말았다. 아니, 이게 아닌가? 좀 멋있게 말해야 하나? 이런 건 궁정 예법이 아닌가? 유리가 새싹색 눈알을 굴렸다. 쎄시아의 눈이 가늘어졌다가, 웃음과 함께 접혔다.

"나를 보고 다정하다는 이는 아주 오랜만에 보는군. 그렇지 않니, 에넌."

"예에."

"그래, 다정한 내가 네게 상을 내리겠다. 아니, 상이라는 말은 적절치 않다. 거래를 한다고 해야겠지."

"폐하."

단딜리온 재상이 눈썹을 꿈틀거리며 쎄시아를 말렸다. 여왕의 입에서 거래라니. 저 상인이 기고만장할 거리를 주지 말라는 뜻일 것이다. 그러나 쎄시아는 별반 신경 쓰지 않는 것 같았다.

"다정한 여왕은 상인과 거래도 할 수 있지 않겠나."

"……."

"유리 클로드. 직관적이지만 예쁘지 않나."

클로드. 그게 내 성이라고? 유리는 눈을 깜박였다.

"유리 클로드에게 준남작위를 수여한다. 덧붙여 준남작위에 부여되는 모든 혜택 또한 유리 클로드의 것이다. 그리고 준남작위에 부여되는 모든 의무도 수행하여야 한다. 하여, 유리 클로드."

"예에."

"내정 자문관의 의무를 겸하게."

단딜리온 재상의 얼굴이 영 이상해졌다. 유리는 그 의무라는 게 뭔지는 잘 몰랐지만, 어째 그것을 수락하지 않을 길은 없다는 것은 금세 알아챘다. 그래서 유리는 고개를 주억거렸다. 여왕은 만족스러운 표정으로 사자의 홀을 나갔다.

곧 일렉사 백작부인을 위시한 시녀들이 뒤를 따랐다. 어째 문 건너편으로 "나~는야 다정한~ 여왕 전하~!" 어쩌고 하는 콧노래가 들린 것 같았지만 아마 착각이겠지……

─�֎─

"그런데 정말, 유리에게까지 그럴 줄은 몰랐습니다."

유리는 퍼뜩 상념에서 깼다. 유리가 다른 생각을 하는 것을 아는지 모르는지, 여전히 미남은 옆에 주저앉아 투덜대고 있었다. 유리가 조심스럽게 물었다.

"뭐가요?"

"성 말입니다."

에넌이 뺨을 긁었다.

"성이 왜요?"

"그게, 누님이 성을 내린 건……. 유리가 두 번째입니다."

"엑. 설마요."

발렌시아 왕국쯤 되면 통합 과정에서 성이 바뀐 이가 여럿 된다. 유리 또한 성을 받으면서 그렇게까지 큰 의미를 부여하지는 않았다. 그저 성이 없는 이에게 작위를 주어야 하니, 대강 붙여준 이름쯤 아닌가 싶었는데.

그런 유리의 의문을 대변하듯 에넌이 덧붙였다.

"제 성도 누님이 주신 겁니다."

에넌 라이언하트.

유리는 한쪽 눈을 조심스럽게 찡그렸다. 폭군 아빗사의 사생아라 그에게서 성을 얻지 못한 아들은, 발렌시아에 볼모 비슷하게 보내져서도 성이 없었다.

그 성은 쎄시아 발렌시아가 분연히 일어날 때 널리 알려졌다. 누가 주었는지는 알려지지 않아, 모두들 그 용맹한 성이 스스로 붙인 것이 아니겠느냐 했는데……. 그랬단 말인가.

유리는 묘한 기분이 됐다.

"제 성은 누님이 열한 살 때 붙여 주신 겁니다."

에넌은 쓰게 웃었다. 유리는 그 쓴웃음을 보고, 무심결에 과거 어렸던 시절 제게 성을 내리고, 결국 여왕이 된 여인을 추억하는 종류의 것인가, 하고 생각했다.

그러나 유리를 내려다보며 웃는 그 웃음에는 약간의 동지의식, 그리고……. 어째서인지 애잔함 같은 게 담겨 있었다.

설마.

유리는 잠시 망설이다 입을 열었다.

"각하, 지금 나이가 어떻게 되신다고요……?"

"스물여섯 살입니다."

"설마 저도 서른다섯까지 전하께 잡혀 있는 건……."

"그 무엇도 장담은 못 합니다……."

그러니까, 그 여왕이 성을 직접 내려준 것은……. 유리가 너무, 너무, 너무 마음에 들어 곁에 두고 싶어 한다는 뜻일지도 모른다는 것이다.

으아아아아.

유리는 머리를 헤집었다. 그러나 고난은 그것이 끝이 아니었다. 에넌이 말을 이었다.

"봄의 대연회가 곧입니다. 왕국을 선포하고 처음 맞는 대연회이니만큼 엄청난 규모로 열릴 겁니다. 일주일 내내 열리는데……. 새로 작위를 수여받은 자들의 작위 선포식이 있죠."

"설마 저도……?"

"아마 아주, 아주 멋지게 입고 오셔야 할 겁니다."

전하 옆에 붙어 있어야 할 테니까. 에넌이 숨길 수도 없을 정도로 노골적인 애잔한 시선으로 유리를 내려다봤다.

유리는 정원에 쓰러져 뒹굴고 싶은 마음을 간신히 참았다. 여왕 옷 만드는 것도 모자라서 나도 대연회에 가야 된다고?

아, 망했어요.

망한 것은 그것뿐만이 아니었다.

권력 좋구나, 하고 생각했지만 권력에 따르는 것은 좋은 것보다는 귀찮은 것이 더 많았던 것이다.

유리가 받은 것은 준남작위.

그야 어디 가서 좋은 옷 입고 으스대는 데야 별문제는 없지만, 세습 작위도 아니고 유리가 이걸로 이득 볼 일은 별로 없었다. 길 가다 밥 사먹는데 준남작이라고 밥값 깎아주는 것도 아니고.

세금 혜택이 쬐금 있기는 하지만 그건 그야말로 상급 귀족들보단 좀 덜 내도 된다는 것이라 혜택으로 불릴 만한 것이 아니었다. 게다가 다른 일 때문에 혜택보다 손해가 컸다.

유리의 준남작위 수여 소식을 듣고 레스타는 물론 기뻐했으나, 조금 쓸쓸한 표정을 지었다.

"너를 우리 상회 대표로 할까 생각해본 적도 있지만……. 그러지 않아서 정말 다행이군."

"대체 왜!"

"발렌시아의 귀족이 소득 사업을 하면 평민보다 세금을 5할은 더 내야 한다."

"뭐라고?"

그러니까, 쎄시아 발렌시아는 정말로 유리의 입장에서 보기에는 쓸데없이 유능했던 것이다.

발렌시아 왕국의 건국 선언과 함께 쎄시아가 가장 먼저 건드린 것은 세법이었다. 아흔아홉 개의 국가 중 대부분의 왕국들에서 귀족들은 그야말로 놀고먹었다. 평민들이 낸 세금으로 연금을 지급받아 가며. 선대가 이룬 공으로 세습 작위를 받으면 후손들은 아무것도 안 해도 먹고 살 수가 있었다. 그러나 쎄시아는 놀고먹던 귀족들을 무혈 통합한 후 그들에게 세금 징수를 선언했다. 귀족들이 벌떼같이 들고 일어났지만, 통치의 잔 때문에 섣불리 쎄시아를 해할 수도 없었다.

신분 유지는 되었으나 현재의 귀족들은 발렌시아라는 새 국가가 들어서는 데 아무 공도 세우지 못했으므로 발렌시아에서 연금을 받지 못했다. 그에 더해 귀족들은 이후 소득 사업을 할 시 세금을 평민보다 5할 더 내야 했다.

빈민 구제 사업이나 국가 사업과 병행하면 평민과 같은 수준으로 낼 수 있었으나, 그 두 가지를 하느니 세금을 더 내는 쪽을 택하는 귀족들이 태반이었다.

"어쨌든 국가적으로는 정말 대단히 유능하고 멋진 여왕님이지만 유리에게는 그리 좋은 선물은 아니군. 적어도 아타락시아는 앞으로 5할 세금을 더 내야겠어……."

레스타가 턱을 괴고 중얼거렸다. 아타락시아의 재정 계획을 다시 짜야 하는 것이다. 그러나 유리는 손가락을 흔들었다.

"아냐, 그런 거면 괜찮은데?"

"뭐? 왜?"

"깜빡했는데, 나 발렌시아 국가 기간 사업 자문관 됐어."

그렇다. 유리는 준남작위 신분 하나 받고 두 배로 바빠지게 된 것이다. 귀족의 의무로 쎄시아가 유리에게 안긴 것은 내정 자문관이라는 직위였다. 물론 세금이야 내정 자문관이니 평민 수준으로 내고, 쎄시아가 레스타에게 약속한 다른 혜택도 여전히 존재했으니 금전적 손해야 없을 터였다.

단딜리온 재상은 완고해 보이는 얼굴과는 달리 굉장히 합리적으로 재정 문제를 해결하는 사람이었다. 유리는 재상이 향후 20년간 지급하기로 약속한 로열티 덕분에 아껴 쓰면 평생 놀고먹을 수도 있는 상황이 됐다. 그러나 막상 유리는 당장 남국으로 떠나기는커녕, 발렌시아 왕성에 붙잡혀버렸다.

일단 내정 자문관이라는 이름하에 유리가 제안한 부자재 사업들을 정리해 국가 기간 사업으로 만드는 것이 유리에게 안겨진 가장 큰 임무였다. 유리는 그제야 깨달았다. 내가 받은 로열티가 그냥 주는 돈이 아니구나…….

그것 때문에 유리는 매일매일 발렌시아 왕성으로 출퇴근하는 상황이 돼버렸다. 그리고 오늘도 왕성으로 출근했다가, 점심시간에 제가 일하는 집무실로 쳐들어온 이 미남 덕분에 정원까지 끌려온 것이다.

미남이 식사까지 바구니에 담아 친절하게 점심 같이 먹자며 끌고 오는 탓에 어쩔 수 없었다.

세기의 미남이! 밥 같이 먹자는데! 거절할 수 있는 사람?

어쨌든 유리는 이 미남의 얼굴을 보고 있으면 저도 모르게 그가 하자는 대로 하고 있다는 것을 슬슬 자각하고 있었다.

나한테 얼빠 기질이 있는 줄 누가 알았겠냐고.

유리는 몰랐던 제 기질을 새삼 깨닫고 스스로에게 반문했다. 왜 전생에는 몰랐을까? 왜긴 왜야 잘생긴 사람이 주변에 없었으니까 그렇지.

그렇지만 레스타는?

여기까지 생각하고 나면 고개를 불쑥불쑥 쳐드는 레스타의 생각에 영 머리가 아파졌다. 그래서 더는 이 미남에 대해서 생각을 하지 않으려던 것도 있다.

그만 생각하자.

유리는 한숨을 쉬며 미남이 건네주는 빵을 떼어 입에 넣었다. 공작님치고는 퍽 소박한 점심 식사다. 바구니 안에는 빵 몇 쪽, 곁들여 먹을 과일, 고기 구운 것 정도가 들어 있었다.

"입맛에 안 맞습니까?"

"아뇨, 맛있는데요."

"그렇군요. 일이 바빠서 얼굴이 안 좋은가."

유리는 빵을 우물거리며 옆에 앉은 미남을 쳐다봤다.

격이 없어도 너무 없어서 천연덕스럽게 제 얼굴이 안 좋다고 평하고 있는 이 미남은, 원래라면 유리가 무릎을 꿇기라도 해야 할 지위의 인물이었다.

공작 각하.

쎄시아 발렌시아가 발렌시아를 건국한 것은 오로지 혼자의 힘에 의한 것이라고 했으나, 그도 이 남자의 협력이 없었다면 불가능했을 일이다. 그렇기에 이 왕국에서 유일무이한 공작위를 받았다고 했던가.

유리는 남자가 공작인 것을 알아채고 나서 남자에 대해 본격적으로 알아봤다. 남자는 발렌시아에서 가장 큰 평야인 올랭피아 평원을 통째로 영지로 하사받았다고 했다. 그리고 유리는 자신이 왜 남자가 공작이라는 것을 먼저 알아챌 수 없었는지 그 과정에서 대강은 깨달았다.

일단 발렌시아의 곡식 창고라고도 할 수 있는 올랭피아를 가진 남자치고 너무 한가하다. 일례로 유리가 알현 이후 쎄시아 발렌시아를 구경한 것은 한 손에 꼽았다.

일주일 동안 열심히 일을 해서 '이거는 여기서 생산하고, 저거는 저기서 생산에서 협업해서 이만큼 효과를 낼 거예요!'라는 결론을 낸 뒤 홀에 보고를 하러 가는 것이 유리가 하는 일이었다.

그러면 그 금발의 여왕은 저 먼 자리에 앉아 "알았다. 특이사항은?"하고 묻고, 유리는 "없습니다."라고 이야기하는 게 전부였다.

그도 그럴 것이, 여왕은 너무너무너무 바빴던 것이다. 듣기로는 하루에 두 시간 잔다던가.

여왕이 그만큼 바쁘면 공작도 바빠야 하잖아!

레스타에게 듣기로는 올랭피아 평원을 영지로 가지고 있을 정도라면 눈 돌아가게 바쁠 것이라고 들었다.

그 외에도 공작이 가진 특권은 너무나 많아서, 그걸 다 써먹고 해 먹으려면 몸이 열 개라도 부족할 텐데. 그래서 유리는 입을 열었다.

"……각하는 안 바쁘세요?"

야, 너 여기서 놀고 먹어도 되냐? 준남작 따위하고 빵이나 먹고

노닥거릴 만한 지위가 아닌 걸로 아는데, 라는 뜻이다. 그러나 유리
는 어쨌든 이 남자가 제 윗사람이라는 걸 알고 있었고, 언제든 그가
제 목을 베어버릴 수 있다는 것도 자각하고 있다.

그럼 조심해서 나쁠 건 없지. 남자가 씩 웃었다.

"공작씩이나 되면서 여기서 놀고먹어도 문제없느냐는 뜻이
지요?"

……바보는 아니군.

공작인 걸 어떻게 알았냐고 물었을 때는 바보인 줄 알았는데.

유리도 마주 웃었다.

"그렇다기보다는 높으신 공작 각하께서 저라는 사람에게 너무나
신경을 써주시니 황공하여……."

"음. 안 좋은 것이 옳았군요."

"예?"

"옳았다기보다는, 이럴 걸 예상하고 그런 거긴 하지만."

에넌이 어깨를 으쓱했다.

"저한테 각하라고 안 해도 됩니다. 렌이라고 불렸던 것처럼, 에넌
이라고 부르라고 하면 안 되겠지요?"

아, 정말 당연한 소리를 하고 계셔서 어이가 없네요.

유리는 속으로만 중얼거리고는 말없이 웃어 보였다. 에넌이 한숨
쉬듯 웃었다.

"저는 본래라면 귀족 작위는커녕 뒷골목에서 구르고 있어야 맞는
인생입니다만, 어찌어찌 인생의 궤가 잘 맞아 들어가는 바람에 재

수 좋게 누님께 힘입은 사람이라. 아직도 영 각하라는 소리를 들으면 민망해서 턱 밑이 가렵습니다."

유리는 저도 모르게 자꾸 가자미눈이 되려는 것을 애써 다잡았다.

아무리 이 남자가 착하게 굴어도 그렇지, 대놓고 네네 그러셨쎄여 하는 표정을 지었다가는 큰일을 치룰 것이야.

"제 가신들도 저를 가끔 멍청이 취급하는데, 모르는 높으신 분들이 그렇게 말씀하시는 것은 뭐 그러려니 하지만…… 아무래도 제가 먼저 공작입네 하는 것은 영 성격에 맞지 않아서요. 솔직히 여쭤보겠습니다. 제가 유리의 상점에 들어가서, '에헴, 이 몸은 라이언하트 공작이니라! 여기서 가장 비싼 옷을 내놓아라!' 한다면 유리는 어떻게 했을 것 같나요?"

유리는 즉답했다.

"……비싼 옷 팔았을 거 같은데요?"

아주 잠깐 침묵이 흘렀다.

당황한 에넌의 얼굴을 보고 유리는 '아. 이게 아닌가' 하고 뒤늦게 깨달았다.

그러니까 이거……. 그거지? 미연시 게임 같은 데서 '너만은 나를 평범하게 대해줘!' 했는데 진짜 너무 평범하게 대한다는 답변을 골라서 망하는 그거…….

"그렇지만 아마 각하게 대했듯이, 밥 사 드리고 식사 하면서 취향을 여쭤보지야 않았겠죠? 그냥 저희 샵에서 가장 비싼 옷 너덧 벌

팔아서 제 밥 사먹고, 그렇게, 에넌을 보내고, 어⋯⋯. 까먹고⋯⋯."

아 땀나네요. 미남의 취향의 맞는 답변은 도대체 어떤 것인가.

유리는 눈알을 굴리며 최대한 맞는 대답을 내놓기 위해 고심했다. 다행히도 유리의 선택지는 옳았던 듯, 에넌이 씩 웃었다.

"그렇죠. 그렇지만 제가 그렇게 굴지 않았기 때문에 유리는 좋은 옷을 만들어주었죠. 그것은 정말로 감사하게 생각합니다."

자칫하면 발렌시아 전역을 떠돌 뻔했다니까요. 에넌이 과일을 입에 집어넣으며 말했다. 유리도 '예⋯⋯. 그리고 저는 이역만리 발렌시아에 와서 졸지에 과중한 업무에 시달리고 있고요.' 같은 이야기를 하지는 않고, 얌전히 저민 고기를 집어 우물우물 씹었다.

정말 많은 이야기를 고쳐주고 싶지만, 높으신 분 말에 토 달았다가 야근한 전생의 기억이 아직도 남아 있다. 심지어 여기서는 목숨이 달려 있는 문제다.

아⋯⋯. 다시 한 번, 문명사회 그립네⋯⋯.

그나저나, 맞다.

"그런데 각하, 언제 한번 오셔야 되는데요."

"어디를요?"

"제 집요."

"아. 그렇지요."

쎄시아 발렌시아는 유리에게 집을 하나 주었다.

유리도 언제까지나 레스타와 호텔에 머무를 수는 없으니 좋은 선물이었다. 게다가 말이 집이지, 제법 괜찮은 저택이었다. 물론 발렌시아의 택지 사정 때문에 넓은 정원 같은 것은 아무래도 어려웠지만 3층 건물에 방도 아홉 개나 되었다.

플럼은 그 저택에 가보더니 너무 좋아 비명을 질렀더랬다. 에넌이 턱을 긁으며 말했다.

"선물이라도 사 가지고 갔어야 하는데, 제가 너무 친구에게 무심했군요."

"아뇨, 그 얘기가 아니고요."

유리가 손을 내저었다.

"봄의 대연회에 저만 번듯한 옷 입고 갈 수는 없잖아요. 각하 것도 만들어야죠. 제가 약속했잖아요."

"아, 그렇지만……."

"물론 저는 전하의 드레스를 만들어야 해서 아주 힘들고 고달픕니다만!"

이럴 때일수록 생색을 내야 하는 법이다. 유리는 누가 보면 가증스럽다는 말이 나올 정도로 천연덕스럽게 눈을 깜박이며 에넌을 올려다봤다.

"그래도 제가 한 약속은 지켜야지요. 각하께서 도와주신 게 있는데."

"저는 별로 한 게……."

"거참. 각하 아니었으면 그때 지퍼 만들 생각도 못 했을 거라고요. 아무튼, 근시일 내에 저녁에 제 집에 한 번 오세요. 치수를 재야 하거든요. 대연회에서 셔츠 한 벌만 입고 돌아다니실 것도 아니고."

유리가 손가락을 흔들었다. 에넌은 잠시 생각하다가 미소 지었다.

"그럼, 제가 선물을 들고 방문하면 되겠군요."

"뭐, 그러셔도 좋고……."

이튿날 저녁에 제 저택에 누가 올지 알았다면 유리는 죽어도 에넌 라이언하트를 집에 부르지 않았을 것이다.

~※~

이튿날 유리의 집에 초대받지 않았지만, 방문한 사람은 둘이었다. 처음은 알리슨이었다.

"플럼!"

"까아, 오빠!"

성에서 오전만 일한 뒤 돌아와 차를 마시고 있던 유리의 눈이 휘둥그레졌다.

알리슨의 방문은 금시초문이었던 것이다.

알리슨은 양손 가득, 선물과 함께 유리의 집에 들어선 참이었다. 플럼이 방문자의 얼굴을 확인하자마자 도도도도 달려가 알리슨의 목에 팔을 감았다.

"뭐야, 형. 웬일이야?"

"이런, 유리 인마! 너는 형을 오랜만에 보자마자 그런 소리밖에 못 하냐."

한 팔로 플럼을 들어 안은 알리슨은 유리의 머리를 큰 손으로 슥 슥 쓰다듬었다. 플럼과 달리 유리가 어린애 취급을 받는 걸 싫어한다는 것을 알고 있기 때문이었다.

유리는 식탁에서 일어난 채 어안이 벙벙해 알리슨을 쳐다봤다. 알리슨이 쿵쿵 소리를 내며 선물을 내려놨다. 그리고는 사방을 둘러봤다.

"이야, 이게 무려 여왕님이 하사하신 집이란 말이지!"

"어, 어……."

"장난 아니네! 유리 너 출세했구나? 언젠가는 꼭 대륙 전역에 이름을 알릴 꼬맹이라는 걸 알고는 있었지만!"

"그러니까 형, 어떻게 온 거냐니깐?"

알리슨이 그제야 이쪽을 돌아봤다.

"어떻게는, 상단주님 부름에 달려왔지!"

"레스타가?"

알리슨은 유리 대신 남아 아타락시아의 관리를 맡았다.

그러나 관리라고는 해도, 인력 관리가 대부분이다. 재정이야 레스타의 상단에서 전부 관리하고 있었으니까.

알리슨은 오랫동안 친했던 아타락시아의 침모들이 다른 곳으로 스카우트되어 가지 않게 하는 역할을 맡고 있었다.

유리는 노하우 관리야말로 가장 중요하다는 걸 알고 있는 사람이었고, 알리슨은 유리의 기대에 훌륭하게 부응했다.

그러나 레스타는 생각보다 유리의 걱정을 아주 많이 했던 모양이다.

알리슨은 불과 3주 전 레스타의 편지를 받자마자 발렌시아로 달려왔다. 여왕 전하의 미움을 사버린 불쌍한 내 동생……이라는 생각으로 잠도 아껴가며 왔으니 한 달 거리가 순식간에 3주로 줄었다.

그러나 알리슨이 발렌시아에 도착하기 직전, 유리는 훌륭하게 여왕 전하의 마음에 드는 데 성공했다.

"가장 먼저 상단주님을 만났는데, 그냥 발렌시아 구경이나 좀 하라며 용돈도 쥐여주시는 통에 한 바퀴 돌아보고 왔지!"

시일이 좀 지난 편지라 알리슨은 '꼭 내게 먼저 오라.'라는 말을 보고 레스타에게 먼저 갔다.

그리고 유리의 상황을 알고 나선 너무 안심한 나머지 쇼핑을 왕창 해버렸다는 모양이었다. 엄청나네……. 유리가 선물을 끌러보고는 어이없이 웃었다. 온갖 과일들이었다.

"뭐야, 이게?"

"인마, 발렌시아에 왔으면 과일을 먹어야지!"

발렌시아는 추운 덕에 얼음 저장이 용이했다. 여왕이 있는 곳이기에 귀한 말린 과일들도 많이 모였다.

"너 일하느라 틀림없이 먹을 것도 제대로 못 챙겼을 거 같아서, 내가 용 썼지!"

이어 나온 것들도 발렌시아에서 볼 수 있는 비싼 디저트며 간식 빵 같은 것들이었다. 거참. 이 형 정말 못 말린다. 유리가 웃었다.

"이건 또 뭐야?"

플럼이 꾸러미들 중 가장 작고 사랑스러운 천을 끌렀다가 꺅, 하고 소리를 질렀다.

핑크색 뜨개 레이스끈이었다.

알리슨이 어깨를 으쓱했다.

"나는 여자애들 건 잘 모르니까, 골라 달라고 했지."

플럼의 이름이 플럼인 이유는 잘 익은 자두 빛 머리카락 때문이었다. 짙은 다홍색 머리카락에 묶이는 핑크색 끈은 정말로 귀여웠다. 플럼이 그대로 한 바퀴 돌아 보였다.

"어때?"

"음, 역시 내 동생. 시집가도 되겠다."

알리슨이 엄지를 들어보였다. 유리에게 배운 손짓이었다.

"그 옆에 네 것도 있는데."

"어?"

알리슨이 꾸러미를 뒤적여 플럼이 꺼낸 것과 비슷한 천 보퉁이를 찾아냈다.

유리는 엉겁결에 알리슨에게서 그것을 받아 끌렀다.

"헐. 이게 뭐야."

"뭐긴 뭐야. 플럼이 시집가기 전에 네가 먼저 빨리 가야지."

유리가 으엑, 하는 소리를 내며 꾸러미에서 초록색 실크 리본끈을 끄집어냈다. 플럼의 것은 레이스끈뿐이었으나, 유리의 것은 한층 본격적이어서 리본끈과 세트인 공단 보닛까지 같이 있었다.

"너 언제까지 그렇게 봉두난발로 다닐래. 엉? 여왕님한테도 인정받았으니 이제 이렇게 딱! 예쁜 숙녀가 돼서 빡! 멋진 남자랑 만나서, 뿅! 멋진 드레스도 입고, 어?"

"그리고 그 드레스를 입고 성벽에 목이 내걸리고?"

"어?"

"꿈 깨셔."

유리가 보닛을 플럼에게 집어던졌다. 플럼은 익숙하게 보닛을 받아 제 머리에 뒤집어썼다. 짙은 초록색 보닛은 플럼에게도 아주 잘 어울렸다. 플럼이 노래하듯 말했다.

"알리슨 오빠 정신 차려. 유리 오빠가 언닌 거 들키면 크은일 난다구."

"어? 어……?"

유리는 그간 있었던 일들을 레스타의 편지보다는 훨씬 다이내믹하게, 그리고 전지적 유리인칭 시점에서 알리슨에게 들려줬다. 알리슨의 얼굴이 새파래졌다.

"세상에……."

"알겠어? 목숨이 달린 문제라고."

"내 동생! 괜찮아?"

"괜찮아, 괜찮아. 어차피 봄의 대연회만 끝나면……."

"아니, 그거 말고!"

알리슨이 대번에 유리를 붙잡아 앉혔다. 그리고는 유리가 입은 퀼로트의 다리 쪽 단추를 끄르는 것이었다.

유리가 꽥, 비명 질렀다.

"뭐야!"

"맞았다며!"

"종아리 아니거든! 허벅지야!"

"아. 그렇지만!"

맞다, 이 형 이런 성격이었지.

알리슨은 유리의 눈앞에 무릎 꿇고 앉아 씨근거렸다.

알리슨은 유난히도 정이 많고 우직했다. 가끔 그의 성격이 퍽 번잡스럽다 느낄 때도 있었으나, 그가 이런 성격이 아니었으면 아마 유리가 알리슨과 인연 맺을 일도 없었을 것이다. 유리는 한숨을 쉬었다.

"뭐야. 이제 괜찮아."

"뭐가 괜찮아!"

알리슨이 버럭 소리를 질렀다.

"아 왜 나한테 소리 질러!"

유리가 짜증을 내자마자 도로 수그러들어서 "……미안."하고 사과한 것은 물론이다. 어쨌든 알리슨은 수도에 온 지 불과 하루 만에 여왕 전하에 관해 '나쁜 년'이라는, 상당히 유리로서는 남들에게 알리고 싶지 않게끔 만드는 평가를 내렸다. 그리고 그 직후에는 유리에게 벨름으로 돌아가자고 말했다.

"야! 가자! 여왕 같은 거 필요 없어! 다 필요 없으니까 당장 벨름으로 가자! 거기가 날씨도 좋고 춥지도 않아!"

"형 나 목줄 매였어."

"헐."

알리슨은 유리가 성을 가지게 된 이야기와, 쓸데없는 일로 바빠진 이야기까지 듣고는 입을 벌렸다.

물론 이번에도 알리슨의 반응은 조금 다른 축이었다.

"그럼……. 나 이제 너……. 아니 유리 님……. 그……. 각하……?"

유리는 한숨을 푹 쉬었다.

"그냥 유리라고 불러……."

제 형은 이렇게나 융통성이 없다. 그래도 참 선하다.

유리는 다시 용기를 얻어 "그래도 너무한 거 아냐?"하고 화르륵 불타오르는 알리슨을 보고 픽 웃었다.

"그러니까 저 보닛은 이번에는 플럼을 주자."

"그래……."

알리슨이 조금 풀이 죽었다. 그러나 유리는 거기서 그치지 않았다.

"그리고 형."

"어?"

"형이나 장가가."

알리슨은 고개를 들고 뭐라 말하려다가, 유리의 뾰족한 눈에 당황했다. 유리는 말을 이었다.

"나나 플럼보다 먼저 가야 할 사람이 있지 않아? 형 지금 완전 노총각이거든?"

노총각이라는 말에 알리슨이 발끈했다.

"아닌데! 완전 결혼 적령기인데!"

"그래? 그럼 적령기니까 빨리 장가가시라고. 남 걱정하기 전에 본인이나 좋은 사람 만나서."

"나는 좀 늦게 가도 돼! 그렇지만 너는 여자애잖아!"

"형."

저도 모르게 큰 소리를 냈던 알리슨이 헙, 하고 입을 막았다. 여자애라는 애기 내가 여기서 하지말라 <u>그르쓰흐르그르쓰.</u>

유리가 이를 악물고 묻자 알리슨은 "잘못했습니다⋯⋯."하고 고개를 수그렸다. 참, 사과가 빠른 점만은 미덕이다.

"그리고 한 가지 더."

"어?"

"형이 모르는 게 있는데."

"응."

"나 그냥 여자애 아냐. 무지하게 돈 많고 재능 넘치고 귀여운 여자애야. 그리고 이젠 귀족인 여자애거든. 내가 나이가 예순 일흔이 넘어 호호 할머니가 돼도 무지하게 돈 많고 재능 넘치고 귀엽고 귀족인 할머니일 거라서, 그때도 남자는 많을 거니까 내가 결혼하는 건 알아서 할게, 응?"

"그⋯⋯. 나는 너를 걱정해서⋯⋯."

"예. 걱정하는 거 알아. 그러니까 내가 알아서 한다고."

알리슨이 눈을 껌벅이다가 고개를 끄덕였다.

이 형은 어쩔 수 없이 이곳의 사람이라, 제게 이렇게 오지랖 넓은 걱정을 하는 것도 무리는 아니다. 그렇지만, 제 입에 풀칠도 못 하면서 애를 넷이나 데리고 살던 노총각한테 그런 걱정 하나도 듣고 싶지 않거든요.

물론 이 말은 입 밖에 내지 않을 것이다. 알리슨은 정말로 자신의 미래를 걱정하기 때문에 저런 말을 한 것일 테니까.

바꿔 말하자면– 저게 알리슨의 한계인 것이다.

유리는 어깨를 으쓱했다.

"그래도 걱정해준 건 고마워."

제가 유리의 기분을 상하게 한 걸까, 초조해하던 알리슨의 얼굴이 밝아졌다. 알리슨의 장점은 표리부동한 이가 아니란 것이다. 표정에 모든 게 드러나지. 유리도 마주 웃었다. 어쨌든 제 편을 들어줄 사람이 하나라도 더 이곳에 와 있는 것은 좋은 일이다.

오늘은 가족끼리 저녁 식사라도 할까, 하고 생각했다. 요즘 면실크 때문에 계속 자리를 비우고 있는 레스타도 알리슨의 말로는 오늘은 집에 올 것이라고 했다. 유리는 양쪽 주먹을 꼭 쥐었다.

"좋아, 오늘은 맛있는 걸 먹자!"

"와아!"

"플럼, 얼마 전에 요리사님이 장보셨다고 했지?"

"웅!"

"그거 다 먹자!"

"와아아아!"

"과일도 다 먹자!"

"와아아!"

플럼이 경쾌한 발걸음으로 식당을 뛰어나갔다. 아마 요리사에게 이 일을 알리기 위해서일 것이다.

~※~

"……아차."

"집을 방문한 손님에게 그렇게 인사하는 것이 벨름의 풍습은…… 아니겠지요?"

유리의 집은 큰 정원 없이 낮은 담으로 둘러싸여 있었다.

땡땡땡땡, 낮은 담에 붙은 아치형 문을 울리는 종소리에 종종걸음치며 나간 순간, 유리는 잊었던 사실을 깨달았다.

맞다, 나 오늘 손님 불렀지.

유리의 눈앞에는 여전히 익숙해지기 어려운 조각 미남이 어색하게 웃으며 서 있었다. 키가 어찌나 큰지, 커다란 나무문 위로 그 잘난 얼굴이 튀어나오고도 모자라 어깨까지 보였다. 문 너머로 이 쪽을 바라보는 싱글벙글한 얼굴에, 유리는 최대한 비굴하게 말을 얼버무렸다.

"그게 아니라……."

"뭐, 워낙 바쁘시니까요."

미남- 에넌이 빙그레 웃었다.

공작 각하를 불러놓고 까먹었다는 어마무지한 사실 앞에서도 그저 웃으며 '그럴 수도 있다'고 말하는 이 남자는 얼마나 호인인 것인가. 유리는 눈알을 굴렸다.

"죄송합니다……."

"참, 누님도 작작 부리셔야 하는데. 너무 사용인들을 가혹하게 쓰십니다. 그렇지요?"

유리의 머릿속으로 순식간에 수십 개의 생각들이 스쳐지나갔다. 오늘은 레스타와 플럼, 알리슨까지 네 명이나 되는 사람이 오랜만에 함께 저녁을 먹을 예정이라, 고용한 요리사에게 되도록이면 음식을 푸짐하게 마련해 달라고 했다.

새 통구이가 두 마리, 그리고 생선도 있고 멧돼지 앞다리살 볶음 같은 것도 있을 것이다. 과일……. 공작님한테 대접할 음식으로는 좀 부족한가? 아니, 이 사람 묘하게 음식 같은 거에 까탈스럽지는 않은 것 같으니 괜찮지 않을까?

그보다 우리 넷이 밥 먹는데 같이 먹자고 해도 괜찮을까? 역시 안 되겠지? 그냥 나랑 공작님이랑 먹고, 나머지 셋은 더 맛있는 거 밖에서 사먹으라고 할까?

근데 이 사람 음식도 그렇고 대충 풀바닥에서 자리 깔고도 밥 잘 먹는데 알리슨하고 레스타하고도 같이 먹자고 하면…….

수많은 생각에 휩싸여 유리는 문을 열었다.

그리고 방금 전보다 훨씬 많은, 수백 개의 생각에 휩싸여야 했다.

"내가 가장 가혹하게 부려먹히고 있거든?"

문이 열린 유리의 앞에는 뭔가 큰 짐을 든 하인 둘 외에도– 너무 익숙한 사람이 하나 더 있었기 때문이다.

쎄시아 발렌시아.

금발에 빨간 눈을 한 여왕.

"아, 너무 놀라지 마. 짐도 이래저래 할 말이 있어서 따라왔으니."

그리고 그녀가 씩 웃으며 하인들을 가리켰다.

"물론 부하의 집을 마구 침범하는 무례한 군주는 아니야. 선물도 가져왔으니, 나도 들여보내주지 않겠어?"

"……너무 누이가 막무가내여서, 미리 전령을 보낼 틈도 없었습니다. 미안합니다."

에넌이 난처하게 웃으며 유리를 바라봤다. 유리는 거기에 대답도 못하고 그저 생각했다. 예……. 너무 놀라지는 않을 건데요, 그냥 기절하고 싶군요.

※

유리는 이런 상황에 처해본 적이 없었다.

상사가 집에 들어가도 되겠냐고 양해를 구하는 상황.

정확히는, 전생에 막 신입으로 입사한 시절 회사의 노총각 대리가 회식 후 데려다주겠다고 억지로 유리의 집 앞까지 와서, 차 한 잔만 얻어 마시고 가면 안 되겠냐고 묻는 상황은 있었다.

그때야 '저희 집에는 차도 커피도 물도 없고 심지어 하나 있던 컵

마저 오늘 아침 뽀개졌답니다! 그러니까 안녕!'하고 문을 쾅 닫아버렸지만, 지금은 어떻게 해야 할까.

뭐 답이야 한 가지다.

제가 있는 집은 얼마 전까지는 눈앞의 여왕님 것이었다. 그리고 자신도 여왕님을 모시게 돼버렸지. 유리는 기계처럼 움직여 문을 마저 열었다.

"들어오십시……."

"그래."

물론 쎄시아도 아주 눈치가 없는 사람은 아니었다. 자신이 얼마 전 파격 기용한 청년이 그간 얼마나 바빴는지는 물론 이 저택에 적응하기도 전이라는 것을 알고 있는 바다. 그래서 쎄시아는 양해 없는 가정 방문의 대가로 하인을 두 명 대동했다.

하인들은 가장 먼저 쎄시아가 타고 온 마차에서 거대한 짐을 끙끙거리며 내렸다.

이윽고 작은 마당에 커다란 목함 두 개가 놓였다. 유리는 눈을 깜박거리며 쎄시아를 쳐다봤다.

"이게……."

"짐에게 들어온 진상품이다. 여름의 발렌시아는 무척 무덥지."

유리의 눈이 동그래졌다.

그건 아마로 짠 아마포였다. 그것도 순백의, 고급 아마포.

본디 누런색에 가까운 아마포를 순백색으로 탈염하려면 잔손이 정말 많이 간다. 이 정도로 곱고 흰 아마포를 쓰려면 비싼 돈을 줘야 할 것이다. 가장 고귀한 귀부인의 속옷을 만들 수도 있을 만큼 직물은 고왔다.

쎄시아는 빙그레 웃었다.

"옷감을 만지는 사람이니 이런 선물을 좋아할 거라고 생각했다."

"어……"

"아닌가?"

"아니오, 정말 감사합니다……."

"너무 놀랄 필요 없다. 신하가 군주에게 예를 갖추는 것처럼, 군주 또한 신하에게 예를 갖추어야 하니 말이다. 내가 무례했으니 그에 맞는 보답을 해야 하지 않겠나."

쎄시아가 유리의 어깨를 가볍게 두들기며 말했다.

유리는 속으로 생각했다. 제가 놀라긴 했죠. 그야 솔직히 말하면 댁이 저한테 선물을 주는 것 자체가 너무 신기한 것이지만.

"이걸로 여름옷이든 침구류든 마음대로 만들어 쓰기 바란다. 뭐, 팔아서 돈으로 써도 좋겠지."

"예에……."

잘됐다. 유리는 슬슬 발렌시아에서 새 옷을 만들어 입어야 할 때라고 생각했다. 봄이 되니 자신이 벨름에서 싸들고 온 옷들도 점점 소용없어졌다. 모피는 물론이고, 가죽 재킷 같은 것들은 더워질 무렵이었다. 그럴 때 이런 아마포라니. 감사할 따름이지.

게다가 쎄시아의 신물은 아마포뿐만은 아니었다.

"끼니 때 빈손으로 오는 불청객을 좋아하는 사람은 없지."

아마포가 담긴 목함보다는 작지만, 그래도 제법 큰 목함 하나를 하인 둘이 조심스럽게 옮겼다. 목함을 열어본 유리는 깜짝 놀랐다. 안에 온갖 먹을거리가 빼곡했던 것이다. 게다가 죄다 다루기 힘든 고급 디저트들이었다.

"감…… 감사합니다……."

"그래. 이제 들어가도 되겠어?"

"당연한 말씀을."

그래도 아주 나쁜 사람은 아닌가? 유리는 고개를 갸웃하며 안쪽으로 쎄시아를 안내했다. 에넌이 애매한 미소를 짓고 그 뒤를 따랐다.

─✦─

예고하지 않은 가정 방문 덕분에 유리는 "그러니까, 이쪽은 여왕 전하……."라는, 얼토당토않은 소개를 몇 번 해야 했다.

플럼은 히이이익, 하는 소리를 냈다가 바로 무릎 꿇었다.

가장 공황을 겪은 것은 알리슨이었다. 알리슨은 "유리 인마, 자꾸 형 놀릴래? 그야 이쪽 분이 정말 놀랍도록 미인……."하고 말을 잇다가, 쎄시아가 재미있다는 듯 고개를 갸웃하자 "죽여주십시오!"라며 바닥에 넙죽 엎드렸던 것이다.

쎄시아가 목에 걸고 있는 발렌시아의 문장을 뒤늦게 알아본 탓이었다. 그렇게 남의 간덩이를 몇 번이나 축소시킨 쎄시아를 데리

362

고 유리는 저택에서 가장 넓은 응접실로 갔다. 본디 에넌 또한 그곳에서 치수를 재고 차를 마실 예정이었다. 유리는 텅텅 빈 응접실을 보고 한숨을 내쉬었다. 적어도 에넌의 방문이라도 까먹지 않았다면 그래도 뭔가 차나 간식 같은 것이 준비되어 있었을 텐데.

그러나 여왕은 그런 것에 신경 쓰지 않았다.

응접실에서 에넌의 치수를 재는 것을 흥미진진하게 구경하고, 유리가 새로 바꾼 저택의 내부 장식을 팔짱 끼고 구경하는 데 시간을 썼다.

"팔 좀 들어주세요."

"예."

에넌은 양팔을 가볍게 들었다. 유리는 자신이 쓰는 줄자를 들고 에넌의 가슴둘레를 재면서 속삭였다.

"대체 어떻게 된 거예요?"

"……나오다가 붙잡혔습니다."

에넌은 오늘 유리와 약속한 시간에 맞춰 가려고 기를 쓰고 일을 처리했다. 에넌의 오늘 마지막 일정은 쎄시아와 함께 슐스테드 영지의 영주들을 만나는 일이었다. 슐스테드 영지는 본래 슐스테드 왕국으로, 두 형제가 통치하는 왕국이었다. 그러나 지금은 두 개로 나뉘었고, 자연스레 쎄시아와 에넌과 할 말도 많았다.

그런데 두 영주는 내내 으르렁대다가 기어코 어젯밤 발렌시아에 도착한 기념으로 술을 마시다가 싸웠다.

참으로 한심한 일이다. 형 쪽은 코뼈가 부러졌고 아우 쪽은 낭심을 걷어차여 오늘 회담에 나올 수가 없다는 말만 시종을 통해 전했다. 참고로 낭심을 걷어차인 쪽은 나올 수 있지 않느냐고 쎄시아가 물었으나, 에넌은 안타까움을 표하며 동시에 남자로서 그를 대변했다.

"아뇨, 그쪽이 더 못 나올 것 같습니다."

어쨌든 그들을 위한 시간이 비어버려 쎄시아에게는 졸지에 오늘 오후를 통째로 휴가로 보내게 되었다. 쎄시아는 쾌재를 불렀다. 이상하게도 평소에 바쁠 때는 휴가 생기면 꼭 쉬어야지 생각하지만, 막상 휴가가 생기면 못 놀아서 안달이 되는 이들이 있다. 쎄시아도 그런 타입이었다.

그녀는 가장 먼저 에넌의 뒷덜미를 잡아챘다. 그리고 유리의 집에 가야 한다는 에넌을 붙잡아⋯⋯.

"그렇게 저희 집에 놀러 오신 거군요."

"예. 뭐, 여기는 전하의 어릴 적 저택이기도 하니까요."

"⋯⋯예?"

에넌의 말에 유리가 눈을 부릅떴다. 에넌이 눈알을 굴렸다.

"전하가 10대 소녀 시절, 여러 가지 이유로 안가에 계셔야 할 일이 있었습니다. 여기는 그 때 쓰시던 곳이죠."

"저기⋯⋯. 그런 델 저한테 막 주셔도 됩니까?"

"그거야 뭐, 그냥 놀릴 수도 없으니까요."

그런 곳이면 추억의 장소 같은 거 아냐?

유리는 복잡한 심경으로 에넌의 팔 길이를 마저 쟀다. 어쩐지 집이 지나치게 실용적이더라. 유리는 집의 구조가 단순한 이유를 그제야 이해했다. 유리의 저택에는 정원 같은 건 없다시피 했고, 저택과 담의 거리는 2~3미터 정도였다. 귀족들의 저택이 보통 으리으리한 정원부터 시작하는 걸 생각하면 놀라운 일이다. 응접실은 두 개뿐이었고, 잡스러운 장식품도 없었다. 조금 부유한 평민의 집을 사서 주신 줄 알았더니. 유리는 생각하며 입을 열었다.

"다리 좀 벌려보시죠."

에넌은 제 앞에 무릎 꿇는 유리를 보고 기겁했다.

"예?"

"다리 좀 옆으로……."

"아."

유리는 생각에 빠져 있느라 에넌이 뭐에 놀랐는지 모르고 있다가, 뒤늦게 알아챘다. 뒤늦게 알아차린 것 또한 한쪽에 서 있던 쎄시아가 손뼉을 치며 까르륵, 웃었기 때문이다.

"무슨 생각한 거야, 에넌?"

벌게진 얼굴의 에넌이 항의했다.

"아니, 제가 이상한 생각을 한 건 아닙니다!"

"이상한 생각? 무슨 이상한 생가아아악?"

쎄시아는 발까지 구르며 좋아했다. 초딩인가. 유리는 속으로만 생각했다.

"아니, 남자와 남자 사이에, 제가 무슨 이상한 생각을……! 그렇지 않습니까, 유리?"

에넌이 유리 쪽을 돌아보며 동의를 구했다.

이분도 좀 꽉 막히셨군. 유리는 어쩐지 이 남자 앞에서는 항상 가자미눈이 되지 않기 위해 노력하고 있는 것 같다고 생각하며 성의 없이 대꾸했다.

"뭐, 남자와 남자 사이에도 이상한 일이 일어나는 세상이지만요."

"……예?"

에넌이 유리의 말에 잠시 침묵하다가 되물었다. 무슨 뜻이냐는 말이었지만, 유리는 어깨만 으쓱하고 제 용건부터 말했다. 저완 별 관련 없는 사랑에 대한 것을 논할 만한 자리도 아닐 뿐더러, 빨리 일을 끝내고 싶었기 때문이었다.

"아무튼 제가 각하의 밑위를 좀 재도 될까요?"

"밑위요?"

유리는 눈을 두어 번 껌벅이고, 제 밑위를 순서대로 가리켰다.

배꼽, 가랑이, 그리고 엉덩이 뒤쪽.

유리가 무표정하게 손짓하는 것을 보던 에넌의 얼굴이 한층 더 붉어졌다.

"옷 짓는 데 그게 필요합니까?"

"……펑퍼짐하고 축 늘어진 큰 바지를 계속 입고 싶으시면 상관없긴 한데요."

"아닙니다. 미안합니다, 유리. 까다롭게 굴 생각은 없습니다."

"예, 잴게요."

유리는 줄자를 들지 않은 손으로 에넌의 배꼽을 가늠했다.

에넌이 간지러운 듯 움찔했다. 유리는 올, 하고 속으로만 조금 즐거워했다. 어쨌든 잘생긴 남자가 제 앞에서 곤란한 듯 붉어진 얼굴을 하고 있는 건 여러 가지 의미로 참 고마운 일이었다.

크, 역시 이래서 미남은 가련하고 뒷배 없는 게 제 맛인데. 유리는 속으로만 안타까워했다. 미남의 가장 큰 뒷배가 킥킥 웃으며 그 광경을 뒤에서 구경하고 있기 때문이다.

배꼽에서 다리 사이, 그리고 가랑이를 통과해서 뒤쪽으로. 최근의 발렌시아 유행은 코드피스를 하지 않는 것이어서, 이 잘생긴 공작님도 마찬가지였다. 지금은 얼굴이 붉어져서 다른 쪽을 보고 있지만, 아마 이 남자의 바지춤에 제 손이 닿아버리면 얼굴에서 피가 나올 것 같기도 한데.

유리는 그렇게 생각하며 남자의 밑위를 쟀다. 줄자의 끝은……. 오, 장난 아닌데. 유리는 빠르게 줄자를 빼냈다. 그 뒤로 다리길이를 재고, 다리통을 재는 동안 에넌의 얼굴은 서서히 본래의 빛을 되찾아갔다.

"왜 그런 걸 재는 거야?"

그 광경을 구경하던 쎄시아가 물었다.

"빈틈없이 치수를 재야 예쁘고 몸에 잘 맞는 옷을 만들 수 있기 때문이지요, 전하."

"귀족들은 모두 좋은 옷을 입기 위해 자기 몸에 맞는 토르소를 하나씩은 가지고 있는데, 유리 클로드. 너는 그렇게 옷을 만들지 않더군. 침모들도 너는 토르소 없이 종이에 뭔가를 그리는 것만으로 옷을 만들어낸다고 했어. 그것과 관계가 있는 건가?"

"예. 그게 제가 자랑하는 기술이지요."

유리는 빙그레 웃으며 쎄시아에게 대답했다. 여왕은 응접실의 소파에 걸터앉아, 마치 어린 소녀 같은 말투로 묻고 있었다. 평소의 위엄 넘치는 말투보다야 훨씬 친근했으나, 유리는 여전히 예의 바르게 답했다. 쎄시아가 다시 물었다.

"그대만 알고 있는 기술인가?"

"아뇨, 그렇지 않습니다. 적어도 앞으로는 그렇지 않을 겁니다."

"자식에게 물려줄 생각인가?"

유리는 고개를 저었다.

"나중에 제가 여력이 되면 학교라도 하나 지을 생각입니다."

유리는 침방의 침모들에게 벨벳을 태우는 기술이며 염색을 하는 기술을 가르쳤으나, 평면패턴을 그리는 법에 대해서는 가르쳐주지 않았다. 그것이야말로 유리가 가장 잘하는 것이고 핵심적으로 돈을 버는 기술이었기 때문이다.

아타락시아는 먼 곳에서도 굳이 벨름을 방문할 필요 없이 편지를 통해 몇 가지 필요한 치수만 알려주면 꼭 맞는 드레스를 만들어주는 것으로 유명했다. 예전에는 벨름에서 가장 큰 숍으로 끝이었지만, 지금은 덕분에 여러 곳에 이름난 의상실이 되어 있었다.

물론 유리의 원래 세계에서는 흔한 기술이기에 패턴 뜨는 법에 관해 영원히 함구하고 싶지는 않았다. 양심이 허용하는 만큼만, 즉 빼먹을 만큼 빼먹고 나중에는 학교라도 하나 지어서 수업비를 빼먹을 것이다. 그것이 유리의 야망 중 하나였다. 아흔아홉 개쯤 되는 야망 중에 스물아홉 번째 정도. 내 인생은 개꿀을 빨고, 내가 죽은 다음에는 남들이 꿀을 빨든가 말든가 알아서 하시라고 할 것이다.

어쨌든 개꿀. 자식 새끼야 낳을지 안 낳을지 아직은 모르지만, 결혼도 할지 안 할지 모르는데 무슨. 그리고 자고로 멍청한 자식보다는 똑똑한 남이 낫다고 했다.

"궁금하군."

"무엇을 말씀하시는지요."

쎄시아는 유리를 똑바로 쳐다보고 있었다. 유리는 가끔 저 빨간 눈동자가 부담스러웠으나 지금은 자신도 그 눈을 바로 쳐다볼 수밖에 없었다. 발렌시아에서 여왕을 만나는 자들은 모두 그녀의 눈을 피하지 않고 쳐다봐야 했다. 그게 쎄시아 발렌시아의 철칙이었다. 쎄시아는 제 앞에서 고개 숙이는 자를 싫어했다. 유리를 쳐다보던 눈동자가 웃음으로 가득 찼다.

"나는 아흔아홉 개의 왕국을 정복하며 재능 있다는 자를 정말 많이 보았지."

"……."

"그대가 맨 처음 나의 성에서 불경한 짓을 했을 때는, 아, 재능깨나 있는 놈인 줄 알았더니, 내가 그동안 봐온 치들처럼 재능 외에는 아무것도 없는 놈인가 싶었다. 솔직히 그대를 처음에는 평가 절하한 것이 사실이야. 나는 남의 생명, 혹은 고귀하고 숭고한 목표를 대의로 삼아 자신의 비열한 짓이 대승적 차원이었다고 주장하는 남자들을 너무 많이 봤거든."

"······."

"지금도 네게 기술에 대해 물었다. 그런 남자들은 대부분 나 같은 여인이 자신들의 기술을 알아봤다는 것에 대해 '저의 기술을 알아보시다니 놀랍습니다.'라고 정중히 깔보거나, 혹은 너무 많이 떠벌려 나를 지루하게 한다. 그러나 너는 둘 다 하지 않는다. 게다가 학교를 열어 네 기술을 보급하겠다고 하는군."

그거야 저 죽은 다음에는 알빠쓰레빠······. 라고 말하지 않을 정도의 감각은 당연히 유리에게도 있었다.

이것은 칭찬이었다. 유리는 그래서 눈만 껌벅였다. 여왕의 칭찬을 끊고 싶지 않았기 때문이다. 여왕이 미소 지었다.

"너를 시험하려고 했다, 같은 거짓말은 하지 않겠다. 나는 그냥 그대가 운이 좋을 뿐인 흔한 자라고 생각했어. 그렇지만 이제 나는 그대가 어디까지 재능을 펼쳐보일지 많이 궁금해."

"······."

"그런 의미에서, 내 봄의 대연회의 드레스를 기대해도 될까?"

여기서 아니오, 라고 대답하는 놈이 있다면 정말 목숨이 아깝지 않은 자일 것이다. 유리는 고개를 힘차게 끄덕였다. 칭찬 덕분에 기분이 좋아 입을 열면 입이 귀밑까지 찢어질 것 같아서였다.

~※~

유리의 집에 갖춘 식탁은 앉을 수 있는 사람이 많아봐야 네 명이었다. 덕분에 4인용 식탁에 여섯 명이 둘러앉은 꼴이 됐다.

플럼과 알리슨이 식은땀을 흘리며 자신들은 나가서 먹어도 될 뿐만 아니라, 숫제 여기서 존재 자체를 없애 드리겠다고 부탁했으나 에넌은 "역시 불청객은 불편하시지요? 제가 전하를 말렸어야 하는데…… 그냥 돌아가겠습니다."라고 말해서 플럼과 알리슨을 갈등에 빠트렸다.

여왕 전하와 공작 각하를 그냥 돌려보내는 것과 4인용 식탁에 그냥 구겨 앉히는 것, 둘 중에 어느 것이 불충인가 하는 고차원적 고민에 빠져버린 두 사람에게 쎄시아는 정말 미안해하며 말했다.

"명령이다. 나와 함께 식사해."

"예!"

"네!"

유리는 헛웃음을 지었다.

그러나 그 저녁, 유리의 집에서 가장 불쌍한 사람은 플럼도 알리슨도 아닌 레스타였다. 모처럼 갖는 네 명의 즐겁고 화목한 가족 저녁 식사를 예상하고 왔던 레스타는 집에 들어서자마자 자그마한 뜰에서 쪼그려 앉아 있던 금발 미녀를 보고 바로 그 자리에 엎드려야 했기 때문이다. 작은 뜰은 정원이라고 부를 수는 없었으나 플럼의 노력으로 나름대로 귀여운 채소밭 정도로는 가꾸어져 있었고, 결과적으로 레스타의 무릎에는 흙이 묻었다.

레스타는 여왕과의 식사 자리에 흙 묻은 옷을 입고 앉은 최초의 남자가 됐다. 물론 쎄시아 공인이다.

식탁 앞에 둘러앉은 여섯 사람에게 요리사가 빠르게 준비된 요리들을 날라왔다. 여왕님은 참으로 감사하게도 요리사의 정신 건강을 염려해, 자신의 신분을 밝히지 말라고 일렀다. 고기 요리를 아주 잘한다고 소문이 난 유리의 저택에 큰돈을 받고 고용된 요리사, 페트는 넉살 좋게 웃으며 덕담을 했다.

"이런 미인 친구분도 계셨군요! 모쪼록 맛있게 드셔주세요!"

"고맙……."

쎄시아가 눈알을 굴리다가, 말을 이었다.

"고맙습니다. 잘 먹을게요."

페트만 빼고 모두 눈알이 튀어나올 것 같은 경험이었다.

모르는 게 약이다……. 유리는 흥얼흥얼 콧노래를 부르면서 주방으로 들어가는 페트의 뒷모습을 보고 생각했다.

쎄시아가 포크를 들었다.

모두 눈치를 보다가 포크를 들었다.

쎄시아가 멧돼지 앞다리살 볶음을 찍어 접시에 덜었다.

모두 멧돼지 앞다리살 볶음을 찍었다.

쎄시아는 포크를 든 채 미소를 띠고 주변을 한 바퀴 둘러봤다.

모두 포크를 든 채 얼었다.

쎄시아가 말했다.

"명령을 할까, 아니면 권장을 할까?"

"……제가 말하겠습니다. 모두들 그냥 편히 식사하셔도 됩니다. 익숙하지 않은 발렌시아 예절을 따르실 필요는 없습니다."

에넌이 한숨을 쉬고는 포크를 들어 채소 구이를 든 다음 바로 옆의 플럼의 접시에 덜었다. 플럼은 눈을 두어 번 깜박이다가 그 채소를 반 나눠 입에 넣었다. 에넌은 작은 튀김을 덜어 이번에는 유리의 접시에 덜었다. 유리는 멧돼지 다릿살을 그 접시에 내려놓고 튀김을 집어 입에 넣었다. 시선은 쎄시아 쪽을 향한 채였다. 두리번거리면서 입안의 튀김을 어떻게 할까 하다가, 씹었다.

입안에 든 음식을 어떻게 해야 하는가 고민하는 날이 오다니.

다행히도 틀리지 않았는지 쎄시아는 유리에게 퍽 귀엽다는 듯 미소를 지어주고는 자신이 집은 멧돼지 다릿살을 입에 넣고 식사를 시작했다.

레스타는 그 모든 광경을 본 후, 무표정하게 포크를 놀렸다.

레스타 존경할래⋯⋯. 강심장이잖아⋯⋯.

유리는 식사하는 레스타를 보며 생각했다. 레스타는 태연한 표정으로 샐러드부터 고기 요리, 채소 볶음과 생선 요리까지 다양하게 장르를 넘나드는 식사를 하고 있었기 때문이다.

네 사람 모두 천천히 식사하는 두 전하와 각하를 조금 외면한 채식사를 하기 시작했다. 그래도 사람은 적응하는 동물이다. 이 경우가장 빠른 적응을 한 사람은 플럼이었다.

"입맛에 맞으셔요, 폐하?"

유리는 존경하는 사람에 플럼을 추가했다.

쎄시아가 플럼 쪽을 보며 가볍게 고개를 끄덕인 후, 입안에 든 것을 넘기고 입을 열었다.

"남의 집에 갑자기 놀러 와서 얻어먹는 주제에 맛을 논할 염치는 없지만, 그래도 훌륭해."

"그렇지만 궁의 요리가 훨씬 훌륭하던걸요. 침방에서 잠깐잠깐 얻어먹는 간식이 어찌나 달콤하던지."

플럼의 말에 쎄시아가 웃었다.

"내 사용인들은 왕성에 와서 절대로 굶지 않게 하라 했지."

"훌륭하셔요! 저는 덕분에 살이 포동포동하게 올랐답니다."

유리가 제 오른쪽에 앉은 레스타에게 눈으로 말했다. '저게 10대 소녀의 위력이냐.' 레스타도 눈으로 말했다. '알리슨이 괴물을 키운 것 같군.'

두 사람은 동시에 알리슨을 쳐다봤다. 알리슨은 손을 덜덜 떨며 식사하고 있었다. 가련할 정도였다.

"비밀을 하나 알려 드릴까요."

에넌이 입을 열었다.

"누이는 사실 막입입니다."

"야!"

쎄시아가 버럭 타박했다. 그러나 웃음기가 다분히 섞여 있었고, 네 사람은 잠시 긴장했다가 휴, 하고 속으로만 가슴을 쓸어내렸다.

에넌이 말을 이었다.

"10년이 넘는 정벌 전쟁을 치르면서 누이는 대륙의 온갖 것을 다 먹어야 했죠. 남쪽 정글의 메난 부족들을 굴복시키기 위해서 한 달 동안 그 열대를 뒤지고 다닐 때, 누이는 개의치 않고 일반 병사들과 같이 애벌레를 구워 드셨답니다. 애벌레의 쓴맛이 구우면 달콤해지는 것까지 줄줄 꿰고 계셔서 못난 부하는 감탄을 금할 수 없었죠."

"네가 너무 비위가 약한 거라니까. 그거 맛있었다고. 들어보겠어? 정글에는 오래되어 쓰러진 나무 등걸에 새카만 벌레가 살거든. 큰 건 손가락 두 개를 합친 것만 하고, 작은 건 손가락 한 마디만 한데, 손을 대면 동그랗게 몸을 말지. 단단한 껍질을 벗기면 흰 살이 나와. 그 살을 꿰어 불에 굽는 거야. 메난 부족은 그 벌레를 포도 벌레라고 부른대. 굽고 나서 약간 식히면 그 쓴맛이 야생 포도처럼 새콤달콤해지거든."

"솔직히 그 맛은 시큼에 가깝지 새콤하진 않았습니다……."

에넌이 고개를 저었다. 플럼이 이어 물었다.

"저어, 실례를 무릅쓰고 여쭙자면 전하께서는 아빗사의 재보를 가지고 계시지 않은가요? 제가 알기로는 가시는 곳마다 승전하셨다고 들었는데."

"통치의 잔 말이군. 다들 그런 줄 알긴 하지. 뭐, 대부분은 사실이긴 한데 생각보다 그게 만능이 아니거든. 그렇게 아무나 무릎 꿇으라고 한다고 해서 꿇릴 수 있는 게 아니야."

쎄시아는 부드럽게 웃으며 포크를 들어 눈앞의 커다란 생선을 가리켰다.

"통치의 잔의 영향력은, 정확히는 주인에게 적의를 가진 자에게 호의를 가지고 종래에는 복종하게 하는 것이다. 다만 원거리에서 복종을 받아낼 수는 없어. 모든 곳에 직접 가야 하지. 내가 먼 바다의 생선들에게 '배를 드러내고 나에게 복종해라!'라고 명령하는 건 소용이 없어. 그렇지만 내 눈 앞의 호수에 몸을 담그고 호수 속 생선들에게 '이리 와서 내 저녁거리가 되려무나.'라고 하면 아마 호수의 생선들이 앞 다투어 얕은 곳까지 밀려오겠지."

"우와! 낚시하실 필요가 없으셨겠네요!"

"이론적으로 그렇다는 것이지."

쎄시아가 에넌을 쳐다보며 말했다.

"한번 해볼 걸 그랬나?"

"관두십쇼. 그 생선들 다 어디다 쓰시게요."

"……팔아서 살림에 보태나?"

플럼이 까르르 웃었다. 유리도 아까보다는 확연히 편안해진 기분이 됐다. 알리슨도 손을 조금 덜 떨고 있는 것 같았다.

"그럼, 아빗사가 왕국을 진작 만들지 않은 이유도……."

"게을러서다."

쎄시아가 싸늘하게 웃었다.

"아빗사는 너무 살이 쪄 내가 그의 앞에 갔을 때 제대로 일어나지도 못했지. 구속하지도, 협박하지도 않았는데 말야. 그의 무릎은 이미 기능을 상실한 지 오래였다. 내가 10대일 때 상상했던 아빗사는 무소불위의 권력자였는데, 정작 눈에 들어온 건 살이 뒤룩뒤룩 찐 지방덩어리였으니 허탈하기까지 했지."

유리는 저도 모르게 에넌의 안색을 살폈다.

에넌 라이언하트. 아빗사의 사생아. 그리고 제 아비의 목을 직접

친 패륜아.

그가 아빗사의 아들이라는 것은 너무나 유명해서 왕국 전역에 모르는 사람이 없었다. 아무리 그렇다 해도 아들 앞에서 아버지 욕을 저렇게 해도 되나······.

문제는 그 생각을 유리만 한 것이 아니라는 것이다.

에넌은 쎄시아의 말을 들으며 옅은 미소를 짓고 있다가, 제게 집중되는 시선에 슬쩍 눈을 들었다. 플럼, 알리슨, 유리 모두 에넌을 몰래 쳐다보고 있었다.

어디까지나, 일반인의 수준에서 '몰래'.

군인이 아니니 표정 관리가 제대로 될 리 없다. 레스타 혼자만 노골적으로 딴청을 피우고 있었다. 저 딴청 또한 속성으로 따지자면 다른 세 사람과 다를 것이 없다. 에넌은 그만 피식 웃어버렸다.

"10년 동안 대륙 유랑한 거라고 생각하시면 됩니다. 어쨌든, 그런 사정 때문에 누이는 대륙 전체를 돌아다니느라 이것저것 드시는 데 익숙해져 있습니다. 사막에서 육포와 모래를 함께 씹으신 때도 있으니 요리의 수준에 관해선 걱정하지 마십시오. 참고로 저도 누이의 옆에서 그 육포를 같이 씹었습니다."

"벌레는 안 먹었지만."

"저는 아무래도 벌레는 좀."

가장 어려운 사람이 이야기를 편하게 하니, 식사 분위기도 무르익었다

알리슨마저 "은행에서 초상화로만 뵙던 분이 식탁에 저와 앉아

계시니 꿈을 꾸는 것 같습니다."하고 한마디를 보탰을 정도다. 식사가 끝나고 쎄시아가 가지고 온 고급 디저트들이 서빙되자 플럼이 탄성을 질렀다.

얼음을 갈아 만든 과일 셔벗이었다.

얼음이 잔뜩 담긴 천 안에 이중 삼중으로 꽁꽁 싸여 온, 오늘의 주인공이기도 했다.

"세상에, 발렌시아에서 먹을 수 있다는 말만 들었지 처음 먹어봐요!"

유리도 제 앞에 과일 셔벗이 놓인 것을 보고 놀라 눈을 휘둥그렇게 떴다. 이렇게까지 곱게 간 얼음은 발렌시아에서도 정말 비쌌다. 벨름은 연중 시원하지만, 얼음이 요원하긴 마찬가지였다. 유리가 전생을 가장 그리워한 부분 중 하나도 역시 얼음이었다.

"곱게 갈린 얼음 위에 과일을 갈아 뿌린 다음 같이 얼렸다가 다시 갈기를 몇 번이나 거듭하는 것이다. 궁중 요리사에게 해 달라고 하면 질색팔색을 하는 디저트이기도 하지."

쎄시아가 유리 쪽을 보고 빙그레 웃으며 설명했다.

불청객인 주제에 묘하게 자신만만하더라니 이런 걸 가지고 왔을 줄은 몰랐지. 난 또 여왕 신분이라 그런 줄 알았네. 유리는 냉큼 수저를 들고 셔벗을 입에 넣었다. 진한 오렌지 맛이 입안에 퍼졌다. 유리는 먼저 넣은 셔벗이 채 녹기도 전에, 다시 수저로 셔벗을 퍼 넣었다. 찡, 하고 갑작스러운 차가움에 머리가 울렸다.

유리는 울고 싶어졌다. 문명의 맛이자 문명의 통증이다.

"전하."

"그래."

"외람되오나 충성을 맹세해도 되겠습니까?"

"반응이 확실해서 좋군."

과일을 잔뜩 넣은 타르트와 소금을 넣은 캐러멜 같은 것들도 쎄시아가 가지고 온 것들이었다. 쎄시아로서도 오랜만에 늘어질 수 있는 시간이라 작정이라도 한 듯 보였다.

점점 화기애애해질 무렵, 쎄시아가 레스타 쪽을 향해 물었다.

"그렇지, 그대가 면실크 기간 사업에 종사하고 있지."

"예."

"어때, 기간사업이 될 만한가."

레스타는 유리와 함께 면실크 혼용 비율과 제조법을 공유한 유일한 이였다. 유리가 몸이 여러 개가 아니니, 자연스레 레스타가 대신 남부에서 온 장인들에게 기술을 가르쳤다. 레스타는 빠르게 답했다.

"솔직히 말씀드리자면 마찰이 좀 있습니다."

"어떤 마찰이지?"

"전하가 시키신 일이니 하지만, 이걸 굳이 가지고 가서 할 이유가 있는가? 하는 의문이 보인다는 뜻입니다. 무리도 아닙니다. 대륙의 남부는 식량이 풍성한 곳이고, 가난하다고 해도 굶지는 않는 곳이죠."

"날씨가 더워서 다들 게으르기도 하지."

"예. 그것도 마찬가지입니다."

레스타는 한참 동안 쎄시아에게 자신이 맡았던 일에 관해 보고했다. 여러 가지 지체 사항이 있긴 하나, 그래도 당장 수익을 거둘 수 있는 일인 만큼 종합적인 반응이 크게 나쁘지는 않았다.

레스타의 설명이 끝나자, 레스타를 바라보던 쎄시아가 입가에 미소를 띠었다.

"그대의 요약은 명료해서 좋군. 마음에 들어."

"감사합니다."

"그리고 군주로서는 조금 조야한 말일지 모르나, 말하는 사람의 용모 또한 뛰어나 집중하기가 좋다."

갑작스런 평가에 레스타는 눈을 크게 떴다가 이내 내리깔았다.

"감사합니다."

"당황하지 않는 것도 마음에 들어. 픽 자주 듣는 말인가 보지."

"짓궂으십니다."

쎄시아가 턱을 괴고 웃었다.

"내 성에서는 본디 미남 라이언하트 공작이 시녀들의 절대적인 지지를 받고 있었지. 그런데 요즘 시녀들이 사분오열한다지 뭐야. 막 스무 살이 되어 준남작위를 받은 유리 클로드와 벨름의 거상 레스타까지. 지금 발렌시아 왕성 최고의 화제 중 하나라네."

엥? 나? 유리는 눈을 껌벅거렸다. 쎄시아가 유리쪽을 보고 말을 이었다.

"그대의 경우에는 시녀들이 뭐라도 쥐여주면 꼬박꼬박 감사합니다, 하고 인사해서 높은 평가를 받고 있더군. 밤 한 톨이라도 먹이고 싶다는 평가를 받고 있지. 레스타의 경우엔 자주 성에 오지 않아서, 마주치는 것만으로도 행운이 온다는 이야기까지 한다네."

아. 그래서 요새 자꾸 간식거리를 주는 사람이 늘었군. 유리가 눈 알을 굴리는 동안 쎄시아는 어깨를 으쓱했다.

"뭐, 덕분에 나만 고맙게 됐지."

댁이 왜요? 유리의 의문에 답이라도 하듯 쎄시아가 덧붙였다.

"성 밖에 구혼자가 1000명쯤 줄을 섰던 게 엊그제 같은데, 자꾸 잘생긴 남자만 골라 첩으로 들이는 문란한 여왕이라는 소문이 돌아 서 구혼자가 이제 100명쯤으로 줄었거든."

농담인가? 웃어야 하나? 그 말을 들은 유리의 의문에 대한 대답 은 쎄시아가 했다. 쎄시아는 말을 끝내자마자 이렇게 우스운 일은 없다는 듯이 웃었기 때문이다.

"남자들이란 어쩜 저들 위주로 생각하는지. 거꾸로 생각하면 그 게 함께 일하는 가신이든, 시녀든 하다못해 의붓누이든 권력이 주 어지기만 하면 모두 첩으로 들이는 것이 당연하다는 게 생각을 하 고 있다는 증거 아니겠나."

"슬픈 동물들이라고 생각하고 동정의 여지를 조금 주시면 안 되 겠습니까……."

에넌이 하하, 웃었다. 유리도 하하하, 웃었다. 웃고 싶어서 웃는다 기보나는 이쩐지 슬픈 웃음이었다. 알리슨도 웃고, 레스타도 피식 웃고 말았다. 플럼도 눈을 동그랗게 떴다가, 뭔진 모르지만 나도 웃어야겠다, 하는 표정으로 이를 드러내고 웃었다.

화기애매한 저녁 식사였다.

~※~

배도 부르고, 단것을 먹어 한껏 나른해진 쎄시아가 에넌과 함께 들어온 곳은 유리의 방 앞 응접실이었다.

유리는 저택을 받자마자 가장 큰 방으로 제 거처를 정했다. 맨 처음 방에 들어왔을 때에는 삭막하기 그지없어 급한 대로 꾸미느라 꽤 고생했더랬는데. 알고 보니 그 방이 쎄시아가 쓰던 방이었다고 에넌은 말했다. 쎄시아는 그 방에서 몇 번이나 주변을 둘러보며 '신기하네……'를 연발했다.

"저택을 준 지 얼마 되지도 않은 것 같은데. 아기자기하게도 꾸며 놨군."

"그러게 말입니다. 누이가 쓰시던 때와는 사뭇 다르네요."

"내가 쓸 때는 왜?"

"그야……."

에넌이 픽 웃었다.

"죽을 날 받아놓은 아흔 살 노인 방 같았죠. 침대만 푹신하고, 다른 건 아무래도 상관없는 나머지 정말 남들이 상관하고 싶어지는."

유리는 눈을 깜박였다. 저 사람이 저렇게 비웃음을 띠기도 하는구나.

에넌은 쎄시아를 대할 때는 유리를 대할 때와 사뭇 다른 표정을 지었다. 주로 비아냥거리거나, 타박하거나, 한심해하는 표정이었지만 거기에는 분명한 애정이 담겨 있었다.

"나는 지금도 침대가 가장 중요하단 말이야. 집이 잠만 잘 수 있으면 되지, 뭐가 문제야?"

쎄시아 또한 같았다.

지금처럼 에넌에게 짜증을 내거나, 소리를 지르는 광경을 유리는 오늘 몇 번은 보았다. 그 안에 누가 봐도 노골적인 애정이 담겨 있는 것은 당연하다.

솔직히 말하면 이 여왕님이 이렇게……. 보통 사람 같을 일인가?

그 정도로 둘은 허물없었다. 생각해보면 갓난아이일 때부터 함께 자랐고, 나이를 먹어서는 전장에서 10년을 함께 보낸 사이다. 친하지 않은 것이 이상하다.

"커튼이 귀여워. 이건 플럼이라는 아이의 취향인가?"

옥색 벨벳 커튼을 보며 쎄시아가 물었다.

"제가 고른 물건입니다."

"오."

쎄시아가 커튼을 만지작거리며 주변을 둘러봤다. 옥색 침대, 그 앞의 하늘색 벨벳 의자와 질 좋은 나무로 만든 테이블. 응접실 안쪽의 문은 열어놓은 채다.

문도 낡아 아름다운 포도덩굴 부조가 새겨진 나무문으로 갈았다. 침대는 좋은 물건이라 프레임은 놔두고 그 위에 부드러운 천으로 갈음했다.

알록달록한 자수 쿠션 같은 것들이 침대 위에 올라앉아 있는 광경을 보던 쎄시아의 눈에 감탄이 서렸다.

"그대의 취향은 꽤 사랑스럽군?"

"칭찬으로 듣겠습니다."

유리는 식은땀을 흘렸다.

제 방은 누가 봐도 아주 사랑스럽다. 대놓고 말하자면 20대 초반 여인들이 꺅, 소리 지를 만큼은 아니라고 해도 기꺼이 눕고 싶은 방으로 꾸민 것이다.

야, 이런 데서 남장 들켜서 내 인생 꼬이는 건 아니겠지.

물론 아니다. 플럼이 곧 따뜻한 차를 내왔다. 달콤한 맛이 감도는 차를 들고 쎄시아가 만족스럽게 소파에 길게 늘어져 앉았다.

"봄의 대연회에 대해서는 들었겠지."

"예."

유리는 퍼뜩 긴장했다. 에넌 역시 차를 받아들고 유리 옆에 앉았다.

봄의 대연회. 아흔아홉 개의 왕국, 이제는 대영지의 영주들이 모두 모이는 큰 연회다. 쎄시아의 대관식 때문에 지난해에는 열리지 않아, 사실상 올해가 쎄시아의 대관 이후 처음으로 열리는 때라고 했다. 당연히 엄청나게 큰 규모가 될 수밖에 없다.

"발렌시아 성을 개축했으나 그 많은 이들을 모두 수용할 만한 공간이 없다. 해서, 근처의 호수변에서 열기로 했지."

본래대로라면 경비들이 가득한 궁 안에서 열려야 한다.

그러나 쎄시아가 암살을 두려워할 필요가 없으니 가능한 일이었다. 에넌이 설명을 덧붙였다.

"대영지라고는 하나, 본래는 모두 왕국이나 도시국가였던 곳입니다. 왕이었던 자들은 모두 대영주로 격하됐고, 그 밑의 가신들인 소영주들도 참여하게 되죠. 물론 그들의 부인들도 참석하게 됩니다."

"그 말인즉슨……."

유리가 침을 삼켰다. 쎄시아가 웃으며 말했다.

"그래. 그대의 데뷔 무대가 되겠지."

데뷔 무대라고 쓰고 돈벼락이라고 읽는다. 유리는 마음속으로 양주먹을 꼭 쥐고 '예스! 예에스!'를 외쳤다.

봄의 대연회는 총 7일 동안 열린다.

첫날은 성에서 대영주들만 모인 만찬으로 대연회의 막을 올린다.

둘째 날부터 넷째 날까지는 사냥 대회가 열린다. 발렌시아 뒤의 소프 산에서 내려온 물줄기는 발렌시아 옆에서 호수가 됐다. 소프 호수로 불리는 호수 옆에는 커다란 숲이 있다. 도시 옆에 자리한 만큼 그리 험하지 않았고, 동물들도 얌전한 것들이 대부분이다.

"봄에는 겨울잠에서 막 깬 곰들이 내려오기는 하지만 그건 아주 드문 일이고요."

"사람이 북적거리는데 곰이 접근하지도 않을 것이고."

에넌이 웃었다.

"애초에 발렌시아 근처에는 그리 위협적인 곰들이 살지 않습니다. 야생 곰이라고는 하지만 사람보다 조금 큰 정도의 곰들뿐이죠."

"그야 네가 씨를 말려서 그렇지."

"아무튼 안심하셔도 좋습니다."

지금 되게 엄청난 이야기를 들은 것 같은데, '아무튼'으로 통치는 겁니까.

유리가 당황하든 말든 쎄시아가 말을 이었다.

"사냥 대회라고는 해도 가벼운 놀이거리지. 매일 저녁마다 호숫가에서 연회를 열 거야. 그날 잡아온 고기들로 잔치를 열 테니 고기가 먹고 싶으면 놀러 와도 되지."

"솔직히 저는 빠지면 안 됩니까."

"무슨 소리야. 나 대신 네가 이것저것 잡아와야 할 것 아냐?"

나는 사슴 뒷다리가 제일 좋더라. 쎄시아가 노래하듯 말했다.

"아무튼 다섯째 날의 대연회가 가장 큰일이지. 호숫가 근처에서 커다란 단을 쌓고 모두 거기 모여서 놀 거야. 그날이 가장 중요해. 말 안 해도 알겠지."

"발에 풀물이 들겠군요."

"나의 디자이너는 눈치가 빠르군."

쎄시아가 유리와 마주보며 웃었다.

"드레스가 편해야 하는 건 당연해. 거기에 더해 풀물 때문에라도 단이 좀 짧으면 좋겠지."

"그렇군요."

"그 외에는 네 마음대로 해. 그날은 내게도 중요하지만 네게도 중요한 날이 될 것이다."

'중요한 날'이라는 말에 담긴 의미는 자명하다. 유리는 그날 발렌시아의 새 작위를 받은 자로 인사해야 하며, 또 여왕의 옷을 만든 자로도 이름을 알려야 한다. 현대의 디자이너라면 패션위크에서 클라이맥스 쇼를 여는 것 같은 일이다. 물론 파급력으로 치면 뉴욕 패션위크 같은 건 댈 것도 아니다.

그날 쎄시아가 입은 옷이 아마 내년까지의 발렌시아 유행이 될 것이다. 아타락시아는 엄청난 주문량을 감당해야 하겠지.

"그러고 보니 새 가게를 연다지."

"예에."

유리가 고개를 끄덕였다.

"외람되오나 왕실의 침방을 사용하는 데도 한계가 있고, 저도 제 작업실에서 일하는 것이 편해서요."

"그렇겠지. 그렇지만 건물만 짓고 있지는 않다고 들었는데……."

"아. 발렌시아는 아무래도 수도인지라, 벨름과는 또 모이는 재료들이 다르더군요. 공방을 따로 차려볼 예정입니다."

"그런가."

쎄시아가 미소 지었다.

"네 파트너가 그것 때문에 이리저리 발렌시아 중앙에 자리를 알아보고 있다는 소식을 들었다. 벌써부터 시녀들이 들썩거리더군."

"시녀님들이요……?"

유리가 의아한 표정을 지었다. 시녀들이 벌써부터 궁금해할 이유가 있나?

기실 유리는 쎄시아의 벌칙 비슷한 것들을 수행해내느라 왕성에 어찌어찌 이름을 알렸지만, 시녀들에게 이렇다 할 아름다운 옷을 보여준 적은 없다. 그래 봐야 시녀복을 디자인했을 뿐이고, 그마저도 시녀들의 옷이 전부 완성되어 그녀들이 전부 입기까지는 한참의 시간이 걸린다.

그런데 왜? 유리의 의문을 읽기라도 한 듯 쎄시아가 답했다.

"잘생겼잖아."

"아."

시녀들이 사분오열하고 있다던 쎄시아의 말은 거짓이 아니었다. 쎄시아가 멋쩍은 듯 말했다.

"내 탓이라 하기는 뭐하지만, 지금 발렌시아의 웬만한 놈들은 다 나한테 구혼을 한 번씩은 했던 놈들이라."

시녀들은 발렌시아의 괜찮은 혼인 적령기 여인들이었다. 그러나 그녀들이 섣불리 결혼하지 않는 이유가 있었다.

발렌시아의 괜찮은 신랑감이라는 인간들이 한 번씩은 다 쎄시아 발렌시아에게 청혼을 했기 때문이다. 대영지의 영주들부터 아들은 물론이고, 발렌시아의 청년들까지 거의 다.

쎄시아는 본디 발렌시아 영주의 딸이었다. 작지는 않았지만 그렇다고 크지도 않은 영지였기에 쎄시아는 어렸을 적 영지민들과 퍽 허물없이 지냈다.

그녀가 여왕이 되어 발렌시아에 귀환했을 때, 그 허물없음은 당혹스러운 구혼장이 되어 돌아왔다. 쎄시아는 한숨을 내쉬었다.

"웃기는 놈들이지. 나와 어릴 적에 한 번씩 말이라도 섞었던 자들은 약속이라도 한 듯 '어릴 적 우리는 마음이 통하지 않았던가요?'라며 편지를 보낸다니까."

"남자들은 슬픈 생물입니다, 누이."

"슬픈 것도 정도껏이어야지. 멍청한 데다가 주제파악도 못할 필요 없잖아. 코흘리개 시절에 공 한 번 찼다고 첫사랑이면, 그 많은 남자 놈들이 다 저들끼리 붙어먹었어야 하지 않나."

"붙어먹……."

에넌이 할 말을 잃었다. 쎄시아가 히죽거렸다.

"무도회에서 여자가 눈길 한번 줬다고 착각에 빠지는 놈들 얘기는 수두룩하지만 내가 그 주인공이 될 줄은 몰랐지."

"……발렌시아의 수많은 여인들도 그런 이들과는 결혼하고 싶지 않아하겠군요."

"그렇지."

쎄시아가 유리의 말에 손가락을 딱 튕겼다.

"어떤 여자가 오르지도 못할 나무를 넘보는 멍청이들과 결혼하고 싶겠어? 심지어 내게는 한 달에 한 번씩 쌓인 청혼장에 모두 거절의 답신을 쓰는 문관이 따로 있다고. 그런데도 어떤 놈은 그 거절이 자신을 사랑하는 마음을 드러내지 못하기 때문이라고 착각하며 한층 더 애절한 구혼장을 보낸다고 하더군."

물론 답신은 한 번뿐, 난 그런 건 쌓아놓고 다 태워버리지만 말야.

차를 마시며 쎄시아가 말했다.

"어쨌든, 정신머리 박힌 놈들은 그래서 이미 다 결혼했고, 그런 참에 나타난 좋은 신랑감이라고. 귀족은 아니지만 대상단의 상단주인데다가 나이는 꽉꽉 찼지. 그리고 아주 잘생겼어. 가게가 열리면 아마 그 가게의 첫 손님은 나의 시녀들이 될 거야."

"정말로 감사한 일이군요."

"남의 이야기가 아냐, 유리 클로드."

유리가 얼떨떨하게 쎄시아를 바라봤다. 에넌이 그 말을 받았다.

"말하자면, 뭐…… 그 조건에 들어맞는 것은 레스타 씨만은 아니라는 이야기입니다."

유리는 눈을 껌벅거렸다. 대상단의 상단주, 나이가……. 얼굴이……. 그리고 유리는 그 직후 에엑, 소리를 냈다.

"저도요?"

자신을 가리키며 꽥 소리 지르는 유리를 쎄시아는 턱을 괴고 놀라운 듯 쳐다봤다.

"역시 이상해, 에넌. 아무래도 내가 처음에 사람 잘못 본 것 같아. 보면 볼수록 이자, 너와 비슷하거든."

"무엇이 말입니까……?"

"좋은 이야기를 들어도 그게 본인 이야기라고 생각하지 않는 점이? 보통은 잘생겼고, 돈 많고, 나이 찼고……. 같은 이야기를 들으면 대부분 남자들은 나도 거기에는 지지 않는데! 같은 생각이나 한다고. 저도요? 하면서 놀라는 게 아니라."

"그, 저는 아직 스무 살인데요!"

여왕은 유리의 말에 고개를 저었다.

"벨름의 혼인 적령기는 어떤지 내가 잘 모르겠군. 아주 오래전에 갔던 기억뿐이라. 그렇지만 스무 살이면 진작 결혼해서 애를 하나쯤 낳아도 이상하지 않은 나이라고."

"여기 안 그런 사람 셋이나 있긴 합니다만."

에넌의 말에 쎄시아가 부루퉁한 표정을 지었다.

"나는 안 할 거라고 맹세했으니까. 그렇지만 너는 해도 되잖아?"

"그야 제가 결혼해서 애라도 낳으면 누이는 대뜸 그 애에게 왕관을 뒤집어씌우고 콧노래를 부르며 도망가실 것 아닙니까."

"정답."

"젠장. 절대로 안 할 겁니다……."

에넌이 한숨을 쉬었다. 쎄시아가 고개를 기울이며 웃었다.

"왜, 너에게 제 딸을 못 보내 안달인 집안이 여럿 있다고 들었는걸. 심지어 열 살도 먹지 않은 어린애를 보내려는 이들도 있다지."

아. 유리는 예전에 싸봉에서 들었던 이야기를 떠올렸다.

제 딸들을 라이언하트 공작에게 선보이겠다고 호언장담하던 여인들. 그러고 보니 그런 이야기가 있었다.

그때는 라이언하트 공작이라는 사람도 참 대단한 사람이라 저런 소리들을 하나보다 했는데, 실상은 그저 곤란한 혼담에 기가 막혀 하는 남자일 뿐이었다. 에넌은 유리의 말에 답하듯 한숨 쉬었다.

"……누굴 파렴치한으로 보시는 겁니까."

"뭐, 내 동생이 정말로 머리에 피도 안 마른 소녀와 결혼한다면 내가 가장 먼저 네 목을 베어버릴 테지만. 그러진 않을 테니 나도 안심하고 너도 안심할 수 있겠지. 그렇지만, 그런 혼담들이 아니라도 아름다운 아르시노에가 있잖아?"

아르시노에? 유리가 고개를 갸웃했다. 에넌은 그 이름이 나온 순간 잠시 당황하며 유리 쪽을 쳐다봤다가, 체념한 듯 말했다.

"가엾은 사람입니다. 그렇게 놀리지 마십시오."

"어머나."

붉은 눈의 여왕은 공작의 당부에도 불구하고 놀릴 거리를 찾았다는 듯 즐거워했다.

"이번 대연회에도 온다던데, 아름다운 아르시노에의 에스코트를 할 사람은 누굴까?"

"누이."

"나는 내 후계자의 모습이 벌써 그려지는걸? 붉은 머리에 초록색 눈동자를 한 어여쁜 여자아이, 아니면 검은 머리카락에 푸른 눈을 한 사랑스러운 여자애도 좋겠다! 성격은 둘 다 무난하니……."

"그만하십시오."

"싫은데?"

여왕과 공작은 몇 마디 더 대거리를 했다. 물론 즐거운 사람은 여왕뿐이었다. 유리는 무슨 소리인지 알아들을 수가 없어서, 눈만 깜박거리며 생각했다. 이게 꿔다놓은 보릿자루인가. 어쨌든 무슨 소린지 모르겠으니 존나 가만히 있어야겠다.

6
겨울이 지나가면 봄이 온다(1)

여왕과 공작은 밤이 너무 늦어지기 전에 돌아갔다.

레스타는 유리와 함께 대로변까지 나가 두 사람이 탄 마차가 사라지는 것을 바라봤다.

마차가 저 편으로 사라져 완전히 안 보이게 되자마자 유리가 한숨을 내쉬었다.

"휴우. 높으신 분들 어려워."

"그래?"

레스타의 '그래?'는 많은 뜻을 내포하고 있었다.

유리는 고개를 들어 레스타를 바라봤다. 레스타는 항상 상대를 바라보며 말하는 사람이었으나 오늘은 함께 걷고 있는 탓인지 옆모습만 보였다.

"의외예요?"

"의외지. 너는 상급자를 어려워하지 않는 줄 알았는데."

"에이. 어떻게 그래요."

유리가 손을 내저었다.

레스타는 유리를 보며 열세 살의 그녀를 떠올렸다. 제 앞에 버티고 서서 좋은 물건 있다고 말하던, 어쩌면 되바라졌던 여자아이. 그런 당당함은 어디서 나온 것일까 퍽 궁금했다.

그러나 그 당당함은 지금의 유리에게는 없는 것일까?

어쩌면 성에 처음 들어가던 날의 기억이 아직도 아찔한 것일까. 레스타의 안색이 흐려졌다.

"그……."

"참. 레스타, 부탁한 건 어떻게 됐어요?"

그러나 유리는 레스타에게 말할 틈을 주지 않았다. 유리의 말에 레스타는 기억을 더듬다가 곧 아, 하고 깨달았다.

"그거."

"응."

"아무래도 아직 좀……. 네가 원하는 정도까지는 어려운 것 같은데. 그렇잖아도 샘플을 오늘 들고 왔는데, 여왕이 방문하는 통에 나도 잊고 있었군."

유리는 레스타의 말을 듣자마자 발을 재촉해 집으로 돌아왔다.

레스타는 유리의 방 앞 응접실에 도달하자마자 자신이 가지고 온 것을 꺼냈다. 유리가 부탁한 것은 다름 아닌 목화솜이었다.

물론 목화솜은 제법 많은 지역에서 재배하고 있는 데다가, 종자

교배도 아주 많이 이뤄져 있다. 새삼 솜이불이라도 덮기 위해서 그 것을 부탁한 것은 아니다.

레스타가 가져온 솜은 길쭉하고 단단하게 손가락 하나 모양으로 압축돼 있었다. 실을 그 위에 꽁꽁 동여맨 형태였다. 잘 모르는 사람 이 보면 대체 솜으로 뭘 만든 거야? 하고 의아해할 물건이었다. 그 리고 길쭉한 유리관도 하나 동봉돼 있었다.

유리는 레스타가 우르르 쏟아낸 솜 덩어리 중 하나를 들어올렸 다. 그리고는 유리관 안에 솜 덩어리를 집어넣었다. 손가락 같은 솜 덩어리는 관 안으로 쏙 들어갔다.

유리는 아까 저녁 식사에서 마시다 남은 과실주를 바로 그 위에 쏟아 부었다. 솜은 술에 축축하게 젖었다. 유리가 기대한 대로 부풀 어오르거나, 빠르게 술을 빨아들이지는 않았다. 작은 유리관 안에 술이 곧 들어찼다.

"젠장."

유리는 그 관을 도로 과실주 컵 안에 던져 넣고는 뒤로 늘어졌다.

"인생 쉽지 않구만."

"미안하다."

"아, 레스타가 왜 미안해요. 괜찮아요. 예상은 했어요."

유리가 의자에 늘어진 채로 레스타 쪽을 보지도 않고 손을 흔들 었다.

"이렇게 꿈도 희망도 없이 살아가는 게 인생이지."

물론 농담이긴 하지만, 막상 그런 말을 듣는 사람은 마음이 편치 않게 마련이다. 레스타는 애매하게 웃었다.

유리가 부탁한 것은, 레스타는 이해하기는 어려운 데다가 이해하고 싶지도 않은 물건이었다.

유리는 그것을 탐폰이라고 불렀다.

매달 찾아오는 피바다를 틀어막아주는 물건이라고 유리가 얘기했을 때, 레스타는 차라리 귀를 막고 싶은 심정이었다.

'대체 결혼도 안 한 처녀가 그런 이야기를 왜 스스럼없이 하는 거냐고.'

열여섯 살이 된 어느 날, 유리는 출근하지 않았다.

그때만 해도 유리는 레스타의 방이었던 아타락시아의 꼭대기가 아니라 알리슨과 함께 살았다.

레스타를 찾아온 플럼은 머뭇거리며 언니가 좀 아파요, 하고 말했다. 레스타는 좀처럼 무슨 병인지 설명하지 않으려는 플럼이 답답해 직접 찾아갔고, 침대에 방만하게 드러누워 "어, 세상 망해라." 하고 중얼거리는 유리를 마주했다.

좋은 의미로든 나쁜 의미로든 레스타는 그때 두 번째 충격을 받았다.

"어디가 아픈 거야?"라고 묻는 레스타에게 열여섯의 유리는 눈을 가늘게 뜨며 "밑에서 피를 쏟느라고 죽을 거 같아요."라고 답했던 것이다.

월경.

레스타도 그게 뭔지는 알고 있었다. 여자들은 아이를 가질 수 있

396

는 때가 되면, 매달 피를 봤다.

그것은 아이를 가지기 전, 여자들의 몸이 부정한 것을 몰아내느라 하는 의식이라는 것이 세간의 인식이었다. 부정한 것이라는 생각 때문에라도 자신이 피를 쏟고 있다는 사실을 말하는 것은 여자들에게는 큰 금기였으며, 남자들 또한 월경에 대해 함부로 말하는 것은 아주 무례한 행위였다.

월경 중인 아내를 집안의 기도실에 가둬놓고 월경이 끝나기 전에는 나오지도 못하게 하는 귀족들의 이야기는 아주 흔했다. 그래서 그때의 레스타는 엄청나게 당황했고, 그대로 나가려 했다.

월경 중이라고 스스럼없이 말하는 여인이라는 것을 처음 봤을 뿐더러 그게 제 동업자 꼬맹이라는 것은 레스타의 당황만 가중시켰다. 그리고 당황해 몸을 돌리는 레스타에게 유리가 했던 말은 아직도 레스타의 귀에 선했다.

"뭐야. 병문안 오면서 먹을 것 하나 안 사왔어요?"

그날, 레스타는 결국 뭐에 홀린 듯 나가 근처의 빵집에서 가장 비싼 설탕과자를 한 단지 사다 바쳤더랬다.

유리는 그 후부터 묘한 것에 집착했다.

목화솜부터 린넨천까지, 유리는 그 피를 틀어막을 것들을 찾아다니기 시작한 것이다.

레스타는 처음으로 여염집 여인들이 그 시기에 입는 속옷이라는 것들을 자세히 유리에게 설명당했다. 설명받은 것이 아니라 당했다.

두꺼운 속옷을 몇 겹이나 입고 밑에는 아기 기저귀 같은 것을 찬다.

레스타로서는 실로 알고 싶지 않은 정보였으나 유리는 묘한 열의에 차 레스타에게 하루 종일 축축하게 젖은 기저귀를 입고 있어야 하는 기분에 대해 설명했다.

정신 차려보니 레스타는 전 대륙에서 나는 모든 목화솜 품종을 가져다주고 있었다.

그리고……. 방금 그게 마지막 목화솜 품종이었다.

유리가 원하는 물건은 간단하지만 레스타에게는 말도 안 되는 물건이었다. 압축해뒀다가 물을 빨아들이면 크게 불어나는 것.

그런 게 솜으로 가능할 리 없다. 유리는 "속는 셈치고 해보는 거예요. 제 삶의 질이 달려 있다고요."라고 말하며 그 많은 목화솜을 사들였다. 팔기 위해서가 아니다. 자신이 쓰기 위해서다.

"아, 역시 기적 같은 건 없나……."

"……그래도 쓰고 있긴 하잖아."

한숨을 푹 쉬는 유리에게 레스타가 조심스럽게 물었다. 유리는 정말로 그 많은 솜들을 돌돌 말아 쓰고 있기는 했다.

레스타가 알기로는.

정말 레스타는 알고 싶지 않았지만, 실제로도 많은 여성들이 비슷한 방법으로 월경을 막기도 했다. 솜을 한 번 쓰고 버리기는 비싸니 그 많은 솜을 쓰는 건 결국 유리뿐이었지만.

"흡수율이 너무 떨어져서 불편하단 말이에요. 문명……. 문명이 그리워요, 레스타."

유리가 나직하게 중얼거렸다. 레스타는 종종 유리가 문명 타령을 하는 것을 알고 있었다. 그게 뭔지 물어봤지만 유리는 제대로 대답해주지 않았다. 그래서 이제 레스타는 그놈의 문명이 유리가 가지고 있는 종교 비슷한 것이려니 생각하고 있었다.

"천으로는 힘든가?"

"결국 천도 마찬가지예요."

유리가 엎어졌다. 유감스럽게도 이 방면에서 레스타는 유리에게 전혀 도움을 줄 수 없는 사람이었다. 그래서 레스타는 유리의 비탄을 위해 슬그머니 물러나기로 했다. 단, 궁금한 것은 물어보고서.

"내일도 궁에 들어가나?"

"들어가야죠. 그건 왜요?"

"그……."

레스타가 눈알을 굴렸다.

"……때가 된 것 아닌가 싶어서."

"아, 생리요?"

"……제발, 유리."

레스타가 신음했다. 유리는 서른 넘은 남자가 취하는 리액션이 기가 차서 픽 웃었다.

"아니, 내가 생리할 때는 대충 짐작하면서 왜 생리라는 말은 못해요?"

"안 해도 알아듣잖아."

"네? 모르겠는데요? 생리요? 생리 말씀하시는 거죠? 생리라고 말해보세요. 생리 할 때 된 거 아니냐고."

레스타는 앓느니 죽지, 하고 신음하더니 유리를 쳐다보지도 않고 휙 나와버렸다. 그 바람에 정말 궁금한 것은 묻지 못했다는 것은 나중에 깨달았다.

—⁂—

아, 정말 그 남자 귀신 같다.

유리는 배를 문지르며 생각했다. 서쪽 성에 출근한 지 한 시간. 슬슬 약차의 효과가 떨어져 가는지 아랫배가 묵직했다.

참 희한하지. 그렇게 꼬박꼬박 한 달마다 하는 타입도 아닌데 그 남자는 어김없이 내가 할 때만 되면 은근히 알아챈단 말야.

화장실 가고 싶다.

유리는 속으로 생각하며 종이 위에 연필을 끄적거렸다. 말이 연필이지 쥐고 있으면 손이 온통 시커메지는 흑연 분필이었다. 유리는 제 오른손을 보며 한숨을 쉬었다. 손 또 씻어야 화장실 갈 수 있잖아.

정말이지, 이때만큼 문명세계가 그리워지는 날들이 없었다.

유리는 제 방에 있었던 커다란 진통제 병을 매달 그리워했다.

우스운 일이다. 가장 그리운 것이 그 조그만 약통이라니.

아침마다 마시던 얼음 가득 찬 커피나 5분만 기다리면 제 앞에 대령되는 햄버거 같은 것도 유리가 정말 그리워하는 것들 중 하나였지만, 역시 가장 그리운 건 약이었다. 화장실 찬장에 항상 100여 개씩 박아놓던 탐폰 더미는 물론이다.

매달 혼자 제 방에 앉아 목화솜을 돌돌 말고 아마포를 돌돌 마는 짓은 정말이지 지긋지긋했다. 심지어 그 기간에는 외출도 어지간하면 하지 말아야 했다. 매시간 화장실로 출동해야 하기 때문이었다.

뭐, 그렇다 해도 어쩌겠어. 유리는 한숨을 쉬었다.

맨 처음 자신이 새로운 곳에 환생했다는 것을 알아챘을 때, 유리에게 가장 거슬린 것은 자신이 가족과 살던 집 천장에 살던 쥐들이었다.

쥐와 동고동락하다니 전생의 자신에게는 있을 수도 없는 일이다. 그러나 지금은 다르다. 쥐와 함께 살면서 문명을 그리워해봐야 나만 손해지.

유리는 머리를 비우려 노력했다. 당장 중요한 건 따로 있으니까. 자신이 만들어야 하는 옷이었다.

쎄시아에게 뭘 입힐지는 대강 생각해 놨다. 아마 기뻐해줄 것이다.

유리는 쎄시아의 얼굴을 보면 의욕이 솟았다. 솔직히 말해 그녀라는 사람에 관해 생각하면 조금 무서운 기분이 가장 앞서지만, 그와 동시에 쎄시아라는 사람 자체는 충분히 매력적이었다. 아마 예쁜 덕이 크겠지만, 그것뿐만은 아닐 것이다.

이것도 통치의 잔이라는 게 갖고 있는 효과일까. 나쁜 사람, 하고 욕하던 때를 돌이켜보면 놀랍긴 하다.

유리는 느리게 일어났다. 오늘 아침 출근하자마자 쎄시아의 시종이 점심 먹기 전 쎄시아의 집무실에 들르라고 했던 것이다.

'집무실에 가기 전에 화장실에 좀 들렀다 가야지.'

불행 중 다행인 것은 유리의 그날은 아픔이 그리 심하지는 않다는 것이었다.

물론 화장실 트러블이 좀 있기는 하지만 얼마나 좋은 일인가. 궁의 남자 화장실은 귀족들이나 문관들이 사용하기 때문에 호화롭기까지 했다. 피 묻은 솜은 어쩔까 하다가, 유리는 그대로 화장실에 버렸다. 발렌시아 성의 화장실은 그래도 제법 하수시설이 갖춰져 있었다.

유리는 화장실 문을 닫고 나왔다. 대충 둘둘 만 아마포를 손에 든 채였다. 아무렇게나 말아놓은 아마포는 영 수상하기는 했지만, 성에서는 다들 유리를 디자이너로 알고 있는지라 천 뭉치 같은 것을 좀 들고 다녀도 이상하게 보는 사람들은 없었다. 오히려 주머니 같은 것을 들고 다니는 편이 훨씬 눈에 띌지도 모른다.

'오늘 할 일은 대강 다 마무리했으니 여왕님 만난 다음에는 집에 가서 좀 쉬자.'

부지런한 것이 이럴 때는 도움이 된다. 여러 가지로 진작 이것저것 고민해놨던 것도.

적어도 3일 간의 사냥 대회 동안 여왕이 입을 만한 것들은 이미 디자인이 완성된 상태였다. 점심시간이 곧이었고, 유리는 배가 고프고 아팠다. 제발 쎄시아가 용건을 빨리 끝내주었으면 하고 생각하며 유리는 쎄시아의 집무실 앞에서 시종들이 문을 열어줄 때까지 기다렸다.

"안녕하세요! 어……."

이윽고 여왕의 집무실에 들어선 유리는 짐짓 쾌활하게 인사하다 멈칫했다. 어디선가 많이 본 여인이 쎄시아 앞에 앉아 있었기 때문이었다. 그 여인 또한 이쪽을 바라보더니 눈을 크게 뜨며 일어났다. 그럴 수밖에 없었다.

아이비 스투리싱.

왕성에 온 첫날, 유리를 악재 속으로 몰아넣은 장본인이 거기 있었기 때문이었다. 그러나 쎄시아는 유리가 아이비에게 뭐라고 할 틈을 주지 않았다.

"왔군, 앉아."

"예……."

유리는 눈을 깜박이며 쎄시아 앞으로 가서 앉았다.

여왕의 집무실이니만큼 엄청나게 큰 공간이었다. 쎄시아보다 세 배는 큰 것 같은 묵직한 책상, 수많은 양피지 더미, 그리고 서류들과 커다란 테이블, 소파.

쎄시아는 소파 가운데에 앉아 있었고, 아이비는 그 앞의 의자에 다소곳이 앉았다. 주뼛거리는 유리를 향해 쎄시아가 입을 열었다.

"그녀가 누구지는 알고 있겠지."

까먹는 게 이상하지 않나요? 유리는 부아를 내고 싶었지만 그 여왕님이다. 입조심을 해야 한다.

그래서 유리는 얌전히 "예."하고 답했다.

"그때 한 달의 휴가를 줬고, 오늘 복귀했다. 그리고 그녀가 네게 하고 싶은 말이 있다고 해서 불렀다. 아이비 스투리싱. 하고 싶은 말을 하도록 해."

"넓으신 배려에 감사드립니다, 전하."

휴가를 주겠다더니 이제야 성에 복귀한 모양이었다. 한 달보다 조금 더 지났는데.

유리가 눈을 껌벅이는 가운데 아이비가 가볍게 고개를 숙였다.

"사실 혼자서라도 찾아뵈려 했는데, 전하의 배려로 생각보다 일찍 뵙게 되었습니다."

"예에⋯⋯."

유리가 뻘쭘하게 뒷목을 긁었다. 그날은 창백하게 질린 얼굴 때문에 몰랐는데, 쉬고 온 그녀는 그때보다 훨씬 화사한 안색이었다. 건강해 보이기도 했다.

아이비가 말을 이었다.

"제가 미처 하지 못한 말이 있어 모시게 되었어요."

"그⋯⋯. 네."

"죄송합니다."

예상했던 말이지만, 예상하기 어려웠던 말이기도 했다. 유리는 아이비를 조심스럽게 관찰했다. 아이비는 손가락을 꼼지락거리다가, 고개를 숙였다.

"그날 제가, 자초지종도 알아보지 않고 유리 님의 뺨을 때렸었죠."

아, 그러고 보니 그랬다. 유리는 눈알을 굴렸다.

정신을 차린 여인은 주변을 살펴보고, 제 뺨에 먼저 손을 댔더랬다. 그 후에 벌어진 일들이 너무 엄청나서 생각도 안 했는데. 아이비는 조금 초조한 듯 말했다.

"정말 죄송해요. 핑계일지도 모르지만, 저는 그날 너무 제정신이 아니었고……. 뭐가 맞는 건지, 뭐가 틀린 건지 구분할 수 없었거든요."

너무 늦은 사과일지도 모른다. 그녀의 눈은 그런 생각으로 차 있었다.

유리는 잠시 뭐라고 대답해야 할지 갈피를 잡지 못했지만, 이내 배시시 웃었다.

어쩌겠어 여왕님 앞에서 뒤늦게 화를 낼 수도 없고.

게다가 이제 막 인상이 좋아진 참이다. 여기서 화내봐야 자신만 쪼잔한 사람이 된다. 그래서 유리는 입가를 끌어올리며 말했다.

"괜찮아요. 일부러 그러신 것도 아니잖아요."

"그래. 내가 잘못했지."

내내 턱을 괴고 두 사람을 지켜보던 쎄시아가 말했다.

"나는 솔직히 다들 나와 비슷한 업무 강도를 소화해내고 있을 줄은 몰랐다. 문관들이 꼬박 열흘째 거의 쉬지도 못했다는 것을 듣고 많이 놀랐지. 그대가 쉬는 동안 문관들을 많이 충원했어. 부디 업무 환경이 더 좋아졌다면 좋겠어."

쎄시아의 말에 아이비의 눈이 다시 한 번 흔들렸다.

뭐라고 말해야 할지 알 수 없다는 표정이었다.

물론 그건 유리도 마찬가지였다. 그때는 자신의 일이어서 뭐라 말 못 했지만, 열흘째 쉬지도 않고 일한다고? 와 나였으면 퇴사했다.

그렇지만 여긴 왕성이고, 아마 여기보다 더 좋은 일자리를 찾기는 어려울 것이다. 유리가 듣기로 발렌시아의 여인들은 좋은 일자리를 가지기 어려웠다. 게다가 여왕 전하의 문관이다. 공무원. 그렇게 마음대로 관둘 수 있는지 여부도 잘 모른다.

유리는 아타락시아의 침모들을 생각했다.

유리가 막 아타락시아에 왔을 때, 침모들은 열흘에 한 번, 하루를 쉬었다. 아침부터 저녁까지 일해야 하는 것은 물론이고, 그렇게 일해야 큰돈을 받았다. 그마저도 침모들은 아주 감사해하며 일하러 다녔다.

그야 다른 곳보다 훨씬 많은 일급을 주는 데다가, 다른 곳도 비슷한 노동 환경이니 그럴 만도 하다. 벨름의 사람들 대부분이 열흘에 한 번 쉬었다. 가게들은 문을 닫는 날이 따로 없었다.

그걸 그나마 개선시킨 것이 유리였다.

유리는 아타락시아에 오자마자 침모들을 5일 일하고 이틀 쉬게 했다.

처음에는 레스타의 반발이 심했다. 상단주로서는 당장 보는 손해가 막심했으니 그럴 만도 했다. 그러나 딱 2년 후 레스타는 유리를 천사라고 부르기 시작했더랬다. 당연했다. 잘 쉰 침모들의 능률이 올랐고, 자연스레 절대로 다른 곳으로 이직하지 않아 유리의 기술이 다른 곳으로 새어나가지 않았으니까.

왕성도 그렇게 쉬면 좋을 텐데.

그렇지만 그런 것을 유리가 조언해도 되는 걸까. 유리는 머리를 굴려봤다. 내정 자문관이라고는 하지만 따지고 보면 내정 자문관은 이 성에 몇 백 명이나 있다. 유리는 단지 임시직일 뿐이고, 이런 건 나중에 재상에게라도 말하는 것이 맞지 않을까? 유리가 쓸데없이 상식적인 고민을 하고 있는 사이 쎄시아가 말을 돌렸다.

"그래, 그대의 지병은 나았는가."

"그것이…… 아마 전하께서도 짐작하셨을 줄로 압니다만……."

아이비는 망설이고 있었다.

그녀가 쓰러진 이유는 지병 같은 것이 아니었다.

쎄시아가 추후에 서류상으로 제출하라고 했지만 아이비는 굳이 휴가에서 돌아와 알현을 신청했다.

물론 그만한 일이 있었으니만큼 굳이 알현을 해가며 이유를 설명하려는 것도 이해는 간다. 하지만…… 아이비는 잠시 유리를 쳐다봤다.

눈치 빠른 유리가 눈을 몇 번 깜박거리다가 "어, 제가 나가는 것이 편하실까요?"하고 물었다. 아이비는 잠깐 망설이다가, 고개를 저었다.

"아닙니다. 괜찮습니다. 어서 보넌 유리 님노 세가 일으킨 일의 피해자 아니신가요. 들으시는 것이 맞다고 생각합니다. 그렇지만 조금 낯 뜨거운 일일 수 있습니다."

"아."

쎄시아가 턱을 괴고 있다가 뭔가 눈치챈 듯 입을 벌렸다. 아이비는 그쪽을 보고 조금 얼굴을 붉혔다.

"예에. 많은 이유가 있겠지만……. 저는 그날 매달 찾아오는 손님을 맞이하던 중이었습니다."

"아."

유리도 쎄시아와 똑같은 소리를 냈다.

쎄시아가 놀랍다는 듯 유리 쪽을 쳐다봤다. 매달 찾아오는 손님, 이라는 말 하나로 이렇게 빠르게 알아듣는 남자라니.

그러나 아이비는 자세하게 설명하지 않아 다행이라는 듯 한숨 놓은 표정을 지었다.

"범박한 표현이지만 빠르게 알아채주셔서 감사합니다. 하필이면 서쪽 성에 밀려드는 알현 손님이 많았고, 달손님은 이틀째 찾아오신 참이었답니다. 더욱이 저는 일이 너무 많아 하루 종일 서 있었지요."

"이런."

쎄시아가 혀를 찼다.

유리는 아이비에게 남아 있었던 일말의 적의가 눈 녹듯이 사라지는 것을 느꼈다. 적의가 없어진 자리에 밀려드는 것은 엄청난 동정심이었다. 유리 본인이 지금 그 기간 중이라 더욱 그랬다.

허리는 무겁고, 배는 아프고, 다리 사이는 축축하다. 그 상태로 아침부터 저녁까지 줄곧 서 있었다니. 나라도 기절하겠다.

유리는 자신이 막 들어섰던 문관의 사무실을 회상했다.

콧수염을 기른 남자는 책상 앞에 앉아 거드름을 피우고 있었고, 파팅게일까지 받친 드레스를 입은 여인은 석판 앞에 서서 계속해서 용건을 기록하고 있었다.

아니 시벌 그 문관 완전 나쁜 새끼 아냐. 지가 좀 서 있지.

유리가 홀로 속으로 분개하는 동안 아이비가 말을 이었다.

"별것 아닌 일이라 더 송구스럽습니다. 하지만……. 이런 일을 서류로 제출하는 것도 모양새가 좋지 않아……."

"아냐. 서류로 제출하는 쪽이 더 곤란했을 것이다. 내게 올라오는 서류는 모두 재상을 비롯한 대신들이 한 번씩 검토하게 되어 있지. 그 과정을 잘 알고 있는 그대이니만큼 더 면구스러운 일이었을 것이다."

쎄시아가 손을 내저었다. 아이비가 얼굴을 붉히며 유리 쪽을 봤다.

"죄송합니다, 유리 님. 부정한 일로……. 본의 아니게 누명을 씌운 일이 되어 정말로 죄송했습니다. 유리 님께서 제가 쉬는 동안 전하께 처벌을 받으셨다는 이야기를 들었을 때, 마음이 옥죄는 것 같았습니다. 저 때문에 그런 곤란을 겪으셨다니. 제가 몸가짐을 조금만 바르게 했더라도."

"엑, 이닌데요."

장황하게 이어지는 아이비의 사과를 듣다가 뒤늦게 정신 차린 유리가 아이비의 말을 잘랐다. 아이비가 여전히 발간 볼을 한 채 유리를 쳐다봤다.

"아, 말씀을 자르려고 했던 건 아닌데……. 그, 몸가짐을 바르게……라는 건 좀 아닌 것 같아서요."

"아, 부정한 기운을……. 제가 미리미리."

"아니 그게 아니고요, 아니, 그러니까."

유리는 약간 짜증이 나려고 했다.

이곳의 인식이라는 게 그렇다. 손님은 무슨. 부정한 기운은 무슨. 그냥 매달 피 쏟는 거지. 그렇지만 미개하다고 욕할 생각도 없다. 그냥 모르는 거다.

유리가 어릴 적 전생의 기억을 자각했을 때 무조건 약초즙을 먹이려던 노파처럼.

그게 그냥 아기를 가지기 위한 일이고, 누가 잘못하거나 해서 생기는 일이 아닌 걸 잘 모르는 것이다.

근데 이걸 내가 설명하려면 좀 이상하잖아.

유리는 한숨을 쉬었다. 역시 옛날에 레스타 말 안 들을 걸 그랬어.

남자여야 상단 동업자를 할 수 있다니.

이래서 다 꼬인 거잖아.

유리는 어떻게 말해야 여왕과 여인의 심기를 거스르지 않을 수 있을지 고민하며 말했다.

"일단 저에게는 누이가 있습니다. 전하께서는 아시지요?"

"그래, 플럼이라는 아이지. 아주 명랑하고 귀엽더군."

"예. 제가 온 벨름에는 플럼과 쌍둥이인 애플, 그리고 더 작은 여동생이 또 하나 남아있습니다. 말리라고, 아직 열 살도 안 된 여동생이지요. 어쨌든 저는 그래서 두 분이 말씀하시는 것이 뭔지 아주 잘 압니다. 달거리지요."

아이비가 "어마!"하고 말하며 볼을 두 손으로 감쌌다.

쎄시아는 이마를 잠깐 찡그렸으나, 그녀의 볼 역시 조금 발그스름해졌다. 유리는 잠시 두 사람의 눈치를 보다가, 이어 말했다.

미안, 플럼. 네 평계를 좀 델게.

"송구스럽지만 플럼은 그것에 대해 거리낌 없이 말을 잘 합니다. 매달 찾아오는 손님, 이라고 말하지 않고 생리, 달거리라는 말을 하죠. 저는 다년간 제 동생에게 매달 단것을 사다준다거나 어떤 날은 문을 열었다가 날아오는 베개에 얻어맞는 경험을 통해 그게 어떤 건지 아주 잘 압니다."

유려한 말솜씨에 두 여인이 픽 웃었다. 쎄시아도 웃음을 띤 목소리로 말했다.

"그래. 전쟁 중 내가 몇몇 도시에 진격하지 않고 에넌을 보낸 이유도 그것이지."

"제가 있던 벨름 시민들 또한 여왕 전하가 아닌 라이언하트 공작의 개선을 보았죠."

유리는 빙그레 웃으며 생각했다. 여왕 전하가 그때 생리를 하지 않았으면 제가 개끝 빼는 인생을 살 일도 없었겠구만요.

그때 에넌의 뒷모습을 보려고 동상에 올라갔던 열 살의 유리는 거기에서 떨어져 전생을 자각했었다. 생리 감사. 무한 감사.

"제 동생은 유난히 월경통이 심한 축입니다. 그날이 찾아오면 침대 밖으로는 나오지도 않죠. 침대에 누워서도 힘겨워합니다. 그래서 솔직히 말씀드리면, 스투리싱 님께 그 이야기를 들으니 그날 성에 찾아와 일을 늘려 드린 것 같은 기분까지 듭니다. 그러니 제게 너무 미안해하실 필요 없습니다. 적어도 제 앞에서는 몸가짐이 바르지 못해서, 같은 말씀은 하지 않으셔도 돼요."

"이런, 내 디자이너는 배려심이 흘러넘치는군."

쎄시아가 팔짱을 끼고 만족스러워했다. 아이비는 볼이 발개진 채로 "용서해주신다니 기쁩니다."하고 가볍게 무릎을 굽혔다. 뭐, 이게 내가 배려가 넘치는 건가. 유리가 머리를 긁었다.

"그래서 여쭙고 싶은 것인데, 전하."

"응?"

"저는 조그만 의상실을 하나 경영하고 있습니다."

"조그맣다기엔……. 들어보니 그 규모가 엄청나다던데. 헌데?"

쎄시아가 미소를 지었다. 유리는 자신이 하는 말이 주제넘은 것인지 아닌지 고민했다. 그렇지만 차라리 지금처럼 화기애애할 때, 물어라도 보는 게 낫지 않을까.

"제가 경영하는 가게는 여성 직원이 많은 편입니다. 침모들이 그렇고, 여성들에게 드레스를 입혀주는 여인들이 그러하지요. 그래서 저는, 정해진 휴가보다 달에 하루의 휴가를 여인들에게는 더 줌니다."

"……흠."

쎄시아가 턱을 긁었다.

"달거리가 올 때마다 쉬게 하는 것인가."

"예. 하여……."

유리는 한층 더 자세를 낮췄다.

"전하의 왕성에도 수많은 시녀들과 여성 문관들이 존재합니다. 저와의 일도 있고 하니, 그들에게 달에 한 번은 휴가를 주시는 것을 고려해 보심이 어떨지요."

쎄시아가 고개를 갸웃했다.

"언뜻 듣기엔 괜찮아 보이는군. 그렇지만……. 상대적으로 못 쉬는 문관들이 반발하지 않을까? 불공평해 보이는데."

"불공평하다뇨, 전하."

유리는 다시 허리를 세웠다.

"저도 남자인데, 전혀 불공평해 보이지 않습니다!"

어차피 남장하고 있는 거, 이럴 때 알차게 써먹어야 한다. 여자인 거 감추느라 고생했으면, 이런 거라도 해야 하지 않겠어요?

"아이비 양도 말씀하셨듯이 부정한 것을 몰아내고 아이를 낳기 위한 준비를 하는 것 아닙니까? 장기적으로 보면 대국을 이어갈 새 생명들을 위한 것인데, 어찌하여 불공평하다 하겠습니까. 불평하는 자는 이 대국에 대한 충성심이 부족한 것입니다."

"아하."

유리의 과장된 몸짓에 여왕은 눈을 가늘게 뜨며 미소 지었다.

"어차피 그날에는 다들 능률이 떨어집니다. 저도 굳이 나와서 앉아 있어 봐야 별 도움도 안 되고 안색은 새파랗게 질려가는 침모들을 보고 내린 결정입니다. 그리고 실제로 정말 많은 도움이 됐죠."

"그렇지만 개인차가 있을 것인데? 나만 해도 매달 달거리가 있지는 않다."

"그야……."

선생님께서도 불순이십니까. 저도 마침 불순인데. 우리 모두 나쁜 자궁을 무찌릅시다. 유리는 속으로만 그렇게 빌며 말을 이었다.

"그 정도 판단은 개인에게 맡겨야죠. 매달 휴가를 주되, 사용할지 말지는 본인이 결정하는 거예요."

"……그렇지만 남용하는 사람이 있지 않을까요?"

아이비가 조심스럽게 끼어들었다. 유리는 고개를 저었다.

"생각보다 여자분들은 성실합니다. 전하만 봐도 그렇지요."

"나?"

빨간 눈동자가 동그래졌다. 유리는 어깨를 으쓱했다.

"조금 무례한 말씀을 드려도 되겠습니까?"

"말해 봐."

"제가 전하 정도의 위치라면……. 아니, 솔직히 전하의 발바닥 정도 되는 위치라고 해도 일단 아침부터 점심까지는 모두 침대에서 먹을 겁니다."

세 사람 모두 피식 웃었다. 쎄시아가 하루에 몇 시간 자지 못하는 것은 유명했다. 실제로 지금도 쎄시아는 희게 분을 칠했음에도 불구하고 눈 밑이 조금 검었다. 유리는 말을 이었다.

"전하의 열 배 정도 자는 건 당연하고요."

"아주 달콤한 말이로군."

하루의 반 이상을 잠으로 보내도 되지만, 그러지 못하는 여왕이 받아쳤다.

"게으름을 실천하는 자들은 생각보다 적다는 뜻인가."

"그렇지요."

"알겠다. 생각해보겠다."

시원스럽게 이를 드러냈으나 돌아온 대답은 보류였다. 그야 급작스러운 제안을 대뜸 '그래야겠다!'하고 받아주는 사람이 통치자라면 그거야말로 좀 불안한 일일 수도 있지.

아이비는 자신이 물러날 때임을 알아채고 빠르게 쎄시아에게 인사를 했다. 유리에게는 "언제 한번 서쪽 성에 들러주세요."라는 말도 남겼다.

—✳︎—

쎄시아는 유리와 자신이 입을 옷들에 대한 이야기를 끝내고 유리를 물렸다. 드레스 이야기를 하기 위해 함께 있던 시녀장만 남았다. 시녀장이 힐끔, 쎄시아 앞에 놓인 디자인화를 내려다봤다.

"어린 아가씨들이 입는 옷 같군요."

"그렇습니까. 나는 어린 아가씨 시절일 때 이런 옷들을 잘 입어보지 못해서 모르겠어. 시녀장은 어린 아가씨일 때 이런 옷을 입었습니까?"

"예에. 말을 탈 때, 드레스에 풀물이 묻지 않기 위해 단을 잘랐지요."

쎄시아는 유리가 가지고 온 디자인화를 손으로 들어 훑었다. 봄이라 그럴까, 어깨를 과감히 드러낸 디자인. 허리를 잘록하게 조였지만 코르셋을 입지 않아도 될 거라고 유리는 장담했다. "전하께서 편안하시기만을 생각하며 디자인했어요!"하던 남자아이. 쎄시아의 입가에 미소가 걸렸다.

"신기하군."

"무엇이 말입니까."

"그 남자는 참으로 당돌하지 않습니까."

일렉사 백작부인이 미소 지었다.

"어린 청년들이 그 정도 치기 없으면 어디에 쓰겠습니까."

"아니, 치기가 아니야."

쎄시아는 턱을 괴고 생각에 잠겼다.

"신기한 남자야. 여태까지 봐온 자들과는 좀 다릅니다."

"저도 전하께서 쉬이 아끼시는 것을 보고 조금 신기하게 생각하기는 했습니다."

"처음에는 그저 파렴치한이라고 생각했습니다. 시녀장도 알지 않습니까. 핑계 좋은 놈들치고, 정말로 타인을 위하는 자는 없다는 걸."

416

"예에, 그럼요."

능력 없는 남편 때문에 파산 직전까지 갔던 일렉사 백작부인이 다시 한 번 미소 지었다. 남편 하나 없이 가문을 지금까지 끌어올린 그녀는 정말 많은 남자를 봤다. 쎄시아 또한 마찬가지였다.

"몇 년간의 개선식 동안 전장을 아예 누비지 않은 건 아니었습니다. 그동안 나는 너무 많은 남자를 봤죠. 한결같이 제 야망만 중요해 남들을 이해하지 못하는 이들입니다. 유일하게 괜찮은 남자가 내 의동생이라는 것은 제 안타까움 중 하나였죠."

"그야 전하 덕분에 괜찮은 분으로 자란 것 아닙니까."

쎄시아가 웃었다.

"에넌은 흔히 야망 없는 자로들 알고 있지만 그렇지도 않아. 그 애는 아빗사 때문에 일부러 야망을 품지 않으려 하지요. 그 애가 야망을 갖는 순간, 아니, 가진 것처럼 보이기라도 하는 순간 내 밑에 엎드린 대영주들은 그 애를 왕으로 만들려 할 것이오."

일렉사 백작부인이 안타까운 얼굴을 했다.

쎄시아의 말에는 틀린 구석이 없었다. 통치의 잔이 없었더라면 쎄시아 발렌시아는 이 자리에 없었을 것이다.

여자이기 때문이다.

수많은 대영주들은 자신 위에 군림한 새 군주를 두려워하는 동시에 깔봤다. 언젠가 그녀에게 부군이 생기면, 그쪽을 섬기면 되는 것 아닌가, 라는 말을 발렌시아 성 내에서 공공연히 할 정도였다.

에넌이 저렇게 기력이라곤 하나도 없는 얼굴로 성 안을 쏘다니니는 것도 그 때문이었다.

몇 번이나 에넌을 왕으로 만들려는, 혹은 에넌을 쎄시아와 결혼시키려는 시도는 있어왔다. 에넌은 그런 것들을 몸서리치게 싫어했고, 결국 허수아비처럼 살기를 택했다.

쎄시아는 자신만 없었다면 이미 한 나라의 군주가 되고도 남았을 남동생을 언제나 안타까워했다.

"……어쨌든. 남자들은 그런 생물인데, 유리 클로드는 그렇지 않군."

화려한 반지가 몇 개나 끼워진 손가락이 팔걸이 위를 부유했다. 쎄시아는 유리를 생각했다.

곤란한 상황에서 대승적 핑계를 대고 빠져나가는 놈들은 몇 번이나 봤다. 그래서 쎄시아는 유리에게 벌을 주었다.

……솔직히 말하면 해내지 못할 거라고 생각하고 준 벌이었다.

그래서 제 요구에 유리가 아주 훌륭하게 응했을 때, 쎄시아는 놀라움을 금치 못했다. 유리는 동시에 세 가지를 해냈던 것이다.

500여 명의 마음에 드는 옷을 만들었고, 쎄시아의 예산 제한에도 걸리지 않았다. 가장 놀라운 것은 역시, 발렌시아의 대장간들을 살린 것이다.

쎄시아에게 발렌시아 영지는 고향이었고, 언제나 마음에 걸리는 곳이었다. 아무리 지역이 발전한다 해도, 자신이 어릴 적부터 함께 얼굴을 맞대고 살았던 이들이 정작 도태된다면 쎄시아에게는 별 의미가 없었다.

그런데 유리는 제 마음의 걸림돌까지 깔끔하게 치워버린 것이다. 일부러 해내려고 해도 그러지 못할 일이다.

"······예년과 비슷하게 그저 야망이 없는 놈인가 했는데 그런 것도 아냐."

"제가 알기로 그분은 칭찬을 받는 것을 좋아하시지요?"

"아마도."

유리가 알면 얼굴이 벌게질 일이지만, 이미 성의 대부분이 유리가 칭찬을 좋아하는 걸 알고 있었다.

쎄시아는 그 평범한 청년에게 자신이 칭찬을 아끼지 않을 때, 청년의 귀가 빨개지는 것을 알고 있었다.

시녀들은 땅콩 한 알이라도 유리에게 쥐여주며 "오늘도 머릿결이 좋아요!" "좋은 향기가 나요!"하고 칭찬하고 싶어 했다. 빰을 붉히며 좋아하는 청년의 모습이 귀여운 다람쥐 같았기 때문이다.

"야망이 없는 사람들은 누군가가 자신을 칭찬하는 것을 불편하게 생각하지. 그렇지만······. 이상하지 않은가. 사내들 특유의 오만함이 없어."

쎄시아는 허리에 손을 짚고 우쭐거리던 유리를 떠올렸다. 저도 남자지만 전혀 불공평하지 않아 보여요!

사내들이란 무릇 여인의 사정 따위에는 무관심하다.

여인들이 아프다 하면 약하다고 비난할 줄만 알고, 앞에 나서면 드세다 비난한다. 그게 쎄시아가 아는 남자들이다. 그러나 생각해 보면 유리는 전혀 달랐다. 쎄시아에게 불편한 코르셋을 벗게 해 드리겠다 기꺼이 말하는가 하면, 제 여동생 덕이라고는 하나 달거리를 거리낌 없이 배려하려고 한다.

그리고 빛나는 재능에도 불구하고 전혀 오만하지 않았다. 칭찬을 좋아하기는 하나, 건방지게 굴지 않았다.

쎄시아는 침모들이 유리를 아껴 마지않는다는 것을 이미 알고 있었다. 일렉사 백작부인의 비서 마틸다는 유리의 일거수일투족을 유난히 살갑게 챙겼다.

보통 남자라면 어려울 일이다. 눈에 띌 만큼 엄청난 미남도, 그렇다고 해서 발렌시아를 뒤흔들 정도의 거부도 아니다.

하지만 모든 사람들이 유리를 사랑스럽게 생각한다. 굳이 특징을 따져보자면 누군가에게 절대로 해를 끼치지 못할 타입의 사람이다.

……정말 저런 남자도 세상에는 있는 것인가.

"일렉사 백작부인."

"예."

"내가 평민 남자를 귀애하여 작위도 올려주고 가까이에 두면 사람들이 욕하겠지요?"

일렉사 백작부인은 눈을 가늘게 뜨고 웃었다.

"안 그러셔도 욕먹으시는데 뭐 어떻습니까."

"아니, 그런데 왜 내 주변에 있는 사람들은 모두 이렇게 나한테 무자비해."

쎄시아가 투덜거렸다.

"마음에 두고 계십니까."

"그런 마음은 아니지만, 뭐……. 어설프게 야망을 가진 놈을 내 옆에 둘 수야 없는 일이죠. 그럴 거면, 저런 남자가 차라리 나을 수도 있지 않나, 잠깐 생각해본 것뿐입니다."

"……."

"때로는 허수아비가 필요할 때도 있겠지요. 내가 애를 낳지 않으면 불쌍한 내 의동생마저 평생 수절할 테세니, 어쩔 수 없지 않습니까."

"뭐, 두 분 모두 수절하시는 것도 저는 나쁘지 않다고 생각합니다만……."

일렉사 백작부인의 장난스러운 말에 쎄시아가 이를 드러내고 웃었다.

"방금 그 말을 단딜리온 재상이 들었으면 배신감에 치를 떨었을 거요."

"그러니 비밀로 해주시지요."

두 여자가 얼굴을 맞대고 웃었다.

발렌시아 대국의 쎄시아 발렌시아에게 청혼하는 남자들을 줄 세우면, 우스갯소리로 성 한 바퀴를 두를 수도 있다고 알려져 있다.

그 청혼자 무리의 가장 앞머리에 유리 클로드를 세우시려는 걸까? 일렉사 백작부인은 눈앞에 앉아 있는 금발의 여인을 바라봤다. 물론 일렉사 백작부인이 아는 쎄시아 발렌시아는 그럴 수도 있는 사람이었다.

그렇지만, 그 사슴 같은 청년을 늑대 같은 우리 어양님 옆에 세우면 그만 겁에 질려 도망가지 않을까?

정말로 무자비하다는 말을 들을까 봐, 일렉사 백작부인은 그 말은 혼자 속으로만 했다. 물론 눈치가 빠른 쎄시아가 "부인, 설마 지금 속으로 내 욕한 것이오?"라고 물어 움찔했지만.

~❈~

날이 좋았다. 유리는 볕이 좋은 음식점에 나와 점심을 먹었다.

요즘 발렌시아 음식점들의 유행은 길거리에 테이블을 놓는 것이었다. 상수 시설이 정비되기 전이라면 꿈도 못 꿨을 일이지만, 점점 커지는 발렌시아의 도로에서는 그것이 가능했다.

그래서 유리는 낮잠 자는 고양이처럼 기분 좋게 늘어져 있었다. 배가 아플 때는 햇빛이나 가득 받는 게 최고지.

물론 플럼이 자신을 본다면 얼굴 탄다고 뭐라고 잔소리를 또 늘어놓겠지만.

수도의 귀부인들을 비롯해 대부분의 귀족 부인들은 이제 흰 피부에 집착하고 있었다. 모두 쎄시아 때문이다. 아름다운 금발과 붉은 눈, 눈처럼 하얀 피부는 미의 상징처럼 생각됐다.

플럼도 얼굴을 희게 해준다는 분을 어디선가 사 와서 매일 바르고 있었다. 됐고 감자나 썰어서 붙이라는 유리의 말은 귓등으로도 듣지 않는다.

유리는 햇빛을 받으며 눈을 감고 아이비가 물러간 후의 대화를 생각했다.

"하나 여쭙고 싶은 게 있습니다. 폐하께서는 많이 드시는 편입니까?"

"나는 사람들이 많은 곳에서 많이 먹는 것을 좋아하지 않아. 배가 부르면 코르셋이 나를 괴롭히거든. 결국 신경을 곤두세우게 된다."

유리는 쎄시아를 위해 한 디자인들을 펼쳐 보이기 전에 쎄시아에게 물었다.

쎄시아는 이번 대연회 일정에서 거의 모든 경우에 식사를 했다. 대영주들과도 만찬을 벌일 예정이고, 사냥 대회 후에는 사냥감을 잡아 호수변에서 잔치를 할 예정이다. 당연히 식사 여부가 중요한 변수가 될 일이다.

그렇지만 쎄시아와 한 이야기들은 길지 않았다. 그녀는 너무 바쁜 사람이었기 때문이다.

유리는 턱을 괴고 생각했다.

코르셋.

여왕은 자신의 허리를 가볍게 손가락으로 두들겨 보이며 그런 이야기를 했다. 아이러니한 일이다.

유리는 자신이 만들었던 실내복에 기뻐하면서도, 결국은 사람들 앞에는 코르셋을 입고 나서는 쎄시아에게 안타까움을 느꼈다.

왕국에서 가장 영향력이 큰 여인이라고 할지라도 코르셋을 빚는 것은 불가능한 일일까?

유리는 여태까지 자신이 생각해왔던 일들이 사실은 그리 단순한 것이 아닐지 모른다고 생각했다. 레스타만 해도 자신이 만든 옷들을 입고 벨름을 거리낌 없이 걸어 다녔다.

'그렇지만 그건 사실 생각보다 어려운 일 아니었을까?'

레스타는 상인이다. 자신의 이익을 위해서라면 거리낄 게 없는 사람이기도 하다.

벨름은 레스타의 본거지나 마찬가지고, 그곳에서 레스타가 입은 옷들은 처음에는 이상하다는 반응뿐이었지만, 나중에는 날개 돋친 듯 팔렸다. 그렇지만 쎄시아와 레스타의 차이가 단순히 상인과 왕이라는 차이뿐일까. 다른 사람의 시선을 신경 써야 하는 이유는 뭘까.

여인들을 배려한 휴가를, 통치자인데도 기꺼이 바로 내리겠다고 할 수 없는 이유는 무엇일까.

유리는 한숨을 내쉬고 눈을 떴다. 그리고 비명을 질렀다.

"악!"

"……그거 제 별명입니까?"

눈앞에는 불타는 듯한 머리카락을 가진 미남이 서서 자신을 내려다보고 있었다. 그것도 아주 가까운 데서.

유리는 겨우 정신을 차리고 말을 건넸다.

"……놀랐잖아요, 각하."

"미안합니다. 사색에 잠겨 있는 사람을 방해하는 건 예의가 아닌 것 같아서요."

"말없이 사람 놀래키는 건 예의입니까."

유리가 투덜거렸다. 미남, 즉 에넌이 하하 웃으며 물었다.

"앉아도 됩니까?"

"준남작 나부랭이에게 허락을 구하시는 겁니까……?"

"그야 공작 나부랭이는 준남작을 만난 게 아니라 친구를 만났으니까요."

유리의 비아냥거림에도 에넌은 안색의 변화 없이 미소 지었다. 유리는 한숨을 내쉬었다.

"앉으세요."

"고맙습니다."

"가정교육 잘 받으셨네요. ……죄송합니다."

별 뜻 없이 일상적 비아냥거림을 이어 가던 유리는 바로 사과했다. 빠른 사과야말로 유리가 귀족 손님들을 대하며 익힌 가장 큰 미덕이었다.

태어난 지 채 1년도 되지 않아 타 영지에 볼모로 보내졌던 남자, 에넌은 미소를 지우지 않은 채 말했다.

"방금 그 말 모르는 사람이 했으면 검을 뽑았을 겁니다."

"……농담하신 거죠?"

"역시 제 농담 재미없지요?"

"혹시 제가 벌써 죽어서 저승에서 듣고 있는 거 아닌가 잠깐 고민했어요……."

유리는 한숨을 푹 내쉬었다. 에넌이 소리 내어 웃었다.

점원이 다가왔고, 에넌은 차가운 차를 주문했다. 날씨는 이제 점점 따뜻해져서, 바깥에 앉아 차가운 차를 마셔도 그리 춥지 않을 정도가 됐다.

"길 가다가 앉아 있는 걸 보고 말을 걸어야 하나 말아야 하나 잠깐 고민하고 있었습니다."

"저 정말로 궁금한 게 있는데요."

"예."

"저 준남작 나부랭이인데 되게 바쁘거든요."

"예."

"그런데 왜 공작 각하는 한가해 보이세요?"

에넌이 픽 웃었다. 유리는 주절주절 말을 이었다. 눈앞의 미남은 유리에게는 픽 관대한 데다가, 이런 종류의 대화를 즐기기까지 한다는 것을 유리도 최근에는 깨닫고 있었다.

"지위가 높아질수록 덜 바빠지나, 싶었는데 제가 오늘 오전에 여왕 전하를 만나보니까 그렇지도 않은 것 같거든요. 게다가 발렌시아 왕성 사람들 모두 다 한 사람도 빼놓지 않고 바쁜 것 같은데, 각하만 유일한 예외 같아서요."

"솔직히 말하면 별로 안 그렇습니다."

"그런가요?"

에넌은 팔짱을 낀 채 대답했다.

"제가 받은 작위에 비하면야 물론 굉장히 한가한 축입니다만, 사실 저도 눈코 뜰 새 없이 바쁘긴 합니다."

"지금 제 앞에 앉으신 걸 보면 아닌 것 같은데……."

물론 그렇다. 그야 자신이 너무 열심히 일하면, 자신도 모르는 사이에 국왕 후보로 입후보시켜버리는 인간들이 있으니까……라고 말할 수는 없는 노릇이다.

그래서 에넌은 그냥 웃기로 했다.

"지금은 타이밍이 잘 맞았다고 해두죠."

"어디 가시는 길인가요?"

"예. 누굴 좀 마중하러 가던 참이었습니다. 아직 시간은 좀 남아 어쩔까 하던 참인데, 유리가 눈에 띄었죠."

마중이라.

봄의 대연회를 앞두고 발렌시아는 점점 사람들이 모이고 있는 참이었다. 그중에서도 공작 각하가 마중한다면 특별히 귀중한 손님이 아닐까. 유리는 그 손님이 조금 궁금했지만, 굳이 묻지 않았다. 제가 들어봐야 알 리도 없기 때문이다. 대신 유리는 다른 것을 묻기로 했다.

"저 궁금한 거 있어요."

"무엇입니까."

"전하는 자기 멋대로인 분인 줄 알았는데, 아니더라고요. 어떤 분이세요?"

유리의 질문에 에넌은 한쪽 눈썹을 들어 올렸다.

"그건 왜 물으십니까?"

"그야……."

'왜 제멋대로 안 살고 남들 말 잘 들어요?'하고 묻는다면 답은 뻔하다. 남의 말을 잘 귀담아듣는 것은 훌륭한 지도자의 미덕이다.

'그렇지만 전하가 코르셋을 입는 것도 훌륭한 지도자의 미덕일까? 그건 아닌 것 같은데.'

유감스럽게도 유리는 제 머릿속에 떠오른 의문을 잘 정리해 물어볼 만한 말재주는 가지고 있지 않았다. 뭔가 다른 건 확실한데, 그걸 누군가에게 정리해 묻는 것은 어려운 일이다.

그래서 유리는 제 말을 얌전히 기다리는 에넌에게 그렇게 답해버리고 말았다.

"궁금해서요……?"

"전하의 성격이 말입니까?"

"그야, 성격도 궁금하고……. 어떤 분인지도 궁금하고……."

"……옷을 만드는 데 그런 것도 필요합니까?"

"때로는 필요하죠."

주문을 받은 점원이 에넌의 앞에 얼음 한 덩이가 띄워진 차가운 차를 내려놨다. 그러나 에넌은 그쪽에는 손도 대지 않았다. 헉 얼음 들었다! 저거 비쌀 텐데. 찻잔을 곁눈질하는 유리에게, 에넌은 한참 뜸을 들이다 말했다.

"유리, 무례한 질문이 될지도 모르지만 여쭙겠습니다."

"예에."

"혹시 제 누이를 사랑……미안합니다."

에넌 역시 퀵 사과의 미덕을 가지고 있었다.

유리는 에넌의 말이 끝나기도 전에 구겼던 인상을 폈다.

"물론 전하는 정말 아름답고 영명하시고 이 대국에서 비할 데 없는 재원이시지만, 바로 그렇기 때문에 이 비루한 자가 전하에게 바칠 감정은 존경뿐이랍니다."

"유리."

"예."

"이제 저도 압니다."

"뭘요."

"지금 하신 말씀이 유리가 말하는 소위 '영혼 없는 말'이라는 거요."

"들켰군요."

두 청년이 마주 보며 킥킥 웃었다. 유리는 "아닙니다, 정말로." 하며 손을 내저었다.

덕분에 에넌은 유리가 방금 전까지 하고 있던 생각을 장황하게나마 들을 수 있었다. 그리고 에넌은 유리의 말이 끝나자마자 답했다.

"그야 간단하죠. 여왕이기 때문입니다."

유리는 에넌의 악센트가 '왕'이 아니라 '여'에 붙어 있다는 것을 단번에 알아차렸다. 그리고 동시에 이해했다.

"여자라서……."

"예."

에넌은 어깨를 으쓱했다.

"전하는 발렌시아 대국의 구심점입니다. 대륙 최초로 생긴 대국의 국왕에게 주어진 가장 큰 의무가 무엇인지 아십니까."

"백성들을 행복하게 해주는 거요?"

"아뇨."

에넌은 고개를 저었다.

"아이를 낳고 대국을 이어갈 의무입니다. 물론 이건 제 의견이 아닙니다."

유리는 일그러뜨렸던 얼굴을 조금이나마 폈다. 에넌은 말을 이었다.

"전하는 유리가 만든 옷을 좋아합니다. 과장을 좀 보태자면, 처음 그 옷을 받으셨을 때 전하는 닳아빠질 정도로 그 옷을 입으셨죠. 시녀장은 전하가 매일 같은 옷을 입는 것은 위신이 안 산다고 잔소리를 하셨지만, 그래도 퍽 자주 그 옷을 입으셨습니다. 그렇지만 전하는 손님들을 만날 때는 코르셋을 입으시죠. 왜일 것 같습니까."

"……사람들은 변화를 싫어하니까요."

"정답."

에넌이 혀로 경쾌한 소리를 내며 유리에게 윙크했다. 너무 잘생겨서 유리는 순간 눈을 홉떠야만 했다.

"대륙에 처음으로 등장한 강대국의 왕이 여자라는 것에 대해 사람들은 위화감을 느낍니다. 물론 반감까지 가지는 않죠. 그것은 통치의 잔 덕분입니다. 그렇지만 통치의 잔도 만능은 아닙니다. 그리고 전하는 실제로 통치의 잔이 만능이 아닌 덕분에 왕위에 오를 수 있던 분이기도 하고요."

"……."

"전하는 정말 많은 것을 바꾸고 계십니다만, 그건 눈에 바로 보이는 것들은 아닙니다. 귀족들에게 세금을 물리는 것만 해도 당장 큰 반감을 사지는 않습니다. 그들이 사업을 하지 않고 있기 때문이죠. 그건 눈에 보이지 않지만, 나중에는 아주 큰 형태로 그들을 옥죌 겁니다."

말이 없는 유리에게 에넌은 덧붙였다.

"연금이 없어지고 자신의 영지에서 나오는 세금이 생각보다 충분하지 않을 때, 그리고 사업을 시작했을 때 귀족들은 비로소 자신들이 그동안 얼마나 편하게 살아왔는지 알아채겠죠. 지금 당장 전하를 보는 그들의 시선은 당장 머리 위에 웬 여자가 하나 들어앉아 있지만, 아직 크게 바뀐 건 아니니 두고 보자, 정도일 겁니다."

대국이 들어섰다. 여자가 왕으로 올라앉았다.

통치의 잔 때문인지 반감도 크게 들지 않는다.

화폐가 바뀌었지만 유예기간이 충분히 주어져 당장 눈에 보이는 손해는 크지 않다. 발렌시아의 관리들 중에 여자들이 크게 늘었지만, 아직 주도권은 남자들에게 있다.

에넌은 귀족들의 그런 생각을 노골적으로 비웃고 있는 사람 중 하나였다.

"그래서 그들이 전하에게 트집 잡는 것은 아이를 낳지 않고 결혼도 하지 않는다 정도죠. 실제로 전하가 결혼하게 되면, 나늘 자신들이 부군을 왕으로 모시게 될 거라고 생각합니다. 우스운 일이죠. 제 누이는 얼굴도 모르는 남자에게 왕관을 씌워주기 위해 10년의 원정을 다닌 것이 아닌데."

그러나 그거랑 쎄시아가 코르셋을 입고 있는 것이 무슨 상관이란 말인가. 에넌은 그 의문에 성실히 답했다.

"다들 전하가 바빠서 결혼을 미루는 것으로 생각하고 있죠. 제 누이의 아름다움은 결국은 남자를 위한 것이라고 생각하고 있기도 하고요. 허리를 가늘게 조이고, 불편한 옷을 입고 종종걸음으로 걷는 누이는……. 조야하게 비유하자면, 결국 그 코르셋의 끈을 당겨 풀어낼 남자를 기다리고 있다고 모두가 착각하게 놔두는 것이 조금 더 편한 겁니다. ……유리?"

"……아, 예."

"미안합니다. 제가 너무 장황하게 이야기했나요?"

잠시 넋을 놓고 있던 유리는 고개를 저었다.

"아뇨, 아닙니다. 그저……. 좀."

"이해합니다. 귀족들이랍시고 거드름이나 피우면서 다니는 자들이지만, 너무 멍청하지요."

"……전하를 한 번이라도 만나본다면 그런 생각은 안 할 텐데요."

"글쎄요. 저와 전하를 길렀다고도 할 수 있는 단딜리온 재상을 보십시오."

유리는 수염이 허연 재상을 떠올렸다. 유리와 이야기할 때, 바위 같은 얼굴로 엄격하게 구는 노인이 그 전하를 길렀다고?

에넌은 우스꽝스럽게 노인을 흉내 냈다.

"매일 저와 전하를 따라다니며 결혼, 결혼 하시는데요."

에넌은 찻잔을 보고 이런, 하고 웃었다. "얼음이 다 녹아버렸군요." 아직은 차가운 기운이 남아 있는 차를 마시는 에넌을 유리는 슬쩍 훔쳐봤다가, 다시 고개를 돌렸다.

왜냐하면 유리는 방금 제게 윙크하던 에넌의 얼굴에 아주 순간이지만 마음을 빼앗겨버렸기 때문이었다.

가볍게 웃으며 슬쩍 한 눈을 능청스럽게 감아 보이는 얼굴은 유리가 일찍이 본 적이 없는 것이었다. 그래서 에넌이 말할 때도, 사실 반쯤은 에넌의 얼굴을 쳐다보며 입을 벌리느라 흘려들었더랬다.

'과연 미남!'

얼굴의 힘. 유리는 역시 이번 대연회 때 에넌의 옷에 혼을 불어넣어야겠다고 결심했다.

그리고 꼭 대연회에서 뭇 숙녀들에게 윙크해 달라고 부탁해야지.

딴생각하느라 자신이 대체 제 마음 속의 뭘 놓쳤는지 이때의 유리는 정말 몰랐다.

~※~

그 시각, 레스타는 색다른 사건을 맞고 있었다. 시작은 아타락시아의 분점이었다.

유리는 알리슨의 말을 빌리자면, 언뜻 보면 대충 사는 것처럼 보였지만 일에서만은 엄청나게 꼼꼼했다.

자신이 발렌시아 성에 매일 불려가는 처지가 되고, 수만 가지 일이 불어나 더 바빠졌다고 하더라도 그 꼼꼼함은 변하지 않았다. 덕분에 레스타는 아타락시아 분점의 외관에 관해 유리와 새벽부터 의논한 참이었다.

아타락시아의 분점은 발렌시아 한편에 새로 조성된 상업 거리에 들어설 예정이었다. 발렌시아는 시 외곽부터 서서히 상수 정비를 하고 있었고, 상업 거리는 그 상수 정비가 가장 먼저 끝난 곳 중 하나였다. 음식점들은 모두 거리에 테이블을 내놨다. 의상실들은 아낌없이 돈을 써 투명한 유리창을 달았다. 유리 너머로 옷들을 진열해 손님들을 끄는 것이다.

레스타는 아타락시아 분점이 들어설 자리를 다시 찾은 참이었다. 원래 있었던 낡은 목조 건물은 모두 허문 참이다. 예전 건물 주인은 막 상수시설을 정비하면서 건물도 전부 정비해 아깝다고 했지만, 그걸 아까워할 정도의 미미한 재력은 아니었다.

아타락시아의 분점은 바로 내일부터 공사에 들어간다.

봄의 대연회에 맞추려면 굉장히 빠듯했으나, 그것도 돈이 있다면 이야기는 달라진다. 레스타는 수도의 거의 모든 인부를 끌어모았다 해도 과언이 아닌 규모로 공사를 시작하기로 했다.

그것뿐만은 아니다.

레스타는 오늘 새 거래를 트기로 했다. 그렇잖아도 약속 시각이 머잖은 참이다. 약속 장소는 아타락시아 분점이 들어설 자리 바로 옆의 음식점. 레스타는 역시 길거리에 펼쳐져 있는 테이블에 앉았다.

"훠이, 훠이! 길을 비켜주시오!"

"뭐야?"

큰길인데도 소란이 일었다. 레스타가 바라본 쪽에는, 커다란 가마 비슷한 것을 탄 이가 지나가고 있었다. 마차가 일반적인 발렌시아에서는 퍽 이질적인 광경이었다.

엄청나게 크고 화려한 가마. 나무로 만들어졌지만 퍽 튼튼하게 만들어진 가마에는 아름다운 장식이 화려하게도 펼쳐져 있었다. 지붕은 잠자리 날개 같은 실크 천으로 덮여 있고, 수술이 달린 천이 가마 안을 가리고 있다. 그 가마를 짊어진 하인만 여덟 명이다.

남쪽에서는 저런 가마를 타는 이들이 종종 있다고 하던데, 레스타도 실제로 보는 것은 처음이었다. 봄의 대연회를 앞두고 발렌시아로 온 남쪽의 대영주일까.

레스타는 고개를 갸웃하며 한발 물러섰다. 가마를 짊어진 이들이 편안히 지나가기에는 길이 좀 좁았기 때문이다. 이쪽 거리에서 조금만 더 걸어가면 고급 호텔들도 많았다. 아마 거기 묵으려는 영주겠지.

그때였다. 그 가마는 레스타가 앉아 있는 음식점 앞에 멈췄다. 길거리에서 가마를 쳐다보던 사람들이 모두 웅성거렸다.

레스타는 설마, 하고 고개를 갸웃했다. 레스타가 만나기로 한 사람도 남쪽에서 온 사람이기 때문이었다.

그렇지만 저런 으리으리한 가마를 타고 올까?

가마꾼들이 가마를 내려놓았다.

그 몸짓은 아주 조심스러워서 안에 탄 인물이 범상치 않은 자임을 짐작케 했다. 이쯤 되니 모두가 가마의 입구를 주목했다. 레스타는 가마꾼들이 입은 옷이 계절에 맞지 않는, 남쪽의 복식이라는 것을 알아차렸다.

설마가 사람 잡는다더니 진짜로군.

가마의 천이 걷히고 그 안에서 나온 것은 쭉 뻗은 곧은 다리였다.

그리고 연이어 새카만 머리카락의 미인이 가마 안에서 몸을 빼냈다. 결 좋은 머리카락은 그 길이도 길어, 마치 물결처럼 굽이쳤다. 이마 위에 단정히 자리 잡은 앞머리 아래, 단단한 눈썹이 있었다.

진한 인상의 여인은 기껏해야 20대 초반 정도로 보였다. 발렌시아에서 제일가는 시인이라도 그녀의 미모를 좀처럼 한 번에 설명하기 어려울 것이다. 한마디로 기가 막힌 미인이었다.

남쪽에서도 가장 부유하다는 아스완의 여인들은 온통 황금으로 된 장식을 선호한다.

여인 역시 그랬다.

목에는 황금으로 만든 뱀이 감겨 있었으며, 그 아래는 눈이 부실 듯 아찔하게 빛나는 고운 흰 천이 함께 둘려 있었다. 아름다운 몸매를 그대로 꽉 잡아주는 동시에 보란 듯이 드러내는 드레스는 발렌시아의 복식과는 확연히 달랐다.

그녀가 뿜어내는 이국적인 아름다움 앞에, 발렌시아 최고의 고급

레스토랑이 초라해 보일 정도였다.

이곳도 제법 괜찮은 곳이라고 생각했는데.

레스타는 혀를 차고 있다가, 그녀가 가게 안으로 들어서는 것을 보고 발걸음을 재촉했다. 여인이 부리는 자가 점원에게 말을 걸려다가, 점원보다도 빠르게 제 앞에 나타나 허리를 굽히는 검은 머리의 남자를 보고 반색했다.

여인 역시 레스타를 보고 고개를 갸웃했다.

"혹시……."

"예. 처음 뵙겠습니다. 벨름의 레스타입니다."

여인이 미소 지었다. 여인 앞에 선 자가 여인을 소개했다.

"이분은 영원한 강이 흐르는 아스완의 아르시노에 대영주님이십니다. 저는 아르시노에 님의 가신인 하메드입니다."

"아스완에서 오신 분이라는 것은 알았습니다만……. 왕녀님께서 오실 줄은 정녕 몰랐습니다. 제 일생의 광영입니다."

레스타가 허리를 숙였다. 하메드라고 자신을 소개한 노인이 몸을 비켜 여인이 그 인사를 받을 수 있도록 했다. 아르시노에라 불린 여인, 아스완의 옛 왕녀는 수줍게 웃었다.

"이젠 왕녀가 아닙니다. 아스완의 대영주일 뿐이죠."

"실례했습니다. 귀한 분을 뵐 줄 알았다면 더 좋은 곳으로 모셨을 텐데요."

"글쎄요, 대영주로서 그대를 만나러 온 것이 아니니 편히 생각해 주세요."

그런 말씀은 이런 엄청난 가마를 타지 않고 와서 하셨다면 좀 더 좋았을 것인데. 레스타는 속으로만 생각하며 제가 앉았던 자리로 아르시노에를 안내했다. 아르시노에와 함께 하메드가 동석했다.

"그대가 벨름 최고의 상인이라는 소리를 들었답니다. 발렌시아에도 진출한다지요."

"예."

대국 최남단의 아스완. 일찍이 모래금이 나 부유한 곳이었으나 지금은 그 황금이 모두 동이 나고, 아마를 수출하는 것으로 그 명성을 이어가고 있었다.

그러나 레스타가 아르시노에를 만난 것은 다른 일 때문이었다. 아르시노에는 자리에 앉자마자 레스타가 내민 제안서를 받아들었다. 이미 한 번 읽어본 제안서이니만큼 길게 보지는 않았다. 요식 행위 같은 것이다.

아르시노에가 문서를 읽은 후 레스타를 향해 미소 지었다. 아찔할 만큼 아름다운 미소였다. 정작 말을 꺼낸 것은 하메드였다.

"우리의 강이 필요한 것이로군."

가신이라고는 하나 본래 아스완의 귀족 중 하나였을 것이다. 지금도 마찬가지다. 레스타는 고개를 조아렸다.

"예."

레스타는 비록 아타락시아와 유리 때문에 지금은 발렌시아에 머무르고 있었지만, 원래 레스타가 발렌시아에 오려고 했던 이유는 따로 있었다.

애초에 유리가 쎼시아에게 불려오지 않았다면 레스타 혼자 발렌시아에서 거래를 하고 있었을 것이다. 레스타는 대상단의 주주답게 이문에 밝았다. 대국이 통일되어 발렌시아는 지금 육로 정비 사업을 시작할 참이다. 도로 사용료와 항구 정박료에 골머리를 앓던 레스타는 발렌시아에서 새로운 길을 찾았다.

바로 영원의 강이다. 본디 벨름이 항구도시인 만큼 레스타 또한 배를 이용한 무역에 조금 더 익숙하다. 게다가 강은 바다보다 항구 정박료가 조금 더 저렴하다.

아스완의 아르시노에는 대륙 중부에서부터 최남단까지 흐르는 영원의 강의 수로에 대한 모든 권리를 쥐고 있는 대영주였다.

본디 아스완은 영원의 강을 따라 발달한 나라다. 한때 대륙의 반 이상을 차지했지만, 최근의 백 년 동안 잦은 침략에 급속도로 쇠퇴해 강 주변에만 간신히 영토를 지키고 있다.

그러나 아스완은 멸망하지 않았다. 강의 수로를 주변국들이 모두 이용해야 하기 때문이다. 영원의 강이 언제 범람하고 언제 마르는지, 어떤 때 배를 띄워야 하고 어떤 때는 배를 물려야 하는지는 아스완인들만이 알고 있었다.

"정확한 것은 하메드와 이야기하는 것이 좋을 것 같아 그를 동석시켰어요. 부끄럽지만 이런 것은 저보다 하메드가 더 잘 알고 있답니다."

아르시노에가 웃으며 하메드 쪽을 가리켰다. 레스타는 대번에 납득했다. 부왕과 남동생이 뜻하지 않은 일로 한꺼번에 사망해 왕위

이양에 대한 준비가 전혀 되지 않았던 아르시노에가 왕위를 이어받은 것은 유명한 일이었다.

하메드가 물었다.

"그래서, 정박료는?"

"통상의 두 배를 내겠습니다. 물론 발렌시아에 내야 하는 세금은 별도입니다."

파격적인 조건에 하메드가 눈을 부릅떴다. 반면 아르시노에는 고개를 약간 갸웃하는 데 그쳤다.

거기서 레스타는 아르시노에보다는 하메드가 자신의 상대라는 것을 알아챘다. 이 왕녀님은 영원의 강이 어떤 가치를 지니고 있는지 잘 모르는 것이다.

"……내 알기로 칼레가 영원의 강을 통해 아스완에 가지고 올 만한 물건은 별로 없다고 알고 있네만."

칼레— 레스타의 상단 이름이다. 레스타는 미소 지었다.

"예."

"거참."

하메드가 턱을 쓰다듬었다. 예상치 못한 금액에 당황의 기색이 역력했다. 대륙 최남단의 왕국인들이라 그럴까. 거래에 임하는 태도가 순진하기 그지없었다.

레스타는 속으로만 혀를 찼다. 거래의 기본은 포커페이스다. 보통 상인이라면 레스타가 제시한 금액이 아무리 대단해도 표정을 크게 바꾸지 않았을 것이다.

……하지만 그러니 이들이 상인이 아닌 귀족이겠지. 레스타는 입을 열었다.

"제가 원하는 것은 대단한 것은 아닙니다. 저희 상단은 조만간 아마를 대량 수입할 예정입니다."

"호오."

"아직 정확한 시기는 정해지지 않았습니다만, 아마뿐만은 아닐 겁니다. 그때 편의를 봐주십사 하고……"

거짓말이다. 아마가 필요하면 그저 돈을 주고 사면 된다.

정박료까지 내 가면서 아스완에 갈 이유가 없다. 중개 무역을 통해 사는 편이 훨씬 이득이 된다. 그렇지만 레스타가 원하는 그림은 따로 있었다. 영원의 강을 지나, 아스완에서 나는 유색 보석 광산에 투자하는 것이다.

전통적으로 외부인에 관해 배척이 심한 아스완이 왕국일 시절에는 외국인의 투자는 어림도 없었다. 그러나 쎄시아 즉위 후 아스완은 이제 발렌시아 왕국에 편입된 하나의 지방일 뿐이다.

아마 오랜 시간이 걸리겠지만, 유색 보석 광산을 상당수 보유하고 있는 아스완 대영주와 착실하게 유대 관계를 쌓아놓는 것은 나쁠 것이 없었다.

그리고 다른 그림 또한 레스타는 막 붓질을 한 참이었다. 될지 안 될지 모르지만, 하나의 가능성을 제거하는 그림이다. 오로지 자신의 추측에 의해 그려지는 밑그림. 그건 바로…….

"어라? 아르시노에?"

그때 낯익은 목소리가 레스타의 귓가를 때렸다. 계속해서 눈만 깜박이며 레스타와 하메드가 튕기는 주판알을 감상하고 있던 미인의 눈동자에 초점이랄 것이 생겼다.

검은 머리카락이 파르륵 소리를 낼 정도로 힘차게 흔들렸다. 아르시노에라고 불린 여인의 얼굴이 급하게 옆으로 돌아갔다.

여인이 돌아본 쪽에 그 남자가 있었다. 에넌 라이언하트.

한심할 정도로 선량한 푸른 눈동자에 이채를 담고.

"에넌 님!"

여인이 벌떡 일어섰다. 레스타는 눈을 가늘게 떴다.

왜냐하면…….

"앗, 레스타!"

에넌 라이언하트, 상당히 거슬리는 공작 각하의 옆에 자신의 천사가 빼꼼 고개를 내밀고 있었던 것이다.

가게와 길을 분리하기 위해 세워진 작은 화분들 위로 여인이 손을 내민 것은 순식간이었다.

여인은 에넌의 손을 잡아당겨 꼭 잡고 너무나 반가워했다. 당황스러울 정도로 친밀한 제스처였다.

"에넌 님!"

"아르시노에, 내 생각보다 빨리 도착했군요……?"

에넌 라이언하트 역시 여인의 제스처가 조금은 부담스러운 모양이었다. 붉은 머리의 공작은 보기 드물게 쑥스러운 표정을 지으며 여인이 잡은 손을 내려다봤다. 앗, 하고 아르시노에가 뺨을 붉히며 손을 놓았다.

에넌의 커다란 손 사이에서 빠져나오는 그림이라 그랬을까. 여인의 손은 유독 희고 가늘고 작았다. 애처로울 정도였다.

"제가 또, 예의를 모르고 실례를……."

"아닙니다, 아르시노에. 환대해 주셔서 고맙습니다. 기실 환대해 드려야 하는 것은 저인데 말입니다."

여인이 창피해하자 에넌은 서둘러 자세를 낮추며 말했다. 에넌이 다시금 여인의 손을 부드럽게 청했고, 아르시노에는 발개진 뺨으로 오른손을 내밀었다. 에넌은 그 손에 가볍게 입을 맞췄다.

"에넌 라이언하트가 아스완의 대영주 아르시노에를 환영합니다. 비공식적인 마중이라, 저 하나뿐인 것을 이해하십시오."

"아니에요! 에넌 님이 오셔서 저는 너무 기쁜걸요!"

에넌이 입 맞춘 손을 끌어당기며 아르시노에는 비명처럼 답했다. 에넌이 웃었다. 미남과 미녀가 인사를 나누니 그들만이 이 세상의 주인공인 듯 보였다.

그러나 레스타의 주인공은 따로 있었고, 레스타는 제 옆으로 다가온 유리를 끌어당겼다. 유리가 작게 물었다.

"누구예요?"

"아스완의 아르시노에."

레스타가 답했다. 그렇게 말하면 내가 어떻게 알아요? 유리가 자그맣게, 여인에게는 들리지 않도록 투덜거렸다. 레스타가 가볍게 웃었다.

"너는 네가 좋아하는 일에는 놀랍도록 열심이면서, 어떻게 그녀를 모르지?"

"모를 수도 있죠. 엄청 미인이긴 하네."

"공작과 친하다면 모를 수가 없는데."

"……왜요?"

유리가 눈을 깜박거리며 말했다. 유리의 어깨를 가볍게 끌어안은 채 그 말간 눈을 들여다보며 레스타는 짐짓 진지하게 속삭였다.

"라이언하트 공작과 비운의 아스완 왕녀가 얽힌 로맨스를 모른단 말이야?"

유리의 눈이 약간 흐려졌다. 레스타는 조금 통쾌한 기분이 들었다가, 곧 약간 짜증이 났다.

─※─

아스완에서 모래금이 나는 것은 유명했지만, 유색 보석이 난다는 사실은 적어도 천 년 동안에는 아무도 몰랐다. 유색 보석 광산이 발견된 것은 아주 우연한 일이었다.

아스완의 왕은 50년 동안 아스완을 통치했으나, 그의 통치가 대단히 훌륭하지는 않았던 탓에 야금야금 땅을 빼앗겼다. 영원의 강이 아니었다면 아스완은 이미 그의 대에서 흔적도 없이 사라졌을 거라고 사람들은 말하곤 했다.

아스완에서 유색 보석이 난다는 것을 알게 된 주변 국가들은 앞다투어 아스완을 침략했다.

무능력한 주제에 친정에 나선 왕의 목이 베이는 것은 순식간이었다. 왕위는 열네 살의 왕자에게 돌아갔다. 왕자는 아름답기로 소문난 제 누이를 주변국 중 가장 강한 레테에 볼모로 보내고 아스완의 미래를 담보하는 문서에 서명했다.

그러나 문서가 사라졌다.

레테는 문서의 실종을 빌미로 아스완을 침략했다.

뒤늦게 알게 된 사실은 문서의 실종 자체가 레테의 수작이었다는 것이다. 왕자는 레테의 장군에게 머리채를 붙들려 성에서 사막까지 질질 끌려가 처형당했다.

레테의 왕은 직접 친정에 나서 아르시노에에게 자신이 아스완의 수도에 도달할 때까지 머리를 풀고 자신을 기다리라고 전갈했다. 아르시노에는 머리를 풀고 성 안에서 칠일 밤낮을 울었다.

그리고 에넌 라이언하트가 레테의 왕을 베었다.

본디 쎄시아 발렌시아는 덥고 외진 데다 강을 제외한 영토의 반 이상이 메말라 있는 아스완까지는 진군할 계획이 없었으나 가엾은 아르시노에의 풍문을 듣고 진로를 바꾸었다.

선봉으로 나선 남자는 레테 왕의 머리를 단칼에 꿰뚫었다.

"협잡꾼의 수급을 피해자에게."

에넌 라이언하트의 말이었다.

이레 동안 아무것도 먹지도 마시지도 않았던 아르시노에는 제 앞에 내밀어진 레테 왕의 머리를 지그시 밟았다. 피투성이가 된 머리를 밟은 채로 아르시노에는 에넌 라이언하트에게 말했다.

"사자께서 원수를 갚아주었으나 저는 드릴 것이 없습니다."

"내 누이에게 그대의 왕국을 주시면 됩니다."

"대륙을 통일한 여걸에게 왕국은 당연히 복종을 맹세할 것이나, 저의 원수를 갚아준 사자에게는 제가 무엇을 드려야 하나이까."

"저는 사자도 아니거니와, 원하는 것이 없습니다."

"베푼 자가 원하는 것이 없다 하셔도 은혜 입은 자는 갚아야 하는 법입니다."

그리고 아르시노에는 아스완 궁에서 모든 사람을 물렸다.

쥐새끼 한 마리 없는 아스완 궁에서 아르시노에는 사흘 밤과 사흘 낮을 에넌 라이언하트에게 바쳤다. 그리고 나흘째에 쎄시아 발렌시아가 아스완에 입성했다. 아르시노에는 기꺼이 쎄시아 발렌시아 앞에 나아가 무릎을 꿇고 아스완의 대영주가 되었다.

─◈─

"……라는 게 일단은 그 유명한 로맨스인데."

레스타가 흘깃 유리를 쳐다봤다. 유리는 메기 같은 얼굴이 되어 중얼거렸다.

"사흘 밤과 사흘 낮……."

"……동안 저는 그냥 잤습니다. 두 분. 하하하."

잽싸게 끼어든 것은 에넌 라이언하트였다.

"잤……."

붉어진 것은 유리의 얼굴이었다. 그러자 에넌 라이언하트가 "무슨 상상을 하시는 겁니까! 그냥 잤습니다, 저 혼자!"하고 거듭 강조했다.

"누이가 무리하게 진군 행로를 바꿔서 저부터 보내시는 바람에 이틀 동안 잠도 못 자고 진군했단 말입니다. 아스완 궁을 비우신 것도 저는 곯아떨어져 있어서 몰랐다고요."

어느새 네 사람이 모두 마주 앉은 차였다. 하메드는 자신이 낄 자리가 아니라고 판단했는지, 뒤로 한 걸음 물러서 있었다.

"사람들은 로맨스를 너무 좋아한다니까요. 누이의 정벌이 너무 순조로운 까닭에 이야깃거리를 뭐라도 붙여넣고 싶었던 자들이 만들어낸 소문입니다."

에넌은 머리를 긁으며 투덜거렸다.

"그렇게 소문날 줄 알았으면 역시 근처에 막사라도 치고 자는 건데 말입니다."

"……근처에 막사를 안 치셔서 정말 다행이라고 저는 생각하는걸요."

그때까지 잠자코 듣고 있던 아르시노에가 빙그레 웃으며 말했다. 유리는 넋을 잃고 그녀를 쳐다봤다.

눈을 깜박일 때마다 짙고 긴 속눈썹이 팔랑이는, 대단한 미인이었다. 아스완의 전통 의상은 유리가 아는 어떤 전통 의상과 아주 비슷했다. 몸을 따라 유려하게 흘러내리는 아름다운 흰 드레스는 기가 막히게 그녀에게 잘 어울렸다.

"덕분에 주무시는 모습을 사흘 내내 볼 수 있었답니다. 제가 모실 수 있어서 정말 다행이라고 생각해요."

"……아르시노에. 제발."

에넌이 한숨을 쉬었다.

"그런 말씀을 하시니까 헛소문이 가시지 않는 겁니다……."

"어머나, 헛소문인가요……?"

강적이네.

유리가 레스타를 쳐다봤다. 레스타도 고개를 끄덕였다.

강적이지.

아무래도 이문에 밝지 못한 이 왕녀, 적어도 연애 사업에서는 굉장히 강한 모양이었다. 누가 봐도 에넌이 압도적으로 불리했다. 우수에 찬 검은 눈으로 가련하고 불쌍하게 쳐다보는 미녀에게는 저 라이언하트 공작도 꼼짝을 못 하는 것이다.

"적어도 제가 사모하는 마음만큼은 진심인걸요."

"……감사합니다."

공작의 푸른 눈이 필사적으로 다른 곳을 보고 있긴 하지만.

레스타는 자신이 그리려던 두 번째 그림이 생각보다 괜찮은 모양새가 될지도 모른다는 생각이 들어 불현듯 즐거워졌다.

아무튼 그런 사연들 때문에라도, 발렌시아에서는 봄의 대연회에 참석하려는 아르시노에만큼은 아무나 마중하게 내버려 두기 어렵기 마련이었다.

'물론 에넌 라이언하트가 바로 오늘 이 시점에 직접 마중 나올 줄은 정말 몰랐지만.'

레스타는 봄의 대연회 시기에 맞춰 아스완의 대영주에게 대리인과의 만남을 요청한 참이었다. 영원의 강 정박권과 유색 보석 광산 등등 때문이지만, 세 번째 이유는 조금 다르다.

레스타는 요즘 정말로, 유리 근처에 부쩍 자주 보이는 에넌 라이언하트가 영 거슬렸다.

사랑에 빠진 남자의 감은 기분 나쁠 정도로 잘 들어맞는 법이다. 레스타는 맨 처음부터 벨름에 나타난 1000만 싱의 고객이 유리와 필요 이상으로 가까워지는 것이 영 석연찮았다.

남자가 라이언하트 공작이라는 것을 깨달은 다음에는 유리에게 보여주는 그의 호의가 사실은 쎄시아 발렌시아에 대한 지나친 충성심 때문일까, 하고 생각하기도 했다.

어쨌든 두 의남매의 비정상적일 정도의 애정은 온갖 소문을 낳았고, 레스타 역시 그 소문을 알고 있었던 것이다.

그러나 발렌시아로 유리가 오게 되며 레스타의 불쾌함은 점점 커졌다. 어쨌든 유리가 발렌시아에 오게 된 이유는 바로 에넌 라이언하트다.

그러나 그는 유리가 어떤 사람인지 어렴풋이 알고 있음에도 불구하고 유리의 위기를 외면했다. 유리에게 나중에 렌 헬리오날트를 성 안에서 만났고, 그가 어떤 도움도 주지 않았다는 이야기를 들었을 때 레스타는 그가 너무나 원망스러웠다.

발렌시아에서 레스타는 그저 유력 지역에서 좀 큰 상단을 하는 평민일 뿐이지, 발렌시아에는 별 연줄이 없었다. 조금이라도 높은 분들에게 연줄이 있는 사람이, 남을 돕기 위해서 행동했다가 곤란에 처한 사람을 도와줄 수는 없는 거였을까, 하는 원망이 생겼다.

그리고 그가 바로 발렌시아 전역에 패륜아로 유명세를 치르던 에넌 라이언하트라는 것을 알고 난 뒤에는 더욱더 그가 싫어졌다.

부모라는 것은 물론 사생아에게는 별 의미가 없다. 레스타 역시 없느니만 못한 부모를 만난 자들을 자주 봤다. 그러나 그 부친의 목을 직접 친 비정한 이라면 이야기가 다르다. 더욱이 그런 사람이 유리 근처를 맴돈다면 더더욱.

상인이 가장 꺼리는 상대는 귀족이다.

귀족들은 높은 신분을 빌미로 상인들에게 거래라고 불리는 수탈을 해대기 일쑤였다. 그리고 에넌 라이언하트가 발렌시아 성에서 유리를 외면한 것 또한 같은 맥락으로 보였다.

해가 되는 자는 멀리한다. 그것이 아무리 요긴한 자라도. 레스타가 생각하는 전형적인 귀족의 자세였다.

좋아하기 어려운 자였으나, 레스타는 그자가 유리에게 잘해준다는 것을 알고 나서는 한동안 그를 지켜봤다. 어쨌든 상인들이 수없이 손해를 입는다 해도 귀족들과 알고 지내는 이유는 하나였다.

높은 자와의 인연은 많을수록 좋다. 유리가 발렌시아에 지점을 낸다면 더더욱 필요하다. 유리가 훌륭하게 쎄시아 발렌시아의 과제를 해낸 후에는 더더욱 그런 생각이었다. 그 저녁 식사 이전까지는.

레스타는 4인용 식탁에 여섯 명이 앉아 한 그날의 식사에서, 자신과 똑같은 시선으로 유리를 쳐다보는 남자의 눈을 봤다.

혈혈단신, 고아였던 레스타가 자신의 상단인 칼레를 이만큼 키우기까지 가장 큰 힘이 됐던 것은 레스타의 눈이었다.

레스타는 상대방의 약점을 빠르게 파악해낼 수 있는 눈을 가지고 있었다.

어떤 것이 문제고, 어떤 것이 해결되어야 자신이 그 빈자리를 비집고 들어갈 수 있는지. 레스타가 가장 큰 이문을 낼 수 있는 지점은 어디인지.

그날 그 자리에서 날카로운 눈으로 말미암아, 레스타는 에넌 라이언하트가 애틋하고 귀엽게 여기는 것이 제 천사라는 것을 알아챘다. 그래서 그는 몇 번이나 유리에게, 에넌 라이언하트가 유리를 남자로 알고 있는 것이 확실한지 확인했다.

유리의 대답은 같았으며 무심했다.

레스타는 제 천사가 보기 드문 미남을 길가의 돌멩이 보듯 보고 있다는 사실에 안도했으나 안심하지는 않았다. 세상에는 남자를 좋아하는 남자도 있다.

그래서 레스타는 아스완의 대영주와의 만남을 앞당겼다.

나이가 스물여섯이 넘을 때까지도 결혼을 하지 않은 에넌이었다. 수도에서는 귀부인들에 의해 자의로든 타의로든 가장 훌륭한 신랑감으로 일컬어지고 있으나, 레스타가 보기에 그가 결혼을 하게 된다면 가장 유력한 후보는 아르시노에였다.

그녀가 수도에 나타난다면 에넌 라이언하트는 자연스레 바빠질 것이다. 애초에 이 정도의 인연이 있는 여인을 그가 홀로 대연회에 참석하게 내버려 둘 수 있을 리 없었다.

상인인 레스타는 그가 유리에게 친한 척 구는 것을 막을 수 없었다. 그러나 적어도 아르시노에가 수도에 머무는 동안에는 지금처럼 약속도 없었던 그가 유리와 함께 나타나는 그림은 적어도 뜸해질 것이다.

"와, 멋있다."

그렇지만, 과연 그것으로 충분할까?

레스타는 입을 연 제 천사의 얼굴을 내려다보며 불현듯 그렇게 생각했다. 멋지다고 찬사하는 제 천사의 눈은 하는 말과는 다르게 총기가 없었다.

—※—

결과적으로 그날 이후의 흐름은 레스타가 원하던 대로 되긴 했다. 그러나 정확히, 레스타가 원하던 그림은 아니었다.

에넌 라이언하트가 바빠서가 아니라, 유리가 그날 이후 줄곧 제 작업실에 틀어박혀 나오지 않았기 때문이다.

아르시노에는 에넌이 등장한 이후 노골적으로 안절부절못했다. 일이 될 리가 없다. 하메드와 레스타가 후일을 기약하고 헤어진 후, 유리는 그대로 저택으로 돌아와 성이 아니면 작업실에서 쭉 시간을 보내고 있었다. 쎄시아가 준 저택에서 두 번째로 채광이 잘 되는 방이 유리의 작업실이었다. 유리는 레스타가 사준 커다란 원목 테이블 위에 종이와 가위, 흑연과 자 같은 것들을 잔뜩 늘어놓고 작업에 열중하고 있었다.

레스타가 유리와 제대로 된 대화를 한 것은 최근의 열흘간 두어 번 정도였다. 유리가 부탁한 것을 가져다주기 위해서였다. 유리는 그때까지 일일이 손으로 소매통을 그리고 있었는데, 어느 날 종이 본을 가져다주며 레스타에게 "이대로 납작한 나무 판을 만들어서 가져다줘"라고 부탁했다. 본래대로라면 허드렛일을 하는 심부름꾼이나 할 일이지만, 유리는 항상 레스타에게 부탁했고 레스타 또한 남에게 시키지 않았다. 유리의 손에서 어떤 기술이 어떤 경로로 퍼질지 몰랐기 때문이었다.

유리가 레스타에게 부탁한 것은 물방울자였다. 소매 패턴을 매번 새로 그리지 않아도 되는 것이다. 레스타는 자신이 가져다준 납작한 원목 판이 유리의 손에 의해 패턴으로 탄생되는 것을 보며 감탄을 흘렸다.

"놀랍군. 이런 건 어떻게 생각한 거야?"

"생각한다기보다……. 원래 있었던 거지."

유리가 지나가는 듯 말했다.

"원래?"

"음……. 여기엔 없는 거지만 원래 있는 거긴 해."

가끔 레스타는 유리가 하는 말들을 이해하지 못했다. 유리에게는 원래 세상에 있는 물건이지만, 레스타에게는 아닌 것임을 그는 이해하지 못했다. 레스타는 그 말들에 대해 종종 궁금해했으나 굳이 묻지는 않았다. 유리 또한 설명하지 않았다.

"본래 여왕에게 가져다줄 옷은 거의 다 만든 것 아니었어?"

"그렇긴 한데, 영 마음에 안 들었거든. 참신한 맛이 없달까."

유리가 흑연이 묻은 손가락으로 턱을 괴었다. 레스타는 흐음, 하고 신음했다. 봄의 대연회까지 남은 시간은 보름이 조금 넘었다. 쎄시아가 입을 드레스들은 이미 완성된 뒤였다.

만찬에는 어깨를 드러낸 오픈 숄더 드레스, 연회 때에는 발목에서 깔끔하게 잘린 사랑스러운 드레스였다. 마지막 날의 대연회에 입을 드레스는 모두 유리가 자랑하는 기술로 만들어져, 허리를 가늘게 조이면서도 부드럽게 드레스가 물결치는 아름다운 디자인이었다.

물론 평면 패턴 자체가 참신하기에 레스타가 보기에는 모두 신기했고, 쎄시아 또한 마음에 들어 했다. 이곳의 드레스들은 모두 상의 따로, 하의 따로 만든 후 허리에서 이어붙이기에 자연스레 허리가 길고 키가 작아 보이기 일쑤였다.

그러나 유리는 가슴선에서부터 발목까지 끊어지는 부분이 없는 세로 패턴 드레스를 만들어 아주 우아해 보이도록 했다.

만찬회의 드레스는 우아했고, 호수 연회에서 입을 드레스는 경쾌하고 사랑스러웠다. 마지막 날 입을 옷은 기품이 넘쳤다.

그렇지만 유리는 뭔가 재미가 없다고 느꼈다. 패턴만 다를 뿐 기존의 공식에서는 크게 벗어나지 않았던 것이다.

"그렇다 해도, 그 여왕님이 편하게 느낀다면 된 거 아니겠어?"

"아냐, 도전 정신이라는 게 나에게도 있다구."

유리가 종이 위에 물방울자를 대고 소매를 그리며 말했다.

"그 사람이 좋아! 만족해! 한다고 해서 나도 만족하면 되겠어? 뭣보다 재미가 없어."

"재미라."

레스타는 턱을 쓰다듬었다.

"일을 재미로 하나."

"재미로 하지."

글쎄, 일을 재미로 하는 건 너밖에 없지 않을까, 하는 말을 레스타는 삼켰다. 손에 검댕을 잔뜩 묻히고, 종이에 흑연을 번지게 하지 않으려 기를 쓰는 유리의 눈이 반짝반짝 빛나고 있었으므로.

정말로 즐겁게 일하는 사람에게 그런 소리로 초를 치는 것은 레스타의 취향이 아니다. 레스타는 대신 원목 테이블 한쪽에 엉덩이를 대고 기댄 채 흥미롭게 물었다.

"그래서, 지금 만드는 건 뭐야?"

"연회 때 입을 드레스야. 만찬이나 대연회 때 입을 옷을 지금 고치기는 어렵거든. 둘 다 보석도 엄청나게 들어가고 공이 꽤 드는 옷이니까, 보름 남기고 만들 수는 없지."

"연회는 3일이나 한다며?"

"그래서 새로 만들 수 있는 거야."

유리가 콧노래를 흥얼거렸다.

"그 왕녀님 아니었으면 이런 것도 생각 못 했을걸!"

"왕녀님?"

"엄청 예쁜, 레스타랑 만났던 공주님."

"아."

레스타는 입을 벌렸다. 아르시노에를 말하는 것이 분명했다.

"아르시노에?"

"맞아, 그런 이름이었다."

유리가 씩 웃고는 종이 한쪽 빈 공간에 그림을 그렸다. 레스타는 유리의 작은 손가락이 꼬물거리며 흑연으로 예쁜 공주님을 그려내는 것을 바라봤다.

얼굴은 생략됐지만 새카만 머리카락, 긴 팔다리 같은 것이 순식간에 종이 위에 생겨난다. 화가들이 그리는 것처럼 아름답고 세밀한 그림은 아니지만 어떤 것을 그린 것인지는 아주 잘 알 수 있었다.

"이런 드레스를 만들 거야."

"이건…… 아스완의 전통 의상인가."

"비슷하지만 좀 달라. 왕녀님이 입은 건 좀 불편하잖아."

유리가 빙그레 웃었다.

레스타는 미간을 살짝 모았다.

그날, 유리는 유독 다른 생각을 하고 있는 것처럼 보였다. 자신은 그것이 에넌 라이언하트 때문일지도 모른다고 생각했는데 어쩌면 유리는 전혀 다른 생각을 하고 있었던 걸까?

아스완의 왕녀 이름은 잘 기억도 못 하지만, 그녀가 어떤 옷을 입었는지, 어떤 실루엣이었는지는 이렇게나 세밀하게 그려내는 제 천사. 레스타는 제 눈앞의 갈색 정수리가 참으로 신기하다고 생각했다. 언제나 제 예상을 뛰어넘는다.

"그날 유독 그렇게 그녀를 뚫어지게 쳐다보더라니, 이것 때문이었나……."

"뭐, 비슷해. 적어도 연회 때문에 배고픈 여왕님의 신경이 곤두서지 않았으면 좋겠어."

유리가 중얼거리며 다시 수식을 쓴다. 레스타로서는 잘 알 수 없는 계산이지만, 유리는 패턴을 그릴 때 항상 레스타가 잘 모르는 글자로 꼬불꼬불 계산을 한 후 자로 슥슥 패턴을 그려냈다. 참 신통방통한 일이 아닐 수 없었다.

"뭐, 나로서는 보름 후의 여왕님보다는 내 앞의 파트너가 굶지 않았으면 좋겠다는 마음이 더 큰데."

"어어?"

"이거라도 좀 먹고 해."

유리가 고개를 들어 레스타가 손가락 끝으로 밀어준 접시를 바라봤다. 거기에는 플럼이 챙겨 준 한입 크기 간식들이 올라와 있었다. 과일 젤로부터 작게 자른 빵 같은 것들.

유리는 "오, 맛있겠다. 그런데 손 씻어야 하네."하고 고개를 갸웃하다가 입을 벌렸다.

"아."

"……."

"거기 젤로 한 개만 넣어줘. 아."

제 눈앞에 앉아 있던 소년 같은 여인이 너무나 순진무구한 표정으로 입을 벌렸다. 그 무방비한 자세에 레스타는 저도 모르게 허둥지둥했다. 젤로를, 그러니까……. 불쌍한 레스타는 그만 당황하고 말았다. 언제나 항상 여유만만하던 얼굴이 귀 끝까지 달아올랐다.

레스타가 다급하게 젤로를 집어 올렸을 때는 이미 늦어서…….

"아냐, 됐어. 손 씻고 오지 뭐."하고 소년같이 짧은 머리카락을 한 여인은 시큰둥한 얼굴을 하고 일어났다.

레스타는 "그래. 식사는 제대로 하는 게 좋지."하며 집어 들었던 젤로를 내려놓았다. 소년의 시선은 피한 채였다.

왜냐하면 제 붉어진 얼굴을 보고 한순간 어색해졌던 유리의 표정을 레스타는 분명히 봤기 때문이다. 어찌나 급하게 나가는지 손에 쥐고 있던 흑연을 책상 위에 내려놓는 손길까지도 거칠었다. 소년 같은 뒷모습이 탕, 하고 문을 닫고 나가는 순간 책상 위의 흑연이 도르륵, 하고 굴러 바닥으로 떨어졌다.

레스타는 울고 싶어졌다.

언제부터였는지는 모르겠지만, 유리 또한 제 마음을 어느 정도는 눈치챈 것이 분명했다. 그리고 레스타 혼자 어렴풋이 짐작하던 것은 이제 기정사실이 돼 버렸다. 레스타는 거칠게 마른세수를 했다.

이렇게 돼서야 이제는 제대로 각 잡고 제 마음을 말하기도 어려워져 버렸다. 노골적으로 저렇게 피하는 모양새여서야.

제 허리 반밖에 안 올 것 같던 어린 여자애가 언제 이렇게 제 마음에 들어왔는지 모를 일이었다. 그렇지만 박수도 손이 맞아야 소리가 난다. 유리는 아마 제게 손뼉을 마주쳐주지 않을 것이다.

혼자서 벨름까지 흘러왔던 떠돌이 고아 레스타가 지금까지 올 수 있었던 것은 단 한 번도 포기하지 않았기 때문이었다.

포기하지 않는 것 하나는 이골이 났다. 그렇지만, 포기하지 않는다고 해서 과연 좋은 결과가 올까? 레스타는 알 수 없었다.

※

봄의 대연회 준비는 과연 쉽지 않았다. 일주일을 넘게 남겨둔 시점이었고, 성은 정신없었다. 뭐니 뭐니 해도 봄의 대연회의 꽃은 다섯 번째 날의 대무도회다. 그날 쎄시아는 가장 화려한 옷을 입을 것이고, 모든 대영주들이 참석할 것이다.

일렉사 백작부인이 가장 골머리를 앓고 있는 것은 그날의 에스코트 문제였다. 미혼의 여왕을 에스코트할 사람이라면 응당 미혼의 라이언하트 공작뿐이다. 그러나 바로 오늘, 일렉사 백작부인을 대면한 쎄시아는 웃으며 라이언하트 공작으로 하여금 아르시노에를 에스코트하라고 명했다 말한 것이다.

"내가 준 성인데, 1대에서 끝나버리면 민망하잖아."

그런 이유에서였다. 단딜리온 재상은 "라이언하트의 대보다는 발렌시아의 대를 걱정하시지요!"하고 버럭 소리를 질렀으나 에넌 라이언하트가 쎄시아 발렌시아를 에스코트한다고 해서 발렌시아의 대가 이어지지는 않는다.

둘 다 미치지 않고서야.

그래서 일단 좀 쉬고 오겠다고 말한 일렉사 백작부인을 물리고, 쎄시아는 시녀장의 비서인 마틸다와 함께 호수변의 연회를 점검 중이었다. 대연회는 일렉사 백작부인이 점검해야 하지만 호수변의 사냥 대회 준비 정도는 마틸다에게도 너끈했다. 만찬은 나이 든 대영주들이 주로 오겠지만, 3일 동안 호수 옆에서 열리는 사냥 대회와 연회는 대영주들보다는 그들의 자식들, 그리고 젊은 가신들이 주인공이 될 것이다.

애초에 사냥 대회라는 것은 발렌시아에는 없었던 풍습이었다. 영지가 산에 둘러싸여 봄이면 가끔 겨우내 굶었던 곰이나 멧돼지 정도가 나타나 경비대가 한 번씩 숲을 순찰하는 정도였으나, 이를 사냥 대회로 키운 것은 단딜리온 재상이었다.

핑계는 간단했다. 젊고 아름다운 여왕에게 나이 찬 청년들의 접근성을 높이기 위해서였다. 정작 여왕 본인은 별생각 없었지만, 늙은 재상은 열성이었다.

"약간, 동화 속에 나오는 마왕이 된 것 같지 않아? 나."

"공주님이 아니시고요?"

유리 또한 호수 연회의 드레스 디자인을 바꾼 것을 보고하기 위해 입성해 있었다. 쎄시아의 앞에서 자신이 들고 온 상자를 열어 보이던 유리는 쎄시아의 말에 웃고 말았다. 쎄시아가 투덜거렸다.

"접근성을 높인다잖아. 용사들이여, 마왕 쎄시아를 정복하고 발렌시아의 대를 이어라! 뭐 그런 느낌이란 말이지."

"주제넘은 말씀을 드리자면 좋은 부군을 만나는 것이야말로 전하의 행복이라고 생각하실 테니까요, 재상님께서는."

"그대는 그렇게 생각하지 않나 보군?"

유리가 고개를 갸웃했다. 쎄시아는 유리가 눈을 동그랗게 뜨고 갸웃거리는 것이 참으로 귀엽다고 생각했지만 입 밖으로 내지는 않았다.

"저야 잘 모릅니다만, 재상님께서는 전하를 거의 기르다시피 하셨다고 들었는데요. 자식이 좋은 결혼을 하는 것은 부모의 기쁨이지요."

"그렇겠지."

"그렇지만 저는 자식이 없어서 그런 것은 잘 모릅니다."

쎄시아가 픽 웃었다. 유리는 상자 안에서 벨벳으로 감싼 옷을 들어 옆에 서 있던 시종에게 맡겨 보냈다. 토르소 위에 입혀 내보이기 위해서였다. 시종이 빠르게 옷을 들고 옆으로 사라졌다. 조금만 기다리면 옷을 내올 것이다.

말을 이은 것은 쎄시아였다.

"그대가 나를 에스코트하는 것은 어때?"

유리는 말이 떨어지자마자 손을 내저었다.

"하이고, 살 떨리는 말씀 마세요."

"왜?"

"심술궂으시네요, 폐하. 다 아시면서."

청년이 실실 웃었다. 쎄시아도 웃었다. 청년은 고작 평민 출신의 준남작이고, 그런 자리에서 쎄시아를 에스코트했다가는 말라 죽어 버릴 것이다. 그저 농담일 뿐이다.

"예년의 상대가 생겨버렸으니, 어쨌든 에스코트를 구하기는 구해야 하고……."

"그런데, 전하."

"음?"

"꼭 에스코트 상대가 있어야 합니까?"

청년이 이번에는 반대쪽으로 고개를 기울였다.

"전하는 짝 없이도 대국을 만드셨는데, 대국의 만인지상이신 전하가 꼭 누구의 인도를 받아야 할 이유는 무엇입니까?"

때맞춰 시종이 토르소를 들고 오지 않았더라면, 쎄시아는 청년의 뺨을 양손으로 꽈악 눌러주지 않고는 못 배겼을 것이다.

그렇게나 깜찍하게 내 마음에 쏙 드는 이야기를 하다니, 미인에 혹해 나라를 내주었다는 왕들의 마음이 어땠을지 손톱만큼은 이해가 되는 것이었다.

마틸다만 머리를 감싸 쥐었다. 비상한 머리로 일렉사 백작부인의 비서가 된 그녀는, 이제 쎄시아 발렌시아가 '대국을 만든 내가 누군가의 에스코트를 받아야 할 정도로 모자라오?' 하고 땡깡을 부릴 것이 눈에 선했기 때문이다.

7
겨울이 지나가면 봄이 온다(2)

아하하하, 높은 웃음소리가 어렴풋하게 들렸다.

정원을 걷고 있던 두 사람 모두 알고 있는 목소리여서, 에넌과 아르시노에는 동시에 고개를 돌렸다가 눈이 마주친 후 멋쩍게 웃었다. 두 사람에게 정원이라도 걷고 오라고 명령했던 여왕, 쎄시아 발렌시아의 목소리가 창문을 넘어 이곳까지 들린 것이다.

"전하께서 기분이 좋으신 모양이에요."

"예. 누이는 항상 그를 만나면 기분이 좋아지십니다."

"그요?"

에넌이 입가에 미소를 띠었다.

"유리 클로드를 말하는 겁니다. 일전에 보셨지요."

"아아."

아르시노에가 손뼉을 쳤다. 하메드와 함께 상인을 만났을 때, 에년과 같이 나타났던 청년을 이야기하는 것이었다.

처음에는 예년의 가신인 줄 알았는데, 그 상인의 동업자라는 이야기를 듣고 놀랐다. 그리고 발렌시아라는 곳은 과연 인맥이 거미줄처럼 촘촘하구나……. 하고 감탄하기도 했다.

"그분이 저곳에 계신가요?"

"예, 아마 그럴 겁니다. 이 시각쯤 입성한다고 했으니."

"어머, 전하의 일정을 모두 꿰고 계신가 봐요."

과연 공작 각하, 하는 아르시노에의 경외심 어린 눈에 예년은 차마 그게 아니라고는 말 못 하고 다른 곳으로 화제를 돌렸다.

"온실은 마음에 드셨습니까?"

아르시노에가 얼굴을 붉히며 말했다.

"정말 아름다웠어요. 아스완의 여름 정원도 정열적이어서 아름답지만, 여왕 전하의 온실은 가지런하고 사랑스럽군요."

쎄시아가 머무는 곳 근처의 정원들은 모두 아름답게 꾸며져 있었다. 기실 여왕 본인이 그리 대단히 정원 가꾸기에 흥미가 없어, 크게 수고를 들이지 않아도 된다 매번 말해도 정원사들은 혼신의 힘으로 정원을 가꿨다.

결국 덕 보는 것은 대부분 여왕의 손님들이었다.

아르시노에만 해도 정작 여왕 본인은 다섯 번도 가보지 않았을 유리 온실을 벌써 세 번째 구경하고 나온 참이었다. 아르시노에의 시종들이 다섯 발자국 뒤에서 그들을 조용히 따랐다. 새가 지저귀었고, 정원 한편에 만들어진 계단식 분수에서 졸졸거리며 물이 떨어지는 소리가 들렸다. 햇빛이 찬란하게 내리쬐었다.

한마디로 엄청나게 로맨틱한 분위기였다.

동시에 에넌 라이언하트에게는 부담스럽기 그지없는 상황이기도 했다.

쎄시아는 정말 단순하기 짝이 없는 이유로 에넌과 아르시노에를 붙여줬다. 미남과 미녀가 붙어 있으니 보기 좋구나 하는 이유다. 그에 더해 에넌이 애라도 낳으면 꼭 왕좌를 물려주겠다 노래를 불렀다.

에넌은 제 옆에 있는 미인을 보며 한숨을 쉬고 싶은 마음을 꾹 참았다. 어쨌든 자신을 사랑하는 마음을 아낌없이 내보이고 있는 여인 앞에서 한숨을 쉬는 것은 무례다.

성에는 사용인이 많았다. 이 정원만 해도 쎄시아의 코앞에 있기에 정원사들이 구석에서 일하고 있었고, 시녀들도 가끔 지나다녔다. 성 안에서 일하는 문관들도 서류를 들고 지나가거나, 저들끼리 떠들다가 에넌을 보고 입을 다물었다.

그리고 그들 모두는 에넌과 그 옆의 아르시노에를 보며 흐뭇한 미소를 지었다. 대륙 전역에 소문이 짜하게 퍼진 로맨스의 주인공들이었던 것이다.

에넌 또한 그들이 자신에게 기대하는 바가 무엇인지 모르지 않았다.

아마도 그들은 대륙을 뒤흔든 로맨스의 주인공들이 데이트를 하고 있다 생각할 것이다. 그리고 지나가다 운이 좋으면, 그 주인공들이 청혼을 하는 장면이라도 볼 수 있지 않을까 하고 기대하겠지.

쎄시아가 들으면 '용케 눈치는 있네.'하고 신기해할 만한 생각이었다. 그러나 에넌은 그들의 기대에 보답할 생각은 눈곱만치도 없었다.

"걷기는 괜찮으십니까."

"괜찮아요."

"발렌시아의 복식이 그리 편하시진 않을 텐데요."

"저는 좋습니다. 아스완에서는 더워서 입어보지 못하는 옷들이지요."

아르시노에는 보기 드물게 발렌시아의 복장을 입고 있었다.

아스완의 복식은 더운 아스완의 기후에 맞춰져 있어서, 어깨와 팔이 그대로 드러났다. 몸매도 마찬가지다. 꽉 조여 맨 속옷 위에 걸쳐야 하는 아스완 복식은 아직까지는 서늘한 발렌시아 기후에는 맞지 않았다. 더욱이, 연회장에서 발렌시아의 귀족들이 본다면 눈을 뒤집을 것이다.

그래서 아르시노에는 새벽부터 일어나 새카만 머리카락을 보기 좋게 땋아 올렸다. 아마 그녀의 시녀들이 고생했을 것이다. 그에 더해 잔뜩 부풀린 드레스가 그녀의 몸을 감싸고 있었다. 에넌은 그 휘청거리는 걸음이 영 보기 불안했고, 그래서 차라리 앉기를 권했다.

"고맙습니다."

그녀는 뺨을 붉히며 분수 근처에 앉았다. 물줄기가 시원하게도 떨어지고 있었지만, 에넌은 여전히 마음이 답답했다. 그래서 입을 열었다.

"아르시노에."

"예에."

"미안합니다."

어떤 잘못도 하지 않았으나 아르시노에는 에넌의 말을 바로 알아들었다.

물색없이 화사하던 얼굴이 단번에 흐려졌다. 에넌은 큰 죄를 지은 기분이 들었다. 그렇게나 놀랍도록 아름다운 얼굴이 흐려지는 것은 세상에 더없이 큰일이 일어났다고 생각하게끔 만들었다.

그렇지만 그런 기분을 피하기 위해서, 그녀에게 기약 없는 희망을 주는 것은 안 될 일이다. 에넌은 힘겹게 말을 이었다.

"저는 그대와 혼인할 생각이 없습니다."

"……꼭 혼인을 바라고 있는 것은 아닙니다."

한참 물러서 있던 시종들이, 저들의 주인의 떨리는 목소리를 듣고 이쪽을 기웃거렸다.

그러나 내용을 정확히 알아듣기는 어려웠는지 에넌의 눈치를 봤다. 에넌은 시종들 쪽을 향해 가볍게 고개를 끄덕여 보였고, 시종들은 다시 안심하고 바른 자세로 다른 곳을 바라봤다.

"저도 알고 있어요, 각하. 전하의 왕위 때문에라도 일부러 상대를 만들지 않으신다는 것을요."

"알아주심에 감사할 따름입니다."

에넌이 며칠 전 유리에게 했던 말은 반쯤은 진심, 반쯤은 허탈함에서 나온 말이었다.

그렇게나 강하고 현명한 여인이지만 쎄시아는 언제나 결혼하지 않았기 때문에 반푼이 취급을 받았다. 자신이 사생아가 아니었다면 아마 발렌시아의 신료들은 자신을 왕으로 밀기에 주저함이 없었을 것이다. 그 생각만 하면 쓴웃음이 나왔다. 정작 에넌 본인은 생각도 없는데.

쎄시아 발렌시아의 결혼은 발렌시아에서 가장 시급한 현안 중 하나였다.

쎄시아의 나이는 이제 서른하나. 어지간한 귀족 여인이라면 열 살은 된 아이가 있을 것이다. 쎄시아는 다른 여인들이 혼인을 하기 위해 집을 떠날 때, 대륙을 정복하기 위해 길을 떠났다.

대륙 정복의 대가로 주어진 것이 결혼 압박이라니 황당한 노릇이다.

에넌은 자신이 쎄시아의 대체재로 자꾸 거론되는 것이 싫었다.

제가 아이를 낳으면 왕위를 물려주겠다는 쎄시아의 입버릇은 농담이 아니었지만 그래도 에넌 입장에서는 웃고 넘길 수 있는 일이었다. 그러나 그 이상 먼 사람들이 그런 식으로 입방아를 찧는다면 이야기는 다르다.

에넌이 혼인이 아니라 연애만 해도 아마 발렌시아 각료들은 에넌의 자식이 아들일지, 딸일지, 그리고 아들이라면 쎄시아의 양자로 입적시킬지, 혹은 그대로 왕위를 물려줘야 할지 저들 멋대로 떠들 것이다.

그리고 아주 무례하게도 그 논의는 쎄시아의 앞에서 이뤄질 것이다. 싫으면 전하께서도 빨리 좋은 부군을 만나십시오. 이딴 소리나 지껄이겠지.

남들이 들으면 미련하다 할 것이다. 그러나 에넌은 차라리 자신이 미련한 것이 낫다 생각했다.

더욱이 스스로도 마음에 없는 여인이라면 빠르게 제 생각을 고백하는 것이 옳다. 그러나 아르시노에가 던진 말은 뜻밖이었다.

"그렇다면, 전하께서 혼인하신 후에는요?"

"……."

"만약 전하께서 연인을 만나고 부군을 만나 가정을 이루신다면, 발렌시아가 새로운 왕가를 이루게 된다면 각하께서도 거리낌 없이 혼인하실 수 있지 않을까요?"

"장담은 못 합니다만……."

그런 생각은 해보지 않았다.

그리고 에넌은 그 직후, 자신이 정말로 그런 생각을 해본 적이 없다는 사실에 더욱 당황했다.

쎄시아가 누군가를 만나 결혼할 수도 있다는 생각은 해봤다. 그러나, 자신은? 아르시노에는 에넌의 그런 생각을 진작 알았다는 듯 끄덕였다.

"그렇다면 저에게도 가능성은 있는 것이군요."

"……아르시노에."

"저의 걱정은 말아주세요, 각하. 저는 이레 동안 머리를 풀고 울면서 정말 많은 생각을 했답니다. 그 간악한 레테 왕의 내궁에서 살아가는 삶만 아니라면, 어떤 삶이든 겸허히 받아들이겠다고. 기실 연모하는 이가 있고, 그의 선택을 기다리는 것은 그때 제게 닥쳤던 일에 비한다면 지나치게 호화로운 인생이지요."

그러니까 아르시노에는 정말로 강적이었다.

에넌 라이언하트는 속으로만 한숨을 내쉬었다. 차라리 사랑한다며 온몸으로 부딪쳐 오거나, 화를 내거나, 억지를 쓴다면 단호히 거절할 수도 있을 것이다.

그러나 이렇듯 지고지순하게 자신을 기다리겠다고 말한다면 에넌 또한 거절이 힘들어진다. 육십이 되든, 칠십이 되든 괜찮다고 말하는 그녀에게 자신이 대체 무슨 말을 한단 말인가.

불현듯 에넌은 유리를 떠올렸다. 언제나 명쾌하게 살아가는 청년.

그 사람은 이런 상황에서도 괜찮은 답을 내어놓을까? 자신은 이렇게나 선한 이들에게는 도저히 무 자르듯 단호히 대할 수 없는데. 그 청년이라면 어떨까.

아르시노에는 에넌이 생각을 이어가게 두지 않았다. 짝, 하고 가볍게 손뼉을 친 아르시노에는 발랄하게 말을 꺼냈다.

"그러고 보니, 전하의 탄신일도 겹쳤지요?"

"예에. 여섯 번째 날이지만 아마 전하의 생일은 다섯 번째 날에 열리는 대연회에 축하하게 되겠죠?"

"선물을 준비했는데, 전하께서 마음에 들어 해주셨으면 좋겠어요."

"누이는 어떤 것이든 좋아하실 겁니다."

"전하께서는 상냥한 분이니까요. 제게 에넌 님을 양보해주셨듯이요."

양보라. 쎼시아는 눈앞의 아르시노에를 퍽 귀엽게 여겼다. 웃으면 선함이 뚝뚝 흘러내리는 미인을 싫어하기는 어려운 법이다. 아르시노에가 길가의 꽃을 따다 바친다 한들 쎼시아는 아르시노에게 싫은 티를 내지는 않을 것이다.

쎼시아는 사람을 까다롭게 고르는 타입이었고, 한번 제 영역에 들인 사람을 쉽게 내치지 않았다. 아르시노에는 그 영역에 들어간 사람이었다. 그 영역에 들어가기가 뭇 사람들로서는 참 어려우니, 아르시노에 또한 대단하다 하겠다.

물론 까다로운 그 영역에 생각보다 쉽게 들어가 버린 이가 또 있지만.

에넌의 생각이 다시 유리에게로 닿았다. 첫인상은 분명 최악이었는데, 재능과 말솜씨로 단번에 쎼시아의 마음을 사로잡은 그가 에넌은 아무리 생각해도 참 신기했다.

그리고 사로잡힌 것은 쎼시아뿐만은 아니었다.

"······에넌 님?"

"아, 예."

아르시노에가 눈을 깜박거리다가 미소 지었다.

"바쁘시지요?"

생각할 일도 많은데 방해해서 죄송하다는 뜻일 것이다. 보통 때라면 아니라고 손을 내저었어야 옳으나, 에넌은 저도 모르게 고개를 끄덕였다.

"……그게, 사실 조금 있다 연회복을 점검하러 가야 해서."

거짓말은 아니다. 유리는 쎄시아를 만난 후, 에넌의 집무실로 오기로 돼 있었다. 그렇지만 그건 한 시간은 더 있어야 하는 일인데. 아르시노에의 얼굴이 조금 붉어졌다.

"앗, 그렇지요. 제가 각하의 시간을 많이 빼앗았네요……."

"아닙니다."

잠깐 다시 유리와의 시간 약속을 짚어보던 에넌은 지나치게 짧고 투박한 대답을 내놓고 말았다.

이래서야 정말로 나 바쁘긴 바쁘다……는 말밖에 되지 않는다. 뒤늦게 당황한 에넌은 "아르시노에와 시간을 보내는 것은 저의 기쁨입니다."하고 인사치레를 덧붙였으나, 타이밍은 이미 놓쳤다. 아르시노에가 애매하게 웃었다.

"……저는 온실을 더 구경할게요."

가보라는 소리다. 이건 정말로 실례로군……. 에넌은 생각했으나, 더 변명하지 않았다. 가볍게 고개를 숙이자, 아르시노에도 가볍게 무릎을 굽혔다.

"참, 괜찮으시면 내일쯤 연회복이 어떤 색인지 알려주시겠어요?"

연회의 파트너끼리 키 컬러를 맞추는 것은 흔한 일이다. 여인이 이은 말에 에넌은 시종을 보내겠다 답하고 돌아섰다.

발걸음은 무겁기 그지없는데, 어쩐지 어깨는 날개를 단 듯 가벼워졌다. 무례를 저지른 상대에 대한 미안함과 제가 만나야 할 사람에 대한 기대감이 교차했다.

─※─

유리가 에넌의 집무실에 커다란 상자를 짊어지고 온 것은 약속보다 이른 시각이었다.

"시종에게 들고 오라고 하면 될 것을." 하고 책상에 앉아 있던 에넌이 당황해 응접실 입구까지 쫓아갔으나 유리는 이미 그 상자를 내려놓은 뒤였다. 몸집 작은 청년은 씩 웃었다.

"괜찮아요! 저 지금 엄청 신나거든요!"

유리로 하여금 커다란 나무 상자를 짊어지고 에넌의 집무실까지 올 수 있게 한 원동력은 다름 아닌 쎄시아의 칭찬이었다.

불과 연회 일주일 전에 드레스를 바꾸었다는 말에 쎄시아가 화를 낼 수도 있다고 생각했으나, 유리가 가지고 온 드레스에 쎄시아는 크게 즐거워했다는 것이다.

"어떤 옷이길래 누이가 그리 좋아했습니까?"

"뭐, 그냥 편한 옷이죠."

대수롭잖은 청년의 말투에 에넌은 실소했다.

"그놈의 '그냥 편한 옷'이 정말 그냥 편할 뿐인 옷이라면 제 누이가 그렇게 즐거워했겠습니까."

에넌은 자신이 정원에서 쎄시아의 웃음소리를 들었던 사실을 털어났다. 유리가 어깨를 으쓱했다.

"그건 아마 제 옷을 보고 즐거워하신 건 아닐 거예요. 물론 저는 옷도 잘 만들었지만, 창밖까지 들릴 만큼 웃으셨다면 그전인 것 같은데."

"그전?"

"전하의 에스코트로 일렉사 백작부인이 엄청나게 고민하셨다더라고요."

유리는 만인지상의 여왕에게 왜 에스코트 같은 것이 필요한지 반문하자, 여왕이 호탕하게 웃으며 즐거워했다는 것을 털어났다.

"에스코트는 보호가 필요한 귀부인들을 위해 만든 거 아녜요? 기사들한테 본래 시키던 것인데…… 전하는 통치의 잔 때문에라도 암살 걱정 같은 건 안 하셔도 된다면서요. 그럼 전하께서 남자의 보호를 받는 쪽이 더 우습지요."

그 심드렁한 말투에 에넌은 오히려 충격을 받았다. 자신만 해도 아르시노에의 에스코트를 명받고, 누이의 에스코트를 누가 해야 하나 고심한 축에 속했기 때문이다.

늙은 단딜리온 재상까지 쎄시아의 에스코트 후보에 넣었으니 알 만했다. 에넌은 조금 당황한 목소리로 답했다.

"당신 말이 맞군요. 놀랍습니다."

상자 앞에 쭈그리고 그 안에서 곱게 벨벳으로 싸인 옷을 꺼내던 유리가 그게 놀랄 일인가, 하는 표정으로 에넌 쪽을 돌아봤다.

에넌은 이 청년이 결코 고도의 정치적 목적 혹은 생각을 가지고 있지 않다는 것을 알고 있었으나, 이럴 때는 정말 그가 천재일지도 모른다는 생각을 없애기 어려웠다.

청년이 한 말은 꽤 괜찮은 정치적 퍼포먼스가 될 것이다.

발렌시아에서 처음으로 열리는 봄의 대연회.

게다가 쎄시아의 생일까지 겹친 커다란 회장에서, 대륙의 유일무이한 왕이 남의 에스코트를 받는 모습은 전형적일 것이다.

여태까지 각국을 다스리던 대영주들이야 여인의 옆에 남성이 버티고 서 있는 모습을 당연히 여길지 몰라도, 무의식중에 그녀 또한 보호가 필요한 여인이라는 인상을 지우기 어렵겠지.

그러나 새 술은 새 부대에, 라는 말이 괜히 있는 것이 아니었다.

발렌시아는 여태까지 유례가 없었던 규모의 새 왕국이다. 쎄시아 발렌시아는 그 새로운 대국에 군림해야 할 자이며, 타인에 의해 보호받아야 할 이유가 없는 여인이었다.

대영주들에게 군주로서의 모습을 인상적으로 각인하기 위해서라도 에스코트는 치우는 편이 훨씬 나았다.

발렌시아의 각료들 모두 여인 옆에는 남자가 서 있어야 한다는 선입견에 치우쳐 머리를 싸매고 있었던 일을, 이 청년은 참 우습게도 해치워버렸다.

에넌은 한숨처럼 말했다.

"당신은 정말……."

"대단하다는 거죠? 저도 알아요."

유리가 으스대며 말했다. 에넌의 앞에 옷을 늘어놓은 차였다.

옷 때문이 아닌, 그저 순수한 감탄의 의미였지만- 에넌은 눈에 힘을 주었다. 유리가 들고 온 옷에 순간 시선을 빼앗겼기 때문이었다.

"이건…… 검은색 아닙니까."

"예."

유리는 에넌의 당황을 짐작했다는 듯, 씩 웃었다.

그도 그럴 것이, 검은색은 일반적으로는 불길하게 여기는 색이다. 발렌시아 인들은 검은색 옷을 입지 않았다. 검은색 옷을 입는 것은 장례를 치르는 장의사와 묘지기 정도다. 누군가 죽었을 때 영결식에 입는 옷이 아니라면, 발렌시아 국민들은 검은 옷을 입을 일이 거의 없었다.

그러나 유리가 가지고 온 상의는 검은색 벨벳으로 되어 있었다. 상의의 형태 또한 에넌에게 익숙하긴 하지만, 자세히 뜯어보면 전혀 새로운 실루엣이었다. 상체에 딱 붙는 검은색 벨벳 재킷에는 딱딱한 목깃이 붙어 있다.

어깨는 넓고 곧으며, 소매는 차분했다. 목깃에서 이어지는 라펠은 엄청나게 넓다. 소매 끝도 넓게 마무리되어 있었으며, 허리는 가늘게 꽉 조였다. 어깨고 소매통이고, 바지까지 모두 잔뜩 부풀려놓기 일쑤인 지금의 남성복 유행에 비해서 유리가 들고 온 옷은 놀랍도록 정갈했다. 그러나 초라해 보이지는 않았다. 엉덩이에서 끝나는 재킷 헴라인을 비롯한 옷 끝에는 황금색 자수가 끊어지지 않고 화려하게도 수놓여 있어, 전체적으로는…….

"……엄청 비싸 보이는군요."

"성공했네요!"

유리가 주먹을 꽉 쥐어 보이며 웃었다.

"초라해 보인다고 하시면 어쩌나 걱정했는데!"

"그야……. 검은색은 거의 입지 않으니까요."

"침모분들도 만들어주시면서 엄청나게 걱정했지만, 옷이 완성된 후에는 모두 감탄만 했답니다."

유리가 자신만만하게 웃었다.

에넌은 볼을 긁으며 옷을 이리저리 들여다봤다.

유리는 의상의 색 외에는 큰 파격을 감행할 생각은 없었는지, 상의 재킷에는 같은 소재의 짧은 로브를 달았다. 요즘 남자들 유행이 짧은 로브가 달린 푸르푸앵이라는 것을 감안하면 괜찮은 선택이었다. 다만 양쪽 어깨가 아닌 한쪽 어깨만 감싼 형태였다. 나머지 한쪽 어깨에는 또아리를 튼 금실이 브레이딩 기법으로 촘촘히 꼬여 반대쪽 어깨의 로브를 고정했다. 전체적으로 화려하고 우아하지만, 경쾌해 보였다.

유리는 자, 자, 하며 상의를 양손으로 들어 에넌에게 들이밀었다.

"한번 입어보세요. 당연히 치수는 맞을 테지만, 느낌이 아마 확 다르실 겁니다."

"뭐, 그냥 봐도 다르긴 합니다."

에넌의 말에 유리는 인정받았다는 듯 씩 웃었다.

"제가 빈말은 안 합니다."

연회장에서 가장 멋져 보이게 해준다더니, 멋져 보이는 것보다는 먼저 눈에 확 띌 것 같다. 에넌이 옷을 받아들자 유리가 기다렸다는 듯 설명을 이어갔다.

"사실 각하의 머리카락 색이 워낙 붉고, 눈은 푸른색이어서 커다란 선택지가 없었습니다. 어지간한 색을 잘못 쓰면 머리가 아플 정도로 현란할 테지요. 물론 각하는 정말로 화려한 미남이시기 때문에 그런 것도 보기는 좋겠지만요."

"감사합니다……?"

에넌은 미남이라는 칭찬을 정말 많이 들었다. 아주 어릴 때부터. 그렇지만 왜 이 청년의 칭찬은 사뭇 크게 다가올까. 에넌은 저도 모르게 손을 두어 번 쥐었다 폈다. 손바닥이 간지러운 기분 때문이다.

"가장 좋은 선택은 각하의 눈동자와 어울리는 초록색이나 붉은색이라고 생각했지만, 그 두 가지 색 다 지금의 발렌시아에서는 가장 흔한 색 아니겠습니까."

"……확실히."

계절은 봄이다.

대영주들은 중후한 색을, 젊은이들은 밝은색을 찾겠지만 붉은색과 초록색은 그 두 가지를 다 충족할 수 있는 베리에이션이 넓다.

사실 유리는 처음에는 짙은 남색 벨벳을 쓰려고 했지만, 유리의 기준을 충족할 만한 질 좋은 남색 원단을 찾을 수 없어 아예 원단을 검게 염색했다고 말했다.

"좋은 염료를 찾기가 힘들었어요. 이미 염색되어 있는 원단은 너무 밝아서 우스꽝스럽거나, 아니면 광택이 부족하거나 했죠. 아무리 그래도 공작 각하의 연회복인데, 원단만 봐도 눈이 부실 정도가 되어야 하지 않겠어요? 가뜩이나 셔츠 한 장만 입고 돌아다니는 분인데!"

유리가 에넌을 가리켰다. 에넌이 멋쩍게 웃었다.

"저는 평범한 옷도 괜찮습니다만."

"아깝거든요! 저처럼 생긴 사람도 아니고요!"

에넌이 고개를 갸웃했다. 저처럼? 그러나 유리는 에넌이 질문할 틈을 주지 않고 말을 이었다.

"빛을 받으면 아름답게 빛나는 검은색을 만들기 위해서 제가 몇 번이나 염색했는지 아세요? 손이 아주 까맣게 물들었다니까요. 아무튼, 사람들의 선입견은 신경 쓰지 마세요. 사람들의 생각이라는 건 사실 엄청나게 얄팍하거든요. 한번 각하를 보고 나면 생각을 모두 뒤집을 거예요. 대연회 이후로, 검은색은 아주 중후하고 멋진 데다가 모두가 동경하는 색이 될 겁니다. 어서 입어보세요."

불길하다고 일컬어지는 색이지만 유리의 생각은 달랐다.

검은색은 가장 무난해 누구에게나 잘 어울리기도 하거니와, 품위를 상징하는 색이기도 했다. 비싼 차들을 묘사할 때 괜히 검은 세단들이 툭툭 튀어나오는 게 아니다.

게다가 눈 돌아갈 정도의 미남, 심지어 여왕을 제외하고 왕국에서 가장 높은 사람이 검은 재킷을 입고 등장한다면, 모두 한순간에 시선을 빼앗길 것이다. 검은 원단도 불티나게 팔리겠지.

유리는 자신의 성공을 확신한 상태였다.

어느 정도냐면, 레스타로 하여금 이미 질 좋은 검은 벨벳을 모두 사들이라고 했을 정도다. 연회가 끝나면 벨벳 원단은 불티나게 팔릴 것이다. 아마 아타락시아 분점을 무난히 지을 수 있을 정도의 공사비가 유리의 손에 무난히 들어오겠지. 벌 것이다! 무엇을? 돈을!

눈앞의 에넌은 당연히 거기까지는 생각하지 않은 모양으로, 여전히 갸웃하면서도 유리가 내보인 재킷을 보고 목의 단추를 풀려 했다. 툭, 하고 첫 단추가 풀려나가는데 유리는 기겁하고 말았다.

"뭐, 뭐 하시는 거예요?"

"입어보라고……."

에넌이 바보 같을 정도로 눈을 느리게 깜박였다. 유리는 순식간에 얼굴이 벌게진 채 비명 지르듯 말했다.

"제 앞에서 입어보시려고요?"

"뭐 어떻습니까."

맞다, 이 사람들 남의 시중을 밥 먹듯 받은 사람들이지. 유리는 얼굴을 가리려던 손을 어색하게 내리며 생각했다.

쎄시아 역시 몇 명이나 되는 시녀들의 시중을 받으며 옷을 갈아입었다. 그야 물론 남자로 알고 있는 유리 앞에서는 그러지 않았지만.

이 남자도 그런 것에는 이골이 나 있을 것이다. 유리가 얼굴에 부채질을 하든 말든, 에넌은 무심하게 단추를 몇 개씩 계속 풀어내며 말을 이었다.

"······남자끼리."

셔츠 한 장만 입고 다니니 상체가 드러나는 것도 순식간이었다. 넓은 어깨와 보기 좋게 벌어진 가슴이 드러났다. 에넌 혼자 쓰는 집무실인 데다가 겪 없는 대화를 위해 시종들은 죄 물려놓은 참이니 더더욱 거리낄 것 없었다.

평소에는 셔츠에 가려져 드러나지 않았던 잘 짜여진 근육이 햇빛을 받았다.

세상에······. 망측땡큐베리감사.

유리의 입이 약간 벌어졌다. 그러나 에넌은 때아닌 유리의 눈 호강을 눈치채지 못했고, 목적에 충실하게 움직였다. 셔츠를 벗자마자 바로 상의를 집어든 것이다.

검은 벨벳 재킷 안에 입을 부드럽고 흰 실크 셔츠는 요사스러울 정도로 몸에 착 감겨서 에넌은 조금 어색해졌다. 매번 거친 면 셔츠만 입고 다녔으니, 이렇게 야들야들한 감촉의 옷을 입는 건 오랜만이었다.

셔츠의 단추는 유리가 잠가주었다. 잽싸게 단추를 잠그고 물러난 유리 앞에서 벨벳 재킷까지 걸치자, 유리는 이제 황홀한 눈이 됐다.

유리의 행복한 표정에 에넌이 픽 웃었다.

"뭡니까. 사랑에 빠지기라도 한 것 같은 얼굴이네요."

"그야 사랑에 빠졌으니까 그렇죠."

냉큼 나온 유리의 대답에 에넌이 바람 빠지는 소리를 냈다.

"······예?"

그러나 유리는 제 몸을 그러안으며 과장된 몸짓으로 말했다.

"아, 나는 왜 이렇게 천재일까. 옷 진짜 잘 만들어. 미쳤나 봐. 저 완전 최고."

에넌은 저도 모르게 코에서 민망한 듯 흥흥 소리를 냈다. 순간이지만 가슴이 덜컹 내려앉은 탓이다.

그러거나 말거나 유리는 말을 이었다.

"아, 공작님 미남이네 어쩌네 하지만 이렇게까지 미남으로 만들어낼 수 있는 것도 저뿐일 거예요. 유리 클로드에게 영광 있으라."

"……거참. 칭찬 맞죠? 기분은 썩 나쁘지 않습니다만."

에넌은 간신히 답하고 거울을 봤다. 투명도가 낮아 대단히 자세히 보이지는 않았으나, 에넌이 보기에도 거울 너머의 자신은 썩 괜찮아 보였다.

검은 옷이 이렇게도 화려해 보였던가. 거울 속 에넌 라이언하트는, 공작이라는 작위에 아주 잘 들어맞는 남자처럼 보였다. 유리가 다가와 어깨에 걸쳐진 로브를 보기 좋게 정리해주자, 꽉 짜인 몸을 빈틈없이 드러내면서도 우아하고 기품 있는 남자가 완성됐다.

"하의는요?"

"하의도 여기 있죠."

유리가 즐겁게 하의를 건넸다. 에넌은 이번에도 당황했다. 그도 그럴 것이, 그 바지는 상의와 달리 흰색이었으며 아주 딱 맞게 재단돼 있었던 것이다. 보통 상의와 하의 색을 통일하지 않나? 에넌의 머릿속에 의문이 떠올랐으나 그는 이미 거울 속의 자신을 본 뒤였다. 군말 없이 하의를 입었다.

그가 바지를 갈아입는 동안, 유리는 얼굴을 가리고 뒤돌아 서 있었다. "어찌 준남작 나부랭이가 공작 각하의 사타구니를 감히 구경하겠습니까!" 운운하고 있었지만 쑥스러워하고 있다는 것이 눈에 다 보였다. 농담같이 과한 말을 하고 있다는 것부터가 그렇다.

유난스럽군.

에넌은 그렇게 생각하며 바지 지퍼를 채웠다. 유리가 발명해 낸 이 부자재는 정말로 편리했다.

일일이 앞섶의 단추 때문에 손가락을 한참이나 꼼지락거릴 필요가 없는 것이다. 거기 맞춘 새 가죽 부츠까지 신고 거울을 보니, 거기에는 엄청나게 멋진 남자가 서 있었다.

"우와!"

얼굴을 가렸던 유리가 여전히 양손을 뺨에 댄 채 탄성을 터트렸다.

"각하 그렇게 입으니까 진짜로 라이언하트 씨 같아요!"

"원래도 라이언하트 씨였습니다……?"

"평소에는 나무늘보 같단 말이에요!"

"……그게 뭡니까?"

"있어요, 엄청 느긋한 동물!"

"잘은 모르지만 욕이라는 건 아주 잘 알겠습니다."

에넌이 피식피식 웃으며 거울을 뜯어보고 단추를 풀었다. 유리가 실망한 표정을 했다. 이 청년은 유난히도 표정이 풍부했지만 오늘은 더더욱 표정이 시시각각 바뀌는 것이 아주 귀여웠다. 에넌은 거울 너머로 제게 말 거는 유리의 얼굴을 바라봤다. 유리가 물었다.

"왜 벌써 벗으세요?"

"오래 입고 있으면 뭐합니까."

"오래 입고 계시면 제가 좋죠."

"왜요?"

별생각 없이 던진 질문이었는데, 유리는 답이 없었다. 에넌이 재킷을 벗다가 그쪽을 쳐다보니, 유리는 눈알을 다른 쪽으로 도록도록 굴리고 있었다. 대답하기 싫다는 표정이리라. 에넌은 어깨를 가볍게 으쓱하고는 말을 이었다.

"아무튼 옷은 아주 잘 맞는군요. 게다가 멋집니다. 고맙습니다, 유리."

"어, 예!"

유리가 황급히 에넌이 벗은 재킷을 받아들었다.

"만찬 때의 옷도 비슷한 것으로 만들었습니다. 색은 조금 더 얌전한 색입니다만, 어떠세요?"

유리가 내어놓은 것은 갈색에 가까운 붉은색의 상의였다. 에넌은 고개를 끄덕였다.

"입어보지 않아도 훌륭하다는 것을 알겠습니다. 치수는 같겠지요?"

"예."

"그러면 상관없습니다."

"그러시면 보기 좋게 마지막 손질을 해서 내일쯤 집무실에 보내 드리겠습니다."

"부탁드립니다."

유리가 재킷을 소중히 접어 다시 포장용 벨벳으로 감쌌다. 에넌은 문득, 이 청년은 대연회에서 어떤 옷을 입을까 궁금해졌다.

"그러고 보니 유리, 당신은 어떤 옷을 입을 겁니까?"

"저요? 헤헤."

유리가 머리를 긁으며 돌아섰다.

"제가 전하나 각하보다 더 튀면 안 될 노릇이니, 아쉽지만 이번에는 좀 평범하게 입을 작정입니다."

"이런, 정작 저와 누이에게는 멋진 옷을 지어줘 놓고서요."

그렇게 말하지만 유리의 입장을 에넌 또한 십분 이해한다. 아무리 아름답고 멋진 옷을 만드는 사람이라 한들, 그 신분이 워낙 한미하니 유리로서는 몸을 사릴 수밖에 없을 것이다.

쎄시아가 귀엽게 여기는 디자이너로 소문이 났기 때문에 그를 함부로 대하는 이야 없겠지만, 구설수는 피하는 것이 좋다.

에넌은 제 응접실 가운데의 의자로 청년을 이끌었다. 청년은 풀썩 소파에 앉았다가 에넌이 가운데 테이블 위에 있던 돔 케이스를 열자 얼굴이 환해졌다. 은제 돔 케이스 안에는 에넌이 전날 주문하고, 발렌시아 황성의 후식 담당 요리사가 혼신을 다해 만든 디저트들이 들어 있었던 것이다.

제철 과일을 사용해 만든 케이크부터 젤로, 그리고 버터를 산뜩 넣어 만든 캐러멜까지. 단것을 그리 좋아하지 않는 여왕님 덕분에 제 실력을 발휘할 기회가 좀처럼 없던 요리사는, 에넌의 주문에 기쁜 마음으로 새벽부터 즐거이 추가 근무를 감수했다.

"저는 잘 모르지만, 요즘 발렌시아에 들어와 가장 인기가 많은 디저트들이라고 합니다."

"저 이거 알아요! 우와!"

유리가 돔 케이스 위에 놓인 캐러멜 하나를 떼어 입안에 넣었다. 귀여운 얼굴에 행복감이 퍼진다. 흰 뺨이 발갛게 물들어가는 모습을 보며 에넌은 남동생이 있으면 이런 느낌인가, 하고 잠깐 생각했다.

또래 남자놈들은 시커멓고 징그러운데, 동글동글하고 솔직한 표정을 보고 있으면 뺨에 손가락을 대보고 싶은 기분도 들었다.

그렇지만, 보통 남동생 뺨은 꼬집으라고 있다는 게 형들의 보편 정서다. 에넌은 그 정도 상식은 있는 사람이었고, '남동생 같은 기분은 아닌 것 같은데?'하고 고개를 갸웃했다.

"맛있다……."

"하하."

에넌이 턱을 괴고 웃었다.

"이것 말고도 더 들고 가실 수 있게 포장해놓았습니다."

"각하……."

포크를 물고 있던 얼굴이 감동에 젖어 에넌을 향했다. 남동생이 아니라……개를 키우면 이런 기분인 건가. 에넌은 결이 그리 좋지 않은 갈색 곱슬머리를 쓰다듬어주고 싶은 기분에 사로잡혔다.

그렇지만 성인에게 그런 짓을 하는 것은 큰 무례다. 그래서 에넌은 헛기침을 하며 말을 돌렸다.

"만찬이야 대영주들만 참석하는 곳이고, 호수변의 연회에 오십니까?"

"예에. 첫 번째 날에 마틸다 양이 저를 젊은 귀족분들께 소개해주신다고 하셨습니다. 수도에서 사업을 하려면 아무래도 귀족 여러분들 대상으로 인맥을 넓혀야겠지요."

"그렇군요. 사냥은……."

"저는 그런 거 못 해서요."

유리가 머리를 긁적였다. 에넌도 이 청년이 사냥을 할 거라고는 기대하지 않았다. 또래 남자들보다 훨씬 몸집이 작은 데다, 손목도 가늘어 장검 같은 것을 들면 삽시간에 부러져버릴 것이다. 에넌은 픽 웃고 물었다.

"그러면 어떤 색을 입을 겁니까?"

"저요?"

"예에."

그렇다면 자신이라도 그를 비호하는 게 좋지 않겠는가. 에넌은 저도 모르게 그런 생각을 했다. 청년은 아마 정말로 평범한 옷을 입지는 않을 것이라 생각했다. 연회장에 들어가서 적당히 인사한 다음, 청년을 찾아볼 생각이었다. 그러나 유리는 뜻밖의 대답을 꺼내났다.

"저는 초록색을 입을 거예요."

"그건 아까, 너무 흔하다고 하지 않았습니까?"

유리가 배시시 웃었다.

"저는 흔해야 하니까요."

"아."

"제발 좀 군중 속에 묻혔으면 싶기도 하고요."

이해가 가지 않는 답은 아니다. 그렇지만 그게 유리의 생각대로 될까. 에넌은 반사적으로 말했다.

"당신만큼 특별한 사람이 어디 있습니까."

유리가 눈을 동그랗게 떴다가, 피식 웃었다.

"나 참. 공치사가 과하십니다."

"……이런, 들켰습니까."

청년의 답에 에넌은 입술을 끌어올리며 맞받아쳤다.

"그런 소리 여자분들께는 하지 마세요. 엄청난 스캔들에 휘말리시게 될 테니까."

"그렇습니까, 농담인데요."

"……각하의 농담은 별 재미가 없다고 각하께서 매번 말씀하시잖아요."

두 사람 모두 웃었다. 어쩐지 분위기가 점점 묘해져서, 웃음으로 넘기지 않으면 안 될 것 같다는 생각이었다.

이윽고 나가야 할 시간이 된 유리가 다시 상자를 짊어지려고 했으나, 에넌이 손을 내저었다.

"사용인을 시켜 저택으로 보내 드리라 하겠습니다."

"그렇지만 내일까지 보내 드리려면, 오늘 후작업을 좀 많이 해야 할 것 같은데요."

왕성의 일처리는 느리다고요. 유리가 불퉁한 얼굴로 말했다. 에넌은 잠깐 생각했다. 유리의 말도 맞다. 에넌만 해도 왕성을 직접 쏘다니는 성격이 된 건, 사용인들에게 맡기면 한도 끝도 없어서였다.

아마 에넌이 이 상자를 들어다 유리의 저택으로 보내라고 한다면, 제일 먼저 에넌의 부관인 밴딧이 아래로 전달하고, 하인들이 제 집무실로 와서 상자를 들어다가 전령부에 맡길 것이다. 전령부들은 또 유리의 주소를 확인하고 몇 명이 차출되어 마차를 내어 달라 할 것이고, 관리부는 마차를 내어주고……. 음.

에넌은 입술을 몇 번 매만진 다음 유리에게 웃어 보였다.

"안 되겠군요. 제가 왕성 바깥까지는 가져다드리죠."

"……각하께서요?"

"문제 있습니까?"

유리는 묘하게 얼굴을 찡그렸다. 싫은지, 좋은지 알 수 없는 표정에 이상하게 에넌은 안달이 났다.

"죄송하지만 제가 아랫사람인데요……. 각하께서 제 짐을 들어다 주시는 그림은 남들에게 퍽 이상하게 보일 겁니다."

"남들 눈이 뭐가 문젭니까? 공작이 준남작 짐을 들어주는 게 아니라, 친구 짐을 들어주는 것뿐인데요."

에넌이 어깨를 으쓱해 보였다. 유리가 들었을 때는 양손으로 들어야 겨우 들 수 있었던 나무 상자는 에넌의 팔 안에서는 옆구리에 낄 수 있을 정도로 작았다.

"뭐 그럼……. 감사히 받겠습니다."

그런 말을 하면서도 유리는 어쩐지 조금 불편해하는 것 같아서, 에넌은 잠깐 섭섭해졌다. 그렇게 불편한가? 집무실을 나서려는데, 응접실 바깥의 작은 방에서 근무하던 부관 밴딧이 깜짝 놀라며 일어났다.

"각하, 뭡니까. 제가 들겠습니다."

"아니, 괜찮아. 유리 씨의 짐이다."

"어, 그렇습니까. 그럼 제가 들고 왕성 바깥까지……."

"괜찮다니까."

에넌이 휘휘 밴딧을 내쫓았다. 밴딧은 이상하다는 듯 에넌을 보고, "그럼……. 하긴 뭐, 매일 앉아 계시는 각하도 체력을 쓸 곳은 있으셔야 할 테니까요."하고 도로 앉았다.

거참, 세 번은 안 물어보는군. 그런 사람이니 제 부관으로 있을 수 있었던 거지만.

그리고 그쯤 해서 에넌은 아, 하고 깨달았다.

제 옆에서 멋쩍은 표정을 짓고 있는 유리 클로드 또한 남성인 것이다. 묻지도 않고 들어주겠다고 말한 것이, 어쩌면 그를 깔본 것으로 느껴진 것은 아닐까? 에넌은 바로 입을 열어 물었다.

"유리, 혹시 제가 짐을 들어다 드리는 것이 불편합니까?"

"완전 당연한 소리를 하시네요."

에넌의 말에 냉큼 답한 것은 밴딧이었다.

"공작을 허드렛일꾼처럼 부리는 저 남자가 누군가 다들 궁금해 할 겁니다."

"그 이야기는 나오기 전에 했다네. 그게 아니고."

에넌은 흠흠, 하고 눈을 동그랗게 뜬 유리에게 물었다.

"혹시 제가, 유리를 깔본 것이라고 생각할까 봐 여쭌 겁니다."

"엑, 아닌데요."

"그렇습니까. 혹시나 싶어서요."

유리는 볼을 긁으며 난처하게 웃었다.

"도와주시는 건 정말 감사할 따름이죠."

그런 거 아니니 신경 쓰지 마시고, 가시죠! 유리는 바로 문을 열어 젖혔다. 자신이 준 케이크 상자 때문에 어깨에 잔뜩 힘이 들어간 유리의 뒷모습을 보고 에넌은 고개를 갸웃했다. '도와주시는 건'?

그러면 안 감사한 다른 건 뭐지?

에넌은 눈을 껌벅거리며 유리의 뒤를 따랐다.

뭐지? 물어봐도 되나? 그렇지만 에넌은 궁정 예절을 배운 사람이었고, 그런 것을 대놓고 물어봐도 되는지 아닌지에 대한 판단은 잘 서지 않았다.

역시 다른 사람들 시선이 불편한가? 내가 잘못한 건가? 그렇지만 유리는 쎄시아에게 에스코트가 무슨 필요냐고 물은 사람이다. 다른 사람들의 시선을 신경 쓰지는 않을 거라고 생각했는데.

그냥 지금이라도 전령부를 불러서 최대한 빨리 가져다주라고 날

하는 것이 덜 불편할까? 에넌은 마음이 영 불안해졌고, 그래서 앞서던 유리를 빠르게 따라잡았다.

"유리."

"예?"

빠르게 걸어가며 뭔가 생각하고 있던 유리가 조금 놀라며 이쪽을 올려다봤다. 에넌은 근심을 가득 담은 얼굴로 유리를 쳐다보며 말했다.

"역시 제가 전령부에 부탁하는 게 낫겠습니까?"

"어……. 예?"

"그, 러니까……."

에넌은 유리의 동그란 눈알을 쳐다보며 잠시 말을 잃었다. 머릿속에서 너무 많은 생각이 지나가서다.

나는 왜 이런 걸 물어보고 있지? 아까 분명히 시선이 뭐가 문제냐고 말해놓고 몇 번이나 거듭해 불편하냐고 또 물어보고 있다.

그렇지만 유리의 서먹서먹한 태도가 영 마음에 걸리는 것도 사실이다. 그러면 대체 뭐라고 물어봐야 하지? 뭐라고…….

에넌의 생각을 끊은 것은 유리였다. 잠깐 눈알을 굴리던 유리는 이윽고 에넌의 복잡한 머릿속을 안다는 듯 픽 웃었다.

"높은 분도 참 힘드시겠어요, 그쵸."

"그……."

"불편한 건 아니고요, 어……."

유리는 고개를 기울이며 에넌의 눈치를 보다가, 왕성 복도를 가리켰다. 복도 한쪽에는 채광을 위해 박아놓은 반투명한 유리창이 큼지막하게 이어져 있었다.

"저거 보세요, 저거. 각하와 저요."

"음."

에넌은 자세히 보기 위해 눈에 힘을 주었다. 유리창 속에는 햇빛 덕분에 얼핏 비친 에넌과 유리가 나란히 서 있었다. 이렇게 나란히 선 두 사람을 보는 것은 에넌도 처음이었다. 유리는 그쪽을 손가락질하면서 미소 지었다.

"각하가 너무 미남인 데다가 키도 엄청 크셔서."

"……예?"

그 말대로였다. 에넌은 새삼스럽게 유리창 안을 들여다봤다. 유리보다 머리통 두 개는 큰 청년이 유리창 속에서 멍청한 표정으로 이쪽을 바라보고 있었다.

어깨도 두 배 넓고, 키도 크고, 큰 상자까지 끼고 있어서 더더욱 멍청해 보였다. 거울에서 봤던 멋진 남자와는 영 딴판이었다.

내가 저렇게 생겼던가? 에넌은 저도 모르게 이마를 찌푸렸다. 그러나 창에 비친 유리는 장난스럽게 웃으며 역시 같이 비친 에넌을 바라보고 말했다.

"같이 걸으면 되게 웃기겠다 하고 생각한 것뿐이에요. 누가 봐도 각하가 엄청 훌륭하고, 저는 마치 각하의 시종 같잖아요. 그런데 각하께서……."

"……아닙니다."

에넌은 반사적으로 유리의 말을 잘랐다. 유리는 얼굴을 돌려 남자 쪽을 바라보며 눈을 깜박거렸다.

에넌도 유리를 내려다봤다. 봄의 새싹 같은 초록색 눈동자가 투명하게 반짝거렸다.

남자도 안다. 자신은 평균보다 훨씬 좋은 외모를 타고 났다. 하도 주변 사람들에게 칭찬을 들어 모를 수가 없다.

자신이 가는 개선식마다 남자들이 칭송했고, 여인들이 앞다투어 마음을 주었다. 한 번도 그런 것을 환영하거나 기꺼워해 본 적은 없지만, 그래도 못생긴 것보다는 당연히 좋은 것이 아닌가 하며 살았다. 고마워하기에는 제 아비라고 부르기도 싫은 작자와 얼굴도 보지 못한 어머니 둘 다 제게는 너무나 멀게 느껴지기에 그저 삶에 주어진 행운이라고 여겼다.

그렇지만 눈앞의 청년이 제 행운과 저를 비교해 스스로를 폄하하는 것은 싫었다. 미안하다고 해야 할까? 아니다. 에넌이 사과할 필요는 없다. 스스로 타고난 것에 관해 남에게 미안해하는 것은 우스운 일이다.

게다가……. 그는 제 옆에서 초라해 보이기는커녕……. 거기까지 생각하고 에넌은 입을 열었다.

"유리는 아주 멋진 사람입니다."

"어……. 그……. 예……."

뜻밖의 진지한 말에 청년의 얼굴이 조금 붉어졌다. 에넌은 힘주어 말했다.

"친구의 짐을 들어주는 광경을 보고 그런 식으로 생각하는 사람을 유리가 의식할 필요는 없습니다. 유리는 아주 잘생겼고, 멋있고, 훌륭합니다."

"예……."

분위기가 한결 좋아질 거라는 것은 에넌의 착각이었다. 청년의 얼굴은 거의 까매 보일 정도로 벌게졌고, 에넌은 귀까지 빨개진 청년과 말없이 동쪽 성 입구까지 걸어가는 동안 제 멍청함을 수없이 자책했다.

제 옆에 선 그가 초라하거나 시종 같기는커녕, 작고 귀여워서 상자와 함께 안아 올려보고 싶었다고는 차마 말도 못 했다. 그 말을 하게 되면 정말로 큰 실례가 될 것이었으므로.

곁눈으로 자신보다 한참은 키도 작고 덩치도 작은 청년을 몰래 훔쳐봤다. 남자들에게 키가 작거나 어깨가 좁다는 것은 흔히 결점으로 취급된다.

물론 제가 보기에는 아주 어엿한 한 사람 몫을 하는 멋진 청년이지만, 그의 마음은 그렇지 않을 수도 있다.

자신에게 옷을 입히며 눈을 반짝거리던 그 청년을 대체 누가 폄하한단 말인가.

'그런 자가 있다면 가만두지 않겠다.'

에넌은 유리를 보내고 제 집무실로 돌아오며 그렇게 생각하다가, 저도 모르게 걸음을 멈췄다. 자신이, 생각지도 못한 어떤 수위를 넘어섰다는 것을 깨달은 탓이다.

에넌은 그렇게 왕성 복도에서 몇 명이나 되는 시종들이 지나가며 힐끔대는 것도 아랑곳하지 않고 못 박힌 듯 서 있었다.

─※─

Q. 제가 여자인 줄 모르는 남자에게 잘생겼다는 말을 들었습니다. 저는 어떻게 해야 할까요?

A. 그 남자의 귀싸대기를 후려갈기지 못하는 입장인 것을 안타까워하며 가서 케이크나 사 드십시오.

플럼은 참으로 매정하게도 대답했다. 유리는 입맛을 다시다가 물었다.

"……케이크를 어디서 파는데?"

"요 앞 상업 거리에 엄청 맛있는 디저트 가게가 생겼대."

가자, 가자!

아침부터 유리의 방으로 쳐들어온 플럼은 식사를 마치자마자 나가자고 유리를 졸라대고 있었다. 유리의 고민 상담은 신경도 안 쓰이는 표정이다.

"그거 돈은 내가 내는 거냐."

"당연하지, 내가 돈이 어디 있어!"

"너는 인간적으로 나한테 얻어먹는 입장이면 고민 상담 정도는 좀 성의 있게 해라……."

"그럼 뭐라고 해? 공작님 귀싸대기를 후려갈기라고?"

플럼이 팔짱을 끼고 콧방귀를 뀌었다.

"그나마 잘생겼다는 말에 만족하세요. 못생겼단 말 아닌 게 어디야."

"그랬으면 진짜로 귀싸대기를⋯⋯."

"그 얼굴을 때린다고?"

"잘못했습니다⋯⋯?"

그 잘생긴 얼굴에 때릴 데가 어딨다고! 플럼이 종알거렸다. 유리는 한숨을 쉬었다. 그래, 나가자, 나가.

봄의 대연회는 발렌시아 왕성에서만 열리는 것이 아니다. 수도 발렌시아 전체가 봄의 대축제로 떠들썩했다. 건국 후 쎄시아의 대관식을 제외한 첫 기념일인 만큼 수도 전체가 꽃으로 장식됐다.

길마다 화분이 놓였다. 왕성에서는 길 가는 사람들에게 꽃과 사탕을 공짜로 나누어 주었다. 귀에 꽃을 꽂은 처녀애들이 까르륵, 하며 서로를 쳐다보고 예쁘다 칭찬했다. 사내들은 꽃을 받아 부인에게 선물했다. 서투른 솜씨로 화관을 만들어 머리에 두른 소녀들이 사탕을 물고 볼우물을 만들었다. 한몫 노리고 온 장사꾼들이 발렌시아 길거리에 좌판을 펼쳐 놓고 온갖 것을 팔았다.

발렌시아 전체 분위기가 들썩거리니 유리도 마음이 절로 들떴다.

분홍색 치마를 차려입은 플럼이 "언, 오빠! 이것 봐!"하고 유리의 팔을 흔들었다.

"너는 언제쯤 그 말버릇 고칠래."

"아, 미안. 근데 이거 예쁘지."

"어, 예쁘다."

젊은 남자가 팔고 있는 것은 유리돌들이었다. 좌판을 펼쳐 놓고 앉은 남자는 씩 웃으며 유리에게 말했다.

"내 고향의 특산물이에요. 옆의 애인에게 선물해주지 그래요? 아주 저렴해요!"

애인이라는 말에 유리가 눈을 찡그렸다. 플럼이 깔깔 웃으며 손을 내저었다.

"그런 말 마세요! 친오빠예요!"

"이런, 미안합니다. 그러면 동생에게 선물해주지 그래요?"

청년이 능글능글하게 웃었다. 유리는 쯔쯔, 하고 손을 내저었다.

"틀렸어요."

"뭐가요?"

"이럴 때는 '미안하니 내가 싸게 해줄게요'라고 말하는 거라고요."

"이런."

청년이 어깨를 으쓱했다.

"원래도 저렴한걸요, 내가 파는 장식품은. 이 유리 펜던트 하나에 5싱이라고요."

"그것도 틀렸어요."

유리가 의기양양하게 말을 이었다.

"애초에 애인을 데리고 온 청년에게, 저렴하니까 사 가라고 하면 안 사가요. 적어도 그걸 받을 애인 앞에서는 가격이 저렴하다고 하면 안 되죠."

"그, 그런가요?"

머리를 긁적이는 청년에게 유리는 윙크했다.

"저렴하다는 걸 정 어필하고 싶다면 '두 사람이 잘 어울리니까 기분이다, 반값에 줄게요!' 같은 걸로 하세요. 아니면 '아가씨가 고향의 어린 동생과 닮았네요! 동생한테 준다는 기분으로 할인해줄게요!'라고 하면 듣는 사람도 기분이 좋지 않을까요?"

"그렇지만 반값에 주면 저는 손해를 보는데요?"

"거 참! 원래 10싱인데 5싱에 준다고 해야죠!"

아하. 청년이 눈을 동그랗게 떴다. 유리는 으스대며 플럼이 예쁘다고 달아 보이던 팔찌 하나를 기꺼이 계산했다. 청년은 고맙다고 웃더니 거스름돈과 함께 초록색 유리알 펜던트 하나를 같이 쥐어줬다.

"뭐예요?"

"청년이 고향의 어린 동생과 눈이 닮아 주는 겁니다! 내 동생하고 눈동자 색이 아주 똑같아요, 예쁜 초록색!"

"잘 배우시는데요?"

유리가 엄지를 치켜들었다. 청년도 씩 웃으며 엄지를 치켜들었다. 많이 파시라는 덕담을 남기고 유리는 플럼과 함께 자리를 떴다.

"오빠도 은근히 장사 수완 많이 늘었네. 상인 다 됐어."

"내가?"

"아까 그 사람 가르치는 것두 그렇고. 회술이아 원래 좀 좋은 편이었지만……. 레스타 덕분인가?"

레스타, 라는 말에 유리의 마음 한쪽이 서늘해졌다. 최근 레스타가 보여주는 기류는 이제 유리도 더 이상 외면하기 어려운 지경에 이르렀다. 가만히 쳐다보는 그 눈동자 안에서 일렁이는 파도가 대체 뭘 뜻하는지 모를 수가 없었다.

그렇지만 진짜로, 엄청 부담스러운데. 유리는 저도 모르게 한숨을 쉬었다.

유리도 안다. 레스타는 미남이고, 돈도 많고, 무엇보다 자신을 좋아하지. 그렇게 티를 내는데 모른 척하는 게 더 어렵겠다.

그러나 결정적으로 그는 제 마음에 없었다.

사람 마음 참 어렵다. 유리는 눈을 껌벅였다.

좋은 오빠인데. 잘생겼고, 정말 좋은 오빠. 게다가 일할 때는 그렇게 닳아빠진 장사꾼인 주제에, 제게는 물색없이 순진하게 군다.

유리는 벌게졌던 레스타의 얼굴을 떠올리고 마음이 복잡해졌다. 팔자에도 없는 복이 터졌네.

이럴 거면 전생에나 터지지. 금전운도 인복도 없던 전생을 생각하면 로또나 다름없는데, 그 로또가 제 마음에 들지 않네.

이게 무슨 배가 불러서 내장이 목구멍으로 튀어나오는 소리야.

그렇지만 너무 치사하지 않은가. 되바라지긴 했어도 세상 물정 모르는 꼬마에게 바지를 입혀서 내놨던 남자가, 이제 와서 그 꼬맹이를 여자로 보고 있다는 건 유리에게 너무 양심 없이 느껴졌다.

물론 그럴 수도 있다. 사람 사는 게 그렇게 마음대로 매끄럽게 풀리지 않는다. 삶이라는 건 정말 무슨 일이 일어날지 모르는 거다. 어제께 주먹 쥐고 우정이 어쩌고 했던 놈들이 술 먹고 일어나니 한 베개를 베고 있다 이런 건 아이러니 축에도 들지 않는다.

그렇지만 그건 남의 일일 때 웃을 수 있는 거고. 나는 아니거든. 유리는 코를 훔치고는 손안에 쥐고 있던 펜던트를 내려다봤다.

청년은 아주 장사할 줄 모르는 타입은 아니었다. 유리에게 준 펜던트는 가장 저렴한 것이었다. 투박한 가죽 줄에 꿴 초록색 유리알은 그래도 제법 귀여웠고, 유리는 픽 웃고는 그 펜던트를 목에 걸었다.

"어때? 어울려?"

"뭐, 오빠 눈이랑 색이 정말 똑같기는 하네."

플럼이 빨간 머리카락과 꼭 같은 색의 팔찌를 팔에 차며 답했다.

"근데 너무 남자 거 같다. 가죽줄이 뭐야."

"뭐, 남자니까."

"오빠가 무슨 남자야."

피, 플럼이 구시렁거렸다. 너 그거 남들이 들으면 큰일 난다. 내가 입조심하랬지, 라는 유리의 잔소리에도 꿋꿋이 플럼은 투덜댔다.

"알리슨 오빠 말이 완전히 틀린 건 아니야. 오빠도 언제까지 그렇게 살 수만은 없잖아."

"왜, 죽을 때까지 이렇게 살 수도 있지."

"뭐라는 거야, 정말."

길 한가운데 선 플럼은 허리에 손을 짚고 어이가 없다는 듯이 밀했다.

"이렇게 살겠다고?"

꾸욱. 플럼이 손가락으로 유리의 가슴 위쪽을 눌렀다. 유리는 그만 화들짝 놀라 소리를 질렀다.

"악! 너 뭐하냐!"

길 근처에서 지나가던 사람들이 힐끗, 이쪽을 쳐다보다가 다시 시선을 거뒀다. 유리는 벌게진 얼굴로 가슴을 그러안은 후, 플럼에게 비명처럼 속삭였다.

"너 미쳤어?"

"제 말이 그 말입니다, 유리 클로드 준남작님. 찌르기만 해도 새된 비명을 지르시면서 평생 남자로 사시겠다고요?"

내가 그랬나? 유리는 눈을 껌벅였다. 플럼은 혀를 찼다.

"내가 보기엔 오빠는 문제 많아. 지금도 그래. 이제 오빠 뭐 좀 두르든 해야겠다."

"뭘 둘러?"

"가슴에."

플럼이 제 가슴 밑을 양손으로 받치는 시늉을 해서 유리는 기겁했다. 다 큰 처녀애가 길바닥에서 그게 뭔 짓이냐? 하는 말에도 플럼은 콧방귀만 뀌었다.

"본인 가슴이 퍽 작은 데다가 벨름은 서늘해서 별 의식 못 하셨나 본데, 이제 곧 발렌시아는 여름이야."

"어……."

"발렌시아의 여름이 얼마나 더운지 모르지? 남자들은 다 벗고 다 닌대. 오빠는 어떻게 하려고?"

아. 유리의 입이 벌어졌다.

그렇다. 유리의 남장에는 여태까지 벨름의 기후가 엄청나게 큰 역할을 했던 것이다.

벨름은 대륙의 서쪽 해안에 있다. 연중 서늘한 날씨고 밤에도 많이 춥지는 않다. 낮에는 햇볕이 들면 따뜻하지만 소매를 걷으면 그 뿐, 겉옷 하나쯤은 겹쳐 입는 것이 보통이다. 그런 벨름이라 유리는 사실 크게 제 남장에 대해 의식하고 살지 않았다.

유리의 체격이 마른 것도 큰 도움이 됐다. 헐렁한 셔츠를 입고 그 위에 도톰한 재킷이나 조끼를 겹쳐 입고 사는 정도로 충분했다. 여자들은 머리를 길렀으면 길렀지, 짧게 자르는 경우는 거의 없었다. 바지를 입는 경우는 더욱더 없었다. 유리가 별문제 없이 남자로 통하는 것은 선입견 덕을 크게 봤다고도 할 수 있다.

그렇지만 발렌시아는 다르다. 지금까지는 날이 추워서 여태까지 같은 복장으로도 잘 다녔으나, 여름이 되면 문제가 분명 생길 것이다. 발렌시아의 여름은 겨울과 백팔십도 달랐다.

여름의 한가운데, 딱 스무 날 정도 끔찍할 정도로 숨막히는 날이 있었다. 그 날을 발렌시아 사람들은 '악마의 불판'이라고 불렀다. 그 기간이 지나야 발렌시아 근처에서 열리는 과일과 농작물들에 제대로 맛이 들었다.

그러나 악마의 불판이라는 이름대로, 그 스무 날은 끔찍할 정도로 더웠다. 그뿐만 아니다. 그 스무 날을 위시한 약 두 달간은 엄청난 더위가 발렌시아 사람들을 습격했다.

겨울엔 춥고, 여름엔 덥고. 이거 어디서 많이 본 계절이지만, 지금은 여유 넘치게 전생 추억 같은 것을 찾고 있을 때가 아니었다. 유리는 입맛을 다셨다.

"발렌시아, 떠야겠다."

"어떻게 뜨게? 그 여왕님이 오빠를 그렇게 예뻐한다며."

"뭐, 여름 동안만이라도 벨름에 가 있든가 해야지."

"가능할까?"

"이래저래 핑계 대면 뭐라고 하겠어. 가게라도 봐야 한다고 하지 뭐."

"그래. 그리고 오늘부터라도 가슴 같은 데 뭐라도 좀 매고 다녀. 영 불안해서 볼 수가 있어야지."

"툭하면 나보고 언니 하려다가 오빠로 고치는 애가 할 소리냐."

이럴 줄 알았으면 애플 데리고 올걸 그랬어. 애플은 나한테 꼬박꼬박 오빠 소리 잘하는데. 유리의 투덜거림에 플럼은 헤헤, 잘못했습니다. 하고 손바닥을 비볐다. 이러니저러니 해도 플럼이 수도에서 체류하며 쓰는 돈은 죄다 유리의 돈인 것이다.

레스타와 둘만 올 수 없어, 여자인 형제 중 상대적으로 적극적이었던 플럼을 데리고 왔는데 저렇게 말끝마다 자꾸 실수를 하니. 다음에는 정말로 얌전하고 말수도 별로 없는 애플을 데리고 올까? 하고 생각하며 유리는 발걸음을 재촉했다. 오후가 되기 전에, 그 여왕님의 만찬 준비를 해야 했다.

그렇지만, 벨름에 가면 지금보다 레스타와 더 자주 붙어 있어야 한다.

아니, 싫은 건 아냐. 정말로 싫지 않은데⋯⋯. 부담스러운 건 어쩔 수 없다. 솔직히 제 정신연령으로 따지면 레스타의 나이 같은 걸 자신이 따지는 건 우습다. 그렇지만, 아무리 해도 연인처럼은 안 느껴지는 걸 어떻게 해.

유리는 레스타를 안다. 근 7년간 함께해오면서 그 남자를 누구보다 가까이에서 봐온 건 유리였다. 레스타는 좋은 사람이다. 그렇지만 좋은 사람과 눈치가 빠른 사람을 유리는 착각하지 않았다. 레스타가 아무리 좋은 사람이라고 해도 자신이 상품성이 없었다면 유리에게 그렇게 잘 대해주지도 않았을 것이다.

플럼은 유리가 레스타에게 엄청나게 큰 신세를 진 듯이 이야기하곤 한다. 레스타의 마음을 눈치챈 것은 이 자그마한 동생도 마찬가지여서, 플럼은 어쩌다 한 번씩 '언니, 그냥 레스타에게 시집가면 안 돼? 가족경영이 개꿀이라며!' 하고 농담을 던지곤 했다. 내심 유리가 벨름에서 가장 큰 상단인 칼레의 안주인이 되면 자신도 조금 편해지지 않을까 하는 마음도 엿보였다.

그렇지만 레스타 또한 자신에게 아낌없이, 아무 대가를 받지 않고 편의를 봐준 것이 아니다. 칼레는 점점 더 커지고 있었다. 아타락시아에서 날아오는 회계 보고를 보면 옷 주문량도 훨씬 늘었다. 아타락시아에 '여왕님 납품점'이라는 간판이 붙은 덕이다.

아타락시아 지분의 반은 유리의 것이지만, 나머지 반은 레스타의 것이다. 그래서 유리는 레스타에게 부채감 같은 것은 느끼지 않으려고 애썼다. 플럼에게 주는 답도 항상 같았다. '가족경영이 아무리 개꿀이라지만 오빠랑 결혼하는 거 아니야. 그거 아니야. 너 알리슨 오빠하고 결혼할 수 있어?' 그러면 플럼은 기겁을 하며 물러섰다.

그러니까, 기겁하는 게 일반적 반응 아니냐고. 유리는 피곤해졌다. 그리고 그다음에 떠오른 얼굴을 생각하자마자 더 피곤해졌다.

나무늘보 같은 라이언하트 공작.

미남에도 종류가 있다. 레스타가 선이 유려하고 화려하다면, 이쪽은 선이 굵직하고 남자다운 축이었다. 속된 말로 전자는 쌔끈하고 후자는 탄탄하다. 유리가 좋아하는 타입을 굳이 고르라면 사실은 레스타 쪽이 훨씬 끌린다. 그런데 대체 왜.

유리는 머리를 짚었다.

그러니까, 제게 눈을 찡긋해 보이던 남자를 보고 설레는 마음이 대충 위험하다는 건 자각하고 있었다. 어쩌면 그 남자가 젤로를 양보하던 첫날부터 그랬는지도 모른다. 얼빠진 채로 너 다 드세요, 했던 날 알아차려야 했다.

제가 그 남자의 얼굴을 정말 엄청 무지 많이 좋아한다는 것을.

그렇지만 애초에 그 남자는 자신을 남자로 알고 있는 데다가, 발렌시아에 온 뒤로 폭풍 같은 나날들이 지나가는 바람에 그 남자 얼굴에 대해 진지하게 고찰해볼 생각도 안 했다. 쎄시아에게 시달리고 있을 때 그 남자가 퍽 미안해하면서도, 자신에게 사과하지 않겠다는 말을 하는 꼴을 봤을 때는 뭐 이런 잘생긴 개빽다구가 다 있어 하는 생각도 잠깐 했을 정도다.

그렇지만 정든다는 게 무서운 것이다. 그리고 솔직히 정을 넘어서, 그 남자 얼굴은 정든다고 익숙해질 만한 수준의 얼굴이 아니다. 자주 본다고 해서 익숙하게 예에 오늘도 잘생기셨네요 하고 덤덤하게 넘길 수 있는 생김새가 아니라고.

아까 공작이 제가 만든 옷을 입고 돌아봤을 때, 유리는 입이 찢어지려는 것을 참느라 죽는 줄 알았다. 잘생기고 멋진 사람이 제 옷을 입었을 때 두 배로 잘생겨지는 것을 보고 있자니 보람이 넘치다 못해 가슴이 터질 지경이었다.

그러나 그런 얼굴로 자신의 앞에서 아무렇지도 않게 옷을 벗는 남자를 봤을 때 유리의 머리는 차가워졌다.

'뭐 어떻습니까, 남자끼리.'

맞다, 나 남자지.

잔뜩 뜨거워진 머리를 식힌다. 생각해보면 웃기는 일이다. 연애는커녕 터치 한번 해 보지 못할 남자의 얼굴에 신이 나서 팔을 붕붕 흔드는 것은.

굳이 짐을 들어주겠다고 나선 남자의 앞에서 걸어가다가 두 사람이 비친 유리창이 눈에 들어왔다. 그리고 그 순간 유리는 어찌할 수 없는 남자와 자신 사이의 간극을 깨달았다. 그러니까 남자는 지나치게 훌륭하고 멋진 사람이었고, 자신은 누가 봐도 평민 남자애다. 청년, 까지 가지도 못했다. 남자 옆에 선 자신이 유난히 자고 평범해 보여 유리는 어쩐지 짜증이 났다.

그 미인은 안 그렇던데.

아르시노에를 떠올렸다. 그녀를 꽃에 비유하자면 아주 많은 꽃을 하나로 묶은 꽃다발에 대야 할 것이다. 흰 피부는 한 떨기 목련 같았고, 새카맣고 결이 좋은 머리카락은 흑단 같았다. 붉은 입술은 장미 같기도 했지만, 에넌을 볼 때마다 뺨에 떠오르는 분홍색 홍조는 벚꽃 같았다.

아니 진짜 너무 치사하다. 이 세계에 환생시켜줄 거면 그런 얼굴로 환생시켜줘야 되는 거 아니냐구.

유리는 저도 모르게 부러움에 한숨을 쉬었다. 하.

"야. 넌 환생을 믿냐?"

"환생? 그게 뭐야?"

그 사이 근처에서 사탕을 받아 입안에서 굴리던 플럼이 물었다.

"죽어서 다음 생에 다시 태어나는 거……."

"그게 가능해?"

"아니……. 그냥 그런 걸 믿는 종교가 있어……. 생전에 착한 일을 많이 하면 다음 생에는 더 좋은 걸로 태어날 수 있다는……. 뭐 그런 거."

"아아. 뭘로 태어날 수 있는데?"

말을 말자. 유리는 미간을 문지르며 말을 이었다.

"아니 그냥, 눈알 튀어나오게 예쁜 얼굴로 다시 태어나려면 무슨 착한 일을 해야 하나 하고 생각하고 있었다."

"뭘 그딴 생각을 해. 사탕이나 먹어."

플럼이 사탕 하나를 입에 넣어주었다. 겉이 조금 녹은 사탕은 조그맣고 달았다. 유리는 아르시노에와 에넌이 서 있던 그림을 떠올렸다. 진짜 잘 어울렸지. 누구누구랑은 다르게. 게다가 그들 사이에 얽힌 로맨스는 범인은 범접할 수도 없는 종류의 것이다. 괜히 심술이 날 정도로.

유리는 입이 부루퉁해졌다. 뭐, 괜찮다. 미남은 나중에 고르면 된다. 돈 완전 많이 벌어서 남국으로 가는 날, 거기 가서 고르면 되지. 좀 일찍 내려가자. 본래 유리의 은퇴 계획은 사십 대였으나, 유리는 은퇴 계획을 삼십 대 초반으로 잡았다. 한 살이라도 젊을 때 남국으로 가서 푸른 바다를 배경으로 매일매일 미남을 찾아다니는 삶을 살겠다.

열심히 고르면 뭐 그 정도 미남 하나쯤은 있지 않겠어? 하나가 아니라 둘일 수도 있고 셋일 수도 있다.

맞아, 맞아. 생각해 보니까 그 사람 벨름 처음 왔을 때 막 여자 만나고 그랬어. 귀부인 속옷 보고 와서 막 나한테 얘기하고 그랬잖아. 와, 생각해 보니까 완전 나쁜 놈이네. 그렇게 유명한 로맨스 찍어 놓고 막 벨름에서 모르는 여자랑 자고 다니고.

이대로 순탄하게 쭉 말년까지 미남들을 끼고 술이나 마시며 인생을 허비하는 삶을 살아야지, 안 돼 유리. 상한 거 먹는 거 아니야.

유리는 한 마리 여우가 되어 먹지도 못할 포도를 시다고 속으로 쫑알쫑알 욕하기 시작했다. 돈두 많으면서 맨닐 셔츠 쪼가리나 입고 다니고. 내가 몰라서 그렇지 발렌시아에서도 애인 있을 거야. 분명히 있을 거야. 결혼할 생각이 없다고 했지 연애를 할 생각이 없다는 이야기는 안 했잖아.

사탕을 아드득, 씹었다. 작은 사탕은 입안에서 가볍게 부서졌고 곧 녹아 사라졌다. 유리는 조금 후련한 기분이 됐다.

8
봄의 대연회

　새로 개축한 발렌시아 동쪽 성에는 이럴 때를 위해 새로 지은 연회 홀이 여러 군데 있었다. 본래는 작은 영지였던 발렌시아를 내심 깔봤던 대영주들은 동쪽 성에 머무르며 여러 번 놀랐다. 그중에서도 가장 큰 왕국 중 하나였던 타페앙의 대영주, 타페앙 후는 매일 매일 놀라고 있었다.

　가장 먼저 놀란 것은 성의 구조다.

　동쪽 성은 아름다우면서도 동시에 명쾌한 구조를 가지고 있었다. 그야 원래 컸던 성의 반을 부수고 최근 새로 지은 성이라 더 그렇겠지만, 동쪽 성은 마치 그 주인의 시원시원한 성격을 보여주듯이 직관적인 구조를 가지고 있었다. 1층은 쎄시아 발렌시아의 것. 2층부터는 손님들의 것.

　대영주들이 모이는 마찬 홀은 2층에 있었나. 말이 2층이지 2층부터 4층까지 통째로 뚫려 있는 높고 커다란 홀이다. 대국의 대영주들이 모여 식사를 하기 위해 만든 곳이니 허접스럽게 만들 수는 없었겠지만은.

봄의 대연회를 위해 실질적으로 모인 대영주들은 총 칠십여 명. 그나마도 부부 동반이니 백오십여 명이나 되는 엄청난 인원이다. 누군가는 말석에 앉을 각오를 하고 왔으나, 쎄시아 발렌시아는 웃기는 일을 벌였다.

타페앙 후는 홀에 들어서자마자 얼굴을 찡그렸다. 대연회장은 마치 귀부인의 살롱처럼 꾸며져 있었던 것이다.

보통은 여왕과 함께 길고 커다란 테이블에서 주르륵 늘어앉아 식사를 한다. 그러나 아름다운 꽃과 천, 촛불들로 장식된 테이블들은 여러 곳에 규칙적으로 늘어서 있었고, 의자들도 마찬가지였다. 심지어 만찬인데, 테이블 위에는 식기들조차 없었다. 타페앙 후는 자신을 안내해 온 시녀에게 물었다.

"어디에 앉으란 것인가?"

"원하시는 곳에 앉으시면 됩니다."

시녀는 표정 변화 없이 그렇게 말했다. 원하는 곳에 앉으라니? 아무 곳에나 앉으란 말인가? 타페앙 후는 크게 당황했다. 넓은 홀에 의자는 많았고, 테이블도 많았다. 그렇지만 어디가 상석이고 말석인지 알 수 없었다. 큰 테이블에 모두가 모여 앉는 것이 아니라, 테이블이 불규칙하게 늘어서 있으니 그렇다.

홀 중앙이 상석이라면 그렇게 생각할 수도 있지만, 여왕이 어디 앉을지 알 수 없으니 마냥 아무 데나 앉을 수는 없다.

타페앙 후는 다시 시녀에게 물었다.

"여왕께서는 어디 앉으시는 건가?"

"폐하는 앉지 않으십니다."

"……뭐라고?"

시녀는 잠시 말을 멈췄다가, 다시 같은 말을 반복했다.

"폐하께서는 앉지 않으십니다. 다음 분의 안내를 위해 물러가겠습니다."

요청이 아닌 통보였다. 타페앙 후가 한때는 왕비였던 노부인과 함께 얼빠진 표정을 짓고 있는 동안, 시녀는 빠르게 물러갔다. 타페앙 후는 맹세코 이런 대접을 받아본 적이 없어, 거기에 재빨리 화내지도 못했다. 허 참. 권좌에 앉아 있는 것이 여왕이니 시녀들도 콧대가 높아지는가. 허 참, 허 참, 하고 연신 타페앙 후가 내뱉는 소리에 부인 또한 한숨을 작게 내쉬었다.

"어디 앉아야 할까요?"

"모르겠군."

먼저 들어선 귀족들은 군데군데 모여 서서 이게 대체 어떻게 된 테이블 배치인지 떠들고 있었다. 그러나 모여 떠드는 수가 그리 많지는 않았다. 본디 발렌시아가 들어서기 전에는 모두 왕이었던 이들이다. 발렌시아 정복 이후 교류해온 이들도 있겠지만, 대부분은 여전히 자신의 영지에서 왕으로서 군림했던 이들이다. 체면을 차리느라 누군가에게 먼저 말을 걸지 않고 눈치만 보는 이들이 대다수였다. 몇몇 부인들은 무거운 드레스 때문에 자리에 앉아 겨우 몸가짐을 가다듬고 있었지만, 제 남편이 눈치를 주는 데야 별수 없었다. 결국 잠깐 쉬었다 일어나 서 있는 부인들도 불만에 차 있기는 마찬가지였다.

"전하."

"이런, 공."

타페앙 후에게 말을 걸어온 것은 중년 여성. 도시 국가 론다의 수장인 론다 백이었다. 론다는 가난한 곳이어서 주변국들과 교류가 잦았고, 타페앙은 론다의 가장 든든한 배경이었다. ……한때는. 여튼 이런 곳에서는 국가가 가난해 여러 곳과 외교를 나눈 것이 도움이 되는 모양이었다.

론다 백이 나지막하게 웃었다.

"이제 공이라고 하면 아니 되십니다."

"그대도 나를 전하라고 불렀으니 서로 한 번씩 주고받은 셈치세."

그렇게 말은 해도 타페앙 후는 퍽 기분이 나쁘지 않았다. 왕의 자리에서 삼십 년을 보낸 타페앙 후에게 여전히 후작 각하, 라는 칭호는 익숙하지 않았다. 론다 백이 대뜸 후작 각하, 하고 말했다면 오히려 타페앙 후는 불쾌해졌을 것이다.

론다 백은 이런 종류의 외교술로 그 가난한 도시를 그나마 살 만하게 유지하고 있는 여인이었다. 론다 백이 속삭였다.

"아무래도 저희가 생각한 종류의 만찬은 아닌 듯합니다."

"그렇군. 대영주들만 불러 놓고 이게 무슨 해괴한 일인지."

타페앙 후는 뒤쪽을 쳐다봤다. 건강이 좋지 않거나 어쩔 줄 몰라 앉아 있는 몇몇을 빼고는 대부분 서 있었다. 앉을 곳이 있는데도 여왕을 기다리며 서 있어야 하다니. 타페앙 후는 언짢아졌다.

"여왕은 자신의 권력을 과시하고 싶은 모양이군."

"그럴까요?"

"먼 곳에서 영주들을 불러 모아놓고 앉히지 않고 세워 놓고 자신을 맞게 하려는 속셈 아니겠나."

"그런 것 치고는 본인도 앉지 않는다던데요……."

론다 백이 희미하게 웃었다. 그러나 타페앙 후는 론다 백의 말을 듣지 않고 가볍게 짜증을 냈다.

"보름씩이나 마차를 타고 왔더니, 사람을 세워 놓고 뭘 하는 건지."

치욕감 같은 것은 들지 않았다. 보통 때라면 사람을 뭘로 보느냐며 분개했을 일인데, 타페앙 공은 좀 언짢고 빨리 이 상황이 지나갔으면 하는 무력감이 들었다. 그리고 타페앙 공은 그것이 통치의 잔의 힘이라는 것도 알고 있었다. 상대방의 저항감을 꺾고, 무기력하게 만드는 것. 그 무기력함 때문에 자신은 기꺼이 타페앙 왕국을 내어놓지 않았겠는가.

큰 홀 안에서 대영주들이 웅성거린 지도 한참이 되었다. 시녀들이 분주하게 사방을 누비며 가볍게 마실 만한 술들을 날랐다. 거품이 보그르르, 올라오는 술은 향기롭고 산뜻했다. 이런 술이라면 빛

잔이라도 마실 수 있겠어요, 하며 타페앙 후 부인이 조금 즐거워했다.

"마치 젊은이들의 무도회 같은 느낌도 있군요."

론다 백이 말했다.

"요즘 젊은 애들은 이렇게 무도회를 하나?"

"그럼요. 가면을 쓰고 서서 술을 마신다더군요."

"해괴하군."

론다 백과 가볍게 환담을 나눌 때였다. 누가 봐도 눈에 띄는 남자가 들어섰다. 붉은 머리카락의 에넌 라이언하트 공작이었다. 대영주들의 만찬이니 이 남자 또한 들어와야 할 것이다. 아마도 올랭피아의 대영주 자격으로 참석했겠지. 타페앙 후는 그 거대한 평야를 생각하며 입맛을 다셨다. 대륙에서 가장 비옥한 평야. 그곳에서 나는 곡식들이 모두 이 남자의 것이라고 생각하니 참으로 복을 타고난 놈이다 싶었다.

"특이한 옷을 입었군요."

타페앙 부인이 입을 가리며 남자를 쳐다봤다. 그제야 타페앙 후는 남자가 입은 옷을 쳐다봤다. 뭐야, 저게?

짙은 적갈색 푸르푸앵 위에 로브를 걸치는 것은 발렌시아풍이다. 워낙 날이 추우니 연회용 옷 위에도 로브를 두르기 일쑤였다. 라이언하트 공작은 어깨 한쪽에만 짧은 로브를 고정했다. 나머지 한쪽을 고정하는 것은 화려한 장식들이다. 푸르푸앵 재킷에는 허리선이 없었다. 천을 이어붙인 흔적이 거의 없이 깔끔한 라인을 보고 타페앙 후는 눈을 껌벅였다. 평범한 사람이 저런 옷을 입으면 초라하다고 비웃음을 당할 테지만, 남자의 장대한 기골과 화려한 금색 자수 덕분에 누구보다 정갈하고 멋져 보였다.

"여전히 멋진 남자로군요."

론다 백이 웃었다. 사람들의 이목을 끈 것은 상의뿐만은 아니었다. 재킷뿐이었다면 그저 조금 특이하네, 하고 말았을 것이다. 라이언하트 공작은 발렌시아 대정복 때 십 년 내내 선봉으로 선 것으로도 유명하다. 그것이 부풀려진 무용담이 아니라는 것을 아이러니하게도 타페앙 후는 라이언하트 공작의 다리를 보고 알게 됐다.

잔뜩 부풀린 발렌시아풍 바지를 입고 있는 대영주들과 달리, 라이언하트 공작은 몸에 딱 맞게 디자인된 바지를 입고 있었다. 어떻게 고정했는지 짐작도 가지 않는다. 다리에 들러붙는 스타킹도 아닌데, 잘 재단된 바지는 그가 움직일 때마다 잘 짜인 근육을 드러냈다. 그가 들어서서 홀 중앙으로 걸어갈 때 근처의 귀부인들은 체면도 모르고 감탄했다. 별생각 없이 걷고 있는 것 같은데도 가벼운 몸놀림이 돋보였다.

타페앙 후는 문득 제가 입은 바지가 갑갑해졌다. 두툼한 실크로 된 바지는 타페앙 공이 움직일 때마다 다리 사이에서 서걱거렸다. 론다 백이 말을 이었다.

"요즘 여왕이 귀애하는 재단사가 있다더니, 공작 또한 그 영향을 받은 것 같군요."

"어머나, 저도 들었어요. 시녀들이 특이한 옷을 입고 다니더니 그것도 그 재단사가 만들었다지요."

"네에. 여왕이 그에게 발렌시아 왕성 모든 하인들의 옷을 만들게 했다더군요. 여왕 또한 그가 만든 옷만 입고 잠든다는 이야기도 들었어요. 어찌나 편한지, 그렇게 부유한 여왕이 같은 옷을 몇 번씩이나 돌려 입는다던데요."

"같은 옷을 몇 번씩이나요?"

"예."

"여염집 여인도 아니고, 여왕께서……. 작은 영지 출신이라서 그럴까요? 아니면 군인들과 십 년이나 어울리니 사치하는 법을 모르는 건지."

론다 백이 후후, 하고 웃었다.

"그런 것 치고 그녀는 돈 쓰는 법은 제대로 알고 있는 것 같더군요. 발렌시아 성에서 지금 길거리에 뿌린 꽃과 사탕만 몇천만 싱어치는 될 겁니다."

"어머나……. 길거리에 꽃 같은 걸 뿌려 뭘 어쩌겠다는 건지."

"분위기는 좋지 않나요? 여왕 폐하의 첫 생일이니 그 정도쯤은 해야 위신이 서겠지요."

타페앙 부인이 그런가, 하는 눈이 되더니 말을 돌렸다.

"어쨌든 저 공작이 저런 모습으로 나타나니 저도 흥미가 생기네요. 그 여왕은 대체 어떤 드레스를 입을는지."

"저도 궁금합니다. 어떤 옷을 입던 큰 유행이 되겠지요. 홀 안을 보세요."

론다 백이 손에 든 작은 롯드로 홀을 슬쩍 훑었다. 타페앙 후 부부는 저도 모르게 여인의 손끝을 따라 시선을 보냈다. 군데군데 금발이 눈에 들어왔다.

"여왕 폐하가 즉위한 지 1년입니다. 머리색을 금발로 물들이고 나타나는 이들이 있을 거라 생각은 했지만, 대영주씩이나 되는 분들께서 이렇게들 많이."

"……저는 원래 금발입니다."

타페앙 부인이 슬쩍, 자신은 유행에 편승하지 않았다는 듯 샐쭉하게 말했다. 론다 백은 싱긋 웃으며 답했다.

"알고 있습니다. 타페앙 비 폐하의 아름다운 금발은 항상 저의 부러움을 샀지요."

그렇게 말하는 론다 백의 머리카락은 반쯤은 세어 있다. 타페앙 부인이 그쪽을 흘끗 보고는 말을 이었다.

"듣자 하니 그 재단사도 론다 출신이라던데요."

"아, 저도 알고 있습니다. 저의 영지 출신이기는 하지만, 벨름에서 대성한 상인이라지요. 저야 제 재단사가 있어 만나보지 못했지만, 벨름 근처의 도시들은 모두 그의 옷을 사지 못해 안달이라고……."

여자들이란, 옷과 꽃 같은 것에만 흥미가 있지!

타페앙 후는 발렌시아로 오는 내내 마차에서 앓다가, 도착해서는 계속 누워 있던 제 부인이 대체 언제 그런 소문을 주워들었는지 모르겠다고 생각했다. 그러거나 말거나 론다 백과 타페앙 부인은 계속 말을 나눴다.

홀 한쪽에 앉아 연주하던 악사들이 곡을 멈추었다. 분위기가 삽시간에 바뀌었다.

"영원한 광영이 발렌시아와 함께, 여왕님 드십니다."

홀 중앙에 위치한 화려한 문이 열렸다. 중후한 음악이 다시 깔렸다. 이 자리의 모두가 익히 아는 여인이 홀로 천천히 들어섰다.

타페앙 후는 눈알이 튀어나올 뻔했다.

그것을 황금으로 만든 인형이라고 하면 너무 얌전한 표현일 것이다. 황금으로 만든 여신상이라는 표현도 그 어감이 가지는 우아함을 생각하면 지금의 쎄시아 발렌시아와는 맞지 않았다. 그러니까, 그건 마치.

"……황금으로 만든 독수리 같군요."

론다 백이 감탄했다. 타페앙 부인도 당황한 기색이 역력했다.

"저게…… 드레스라고?"

"……뜯어보면 발렌시아식이기는 합니다. 헌데……."

론다 백이 말을 잇지 못했다. 론다 백뿐만 아니었다. 그 자리의 모두가 여왕을 보느라 말하는 법을 잊어버린 사람들 같았다.

기본적으로 귀부인들은 맨살을 드러내는 법이 없었다. 십여 년 전쯤 가슴 밑을 잔뜩 부풀리고 윗가슴골을 강조하는 디자인이 타페앙을 중심으로 유행했지만, 그것도 한창 혈기 넘치는 젊은이들 사이에서였다.

여인들은 기본적으로 남들 앞에 맨살을 드러내는 것에 거부감을 느꼈다. 발렌시아에 모인 대영주들이야 말할 것도 없다. 부인들은 목덜미와 팔, 손등까지 할 것 없이 전부 감싸고 있었다. 타페앙 후의 옆에 있는 부인 또한 목에는 도톰하고 아름다운 레이스 칼라를 두르고, 긴 장갑으로 손을 감쌌다. 얼굴과 윗가슴 일부 외에는 빈틈이 없었다.

쎄시아 발렌시아는 어깨와 팔을 모두 과감하게 드러냈다. 머리카락은 빈틈없이 틀어 올렸다. 길고 탐스러운 쎄시아의 금발은 평소에는 그녀를 소녀처럼 보이게 했으나, 머리를 바짝 틀어 올리고 그 위에 금관을 쓰자 마치 천 년은 군림해온 듯한 위엄이 드러났다. 물론 그녀의 미모가 큰 역할을 했다.

귀에는 커다란 귀걸이를 늘어트리는 대신 귓바퀴를 따라 섬세하게 장식된 이어 커프를 둘렀다. 이어 커프는 부드럽게 접힌 날개 같았다. 깔끔하게 귀를 드러낸 위에 번쩍거리는 금 장식들이 자리해 여왕의 얼굴을 그림처럼 보이게 했다.

팔에는 황금으로 된 섬세한 뱅글을 감았다. 손목부터 팔꿈치까지 유려하게 조각된 수십 개의 황금 깃털이 쎄시아의 팔을 장식하고 있었다. 고대의 전사 같기도 했다.

드레스는······.

타페앙 후는 망측하다고 생각했다. 얼굴을 가리고 싶었다. 그도 그럴 것이, 쎄시아 발렌시아는 온몸의 라인을 모두 드러내는 드레스를 입었던 것이다. 드레스는 목 뒤에서부터 가슴을 따라 허리, 엉덩이까지 매끄럽게 쎄시아 발렌시아의 몸에 들러붙어 있었다. 그녀의 실루엣은 마치 벌거벗은 것 같아 타페앙 후는 고개를 들 수가 없었다.

그러나 론다 백의 의견은 좀 다른 것 같았다.

"마치 전설 속에 나오는 인어 같기도 하군요……."

그렇게 보니 그런 것 같기도 했다. 여왕의 엉덩이와 허벅지, 종아리까지 빈틈없이 붙어 있던 드레스는 무릎께에서 아름답게 사방으로 퍼졌다.

그 재질로 말할 것 같으면, 깃털이다.

온통 황금으로 물들인 깃털이 쎄시아의 목에서 거대한 칼라가 되었다. 라펠로 봐도 무방했다. 발렌시아식의 칼라와 기본은 같았으나 생김새가 전혀 달랐다. 여인들이 보통 목에 동그랗게 두르는 칼라가 아니라, 목을 길게 감싸고 가슴까지 따라 내려와 몸통과 이어졌던 것이다. 몸통도 온통 황금색 깃털이었다. 촘촘하게 바느질로 이어진 깃털들이 여왕이 움직일 때마다 아름답게 물결쳤다. 무릎께에서 퍼지는 부분부턴 재질이 달랐다. 순백의 깃털로 끝을 마무리하고 잠자리 날개 같은 실크가 물결처럼 파도쳤다. 마치 살아 있는 것 같았다.

누군가 감탄의 한숨을 내쉬었다. 그 자리의 어떤 이도 여왕에게서 눈을 뗄 수 있는 자가 없었다.

여왕은 충분히 천천히 걸어 홀의 가운데로 걸어 나왔다. 여왕이 들어선 문부터 홀까지는 약간의 단 차이가 있어, 어디서든 여왕이 아주 잘 보였다. 찔러도 피 한 방울 안 나올 것 같은 여인은 단 끝에 선 다음 입꼬리를 가볍게 끌어올렸다.

"환영하오, 나의 별 아래 늘어선 대영주들이여."

긴 인사는 없었다. 여왕이 합리적인 성격이라는 것은 이 자리의 모든 대영주들이 알았다. 발렌시아 정벌 당시 여왕이 개선한 후 일주일 이상 머문 왕국이 없었다. 환대도, 대접도 싫어했다.

"십 년의 밤을 지나 오늘의 영광에 이르렀소. 발렌시아 대국의 손을 잡아 준 그대들의 우정에 깊은 감사를 보내오."

여왕은 짧지만 깊은 환영의 뜻을 전했다. 짧게는 삼 일, 길게는 두 달 이상 길을 달려 이곳으로 온 대영주들에게 여왕의 정중한 인사는 꼭 필요한 것이었다. 여왕은 그 자리에 서 있는 모든 대영주들의 이름을 불렀으며, 대영주들은 그때마다 자신 쪽을 내려다보며 부드럽게 웃고 있는 여왕과 눈을 마주칠 수 있었다.

그들의 얼굴을 기억하는 그녀가 이름을 부를 때마다 어쩐지 영주들은 그것이 굉장히 놀라운 일로 여겨졌다. 이것도 통치의 잔의 효과인가? 아닐 것이다. 그저 얼굴이 예쁘고 운이 좋은 것으로 치부되곤 했던 여인은 이 자리에서 그 누구보다 위엄 넘치는 모습을 보여주고 있었다.

"형식이 중요한 것은 아닐 것이오. 나는 그대들과 긴 테이블에서 뻔한 식사를 하고 싶지 않소. 내 이야기가 잘 들리지도 않는 말석에 앉아야 하는 누군가에게는 고역이고 치욕적인 시간일 것이고, 나 또한 내가 스푼을 놓으면 모두 스푼을 놓아야 하는 만찬에서 그대들과 지엽적인 이야기만 나누다 시간을 허비하고 싶지 않소. 내게 기꺼이 우정을 보내준 대영주들과 약간의 온기를 나누는 것이 내게는 한 끼 식사보다 중요하오."

그렇지 않소? 여왕이 빙그레 웃었다.

"위험하군요……."

론다 백이 작게 미소 지었다. 타페앙 공 또한 론다 백의 말이 무슨 뜻인지 알 수 있었다. 모두 여왕의 화술에 넘어가 버린 것이다.

여왕은 이윽고 단에서 내려와 가장 앞에 있던 대영주에게 손을 내밀었다. 장갑을 끼지 않은 여왕이 맨손을 내밀자, 늙은 남자는 화들짝 놀라 장갑을 벗고 여왕의 손을 붙들고 키스하려 했다. 그러나 여왕은 가볍게 고개를 내젓고 노인의 손을 당겨 잡았다. 주책없이 노인의 얼굴이 달아올랐다. 여왕은 기품 넘치는 미소로 노인의 손을 잡은 채 가벼운 환영의 인사를 전했다. 대영주의 이름을 정확히 불렀음은 물론이다.

여왕은 거침없이 영주들 사이를 누볐다. 시녀들이 끊임없이 술과 가볍게 집어 먹을 수 있는 음식을 날랐다. 형식을 파괴한 만찬이었다. 만찬이라고 하기도 애매했다. 악수회라고 하는 편이 나을지도 모른다. 영주들 또한 여왕과 조금이라도 빠르게 인사하기 위해 주변으로 조금씩 다가섰다. 인사를 끝낸 영주들은 사뭇 화기애애한 분위기에 편히 한담을 나누기 시작했다.

만만치 않은 여인이었다.

대영주들이 예상하고 온 것은 이런 것이 아니었다. 크고 널따란 테이블에서 계속해서 서빙되는 음식들, 그리고 여왕이 하는 형식적인 멘트. 지겨운 식사와 주변 대영주들과의 원치 않는 불편한 인사.

그러나 지금은 어떤가. 비록 서 있어야 한다지만, 이들 중 아무도 서 있다는 사실에 불편해하는 이가 없었다. 앉고 싶으면 앉으면 된다. 여왕은 단 한 번도 앉지 않았기에, 더욱 불평할 수도 없었거니와 불평하고 싶지도 않았다. 분위기는 화기애애했다. 평생에 한 번 보기도 힘든 여신과 같은 이가 손을 잡아주며 근황을 묻고, 환영하는데 누가 거기에 굳은 얼굴을 할 수 있을까.

정말로 만만치 않은 여왕이었다. 대륙을 통일하는 것도 아무나 할 수 있는 것은 아닌 모양이라고 타페앙 후는 생각했다. 솔직히 통치의 잔 덕분이 아니냐며 그녀를 깔본 것도 사실이다.

그러나 머리가 굳은 타페앙 후도 인정할 수밖에 없었다. 보통 수완가가 아니었다. 망측해 보이는 옷도 이제는 너무나 아름답게 보였다. 늘씬한 팔다리와 매끄러운 피부, 그 위에 올라앉은 황금의 액세서리들은 중후함을 더했다. 수많은 왕국의 왕후장상이었던 이들을 모아놓은 자리에서, 그녀는 군림하는 자가 됐다. 모든 것이 그녀를 위해 준비된 것이었다.

"당장 내일 여왕의 재단사가 누군지 알아보아야겠어요."

여왕과 막 악수하고 난 타페앙 부인이 흥분된 목소리로 타페앙 후에게 말했다. 타페앙 부인은 여왕이 인사를 건네는 내내 뚫어져라 그녀의 드레스만을 쳐다보고 있었다. 여왕이 눈치채고 미소 지었을 정도다.

"너무 아름다운 드레스예요. 깃털 하나하나 황금을 입힌 것을 보았나요? 엄청난 공이 들었을 것인데, 저런 생각을 할 수 있는 자가 있다는 것이 놀라울 뿐이에요."

"……아서시오, 부인."

타페앙 후는 저도 모르게 엄격한 말투로 부인에게 말했다.

"팔을 다 드러내고 다니겠단 말이오?"

"……팔에는 소매를 달면."

"그리고 망측하게 가슴과 엉덩이를 다 실룩대며 다니겠다고? 영
지의 가신들 앞에서?"

실룩댄다는 말에 타페앙 부인이 뭔가 말하고 싶은 듯 입술을 달
싹였다. 그러나 타페앙 후는 일부러 부인을 모른 척했다. 나이깨나
먹은 노부인이 저런 옷을 입는 것만큼 망측한 것이 어디 있으랴. 저
옷은 여왕이기에 입을 수 있는 것이었다. 여왕만 입어야 했다. 자신
의 아내가 저런 꼴로 영지를 나다닌다니, 상상하고 싶지도 않았다.

그러나 과연 젊은이들도 그렇게 생각할까.

타페앙 후는 입술을 약간 비죽이는 부인을 곁눈질하고는 머리를
짚고 싶은 심정이 됐다. 이 자리의 대영주들은 대부분 나이가 든 축
이지만, 상당히 젊은 축들도 있다. 감탄한 눈으로 여왕을 바라보는
몇몇 젊은 대영주들은 내일이라도 여왕의 재단사에게 뛰어갈 태세
였다.

봄의 대연회는 이제 시작이다. 타페앙 후는 내일부터 이어질 연
회들에 여왕이 대체 어떤 옷을 입을지 상상도 할 수 없었다. 분명 평
범한 옷은 아닐 것이다.

"……실례."

여왕과 두어 걸음 떨어진 곳에서 따르던 에넌 라이언하트 공작이 타페앙 후를 지나치며 인사했다. 타페앙 후는 에넌 라이언하트를 훑어보았다. 그 또한 평범하지는 않은 옷을 입고 있었고, 주변 사람들은 여왕이 지나간 후에는 약속이라도 한듯 그를 아래위로 몰래 훔쳐보고 있었다. 황금의 여왕 뒤에 선 남자는 영준한 얼굴과 더불어 탄탄한 몸매를 과시하고 있었다. ……남매가 쌍으로 노출증인가. 타페앙 후는 괜히 투덜댔다.

부인뿐만 아니다. 이제 늙은 대영주들은, 볼품없는 다리를 만천하에 드러내야 할지도 모른다. 타페앙 후는 라이언하트 공의 뒷모습을 보며 자신이 입은 부풀린 바지와 코드피스를 괜스레 한 번 어루만지려다가, 누가 볼세라 화들짝 손을 감추었다.

론다 백이 입가에 띤 미소를 지우지 않은 채 말을 이었다.

"여왕의 재단사는 생각보다 더 놀라운 인물인 것 같군요."

"……그런가."

"저런 발상은 누구나 할 수 있는 것이 아니지요. 아마 내일부터 발렌시아의 새들이 씨가 마를지도 모르겠군요."

론다 백의 농담이 농담으로 들리지 않았다. 허, 참. 타페앙 후가 혀를 찼다.

"이렇게 되니 다른 날의 드레스도 기대됩니다. 그녀는 모든 큰 연회와 만찬에 참석하니, 저도 이번에는 힘을 좀 내야겠군요. 당장 내일의 호수변 연회에도 제 딸만 보내려고 했는데, 저도 가보고 싶습니다."

"어머! 저와 함께하시겠어요?"

"그러시겠어요, 부인?"

비슷한 이야기들이 주변에서 들려왔다. 젊은이들만 모이는 사냥 대회에도 호기심이 생긴 대영주들이 대거 참석할 모양이었다. 타페앙 공은 괜히 목이 타서 옆을 지나가던 시녀에게서 술잔을 받아 단번에 넘겼다.

쎄시아 발렌시아의 첫 만찬이 너무나 성공적이었다는 소문은 그날 당장 발렌시아에 퍼졌다. 그날 그녀가 입은 파격적인 드레스와 더불어 아름다운 자태를 모사한 그림이 귀족들을 비롯해 평민들에게까지 불티나게 팔린 것은 물론이다.

그림의 구석에는 '아타락시아, 유리 클로드'라는 이름이 조그맣게 새겨져 있었다.

─✦─

자고 일어났더니 스타가 되었다는 말이 있다. 유리 클로드가 딱 그 모양이었다.

대영주들과의 만찬이 끝난 다음 날, 호수변에서 사냥대회가 열렸다. 낮 동안에 대영주들을 위시한 젊은 귀족들의 사냥이 이뤄지고, 사냥을 하지 않는 여성들은 호수변에서 뱃놀이를 했다.

말이 사냥대회지, 발렌시아 숲은 이제 사슴이나 좀 뛰노는 안전한 곳이 된 지 오래였다. 여왕이 가장 먼저 화살을 날려 사냥대회의 시작을 알렸다. 화살 끝에 꽂힌 것은 토끼였다. 여왕이 첫 화살을 날렸으니 되었다며 쎄시아는 죽은 토끼를 집어 던지고 돌아 나왔다.

"땀 나는 거 질색이야."

그렇게 말한 쎄시아가 갈아입고 나온 드레스는 삽시간에 뱃놀이를 하러 모여든 숙녀들의 시선을 모았다. 쎄시아가 입은 것은 언뜻 보면 마치 슈미즈같이 보였다. 귀부인들은 설마 여왕이 속옷을 입고 나왔겠어? 하며 여왕 근처로 모여들었다. 대영주들의 만찬에서 이미 여왕의 황금 깃털 드레스를 보았던 이들이 가장 먼저였음은 물론이다.

쎄시아가 입은 것은 소박하고 사랑스러운 드레스였다. 물론 정말로 소박하지는 않았다. 조금만 눈썰미가 있는 사람이라면 여왕이 입은 드레스의 어깨부터 소매, 무늬와 끝단 장식까지 엄청나게 섬세한 은박 장식으로 뒤덮여 있다는 것을 깨달았을 것이다.

여왕의 드레스는 남쪽 지방에서 나는 질 좋은 아마로 만들어져 있었다. 우선 목부터 가슴을 확 파냈다. 가슴은 주름을 잔뜩 잡아 장식적으로 보였다. 주름 사이사이에는 반짝이는 비즈를 달아 햇빛이 닿을 때마다 사랑스럽게 빛났다. 어깨 소매는 잔뜩 부풀렸다가, 팔 상박에서 잔뜩 주름이 잡혀 마무리된 짧은 공주소매 형태였다. 소매 아래에는 은박이 장식된 레이스가 화려하게 물결쳤다.

가장 눈에 띄는 것은 가슴 바로 아래에서 잔뜩 잡힌 주름이었다. 통상적으로 귀부인들의 드레스는 날씬해 보이기 위해 허리 아랫부분에서 주름을 잡는 것이 유행이었으니, 쎄시아의 호수 연회 드레스는 가슴 바로 아래에 주름을 잡은 다음 길게 떨어졌다. 드레스 단은 발목에서 끊겨, 여왕의 맨발목이 슬쩍슬쩍 은빛 레이스 사이로 보였다.

거기에 더해 여왕은 굽이 낮은 은색 구두를 신었다. 구두의 코끝을 뾰족하게 잡아 올려 도도한 귀부인의 콧대처럼 만드는 것이 발렌시아의 유행이었지만, 여왕의 구두는 납작했다. 그 위에는 은색 레이스와 맞춘 듯한 복숭아 씨앗 모양의 투명한 보석이 박혀 반짝거리고 있었다. 그 보석을 알아본 귀부인들은 눈을 부릅떴다. 그건 다이아몬드였다. 그것도 엄청나게 크고 비싼.

저만한 크기의 다이아몬드를 목에 거는 것이 아니라, 신발에 박는다고? 부유한 여왕이 아니었다면 감히 꿈꿀 수도 없는 사치였다.

독특한 것은 여왕이 코르셋을 전혀 입지 않은 것처럼 보였다는 것이다. 저만치 가슴을 파 놓은 드레스 안에 코르셋을 입었다면 분명 윗가슴이 잔뜩 올라와 풍만한 인상을 주었을 것이나, 여왕의 가슴골은 보이지 않았다. 거기에 더해 어제는 바짝 틀어 올렸던 금발 머리를 오늘은 햇빛 아래 자유롭게 늘어뜨렸다. 구불거리는 금발머리 일부를 땋고 작은 은으로 된 핀만 여러 개 꽂은 여왕은 강하게 반짝이는 붉은 눈이 아니었다면 영락없이 순진한 십 대 소녀로 보였을 것이다.

어제의 여왕을 본 여인들은 그 모습에 충격을 받았다. 여염집 여자들도 저렇게 단출히 다니지는 않거늘!

그러나 여왕이 입은 옷은 가까이서 보니 엄청나게 고급이었다.

뭣보다 코르셋을 입지 않은 여왕은 하늘하늘, 깃털처럼 가볍게 움직였다. 저마다 커다란 파팅게일을 받친 드레스를 입은 여인들은 쎄시아 발렌시아의 움직임을 감히 따라 할 수도 없었다.

움직임이 가벼운 것은 여왕의 시녀들 또한 마찬가지였다. 여왕과 같은 옷은 아니지만, 파팅게일 대신 드레스 밑에 가벼운 파니에를 받친 종 모양의 드레스를 입은 시녀들은 여왕을 따라 일사불란하게 움직였다. 눈치가 빠른 몇몇 부인은 그것이 여왕의 새 재단사가 만들었다는 시녀복임을 눈치챘다.

여왕은 호수변에 모인 부인들을 향해 반갑게 인사했다. 어제와 마찬가지였다. 수많은 부인들과 어린 아가씨들의 이름을 부르며 악수했다.

악수라니. 남자들끼리나 하던 인사를 여왕이 청하자, 노부인들은 놀라워하며 떠듬떠듬 손을 내밀었다. 적응이 빠른 미혼의 아가씨들은 여왕의 손을 꼭 잡고 영광스러워했다. 여왕과의 인사가 끝나면 시녀들이 달콤한 설탕과자와 손수건, 금으로 된 담뱃갑이 담긴 바구니를 선물로 건넸다. 그 바구니를 든 여인들은 한둘씩 배에 올라 호수로 나아가 담배를 피우며 여왕의 드레스에 대해 이야기했다. 아름다운 그림이었다.

"폐하, 살이 탑니다."

절반 정도의 여인들이 호수로 나아갔다. 물을 좋아하지 않거나, 풀밭에 앉고 싶은 여인들은 호수변에 남았고 여왕도 그중 하나였다. 한숨 돌리고 풀밭에 앉은 쎄시아에게 장갑을 내민 것은 몸집이 작은 귀족 청년이었다. 감히 여왕의 옆에 바로 다가선 청년을 향해 궁금함이 담긴 시선이 쏟아졌다.

'어머나, 누구죠?' '왜, 그…….' '어머! 바로 그…….'

유리 클로드였다. 쎄시아는 유리 클로드가 내민 장갑을 보고 이마를 약하게 찌푸렸다.

"귀찮은걸."

쎄시아의 드레스 소매는 반팔이었고, 여왕은 소매 아래 흰 살갗을 그대로 드러낸 상태였다. 햇빛 아래 맨팔을 드러낸 건 처음이었고, 쎄시아는 비할 데 없는 해방감을 느끼고 있었다. 그래서 청년이 내민 실크 장갑이 그리 달갑지 않았다. 그러나 청년은 미소를 띤 채 말을 이었다.

"햇볕이 강합니다. 이런 날씨에 팔만 드러내시면……."

"드러내면?"

"아래팔만 까매지실 겁니다."

유리가 자신의 팔 상박을 손가락으로 그어 보이며 웃었다. 쎄시아는 픽 웃고는 청년에게서 장갑을 받아들었다. 확실히 팔이 반만 타면 곤란하다.

"뭐, 코르셋도 벗어 기분이 좋은 참이니 이 정도 불편은 감수하도록 할까."

"훌륭하십니다."

유리가 고개를 숙여 보였다.

"훌륭한 건 나의 디자이너지. 이런 걸 만들어올 줄은 상상도 못 했

532

는걸. 내가 선물을 했는데, 도리어 선물받은 꼴이 되어버렸어. 나를 무색하게 하다니, 벌을 줘야겠는걸."

"벌이요?"

청년이 짐짓 놀라는 시늉을 하자, 주변의 시녀들이 까르르 웃었다. 쎄시아는 정말로 귀엽다는 듯이 유리를 쳐다보며 "유리 클로드에게 그의 주먹 두 개만 한 황금을 내리시게."하고 시녀장에게 주문했다. 시녀장이 고개를 숙였다. 유리도 깜짝 놀랐다가, 이내 허리를 숙여 깊이 감사를 표했다. 쎄시아는 손을 내저어 유리를 일으켜 세웠다.

그도 그럴 것이, 여왕이 입은 드레스는 쎄시아가 유리의 저택을 방문할 때 선물로 가지고 갔던 아마였던 것이다.

여왕에게 진상된 아마이니만큼 최상품이었고 결도 고왔다. 아타락시아에서 생산하는 면실크보다 훨씬 고운 결로 되어 있는 아마를 가지고, 유리는 쎄시아의 드레스를 세 벌이나 만들었다. 3일 내내 호수변에서 열리는 사냥대회와 밤의 연회. 아침부터 저녁까지 쭉 이어서 열리는 행사이기에 쎄시아가 옷을 갈아입을 곳이 마땅히 없었다.

그렇다면 답은 엠파이어 드레스라고 유리는 결론을 냈다. 코르셋을 입지 않아도 사랑스럽고, 밤의 연회에서 식사를 좀 많이 한다 하더라도 풍성한 주름에 배가 가려져 흠이 되지 않을 것이다. 풀물이 들지 않도록, 그러나 초라하지도 않게 끝단에는 은박의 레이스를 달았다. 세 벌의 드레스는 디자인은 비슷했으나 모두 다른 장식이 사용됐다. 숲과 호수에서 열리는 연회에 흰 엠파이어 드레스를 입고 선 여왕은 마치 소녀와 같았다.

일렉사 백작부인이 "성으로 돌아가면 단딜리온 재상께 말씀드려 바로 지급하겠습니다."라고 유리에게 말했다. 유리는 생글생글 웃으며 "감사합니다!"하고 답했다.

그리고 속으로 통한의 눈물을 흘렸다. 손도 좀 컸으면 좋았을걸. 유리의 주먹 두 개라 함은 한라봉 두어 개 정도 크기다. 어차피 남자 소리 들을 거 손이 배만 했으면 좀 좋아. 어쨌든 그 황금이면 쎄시아가 선물했던 아마를 이백 필은 살 수 있을 것이니 큰 손해는 아니었다.

와아아아…….

그때 숲 저편에서 우렁찬 함성이 들렸다. 앉아 있던 부인들의 시선이 그쪽으로 쏠렸다.

"누군가 뭐라도 잡은 모양이군."

"예, 수사슴이라도 잡은 것이 아닐까요."

일렉사 백작부인이 말했다. 쎄시아는 어깨를 으쓱했다.

"그렇게들 좋을까."

"이런, 폐하. 폐하께서 상금을 걸어놓으시고선."

3일간의 사냥대회에서 가장 많은 동물을 잡은 사람은 쎄시아 발렌시아의 보물창고에서 가장 크고 아름다운 금화를 받게 될 것이다. 그 금화는 보통 물건이 아니었다. 정벌 당시 동쪽의 대영주 페이우가 바친, 작은 방패만 한 금화였다. 그러니 남자들이 눈을 뒤집고 사냥에 나설 만도 했다.

"누가 가장 많이 잡았는가?"

"황공하옵게도, 라이언하트 공작 각하이십니다."

그렇게 말하는 일렉사 백작부인의 눈에 니들 남매들이 아주 다 해 먹어라 같은 빛이 스쳐 지나가, 쎄시아는 깔깔 웃고 말았다.

"훌륭하다, 나의 동생. 누이의 재산 강도질에 몸소 앞장서는군. 그래, 얼마나 잡았다던가."

"사슴 두 마리와 작은 새 여러 마리, 그리고 오색 빛깔을 띤 공작새 한 마리입니다."

"공작새?"

"예에. 귀한 새인지라 생포하셨습니다. 허락하신다면 폐하의 정원에 풀어놓겠다 하셨습니다."

와, 진짜 이상한 나라다……. 숲에서 공작새가 막 나와. 유리의 생각은 아랑곳없이 쎄시아가 죽상을 했다.

"난 싫은데."

"폐하."

"도로 풀어주라고 해. 그냥 정원에도 흥미가 없는데, 새가 돌아다니는 정원은 더 싫다."

"예."

일렉사 백작부인이 시녀 하나를 불러 여왕의 말을 전했다. 시녀가 허리를 숙이고 어딘가로 사라졌다. 사냥터 쪽으로 가는 모양이었다.

어쨌든 그 남자는 평소에는 참 기력 없어 보이더니, 이럴 때는 날 아다니는 모양이었다. 그 넓은 어깨가 그냥 나온 것은 아닌가 보지. 유리만 속으로 생각했다.

"폐하."

그때 여왕을 부르는 목소리가 있었다. 유리와 쎄시아의 눈이 그쪽으로 향했다. 시녀가 받쳐 든 양산 아래, 가녀린 아르시노에가 있었다.

"오, 아르시노에. 몸은 괜찮고?"

"예에, 걱정해주신 덕분에요."

'아팠대요?'

유리가 눈으로 마틸다에게 물었다. 마틸다도 눈으로 답했다.

'그렇대요.'

"좀 더 쉬어야 하지 않겠나. 아."

쎄시아가 웃음을 터트렸다.

"에넌을 보러 왔나."

"폐하……."

아르시노에가 두 뺨을 붉혔다. 순식간에 빨갛게 달아오르는 얼굴은 마치 한 송이 작약이 피어난 듯 화사해서, 유리는 아……. 하고 감탄해버렸다.

세상에 미녀 최고다.

제 얼굴이 벌게질 때는 무슨 숯불 달군 것 마냥 웃기기 짝이 없는데, 미녀가 얼굴을 붉히니 세상이 밝아지는 느낌이었다. 쎄시아가 자리에 앉기를 권했고, 아르시노에가 쎄시아의 옆에 앉았다.

"오늘따라 더욱 아름다우세요. 어제의 이야기를 전해 들었답니다. 저도 몸이 아프지만, 않았으면 가서 폐하의 위용을 구경했을 것인데."

"위용이라니, 기백이라고 해줘. 어제의 나는 전장에 나가는 장수의 마음이었다고."

쎄시아의 농담에 주변인들이 모두 웃었다.

"그렇잖아도 그대에게 자랑하고 싶은 것이 있었지, 아르시노에."

"무엇입니까?"

"내가 입은 드레스가 바로 아스완 산 아마로 만들어졌다네."

"어머나!"

그랬어? 유리가 눈을 껌벅이는데 아르시노에는 입가를 손으로 가리더니 쎄시아에게 조금 더 다가앉았다. 미녀 둘이 붙어 앉으니 눈이 부셨다. 보통 때라면 저기만 다른 세상 같다고 생각하며 조금 물러섰을 테지만, 유리는 칭찬받을 타이밍을 놓치지 않는 사람이었기 때문에 그대로 눈을 귀엽게 깜박이며 자기 차례를 기다렸다. 옆에 서 있던 마틸다가 피식 웃었다.

그러거나 말거나 다가선 그녀에게 쎄시아가 팔을 내밀었다. 아르시노에는 쎄시아가 입은 드레스의 소매를 조심스럽게 만지작거리며 감탄했다.

"혹시 제가 지난해 진상했던 물건인가요?"

"그래. 아주 좋은 물건이라 아껴두었다가 내가 귀애하는 재단사에게 선물했지. 그랬더니 이렇게 기특한 선물을 주었다네."

"너무 멋진 드레스예요! 어쩜! 대단하세요."

쎄시아가 씩 웃으며 유리 쪽을 가리켰다. 아르시노에는 보통 때보다 두 배속으로 눈을 깜박이고 있던 유리 쪽을 향해 순수한 찬사를 보냈다. 유리는 과장된 몸짓으로 허리를 굽혀 두 여인에게 감사인사를 전했다.

"저야말로 각하가 아니었다면 이렇듯 아름다운 옷을 만들어내지 못했을 겁니다."

"저요?"

아스완의 대영주이니 각하라고 불러야 마땅했다.

"각하와 저는 한 번 뵌 적이 있지요?"

아르시노에가 미소 지었다.

"예에, 참으로 복된 만남이었지요."

"송구하오나, 그날 아스완의 아름다운 의상을 입고 오신 각하의 눈부신 모습에 감탄해 마지않았답니다. 그리고 그 의상에서 힌트를 얻어 폐하의 드레스를 만들었지요. 연회가 얼마 남지 않은 시점이었으나, 저의 마음을 알아주신 폐하께서 윤허해주셔서 이 드레스가 만들어질 수 있었답니다."

"그러고 보니……."

쎄시아가 새삼 놀랐다는 표정이 됐다. 유리는 최대한 무례해 보이지 않게, 손바닥을 들어 가리켰다.

"예에. 아스완의 전통 의상은 가슴 아래에서 허리를 꼭 조인 후 그

538

대로 직선으로 드레스를 떨어트리고 가벼운 주름을 잡지요. 실루엣이 상당히 비슷합니다. 그렇지만 발렌시아에서 그 옷을 그대로 입을 수 없으니 제 나름대로 어레인지를 해 보았답니다."

"어머나……. 그런 생각은 전혀 못 했는데, 말씀을 듣고 보니 놀랍도록 비슷해요."

"내 마음에 쏙 드는 드레스에는 아르시노에의 공도 있는 것이군?"

"그렇습니다."

유리가 그렇게 말했지만, 아르시노에는 "아녀요, 이런 생각을 할 수 있는 사람의 공이지요."하고 손을 내젓고 말을 이었다.

"이런 생각은 하지도 못했답니다. 아마는 저희의 특산품인데, 전통 의상과 침구에나 썼지 이렇듯 아름다운 드레스를 만들 수 있으리라고는 생각하지도 못했어요. 폐하께서는 좋은 인재를 데리고 계시군요."

"요즘 내가 가장 귀애하는 이라네. 그 재능이 대단해 나의 자랑이지."

유리의 콧대가 한층 더 높아졌다. 주변의 귀부인들이 모두 이쪽의 대화에 귀를 쫑긋쫑긋 기울이고 있음을 알아챘기 때문이다. 여왕의 앞이 아니었다면 에헴, 제가 좀 합니다 하고 허리에 손을 짚고 으스댔을 것이다.

"유리 님이라고 하셨지요? 아스완에도 한 번쯤 놀러 오세요. 저희 영지에도 유리 님 같은 인재가 있었다면 이토록 가난하지는 않을 것인데……."

꽃 같은 아가씨가 가감 없이 부러워하니 유리는 점점 아르시노에가 좋아졌다. 이렇듯 아름다운데 남의 공에 아낌없이 칭찬하고, 순수하게 부러워하는 사람은 많지 않을 것이다. 정말로 선한 사람이었다.

"뭐 어때. 에넌과 결혼하면 부유한 올랭피아가 몽땅 네 것 아니겠니, 아름다운 아르시노에."

"……폐하……."

커다란 눈동자가 난감한 빛을 띠고 쎄시아를 바라봤다. 주변의 귀부인들이 눈빛을 교환했지만, 그에 아랑곳없이 쎄시아가 말을 이었다.

"네가 에넌과 결혼하면 네 몸무게만큼의 황금을 축하금으로 줄 것이다. 어차피 온 대륙에 네가 에넌을 사랑하는 것이 소문이 다 났는데, 대체 그 애가 누구와 결혼할 수 있겠니?"

"저는……."

"내 못난 동생이 용기가 없어 너를 퍽 섭섭하게 한다면 오늘 저녁에 몰래 숲에서 입이라도 맞춰 보렴."

"폐하."

시집도 가지 않은 처녀가 괴이한 소리를 한다며 일렉사 백작부인이 쎄시아를 향해 눈을 부라렸다.

내가 뭐! 내가 뭐!

쎄시아는 위엄은 온데간데없이 쫑알거렸으나 일렉사 백작부인의 무시무시한 눈초리를 당해내기는 어려웠는지 이내 입을 다물었다. 아르시노에가 귀까지 빨개진 채 간신히 말을 이었다.

"황공하오나 두 사람의 결합이 어찌 한 사람만의 마음으로 가능하겠습니까. 다만 다행인 점은 두 사람 간의 사랑이라는 것은 상대방에게 알려져야 비로소 가능해지는 것이니, 제 연심을 대륙의 모든 이가 아는 것이 저에게는 참으로 복된 일입니다. 그러니 저에게는 오로지 기다림만 남았습니다."

"기다리기만 하는 것이 괴롭지 않니?"

"천만의 말씀입니다, 폐하. 이 아르시노에의 사랑은 기다리는 것조차 행복이랍니다. 그 지옥의 이레에 비한다면요."

유리가 작게 입을 벌렸다. 이야. 정말 강적이다. 통상적으로 귀족 아가씨라면 자신이 누구를 좋아하는지 동네방네 알려지는 것이 큰 흠이라고 생각한다. 그래서 미혼의 아가씨들은 자신이 누구를 연모하더라도 함부로 밖에 소문내지 않는다. 나중에 혼담이 오갈 때 흠집이 잡힐 수도 있기 때문이다.

그러나 눈앞의 아르시노에는 자신이 에넌을 사랑한다는 사실을 모두가 알고 있는 것이 참으로 다행이라고 말하고 있었다. 보통 때였다면 투 썸즈 업. 언니 짱이다. 반했어요 하며 엄지를 올렸을 것이다.

그렇지만 어째서일까. 유리의 마음이 일렁거리는 것은.

아, 안돼. 유리는 저도 모르게 고개를 흔들었다. 저 건너편 숲에서 사슴이니 새니 잡고 있는 빨간 머리의 누군가가 자꾸 떠오르려고 해서다. 아냐. 잘생긴 개뻑다구 따위는 생각하지 않을 것이다.

나는 조신하고 사랑스럽고 어린 미남을 만날 것이야. 사랑, 돈으로 사겠어. 얼마야, 얼마면 돼? 라고 말할 수 있는 남자를 만날 거라고. 금화로 목욕을 시켜주면 감격하는 여리고 가녀린, 바람 불면 훅 날아갈 것 같은 미소년을…….

"……정신 차리세요."

옆에 서 있던 마틸다가 한심한 말투로 유리에게 속삭였다. 유리는 안드로메다로 날아가려던 정신을 겨우 다잡을 수 있었다. "폐하 앞입니다. 다른 생각 하지 마시고요." 마틸다의 말뜻에는, 이쪽을 주목하고 있는 귀부인들의 시선을 의식하라는 의미 또한 담겨 있었다. 여기서 실수라도 하면 유리의 평판도 깎일 것이다. 안 되지, 암. 유리는 마음을 다잡았다.

유리가 다른 생각을 하는 사이, 화제는 미용으로 바뀌어 있었다. 주로 쎄시아와 아르시노에의 환하고 아름다운 피부에 관한 것이었다. 물론 두 사람의 대답 유형은 사뭇 달랐는데, 쎄시아의 대답은 가관이었다.

"뭐, 타고난 것 아니겠는가."

폐하, 피부가 정말 고우셔요! 어떤 향유를 바르시나요! 같은 질문을 했던 젊은 아가씨들의 표정이 살짝 굳었다가 풀렸다. 유리는 가자미눈을 했다. 이야, 재수 털린다. 아니, 그야 당연히 부모님이 잘 낳아주신 게 베이스이긴 하겠지만, 그러면 그 소리를 듣는 사람의 마음이 어떻겠어요……

유리의 생각을 아는지 모르는지, 쎄시아는 문득 생각난 듯이 말을 이었다.

"아, 진주를 갈아 물에 개어 얼굴에 바르고 잔다네."

죽는다, 진짜. 타고난 것 다음에는 돈 지랄이냐. 님밖에 못 하는 거 말고 다른 얘기를 좀 해 주시면 안 될까요? 하하, 웃던 아가씨들이 질문을 아르시노에에게로 돌렸다. 아스완의 왕녀라고는 하지만, 계속된 수탈로 재정 상태가 바닥인지라 쎄시아 같은 대답이 나오지는 않을 것이다. 게다가 타고났다느니 하는 소리를 할 만큼 눈치 없지도 않고. 예상대로 아르시노에는 수줍게 웃으며 아가씨들이 원하는 대답을 내어놨다.

"저는 폐하처럼 부유하지 않아서, 크게 좋은 것으로 관리하고 있지는 않답니다. 틈틈이 꿀을 밀에 개어 바르는 정도지요."

"어머, 맞아요. 저희 어머니께서도 저 어릴 적에 꿀을 밀과 섞어 얼굴에 발라주셨는데!"

"예에. 피부에 윤기가 돌게 되지요."

꿀……에……밀……. 아가씨들 곁에 서 있던 몇몇 시녀들이 눈치 빠르게 제 주인을 위해 입으로 외우는 것이 보였다. 뭐야, 저게. 다 아는 건데. 너희도 감자나 붙이세요, 하고 유리만 노골적으로 귀를 후볐다. 그러나 다음 순간 아르시노에가 한 말은 유리의 귀를 사로잡았다.

"그리고 혹시, 해면이라는 것을 아세요?"

뜻밖의 단어에 유리가 눈을 크게 떴다. 아가씨들도 궁금하다는 듯 아르시노에를 쳐다봤다. 아르시노에가 미소 지으며 손가락으로 허공에 작은 동그라미를 그렸다.

"아스완의 바다에서 나는 해초랍니다. 그리 깊지 않은 바다에 사는데, 죽으면 파도에 쓸려 해변으로 떠오르지요. 아스완의 여인들은 해면으로 피부를 닦아낸답니다. 그러면 피부의 결이 아주 부드러워져요."

"그런 것이 있나요? 어떻게 생겼나요?"

아가씨들이 눈을 깜박거렸다. 아르시노에는 제 시녀 중 하나를 불렀다.

"혹시 나의 짐에 해면이 있니?"

"예에."

"가지고 와 보련?"

이윽고 시녀가 가지고 온 해면을 모두가 뚫어져라 쳐다봤다. 구멍이 숭숭 나고 해괴하게 생긴 누런 것. 심지어 색이 고르지 않아 더러워 보이기까지 했다. 아르시노에가 웃으며 "만져 보셔요."하고 말했지만 모두 징그럽다고 만지길 기피했다.

"저어, 실례가 안 된다면 혹시 제가 만져봐도 되겠습니까?"

그때 손을 들고 나선 것은 유리였다.

아르시노에가 조금 놀라더니 "네에, 그럼요."하고 유리의 손에 해면을 떨어트렸다. 유리는 그것을 두 손으로 감쌌다가, 꾹 눌렀다.

해면이 납작해졌다.

유리는 손에서 압력을 풀었다.

해면이 다시 보송하게 살아났다.

유리는 몇 번이나 그것을 눌러봤다. 그때마다 해면은 폭신폭신하게 들어갔다가, 다시 원래의 모양을 회복했다. 유리가 아르시노에를 향해 물었다.

"혹시 물을 좀 부어봐도 됩니까? 그렇게 쓰는 것이지요?"

"어머, 용도를 정확하게 아시네요?"

"네에, 비슷한 것을 본 적이 있어서⋯⋯."

눈치 빠른 시녀 하나가 물잔을 건네었다. 유리는 손바닥 위에 해면을 올려놓고 그 위에 물을 쭈르르 부었다. "허." 쎄시아가 감탄했다. 해면은 유리가 부은 물을 모두 흡수하며 부풀어 올랐다. 유리는 물을 흡수한 해면을 쭉, 하고 풀밭에 짰다. 쪼르륵 물이 풀밭으로 떨어졌다. 아르시노에가 유리의 손에서 해면을 받아 쎄시아의 팔에 가볍게 문질렀다.

"이렇게 한 번씩 문질러주고 자면, 피부가 매끈해진답니다."

"이런, 감촉이 영 이상한걸."

"그렇지요? 싫어하는 분들도 많아요."

그 자리에 있던 모두가 해면을 받아 장갑을 벗고 손등에 문질러보거나 했다. 그 와중에 유리가 아르시노에에게 물었다.

"혹시 이것이 아스완에는 아주 많이 납니까?"

"예? 그럼요. 해변에 넘치도록 굴러다닌답니다."

"이걸 피부 관리용으로 수출해보는 것은 어때?"

쎄시아가 호기심 가득한 표정으로 물었다. 아르시노에는 고개를 저었다.

"그 생각을 해보지 않은 것은 아니지만, 호불호가 많이 갈린답니다. 감촉이 이상하다고 싫어하는 분들이 정말 많아요."

"그렇군. 나도 좀 징그러우니."

맞아요, 조금 이상해요- 하는 아가씨들과 괜찮네요- 하는 아가씨들로 좌중이 갈렸다.

"그대는 어떤가?"

"저요?"

"그래. 상인의 눈으로 보면 저게 상품성이 있는가?"

"없지는 않습니다만……. 실제로 저것이 얼마나 많이 나는지, 지속적으로 유통 가능한 양이 생산되는지를 알아봐야겠지요. 굴러다니는 것만으로는 생산량을 가늠할 수 없습니다."

"그도 그렇군. 호불호의 문제보다는 유통성이 문제란 말이지?"

"예. 일종의 기호품에 가까우니까요. 좋아하는 분들이야 계속 구매하실 겁니다. 문제는 막상 상품을 개발하기로 하고 아스완으로 갔을 때, 생각보다 그 생산량이 적으면 상품 개발비만 쓰고 실질적 이윤을 내기도 전에 소진돼 버릴 수도 있다는 겁니다."

"확실히. 상인의 눈은 다르군."

유리는 말을 아꼈다. 그러나 그것은 쎄시아의 말처럼, 상품 개발비 때문이 아니다. 유리는 해면을 보고 희열을 느꼈다.

나는 저것으로 탐폰을 만들 것이다!

왜 목화만 생각했을까? 왜 솜만 생각했을까?

눈앞의 해면은 유리가 찾던 바로 그것이었다. 물기를 흡수하면 부풀어 오르고, 물기가 없을 때는 부피가 작다. 감촉이 영 미묘하다지만 겉을 솜으로 한 겹 감싸주면 감촉도 해결될 것이다. 유레카!

유리는 먹구름만 끼었던 자신의 인생에 한 줄기 빛이 들어찬 기분이 됐다. 저걸로 탐폰을 만든다면 적어도 생리 중에 어기적거리며 걸을 일은 없을 것이다. 평소에는 날씬한 퀼로트를 잘 입고 다니다가도, 생리 중에는 조금 부풀린 바지를 입으며 으…… 내 핏 구려…… 하고 슬퍼할 일도 없을 것이다.

유리는 당장이라도 아스완으로 달려가고 싶었다. 사람을 보내서 해면을 사 올 수도 있겠지만, 유리가 말을 아낀 이유는 하나였다. 아스완에서 해면이 얼마나 나는지 가늠할 수 없기 때문이다.

아르시노에는 해면이라는 게 무한정 굴러다니는 것처럼 말했지만, 그건 아스완 사람들이 해면을 피부 관리용으로나 쓰기 때문이다. 심지어 호불호가 갈려 적은 사람들만 쓴다. 그러나 유리가 해면을 탐폰으로 만든다면? 해면이 엄청나게 유용하다는 게 알려진다면? 그래서 생산 확보도 되지 않았는데 엄청나게 상품 가치가 높아진다면?

탐폰은 말짱 도루묵이 될 것이다. 유리는 빠르게 머리를 굴렸고, 아르시노에와 모두가 있는 곳에서 해면이 전혀 다른 상품성을 가지고 있노라고 말하기보다는 입을 닫는 것을 택했다. 대신 유리는 빠른 시일 내에 남쪽으로 가야겠다고 결심했다. 직접 가서 얼마나 나는지 알아볼 것이다. 그리고 생각보다 양이 적으면…… 나만 쓸래. 쫌 치사하지만 어쩌겠어. 나도 살아야지.

게다가, 유리는 아스완행의 또 다른 장점을 깨달았다. 여름에 유리는 벨름으로 내려갈 계획이었으나, 벨름에 가면 레스타를 계속 봐야 한다는 점 때문에 영 부담스러워하던 참이었다. 그렇지만 여름에 벨름에 가지 않고 아스완으로 가면 되는 것이다.

유리가 순식간에 머릿속에서 여름의 아스완 여행에 대한 계획을 짜는 동안, 화제는 또 다른 곳으로 넘어가 있었다. 쎄시아가 아스완의 구제책에 관해 이야기하고 있었다.

"북아스완의 유색보석 광산은 어떻게 됐지?"

"그것이……. 저도 잘은 모르지만, 개발 비용이 없어 그대로 묵히고 있답니다."

아르시노에가 민망하게 웃었다. 쎄시아가 턱을 어루만졌다.

"민간 투자를 받는 생각은 해보지 않았나?"

"아스완은 너무나 척박해. 민간 투자자들도 아스완에 섣불리 들어오기를 겁내고 있답니다. 아스완은 수도에서는 한참이나 걸리니까요. 게다가 유색보석 광산이 있는 북아스완은 제가 있는 곳에서도 멀죠."

"아스완 영민들은 외지인에 대한 거부감이 심하긴 하지. 민간 투자자들이 들어온다고 해도 아스완 인들이 쉽게 고용될지도 미지수겠군."

"예에……."

"그렇다고 아스완에서 그들을 고용할 수도 없고."

영지에 돈이 없으니 영지민들에게 봉급을 주기 어렵다. 보석이 난다고 하지만, 주변국에 의해 끊임없이 침략당했던 아스완 영지민들은 발렌시아 대국의 일원이 된 후에도 외부인에 대한 거부감이 컸다. 외부의 민간투자자가 들어온다고 해도 영지민들이 고용을 거부할 가능성도 크다. 아스완 자체가 가지고 있는 인프라가 없으니 외부 노동자들이 들어오고 싶어 하지도 않는다. 그래서 아르시노에는 광산 사업 자체를 당분간 접어두었다.

"안타까운 일이군."

"아쉽지만 어쩔 수 없지요. 분수에 맞지 않는 욕심은 참사를 불러 일으키기 마련입니다."

"흐음, 면실크 사업을 아스완이 하면 좋으련만."

유리와 아르시노에의 눈이 동그래졌다. 쎄시아는 여전히 턱을 어루만지며 말했다.

"그러잖아도 면실크 사업 후보지 중에 아스완도 포함돼 있지. 아스완은 아마 때문에 영지민들이 편물을 짜는 것에는 이력이 나 있지 않은가."

"그렇습니다만……."

아르시노에가 슬쩍 눈치를 봤다. 쎄시아는 면실크가 유리가 개발한 직물이며, 보온성과 촉감이 뛰어나 자신이 국가기간사업으로 사들였다고 말했다. 아르시노에가 또다시 감탄한 눈으로 유리를 쳐다봤다.

"정말 대단한 분이셔요."

"사실 아스완에 사업을 주는 건 어려운 게 아냐. 문제는 누굴 파견

하느냐는 거지."

"파견이라면……."

"기술사업이라서 누군가는 관리감독을 해야 해. 게다가 국가사업
이니 보고도 정기적으로 해야 하지. 첫 사업이니만큼 어설픈 사람
을 보낼 수는 없어. 단딜리온 재상에게 좀 다녀오랬더니 아스완 가
는 길에 죽을 수도 있다고 나를 협박하더군."

"정확히는 '다 늙어 길바닥에서 객사하기 위해 이 나이까지 산 것
이 아닙니다!'라고 하셨죠."

심드렁한 표정의 일렉사 백작부인이 말을 받았다. 유리는 웃지
않기 위해 이를 악물어야 했다.

"그렇다고 내가 갈 수는 없잖아. 에넌을 보낼까도 고민했는데, 이
미 벌써 유리를 데려오기 위해 8개월 대륙 유람을 시켜놨더니 아무
리 나라도 양심에 찔려서."

쎄시아가 하품을 했다. 유리가 조심스럽게 입을 열었다.

"저어……."

"음?"

"그거, 제가 가면 안 됩니까?"

쎄시아의 붉은 눈이 놀라움을 띠었다.

"……그대가?"

"예에."

"……확실히 그대가 간다면 믿을 만은 하지. 개발자인 데다가 내
밑에서 기간사업을 같이 계획했으니 어떻게 전개할지도 대강 알고

있고……. 이런. 그렇지만 유리, 그대는 이미 벨름을 떠나 나를 위해 발렌시아에 머무르고 있지 않은가. 내가 그대에게 빚이 너무 많아지는데."

눈썹을 곤란하게 찌푸린 쎄시아에게, 유리는 굳건하게 말했다.

"아닙니다. 그렇잖아도 제가 개발자이니만큼, 실제로 사업지가 정해지면 직접 가보고 싶은 마음이 있었습니다."

"……그런가."

물론 그럴 리가 없다. 유리의 속셈은 해면에 치우쳐 있었다. 아스완의 해변에 가서, 해면을 가져다가 탐폰을 만들 셈이다. 그러나 유리의 속셈도 모르고 쎄시아가 화사하게 웃었다.

"그렇게 해 주겠는가."

"그럼요."

"좋아. 그러면 내가 그대에게 상응하는 보상을 하도록 하지. 일단은 대연회가 끝나고 자세한 것을 이야기하도록 해."

"알겠습니다."

유리가 고개를 숙였다. 여왕은 자신의 디자이너를 정말로 아낀다는 듯 쳐다보고는 유리를 가까이 오라 했다. 서 있던 유리가 여왕 옆에 무릎을 꿇고 앉았다. 여왕은 유리의 손을 끌어당겨 잡았다. 아직은 서늘한 감이 있는 바람에 차가워져 있던 흰 손가락이 유리의 손을 덮었고, 유리는 조금 놀랐다.

한때는 자신을 매섭게 노려보던 붉은 눈이, 놀랍도록 화사한 기운을 품고 자신을 쳐다보고 있었다.

"유리 클로드."

"예에."

"그대는 정말로 열심히 일해. 부디 건강을 해치지 말아."

"황공……. 황공합니다."

유리는 아까 전 아르시노에를 보고 했던 생각을 다시 한번 했다. 와. 미녀 짱이다.

압도적인 미모가 자신만을 향한 호의를 십분 담아 보내는 미소는 유리의 정신을 혼미하게 만들었다. 이런 기분을 뭐라고 하더라. 홍알홍알?

유리는 그대로 홍알홍알 녹아 호수에 가라앉을 것 같은 기분이 됐다. 자신이 사랑하는 것은 미남뿐만은 아니었던 것이다. 와, 너무 좋다. 예쁜 거 짱이다. 미남 미녀 최고.

더불어, 내가 그 사람 좋아하는 게 아니라 그냥 예쁜 게 좋았던 거뿐이구나 하는 마음도 유리 안에 강하게 자리 잡았다.

─❈─

마지막 배가 호수변에 닿았다. 귀부인 세 명이 배에서 호호 웃으며 내렸다. 그 뒤로 종일 부인들의 머리 위에 양산을 받쳐 들고 있었을 시녀들이 팔을 두들기며 빠르게 뛰어내렸다. 해가 아직도 머리 위에 떠 있었다. 한두 시간 후면 오늘의 사냥 대회도 끝날 것이다.

그날그날의 사냥감을 카운트한 다음, 잡은 것들은 그 자리에서 손질해 연회의 메인 요리가 될 예정이었다. 황성에서도 내로라하는 실력과 요리사들이 이미 호수변에 자리해 연회 준비를 하고 있었다. 전날의 만찬과 달리 대영주들의 자식과 가신들까지 더해, 호수변에는 천여 명의 사람들이 모여 있었다. 고기만 귀빈들에게 대접할 수 없으니 미리 만들어 놓은 음식들이 수없이 운반됐다. 자연스레 시끌벅적해졌다.

여왕은 조금 지친다며 따로 쳐 놓은 천막으로 쉬러 갔다. 여왕의 천막에는 남자가 출입할 수 없었으므로 유리는 자연스럽게 혼자 남았다. 몇몇 사람들이 유리에게 말을 걸었고, 유리는 보란 듯이 준비해 온 명함을 돌렸다.

봄의 대연회에서 귀족들에게 나눠주기 위해 미리 준비한 양피지 명함에는 아타락시아의 오픈일과 제 이름, 그리고 작은 금으로 된 버튼핀이 꽂혀 있었다. 금장식은 아주 작아서 떼어내 가공하기도 애매했지만, 그것 때문에라도 사람들은 유리의 명함을 버리지 않을 것이다. 시녀들은 앞다퉈 자신이 모시는 부인을 위해 유리의 명함을 받아갔다. 개중에는 직접 오는 사람도 있었다.

그러나 그것도 잠시, 유리는 금방 지쳐버렸다. 혼자서 여러 명을 상대하는 것도 한계가 있기 때문이다. 이럴 줄 알았으면 플럼이라도 데리고 올걸. 플럼이 사람 많은 자리에서 말실수를 할까 봐 굳이 혼자 온 참이다. 그렇지만 이렇게 혼자 남겨지니 누군가 옆에 있으면 좋겠다는 생각은 들었다.

그래서 산책을 하겠다며 호수변을 서성서성했는데, 그곳에서도 자유롭진 못했다. 귀부인들이 제 시녀를 시켜 여왕의 옷은 어떻게 만드는 것이냐, 여왕이 입었던 옷은 어디서 파느냐, 심지어 리넨에 은박을 입히는 기술을 알려달라고 자꾸 말을 걸었기 때문이다. 여보시오, 당신이 나라면 그런 걸 쉽게 가르쳐주겠소? -라고 하고 싶지만 유리는 귀족들 중에서도 가장 낮은 작위를 갖고 있었고, 그래서 면박을 주는 대신 애매하게 웃으며 뒷걸음질 쳤다.

그렇게 이리저리 피해 다니다 보니 눈에 띈 것은 나무덤불이었다. 숲의 끄트머리에는 나무덤불들이 우거져 있었고, 적당히 사람이 지나다닐 수 있을 정도로 손질돼 있어 유리는 그 안으로 들어섰다. 아무래도 여왕이 호수변에서 연회를 열기 위해 사람들을 시켜 적당히 숲을 산책이 가능할 정도로 다듬은 모양이었다.

유리 외에도 몇몇 사람들이 나무 사이로 산책하는 것이 보였다. 대부분은 여왕이 있는 호수변에 모여 있었지만, 시끄러운 것이 싫은 이들도 분명 있는 모양이었다.

숲 안은 새가 지저귀었고 오후의 햇살이 나뭇가지 사이로 내리쬐어 아름다운 그림자를 만들었다. 유리는 기분이 좋아졌다. 벨름 혹은 론다에서 숲이라는 곳은 짐승들이 나오는 위험한 곳이었고, 어른들 외에는 가지 못하는 곳이었다. 이토록 밝고 적당히 산책할 수 있도록 다져 놓은 안전한 숲은 별로 없었다.

유리는 모처럼 잡은 산림욕의 기회를 놓치지 않기로 마음먹었다. 조금 걸어 들어가니 그쪽에는 사람들이 많이 오지 않은 듯, 우거진 수풀 사이로 구즈베리가 열려 있는 것이 보였다. 이 계절에? 유리는 조금 놀라 그쪽으로 다가갔다. 꽈리 비슷하게 생긴 것이, 껍질을 열면 동그랗고 노란 열매가 안에 자리하고 있었다. 유리는 그 열매를 따서 입에 넣었다.

으, 시어.

구즈베리는 아직 다 익지 않은 듯했다. 그래도 유리는 몇몇 개를 조심스럽게 열어 보고, 익은 것만 골라 열댓 개 정도 손에 쥐었다. 새큼한 맛은 금세 유리의 기분을 가볍게 만들었다. 발걸음에 흥이 실렸다. 신나게 조금 더 걸어 들어간 참이었다.

"어머나, 유리 님."

누군가가 자신을 불러 유리는 화들짝 놀라 뒤를 돌아봤다.

한 떨기 백합 같은 미녀, 아르시노에였다.

아르시노에 역시 여왕의 천막에 들어가지 않고 주변을 산책하는 데 나선 차였다.

"여왕님과 많이 친하신 것 같던데, 왜 안 들어가시고……."

"그렇기 때문에 들어가지 않는 게 좋은 것이죠."

아르시노에의 시녀 두 명이 나란히 걷는 둘의 뒤를 따랐다. 네 이놈, 우리 공주님에게 허튼짓만 해 봐라. 확 그냥, 하는 말이 뒤에서 들리는 것 같은 분위기였다. 이 사랑스러운 공주님만 모르고 유리에게 웃으며 함께 산책하는 것이 어떠냐고 물었다.

유리는 물론 기꺼이 승낙했다. 아르시노에의 아름다운 자태를 구경하는 것도 좋았고, 뭣보다 아스완에 가려면 이 왕녀님과 조금은 더 친해 둬야 한다는 자각이 있었기 때문이다.

유리의 속도 모르고, 아르시노에는 부드럽게 웃으며 천천히 걸었다.

"폐하는 저에게 유독 잘 대해주신답니다. 아마 제가 여러 가지로 모자라니 마음 써주시는 것이겠지요."

아니 그냥 님과 그 잘생긴 개뼉다구가 결혼해서 빨리 애를 낳아 왕관을 가져가기를 바라기 때문인 것 같은데, 라고 얘기하지는 않았다. 무례한 일이기 때문이다. 아르시노에가 말을 이었다.

"그렇기 때문에 제가 폐하의 곁에 있으면, 폐하와 이야기를 나누고 싶은 다른 이들은 기회를 빼앗기게 된답니다. 폐하는 자상한 분이라 제게 한마디라도 더 건네려고 하시거든요."

"각하께서도 사려 깊으신 분인걸요. 폐하 또한 각하의 성정을 아시기에 더욱 신경 써주시는 것 아닐까요?"

"그렇게 말씀해주시니 감사해요."

미소 짓는 아르시노에에게 유리는 제 손에 쥐고 있던 구즈베리 열매를 내밀었다. 아르시노에가 어머나, 하고 눈을 동그랗게 떴다.

"이건……."

"구즈베리 열매입니다. 조금 일찍 열린 것을 저쪽 덤불에서 땄어요. 새콤한 맛이 나는데, 드셔보시겠어요?"

"그래도 될까요?"

"……각하."

뒤의 시녀가 가볍게 만류했으나 아르시노에는 시녀에게 괜찮다 말하고 유리의 손 안에 있는 구즈베리를 하나 집어 입에 넣었다. 새큼한 맛에 도톰한 눈썹이 약간 찡그려졌다.

세상에, 찡그리는 것도 어여뻐 뭇 여인들이 찡그리는 표정을 따라 하게 만들었다던 서시가 이렇게 예쁠까.

유리는 저도 모르게 아르시노에의 얼굴에 넋을 잃었다. 아르시노에의 뒤에 서 있던 시녀가 괜히 눈을 부라리며 눈치를 주지 않았다면, 유리는 홀린 듯이 그녀의 얼굴을 몇 시간이고 보고 있었을 것이다.

"조금 시지만, 기분이 좋아지는 맛이네요."

"마음에 드신 것 같아 다행입니다."

"네에, 그럼요."

아르시노에가 웃었다.

"수도에 온 후로 좋은 일만 일어나 항상 아침에 일어나는 것이 기다려진답니다. 숲도 아름답고, 폐하께서는 다정하게도 아스완을 신경 써주셨어요. 그리고 유리 님에게 사랑스러운 선물도 받았으니 아르시노에는 아주 기쁘답니다."

아, 이쯤 되면 그 잘생긴 개빽다구 고자 아니냐. 유리는 저도 모르게 삼일 밤낮을 잠만 잤다던 그 남자를 떠올렸다. 이런 미녀를 두고 어떻게 잠만 자지. 유리의 속내도 모르고 아르시노에는 유리의 손에서 구즈베리 하나를 더 집어 들고 물었다.

"하나 더 먹어도 되나요?"

"그럼요. 다 드셔도 됩니다."

아르시노에가 고개를 살짝 기울여 인사했다. 그리고 피뜩, 유리는 잠시 접어뒀던 자신의 희망 사항을 하나 떠올렸다.

미녀! 미녀를 섭외하기로 했는데!

당초 벨름에서 발렌시아로 올라오며 유리는 꼭 미녀 하나를 섭외해 아타락시아의 간판 대신 걸어놓겠다고 맹세했다. 매출을 위해서다. 그러나 여왕을 제외하고는 이렇다 할 미녀를 발견하지 못한 참이었다. 여왕을 모델로 삼는다는 것은 말도 안 되는 일. 그렇지만 눈앞의 절세미녀라면 어떨까? 유리는 슬슬 아르시노에의 눈치를 봤다. 그녀는 유리가 눈치를 보는 것을 금세 알아채고 빙긋 웃었다.

"무슨 말씀을 하시고 싶으세요?"

"저어, 각하."

"아르시노에라고 부르셔도 됩니다, 유리 님."

"그……. 예……. 아르시노에 님. 저기, 혹시 본인의 초상을 남들이 보는 것에 대해 어떻게 생각하세요?"

"초상이요?"

아르시노에가 눈을 동그랗게 떴다.

"제 얼굴을 말씀하시는 거라면……. 별생각은 없는데."

"……저희 각하께서는 아스완의 왕녀였던 시절, 전 대륙에서 혼담이 들어왔던 분입니다. 각하의 초상은 온 대륙에 퍼져 그 미모와 명성이 높으셨지요."

두 사람의 대화에 아르시노에의 시녀가 끼어들었다. 아하. 이미 볼 사람들 다 봐서 굳이 꺼려할 일이 아니라 이 말이렷다.

유리는 회심의 미소를 지으며 물었다.

"저어, 그러면 혹시 모델에 관해서는 어떻게 생각하시나요?"

"모델······?"

아르시노에에게 유리는 자신이 상점의 간판에 내걸 모델을 찾고 있으며, 실례가 되지 않는다면 꼭 아르시노에를 모델로 삼고 싶다는 이야기를 한참을 걸려 장황하고 성대하게 수식해 말했다.

감히 왕녀였던 여인을 일개 상점의 간판으로 내걸겠다고? 하는 시녀의 이글이글 불타는 눈초리가 유리에게 따라붙었으나, 유리는 애써 외면하며 싱글싱글 웃었다. 설명을 다 들은 아르시노에는 뜻밖에도 바로 승락했다.

"어머나, 제가 유리 님에게 도움이 될 수 있다면 기꺼이 도와 드릴게요. 제 초상을 그려 붙이신다는 건가요?"

"예. 물론! 날로 먹겠······. 아니아니, 제가 각하의 도움을 협잡꾼처럼 냉큼 받아먹고 입을 씻지는 않겠습니다. 정당한 대가는 반드시 지불하겠습니다."

"대가요······?"

"모델에게도 초상권은 있어야 하지 않겠습니까."

"초상권······?"

"각하의 얼굴을 제가 사용하는 대가로 돈을 드리는 겁니다."

우선은 1년에 이 정도가 어떨까요! 하고 유리가 대가를 제시하려는데, 아르시노에는 고개를 저었다.

"으음, 아니에요."

"에······."

"어떤 말씀을 하시는지는 알아들었어요. 유리는 정말 좋은 상인이라고 생각해요. 얼굴을 사용하는 대신 돈을 주다니, 제가 유리였다면 아는 사이인데 돈을 주지 않고 쓸 방법이 없을까? 하고 고민했을지도 몰라요."

아니, 댁 같은 사람은 절대로 안 그럴 것 같은데. 유리가 생각하는 사이 아르시노에가 말을 이었다.

"그렇지만 저는 그렇게 큰 돈은 받지 않을래요. 에넨 님의 친구분이잖아요? 맞죠?"

"그, 그렇죠……."

그렇게 말하는 유리의 마음은 감동으로 가득 차 있었다. 세상에. 선해도 이렇게 선할 수가 없었다. 예쁜데 착하기까지 하고 다 가졌네.

"더욱이 폐하께서 아스완에 기간사업권을 주시겠다 하셨잖아요. 들어 보니 유리 님이 아니었다면 할 수 없는 사업이었던 것 같아요. 그렇지요?"

"그것도……. 맞죠."

"그러면, 저는 돈은 받지 않을래요."

"……하지만, 저도 그러면 영 마음이 좋지 않은걸요."

아르시노에의 말에 유리가 다급하게 말했다. 정확히는 마음보다는 후처리의 문제다. 장사를 해오며 이런 일은 몇 번 있었다. 유리에게 신세진 이들이 돈은 필요 없으니 자신의 재주나 혹은 생산품을 그냥 가져가라 하는 것.

그러나 유리는 그들이 매번 아쉬울 때가 되면, 자신이 베푼 것에 대해 새삼 생색을 내거나 두 배로 아쉬워하는 모습을 봐왔다. 후일을 위해서라도 대가는 제대로 지불하는 것이 나았다.

"음, 그러면……."

아르시노에가 난처하게 눈썹을 찌푸렸다. 유리의 입장도 어느 정도는 이해하는 모양이었다. 잠시 생각하던 아르시노에가 아, 하고 입을 벌렸다.

"그러면 저에게 꽃 한 다발만 꺾어 주시겠어요?"

"……꽃이요?"

유리가 고개를 갸웃했다. 아르시노에가 살풋 웃었다.

"아스완에서는 친구에게 꽃을 선물한답니다. 오늘 숲을 잠깐 걸으니 군데군데 예쁜 꽃들이 많이 피어 있더군요. 혹시 제게 발렌시아의 꽃을 꺾어 선물해주시지 않겠어요? 유리 님께서 주신 꽃다발을 보며 잠들면 정말 기쁠 것 같네요."

천사다. 천사네. 천사가 있다.

유리는 크으, 하고 감탄사를 넣고 싶은 것을 참고 답했다.

"정말 그걸로 괜찮으시겠어요?"

"그럼요. 그러면 저는 이곳에서 기다릴게요."

"각하, 곧 돌아가셔야 합니다."

아르시노에를 만류한 것은 시녀였다.

"곧 호수변에서 연회가 시작되니 돌아가셔야 해요. 게다가 상당히 깊이 들어오셨답니다. 두 분 다 오늘은 이만 들어가시는 것이 어떨까요."

"으음, 그도 그렇네요. 그러면 같이 돌아갈까요?"

"앗, 그러면 먼저 돌아가시는 건 어떠세요?"

유리가 제의했다.

"꽃이 많이 피었으니, 저는 돌아가면서 걸음마다 피어 있는 꽃을 꺾어 다발을 만들게요. 각하께서는 가시는 걸음걸음 제가 어떤 꽃 다발을 만들지 기대하며 돌아가시겠어요?"

"유리 님은 정말 아름답게 말씀하시네요. 좋아요."

아르시노에는 선뜻 유리의 제안을 받아들이고 돌아섰다. 시녀들은 빠르게 아르시노에의 앞을 안내했다. 아르시노에는 마지막까지 유리에게 묵례하며 숲 바깥으로 사라졌다.

꽃 한 다발이라니, 횡재했잖아. 유리의 솔직한 심정이었다.

~�֍~

그러나 막상 꽃다발을 만들려고 하니, 생각보다 어려웠다. 우선 탐스러운 꽃들이 별로 없다는 것이 문제였다. 꽃다발을 만들려면 한 종류의 꽃 가지고는 예쁘게 만들기가 어렵다. 게다가 아직 계절이 무르익으려면 좀 남았다. 자잘한 들꽃들 말고는 영 마음에 차는 것들이 없어, 유리는 계속해서 숲을 뒤져야 했다.

그래도 좀 헤맨 보람은 있었는데, 조금 더 들어가니 크고 아름다운 꽃송이들이 흐드러지게 핀 곳을 발견할 수 있었다. 빽빽한 나무들 속에서 다른 나무들의 성장을 이기지 못하고 쓰러진 몇 그루가 죽어 있었고, 그 위에는 이끼들이 뒤덮였다. 그 사이로 희고 사랑스러운 꽃들이 앞다투어 자태를 뽐내고 있었다. 아네모네와 비슷하지만 조금 달랐다. 얇고 부드러운 꽃잎들이 대여섯 장 겹쳐져 있는 그 꽃은 마치 아르시노에를 연상하게 해, 유리는 조금 즐거워졌다. 선물을 받을 사람이 기뻐하는 모습이 그려졌기 때문이다.

이건 무슨 꽃이지? 유리는 궁금해하며 꽃을 한 송이 꺾었다. 가운데가 비어 있는 꽃줄기에서 끈끈하고 흰 물이 배어 나왔다. 이런, 옷을 버리겠는데. 유리는 당황해 꽃을 쥐고, 엉덩이춤에 꽂아넣던 손수건으로 꽃줄기 끝을 닦았다. 꽃줄기의 섬유질이 질겨 잘 끊기지도 않아, 꽃줄기 끝은 왕녀에게 바치기에는 좀 처참한 모양새가 되어 있었다.

작은 가위 같은 걸 가지고 왔으면 좋았을 텐데. 아쉬운 대로 유리는 평소에 들고 다니던 작은 접칼을 꺼냈다. 그렇지만 실밥 같은 것을 끊기 위해 쓰는 것이라 줄기는 잘 끊기지 않았고, 유리는 별 소득 없이 칼에 묻은 흰 물을 닦아내려다 손끝에 상처까지 났다.

"아야."

베인 상처에서 핏방울이 배어 나왔다. 금세 손끝이 화끈해졌다. 유리는 베인 둘째손가락 끝을 입에 물며 생각했다.

'일주일은 아리겠군.'

밴드 같은 것이 있으면 좋을 텐데. 곱게 쓴 칼이니 파상풍 같은 것에 걸리진 않겠지. 유리의 상치는 생각보나는 싶어서 유리는 입에서 뺀 손가락을 두어 번 더 물어야 했다.

　겨우 피가 멈춘 것을 확인하고 유리는 한쪽 손에 쥔 꽃들을 확인했다. 크고 아름다운 꽃다발을 만들 수는 없겠지만, 그럭저럭 소담스러운 꽃다발 정도는 되지 않을까? 꽃들은 그럭저럭 꺾은 것 같으니, 여리고 사랑스러운 잎줄기만 조금 더 섞으면 될 것 같았다. 주변을 둘러보니 적당히 멋들어진 나뭇가지들이 보였다. 봄이라 새로 난 줄기들이 연해 몇 개 꺾어 섞자 잘 어울렸다.

　난 어쩜 이런 것도 잘 만드냐. 기분이 좋아진 유리는 조금 더 안으로 들어갔다.

　조금 후 붉고 탱탱한 꽃봉오리들이 여럿 달린 꽃가지까지 몇 개 발견한 유리는 쾌재를 부르며 꽃다발에 그것을 섞어 쥐었다. 꽤 굵어진 꽃다발을 쥐고 끈이 있으면 좋을 텐데, 하고 주변을 둘러보다가 유리는 어느덧 자신이 꽤 깊이 들어왔다는 것을 깨달았다. 사방이 온통 조용했던 것이다.

　헐. 돌아가야 되는데. 아까보다는 사뭇 어둑해진 숲의 풍경에 유리는 겁을 먹고 돌아온 곳 쪽을 찾았다. 자신이 헤치고 온 길이 보였다. 저대로만 따라가면 되겠지.

　그리고 곧 유리는 자신이 너무 순진했다는 것을 알게 됐다. 숲이라는 곳은 그리 만만하지 않아, 길을 잃었던 것이다.

　어느 방향으로 가야 하지? 유리는 위를 쳐다봤다. 나뭇가지 사이로 햇빛이 들어오는 것을 보니 그렇게까지 많이 온 것은 아니다. 나무들이 덜 우거진 방향으로 가다 보면 길이 나오겠지, 뭐. 유리는 조심스럽게 발밑을 보며 걸음을 옮겼다. 죽은 나무나 돌 같은 것들 때문에 잘못하면 넘어지기에 십상이었다.

이변은 그다음에 일어났다. 컹, 컹컹! 어디선가 개 소리가 들렸다. 그것도 아주 굵고 사나운 개 짖는 소리. 유리는 저도 모르게 뒤를 돌아봤다. 그리고 집채만 한 사냥개와 눈이 마주쳤다.

헉, 하고 숨도 쉬지 못했다. 유리는 제 앞에 버티고 선 사냥개를 보고 눈을 부릅떴다. 자신보다 훨씬 커 보이는 사냥개. 셰퍼드 같은 개와는 차원이 달랐다. 덩치도 크고, 머리는 유리의 머리보다 세 배는 큰 것 같았다. 개는 사냥에 한창이었는지 입을 벌리고 헉헉대고 있었다.

벌린 입 사이로 날카롭고 누런 이빨들이 빛났다. 그제야 유리는 자신이 사냥대회 구역까지 들어왔다는 것을 깨달았다. 대체 언제 여기까지 들어온 거지? 유리는 못 박힌 듯 서 있다가, 슬쩍 한 걸음 물러섰다. 기다렸다는 듯이 개가 짖었다.

컹!

"악!"

유리는 저도 모르게 뒤로 벌러덩 넘어졌다. 그 와중에도 꽃다발은 놓치지 않은 채여서, 주먹을 쥔 손가락 관절 부분이 바닥에 쓸렸다. 눈물이 찔끔 나려고 했지만, 그런 건 사실 문제도 되지 않았다. 아직도 개가 유리의 앞에 있었던 것이다.

컹!

개가 다시 한 번 짖었다. 그리고 유리는 앞뒤 생각하지도 않고 벌

떡 일어나 뛰었다. 거기서 뛰는 게 가장 멍청한 짓이라는 걸 머리로
는 알았으나, 그렇다고 아무것도 안 할 수는 없었던 것이다. 으아아
아아, 하고 유리는 빠르게 뛰었다. 컹컹, 컹컹컹! 개가 거세게 짖으
며 유리를 쫓았다. 빌어먹을 내 팔자야! 발밑을 볼 새도 없이 정신
없이 다리를 놀렸다. 나무가 보이면 뛰어넘고, 피어 있던 꽃은 짓밟
았다. 컹컹! 어쩐지 소리가 늘어난 것 같아 뒤를 돌아봤다가 유리는
다리에 힘이 풀려 그대로 쓰러질 뻔했다. 개가 어느새 두 마리가 돼
있었던 것이다. 아무래도 짖는 소리 때문에 한 마리가 더 이쪽으로
합류한 것 같았다. 사냥개가 괜히 사냥개가 아니다. 유리는 순식간
에 따라잡혔다.

그런데⋯⋯. 뭔가 이상했다.

사냥개들이 유리를 비켜 나가 앞으로 내달렸던 것이다. 뭐
야⋯⋯? 유리는 달리다 말고 앞을 봤다. 그리고 경악했다.

컹컹컹컹컹!!

개들이 짖는 앞에는 엄청나게 커다란 곰이 한 마리 있었던 것이
다. 유리는 눈을 의심했다.

이 계절에 곰?

분명 이 숲에는 곰이 없다고 했는데!

그러나 유리는 최근 저녁 식사에서 들었던 쎄시아의 말을 생각해
냈다. 산에서 굶주린 곰이 먹을 것이 없어 숲까지 내려오는 경우가
간혹 있기는 하다는 말. 그리고 말 그대로였는지, 눈앞의 곰은 토끼
한 마리를 으적으적 씹고 있었다.

토끼에는 화살이 하나 꽂혀 있었다. 아무래도 사냥대회 중에 곰이 난입해 사냥감을 채간 것 같았다. 아마 사냥개들이 쫓고 있었던 것도 곰이었겠지. 유리는 현기증이 날 것 같았다.

곰을 처음 봐서다.

유리가 곰을 본 거라고는 동화책이나 이모티콘이 전부다. 동글동글하고 귀엽게 생긴 곰인형을 끌어안고 잔 적도 있었다. 그러나 유리의 눈앞에 있는 것은 징그럽게도 큰 육식동물이었다. 그 키는 유리의 두 배쯤 되는 것 같았고, 덩치는 무시무시했다. 더럽고 냄새나는 것은 말할 것도 없는 데다가 얼마나 굶었는지 그 안광이 번쩍거렸다. 게다가 반쯤 뜯긴 토끼에게서 나는 피 냄새까지 자욱했다. 사냥개들은 그 주위에서 미친 듯이 짖어대고 있었다. 흥분한 곰도 마주 울부짖었다. 그워어어엉.

유리는 그대로 털썩 주저앉았다. 맹수의 울부짖음은 말 그대로 오금이 저리는 종류였기 때문이다. 곰의 울음을 기점으로 사냥개들이 곰에게 달려들었다. 워어어어, 소리를 내며 곰이 앞발을 휘둘렀고, 사냥개 한 마리가 피를 쏟으며 떨어져나갔다. 다른 사냥개 한 마리가 주변을 뱅뱅 맴돌다, 곰의 뒤에서 달려들어 목덜미를 물어뜯었다. 그러나 곰은 괴성과 함께 몸을 흔들어 사냥개를 떨쳐냈다. 그리고 사냥개가 채 태세를 갖추기도 전에, 나가떨어진 개를 미친 듯이 할퀴었다.

피가 튀었다.

유리의 손에서 꽃다발이 파스스 떨어졌다. 꽃다발 같은 것은 이

제 생각도 나지 않았다. 도망……. 도망쳐야 돼……. 유리는 필사적으로 머리를 굴렸으나 아무것도 떠오르지 않았다. 곰한테서 도망치려면 어떻게 해야 하더라? 지그재그로 뛰라고 그랬나? 아냐, 그건 뱀인데. 나무 위로 올라가라고 했나? 아냐, 곰은 나무 위에도 잘 올라온댔어. 그러면 참기름을 발라……. 그건 해님 달님이잖아! 맞아, 죽은 척을 하랬다.

'……이미 죽은 사냥개도 저렇게 미친 듯이 할퀴어대는데, 내가 죽은 척한다고 해서 곰이 그냥 지나갈 리가 있나.'

유리는 사냥개의 사체에 얼굴을 묻고 쩝쩝대는 곰을 보며 몰래 일어났다. 아니, 일어나려 했다.

바스락.

일어나려고 바닥을 짚은 순간, 그곳에 있던 마른 나뭇가지가 소리를 냈다. 곰의 귀가 쫑긋 선 것도 순식간이었다. 유리는 그대로 얼어붙었다. 곰의 노란 눈이 자신을 향했기 때문이다.

눈이 마주쳤다.

그르르르. 곰이 끓는 소리를 냈다. 유리는 이번에야말로 정말 죽겠구나, 하고 생각했다.

워엉!

"엄마!!"

"왜 여기 있는 겁니까!"

그 소리들은 동시다발적으로 섞였고, 유리는 순간 무슨 일이 일어났는지 알 수 없었다. 다만 눈물이 가득 고여 있었던 유리의 눈에 한 가지는 분명히 보였다.

어디선가 도끼 같은 것이 날아와 곰의 목을 향해 날아가 푹, 하고 박혔다.

크어어어어엉!

이번에야말로 정말 무시무시한 소리가 울렸다. 곰의 울음소리에 온 숲이 쩌렁쩌렁 울릴 정도였다. 푸드드드득, 어딘가에서 새들이 놀라 날아가는 소리가 들렸다. 그러나 그게 끝이 아니었다. 도끼가 목과 앞발 사이쯤에 박힌 곰이, 피를 흩뿌리며 발광하고 있었던 것이다. 히히힝, 어디선가 말소리가 났다.

"비켜요!"

그리고 삽시간에 붉은 머리카락이 시야를 가득 메웠다.

유리는 눈을 부릅떴다.

에넌 라이언하트. 잘생긴 개빽다구……의 등이 제 앞을 가로막고 있었다.

사냥 대회 때문인지 평소와 같은 차림은 아니었다. 넓고 단단한 등은 민첩하게 움직이며 등에 멘 화살통에서 화살을 꺼내 시위에 먹였다. 구우워어! 곰이 용서할 수 없다는 듯 이쪽을 향해 거친 울음을 내뱉었으나 에넌이 더 빨랐다. 에넌의 손에서 화살이 빠르게 떠나 곰의 눈에 박힌 것이다.

거친 비명이 들렸다. 남자는 거기서 멈추지 않고 화살 두 개를 한꺼번에 활에 매긴 후, 조준하자마자 쐈다. 거칠게 쏜 터라 화살은 곰의 배와 다리에 각각 박혔다. 남자는 혀를 차고 허리에 매 났던 딘칭을 꺼내 조준했다. 힘을 받은 팔의 근육이 팽팽하게 부풀어 올랐다.

픽!

무거운 소리를 내며 단창이 곰의 배에 박혔다. 곰의 허리가 꺾였다. 다시 남자는 제 허리춤을 더듬다가, 단창이 더 없는 것을 알고는 화살을 하나 더 매겨 쐈다. 웅크려 있던 곰의 머리 한가운데에 화살이 정확히 박혔다. 무시무시한 비명이 계속됐다.

곰이 괜히 맹수는 아니었다.

에넌은 등줄기에 식은땀이 흐르는 것을 느꼈다. 자신도 곰을 사냥해 본 것은 십여 년 전이 마지막이다. 그것도 제 부하들과 함께다.

사냥개들이 유독 험하게 짖는다 했다. 자신이 쏜 화살에 맞은 토끼가 마지막 몸부림을 치며 달려간 곳에서 본 것은 토끼를 물고 있는 곰이었다. 에넌과 부하들은 눈을 의심했지만, 사냥개들이 더 빨랐다. 사냥개들은 미친 듯이 흥분해 곰을 쫓아갔고, 에넌 또한 가장 빠르게 말을 달렸다.

곰이라니. 이 사냥터 근처에는 여왕을 위시한 1000여 명의 귀족들이 있었다. 곰이 숲 바깥으로 나가기라도 하면 큰일이었다. 에넌은 필사적으로 말을 달리며 혹시 몰라 말에 매달아 둔 단창을 허리에 찼다. 그리고 사냥개를 물어뜯고 있는 곰을 발견했다.

에넌 혼자였다면 절대로 곰에게 덤벼들지 않았을 것이다. 그러나 곰은 바스락 소리에 고개를 돌렸다. 에넌 쪽은 절대로 아니었다. 에넌도 반사적으로 곰이 보고 있는 곳을 봤다. 그곳에는 아주 익숙한 사람 하나가 넘어져 있었다.

곰 앞에 있는 사람이 누군지 깨달은 순간 소름이 확 돋았다. 유리 클로드였다.

왜 여기 있는 겁니까, 하고 소리 지르면서 동시에 말에서 뛰어내렸다. 그리고 유리의 앞을 가로막는 동시에 허리춤에 매고 있던 손도끼를 날렸다. 도끼는 빌어먹게도, 곰의 목을 살짝 비껴갔다.

십 년 전의 발렌시아였다면 에넌은 손도끼를 두 개는 준비했을 것이다. 그러나 발렌시아 근교의 숲에서 가장 악명 높은 동물은 사슴 정도였고, 더욱이 자신 말고도 수십 명이나 사냥에 나선 참이었다. 당연히 가벼운 마음으로 기본적인 장비만 차고 왔다.

그러나 그것을 지금 와서 후회해봐야 아무 소용없었다. 사냥 대회도 거의 끝나가던 터라 화살통에도 화살이 몇 개 없었다. 단창도 자신이 처음 뽑은 하나 말고는 없었다. 에넌은 이를 악물었다. 손에 잡히는 대로 활을 쏘며, 에넌은 제 부하들이 제발 빨리 따라오기를 빌었다.

곰은 겨우내 굶어 독기가 오를 대로 오른 듯했다. 정수리에 화살을 맞고도 살아 있었으니. 그러나 오래가지는 않을 듯싶었다. 에넌은 화살통을 더듬었으나, 화살은 다 떨어진 뒤였다. 에넌은 결국 시선을 곰에게 고정한 채 검을 뽑았다. 스르릉, 예리한 소리를 내며 검이 빛을 발했다.

"각, 각하."

뒤에서 유리의 목소리가 들렸다.

빌어먹을, 지금 당신한테 대답할 여유 없어!

에넌은 속으로만 생각하며 땅을 박찼다. 시위를 분간하지 못하는 상태의 곰이 앞뒤 없이 앞발을 휘둘렀다.

퍽, 소리를 내며 앞발이 잘려나갔다. 그대로 뜨거운 피가 에넌의 앞섶에 쏟아졌다. 곰이 찢어지는 소리를 냈으나 에넌은 멈추지 않고 그대로 뒤로 돌아 곰의 등 뒤에 검을 박아넣었다. 으드득. 검이 뼈를 부수고 곰의 목덜미로 박히는 감각이 그대로 손에 전해졌다. 에넌은 그 끔찍한 감각에 진저리를 치며 빠르게 검을 놓고 뒤로 물러섰다.

거어어어억, 괴이한 소리와 함께 곰이 몇 번 몸부림쳤으나, 이미 생명이 다한 뒤였다. 곰은 꿈틀거리다가 이내 절명해 무너졌다. 검은 피가 땅에 배어 나왔고, 주변의 풀들이 마구 구겨졌다가 피에 젖어 땅으로 몸을 기울였다.

그러나 방심할 수는 없었다. 에넌은 숨을 몰아쉬며 곰 쪽을 한참이나 노려보았다. 분명 잠깐일 테지만, 수천 년 같은 시간이 흘러갔다. 곰은 더 이상 움직이지 않았다.

에넌은 곰 가까이 다가갔다. 뜨거운 피가 흘러나와 옅게 온기가 올라오고 있었다. 에넌은 곰의 사체를 찔러 정말로 죽었다는 것을 확인한 뒤에야 고개를 돌려 유리 쪽을 바라봤다.

반짝거리던 초록색 눈동자가 공포로 질려 이쪽을 바라보고 있었다. 에넌은 화가 치밀어 견딜 수 없었고, 그대로 성큼성큼 걸어 유리의 앞으로 걸어갔다.

가까이서 보니 더 어이없는 몰골이었다. 갈색 머리는 흙먼지투성이였고, 연회를 맞아 예쁘게 지어 입은 녹색 재킷도 더러워진 채였다. 다행인 것은 곰에게 해를 입지는 않았는지, 유리의 모습은 그저 먼지에 뒹군 정도였다는 것이다. 주변에는 꽃가지들이 마구 흩어져 있었다. 에넌이 다가가자 발밑에서 꽃가지가 짓밟혀 빠직 소리를 냈다.

"공작 각……."

"왜 여기 있는 겁니까!"

유리의 말이 끝나기도 전에 에넌이 소리를 질렀다. 평소의 온화한 모습은 온데간데없었다. 에넌은 도무지 이 상황이 이해가 되지 않았다. 사냥 대회장은 호수변과는 한참 떨어져 있어, 일부러 오려고 한 것 아니에야 올 이유가 없었다. 아무리 사슴과 토끼 정도만 뛰어논다지만, 화살이 날아다니기 때문에, 사냥 대회장 쪽으로 사람이 접근하는 것은 암묵적으로 금지돼 있었다.

"그……."

"죽으려고 작정했습니까! 누가 여기에 오라고 했습니까!"

"아, 아무도……."

"왜 여기 들어온 겁니까, 위험한 거 모릅니까?"

에넌이 아니었다면 이 청년은 꼼짝없이 곰에게 죽었을 것이다. 정말로 온화하게 묻고 싶은데 그 생각을 하니 제어가 되지 않았다. 청년의 눈이 흔들리더니, 축축하게 차올랐다. 이윽고 청년이 내뱉은 말은 가관이었다.

"꽃다발 만들려고……."

청년의 주변에 흩어져 있던 꽃가지들이 이해되는 순간이었다.

에넌은 기가 막혔다. 에넌이 알기로는 청년은 호수변에서 귀부인들 사이에 끼어 자기 어필이나 할 예정이었던 것이다. 그런데 꽃다발? 꽃다발이라고?

그 순진하고도 한심한 대답에 남자는 숨이 턱 막힐 듯한 갑갑함을 느꼈다.

"꽃다발이요?"

"그, 예……."

"봄날 콧바람 든 처녀도 아니고 꽃다발 따위를 사냥 중인 숲에서 만듭니까? 제정신입니까?"

에넌은 자신이 과히 화내고 있다는 것을 스스로도 알고 있었다. 분명 사람의 목숨이 걸린 일이었고, 유리가 아닌 다른 사람이 똑같은 일을 저질렀어도 에넌은 주의를 주었을 것이다. 사냥터에 비무장인 사람이 들어오는 것은 위험한 일이다. 곰 같은 것이 나오지 않아도 온갖 무기들이 날아다니고, 사냥개들이 눈을 희번덕거리는 곳이다. 이럴 때 눈치 없이 돌아다니다 다치는 하인들이 꼭 하나씩은 있었고, 누군가 다칠 거라는 것도 예상 범위다.

그러나 그게 유리가 아니었다면 이렇게 크게 화를 내지는 않았을 것이다. 에넌은 곰 앞에 있던 사람이 유리인 것을 알아챈 순간, 머리가 하얗게 변하는 것을 느꼈다. 본능적으로 제가 손도끼를 뽑아 날리지 않았더라면 지금쯤 유리는 큰 상처를 입고 있었을지도 모른다. 죽었을지도 모르지.

……거기까지 생각하니 한층 더 화가 났다. 안전한 곳에 있어야 할 사람이, 이곳에 대체 왜!

에넌의 추궁에 유리는 겁에 질린 듯 보였다. 창백해진 안색은 곰 때문인지, 아니면 정신없이 화를 내는 에넌 때문인지 모를 일이었다. 이마에 맺힌 식은땀을 보고 에넌은 숨을 골랐다. 일부러 그런 것은 아닐 것이다. 미치지 않고서야 사냥터에 일부러 들어오는 사람은 없다.

"……다친 곳은 없습니까?"

"그……."

"괜찮냐고 물었습니다."

갑갑한 마음은 유리를 다그치게 만들었다. 먼지투성이의 청년은 잔뜩 주눅 든 얼굴로, 간신히 에넌에게 답했다.

"괜찮……괜찮습니다……."

"정말 괜찮습니까?"

에넌이 그대로 주저앉은 유리 앞에 몸을 숙여 손을 내민 순간, 유리가 흠칫했다. 작은 어깨는 누가 봐도 확실하게 파르륵 떨려서, 에넌은 아차 싶었다. 평생 옷만 만든 스무 살 청년에게, 에넌은 지나치게 자극적인 모습이었던 것이다.

온통 피가 튄 앞섶과 화가 나 잔뜩 일그러진 얼굴. 거칠게 뛰어 숨을 몰아쉬는 것까지 유리에게 에넌은 폭력 그 자체로 보였다. 항상 온화하게, 혹은 무기력하게 '예에, 예'하던 남자가 이렇게 백팔십도 달라진 모습을 보이는 것 자체가 충격이었다.

유리의 그렁그렁하던 눈동자가 넘치는 것은 순식간이었다. 눈물이 주르륵, 흘렀다.

"허, 허어어어……."

놀란 것은 에넌도 마찬가지였다. 항상 해맑게 웃던 눈에 눈물이 들어차는 것은 찰나의 순간에 이뤄진 일이었다. 눈물이 한 번 터지니 줄줄 흐르는 것도 빨랐다. 남자는 당황했고, 청년은 입을 잔뜩 우그러트리며 울었다.

"어엉, 어어어어엉……. 죄송, 죄송해요. 저는 괜찮아요. 죄송해요 오오으어어어. 으어어."

"유리, 잠깐만……잠깐. 울지 마십시오, 유리."

"흐윽, 흑. 그게, 공주님 주려고, 흐으윽."

공주님? 에넌은 눈썹을 약간 찡그렸다. 발렌시아에 공주님이 있다고? 여왕을 잘못 말한 건가?

그러나 에넌은 눈물 콧물을 다 쏟으며 우는 유리가 끅끅대며 늘어놓는 말들 덕분에, 곧 그가 아르시노에를 위해 꽃다발을 만들다 깊은 숲속까지 와 버렸다는 것을 알게 됐다. 순식간에 모든 것이 이해가 됐다. 호수변의 얕은 숲은 산책을 하려는 부인들을 위해 보기 좋게 다듬어져 있었고, 꽃다발을 만들 만한 탐스러운 꽃들은 아마 숲 안쪽으로 와야 발견할 수 있었으리라.

그렇지만 대체 왜? 에넌의 물음에 유리는 울면서 아르시노에의 부탁이었다고 했다. 제가, 모델을, 끅. 윽. 죄송해요, 눈물이 안 그쳐……. 유리는 필사적으로 에넌의 눈치를 보며 눈물을 멈추려고

576

했으나 한 번 터진 눈물은 제멋대로 계속 흘렀다.

에넌은 한숨을 쉬었다.

그 착한 왕녀가 왜 꽃다발을 유리에게 부탁했는지는 모르나, 악의는 없었을 것이다. 유리는 우느라 왜 자신이 왕녀에게 꽃다발을 주려고 했는지 설명하지 못했다. 그러나 에넌은 아르시노에를 알았다. 이유 없이 남에게 심부름을 시키거나 쓸데없는 부탁을 할 사람은 아니다.

그렇지만 이상하게도 화가 났다. 꽃다발 같은 건 발렌시아 황성에도 많다. 당장 성안에 장식해야 할 꽃만 만드는 화훼부가 있다. 황성에 돌아가 화훼부에 부탁했더라면 저깟 들꽃이 아니라 화려하고 아름다운 꽃다발을 받을 수 있었을 텐데. 이 청년을 위험하게 만들 필요가⋯⋯. 그쯤에서 에넌은 생각을 멈췄다. 겁을 먹은 청년이 울면서도 필사적으로 제 눈치를 보고 있었기 때문이다. 평소에 이 청년에게 화 한 번 낸 적 없으니 상당히 놀랐으리라.

"저도 곰이, 곰이 있을 줄은 몰랐어요, 흐윽."

유리는 필사적으로 얼굴을 문질러댔다. 에넌은 한숨을 쉬었다. 이것은 유리나 아르시노에가 아니라 사냥터를 제대로 점검하고 차단하지 못한 자들의 탓이다.

"⋯⋯다시는 그런 짓 하지 마십시오. 혼자 다니지 말란 말입니다."

"⋯⋯네."

창피했는지 유리는 입을 꾹 물고 간헐적으로 올라오는 눈물을 참느라 짧게 대답했다. 에넌은 고개를 숙인 갈색 정수리를 내려다봤다. 유리가 입은 옷은 에넌이 입었던 재킷과 비슷했는데, 초록색에 금박을 수놓은 데다 에넌보다 훨씬 망토를 짧게 달아 요정 같은 인상이었다. 아침부터 여왕님 앞에서 칭찬받을 생각에 귀엽고 예쁘게도 차려입었을 옷이 몽땅 망가졌다. 흙먼지가 묻은 소매로 얼굴을 닦느라 얼굴도 지저분해졌다.

에넌은 문득 주저앉은 청년이 안쓰러워졌다.

"……미안합니다."

손을 뻗은 것은 충동적이었다. 망토 안에 있는 작은 어깨를 잡아당겨 품에 안았다. 청년은 에넌의 품에서 흠칫 하고 몸을 굳혔으나 에넌은 무릎을 꿇고 청년을 오른팔로 깊게 끌어당긴 후 왼손으로 등을 천천히 두들겼다.

"화내서 미안합니다. 놀라서 저도 모르게 그랬습니다."

에넌의 낮고 느린 말투에 놀라 굳었던 몸에서 힘이 빠졌다. 다시 히잉, 하고 눈물이 터지려는 청년을 에넌은 힘주어 안으며 계속 토닥였다.

"사냥터에서……. 아닙니다. 이런 소리도 하지 않겠습니다. 놀랐을 텐데, 제가 심했습니다."

"……."

"사냥 같은 거 해본 적 없다고 했는데, 내가 잠시 잊었습니다. 모를 수도 있지요. 괜찮으냔 말을 먼저 했어야 하는데 대뜸 소리를 질러 더 놀라게 했군요. 미안해요."

미안해요. 할 말이 없어서 에넌은 계속해서 사과했다.

에넌의 품 안에 안긴 청년은 또다시 눈물이 터진 듯했다. 곰에 놀란 다음에는 다시 곰이 죽는 것을 봤다. 평생 가도 그런 장면을 보지 못한 아가씨들은 지나가던 벌레만 잡아 죽여도 기겁을 하는데, 이 청년이라고 다를 것은 없을 것이다.

피가 튀고 앞발이 잘려나가고, 짐승이 울부짖는 것을 보고 놀란 참에 자신까지 소리를 질렀다. 왜 그랬을까. 에넌은 청년에게 미안해서 몸 둘 바를 몰랐다.

"각······!"

그때, 에넌의 시야에서 부관 밴딧이 말을 탄 채 풀을 헤치고 나타났다. 소리 질러 자신을 부르려는 밴딧에게 에넌은 쉿, 하고 입가에 손가락을 댔다. 밴딧은 반사적으로 입을 닫았다가, 자신의 눈앞에 보이는 풍경에 헙! 하고 작게 중얼거렸다. 제가 모시는 상관은 얼굴이며 팔이며 온통 피투성이였고, 그런 몰골로 웬 남자를 끌어안고 있었던 것이다.

밴딧은 곧 그 남자가 누군지 알아챘다. 요즘 부쩍 제 상관과 자주 어울리는 몸집 작은 청년이었다. 청년은 힝힝 울며 상관에게 안겨 있었다. 엉덩이며 등은 온통 흙투성이였다. 왜 저러고 있는 거야? 그리고 밴딧은 그 뒤에 널브러진 거대한 곰 사체와 죽은 사냥개들의 처참한 꼴을 보고 상황을 대강 파악했다. 아마 사냥터에 멋모르고 들어온 청년이 휘말린 모양이었다.

근데 그게 조용히 시킬 이유는 아니잖아? 그러나 밴딧은 성실한 부관이었고, 곧 뒤에서 버석버석 소리를 내며 돌아온 제 상관의 말을 보고 가볍게 목을 두들겼다. 그 말고삐를 잡고 뒤로 슬쩍 물러선 밴딧은 뒤를 마저 쫓아오던 다른 부하들을 돌려보내려고 뒤로 향했다. 에넌 라이언하트의 부관은 눈치 하나는 기가 막혔다.

에넌은 나지막하게 한숨을 쉬며 청년을 계속 토닥거렸다. 다행히도 엉엉 흑흑 하고 울던 눈물은 금세 힝, 하고 칭얼거리는 소리로 잦아들었고, 잦아든 후에 눈물을 멈추는 것도 빨랐다. 조금 시간이 지나자 청년은 에넌의 품에서 코를 훌쩍거렸다.

"······이제 놔주셔도 됩니다, 각하."

"······예."

에넌이 주춤거리며 팔에서 힘을 풀었다. 유리는 검지손가락과 엄지손가락으로 제 코를 훔치며 뒤로 다시 주저앉았다. 에넌에게 안기느라 무릎을 세워 꿇고 있었던 것이다. 덕분에 무릎이 얼얼했다. 에넌이 다시 한 번 몸을 숙여 유리의 얼굴을 들여다보고 사과했다.

"정말로, 미안합니다."

"그만 사과하셔도 됩니다······."

"예. 이제 괜찮으십니까."

"네. 죄송합니다······."

유리의 사과는 사냥터에 멋대로 들어온 것에 대한 사과였다. 에넌은 주춤하다가, 유리의 근처에 흩어진 꽃가지를 서투른 손길로 주워 모았다. 그러나 꽃들은 이미 엉망이 된 채였다. 유리가 손을 내저었다.

"두세요. 어차피 그거 다시 못 써먹습니다."

"그래도……."

"공주님께는 제가 사과하면 됩니다."

서먹한 말투에 에넌이 손을 멈췄다. 유리는 훌찌럭 코를 마시며 제 옷을 털어내다가 에넌과 눈이 마주쳤다. 바다를 머금은 푸른 눈과 숲과 닮은 초록색 눈동자가 부딪쳤다가, 빠르게 멀어졌다.

"아르시노에에게는 제가 설명하겠습니다."

"아니에요. 공주님도 이해하실 거예요."

청년이 일어나 엉덩이를 툭툭 털었다. 그리고 에넌은 두 배로 미안해졌다. 제게 튄 핏물이 청년의 앞섶에도 그대로 묻어 있었기 때문이다. 짐승의 피라지만 영 찝찝할 것이 분명했다. 적어도 에넌은 사냥을 하기 위해 활동복을 입고 있었지만, 유리의 옷은 연회를 위해 만든 새 예복이었다. 자신과 비슷하게 만든 거라 에넌도 귀엽다고 생각한 참이다. 그래서 에넌은 조금 더 아까워졌다.

"옷……. 어떻게 합니까."

"뭐, 오늘은 돌아가야죠. 이대로 연회에 참석할 수는 없지 않겠습니까."

"……제 옷을 빌려드리면 어떻습니까."

에넌의 말에 유리가 저도 모르게 코로 웃었다.

"제가요? 각하 옷을요?"

"……역시 힘들겠죠……."

에넌의 상의를 입으면 유리는 아마 아빠 옷을 입은 꼬맹이 꼴이 날 것이다. 유리는 손을 내저었다.

"됐어요, 각하. 각하 잘못도 아닌데요."

"……사냥터 밖까지 데려다 드리겠습니다."

에넌의 말에 유리는 눈을 두어 번 깜박이고는 고개를 끄덕였다.

"혼자 돌아갈 수 있다고 말씀드리고 싶지만……. 아까 곰을 생각하니 각하 말씀이 참 반갑네요. 부탁드려도 될까요?"

"물론입니다."

때마침 눈치를 보던 밴딧이 슬그머니 나뭇가지 사이로 다시 나타났다. 이제 가도 됩니까? 하고 입 모양만으로 묻기에 에넌은 손짓을 했다.

밴딧과 부하들이 금세 다가와 곰 사체를 보고 경악했다.

"세상에. 곰이다. 이걸 혼자 잡았습니까?"

"알아서 수습해. 나는 이쪽을 바래다 드려야 하니까."

"예, 뭐. 그러십쇼. 허어."

부하들은 에넌의 일에는 관심도 없는 듯, 곰 주위를 둘러쌌다. 에넌은 픽 웃고는 유리를 향해 돌아섰다.

"가시죠."

"예."

피 칠갑을 하고 호수변으로 나타난 두 남자를 보고 귀부인 두어 명이 현기증을 일으켜 쓰러진 것은 여담이다. 눈이 빨갛게 부은 디자이너는 공작 각하의 비호 아래, 그날 저녁의 연회에는 참석하지 못하고 저택으로 돌아갔다.

피가 묻은 옷을 입고 저택에 돌아갈 수는 없었다. 유리는 결국 에넌의 권유에, 에넌이 갈아입으려고 했던 셔츠 한 벌을 빌렸다. 소매를 걷고 밑단은 모조리 바지 속에 집어넣은 유리의 모습은 우스꽝스럽기 그지없었지만, 아무도 유리를 보고 웃지 않았다. 순진한 재단사 청년이 당한 일은 너무나 안타까운 일이었기 때문이다.

사냥대회에 곰이 내려왔다는 소문이 순식간에 연회장에 번졌다. 사람들은 그 곰을 홀로 잡은 공작의 무용에 감탄하는 한편, 재단사에 대한 동정을 아끼지 않았다. 쎄시아 발렌시아는 뒤늦게 그 사실을 전해 듣고 기겁한 채 사냥대회를 중지하라고 명령했으나, 에넌이 손을 내저었다.

'이제는 정말로 사슴뿐일 겁니다. 곰들은 한 영역에 몰려 있지 않아요. 당분간은 안전할 겁니다.'

에넌 라이언하트의 말에 다음 날도 사냥대회는 이어지기로 결정됐다. 그러나 이미 사냥을 하던 귀족 청년들은 흥미를 잃어버린 참이었다. 대회에 걸려 있는 금화는 엄청나게 탐났지만, 라이언하트 공작이 홀로 곰을 잡아버린 이상 사슴을 백 마리를 잡아도 금화는 공작의 차지였다. 곰이 다시 나타난다 해도 혼자 곰을 처치할 수 있는 자가 아닌 이상 무리다.

그래서 둘째 날의 수확은 많지 않았다. 그러나 황성의 요리사들은 예상이라도 한 것처럼, 훌륭한 요리들을 내놨다. 분명 잡힌 사슴은 열 마리가 되지 않는데, 천여 명의 귀족들 모두 사슴 고기를 우물거릴 수 있었다. 그뿐만 아니었다. 라이언하트 공작의 부하들이 수거해 온 곰 사체를 솜씨 좋게 분해한 요리장은 모두에게 곰 고기를 맛보게 해 주었다. 여왕에게는 곰의 쓸개가 돌아갔는데, 여왕은 얼굴을 잔뜩 찡그리고는 그 쓸개즙을 마셨다. 세상의 불행을 다 가진 듯한 얼굴이었다.

유리에게 가장 미안해한 것은 역시 아르시노에였다. 다음 날 저녁, 새 옷을 입고 밤의 연회에 참석해 앉아 있는 유리에게 아르시노에는 가장 먼저 다가와 유리의 손을 꼭 잡고 이야기를 전해 들었다며 사과했다.

"미안해요, 제가 무리한 요구를 해서……."

통상적으로 꽃다발 하나 만들어 달라는 게 대체 왜 무리한 요구인가. 유리는 화들짝 놀라 손을 내저었다.

"아닙니다, 제가 바보같이 사냥터인 줄도 모르고 너무 깊숙이 들어가서 그만."

"역시 같이 갈 것을 그랬어요. 그랬으면……."

"그랬으면 두 사람 다 배고픈 곰의 밥이 되었을 수도 있겠죠."

두 사람 사이에 익숙한 목소리가 끼어들었다. 유리와 아르시노에는 뒤를 돌아봤다. 에넌이었다.

"각하."

"이제는 괜찮습니까?"

어제부터 지금까지 이 남자에게 들은 괜찮냐는 말을 세 보면 분명 서른 번은 넘을 것이다. 유리는 볼을 약간 부풀렸다가 답했다.

"예. 걱정해주셔서 감사합니다."

"……저야말로 어제는 미안했습니다."

목숨을 구해준 사람이 할 말이 아니다. 아르시노에가 고개를 갸웃했으나 남자는 말을 이었다.

"그럴 땐 두 사람 다 같이 숲에서 나오는 겁니다. 같이 가주어야 했었다고 안타까워하거나 미안할 게 아니라."

아르시노에가 빨갛게 얼굴을 붉혔다.

"그, 그렇군요……."

에넌은 별다른 말 없이 두 사람을 스쳐 지나가 자신의 자리에 앉았다. 호수변의 연회 또한 자유롭게 젊은 귀족들이 돌아다닐 수 있도록 되어 있었으나 몇몇 상석은 정해져 있었다. 여왕은 아늑한 털가죽으로 잔뜩 덮인 긴 의자에 앉아 있었다. 라이언하트 공작은 바로 그 옆에 앉았다. 상석 중의 상석이다. 무심한 얼굴이 연회에 밝혀진 등불빛에 빛났다. 유리도 한숨을 쉬었다. 아르시노에가 머뭇거리다가 라이언하트 공작의 근처에 가 앉아 말을 걸었다. 유리 쪽에서는 대화 내용이 잘 들리지 않았지만, 에넌이 별달리 표정을 바꾸지 않고 그녀를 응대하는 것은 아주 잘 보였다.

……사람 민망하게 뭐 저렇게 무표정하게 말하냐. 공주님이 자기 좋아하는 거 알면서 좀 웃어주지.

유리는 속으로만 생각하며 풀밭에 앉았다. 대부분의 귀족들은 풀밭에 앉아 오손도손 식사를 하거나 이야기를 나누고 있었다. 어제의 일이 꿈같이 느껴질 정도로, 한가롭고 소박한 풍경이었다.

그렇지만 절대로 꿈이 아니었다.

유리는 어제를 떠올리기만 해도 가슴이 선득했다. 곰이 피를 내뿜고 울부짖던 소리를 생각하면 지금도 속이 이상해졌다. 맹수의 으르렁거림은 단전 밑에서부터 사람을 겁에 질리게 하는 면이 있었다.

지나가던 마틸다가 그런 유리를 보고 걱정스러운 표정으로 옆에 살짝 무릎을 꿇고 앉았다.

"괜찮습니까? 식사는 했나요?"

"……아뇨."

"그럼 이거라도."

마틸다는 친절하게도 유리의 앞에 자신이 가지고 온 접시를 내놓았다. 본래는 일렉사 백작부인에게 갖다 주려던 것이지만, 일렉사 백작부인 또한 유리를 걱정하는 기색이 역력했다. 유리가 힘없이 웃으며 감사를 표했다.

"고맙습니다……."

"뭘요. 필요한 것이 있으면 또 말씀하세요."

"예에……."

연회의 음식은 정말 맛있었다. 어제 먹지 못한 것이 유감일 정도다. 조리가 잘 된 사슴 고기는 식었지만, 입안에서 살살 녹았다. 함께 곁들인 채소 구이도 소금만 뿌렸지만 맛이 있었다.

그렇지만 이상하게도 유리는 음식을 씹을수록 얹히는 기분이 들었다. 유리는 힐끔, 라이언하트 공작 쪽을 쳐다봤다. 음식이 영 먹히지 않는 것은 그쪽도 마찬가지인지, 공작 앞에 놓인 음식들은 거의 양이 줄지 않았다. 술잔만 반 정도 비워져 있을 뿐이다.

기실 유리의 마음이 이상한 것은 곰 때문만은 아니었다. 어제의 라이언하트 공작은 너무 이상했던 것이다. 공작이 제게 소리를 질렀을 때, 가뜩이나 겁에 질렸던 유리는 그만 울고 말았다. 그것도 아주 괴이한 소리를 내면서. 무섭고 슬프지만, 공작이 곰을 죽이는 것을 보면서 한편으로는 안심도 됐다. 그래서 겨우 힘이 풀리려는 와중에 공작은 자신에게 화를 냈다.

그런 얼굴은 정말로 처음 보았다. 그러나 그다음이 더 이상했다. 울어버린 자신을 보고 입술을 깃씹던 남자는, 저를 와락 끌어안았던 것이다. 미안합니다, 미안해요. 귓가에서 계속 이어지는 사과를 들으며 유리는 더 크게 울었다. 그제야 겨우 정말로 안심돼서다. 유리가 울음을 그치고 힝힝거릴 때까지도 남자는 자신을 힘주어 꼭 안고 있어서, 나중에는 민망해질 정도였다.

기분이 너무, 너무⋯⋯.

너무⋯⋯.

자신의 기분이 어떤지 한마디로 설명하기 어려웠다. 계속해서 이상하다는 소리만 속으로 중얼거렸다. 참으로 이상하고 또 이상하지. 자신은 열 살 이후로 언제나 확고한 인생을 살아와서, 단 한 번도 이런 순간들을 만나본 적이 없는데. 누군가에게는 별일 아닐 수도 있겠지만 자신에게는 처음 있는 일이라, 유리는 그 모든 순간이 참으로 별일이었다.

안 돼, 안 돼. 유리는 자신을 끌어안았던 그 가슴을 생각하다가 고개를 저었다. 잘생긴 개빽다구가 끌어안았다고 해서 설레고 그러는 거 아니야. 남자인 줄 알고 있는 자신에게도 그렇게 대하는 사람이다. 아마 다른 여자들에게는 더 살살 녹아나게 대하겠지. 나한테는 소리도 지르고, 화도 내고, 그랬으니까 미안해서 그랬겠지.

뒤늦게 알게 된 거지만, 에넌 또한 어제 사냥 이후 연회에는 참석하지 않았다고 했다. 이유는 간단했다. 유리가 에넌의 연회용 셔츠를 입고 갔기 때문이다. 물론 공작쯤 되는 사람이 여벌 셔츠 하나 없을 리가 없다. 에넌 라이언하트는 피곤하다며 피범벅이 된 옷을 입고 그대로 성으로 돌아갔다고 전해 들었다.

유리는 제 방에 걸려 있는 그 셔츠를 생각했다. 남자의 치수로 만들어진 그 셔츠는 너무 커서 유리는 집에 가자마자 단추를 풀지 않고도 그 셔츠를 획 하고 벗을 수 있었다. 처음에는 세탁을 하려다가 시간이 늦고 영 애매해서, 그 셔츠는 아직도 유리의 방에 걸려 있었다.

힘없이 비척비척 들어온 유리를 보고 플럼과 레스타가 엄청나게 걱정하는 얼굴로 유리의 방문을 두들겼으나, 유리는 피곤하다고만 말하고 그대로 잠을 청했다. 물론 밤늦게까지 유리는 잠을 자지 못했다. 잘 수 있을 리가 없다. 그런 일을 당했는데. 새벽까지 유리는 침대에서 뒤척거리며 계속해서, 꽃가지가 흩어지던 순간과 곰이 울부짖던 순간, 그리고 남자의 등이 제 앞을 막아서던 순간을 되새김

질했다.

"……유리?"

마틸다가 흔들지 않았다면 유리는 그 자리에서 또 한참이나 그 순간을 생각했을 것이다. "예, 예!" 화들짝 놀라 정면을 바라보니 제 앞에는 여왕이 서 있었다.

"이런, 어제 놀란 것이 큰가 보군. 아직 몸이 불편한가."

"아닙니다, 폐하."

유리는 서둘러 일어났다. 여왕은 손짓해 유리에게 앉으라 명했다. 쭈뼛쭈뼛 유리가 앉자 쎄시아는 눈썹을 누그러뜨리며 걱정하는 얼굴로 유리를 봤다.

"춤이라도 추겠냐고 물으려고 했는데, 그대의 상태를 보니 안 되겠군. 쉬어야 하는데 나 때문에 무리하는 것 아닌가?"

"아닙니다, 폐하. 괜찮습니다."

"그래? 그러면 나와 춤추는 건 어떤가."

쎄시아의 말에 시녀들이 킥킥 웃었다.

"아이고, 폐하아아아."

유리도 난처하게 웃으며 목소리를 늘였다.

"제가 춤 못 추는 거 아시면서요."

연회를 준비하며 쎄시아는 유리에게 한 번쯤 자신과 춤추는 것은 어떠냐고 물었다. 유리가 식겁한 것은 물론이다. 이십 년 내내 옷만 만드느라 춤 같은 것은 춰 본 적도, 출 생각을 한 적도 없습니다요! 하고 비명을 지른 게 엊그제 같은데, 쎄시아는 심술궂게 웃고 있었다.

"아쉬워서 그렇지, 아쉬워서. 이토록 귀애하는 내 재단사와 춤 한 번 추지 못하다니."

쎄시아는 우아하게 제 어깨를 짚어 보였다. 어제와 비슷해 보이지만, 오늘의 엠파이어 드레스는 소매가 길었다. 끝단은 나팔 모양으로 아름답게 펼쳐지는 옷이다.

"그대 덕분에 나는 이렇게나 예쁘고 편안한 옷을 입었는데, 정작 나의 재단사를 칭찬할 길이 없구나."

"말씀만으로도 황공합니다."

유리가 고개를 숙였다. 쎄시아가 흡족한 미소를 지었다.

"그래, 유리. 비록 어제 불미스러운 일이 있었지만, 그대에게도 이 연회가 즐거운 곳이면 좋겠군."

"그럼요. 폐하 덕분에 즐기고 있습니다. 음식도 맛있고요."

"좋아. 재상."

쎄시아는 재상에게 손을 내밀었다. 근처에 서 있던 단딜리온 재상이 이마를 찌푸렸다.

"폐하. 늙은 사람 말고 젊은 미혼 귀족들과 춤을 추십시오. 실속 없게 뭐 하시는 겁니까."

"하도 실속 있는 짓만 해서 지겹소. 연회 같을 때는 좀 실없는 짓도 해야지."

"저는 안 할 겁니다. 마지막으로 춤춘 것이 제 나이 마흔 살 시절입니다."

"이런. 몇 년 전이오?"

"아무튼, 안 합니다. 라이언하트 공작은……."

재상과 여왕의 시선이 공작에게로 향했다. 그러나 때마침 공작은 아스완의 대영주, 아르시노에를 에스코트해 중앙으로 나가고 있었다. 재상과 여왕, 두 사람은 빠르게 관전 모드로 돌입했다.

"에스코트하는 놈 표정이 저래서야. 죽으러 가는 것 같군."

"두 분 다 제가 길렀는데 대체 왜 저러는 겁니까. 생전 연애라곤 꿈꿔본 적도 없는 인간들처럼 딱딱하군요."

"내가 듣기론 젊은 시절의 재상도 만만찮다고 들었는데."

"누굽니까? 국가기밀을 유출한 자가."

이러니저러니 해도 삼촌과 조카는 죽이 잘 맞았다. 주변 시녀들이 웃음 가득한 표정으로 두 사람을 쳐다봤다. 유리도 두 사람의 대화에 피식피식 웃으며 가운데를 바라봤다.

춤추는 사람들 중 오로지 에넌 라이언하트, 한 사람만이 무표정하게 춤을 추고 있었다.

〈2권에서 계속〉

여왕 쎄시아의 반바지 1

초판 1쇄 인쇄 2020년 3월 19일 초판 1쇄 발행 2020년 3월 26일

지은이 재겸
펴낸이 연준혁

웹소설본부이사 이진영
책임편집 오가진

펴낸곳 ㈜위즈덤하우스 미디어그룹 출판등록 2000년 5월 23일 제13-1071호
주소 (410-380) 경기도 고양시 일산동구 정발산로 43-20 센트럴프라자 6층
전화 031)936-4000 팩스 031)903-3893 홈페이지 www.wisdomhouse.co.kr

값 15,000원 ISBN 979-11-90630-73-3 04810
          ISBN 979-11-90630-72-6 세트